遠足

社區醫學與職場實踐

楊慎絢——著

目錄

輯A——社區醫學踏查紀行

輯B——社區與職場的跨時空旅行

輯C——職場見聞錄

前言

醫療工作者如果沒有一點自主性或理想性，生命只能像是活動的店面，出租給醫院或健保局，再換取定額的點數當作租金；更何況，店面會增值，但是生命只能折舊。

遠足

回顧以往的專科醫師制度，醫學系畢業生在離開學校之後，直接進入眼科或皮膚科的專科醫師訓練。但是二〇〇三年九月起，第一年的住院醫師必須接受內科、外科、社區醫學科的訓練。嘗試組構一種全人的整體醫療照顧，並且強調人與社區的互動。那年我擔任忠孝醫院社區醫學科主任，年逾四旬，身邊突然冒出一群住院醫師，慌忙之餘特地抽出這篇年輕時寫給自己的「遠足」，做為社區醫學第一堂課的教材。

補記：二十年後，寫到最後一堂課，主題還是「遠足」。文字至此已經詞窮，有些時光切片必須以圖檔呈現：歡迎掃瞄每個章節下方的QR code，一起遠足。

你將要離開書本與課堂所構築的世界，心情是否像是小學四年級的第一次遠足，期待著飽覽博物館的寶藏，從胚胎演化到物種起源，最罕見的標本就擺在最顯眼的大廳，不用查書，就可以從解說牌上掠取重點，再沉痛的悲傷也像是化石一般遙遠。或許那是場動物園之旅，而現在的你正期待目睹致病物種的複雜多樣，卻驚覺苦痛像柵欄般，把病患圈隔在只容翻身的病床。

你看到的是活生生的同類，講著與你一樣的語言，在他一生中最不快樂的時光，來到你的眼前，款款訴說家庭的鎖鍊，以及生老病死的悲怨。你點頭聆聽，嘗試以他的語態進入感官的裡層；品嚐那種猛過高粱的暈眩，徹骨的頭痛彷彿煙火爆裂出眼眶。這些都已超越教科書所能描述的詞彙。

病患使用的是最精確的醫學語言，而你才剛開始演練生澀的問診技法。你從聽診器察覺的不整脈，其實是自己緊張加速的心跳；病患的痛苦表情是因為你觸診的手不夠溫暖，或是指甲太長。你需要穿皮鞋、打領帶，紮起長髮、取下戒指，在每個值夜後的清晨定時探視病人，詢問今日的食慾及心情，待他卸下心防與衣衫，露出心痛的疤痕。

你揉搓雙手，以溫熱的聽筒放置在他的胸口，感受到發燙的悸動，也許那是驚濤拍岸的巨響，或是久候乍現的失速節奏。你調暗室內燈光，屈身度量瞳孔口徑，再凝聚眼底鏡的光點，探索交錯的血管神經，潛入深層的思緒。你漸漸懂得如何觀察鞋底的磨痕，推算跛行的時日；撩撥發白的髮根，判斷重傷的病程。

有一天你替路倒病人翻遍全身，發現大腿腹股溝滿佈針痕，祕處的刺青鏤刻著一對戀人的名字。你不再專注一個症狀一個器官，開始考量到全身。你注意到今天的他與昨夜有點不同；以前拿筷子，今天卻只能握湯匙，上個月還能拄著拐杖來門診訴說不適，最近聽不到抱怨，因為他已不再出現。有一天你在半小時之內，連續宣判兩個年齡跟你相仿的猝死病患，當晚徹夜難眠，渾然不覺掉落一堆頭髮在值班室的枕頭上。

在每一個等待黎明的深夜，你固定躺在一張沒有生病的床上，心跳伴隨隔壁的節律器脈動，護理師每隔兩小時以電話替你翻身，急切地說，病患的心臟亂跳，你趕到現場，準備電擊，在掀開衣裳的剎那，發現心電圖的導線竟然貼在病患的肚子上。

你的體態和心情都已變化，像是更年期提前到來，厭食仍不斷變胖，失眠又特別早起，腰圍逐漸超越腹水病患，甚至比失語病人還不愛講話。你的同行一個個離去，退休、轉業、或者提早死亡。你變得有點宿命，彷佛只是觀察疾病生態的局外人，你的職業只是死神的傳令兵。

每當瘟疫爆發，你與學長同時翻起教科書的同一章節。你感到困惑，教授畢生嘔瀝的傳世聖經，或是焚膏錐股的苦讀，都不能悟透這一波波燎原的疫情。為什麼你的周圍陸續出現手足潰爛的高燒病人？為什麼候診室裡都是哮喘窘迫的病患？病毒又如何選擇病人。

在靜靜的夜裡，也許應該關掉電視，拋開日夜鑽研的文獻，放下整天塗鴉的病歷，移開門診的屏風，站在醫院大廳，感受是什麼樣的風把這些病患吹進來。這些不存在教科書裡的個案，必定有一種特殊的培養皿，答案可能在鄰近的水源或是建築的空調。

脫掉白袍，你選擇一個月夜，散步遠離醫院，直接感受到這個盆地的燠熱暑氣，這裡正是北臺灣第一例登革熱的現場，旁邊緊鄰著火車調度場，那群病媒出站後，仍以特急電車的速度，運載病毒迅速繁衍。你來到鐵道北邊的堤岸，有人趁著微亮的夜色，站在抽水站外的污泥裡打撈紅蟲。當他的身影再次閃入診間，你不用查書，脫口就能說出他皮膚搔癢的原因。

離開堤岸，在返回醫院的路上，你行經一座跨越鐵道的天橋。倚著欄杆，想起那位眼痛的急診病患，就是這班列車的駕駛嗎？當你看到角膜上的鐵屑，是否能夠猜出他的職業。鐵道旁還有一些零星的工廠，都將逐漸消失，離職的工人即將隱入這個社區。明年路橋的兩邊蓋起鋼骨大樓，不要忘記：這裡曾有一座鐵工廠，鑄造出臺灣第一例鐵肺症病患；鄰近山脈仍散佈著礦坑，當年釋出的塵肺症病人，依舊殘存在社區，帶著病痛逐漸凋零。

你走下天橋，再過一條大馬路，就會回到醫院。早班公車下來一些熟面孔，親切地趨近問你是在哪一站上車的。而你曾看過醫院門口的公車站牌嗎？不知道公車怎麼走，又怎麼知道病人從哪裡來？那些坐輪椅的老人又是如何過來？不要一直認為：門診燈號一亮，病人就會自動出現。你是否曾在醫院周圍的街角，看過他們是怎麼等候紅綠燈，或者有機會走入曲折的巷弄，爬上幽暗的長梯，就會知道他的不再出現，是因為再也離不開那塊縮成寸尺的空間。

回到醫院之後，你直奔頂樓，從舊書堆裡找出社區地圖，心情又有點像是在計劃小學四年級的第一次遠足。你拿著鉛筆勾畫，住在山麓的那個巴金森病人，去年還能抓著步道欄杆爬上山頂；山腳的另一端還有一群肢體失能的博愛院老人。這時你聽到醫院定時播放的輕柔音樂，心情像是帶著大提琴與設計圖，在城市的小角落，規劃著自己的花園。

假裝還不知道最後的答案，因為背後源源不絕的流暢琴聲，一直令你以為音樂花園已經實現。

社區醫學第一堂課——盍各言爾志

「歡迎各位醫師來到忠孝醫院，展開兩個月的社區醫學踏查，」我說，「這段時光，將是你行醫生涯之中，最快樂的兩個月；我的責任就是要寓教於樂。」

聽完這段開場白，年輕醫師有的嘴角微抿，有的露齒大笑；快樂開始計時。

「期末，必須交一份社區健康議題報告；內容可以是這個城市酒駕事故的量性分析，也可以是酒癮人格的質性調查，對象可選社區或職場，地點可選臺北或家鄉，一個最熟悉的地方。」

「至於如何分組，有個方法是請大家輪流上來，戴上霍格華茲學校的分類帽；或者坐在原位，自我介紹將來所選的志業是內外婦兒科，或有其他特別的嗜好。」

「我想開診所，隔間當書店兼賣咖啡。」李醫師說。

「還沒決定走哪一個科，我的志向是舞臺設計。」王醫師說。

「我的興趣在大航海時代的福爾摩沙。」林醫師說。

「我希望能成為一位具有行醫能力的探險家。」星醫師說。

嗯，這麼特殊的志業興趣，怎麼連接社區健康議題呢？

我們一起腦力激盪。

大航海時代的福爾摩沙，社區議題就選淘金與礦坑的工業通風。

舞臺設計，就走入劇場評估高架作業的危害。

如果你想返回離開七年的故鄉，思考如何整合長照資源，老師就出面聯繫，金門縣、秀林鄉、南澳鄉的衛生所，還有外婆的澎湖灣，達成你的願望。

出發前，請再一次檢視隨身的聽診器與學習護照。這個月的主題就叫做「變革前夕的摩托車日記」，演出的主角是剛畢業的年輕醫師，如同當年的切·格瓦拉，但是場景從亞馬遜河移到基隆河流域，從智利的礦坑穿入捷運的工地，從痲瘋村落轉至樂生療養院，這些蒙太奇的鏡頭移轉，不能只憑想像，還需要腳踏土地；在摩托車的引擎停止運轉之後，或者在公車的終點站下車，走一段山路，推開一截木門，你會發現身邊有些地方仍像當年的拉丁美洲。

準備出發了嗎？

就像在夜裡遙望對岸的燈火，一個念頭就躍入水中，泅泳渡過那條分割醫病的河流。

如果「畢業後一般醫學訓練」是醫學教育的改革，就把這個月的社區醫學經驗，當作是變革前夕的摩托車之旅。

社區壯遊——導讀

醫學生畢業後，通常是黑袍換白袍，立即進入醫院上班。有些人先選擇壯遊，像是騎摩托車旅歷拉丁美洲。

奧立佛·薩克斯在《薩克斯自傳》也提及醫學院畢業後，跨上摩托車壯遊北美洲西部，他當時的日記如此記載：

「人從不曾改變什麼！教授大聲喊道：人不過是拓寬山羊的足跡罷了。」

「旅行要用正確的方式，閱讀、思考在地的歷史和地理，根據歷史與地理來看待這裡的人，放在時空的社會結構來看。」

「除非瞭解開墾者的時代背景，遊覽北美大草原只是在浪費自己的時間。」[1]

將來離開大醫院之後，你想去哪裡？

回到家鄉的山下，開一間診所；或者，在大醫院的隔街轉角掛一個招牌；還是搭一艘船，前往一個沒有醫師去過的地方？

一八九〇年，Alexandre Yersin選擇離開巴斯德研究院，「因為所有能夠講授的東西，其實都不值得學習。」「每當郵輪靠岸，就往更深遠的地方探險。」一八九四年，他進入爆發瘟疫的香港，「防疫站幾乎成了病人等死的地方。……我注意到地上有很多死老鼠。」

生病的個體，存在於一個共同的生活圈，要瞭解這個群體的生活方式，只有走入社區；而且，還能夠留下來，用永續行走的雙腳，去支撐頭殼內的理念。

「在偏僻的村莊生活了五十年。從醫學到民族誌、從農業到樹木栽培，成為細菌學的冒險家、山林探險家與繪圖者。」[2]

再引另一段話，「醫務工作者，只知道看病治病，這可不行。當社會在大變革時，應該去觀察這種變革帶給人們的影響。你們學醫的，大約很重視個體的人，不大重視群體的人。這就是哲學上的個性與共性的問題。這次我們一起去看看吧。看看到底是什麼個樣子。看看我們這個個體，怎麼樣生活在這個共體裡面。」[3]

以上這段話，當做社區醫學課程的開場白；讓年輕醫師猜猜這句話是誰說的，又是在哪個大變革的年代。

這段話，同樣也適用在今天。

1 《薩克斯自傳》 原著 Oliver Sacks，譯者：黃靜雅，二〇一六天下文化出版

2 《瘟疫與霍亂》 原著Patrick Deville，譯者：林韋君，二〇一四衛城出版

3 《毛澤東私人醫生回憶錄》 李志綏，一九九四時報出版

社區醫學對話錄

有的醫師擅長沉思，有的極其寡言；但是不用擔心，課堂上絕對不會出現冷場，因為老師擅於喃喃自語，外加碎碎念。反正，善待問者如撞鐘，亂撞則亂鳴。

一、少年

「學生時代參加過什麼社團？」

那天結束社區活動，李醫師如此提問；因為當初面試時，我曾經這樣問他。

就是這麼一句問話，時空瞬間回到三十年前的拇指山下。

我說，學生時代參加的社團，其實不是什麼社團，只是一群志同的道友聚在一起，沒有嚴謹的組織宗旨，也沒有固定的集會形式。可是，漸漸地，就自然湊在一起。

有一位同學，大一時，一起擺攤位，大二，我幫他寫情書。大三或大四，東北角的濱海公路還在施工，一群人背著器材，來到一座三面環山的漁村。

大五，一起編校刊寫社論，「北醫附近餐飲衛生調查」就是當時的「社區健康議題報告」。

大六分組實習。大七，他倒在宿舍，診斷是「末期腎臟病」。

畢業後，我參加他的婚禮；來到現場，竟然如此簡約，只請了兩桌。

後來，跟著他走過雲林口湖、桃園大潭、新竹化工廠；

有一天，他在電話中說要成立「綠十字醫療服務隊」。

我說，不是已經成立了嗎。

他說，這次要正式立案，社會司會派人到場。

原來，「醫療服務隊」是終生的職志，而不只是學生時代的夏令營。

說到這裡，李醫師問，你說的這位同學就是⋯⋯

是的，林杰樑醫師就是我的大學同班好友。

畢業三十年，他一直以行動說明他的理念：

專業知識是用來幫助弱勢，而不只是用來發表論文。

環境毒物學的服務場域不是在醫院門診，而是在社區現場。

往事像潮水般一波波湧來，每一波都令人眼眶發熱。

二、獨自雙人舞

「還沒決定要走哪一科，我的興趣在舞臺劇場。」王醫師說。

那是第一次會面，師生討論起「社區健康議題」的研究方向。

我說，通常內科醫師選擇心血管疾病調查；

外科系評估肌肉骨骼傷病，婦兒科辨識母性健康危害；
耳鼻喉科評估噪音作業的防護具，眼科辨識電銲作業的護目鏡。
至於「舞臺劇場」，就需要重新設計教材。
就約個時間前往關渡的山丘，請教師長，劇場燈光的高架作業安全，以及舞蹈的人因危害評估。

站在舞蹈實習劇場，想像現場正排演《胡桃鉗》「雙人舞」。
請看第一段編舞，以「人工物料檢核表」評估男舞者獨挑大梁的人因負荷，風險等級為三，屬中高負載。
再看第二段編舞，男舞者增加為五人，風險等級就降為二，屬中等負載……
最後，藝術大學的師長忍不住，問了一句：
「同學，你一直在做舞臺劇？難道現在，醫學系很好唸嗎？」

三、工廠親子日

「你有沒有來過這裡？」

車子進入廠區大門，我問身旁的林醫師。

「沒有。」

就這般一問一答。

林醫師極其寡言，但在月初規劃課程的時候，他得知有這個廠訪機會，主動表示希望一起前往，因為他的父親就在這裡上班。

「職場是座有圍牆的社區，」我說，「還有警衛門禁，以及看不到的監視器。」

因此必須事先申請，進入園區也必須遵從廠方規定，包括安全動線與保密協定。雖然有點複雜，但是課程還是需要這樣安排。

因為，唯有進入職場才能感受出什麼是噪音，也唯有親臨現場才能瞭解作業動線，以及製程危害。

當初規劃課程，我還曾思索，如何處理可能的偶遇。

走過一排排的大型機組，他突然停下腳步，在油霧薄暮中，凝視彷若父親的身影；或者，在金屬零件碰撞聲中，父子彼此輕喚暱稱。

然而這一切都沒有發生；只在期末報告時，他變得十分暢談，說起廠區所見的總總，以及如何預防與改善。

是的，就是這樣，在未來三十年，你將逐漸發揮你的影響力，去解決今天所發現的問題。

四、默劇與說書人

社區健康促進通常安排健康講座，但是職場健康促進需先評估風險，再依優先排序健康衛教、改善工程或調整工作。

「這家職場的下背疼痛員工，集中在倉管部門。」我說，「承辦人表示，事關產品機密，暫時無法安排現場危害辨識。」

「這樣如何評估？」蔡醫師困惑望著我。

還是有解決方法，請員工表演「默劇」，職醫化身為「說書人」。男性員工走上舞臺彎腰前傾，我說「姿勢評級」四分（中高）；荷重有如提壺，「荷重評級」一分（低）；行走空間無礙，「工作狀況評級」〇分（良好）；每天抬舉一百次，「時間評級」四分（中等）。蔡醫師填完調查表，說：「推估風險等級為二。」

「最後要註明，」我說，「以上紀錄是當天下午三點至三點二十分在會議室，請員工示範工作內容，模擬作業流程的初評結果，建議另約時段實地複評。」

五、老橡樹的黃絲帶

在醫院裡思考醫療問題，永遠只能看到高塔的門窗。

開車前往工業區，請年輕醫師坐在前座，計算沿途的「機慢車兩段左轉標誌」；因為職傷個案右側偏盲，這條通勤動線，就是勞工的復工之路。從此外勤工作只能改為內勤。就到現場看電腦桌的擺設，鍵盤滑鼠是否需要設計成左手操作。

單手又如何綑綁文件？

「文件放入高約十五公分的空瓶，再滑動瓶外的橡皮筋套入文件。」廖醫師說。

對，親臨現場才會出現答案。

橡皮筋套入文件，就像綁一條黃絲帶在老橡樹上，這就是職傷復工。

六、孤島颱風夜

進入蘇澳市區，車行緩慢下來，路況報導臺九線一一五公里處坍崩，車道雙向中斷，中午過後才可能通車。

原定十點要到南澳衛生所，眼看已近九點半，一群人堵在蘇花公路的北端入口，決定立即調頭，趕搭蘇澳新站九點四十四分的自強號火車。穿過東澳隧道，到達南澳火車站已是十點十分。天空飄些小雨，在前往南澳衛生所的路上，我說，以後很可能遇上這個問題：當公路交通中斷，你守著一個醫療孤島，雨勢漸大，病人又急需後送，該怎麼辦？

親臨現場，回答的就不是假設性的問題。

衛生所的楊醫師說起，那年颱風，鄉民被毒蛇咬傷，打過抗蛇毒血清，上臂依然腫脹逐漸發黑，眼看就要敗血性休克，需要緊急後送，但是公路與鐵路全面中斷。

「直升機。」蘇醫師說。

「病況完全符合空中救護的緊急轉診；但天候不符合直升機出勤的標準。」

「這時，就需要運用『社區資源整合』。」

衛生所所長請鄉長聯絡臺鐵，出動區間工程車，以鐵道運送出病危病人。

七、散步到海洋

在這裡，時光不能比喻成河流；放眼望去，時光的本質是四面波湧的海洋。二月灰濛，四月朦朧，六月透明，八月清朗，十月海風吹來十二月的厚重。

清晨四點，通常是被窗外的風喚醒，但大多是因為內心翻動的思緒，醒來即無法續眠。起身帶著水壺與手電筒，伴隨星光走上山路。海風凜冽，滿天星斗，天際線的最高處就是蘭嶼氣象站。

在這裡，時光不能比喻成河流；放眼望去，時光的本質是四面波湧的海洋。

繞過山徑的彎道，天色轉亮，我固定在這裡回首，看著與海相連的衛生所，頂樓宿舍的燈光已經亮起。

這是年輕醫師的週日清晨，也是他的教會禮拜日。但是醫療無假期，所以就由「送醫療上山下海IDS計畫」提供週日的醫療。

回到紅頭村的診間，我看到朱醫師書寫的病歷，密密麻麻列滿數字，原來是在計算三餐水芋與飛魚的卡洛里數，再翻看檢驗報告，病人的血糖果然控制下來。

還有一次，搶救溺水病人，朱醫師插管，我壓氣袋。結束後，兩人聊起當年的社區醫學訓練。

那時為什麼要安排一星期的返鄉課程？

因為醫學生在外出求學七年之後，需要重新瞭解家鄉的醫療現況，以及需要的資源。

然後，社區醫學課程就不只有兩個月；

也不只是一個診間，而是這片寬闊的海洋。

社區醫學沉思錄

演講題目「我的學與思」，經常引用「學而不思則罔，思而不學則殆」，這段話說的是不思與不學的後果；就像閱讀《老人與海》，直接翻到最後一頁，只剩魚骨頭。但是，若要討論學與思的方法，就引用「博學而篤志，切問而近思」。怎麼說呢？這需要沉思。

一、惡水上的病房

納莉颱風當天，我在醫院值班，先是停電，啟動緊急發電後，傳來消息，大水即將淹進地下車道的入口；地下二樓的柴油發電機一旦浸水，醫院就是全面斷電。

我與邱主任守在加護病房，眼前是一排使用呼吸器的病人，病歷與X光片都已裝入塑膠袋，就等轉院。一輛救護車只能載一位，水還在漲，如果第二趟車熄火滅頂，第三床以後只能留在斷電停水的原地，呼吸器全部仰賴手動，維生系統缺乏有如野戰醫院。假設第一床是八十五歲的肺炎長者，第二床是身分不詳的腎衰竭病患，第三床是三十歲的外傷工人，第四床是五十五歲的董事長腦中風。先轉哪一位？

這是漫長的一夜，天亮後，我冒雨繞到地下車道入口，發現一個很奇特的現象，道路淹起來的積水，逕自流到對街；原來醫院建築在虎山山脈的支脈。這場暴雨在醫院兩側分流，又回到前世定居的後山埤與中陂。

颱風過後，我走出醫院，四處走訪；比較基隆河兩次截彎取直（一九六四～一九六五與一九九一～一九九三）前後的地貌。

因為文獻是這樣說「河川從發源地到出海口的流徑長度，大約是兩點直線距離的三・一四倍（π值）」（River meandering as a self-organization process. Hans-Henrik Stølum. Science 1996; 271:1710-3.）。

換句話說，截彎取直開發出來的商業用地，一旦豪雨來臨，依然是河川地；水流總是會找到生命的出路。

基隆河的憤怒，是臺北盆地世世代代的宿命。

二、溯游基隆河

那年卸下教委會總幹事的重責，心情的活動空間突然擴大，年輕時的夢又回來了。一個背包，裝著望遠鏡與照相機，選一個週二下午，沿著基隆河順流或上溯，尋找一個定點，觀看岩層以及著生的植物。

在天氣晴朗的時候，登高遠眺，以望遠鏡尋找我們的醫院；從大崙頭山、金面山、碧山巖、九五峰遙望臺北城廓，根本分不清南港、內湖或汐止，想想我們醫院服務的社區，其實就是基隆河流域。生活在這個河域的人們，進入或離開臺北盆地，都會繞經我們的家門。

在一覽無際的山頂，思緒常常變得天馬行空。有時想像個人的生命史是一條河流；醫療工作者擷取到的疾病表象，只是河流的一個斷面；如果能夠溯溪，每位病人背後應該還有一部更龐大的疾病誌，故事的源頭可能是在金瓜石的礦坑，或是八堵的運煤船。

有時想像河流有如人體的動脈，百年洪峰引爆脆弱管壁的堤防潰決，一如腦溢血造成城市的癱瘓；而我們神經科的頸動脈超音波能夠模擬一種水工試驗模型，估算出流動的水量壓力，在河流陡直處做一個繞道手術，回復基隆河截彎取直前的面貌。這些山頂上的思緒，在下山之後依舊翻騰，因此提筆塗鴉當作沉思。

三、暖暖時光機

社區醫學的學習場所，通常是由導師排定。然而，有些傘兵型的醫師能夠自主提出學習目標，選擇越界空投，定點跳傘之後就能落地生存，還定期提出社區經營報告；當同梯戰友退伍，李醫師仍留守在灘頭堡，幾番春去秋來，傳回訊息「過港廊道計畫時光機：年輕人齊打拚　深耕社區保留文化——關懷老人，傳遞社區醫療概念」。

然而，老師已不再年輕，只能從塵封的書架，整理出幾張社區地圖，參加李醫師的「過港廊道計畫時光機」，包括：臺灣第一張「實測全景圖」、臺灣第一張「等高線地圖」、北臺灣第一張「內河航行圖」。仔細觀看這張「內河航行圖」的標示地點，位於基隆海港附近的河港，推測就是基隆河的暖暖港口。

從暖暖老街走下斜坡，翻過河堤，找到古渡船頭，站在鐵道橋下，果真看到與寫真圖片一樣的山巒；時空的縱深，瞬間拉長一百二十年。

四、波斯市場

上車後，我問喬醫師，知道今天要去什麼地方嗎？

課前如果沒有準備，就像矇住眼睛，被動帶入全然陌生的邊界。

所以，請翻閱講義，看看如何測量駱駝的乾草，阿拉伯羚羊的飼料。

是的，這堂課安排前往「波斯市場」。

一捆牧草幾公斤，磅秤可以直接說出答案；但是，如何評估搬運者肩頸與下背的負重？超過負荷，要如何防治？

就用「魔毯」來搬運。

電動升降平臺車、堆高機、加裝底輪的工作平臺，就是波斯市場的魔毯。

「工作平臺有多高？」我問。

喬醫師從背包取出雷射測距機，測出七十公分。

「這一籃胡蘿蔔有多重？」

我上前使力抬舉，說：「二十公斤。」

為什麼這麼神準？

因為超過二十公斤，我的左肩就會痠痛。

五、曠野的天文學者

天文學者有兩種，一種在研究室演算數據，另一種在夜空下觀察星體的運行。在教師節前夕，特別介紹師鐸獎的入圍者：懷特先生（Walter White）。

基本上，懷特先生是一個好老師。

他不僅在課堂上講述學理，也在實驗室示範操作，更將化學原理運用到日常生活，而且一路提攜問題學生傑西。根據這些教學事蹟，懷特先生很可能勇奪年度優良教師；只不過在頒獎前的記者會，媒體爆料：這位老師竟然將化學知識用來製毒，而且還邀請學生參加，證據是《絕命毒師（Breaking Bad）》影集。

這部影集總共五季，美國播出時期二〇〇八～二〇一三，曾得二〇一四艾美獎最佳影集。我是邊看邊讚嘆，書唸得再怎麼多，也無法懂得這麼多；不到作業現場，絕對寫不出這種劇本。換句話說，這部影集是絕佳的社區醫學與職業醫學的教材。

但是要當作教材，醫院的教學委員就會要求提出教案。這有點難，只能先擬出四個大綱：個人防護具使用、危害物辨識、安全資料表、化學品不相容。

第一，這對師徒聯手製毒的作業場所，共分為四個階段：休旅車、洗衣房地下室、除蟲屋、毒梟屋。但是，只有洗衣房地下室能夠提供完整的防護設備，包括：化學防護衣與手套、安全護目鏡與面罩、全面式呼吸防護具，以及局部抽氣設備。教材擬訂呼吸防護計畫，進行防護具密合度測試，以及生理評估。

第二，危害物辨識：氫氟酸可以腐蝕骨骼、浴缸、木頭嗎？此物無堅不摧，連金屬都能侵蝕，只能以硬塑膠桶當容器。

第三，安全資料表：雷酸汞的爆炸威力果真可以彈飛三丈嗎？這需要認真查詢「化學品全球調和制度」，才能寫成講義。

第四，化學品酸鹼不相容，人員分組也需要考慮是否相容。因為課堂互動如撞鐘；通常，同一實驗室可容三座自鳴鐘，卻容不下兩座自走砲。

最後，特別推薦《絕命毒師》影集的一個精采片段，做為社區醫學的經典教材。懷特老師有一位高徒名叫蓋爾（Gale Boetticher），他以孺慕之情向老師朗誦了惠特曼（Walt Whitman）的詩作〈當我聽見博學的天文學者〉（When I Heard the Learn'd Astronomer）。這段告白呼應劇情而且意境深遠，有如天籟。

社區醫學就是實踐這般教學理念：在課堂分析天文圖表與數據，倒不如走出教室，在夜風裡仰望星空。

六、氣管急症

三十年前，我在林口長庚醫院擔任住院醫師，從未戴過口罩或護目鏡，就直接為病患插管。學長只教我們一句話：全程憋氣！一定要全程憋氣！

後來在職場遇到電銲的老師傅，他說從來不戴護目鏡，因為他在電銲的瞬間，只做一個動作：閉上眼睛。他年輕時從事鍛銲工作，眼睛曾遭氬銲灼傷，眼淚熱到可以燙傷皮膚。回想當年我們唯一的防護具就是「運氣」。

到了總醫師那年，輪派高雄長庚醫院。有天半夜，接到小朱醫師的電話，說插管出了問題。衝到現場，只見病患口唇一片血沫，急忙接過喉頭鏡，伸入長條棉花棒，清除口腔血跡，瞥見門牙卡住聲帶，急拿鑷子探取，卻僅及舌根；這時病患呼吸急促，我脫口竟說，快拿筷子來。護理師遞過來的是條長鑷子，一伸手就順利夾出門牙。

我看著長約二十公分的鑷子，問是哪裡借來的？

「婦產科，」護理師說，「你只用到一半的設備。」

順著她的手勢，我看到器械臺上還放了一支「鴨嘴器」。

七、社區在人間

如果要推薦社區醫學的教材，《人間》雜誌就是首選中的最首選；不論是過去、現在，或是未來。

這套教材拋開所有的課堂理論，直指落實理念的方式只有一種，就是關注眼前的人與環境；因為，腳踏得到土地才能稱作社區，人能存活的空間才是人間。

一九八五年夏天，我從陸軍二八四師退伍，進入林口長庚醫院擔任神經內科第一年住院醫師。有一天在宿舍地下商店街，看到一份黑白封面的雜誌，當晚反覆翻閱，無法成眠。

印象最深的是第十一期（一九八六年九月）的《鋼鐵祭》特別報導〈在鋼鐵叢林中〉與〈沸騰的大海〉，出現拆船廠爆炸、墜落、粉塵的各類職災，同一期的《一條河流的生命史》〈尋找一瓢乾淨的基隆河水〉，跨頁展開基隆河截彎取直之前的全景。還有第十三期（一九八六年十一月）的「濁水溪」，從奇萊北峰的佐久間鞍部到風頭水尾的彰化大城，「等天一亮，太陽依舊會照在這大同農場上」。

這份《人間》雜誌出刊四年（一九八五～一九八九），正好是我的住院醫師四年，也是社區醫學的啟蒙。日後的社區走訪，常常是在尋訪雜誌活生生的類似影像。

為什麼從神經內科走到職業醫學？

因為《人間》雜誌的啟蒙。

「臺車道從礦山蜿蜒著鶯石山，通向車站的煤礦起運場……」[1]從鶯歌火車站出發，沿著昔日臺車軌道，尋找山坳的煤礦坑，一路走到二坑步道的巷底，但沒找到書中的「土角厝」。請教一位老人，順著方向，翻上山徑，只看到一間傾頹的老屋。

繼續往山頂走，因為腦海中還有一個小說場景，必須登高遠望：

「太陽在柑仔園那一邊緩緩地往下沉落。大半個鶯鎮的天空，都染成金紅」[1]。

1　陳映真〈山路〉，《鈴璫花》洪範書店，二〇〇九：七十八～八十

A

社區醫學踏查紀行

遠足是課堂與書本的延伸，親臨現場，潛入蜂蝶飛舞的祕徑，
感受綻放的花香，這有別於平面展開的百花圖鑑。

社區醫學秋天遠足——青春的海岸

「沒有任何一堂課可以單獨存在，今天的遠行是課堂與書本的延伸。課程所描述的健康營造是一種概念，今天要看的是實務。」

一日看遍長安花，我說，雖然只是走馬看花，但是親臨現場，可以看到花朵生長的土壤，感受繽紛綻放的花香，以及翻飛在花香祕徑的蜂蝶，這些都不見於平面展開的百花圖鑑。

這一路就沿著東北角的濱海道路遠行。年輕醫師們，如果還有時間，我們可以聊起這個海岸百年來的疾病醫療史，從馬偕一八八〇年代行船到蘇澳，到現在澳底群體醫療中心的夜間值班，從人間雜誌的天崖海角牧羊夫妻，到黃春明看海的日子，你喃喃說著想著，車子已經繞過南方澳。盤旋越過猴猴溪的谷地，眼前開展一片碧藍，大海款擺鑲白蕾絲的藍裙，舞動出最輕柔的芭蕾，天！這就是全世界最美的海岸——東澳。

回想課堂上介紹過的社區健康營造，今天我們脫下白袍，遠離城市，計畫選擇一個濱海的村落，到南澳瞭解衛生所的實務，體驗一種不同於都會區的社區健康照顧，包括：緊急事故處理、後送轉診流程、肺結核防治、巡迴醫療與衛生室業務。

當然，今天的課程並不是進入衛生所才開始，我說，這條爬山越嶺的公路就是轉診就醫的流程。再看看東澳衛生室位在南下蘇花公路的右側，因為左側屬於蘇澳鎮，想想我們正走在原鄉與平地的界線上，談起同治十三年（一八七四年）開闢的蘇花古道，再漸漸帶入今天社區醫學的主題：偏遠地區的「整合性健康照護體系」。

看到南澳的路標之後，車行漸緩，衛生所就位在蘇花公路南下第一個紅綠燈路口的右側。衛生所主任正在看診，石護理長帶領我們到二樓的會議室，介紹南澳鄉衛生所日治時代原為大南澳公醫診所，一九四六年正式成立南澳鄉衛生所，一九九〇年成立群體醫療執業中心，二〇〇〇年成立部落健康營造中心，藉由社區健康營造，瞭解住民的健康問題，提供醫療照護；石護理長說起如何在這塊熟悉的土地上，借助教會活動推動肺結核定點服藥、結合編織與舞蹈推動社區營造。年輕醫師請教當地醫療資源，包括夜間就醫與緊急轉診，也討論當地的健康議題。衛生所楊所長適時出現，帶領我們回到一樓的診間，這時民眾多已就診完畢，所長指著急救床與周邊設備，說明這裡是蘇澳到花蓮一百多公里之間，規模最大也是責任最重的急救站。時間已過中午，楊所長下午將到東澳衛生室巡迴醫療，我們相約午後一點半到東澳相見。

午餐享用南澳火車站旁的池上便當，我說，餐後還有點時間，一起去看看同治十三年羅大春開闢蘇花古道設立的石碑，就在衛生所前方路口直走百餘公尺處。這個與社區醫學有什麼關係呢？我早知道你會這樣問，所以已準備好答案；我說，百餘年前初臨此地的清朝人十大死因以疫癘為首，所以請注意身邊的小黑蚊，以及登革熱防疫的主題。本地的社區醫學史誌，就清晰刻勒在古石碑上：「宿瘴食雺疫癘不侵道路以闢」。

因為時間有限，我們只能在古石碑前遙望濱海的山頭。年輕醫師們，如果有興趣，一定要自己前來，沿著朝陽國家步道，登上這座名為龜山的山頂，展望大南澳溪的出海口，以及伸展臂膀攬著烏石鼻的蔚藍海岸；如果仍意猶未盡，還可事先查閱古籍史料，從十九世紀歐洲人侵墾的碉堡，到清朝的守備兵營，再到現場尋找百餘年前留下的蛛絲馬跡。我還是擔心你會問，這個與社區醫學又有什麼關係呢？嗯，這些都是社區總體營造的素材，我說，一種融入歷史人文、自然生態、建築景觀、在地產業與健康環境的社區總體營造。這麼說，會不會太抽象？或者，就等下一個行程「無尾港港邊社區」，我們將體驗一個生動的實例。

說著，車子已到東澳衛生室。午後近一點半，候診室內已有三兩長者，衛生所的巡迴醫療車隨後駕到，開車的正是楊所長。一行人將車上的醫療器材與藥品搬入，立即開始看診。楊所長熱切招呼年輕醫師進入診間，說明衛生室的醫療作業與就醫流程；年輕醫師在候診室探問民眾的健康狀況，也注意到拄杖長者的足趾腫脹，是痛風嗎，有什麼食物會加重症狀嗎？長者提起以前曾經在和平醫院就醫。這是一趟多遠的路程。

離開衛生室，我們在東澳海濱稍作停留。其實，我最怕被問，這海濱與社區醫學有什麼關係？因此，每一個定點我都必需準備教材，請跟著海風輕擺你的腰身，放鬆心情；這一站的主題是伸展筋骨十分鐘，主題曲就叫做：青春的海岸。

沿著濱海公路方向北上，穿過蘇澳港北邊的蘭陽隧道，走右邊第一條岔路，來到蘇澳鎮的「港邊社區」。約定午後三點的社區導覽，就從「港邊社區發展協會」的無尾港願景館開始。社區解說員張小姐正在彩繪板岩，依據石塊的型樣塗上魚族的衣身。這些板岩全都取材於這塊土地，最醒目的就是願景館旁的石板屋，已有三代歷史。張小姐說起當地如何凝聚共識，阻擋火力發電廠的設立，爭取成為「無尾港水鳥保護區」，同時保存河流、沼澤、沙灘、旱田、山丘樹林的多樣生態環境，現在十一月正是雁鴨前來度冬的季節。我拿起望遠鏡，注視對岸木麻黃樹上密密麻麻的黑鳥，鷺鷥！水面漫游的是尖尾鴨。我們尾隨張小姐走過防風林，她隨手抓起腎蕨，指著根部，說起裡面飽含水分，再介紹黃槿、馬鞍藤等濱海植物，以及螃蟹、地鼠的行蹤。在參訪過「兵將寮」、湧泉水池與清澈古井之後，我們來到無尾港解說中心，以及最後一站的「木造工坊」，專案經理人腰繫釘槌，手持量尺，說明如何使用廢棄木料煙燻加工，創造出桌椅書架、相框墊板的新生命。這正是社區營造永續經營的機制，從願景館的彩繪石板、解說中心的自製冰棒，到木造工坊的再製家具，更重要的是社區維護自然生態與歷史文物的共識。今天已晚，我再補充什麼教材都是多餘，年輕醫師眼見的都是社區營造的真材實料，包括：歷史人文、自然生態、建築景觀、在地產業與健康環境，在此一應俱全，而且生動融合。

用過晚餐，在回程的路上，我的思緒翻動；再次質疑，需要安排這麼遙遠的行程嗎？可是看過都會區的健康中心之後，是不是也應該看看非都會區的衛生所呢？看過健康城市的營造之後，是不是也應該看看鄉鎮社區資源的融合方式？但是除了參訪，我們還能做什麼呢？

夜行濱海公路，天色已轉黑濛，但偶爾露臉的月光，仍適時照亮一路伴行的青春海岸。

同治十三年（1874年）大南澳開路石碑。

（上）本地的社區醫學史誌，清晰刻勒在石碑。

（下）親臨現場，回答的就不是假設性的問題。

社區醫學冬日踏查——風往哪裡吹

車子繞過公館圓環，面對著前方的小山，我說，山頂有座蓄水池，就是今天登山的最高點。這次社區踏查的主題是「職業醫學與環境衛生」，地點選在臺北自來水園區，目標在瞭解都市供水，以及辨識作業場所的健康危害。

參訪的路徑有三種選擇，第一是入園後直接到簡報室看導覽影片；第二種是從岸邊出發，順著當年溪水過濾成清水的路徑走一遍；還有第三種方法，就是直接上山俯視臺北盆地，想像一百年前的衛生工程師如何規劃引水動線。學校的戶外教學都是先看導覽解說，但是我們今天換個方式，直接走到山頂，實地觀看水從哪裡來，風往哪個方向吹，思考百年前為什麼選這個地方當作水源地？

「第一當然要有水，第二要有山。」

選一條清澈的河，還有一座高於臺北所有建築的山；而且還要有電，唧筒才能打水上山。但是一百年前，臺北的電源在哪裡？

「龜山發電所，就在新店溪的上游。」

河流帶來豐沛的水源與電力，也帶來侵蝕沖刷，因此唧筒室的選址要避開水路河道，就設在山腳的內緣。

那麼，唧筒室座落的方位呢？

「就看風往哪個方向吹。」

臺北盆地東風最盛，面東的整排長窗可以引進氣流；如果設計成弧形建築，還可像漏斗般，匯聚流動的風湧，快速散出西窗。而且前窗與後窗的距離不能太長，也不要有牆柱阻擋，因此唧筒室就設計成挑高空間的長廊式弧形建築。可是，挑高空間為什麼是往下挖出地下樓層，而不是向上搭蓋高樓？

「主要因為岸邊的取水口低於地面；其次，唧筒設在低處，產生的高溫可向上散熱。」

唧筒室的進風口設在高處，作業區設在低處，這種設計有如「波斯風塔」。

氣流有進，就要有出，通常是東窗迎風，西窗散出熱流，但是如果風向改變，或者無風？

「沒有風，就藉水流引風。」

注意看，地下樓層的內凹側有一個夾層走廊，功能是排氣通道，連接室外地表的三座排氣孔。這個排氣通道十分特別，空間越走越窄，必須側身才能走上階梯，階梯連接的通道僅容爬行，結構有如斜立的漏斗，功能像是曲折的煙囪；更特別的是通道的地面還有長長的排水溝，屋頂與地表的雨水順著排水溝流下，水流上方產生負壓，就是高溫氣流向上攀升的通道。

在沒有冷氣空調的年代，這座工業建築已考慮到高溫作業的通風，而且弧形廊道敞開的長窗也可減少噪音的繞射。

回顧今天的社區踏查，再次思考：唧筒為什麼設計成弧形建築？原水與清水如何分流？蓄水池標高四十二公尺，可規劃多大的供水範圍？當年的基隆、新竹、臺中、彰化、臺南、高雄是否也有唧筒室與水道？

挑高空間有助散熱通風。還有夾層走廊（箭頭圖示），作為排氣通道。

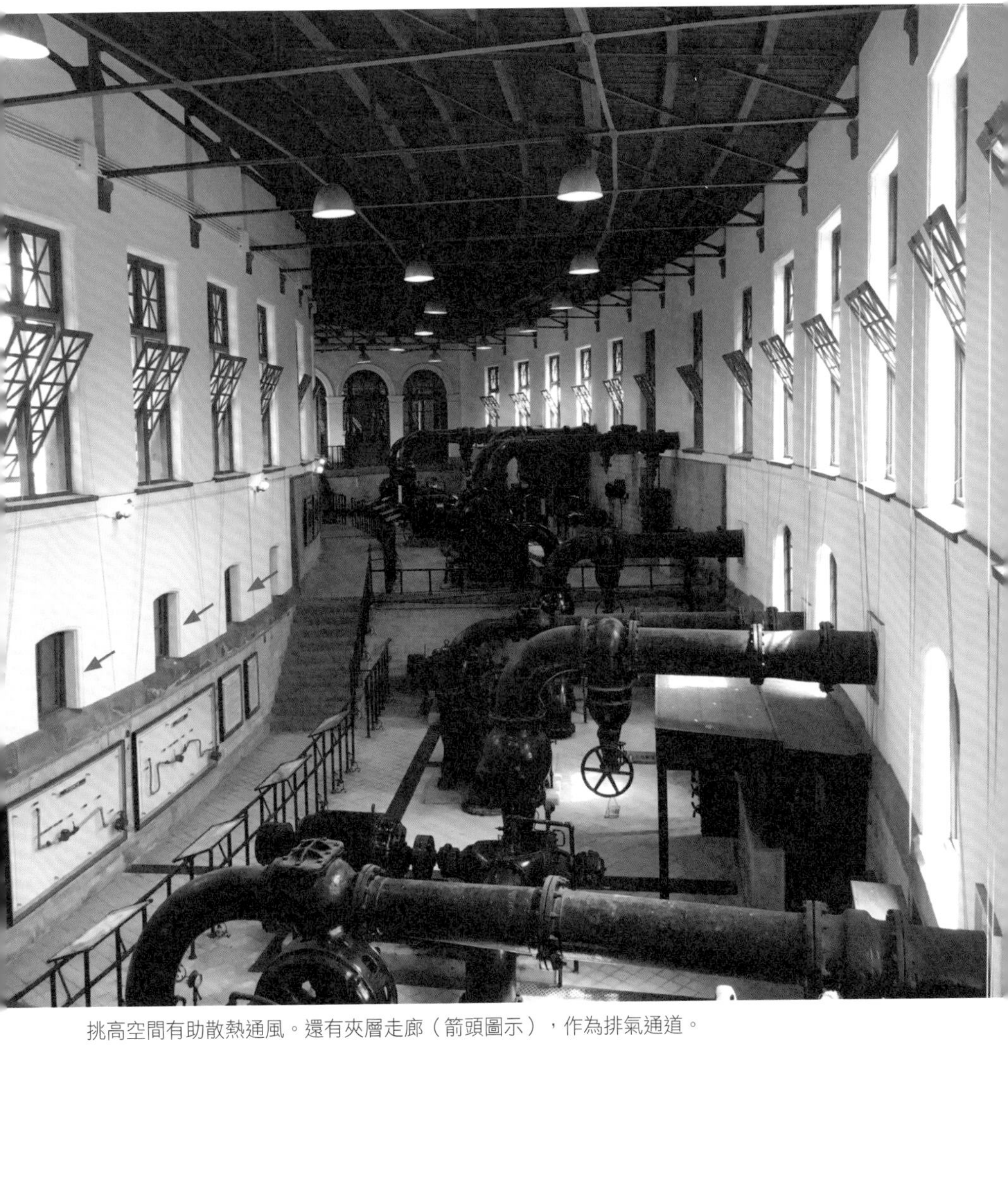

最後，再進入唧筒室觀看導覽影片，瞭解「原水與清水如何分流」，認識這座一九〇七年建造的工業建築，不僅具有晚期文藝復興式的華麗外觀，也擁有心臟唧筒與血管水道的有機功能。如果還有興趣，就翻看《臺北水道誌》，攤開平面圖，比較這一路的水位起落，沿著取水口、導水井、第二導水井、第一唧筒井、唧筒室（原水抽水機）、抽水送到分水井、沉澱池、沉澱井、過濾池、過濾井，再送回第二唧筒井、唧筒室（清水抽水機）、再抽水送到山頂配水池（蓄水池與配水井），最後落到山麓的量水室。

關於「蓄水池標高四十二公尺，可規劃多大的供水範圍」，已知蓄水池容量六萬五千公噸，初期以供水十二萬人為目標，每人每天平均供水量四十八公升，另外還要考慮水管的管徑。年輕醫師們，如果能夠提出算法，我就請你們到量水室的冰淇淋店裡吃冰。

說著說著，我們回到弧形建築的正前方；站在中心點，我說，請想像這裡曾有一座巴爾頓（William Kinninmond Burton，一八五六～一八九九）的半身銅像，他在一八九六年來到臺灣，擔任衛生工程顧問技師，一八九七年罹患瘧疾，兩年後病重去世，他的學生濱野彌四郎，一九一九年為恩師設置銅像，安放在這個弧型建築的內圈中央，是否有意設計成日晷的功能。

「日出的第一道陽光，照射巴爾頓銅像，投影在弧形建築的立面；眼前的十二根廊柱正是對應二十四個節氣。」我說。

宣醫師拿出手機，啟動羅盤與天象圖，告訴我，弧型建築的正面並不是朝向正東方，而且唧筒室的原始設計並不包括銅像，因此質疑銅像的日晷功能。

說得有理，我說，好吧，我請你們冬天吃冰。

社區醫學春季紀行——帶你到關西

應邀重返醫院，為年輕醫師導覽畢業前夕的修業旅行。

坐上遊覽車，拿起麥克風，我說：

今天的主題是「環境危害的辨識與評估」。

課前如果沒有準備，就像矇著眼睛進入迷宮。

所以，請開啟通訊群組，點選講義，一上車，就是課程的開始。

坐在最後一排的醫師，回答第一題，如何搬運駱駝的乾草飼料？

乾草一捆二十公斤，人工搬運最費力；至於如何辨識「壓垮駱駝的最後一根稻草」？物料如果重於三百公斤，就超過人力手推車的負荷；物料如果重於一千公斤，也超過手推軌道車的負荷。

講完第一題，一小時的車程已經過半，半數學生也已進入夢鄉。

來，戴眼罩的那位同學，請看第二題，這題一定考，因為老師也不會。

五十二歲男性，來到急診室，述說剛才在除草，右大腿外側突然出現點線狀紅色病變，是禽蟎叮咬，或是帶狀皰疹？其實都不是，但是如果直接說出答案，你立刻又會睡著。

第三題，老師要說明內耳平衡的機轉，今天搭乘雲霄飛車或海盜船都用得到，測試方法是搭完海盜船，大家排成一直線，單腳站立，比賽看誰能夠站最久。這個生理機制的平衡要訣，就在講義的第五頁，標題「迴繞的車道像是耳蝸管」。嗯，那位童鞋，請卸下耳機，注意聽：耳蝸管是管聽力，半規管才是管平衡。但是，耳蝸管的內淋巴液為何連通半規管？

老師如此解說，有沒有讓大家更頭暈？

轉個彎就要進入園區，最後說明，請根據課前的分組，到現場觀察，與老師討論，下午四點必須在大門廣場的大樟樹下提出報告，每組三分鐘，主題不限，並在報告之前，將圖檔傳至群組，不能只寫四個字「夭壽好玩」。

下車後，請遵照園區規定，酒精洗手量體溫，進大門直走到音樂噴泉水池，補充水分之後，順時針開始繞行園區。

第一站【非洲部落園區】，就站在動物展示場外的樹蔭下，延續車上的話題。推拉作業的人因負荷，除了評估荷重與使用工具之外，還要考量哪些因素？如果教材可以在車上講完，就與課堂聽課沒有兩樣，所以請看看獸籠的地面是否平坦、有無草叢泥地、運送的斜坡是否二至五度，或者大於五度，以上四種工作狀況的量級依序倍增，分別為〇、二、四、八分。

繼續往前走，踏上斜坡與階梯，思考如何減輕負荷。請看講義所附圖檔，如果搬運的空間寬敞，就使用四輪推車；如果狹窄曲折，就用雙輪手推車；更窄就用單輪手推車。注意看，這裡還有三個車輪的手推車，前輪設計成耕耘機專用的花紋大輪胎，右手握把還有白色的扭盤，對，這是一種電動手推車，可以克服陡坡的運輸障礙，又可行走在空間狹窄的泥地，工作狀況的量級分數可以從八分降到零分，這就是人因工程的改善。

第二站【阿拉伯皇宮】，再次清點人數。因為，遊學參訪有個半衰期，通常一小時之後，人數只剩一半，但眼見現場人氣沸騰，只能再找一處高塔遮蔽的蔭涼角落繼續解說，主題是建築散熱與通風。

請仰頭看，高塔頂端有個通風口，阿拉伯建築為何如此設計？

書上說，利用高塔的煙囪效應，吸引室內空氣，沿著煙囪向上排放。太陽輻射照熱直立的煙囪，也會加強氣流上昇。高塔是最簡易的散熱煙囪，另一種「太陽煙囪」較為複雜。話題如此這般東拉西扯，有沒有感覺像是在搭乘阿拉伯飛毯四處雲遊。

說得口乾舌燥，中場終於可以休息。就約定午後一點半集合，地點在音樂噴泉水池的爆米花店。中場如果需要討論，可到魔幻劇場找我，我在裡面吹冷氣。

整個遊樂園區，沒有人在睡午覺，下午的課程就準時開始。因為教學部的督學已經出現，但是學員混入人潮，已無法一一點名。

直接進入第三站【南太平區】，此處杆欄式的建築四壁透空有助通風。竹架屋頂四面傾斜覆蓋茅茸，外設老虎窗，還有矩形天窗的太子樓有助散熱。層層疊高的杆欄建築，由下向上漸縮，像是逐層補風的散熱煙囪。所以這一區根本不需要裝設冷氣，人聲喧嘩也不覺得吵雜。只有大怒神的尖叫聲能蓋過我的麥克風。

第四站【美國大西部區】，先到鐵匠的工作坊，看看鍛焊火爐的正上方，有座氣罩連通煙囪，直接排煙至屋頂高處。輕煙飄過去的方向，就是大峽谷急流泛舟，但是老師還沒準備好講義，只能安排下次再來。

下午四點，我們依約回到大門廣場，請各組輪流報告，分享學習心得。第一組已經傳來檔案，標題是「搭乘笑傲飛鷹是否有助腎結石排出」，因為結石卡在腎盂，如此倒立旋轉加速俯衝，瞬間落井下石。哇，創意十足，老師補充說明「笑傲飛鷹」的出口處，有一座「淘金槽」，可以用來篩濾「腎結石」。

第二組的題目是「布偶裝與胸廓出口症候群（Thoracic outlet syndrome）的防治」，老師就在樹蔭下伸展雙臂，模仿哈比與哈妮，示範如何檢查胸廓出口受到壓迫，測試結果陽性，因為電腦背包揹了一整天。

車上小睡片刻，回到醫院遇到許主任，他說醫院評鑑快到了，還需要一篇社區醫學的教學報告，主題是「環境危害的辨識與評估」。

啊，下班才是工作的開始。

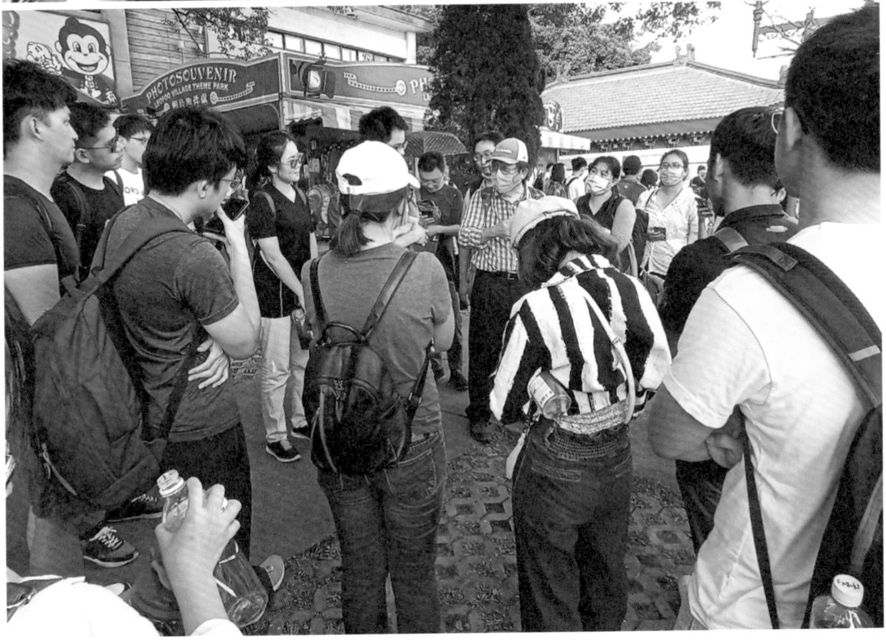

上｜鍛銲大爐上方的漏斗型氣罩，有助加速散熱排煙。

下｜第一組簡報「搭乘笑傲飛鷹是否有助腎結石排出」。

社區醫學仲夏夜遊——基隆發的早班車

今晚化身為夜行俠，揪團夜遊基隆，晨會就在港邊舉行。

主題是「長期夜間工作者」的負荷評估。

在醫院只能聽到病人的口述歷史，離開醫院才能看到人與環境的互動。

約定搭乘最後一班列車到達基隆，時間午夜零點二十八分。出站後，先到便利商店買杯熱咖啡，遙望燈火通明的貨櫃碼頭，再散步到基隆廟口，點一碗滷肉飯配肉羹，然後到崁仔頂看魚貨。

回想這一路走過來，遇見哪幾種夜間工作型態？

運輸業分為早班與夜班，二十四小時超商區分日班、小夜班與大夜班，廟口廚師半夜兩點收工，漁市老闆做到天亮，麵攤併坐的顧客，是約好今晚見面的老員工，他在大武崙工業區上班，工廠的排班稱為四班二輪制（員工分為四班，早班7:30-19:30，晚班19:30-7:30），單數週做三休四，雙數週做四休三。

「做四休三」與「做三休四」有什麼差別？張醫師提問。

「做四」常常累到想辭職，隔週「休四」又閒到很想回去上班，老員工說，如此循環，生活運作已經變成常軌。

兩個月的日班，續接兩個月的夜班，這樣的排班感覺較易調整生理時鐘；不像從事運輸業的大哥，兩天早班（7:30-19:30），兩天晚班（19:30-7:30），兩天休班，雖然工時符合勞基法，但每天都在調整睡眠與用餐的時間。

年度健檢有做，但是健檢報告正常。

因為不能適應輪班，以及不健康的人都已離職。

老哥去年得了糖尿病，輪值夜班之後，一天三餐只吃兩餐，結果半夜低血糖，昏倒在廠房。

為什麼只吃兩餐？

因為用餐不方便啊。冬天冷到不想出門，雖然夜班中場休息可以用餐，但是從工作區走到公司的員工食堂，海風吹到簌簌鑽，走兩步就返回來，兩片吐司當作午夜餐，三餐就變成兩餐半。有時候上完夜班，累得只想睡覺，早餐也省起來。

如果有慢性病，就不能上夜班，每個月減少七千多元的夜班加給，可是再過半年就要退休，退休金算四十多個月的平均薪資，那就是減少三十萬。

醫院聽的是病史，離開醫院，現場看到的是作業流程，以及生活的裡層。天色漸亮，這篇「長期夜間工作者」的「工作調整評估報告」只寫一半，晨會結束後，還要搭基隆發的早班車回家繼續完成。

社區醫學修業旅行——畢旅遊京都

年輕醫師問，社區醫學是否能夠安排國外的行程？

我說，可以啊，先選定主題，我來寫教材。時間訂在週末，四天學程只需請假兩天，三個晚上都住京都車站附近。第一天搭機轉乘特急電車，到達旅店整理裝備與自由活動。第二天搭公車前往銀閣寺，再沿著哲學之道，一路散步到法然院。等一等，教學部急著問，你們的學習主題是什麼？

我說，你看我們踏上哲學之道[a]，沿途都在觀察與沉思，主題當然是「環境衛生與危害評估」。賞櫻賞楓都沒有列入行程，這些風景是很自然出現在眼前，因為陽春召我以煙景，寫報告的時候，大塊假我以文章。

那滑手機呢？

哦，是在點閱教學檔「環境衛生」，再自拍存證。聽說，京都水質世界第一，飲水與哲學之道的溪水，都來自琵琶湖，行程規畫沿著水流尋向源頭。來到南禪寺，出現一座水路閣[b]，走上斜坡，地圖標示是水道的第五隧道入口[c]，往上攀爬還有四座隧道，這還要走很久。中午就先享用京都風味餐，品嚐柴魚片在章魚燒上跳舞，再以舌尖輕觸擁舞。

午後前往琵琶湖疏水紀念館，預覽這兩天的行程。琵琶湖疏水道兼具運河、飲用水、公共用水、發電的功能。館旁有座紅磚挑高的古雅建築「蹴上發電所」[d]，正是日本第一座水力發電站，啟動百年前的電燈、電車及工廠動力。水力發電站外鋪設兩條陡坡大鋼管[e]，順著指標向上走，看到寬距的軌道綿延越過山丘，這就是傳說中的陸上行舟「蹴上傾斜鐵道」[f]。琵琶湖的船隻順著疏水道來到「蹴上合流池」，改搭斜坡軌道車[g]，河運轉陸運，越過山丘滑入市區的運河。

斜坡鐵道下方還有一個人行隧道，內壁紅磚以螺旋狀堆疊，似可增強支撐力量，入口門楣橫批「雄觀奇想」[h]。繼續往上走，遠望對面山丘就是蹴上淨水廠，再來到第一、第二疏水道匯集的合流池，往山坳深處望，看見一座紅磚白石柱的典雅建築，底層一排通風窗，屋頂設置圓筒狀通風窗，正是這一路找尋的「御所水道喞筒室」[i]。對照疏水道紀念館珍藏的設計原圖，以及現場所見的建築實景，幾乎就是臺灣水道與水力發電的原型；這趟哲學之道，最後來到臺灣近代工業化的發祥地。

但行程不能在此結束，隔日還要搭電車前往琵琶湖，在三井寺站下車，尋找琵琶湖岸的引水道入口，再隨水流穿過大津閘門[j]，走近第一號隧道口，細看上方題書「氣象萬千」[k]。下午計畫搭遊船環繞琵琶湖，換乘比叡山鐵道纜車，前往延曆寺戰國歷史名勝，登頂俯望周邊的山勢水文，想像百年前的工程師如何整體規劃，開鑿這條穿山越谷的琵琶湖疏水道，實踐「樂百年之夢」。回程再次來到蹴上合流池，致敬——田邊朔郎博士[l]。

第四天上午特別安排參訪京都鐵道博物館，下午搭機返臺。車上，我問：「各位同學，有什麼疑問？」

戴著小小兵帽的同學舉手說：「老師，說好的大阪環球影城呢？」

a	b	c	d
e	f	g	h

a｜哲學之道

b｜水路閣

c｜第五隧道入口

d｜蹴上發電所

e｜陡坡大鋼管

f｜蹴上傾斜鐵道

g｜斜坡軌道車

h｜人行隧道「雄觀奇想」

i | 御所水道唧筒室　j | 第一號隧道口題書：氣象萬千
k | 大津閘門　l | 致敬田邊朔郎博士

社區醫學生動教材——怪醫師豪斯

「你看過Dr. House嗎？」在社區醫學的課後，柴醫師這樣問我。

那天我們剛結束職場的活動，討論如何評估臨床症狀與職業暴露，以及鑑別診斷。這是學員向老師推薦的教材，一定非常重要；因此下課後，我立即搜尋，第一集看到一半，就從沙發跳起來，太有趣了，這組醫療團隊不僅在課堂分析病因，也到居家環境尋找證據，接下來的幾集，陸續出現porphyria, Wilson's disease，哇！製片團隊怎麼訓練出這群標準病人，能以逼真的症狀演出多重病程的交錯進展，不禁暗嘆一聲：「這才是教科書！」

根據教學的準則，只要有教科書，市面上就會出現參考書。我細看第一、二季影集的劇情與對話，再依據臨床診斷的教材需求，整理觀影心得，另附加影集的原文對話與出處，以供對照。

一、**病史**：病人往往將最重要或最不好開口的問題，留到最後一秒才提出。什麼是最後一秒，可能是病人離開座椅，或是握住門把的那一剎那[1]，或者，即使家人在旁提醒，病人仍然搖頭。醫師要如何掌握這關鍵的一秒？客觀結構性臨床測驗（OSCE）有個考古題：即將結束診療時，你要看著病人的眼睛。

二、**症狀的觀察**：即使是最完美的標準病人，也無法隱藏他原有的疾病。因為病人會撒謊，但症狀卻不會騙人[2]。可是，病人並不一定撒謊，只因為有些徵候（sign）先症狀（symptom）而行，或者疼痛轉移定位的焦點；因此，需要思考證據強度的排序：症狀（symptom）弱於徵候（sign），感覺喪失（sensation loss）弱於運動無力（motor weakness），運動（motor）弱於深部肌腱反射（DTR, deep tendon reflex），深部肌腱反射（DTR, deep tendon reflex）又弱於病理性的徵候（Babinski sign）（這是長庚神經科劉祥仁醫師前輩三十年前教我的）。如果所有的證據，還缺一角才能組成完整的拼圖，面對看不到的，你如何證明它的存在[3]？滿樓起風可以預測山雨欲來，急重症的瞬息變化可用生命監視器觀測，但是現今還沒有「度量衡」能夠測出慢性病的時間感，或者就看水滴石穿的陳年青苔；因此，評估初診病人的巴氏量表是否達三十五分，不妨翻看他的鞋底（神經學檢查包括翻看鞋底，這是陳順勝醫師前輩三十年前的身教）。

三、**鑑別診斷**：借用莎翁的名句「To be or not to be」，第二季第三集取名「TB or not TB」（結核或不是結核病），討論一位在非洲行醫的肺結核專家是否得了TB（結核病）。Dr. House說了一句發人深省的話：「他以單一診斷治療成千的病人（He treats thousands of patients with one diagnosis.）」[4]。目前的專科醫師制度簡化了就醫的流程，清楚分為二個方向，「轉診進來」或「轉診出去」。次專科再分出去的好處是，特別門診不需要太多的鑑別診斷，所有的病人都共有一種病名，就連失智症門診的初診病號，也會主動表示：「我得了阿茲海默症。」因此劇中的Dr.

House經常運用「蘇格拉底反詰法」（the Socratic method），針對年輕醫師的臆測診斷，反覆提出質疑，讓對方在回答問題的過程中，自己思索答案（teaching by asking instead of by telling）。也採用福爾摩斯的演繹推斷方法（Holmesian deduction），到居家環境尋找證據，再比對臨床症狀與病程發展，以邏輯推理逐項猜測與否證（這是王榮德醫師前輩二十五年前的身教）。

四、治療的抉擇：如果完全依照教科書的內容來治療[5]，教科書越厚，病患服用的藥物就會越多，配藥併服的水分將逼近心衰竭的負荷，或者根據教科書第一章以Madopar治療Haldol的副作用，再依據第二章以Haldol治療Madopar的副作用；或者，還有另一種治療方式，就是停掉所有的藥物。很久以前，就曾聽說「病危自動出院（critical AAD）」的病人三天後復活走回醫院，醫師在驚悚之餘才領略到：限水就是低血鈉症的治療。

五、預後：看過兩季的影集，還有續集。但是，如果開拍「Dr. House前傳」，地點可以選在臺灣。因為Dr. House曾在劇中流露一口中文：「恭喜你快當祖母了」，而他的父親服役美國海軍陸戰隊，他又極為熟悉熱帶醫學疾病，如果以福爾摩斯的演繹法來推斷，最大的可能是，少年豪斯一九六〇年代曾住在臺北，他的鄰居有位連日清叔叔，工作地點在美國海軍第二醫學研究所（U.S. Naval Medical Research Unit No.2，門牌號碼是臺北市公園路十五之二號）。這位啟蒙老師帶領少年豪斯，經歷臺灣的瘧疾撲滅，認識日本腦炎、恙蟲病、登革熱的公衛防治，哇嗚！這正是本土傳染病、職業病臨床診斷的珍貴教材。

當然，在高度期待的仔細觀看之後，也產生一些疑惑。劇中密集出現的罕見傳染性疾病、自體免疫疾病，以及重金屬中毒，都是臨床診斷的生動教材；但是Dr. House這個角色言語尖酸、自大撒謊的個人特質，只能做為臨床溝通技巧的負面教材。

1 《House M.D.》第二季第八集：「Stacy: "Door knob question: Embarrassing question, the only important one, patient saves it for last."」

2 《House M.D.》第一季第一～二十二集：「"The patient is lying" or "The symptoms never lie".」

3 《House M.D.》第二季第四集：「House: "How do you prove something exists when you can't see it? Does God exist? Does the wind blow? " Chase: "We know because the leaves move."」

4 《House M.D.》第二季第四集：「House: "He treats thousands of patients with one diagnosis."」

5 《House M.D.》第二季第八集：「Chase: "I obviously got the diagnosis wrong, but I did everything by the book."」

B

社區與職場的跨時空旅行

社區醫學有個很重要的場域，就是職場，探討人與環境的互動。
進入傳統工廠與百年企業，遠足就變成跨時空的旅行。

社區醫學到職場實踐

那年總管醫院的公共衛生業務，辦公室裡有十幾位社區護理師，有的推動社區營造，有的負責居家護理，有的籌組社區醫療群，有的身揹安妮模組四處擺地攤，還有一位白淨的護理師，青澀像是剛畢業，她說什麼都願意學，十年之間，護理師來來去去，最後只剩她一個人。

我問，職業醫學有沒有興趣？

她說有。可是帶她去現場看壓鑄作業，她的臉烘烤得比火爐還要紅；接近電銲作業區，我又擔心火花灼傷她的花容。

我說，二〇一三年職安法修法之後，社區醫學有個很重要的場域，就是職場。最需要去的地方就是工廠，但是傳統的工廠既髒亂吵雜又危險，恐怕不適合妳。這麼說似乎惹哭了她。不久，她說已考上公職公衛護理師，近日就要赴任。

離開那天，她邊整理書籍，邊哭泣起來。

我走上前去，伸開雙手，環抱的手勢停在半空，久久才說：「那本書還給我。」

其實，這裡的書妳全都可以拿走；
在此所學的經驗，都一起帶走。以後都用得到。
書本與金錢一樣，都是身外之物；
唯有經驗智慧一路相隨。
但妳我從此永別。
因為我也要離開。

醫院改組後，社區醫學科裁撤；像是為了安置我，另外設立一個職業醫學科，編制只有我一人，正是年羹堯守城門。

這個科非常冷門，業績敬陪末座，訪視職場也只能自付車資。職業醫學會年會的特色是，會場從不需要借助藥商或儀器商。其他醫療科的聚餐都喝紅酒，但是職業醫學科只喝保〇達B。

換個角度想，越不受重視，就越不受限制。

離開醫院，開始訪視職場，探討人與環境的互動，進入臺鐵、臺電、港務的百年企業，發現處處都是古蹟，從此遠足變成跨時空的旅遊。

職場踏查圖錄

跨時空的旅遊，必須隨身攜帶古地圖。現場開啟導航，套疊古地圖，查閱舊地誌，瞬間拉開歷史的縱深。如果對照臺灣地質圖，時空還可回溯六百萬年。

一、臺灣堡圖

一八九八年的《臺灣堡圖》是最實用的古地圖，比例二萬分之一，標示西半部等高線地形。當時濁水溪還未改道，主流從彰化二林的漢寶園出海，南部鐵道從打狗港構築到斗六街，北部的鐵道止於苗栗三義的伯公坑。

臺灣堡圖標註的這些地名，經常是時空迷航時的指標。

有個地方叫做「風空」。

進入新竹科學園區，力行路很像一個口袋，力行一至九路乍看是順時針的方位，但是力行三路蜿蜒有如暗袋的拉鍊，力行七路則位於提袋的軸心。有次迷路進入一處窄巷，比對今古的地名都叫作「風空」，翻過山路還撞見一株赫赫有名的風空開山伯公樹。

前往烏樹林工業區，看到「黃泥塘」的路標，特地下車尋找中壢新街溪與老街溪的分水嶺，只見一片水田。站在「隘寮頂」站牌，環顧地勢似非山頂，查書才知「頂」是指第一座崗寮。

路過龍潭工業區，覺得奇怪，為何「霄裡大圳」在桃園，「霄裡溪」卻在新竹。翻閱文獻，霄裡社長老「知母六」（蕭那英）一七四一年開鑿霄裡大圳，族人一八二三年遷至銅鑼圈，就是霄裡溪源頭，屬於鳳山溪流域。

還有一次工廠訪視，導航到一處田間小徑，盡頭是一面牆，地名「三塊石」。路邊有座頂著破瓦的土角厝，藍天黃土屋的色調像是梵谷畫作的原型。中午結束行程，想再回去看看，卻找不到入口，連導航都再也回不去了。

二、臺灣地質圖

海濤是山與海的激烈對話；灘石則是凝固的語言。漫步海岸的樂趣，在於觀看層層的灘石隨海濤跳舞，再從灘石推測山脈的地質。

臺東電務分駐所的行程結束後，沿東海岸北上，在「磯崎」下車，再從海灣北邊漫步南側的龜吼岬。乍見海灘出現火山崩岩[a]，覺得奇怪，難道海灣南北兩端的山頭都是火山？地名龜吼[b]，是因為龜吼噴發出火山崩岩？

徒步石梯坪海岸需一小時[c]；但走過地質年層至少四百萬年。隔著海蝕溝，觀看石梯的剖面，大致分為七層，向東斜坡約三十度[d]。從隆起海面的第一層算起，波浪形的岩石在第三層像是熔岩的前沿，第四層烙下火山噴發的角礫岩，第五層還有另一波熔岩，上層堆積火山碎屑岩。

結束蘇澳港的勤務，過蘭陽隧道右轉，從澳仔角走到無尾港，海岸佈滿扁平的石塊[e][f]，像是海浪打水漂，奮力把板岩推上來。環島徒步海岸，這種板狀硬頁岩似乎僅見於此。轉至岳明國小，看到古井[g]，以及換工起厝的石板屋[h]，建材都是來自於山海的這段相逢。翻看《臺灣地質圖》，這層板岩連貫中央山脈南北，從蘇澳延伸到屏東恆春半島，正是天然的建材。

前往蘭嶼職場訪視，匆匆來回至少需要兩天，因此自增三天的徒步環島。清晨四點從紅頭村出發，天亮即可抵達山頂的蘭嶼測候所，迎著晨曦走中央橫貫公路[i]，七點可達野銀部落。再散步北上情人洞。遠望山形桀驁粗獷，但細看凝結的火山熔岩竟像是乳酪，角礫岩散落如巧克力塊，再疊上厚厚的火山灰當糖霜[j]。如此畫餅充飢，竟錯過午餐。幸好前方的雙獅岩親似黑巧克力蛋糕，火山角礫岩有如核桃[k]。夜宿朗島，天亮後沿著海濤走到五孔洞，岩體看似火山氣炸鍋塑成的熔岩布朗尼，海神早以指尖舔出海蝕洞[l]，其實，也可能是山神吐煙斗呼出的熔岩渠道。旁邊山壁還有熱可可的結塊卡住吸管，原來是玄武岩脈所形成的水平柱狀節理[m]。第二晚住宿紅頭村。第三天再繞南端一圈。

這一列火山島弧，從蘭嶼延伸，經海岸山脈浮潛至龜山島[n]，直撞琉球海脊。如果真有地牛推擠板塊，龜山島與大屯山就是這對牛角，硫氣孔是鬱積的鼻孔，一個露出地表，一個潛在海底，呼嚕嚕還在吐氣冒煙。

三、臺灣水道誌

《臺灣水道誌圖譜》一九一八年印行，涵括二十一處自來水道，提供城鎮居民與守備隊的乾淨用水。一八九八年的《臺灣堡圖》只顯示基隆水道的水源地與濾過池；一九二一年的《臺灣堡圖》已標註臺北、臺中、彰化、臺南等處的水道。

職場訪視順道參訪水廠，各處的淨水過程與建築架構均極類似，較特殊的是臺南水道輸水三十公里設計六十公尺的高度落差（坡度千分之二），臺中水道的舊儲水槽架目前疊磚加窗改成辦公室。此外，花蓮水道的取水口與淨水池分居兩地，取水口在砂婆噹溪山區，以十公里的鐵管虹吸送到美崙山淨水，山頂尚存一座當年的「花蓮水道水錶室」。

水道的唧筒需要電力運作。攤開一九三五年的《送電系統發電所並供給區域

e｜澳仔角海岸的扁平石塊
f｜無尾巷海岸的扁平石塊
g｜硬頁岩古井
h｜石板屋

e	f
g	h

a	b
c	d

a｜磯崎海灘火山崩岩
b｜龜吼岬
c｜石梯坪
d｜石梯東向斜坡

i ｜蘭嶼中橫山路
j ｜情人洞火山熔岩
k ｜雙獅岩火山角礫岩
l ｜海蝕洞
m ｜玄武岩脈的水平柱狀節理
n ｜火山島弧

i	j
k	l
m	n

圖》，藍色方塊標示的是水力發電所，選址需要依山傍水，藉由水位落差產生動能發電。臨場服務跟隨臺電修護隊，前往天送埤、烏來、小粗坑發電所，觀察當年工業建築的通風，辨識水輪機，以及修護用的手工具，現場說明野外緊急處置，課後再沿著引水道尋找河床的取水口。

四、臺灣鐵道圖

唯有臺鐵，能夠提供如此多元的學習方案；運務段逛車站，工務段看軌道，餐飲部賞便當。

如果只是走走看看，職場訪視有如參觀鐵道博物館。然而，臨場的任務是要評估危害與改善預防，因此必須跟隨機務段的師傅爬上車頂，瞭解如何保養集電弓，再躦入車底，記錄如何拆卸軔機、組裝風缸，評估手握敲槌的肩頸負荷。還有一項特殊的使命是進入維修機廠，看著列車拆解成一排螺絲與鐵塊，辨識搬移、除塵、塗漆、車削的過程，提供重體力勞動、粉塵與噪音的作業防護。

課後沿著舊軌道探訪獅球嶺隧道、五堵舊隧道、新竹車站的扇形車庫，現場所見都是時空膠囊的凝固切片，返家再翻閱《臺灣堡圖》與一九一〇年的《臺灣鐵道史》回顧流動的構築歷程，現場就如當年建築圖集的設計原樣。

五、鳥瞰圖

入山看山勢，入廠區看氣勢。氣勢就是人流、物流、水流與通風。

網路瀏覽的空照圖，只能看到建物屋頂的冷卻水塔與煙囪。職場牆壁張貼的樓層平面圖，也只能看到靜止的空間，溫度計與溼度計標示的只是數據。唯有進入現場，跟著同仁走動，才能瞭解作業流程與工作環境的燥熱。

到風城參訪新竹動物園，就特別看通風；馬來猴的房舍裝設通風塔，孟加拉虎的宮殿安裝自然通風球，鴯鶓住家的斜頂直立散熱的太子樓，長臂猿的宿舍屋頂局部透空，河馬池則採露天通風。現場實地走一圈，再拉高視野，以雲的高度，看雨水落在十八尖山，南北分流頭前溪與客雅溪，一路奔入南寮漁港的南北海堤。再騰空以衛星雲圖鳥瞰地貌，民生用水來自寶山水庫，枯水期還需調度「桃園—新竹備援管線」從石門水庫引水，千里涓流滴出水龍頭。

六、時令圖

依據作業特性與規模，有的職場每個月訪視一次，有的每季一次。科技園區配合工廠輪班，通常選週二或週四。遊樂園區則需避開連續假期前後一週，因為員工分批補休。有的職場指定週一或週三，列席參加職安委員會。如果可以選擇，六月九日鐵路節當天安排臺鐵，基隆船務公司就選中元節，耶誕到跨年期間則排訂一〇一大樓。行事曆先註記這些季節限定的時段，再來的行程安排就很自由。

選擇春分、夏至、秋分、冬至，前往位於關渡的職場，因為中午可到北投焚化爐的高塔，觀察塔影變成日晷在廣闊的平原移動。如果遇上陰雨，就換看大屯山脈的雲霧。

農曆初一，安排基隆港航運，因為中午大潮。古書曾說，基隆港漲潮時，港口似見為退；退潮時，似見為漲[1]。地質水文的海流模擬研究也有類似的結果。

但是人算不如天算，行事曆經常被變化打亂，因此要有備用方案，臨時取消的行程，就到附近的海邊疊石頭。

停電的夜晚，看星星。

摩天輪停電，就掛在空中看風景。

1 《淡水廳志》：雞籠口門向北微東，兩邊山勢夾束，故值海水漲，儘流而西，該口內高外低，似見為退；值海水退，儘流而東，該口內低外高，似見為漲。

宜花采風錄

從事臨場服務的職醫，一年換三百五十個頭家。

不僅每天換老闆，甚至上下午各有不同的職場；

這款工作如果只需交換名片，或是簽到打卡，人生就是旅遊。

可是如果目標是體認千行百業之要諦，上班就只能當作是娛樂，下班才開始工作。上班如何當作娛樂？這就要事先規劃，善用中午的空檔四處探訪。

一、武暖石板橋

出勤宜蘭，中場有兩小時的空檔。決定走一段「淡蘭古道」的最南端。

從宜蘭火車站搭區間車北上到四城車站，只需三分鐘，先找到「吳沙故居舊址」，入館參觀後，再沿著水圳，走到石橋頭福德廟，廟前就是「武暖石板橋」。這時晴空突然飄起蘭雨，就躲到廟口，吃起御飯糰，這正是百年前的午餐方式。雨勢變粗，原訂要走淡蘭古道進入「噶瑪蘭城」的北門（坎興門），恐怕是來不及了。

二、宜蘭美術館

午間空檔，路邊買個沙拉麵包，走到宜蘭美術館正好吃完，館內的寶藏「藍蔭鼎與楊英風雙個展」，才是今天中午的正餐，主題是「人因危害評估」。就以《滿載而歸》製做教材：物料搬運，應儘量利用機械代替人力；四十公斤以上物品，以人力車輛或工具搬運為宜。

沒有機械，如何省力？翻閱《東京夢華錄》卷三「般載雜賣」：「獨輪車，前後二人把駕，兩旁兩人扶拐，前有驢拽。平頭車，獨牛在轅內，項負橫木，人在一邊，以手牽牛鼻繩駕之，皆省人力也。」

「般」其實就是「搬」。當年用詞「般」就是「舟」行水運的推拉作業，加上差「役」的人工物料作業。現在的用詞「搬」，就是再加上「手」工物料作業。

三、二結穀倉

從宜蘭火車站搭區間車南下，到二結車站只需四分鐘，向南過平交道左轉，找到一座標示「利澤簡信用購買販賣利用組合—農業倉庫」的建築，正是「二結穀倉」；目標尋找「竹籠做的通風柱」[a]，這個竹籠柱直立在堆疊的穀物之中，功能是穀倉的散熱與除濕。

氣流有進就要有出，風從底部夾層的開口進入，經過通風柱，熱氣上升，導向屋頂太子樓的通風口[b]；牆壁懸掛一幅解說圖「會呼吸的建築」，清楚說明「熱與塵」的流動。再對照《臺灣地區穀倉建築之機能與結構》錄影集／臺灣省糧食處（王鼎盛／李乾朗編一九九七年），可瞭解石岡、潭子、香山農會各地穀倉的太子樓、通氣口、長型窗的農業建築之經典結構。

前往彰化穀倉，還可看到橫刀對切的立體剖面。

四、舊城南路

上班觀測宜蘭站蒸汽火車的磚造水塔[cd]，辨識「鶴嘴水管」，下班再沿著舊城南路，走宜蘭古城半圈。第一站：同治七年（一八六八）的「兌安門」古碑，攤開古地圖，宜蘭古城比恆春、彰化城更接近圓形，城門取八卦「震兌離坎」命名「震平、兌安、離順、坎興」，意旨：平安順興。第二站「獻馘碑」（一九〇九）。第三站「宜蘭美術館」看畫展。還與管理員閒聊林玉山老師的畫風，強調「寫生重於臨摹」。畫廊的最後一幅是畫展的精髓所在：「寫生的意義是一種科學的探討自然，瞭解自然，經過視覺、知覺、感覺的意識層次……。」

再次思索「臨場」的意義，就是實地驗證，瞭解自然與自我的互動。只有仔細觀察，觸動感官，存入記憶體，經過曝光顯影的反覆蝕刻，才能成為感知經驗。

五、徒步海岸

書上說，環島徒步海岸需五十七天；若分段五十二個週末，一年就可完成。

出勤蘇花改工程的隧道工地，搭乘最早一班車到宜蘭漢本站，徒步海岸兩小時後，換搭區間車渡溪到花蓮和平站，再走到海濱，比較大濁水溪南北兩岸的灘石，大多是灰褐色的變質岩，還有白綠的大理石。一路走到姑姑子斷崖單程約五十分鐘，海濱野餐三十分鐘，再走回和平火車站會合，開始工作，主題是：戶外作業熱危害，以及隧道作業危害辨識與預防，另安排高風險工作者的選配工評估。

回程遠望這條細長海岸，在山海一線之間翻捲。

也唯有深達千尺的陡降海溝，才能顯現如此寶石靛藍。

c	a
d	b

a｜長形竹籠的通風柱。

b｜二結穀倉的太子樓通風口。

c、d｜蒸汽火車的供水水塔。

六、清水斷崖

搭乘早班的區間車前往花蓮，赴約下午的演講，八點五十七分在崇德站下車，看到月臺另一端還有位女孩，身著藍白格襯衫藍裙，兩人走到火車站出口，她說，請問，海岸往哪邊走。

我說，往左。

這時，我意識到我也穿著藍白格襯衫。

兩人一前一後，緊貼蘇花公路的邊緣南下。

我回頭問她，需要陽傘嗎？

她摸著頭頂的寬邊草帽，說謝謝，不用了。

當我再度回頭，想告訴她這裡的車班很少，發現她已離我很遠。

到達岔路，我停下腳步，遠遠向她揮手，示意通往海岸的小徑。

一路走向海邊，漁人正在整理魚網，我上前閒聊何時出航，以及定置漁場的魚種。

離開漁人，看到藍衣女孩已站在遠處的海濱。

碧藍的天，靛藍的海，我側面走近，問她，需要幫妳拍照嗎？

她依然說，謝謝，不用了。

我繼續前行，目標是逼近清水斷崖，再快速折返，趕搭下一班次十一點二十二分南下。

偶回頭，還看得到藍衣女孩。

再回頭，卻遍尋不獲。

望著大海，想像小說情節的各種可能。

遠處釣客凝定，海灘平靜，回程卻找不到任何鞋痕或腳印。

啊，果真是神祕海岸。

再度遠望清水斷崖，還真像是一道高空懸索。

竹苗采風錄

一、新竹迎曦門

站在新竹火車站前，身分轉換為旅人，愉悅悄然浮起，一路前往淡水廳城的「迎曦門」，實地測量方位角果真九十度向東。

還與駐守城門的鬍鬚街友閒聊，天一亮，晨曦就直接照射他窩居的城角。

再走進枯水的護城河，對照解說牌，逐一辨識地質年層：一八二八年的「船首分水石（分水金剛雁翅）」縱橫交叉分層砌疊，一九一〇年代增加流線形的「鎮城石」

壓住「分水石」，另加晚期覆蓋的鋼筋混凝土橋梁橋墩，三層結構肌理分明。

護城河道還有拱橋與吊橋的遺址，沿著水溝蓋走一圈，還找到淡水廳城的西門——挹爽門的舊址，以及南門——歌薰門的舊址。

二、城門與鐵道

穿過地下道，繞行新竹火車站一圈，在後站與竹蓮寺之間，找到一座古井「巡司埔井」，與鐵道水塔只有一牆之隔。

當老樹凋零、河川改道、街道重劃，唯有百年鐵道仍保有當年的地貌。

二十世紀初，城門與鐵道的相逢，正是舊城鎮往返新城市的轉運通道。

想像一百年前，鐵道工程師如何連接臺北城、新竹城、彰化城、臺南城？

鐵道為何繞過臺北的城牆，臺南城則直接穿過？

車站為何面對新竹城的東門，彰化城則選在北門？

車站連接城門的道路，應設計成輻射狀或是直線拓寬？

臺北驛、新竹驛、彰化驛都有蒸汽火車的加水塔，但是，水從哪裡來？翻閱《淡水廳志》卷十三，說明「新竹－巡司埔井：在南門外，竹蓮寺邊」。

三、生命簡史

出勤竹東的中午空檔，驅車越過頭前溪，來到芎林的「鄧雨賢音樂文化公園」。烈日下，坐在木板平臺，看著落滿一地的殘花，細碎的花絲、花帽、花萼、繖狀花、全開或半開，環繞著年輪的生命原點，決定為「花謝落土不再回」的〈雨夜花〉，粗略整理一頁「生命簡史」。

四、水圓環

結束竹東的勤務，越過頭前溪，沿著堤岸，找到傳說中的「五座屋水圓環」。頭前溪水經由導水路，流入水圓環，如T字形展開兩個出水口，東興圳向南，舊港圳向北。

如何測量與調節兩圳的出水量？

左看右看，「水圓環」仿若簡化版的「巴歇爾量水槽[1]」。

五、功維敘

職場服務需帶什麼工具？

手機是必要的工具。上網查閱《鐵路修建養護規則》「隧道長度超過三百公尺，其坡度不得超過千分之十五，隧道及其水溝應有千分之三之最小坡度以利洩水，隧道內避免凸坡，以利通風」。

其次，雷射測距機。走訪苗栗街的「功維敘」隧道實測長度，再以手機應用軟體測量坡度，側溝的水流一路向東，水起風生，這是自然通風。

古有明訓，雞籠獅球嶺隧道坑內未設排水路，因此泥濘甚多。

回顧臺灣堡圖與古文獻，一九〇〇年代規劃新竹以南的鐵道，為何先選擇山線？

最困難處在橋梁與隧道工程，《臺灣鐵道史》如此記載「線路右折入苗栗街，渡小水流，漸上丘麓，左折右轉，打穿隧道，沿右岸迂迴山腹，連貫隧道五處」。

書上說的右岸，就是西湖溪的右岸；臺灣河川大多東西流向出海，西湖溪卻是南北流向為主，鐵道就沿著溪谷山腹前進。

穿過「功維敘」隧道，就是桐花綠廊，一路延伸到南勢火車站。

六、挑鹽古道

第一次到「銅鑼科學園區」，只安排半天；期待午後出現陽光，走一段挑鹽古道。但是體力不如意志力，意志力不如想像力，半途遙望通霄電廠延伸而來高壓電塔，決定以眼力走完全程。古道的最高處，有一座「天空步道」，拿出筆電做為枕頭，橫躺木椅，很快就睡著，直到被滑過晴空的雲吵醒。

再往崎頂火車站，北行三百公尺，找到「崎頂子母隧道」，還看到機關槍掃射的彈孔，想像B29轟炸機由東南方向俯衝，從西北海面飛離。

沿著木棧步道拾級而上，近身細看彈痕開花的著力點，一路追尋彈孔到山頂，原來隧道頂端有座碉堡，可以俯視整片海洋。

1 巴歇爾量水槽（Parshall measuring flume）：在明渠中以固定之狹縮斷面束水而用於量測流量之水槽。此槽由廣寬而平且漸漸收縮之收縮段，經狹窄而斜降之喉段，入漸寬而斜上之放寬段所組成。

電力采風錄

擬訂工作計畫，立志遍訪水力發電廠，下班再沿溪觀測水文。老闆說，上班做不完的工作，下班繼續做；如此這般，業餘的興趣就會變成專注的職業。

一、竹東圳

「我們需要一個沒有門窗的診間。」

看完教學門診，我拉開窗簾，對年輕醫師說：

「這一生，如果只在醫院工作，生活就太單調了。」

「職業醫學，就是要到現場；可是如果進入工廠，只看視野內的作業動線，工作一樣單調。」

劉醫師滿臉疑惑，不知如何應答老師的喃喃自語。

「如果有興趣，就到工廠外圍看看通風與水流。」

書上說竹科之水，來自寶山水庫。寶山水庫之水，又源自上坪溪，經由竹東圳匯入。但是查閱地圖，「寶山水庫」位於客雅溪源頭，「寶山第二水庫」則屬峨眉溪水域。寶山水庫與寶二水庫如何相通？

離開工廠之後，沿著水仙路溯溪，在雙胞胎井前的山谷，找到連通寶山水庫與寶二水庫的輸水鋼管。續行探訪寶山水庫，經過吊橋，覺得奇怪，橋頭的烏桕樹為何能夠如此貼近湖面生長，原來底根力挽著傾倒的主幹。漫遊環湖步道，一路上只遇到人面蜘蛛。她比我更悠閒，獨坐幽篁，隨風彈奏巨大的豎琴。

再到竹東鎮找到東寧石拱橋，比對臺灣堡圖，沿著等高線，逐次找到名為電火圳的竹東圳、軟橋水力發電機組、巴歇爾水槽，以及上坪溪的取水口。

二、蘭陽平原

初次前往蘭陽發電廠，通常需要借助衛星導航，現場再抬頭尋找高壓電塔，尾隨前進。當車行爬上山坡，越過圳溝，就知道水力發電廠到了。因為，斜坡向上延伸，就是水位落差的發電動能；水圳就是發電後的尾水，一路滋潤安農溪的上將梨與三星蔥。

今天安排的衛教主題是「野外傷病的緊急處置」，既然是野外，教室就不需要黑板與牆壁，請大家席地而坐，老師就以站姿與蹲姿示範各種人因危害的防治，以及急救箱的使用。

「打雷的時候，土地都會震動，蟋蟀就會爬出來，這時候所有的東西都會長出來[1]。」這個季節，請辨識各種蛇蟲鳥獸以及緊急處置；急救箱就備而不用。

回程的雪隧經常塞車，如果改走北宜，在每處九彎十八拐，都可以看到電廠同仁點燃的萬家燈火。

三、天送埤

前往蘭陽發電廠，先翻閱一九三五年出版的《送電系統發電所並供給區域圖》，藍色圖示的「天送埤發電所」早於一九二二年完工，設定訪視的目標是觀察「一九二〇年代的工業建築如何通風？」

斜坡屋頂導引熱氣從中央屋脊排出，也引導雨水滑落屋簷內溝，匯入外牆的雨水管。

天送埤之水天上來，下班後翻過山頭，找到水脈相通的「圓山水力發電所」，再穿越枯水期的蘭陽溪河床，找到圓山機組的取水口。

四、臺中水圳

結束通霄發電廠的行程，意猶未盡，下午獨自前往后里發電廠，尋找傳說中的

「后里圳地下水道」。

書上說，后里圳取自大安溪，經地下水道至電廠水槽，以三十九・四公尺落差發電，尾水轉供灌溉。沿著等高線，在泰安舊站的南邊，找到地下水道的入口，以及更上游的取水口。這就是傳說中的「電火溪」。

再越過大甲溪，尋找傳說中的岸裡大社。沿著水圳，找到「勒買番穀示禁碑」與「水圳杜訟碑」，以及岸興宮福德廟、大社教會、岸裡大社總通事舊宅遺址、南門與西門遺址。看著字跡磨平的石碑，上網點閱《臺灣中部碑文集成》，逐字念出湮滅的古碑文「毋論溪路變遷廣狹、水源盈涸，總以第一埤源頭處所照斷，東七西三，淺深均平，分流灌溉」。

五、砂卡礑

車行花東臺九線，視野隨著群山起伏，屏息等待溪流出現的瞬間，窺襲山層的內裡。花蓮電務分駐所的勤務安排在週五下午，預定天一亮，就往山裡走，沿著立霧溪的支流，與子同行砂卡礑步道。走過五間屋，峽谷上方出現一條大鋼管，源頭是溪畔壩截取的立霧溪溪水，經由引水隧道與水管橋，輸送至立霧發電廠。

國家公園網站是這樣說：「砂卡礑『Skadang』太魯閣語意為『臼齒』，因昔日建社時掘出臼齒而得名。」

立在砂卡礑溪河床的那顆大理石，真像是山神留下來的臼齒。祖母綠的玉石臼齒還疊著年輪。

六、小粗坑發電所

「一百年前的衛生工程師，會選擇哪條溪流，作為大臺北的自來水源？」車子左轉離開師大路，躍上環河高架道，我問身旁的蕭醫師。

嗯，思考百年前的問題，需要有一個當代的切入點；

我說，上次蘇迪勒颱風過後，醫院宿舍的自來水有沒有變得黃濁？今天離開教室，不需要投影片，眼前的擋風玻璃就是我們的透明黑板；左前方的小觀音山，正是百年前的臺北水源地。當年的取水口，就在正下方的新店溪。

在旱季缺水或颱風的前夕，你站上醫院頂樓，以等同今日所見的高度，面向南方的山脈，辨識北勢溪與南勢溪的方位；因為山頂的一片雲，即將化做你水龍頭流出的一滴水。

當然，社區的課程不能只是坐在車上，一直看著前窗。今天我們前往烏來發電廠，因為當地的災後重建工作者，提出一些健康問題需要協助。下車前，請回想課前的提問：蜂螫蟲咬，要如何緊急處置？風災過後，容易爆發哪些人畜共通的傳染病？又如何防治？

結束烏來發電廠的行程，獨自前往阿玉壩，尋找傳說中的地下水道。書上說，烏來發電廠之發電用水來自於南勢溪及其支流桶後溪。就沿著林道往上走，但沒有找到隱蔽在山林裡的水道，只看到雲，還在天空優遊。

曾經夢想遍訪水力發電廠[a]，再溯溪觀測水文[b]。但今年以四十五度仰角，沿著義興發電廠的輸水道壓力鋼管，爬坡三百公尺攻頂到蓄水前池，竟然氣喘吁吁雙腳發抖，似乎預告此行是水力電廠的畢業之旅。

1 《無言的山丘》導演王童，編劇吳念真，一九九二。

a｜小粗坑發電所。

b｜新店北勢溪。

水道采風錄

社區健康診斷有兩種方法，第一種是攤開地圖全面走訪，另一種是聽風聲、逐水流，去察覺隱形載體的波動。

一、石門圳

離開烏樹林工業區，龍潭高地像手臂在河的左岸展開；車速一百，眼前的山稜線變成了連續的動畫。我向鄰座的邱醫師說，今天站在這個高度，來想像一下，百年來的水利工程：大嵙崁溪的河水，如何導向桃園臺地。

桃園大圳灌溉海拔一百公尺以下的農田；二百公尺以下，就由石門大圳供應。這條弧形的石門大圳成為桃園臺地的掌紋，滋潤手指狀的五個山丘；像「山手線」跨越的四個指間，分別為新街溪、老街溪、大坑缺溪、楊梅社子溪。但是，圳水如何跨越溪水？

水圳架設「水道橋」或稱渡槽，越過老街溪；遇到大寬距的「大坑缺溪谷」，鑿挖U形虹吸管的「平鎮虹吸工」，圳水再像地龍從埔心高地躍出。

二、牛欄河

南下臺三線，越過龍潭銅鑼圈，就是牛欄河水域。一路滑行，在一處喚為「渡船頭」的地方下車，古渡口位在牛欄河與鳳山溪的匯流。觀看「魚梯」，就要從魚族的角度思考，看看如何從渡船頭的深潭，一路跳躍，游向水源頭。沿著溪水往上，依序展示各樣的魚梯：雙跑平行、單跑直線、雙分轉角、雙分平行，最上游以溪石為梯。

如此分類，與我同行的在地耆老十分不以為然，他說，當年在牛欄河游泳，伸手一撈就是魚蝦泥鰍，根本不需要魚梯；鎮上的百年石梯都拆了，反而要求魚群返家要爬樓梯。回到牛欄溪的水源頭，卻看見一池布袋蓮。

三、二峰圳

書上說，林邊溪奔離大武山脈的觸口處，有一座地下水壩。這條潛入河床的集水廊道，就是一九二二年開鑿的「二峰圳」。

驅車前往二峰圳，如何找到地底伏流？

先以導航定位「二峰圳」位在來義國小旁邊。到達現場，沿著灌溉溝渠，找到水圳的隧道出口；但是，水圳的取水口在哪裡？

貼地聆聽地底的水聲，觀測河水泥沙的流徑，或者直接查詢古地圖？

明溝易找，暗渠難尋，更何況過了一百年。

站在來義大橋，環視空曠的河谷，想像百年前的工程師會選哪一段河床，做為地底的取水口？第一，水源必須豐沛。其次，河床的取水口，必須高於水圳。第三，筆直導引的地下水道，可避免淤積。

順著來義國小旁的明渠，直線往上游延伸，越過一個山頭，在兩溪匯流的岸邊，看到一座古樸的方形建築，從圓形天窗向下探視，可感覺到滾動的地下伏流，這就是傳說中的二峰圳入水口。

源源的水流，百年來灌溉臺灣最南的平原。

四、斜角巷

課程的集合地點約在羅斯福路三段二百八十六巷口，主題是「衛生工程」。

「為什麼要約在這裡？」

因為，這裡就是前往霍格華茲的九又四分之三月臺。

站在巷口，你可以看到有一條「斜角巷」斜切公館整座商圈。

斜角巷通往哪裡？

吳醫師立即開啟Google地圖，指出一座建築，說：「這裡！」

是的，就是這座「量水室」。

但是，請以同樣的斜角，向天空延伸，越過這座量水室，在海拔四十二公尺的山頭，你會發現一座「臺北水道淨水池」。

暫停一下，我說，對，就是停在半空中，想像你是一片雲，在此等待東北季風。北邊的雨水則落入水源地。飄向南方的雨水流過寶藏巖的屋頂，匯入山坡水道，斜坡走道還有集水口，山路其實是水流的紋路。

這條「斜角巷」就是一條「水管路」。

五、巨湖泊

如果沒有堤防與抽水機，臺灣最大的湖泊，不是日月潭，而是臺北。臺北就像威尼斯一樣，建築在潮汐起落的沙洲。[a]

夏日騎單車跨越河堤，迎面是銀箔閃耀的浪光，仔細一看，原來是翻白的魚肚[b]。當時正值退潮，決定往上游尋去，從臺北橋、忠孝橋、新海橋到新月橋，全都是這一批洄游魚族的棲域，走近觀看，這不是烏魚仔嗎？

沿岸遠望，河面漂浮的全部都是同一魚種。單車溯行大嵙崁溪，經過城林橋，深入三峽河，就看不到魚蹤了。

如果「水返腳」是海水漲入基隆河的迴轉點；那麼，淡水河的漲潮折返點在哪裡？

六、塔塔攸

平埔族語「塔塔攸」指項鍊頭飾，地質學名為oxbow（牛軛），這是臺北盆地百年前的美麗地貌，但在基隆河截彎取直（cut-off）之後，已完全消失。

騎車過了三號水門，找到淡水河右岸最上游的一株水筆仔，再溯行新店溪與景美溪沿岸都不見蹤跡。轉到淡水河左岸，過了許願河岸咖啡，也找不到水筆仔。

走訪基隆河兩岸，過了三腳渡，上游就無水筆仔；因為目前的潮水只漲到這裡。三腳渡其實只剩「單腳渡」，另外兩個渡口消失在截彎取直（一九六四～

a｜臺北建築在潮汐起落的沙洲。

一九六五），以及填平的「大浪泵溝」（一九七一）。古早的「大浪泵溝」不僅水流似大浪，還能夠將淡水河水「泵入」基隆河，因此漲潮可遠達「汐止」。但是目前的三腳渡幾乎是基隆河「潮間帶」的最內陸。

後記：晚餐桌是故事接力的競技場，引言人是寫實派的父親，議題通常是當天的大漢溪，從水庫乾旱到豪雨淹過碼頭。母親解說老天如何把水移來移去，孩子一聽，知道阿嬤又要施展魔幻敘事的技法。

「葛樂禮颱風的夜晚，你爸爸坐在這張圓桌上，水一直漲。阿公爬上天花板，掀開屋瓦，啊，對面有燈光搖晃，像在呼喊，然後……」

「然後，全家人爬上天花板，圍著一鍋半熟的白米飯，點起蠟燭……」

多年後才知道，那天是母親三十歲生日。

b｜銀箔閃耀的浪光，是翻白的魚肚。

鐵道采風錄

一、朱自清　背影

「……他穿過鐵道，要爬上那邊月臺，就不容易了。他用兩手攀著上面，兩腳再向上縮；他肥胖的身子向左微傾，顯出努力的樣子。這時我看見……」

這時我看見「嚴禁跨越軌道」六個大字。於是，轉身對陳醫師說，現在我也要以兩手攀著地面，測量月臺高度，評估階梯是否合適踏踩。

月臺高度一百公分，至少要設三個階梯，如果只設兩階，階距必定高於膝蓋，只能手攀腳爬，極易導致膝關節病變。若設四階，每階二十五公分，可不加扶手，但月臺面需要以活動鐵板遮蓋階梯，以防墜落。如果橘子從月臺滾落鐵軌，也不可手持長竿勾撿，因為會觸及電聯車的高壓電，非常危險。

二、不老泉

秋天的心情要像風一樣輕盈，戶外教學前往「彰化扇形車庫」，主題是「工業建築通風」。

蒸汽火車冒出的不只水汽，還有煤煙；倒車入庫之後，煙囪就對準車庫屋頂的集塵罩，這是近代化產業遺產。彰化附近的「追分」小站意指「分歧路」，選擇山線或海線北上；京都附近也有「追分」小站，選擇沿著琵琶湖東行或西走，都源自於車庫的扇形分支。

遠足不能只看風景，請翻開講義，彰化蒸汽火車的用水從哪裡來？課後就沿著水管路，走上八卦山，找到一座「不老泉」，地靈釀出甘泉。

臺北驛站也有扇形車庫，當年的蒸氣火車需要加水，但是水從哪裡來？翻閱《臺北水道誌》，水管路來自公館小觀音山，走南昌街，經過南門，取道公園路，直通扇形車庫的水塔。南昌街與羅斯福路交叉如此尖銳，原來是百年前的水管路。

三、鐵道博物館

參觀博物館的動線，通常是從大門進入。但是，這次與鄒醫師拜訪臺北機廠舊址，就化身成為火車。從地底沿著斜坡爬出地面，走最北的軌道，前往檢修柴電機車引擎。下一趟選擇南邊的軌道，修復客車的鋼體，補充零件。車體若需拆卸組裝，就進入位於中央股道的組立工場。原動室的鍋爐煙囪，像是機廠的心肺動力，供應鍛冶工場，以及浴室熱水。課程主題是：探訪鐵道工業遺址。

博物館的收藏品經常是異地展示，但是親臨工業遺址，才能理解作業動線，感受落地長窗的自然採光，挑高空間的散熱排煙，再到鍛冶工場，想像當年如何重錘鍛造；翻砂鑄模，產出大車零件。

四、蒸汽火車

想像在沒有空調的年代，火車車廂如何通風。

沒有空調，就直接開窗。

車窗有三層，最外層玻璃窗，用來擋雨遮風。第二層紗窗，功能是防蚊蟲與擋煤煙。最內層百葉窗，可遮陽與營造私密空間。如果天冷或下雨，三層窗戶全關，空氣就從車廂雨遮下方的空隙導入，廢氣再經由車頂的「魚雷形通風器」流出，完成整體通風。

五、五堵隧道

臺鐵五堵站臨溪而立，出站越過河堤，就是基隆河自行車道，溯行過保長坑溪，找到「五堵鐵路隧道」。隧道有祖孫三代；第一代隧道已公告為歷史建築，南洞口上方設計為女兒牆，北洞口則為叢草覆蓋，隧道內猶存一九七七年鐵路電氣化的懸臂電車線，另有新北市與基隆市的地標界線。

第二代隧道也已公告為歷史建築，探頭可見北洞口上方的山牆設計。還需要搭煤斗車進入五堵貨場，才能親眼看到南洞口上方的石匾：「見可而進」。

六、鐵道旅行

過了通勤時段，區間車就變成旅遊列車。一路從臺北搖晃到富岡的臺鐵機廠，每站停靠，車程一小時，車廂就成為行動圖書館，特別翻看《大日本帝國時期海外鐵道》第二章「朝鮮的鐵路旅行」。因為最近看了一部韓劇《陽光先生》，最後的結局很感傷，男主角押著日軍走入最後一節車廂，截斷列車的連結器，背後鎗火響起，車廂脫鉤斷離，他微笑遠望著女主角的悲喚，戀人漸行漸遠，真是最不捨的別離。

說到這裡，學生突然提問：

「今天安排社區教學，你卻滿腦兒女私情，有違教育良心……」

「重點來了，」我說：「你在影片看的是插鞘式的掛鈎，今天到臺鐵機廠，是要觀察S型緊扣的鏈結器，讓你感受，姻緣是如此死賴活纏，讓你轉世三次也躲不掉。」

上｜測量月臺階梯的高度。

下｜探訪鐵道工業遺址。

建築采風錄

如果診斷的對象是「個人」，最容易切入的話題是睡眠與飲食；先瞭解居家生活型態，再觀察「人與環境的互動」。

如果診斷的對象是「社區環境」，最直接的切入點是通風與水流。

一、臺灣教育會館

曾經站在南海路與泉州街的交叉口，來回觀看「臺灣教育會館」這棟一九三〇年代的建築，猜想「為何二樓牆壁設計成整面無窗，只留上下兩端的通風口」。還翻看一九三一年九月出版的《臺灣建築會誌》，確認當年的二樓牆壁真的設計成全面無窗的封閉密室。第二年春天，終於有機會走進二樓，掀開底窗，感受清涼的風湧入室內，天花板的泥塑圓盤是出風口；底窗湧入的風分流進入牆壁的夾層，經過弧形天花板上方的隔熱層，導入屋脊的銅製通氣筒排出，這個中空夾層就是傳說中的「太陽煙囪」。斜坡屋頂導引熱氣從中央屋脊排出，也引導雨水滑落女兒牆的內溝，再匯入外牆的雨水管。再對照京都市美術館的二樓牆壁，也是設計成整面無窗。室內所見內牆與建築外牆之間，彷彿還有一個隱藏的通風空間。

「大暑看通風，驚蟄看水流。」

感謝楊館長的解說，這真是一座會呼吸的活建築。

二、工業廠房

當客運車躍上五楊高架道路，我對年輕醫師說，請放下手機，因為教材都在窗外，沿途觀看五股、中壢工業區的建築物屋頂。只有在這個高度，才能清楚辨識煙囪的外型。當車子滑下五楊高架道路，左側出現工業通風的各種樣式，可轉向的排氣口尾部裝設風標、太子樓、附加避雷針的筆直煙囪、第一類：似太子樓、第二類：似太子樓，連續排列一口氣看完。

下交流道就是工業區，先繞工廠一圈，看看外牆的排氣管位置，再入內尋找通風管路與抽風罩。

三、基隆港廳舍

在沒有空調的年代，「基隆港合同廳舍」這座海港大樓如何面對冬雨潮濕與盛夏炎熱？就翻閱古文獻，看看原始設計的排水與通風。

查看廳舍工事設計圖，東北角落設有鍋爐室，西南邊大門入口直通寬闊的玄關，樓梯間直立七層樓高，有如通風用的煙囪。海風從東北方位吹來，穿透回字形廊道的各間廳室，再流向西南方的樓梯。晴天午後陽光西曬，烤熱煙囪，熱空氣上升也會自動抽風。

穿過玄關，進入一樓大廳，挑高空間的矩陣梁柱如此粗壯，推測柱內暗藏排水管。再到二樓的廊道窗口，觀察屋頂雨水溝，斜向導入梁柱內藏的排水管。這裡還有只出現在教科書的「雙層矩形天窗（雙層太子樓）」。

另一個驚喜，從西南樓梯轉角的窗口外探，可以看到「臺鐵基隆車站北號誌樓」。

四、臺中舊酒廠

結束中山附設醫院的演講，從大慶車站轉搭區間車到臺中火車站，穿過臺鐵舊倉庫，來到「臺中酒廠」舊址。一九二〇年代的廠房屋脊設置散熱通風的太子樓，酒倉屋頂裝設銅製通氣筒，牆壁高處還加裝氣窗。

但是，挑高十二公尺的窗戶如何開關？

現場看到傳說中的齒輪鐵鍊、連動橫桿、環型鏈條[a]，還看到懸吊的鋼條固定橫梁[b]，增加了梁柱間的跨距，幾乎就是斜張橋的原型。

五、鐵道部八角樓

八角樓位於臺北北門鐵道部園區的最中央。從高處看，屋頂設置八角形的太子樓當通風散熱氣窗。走進八角樓內觀看，卻找不到進風口。原來作為小便池的水路被封住了。八面牆壁的高處有六個通氣窗，另兩面連通單人便所，加裝煙囪式的通風塔。樓內的中央八角柱如此粗壯，遠超過做為支柱的承載功能，而且柱體由下向上內收，因此推理：柱體內裡中空，底下連接便池，上方通向屋頂的八角太子樓[c]。再回到鐵道部的二樓廳舍，從高處觀看，確認便池以太子樓通風，便所則以通風塔排氣。

莊子曰「道在屎溺」，在這裡指的是廁所的公共衛生通風。

六、修道院大煙囪

到達葡萄牙阿爾科巴薩修道院，先繞圍牆一圈，看到外牆的排風管，就到內部尋找抽風罩；看到密閉的玫瑰花窗，就到內部比對窗紋與光照。進入修道院，尾隨導遊來到廚房。看到一座巨大的漏斗形結構，呈倒立狀，原來是大爐灶的巨型氣罩，直通高聳的煙囪；高溫廢氣上升，排氣罩的橫斷面逐漸縮小，廢氣的上升風速就會逐漸增加；煙囪越高聳排煙就越高遠。

d e

前一站在辛特拉宮，看到巨型的圓錐體，也有類似的功能，正是廚房大煙囪。

離開修道院，再轉頭仰望，回想走過的路線，以及風潮與雨水的流向。

1 《臺灣建築會誌》第六輯第六號一九三四年「基隆港合同廳舍新築工事設計圖」

a｜連動槓桿與環型鏈條開啟氣窗。

b｜懸吊的鋼條輔助固定橫梁。

c d e

c｜鐵道部八角樓中央柱體中空，底連便池，上通屋頂通風口。

d｜葡萄牙辛特拉宮的廚房大煙囪。

e｜葡萄牙修道院廚房的方形抽風罩。

聖殿顯風錄

醫院教學部詢問，是否有理想的場所，可以現場解說職業安全衛生四大計畫。有啊，臺北大龍峒保安宮，門神秦叔寶與尉遲恭先生擔任夜間保全，長期久站已達千載。潘麗水大師的巨作「虎牢關三戰呂布」出現五種職業傷病，「八仙大鬧東海」使用十一種手工具，「朱仙鎮八槌大戰陸文龍」呈現手腕內旋外轉背曲掌曲各種方位，廟宇屋脊的剪黏展示「旋轉肌袖症候群」的多種檢測方法，此外還有「徐母罵曹」與「韓信跨下受辱」的身心不法侵害。「花木蘭從軍」與「鍾馗迎妹回娘家」也可做為母性健康保護的教材。再仔細看，神農大帝的窗櫺木雕標示「楊任大破瘟癀陣」，正是這波疫情防治的主題。

一、虎牢關三戰呂布

職醫科晨會地點訂在清晨七點的大龍峒保安宮；課堂的黑板就設在正殿西側的迴廊，主題是〈虎牢關三戰呂布〉的職業傷病防治。

課前請翻閱講義，或開啟《三國無雙》，自選角色試練武功。友情提示：關羽揮舞「青龍偃月刀」重達八十二斤，換算約十九公斤，重義氣又重體力勞動，容易造成「肱二頭肌肌腱炎」。劉備揮砍「雌雄雙股劍」再加上年齡因素，可能造成「外側上髁炎」。呂布緊握「單刃方天畫戟」迴身抵擋三方圍毆，肘部過度旋轉容易導致「內側上髁炎」。張飛直挺「丈八長矛」推倒步兵的盾牌，瞬間造成「橈骨莖突腱鞘炎」。步兵左手五指緊握盾牌內環，當場倒地出現「手指屈肌腱腱鞘炎」。

啊，啟動《三國無雙》，手無縛雞之力，只能選定角色當「華佗」。

二、八仙大鬧東海

個案討論會選在大龍峒保安宮的正殿北側迴廊，主題是「八仙大鬧東海」的人因負荷評估。總醫師報告：八仙參加貢寮海洋音樂祭，李鐵拐酒後提議出海，眾仙附議並約定各憑本事，但不得乘舟；於是各自取出法寶。

直接翻閱講義，以「關鍵指標法」評估各種手工物料的施力方式：何仙姑手持荷花、張果老臂抱魚鼓，屬輕度負荷（等級一、二）。鍾離漢手搖芭蕉扇、呂洞賓臂揮拂塵，肘部高舉過肩，屬中等負荷（等級三）。曹國舅投擲玉板、劉海蟾彈射銅錢，彎腰扭身，屬高負荷（等級四）。韓湘子手拉缸魚，李鐵拐奮力（等級五）打開葫蘆蓋，猛吸太平洋海水，露出沖繩海溝，驚動蝦兵蟹將全力反擊。龍太子揮舞關刀，蚌精施展雙劍，龜精力揮鐵鎚，力量均達極峰（等級六、七）。

「拂塵、拈花、按鈕、招手」的力量極低；「搓揉、扦插」的力量低；「抓握、塗抹」的力量中等；「摘扭、拉拔」的力量高；「拆扯、拋投」的力量極高；「扳

大龍峒保安宮「八仙大鬧東海」十一種手工具。

「關鍵指標法（KIM）手工物料作業」手部施力

施力等級		施力者	手部施力	握持方式說明
1	力量極低	何仙姑	手持荷花	按鈕啟動/換檔/整理排序
2	力量低	張果老	臂抱魚鼓	物料導引/插入
3	力量中等	鍾離漢	手搖芭蕉扇	抓握/用手或小工具組裝小工件
		呂洞賓	臂揮拂塵	
4	力量高	曹國舅	投擲玉板	旋轉/纏繞/包裝/抓取/握持或組裝零件/壓入/切割/小動力手工具
		劉海蟾	彈射銅錢	
5	力量極高	韓湘子	手拉魟魚	以施力為主的切割/小釘槍工作/移動或固定零件
		李鐵拐	打開葫蘆蓋	
6	力量達峰	龍太子	揮舞關刀	鎖緊或鬆動螺栓/分離/壓入
		蚌精	施展雙劍	
		龜精	力揮鐵鎚	
7	捶打			拇指、手掌或拳頭

捆、擰擠」的力量達到極峰；「捶打、拍搡」就是徒手出力。再回頭觀賞潘麗水大師的這幅巨作，使用的手工具從手持荷花到緊握棍錘，從右到左，人因負荷漸次加重。

最後，這幅畫有個最不尋常的地方，東海龍王後方站的竟是「鯰魚王」。淡水魚為何跑到海洋，原來「八仙大鬧東海」說的是一場古海嘯，李鐵拐掀開葫蘆蓋，吸納半個太平洋，海水倒退，沖倒龍王廟，也把河川魚群全數吸入海中。

三、門神

週六的職醫科討論會照常舉行，地點仍選在大龍峒保安宮，主題是「保全業之工作負荷評估」。安排健康諮詢的對象是門神秦叔寶與尉遲恭先生，兩人長期久站已達千載，而且全身穿戴黃金甲；根據「職業安全衛生設施規則」第三百二十四—五條，雇主（唐太宗）對於連續站立作業之員工，應設置適當之坐具，以供休息時使用。課後自由作答「請問，門神是屬於一般保全，還是人身保全，或金融保全？」因為一般保全每月總工時上限為二百八十八小時。運鈔保全、人身保全運鈔車保全每月總工時上限為二百四十小時。

四、徐母罵曹

提早離開醫院，獨自來到保安宮，對著牆壁說：這次主題是「職場身心不法侵害」。從正殿西側迴廊開始，第一幅畫是「徐母罵曹，外加擲硯」。曹操可以申訴，這是一種職場言語暴力，再加肢體暴力與心理暴力，雇主有責任採取預防措施，名義雇主是漢獻帝，實際雇主是曹操。

第二幅畫是「韓信胯下受辱」。依據「工作相關心理壓力事件引起精神疾病認定參考指引」，「刻意讓人厭煩、生氣的騷擾、霸凌或暴力行為」造成的心理負荷為「強度」，但是韓信當時是在街上閒逛，「胯下受辱」屬「業務外」。

五、鍾馗迎妹

保安宮正殿北側迴廊有一幅畫「鍾馗迎妹回娘家」。鍾馗的妹妹抱著將滿週歲的兒子，重約十公斤，爬山涉水顯然超過負荷，還有一個體重超過十公斤的大兒子。畫中的鍾馗是如此柔情的鐵漢，徒步牽驢且邀眾友相伴，為鍾妹妹減輕母性健康保護期間的人因負荷。

正殿北側迴廊還有一幅畫「花木蘭代父從軍」。如果花木蘭產後沒有哺餵母乳，可以輪值夜班嗎？根據「女性勞工母性健康保護實施辦法」第十一條，需要三個步驟：風險分級、危害告知、書面同意。

六、八槌大戰陸文龍

太陽以螺旋狀的軌道，逐日從南邊的山巔向北移動；春分過後，陽光撲灑坐北朝南的保安宮屋簷，色彩鮮豔的剪黏就變成流動的露天劇場。晨會安排欣賞這場光影雕塑的舞臺劇，栩栩如生的珍品正展示「旋轉肌袖症候群」的各種檢測方式：墜臂測驗、倒罐測驗、展弧（疼痛）測驗、手背離背測驗。

再到保安宮正殿東側迴廊，展讀巨作「朱仙鎮八槌大戰陸文龍」，四位戰士手握雙槌圍攻陸文龍，快速轉動的手腕以內旋、外轉、背曲、掌曲各種方位重槌施力，手肘以外翻、內翻、曲屈多種角度飛舞猛擊。這一系列的迴廊畫作，正是人因評估的最佳教材。

補充說明「評估人因危害」，有五個步驟：（1）調查自覺症狀、（2）評分肌肉骨骼疼痛程度、（3）測量關節活動角度、（4）紀錄站姿的肘高或坐姿的視角、（5）關鍵指標評估法。

職醫夢華錄

如何評估人力負荷？

時光回到工業革命之前，重返千年前的汴京。

一、清明上河圖

「各位貴賓早安，歡迎搭乘時光機前往宋代汴京。這趟旅程時差一千年，經由任意門，預定在兩小時之後抵達，當地目前天氣晴朗，時節正值清明。請隨身攜帶學習護照，先在城門入境驗章，再到虹橋客棧午餐，午後兩點於雜耍區準時開課。老師已在橋頭租設攤位，旗幟標示『跌打損傷防治』，學習的主題是『社區健康診斷』，內容為重體力勞動的人因危害評估。

「請翻閱座椅前方的旅遊手冊《東京夢華錄》，瞭解當地搬運作業的工作型態。再對照講義『重體力勞動作業勞工保護措施標準』，包括：人力搬運或揹負重量四十公斤以上物體。站立以鏟裝五公斤以上的物料。換句話說，物件離身體越遠，出力負荷越重。縴夫拉力四十公斤以上之纜索拉線，也算是重體力勞動。

「時光機再過五分鐘，就要開始降落，請拉直椅背，繫上安全帶，如果感覺暈眩，請勿驚慌，因為賴醫師說耳鳴是救命的警鈴，救生衣就在座椅下方……」

二、夜巡

趁著週四夜晚免費入場，下班後前往林布蘭美術館，主題是「工作姿勢」的人因評估。大廳的第一幅畫是《戴蒙醫師的解剖課》。圖畫中央出現四層人牆，從最後一排到最前排，軀幹的前傾角度分別為〇度、三十度、六十度、接近九十度；再對照講義，這四人背肌群的「最大出力」逐次加重。如果抓舉重物，引體向上，負荷就會更重。

第二幅畫《掃羅聆聽大衛演奏豎琴》。請看大衛彈撥豎琴的雙手活動範圍，分為三個區域：最小區域、中間區域、最大區域。最小區域是以前臂為半徑的範圍；最大區域是以整隻手臂長度為半徑的範圍，長時間工作會造成肩關節與肘關節的過度負荷。

第三幅畫《亞里士多德凝視荷馬胸像》。因為立姿的作業區域須考量手與眼的配合，精密性作業如繪圖與雕塑，工作點的高度通常需要高於肘部二十公分。

第四幅畫《被屠宰的公牛》。肉品切割肢解工作，由於使用刀具需有較大的加速距離，工作點的高度需降至肘部下方二十公分。

第五幅畫《夜巡》。這幅畫通常看得比較久，但請注意時間，白天工時加上「夜巡」的延長工時不得超過十二小時，因此在此宣佈準時下課。最後，請注意每個月延長的工作時間不得超過四十六小時，最近勞檢單位查得很緊。

三、織女與鐵匠

夜晚六點，「普拉多美術館」免費入場，下班後請點選入門網站，走入二樓長廊大廳，開啟導覽機，選定《織女》與《火神的鍛造廠》這兩幅畫，作為「手工物料作業評估」的教材。

請問「紡紗」與「打鐵」，哪一項作業較為費力？

直接回答是「打鐵」，可是，有沒有比較客觀的評估指標？

有，就請拿出課堂講義「手工物料作業檢核表」，以「施力方式、抓握條件、手臂位置、工作協調、工作條件、姿勢」評估畫作四種工作型態：綠裙女的整絲、黑衣婦的紡紗、綠衣人的鼓風、白衣人的敲鎚，初步算出風險分數分別為三・五、八、十六、二十分。換句話說，敲鎚打鐵超過四小時就是高負載的作業，生理過載的情形極可能發生。

美術館現場就有職業傷病的案例，一位石匠被抬出鷹架作業區，再仔細看，像是喝醉了酒。因此，「高架作業勞工保護措施標準」特別列出「酒醉或有酒醉之虞者」

雇主不得使其從事高架作業。

四、奧塞美術館特展

職醫課程訂在週日下午三點的故宮，集合地點「奧塞美術館特展區」，主題是「職業病認定」。每人選一幅畫，再拿出課堂的講義，辨識與評估「扛牛乳、抬牛乳、晾衣服、彈鋼琴、曬鹽、餵豬、拾穗」各種重複動作可能導致的肌肉骨骼傷害。

第一位職傷個案是年約四十的男性，長期以蹲跪姿勢工作引起之膝關節半月狀軟骨病變，另一位的臏骨前緣直接抵壓重物，請參考職安署「職業病認定參考指引」，評估是否已經超過生命中不能承受的重。

五、解剖學博物館

線上課程直接進入「自然史博物館」，從地層年代認識地球生命的自然歷史，從爬蟲鳥禽到哺乳的演化，瞭解大氣變遷與物種滅絕，從頭飾劍甲與尾槌鱗爪的形類異同，體會生物的複雜多樣；從胚胎演化與器官發育，比較生命與物種起源。思考人類直立行走之後，頸部負荷減輕，為何還會產生「頸椎椎間盤突出」？

靈長類演化為直立行走需要數百萬年，但轉眼就能衍生出低頭滑手機的族群，因為原用於懸吊頭顱的後頸肌肉筋膜已經鬆弛，使用過度就會產生「頸椎椎間盤突出」。

六、摩登時代

週末輕鬆一下，居家電影選播卓別林的《摩登時代》。

可是越看越嚴肅，因為每一個段落都可以停格下來當作教材。從機械安全，到人因危害，甚至出現最難舉證的職場身心不法侵害。回想一下，老闆是不是曾經這樣說，如果把工作當作娛樂，就不會有工作超時的問題。

所以請翻開講義，「異常工作負荷促發疾病」就是這部電影的主題。影片放映第三分鐘，請按下暫停鍵，畫面呈現：頭頸扭轉、上身前傾、雙手尺側偏彎、握持小鐵鉗、在輸送帶上固定零件，評估人因危害為「高負載」。再快速迴轉，卓別林肩扛大型工具箱，這也是高負載。如果以「人因工程檢核表」評估，片中出現的扭轉頭部與前傾大於二十度，手臂懸空，手腕尺偏、橈偏與背曲大於三十度，手指用力握物，都屬不當姿勢。

最後，廁所出現老闆的畫像，那就是職場不法侵害的「心理暴力」。

C

職場見聞錄

進入職場辨識與評估危害，最需要的就是丈量。
丈量需要多面的觀察與精準的測量，還要周全的紀錄。

職場丈量實錄

進入這座職場大廳，上百件的工具分門別類陳列在寬闊的牆上；不需翻箱倒櫃，也不必查詢電腦，工具牆本身就是一目千株的型錄。就引用宮本武藏的《五輪書》，作為課堂的引言：

「務必體認千行百業之要諦；務必具有辨識評估能力；務必敏察防範視界外之危害。木匠之用具，務必恆保其利，時時磨快擦亮……」

一、宮本武藏

宮本武藏擅用的手工具，不只是刀劍；他能夠以筷子夾住掠過生魚片的蒼蠅；也能夠隔空撩撥少女阿通的肩帶。

這些手工具都能變成連身的活動器官，大腦皮質都有對應的運轉中心。當工具磨損，肢體就會感覺疼痛。翻開課堂講義，手工具分為指掌使力的「扳手、起子、鉗子、剪刀、銼刀」，以及牽引肩肘出力的「手工鋸」與「木槌、鐵鎚」，後者的力道與力矩不定，因此負荷更重。再根據作業的使力程度，依序細分為「極低、低、中、中高、高、極高」六個等級。

減輕人因負荷的原則是，能夠彈指撥開的，就不要用扳手或剪刀。

二、耳蝸迴繞

這家蘆洲分店的停車場車道迴旋兩圈半，像是放大的耳蝸管，可當作噪音防治的教材。入口處當做是卵圓窗，順時針的上坡車道是前庭管，停車處位在耳蝸軸的頂端，接收的音頻由高至低；逆時針的下坡車道是鼓膜管，出口處就是圓窗。這個過程像是搭乘聯合縮小軍的潛艇，沉浮在耳蝸淋巴液的漩渦。多繞幾圈，突然覺得這般解釋並非淺顯易懂，反而開始頭暈。

三、人體量尺

假日逛宜家賣場，口袋一掏，拿出雷射測距儀，因為職業病發作了。逐層測量五層書櫃，約為蹲膝、垂手、屈肘、齊肩與平視的高度，櫃頂二百一十公分正是國人舉手可及的平均值。測量廚房調理檯高八十五公分，對照男女手肘高度平均一〇五與九十七公分，恰為手臂使力的活動空間。

邊參觀擺設，邊解說，英制一吋二・五四公分，大約是食指遠位指骨的長度。拇指虎口長約二吋，對照國人男女拇指長度分別約為五・六與五・一公分；紅磚的厚度規格六公分與寬度十一公分，大約是拇指虎口至對掌的第二、三指掌關節，以及對掌的第四、五指近端指節的握距。輕盈可握寬約三吋，例如滑鼠寬度五～六公分、手機寬度七～八公分；掌中物如錢包的長寬約為五～十公分。

英制一呎三十・四八公分，大約是腳尖至腳跟的足底距離。工作階梯深度依規定不得小於十五公分；若是固定梯的踏條，考量鞋尖厚度與重心擺動，踏條與牆壁間應保持十六・五公分以上之淨距[1]。

英制一碼九十一・四四公分，大約是英人手臂外展的中指指端到鼻尖的距離。對照國人男女手長分別約為七十一與六十五公分，肩寬約為三十八與三十四公分；平舉單側手臂隔空大約就是社交距離一公尺，平舉兩側手臂約為一・五公尺。若長時間盯看電腦，眼睛到電腦螢幕中心點的理想距離是伸手可至的六十五至七十公分；也大約就是直立式洗衣機的內槽深度。

站姿握拳恰巧碰觸到工作桌的桌面，實測桌高七十五公分，這也是坐姿時的臂肘高度。櫃檯的桌面高約一百公分，大約是站姿的肘高。

學員曾提問：「綜藝節目的女明星為何自豪：手肘碰不到肚臍？」

我說，我也碰不到啊，因為肚子太大。

1 《職業安全衛生設施規則》第三十七條

四、人體時計

是否有一種「時間度量衡」能夠測出慢性疾病的變化？

表皮傷口七天結疤，骨折三個月形成骨痂。頭髮月長一公分，指甲生長速度僅及三分之一，趾甲生成速度再減半。這種「人體時計器」，可用於回推傷病發生的時間點。

三個月內的自覺症狀，問的是近期的變化。

六個月內的平均工時，問的是慢性的累積。

過去一個月內是否吸菸喝酒，問的是習慣。

就像樹根攀牆需要數載光陰，水滴石穿則需百年的修行。

五、荷重評級

貨能暢其流，物才能盡其用。貨物從產地到消費者，需經由批發及零售的物流通運。家用米一包約五～十五公斤，餐廳用米一包三十公斤，倉庫使用堆高機搬運貨品，但賣場的排貨與補貨，以及宅配，則需要人工。

人工搬運最費力。使用單輪、雙輪、四輪手推車，以及推動軌道車，這四種搬運工具的人因負荷依序減輕。但是，是否有較精確的評估方法？

如果以「推拉作業檢核表」評估，建議先看評分定為「一分」的項目，因為那是基準值，再比較〇・五分、一分、二分的差異，就會出現線性模式。例如：使用手推軌道車、四輪手推車、雙輪手推車、單輪手推車搬運五十至一百公斤物料的人因負荷，重量級數均為一；如果搬運小於五十公斤的物料，重量級數均為〇・五。若以上述四種推車搬運二百五十公斤的物料，重量級數分別為二、三、四、四。若達五百公斤，宜以機動車輛或機械搬運。

六、摸骨術

遵守禮儀規範，職醫的摸骨術僅限於手部；

而且，看手相還要戴上墨鏡，邊看掌紋，邊解說：

1. 生命線呈現大拇指的對掌功能。
2. 智慧線呈現二三指的彎曲功能。
3. 感情線呈現四五指的彎曲功能。
4. 「提、拉」使用二至五指的彎曲功能。
5. 南方古猿演化至現代人類，從大拇指開始。
6. 「握、插」使用一至五指的對掌功能。
7. 「握」比「插」更需要大拇指的對掌出力。
8. 「插」比「握」更需要大拇指的精準對位。
9. 「擰、扭」需加手腕與肘部出力，「抬舉」需肩膀使力，「捆綁」另加雙手協調。
10. 手部受傷的漸進式復工，需注意對掌肌的功能，先試鍵盤按鍵，手握滑鼠，持剪刀裁紙，再試撕膠帶，綑綁。

「關鍵指標法（KIM）手工物料作業」手部施力		
手/手指部位施力方式		
1	力量極低	拂、拈、按、招
2	力量低	捻、抽、插、拭
3	力量中等	抓、握、持、抹、拌、抵、押
4	力量高	扭、摘、拉、拔
5	力量極高	拆、扯、投,、拋
6	力量達峰	扳、捆、擰、擠
7	捶打（徒手）	捶、打、拍、揍

職場對談絮錄

我與這位護理師算是很熟了。

工作到一半，她說：又便祕了，要去處理一下。

不久，她匆匆回來，快速拿著A4紙張出去。

我覺得奇怪，心想應該拿衛生紙啊。

不久，她拿著一疊紙回來。

原來，她說的便秘，是指影印機卡紙。

一、午餐

離開飼料廠，職護說，跟著前面那輛大貨車，走西濱到養雞場，再轉往電動宰雞場。今天的任務是評估作業員工的人因危害。

抵達現場，先消毒著裝，再拉開塑膠隔簾，只見全廠的肉雞像是體操選手，雙腳懸吊拉環，粉紅翅膀如天鵝芭蕾般開展，騰空旋轉半圈，頭頸款擺垂下，這歷程嘔心瀝血，畫面兒童不宜，只能選用黏土動畫《落跑雞》當作教材。

再逐項評估手工負荷：拔毛、摘心、切胸、去骨清腿、全雞吊掛、九塊雞輪刀、包裝秤重、過磅貼標籤。

最後，職護問：「午餐要幫你準備麥克雞塊嗎？」

二、副理

衛教講座結束後，與職護至現場訪視，走過機臺，隱約聽到廣播：

「護理師，回電總機。」

就對職護說，有人找妳。

職護笑說：不！剛剛播的是「副理，速回電總經理。」

再走幾步，她問：「你常常訪視噪音作業，有做過聽力檢查？」

三、兼差

有次在臉書社團貼文，提到「夜店」邀約臨場服務，我回覆說「有空」。結果，連續一週，打開臉書，都看到類似的「工作機會建議」。

呵呵。真是喜獲賞識。

回想起去年的發文「……」進入臺鐵販賣櫃臺測量高度，就聽到，排骨便當一個。」

之後一星期的臉書，密集出現「餐飲兼職」的徵才廣告。

那天，職護還提醒我，要記得說：「塑膠袋，加一塊錢。」

四、壽司

已經告訴自己，下班就不要再想工作的雜事。可是一坐下來，看到「點爭鮮」的看板「每秒〇・八公尺搶鮮到位」，又想到「推拉作業」動作快慢的標準，就是「每秒〇・八公尺」為分界，相當於時速二・八八公里。

正想教學，剛開口，就被賢妻打斷：「趁新鮮吃，不要再講了。」

忍不住，還是要講：迴轉壽司速度較慢，每秒〇・〇八公尺。

五、竹耙

「員工的手臂被錫屑燙到，」職護說，「她那時站在點銲機的尾端，舀起槽溝的錫渣……。」

說著，拿出一款金屬長柄勺子。

我上網找到一根長約五十公分的竹條，前端彎如爪耙，說：「這個較耐熱」。

職護問：「這是什麼？」

我說：「竹製抓背器，一支二十元。」

六、屋頂

臨場服務爬上屋頂，量測階梯高度與護欄裝置。

從棕熊洞穴的山頂越過矮牆，走到另一棟建築。

「這是什麼地方？」職護說，「寫紀錄，要記錄地點。」

「企鵝館的歡樂屋。」我說。

「你怎麼這麼熟悉，」職護說，「我還要探頭看，才知道是哪裡。」

「我是用衛星定位。」我說。

再度爬上屋頂，先測量護欄高度，但覺得奇怪，為什麼護欄距離屋頂邊緣約一公尺？

正想開啟衛星定位……

「不要一直盯著手機，」職護笑說：「要看前方。」

我抬頭，注意到有一座潛望鏡狀的象鼻孔，正緩緩朝我走來。

職場工具型錄

金木受攻而物象曲成。同出洪爐烈火，大小殊形。——《天工開物·卷十》

一、廚師手套

《提問》餐廳廚師穿戴手套切割食物，建議使用哪種顏色的手套？

A.紅色手套、B.黃色手套、C.綠色手套、D.藍紫色手套。

《討論》「你有沒有看過『藍色的食物』？」黃百粲醫師說：「因此餐廳廚師選用藍色的手套，避免切割到手。」餐廚作業儘量選擇接近藍色的手套，而且是「無粉」的防護手套。

二、金屬手套

《提問》皮革質料長袖手套，手套掌部裝配金屬圓釦，請問功能？

A.金屬圓釦耐酸手套、B.金屬圓釦耐凍手套、C.金屬圓釦去除靜電手套、D.金屬圓釦利於抓握動物之手套。

《討論》皮革手套有利抓握但難抵銳物磨割，鐵甲手套可抵銳物磨割但較難抓握。因此，若物體表面粗糙又擅於掙脫，例如：爬蟲類動物，可考慮使用「指掌部位附加金屬圓釦之手套」以利抓握。

三、厚重鐵窗

《提問》小粗坑發電所的「底層通風窗」為何裝設厚重的鐵窗？

A.防盜賊、B.擋寒風、C.裝置藝術、D.擋山洪。

《討論》翻閱《文明初來電：新店溪水力發電百年記》，書上說一九一一、一九一

二、一九二四的八月都曾發生大風災山洪暴發，導致小粗坑發電所的機組浸水。因此推測底層如此厚重的鐵窗是用來擋山洪。

四、隔空開窗

《提問》「新竹水道唧筒室」建立於一九二九年，窗戶挑高，當年如何開窗？

A.電動遙控、B.連動橫桿、C.密閉窗（僅供採光）、D.高架梯作業。

《討論》在沒有空調的一九二〇年代，挑高廠房散熱通風，牆壁高處再加裝氣窗。可使用連動橫桿開關挑高的窗戶。

五、高架齒輪

《提問》「新竹水道唧筒室」的桁梁齒輪具有天車功能，請問當年如何啟動？

A.長竹竿鉤拉、B.電動遙控、C.拉鐵鍊牽引齒輪、D.高架梯作業。

《討論》拉扯垂地的鏈條，牽引鋼梁的齒輪轉軸，就可縱橫移動天車（架空式起重機）。

六、中空巨木

《提問》科學工藝博物館展示一株巨木，側邊挖出中空的長方形，請問功能？

A.獨木舟、B.油車車膛、C.培植牛樟菇、D.房舍屋柱的儲藏櫃。

《討論》對照《天工開物》的「南方榨」，含油的豆餅直立放入油車車膛，豆餅之間的縫隙插入楔狀的堅木，再以懸吊的木頭反覆撞擊楔狀堅木，擠壓豆餅，豆油就從車膛底部小口流出。

七、石輪對轉

《提問》臺灣博物館石器展示區陳列十九件石器，其中併列兩件相仿的圓筒狀石

2

1

3

1｜職場型錄六：科學工藝博物館的中空巨木。

2｜職場型錄三：小粗坑發電所底層的厚重鐵窗。

3｜職場型錄五：新竹水道唧筒室的桁梁齒輪。

器，石器上緣均圍繞鐵環，外壁深鑿等距凹槽，下緣鑿挖圓孔，頂部有八角形中空軸心，圓筒狀石器由上而下漸窄。請問功能？

A.榨花生油石輪、B.製紙石輪、C.磨穀石輪、D.榨蔗石輪。

《討論》對照《天工開物》的「造糖車」，圓筒狀石器為「石輥」，主輥的中軸嵌入八角形木柱，橫接犁擔與牛軛。主輥與副輥上鑿凹槽鑲入木塊，呈凹凸狀齒輪互相咬合。主輥轉動，帶動副輥反向旋轉，蔗桿夾在兩輥之間滾軋榨出蔗汁，向上推桿越推越窄，一榨再榨，三榨而竭。

八、道岔白石

《提問》鐵路軌道道岔之間有塊白石頭，請問功能？

A.警衝標、B.止衝擋、C.轉轍器、D.石斗車掉落的大理石。

《討論》「警衝標」置於鐵道交叉的內側。列車駕駛在道岔前停車不得超過「警衝標」，避免與轉軌的來車相撞。

九、三柱電桿

《提問》經過蘇花公路和平段，看到路旁鐵道排列三柱電桿，請問功能？

A.通訊中繼站、B.里程標示柱、C.交流中性區、D.保育類鳥巢。

《討論》臺鐵電氣化使用交流電。交流變電站提供區域電力，「交流中性區」用以間隔兩座變電站供應的電源。

十、型錄密碼

《提問》檢視焊接作業使用的錫條捲圈，外殼白色貼紙為何標示六三三七？

A.產品代號、B.有效日期、C.錫六十三％鉛三十七％、D.錫三十七％鉛六十三％。

《討論》錫條捲外殼標示六三三七，代表「錫六十三％鉛三十七％」，需進行母性健康保護。

職場型錄九：台鐵和平段鐵道並排的三柱電桿。

職場會診選錄

燒砒之人，經兩載即改徙，否則鬚髮盡落。——《天工開物·卷十一》

一、褐黃魚刺

《提問》請問魚刺為什麼變成褐黃色？

A.黃魚、B.福馬林浸泡、C.糖醋魚片、D.異物染色。

《討論》健康摘要：總經理最近解便疼痛，而且一坐下來就痛，只在站立時緩解，懷疑痔瘡發作，但無血便，檢視肛門外觀亦無異狀。忍了三天，今日轉診直腸外科，游福田主任診治拉出一段四公分的魚刺。

注意事項：如果詢問「卡到魚刺，要掛哪一科？」，標準答案是「耳鼻喉科」，但有時候是「肛門外科」。

二、風扇漏斗

《提問》三十歲男性，最近半年逐漸出現手抖、走路不穩等症狀。醫師訪視家庭即為工廠，機台旁的抽風機有黃黑沉積，附掛銀白色的圓粒，而且離風扇中心越遠就越稀疏。請問，最有可能的診斷？

A.鎘中毒、B.鎳中毒、C.汞中毒、D.鉛中毒。

《討論》「風扇為何會有銀白色圓粒？」因為轉動的風扇就像漏斗，越接近中心，空氣中的異物濃度越高，這種物質又會造成手抖、走路不穩等症狀，答案是「汞」。這是三十年前的臨廠服務，現場是燈管回收再利用的工廠。

三、雨傘眼鏡

《提問》員工在農場遭蛇咬傷頭頂部頭皮，職護緊急處置與連絡救護車。另請同仁指認出蛇種的特徵為「背部黃褐色與不規則狀的黑斑塊」，請問送醫後的最佳治療措施？

A.敵腐靈、B.葡萄酸鈣軟膏、C.抗神經性蛇毒血清、D.抗出血性蛇毒血清。

《討論》臺灣目前有四種抗蛇毒血清，「抗出血性血清」主要用來治療赤尾鮐或龜殼花咬傷，「抗神經性血清」主要用來治療眼鏡蛇或雨傘節咬傷，百步蛇咬傷時則使用專一性「抗百步蛇血清」，鎖鍊蛇咬傷則使用「抗鎖鍊蛇血清」（資料來源：榮總毒藥物防治諮詢中心）。「龜殼花」的特徵為「背部黃褐色與不規則狀的黑斑塊」。

「雨傘節」與「眼鏡蛇」為神經毒，其他蛇毒為「出血毒」。因此，作者自拍一張「拿雨傘、戴眼鏡的神經科醫師」，以加深大家的印象。

四、芒刺在背

《提問》長條狀堅實硬物，長約七～十五公分，兩端尖銳，其中一端有倒鉤，刺入皮肉，極難拔除。請問何物會有這種倒鉤？

A.水筆仔化石、B.阿勃勒的莢果、C.河豚的尖刺、D.豪豬的尖刺。

《討論》豪豬的尖刺（較鈍的一端附於身體，較尖朝外），自然脫落掉至地面，建議備掃把與畚箕掃除尖刺。另備圓桶做為運輸工具，避免工作人員遇刺。

五、帶狀傷痕

《提問》五十二歲男性，來到醫務室，述說剛才在除草，右大腿外側突然出現點線狀紅色病變，會痛，但不癢。請問，最有可能的診斷？

A.禽蟎叮咬、B.帶狀皰疹、C.隱翅蟲、D.外傷。

《討論》右大腿外側的點線狀紅色病變，仔細看，分為上下兩條帶狀點線，下方線點較密集，上方較稀疏。員工補述為外力造成，當時割草機牛筋繩的兩邊尾端快速旋轉，鞭打成傷造成上下兩條線點。這題出得不好，因為隱藏了重要的病史資訊。但臨床診療經常需要在第一時間判斷可能原因，尤其是病患昏迷，或沒有目擊者。

六、妊娠紋路

《提問》男性三十歲新進員工，過去病史：曾因腳水腫就醫診治。醫師檢視兩小腿前側皮膚，出現色素沉積之條狀橫紋；請問，需考量不適合從事哪項作業？

A.精密作業、B.噪音作業、C.粉塵作業、D.高溫作業。

《討論》檢視兩小腿脛骨前側中段皮膚出現色素沉積之條狀橫紋，推論：（1）員工為年輕人，因為年輕人的皮膚較有彈性張力，腫脹消退後留下類似妊娠紋路。（2）水腫期間約二～三個月，因為長期水腫的皮膚在消腫後會變鬆垮；若短期水腫，較不易撐出橫紋。綜合推論：員工曾有腎臟疾病（腎病症候群），服藥後水腫消退。配工考量不適合從事高溫作業。

七、配工看鞋底

《提問》女性六十歲擔任文書送發工作，最近因走路緩慢，上下階梯較為費力。職醫檢視鞋底，左右鞋底前緣磨損較為嚴重，詢問穿不到半年；請問，需考量不適合從事哪項工作？

A.詐病，不需配工評估、B.坐姿工作、C.中度至重度工作作業（經常搬抬四•五公斤以上物件、偶爾搬抬九～二十三公斤物件）、D.以上皆非，直接資遣。

《討論》檢視兩鞋鞋底前緣磨損較明顯，推論走路向前傾，可能為肌肉張力緊繃，兩上肢亦僵硬，似為巴金森氏症，但檢查未呈現齒輪狀僵硬亦無手抖或手麻，也有可能是頸部脊髓病變或中樞神經系統退化，例如：多發性硬化症等疾病。建議先擔任坐姿作業，注意交通動線安全，轉介門診追蹤診治，再依據診斷書之病名與醫囑，另約工作複評。

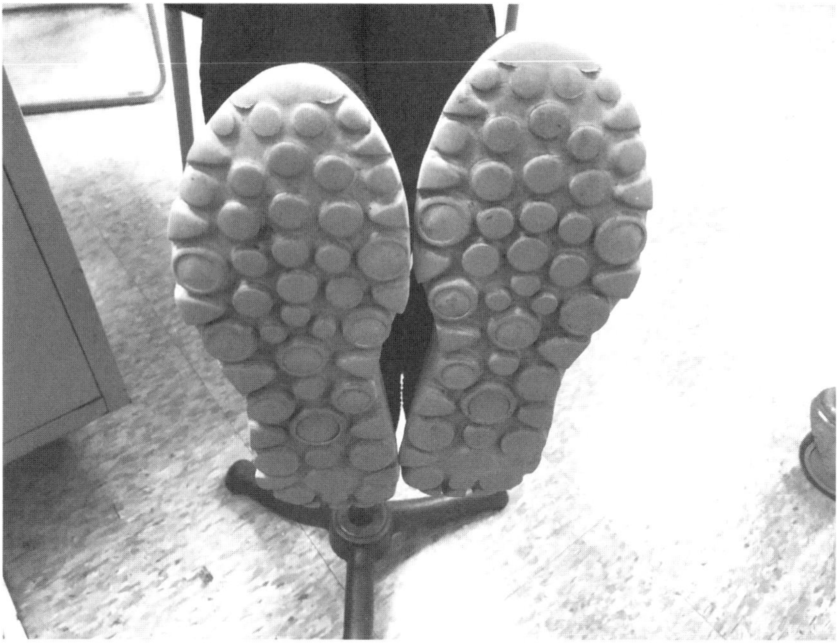

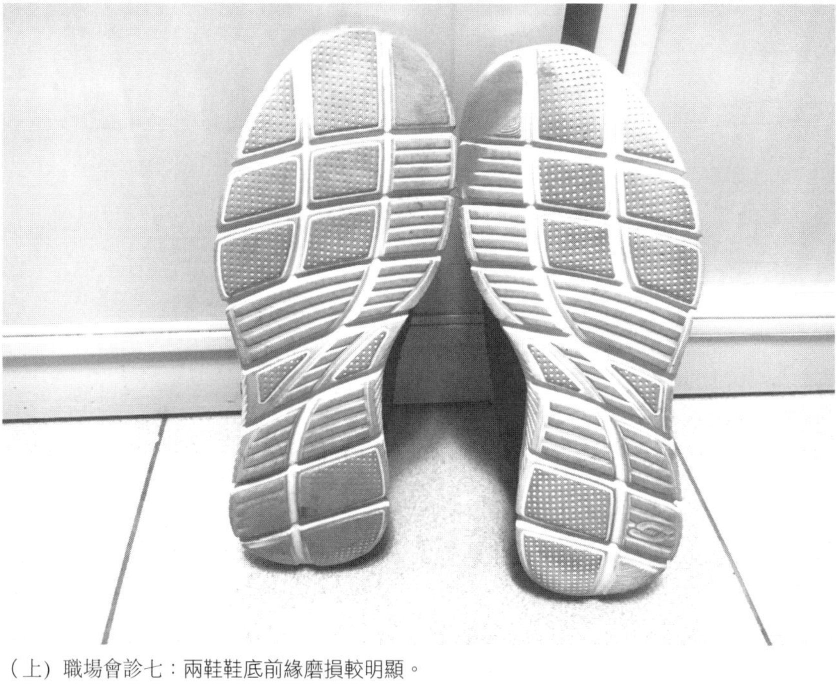

（上）職場會診七：兩鞋鞋底前緣磨損較明顯。

（下）職場會診八：左鞋底內側前緣磨損較為嚴重。

八、復工看鞋底

《提問》男性五十歲擔任外送物件業務，過去病史：曾因肢體無力就醫診治，已復健約一年。職醫檢視鞋底，左內側前緣磨損較為嚴重，詢問已穿五個月；請問，復工需考量不適合從事哪項作業？

A.精密作業、B.粉塵作業、C.重體力勞動作業、D.噪音作業。

《討論》檢視鞋底：（1）左內側前緣磨損較為嚴重，推論「左下肢腳踝無力，行走時左腳向外劃出弧步」，（2）右腳跟鞋底磨損較為嚴重，推論「行走主要以右腳跟支撐力量」。綜合推論：左下肢無力數月，正接受復健，造成鞋底磨底。建議緩步行走，先以右腳跨越門檻，左腳再跟進，避免跌倒撞傷。復工先安排靜態的內勤工作，工作地點需考慮交通動線安全。並建議不適合從事重體力勞動作業。

九、復工看筆紋

《提問》女性五十五歲擔任餐廚切烤炸煮工作，平日慣用右手。因右手腕橈側腫痛就醫，診斷書「病名：右手姆指基關節炎。」依醫囑手術，休養一個月後，職醫評估右手拿筆畫同心圓略抖，且大小圓徑不規則。請問，如何規畫漸進式復工的工作內容？

A.右手先試握長鑷夾菜、B.右手先試握菜刀剁肉、C.右手先試持剪刀剪海帶、D.右手先試以滑刀切豆腐。

《討論》右手拿筆畫同心圓略抖，可能手指力量較難控制。若大小圓徑呈現不等距的放大，很可能是因為畫大圓需用到腕部的肌肉關節。建議漸進式復工，先試以滑刀切豆腐，再試握長鑷夾菜，或持剪刀剪海帶，並注意拇對掌肌的張合功能；若無不適，再試握菜刀剁肉。

十、鋸齒狀筆紋

《提問》男性三十歲擔任玻璃廢料加工作業，平日慣用右手，最近半年逐漸出現手抖、走路不穩等症狀。職醫評估雙手顫抖，右手拿筆畫同心圓線條呈鋸齒狀。請問，最可能是哪裡的病變？

A.手指、B.手腕、C.手肘、D.小腦。

《討論》這是三十年前臨廠服務的案例，工作型態為回收廢棄的日光燈管，敲成碎片倒入熔爐變成熱玻璃，遇冷凝固再塑型利用。日光燈管內含汞，加熱過程變成汞蒸氣，經由呼吸道吸入人體，累積在中樞神經的小腦，導致手抖、走路不穩等症狀。若是手指、手腕、手肘的病變，應不致引起走路不穩。

職護職人敘錄

應邀到醫院演講，主題是「肌肉骨骼職業傷病」。

會議後依例答覆提問，一直回答到現場人潮散去，最後留下的是一位職護，她問起職業傷病的診斷與鑑定。我說起處理原則與流程，同時注意到演講廳的大門即將關閉，就與她往出口的方向走，繼續講法源依據，一直講到醫院大門口，這時她說起經手的個案，聲音哽咽，突然哭起來。

我們兩人就佇立在大廳，她飲泣，我手足無措。

似乎不曉得，究竟能夠改變什麼。

一、大哥早安

這座工廠位於山谷，已經很久沒有職護了。得知護理師已經報到，就提早行程前往，先分析噪音、粉塵作業的健檢資料之後，再與職護到現場走一圈。

「看到粉塵，就要注意抽風。」說完，我走向窗戶，卻拉不動百葉簾。職護走過來，一拉，葉簾開啟，露出陽光。她邊操作，邊說明步驟。

「妳以前在哪個職場？」我問。

「窗簾工廠、食品工廠、電子工廠，還有醫院，都有啦。」她說。

我們邊看邊聊，走到車床區，她說，這種她也做過，

「那時候，用右腳踩踏板，鑽頭鎚下，就會打出鈕扣的圓孔。」

她說，手指還算靈活，那時候做車工沒有不缺指的。

「這工作做多久。」我問。

「哪個工廠缺工，我們就去哪裡。」她說。

我越聽越好奇，問：「那時候幾歲？」

「七歲開始裝窗簾，八歲削洋蔥，九歲到食品封箱。中間休學一年，到電子工廠，旋轉三公分的鐵絲，黏上錫膏。」

「一年的工資，就做為四年的學費，畢業後就到醫院上班。」她說。

「那時候還沒有童工的限制，有時做到天亮，就直接去上學。主管很好，還會說，大家分著做，那邊有座大沙發，妳睡飽，再去上學。」

整個過程，我一路低頭聆聽，直覺今天遇見真正的老師。

返回醫務室，開始撰寫訪視紀錄，想起她進入廠房，對每一個同事的第一句話，是說：「大哥早安！」

二、復工土地公

職護說這次安排的復工個案是位印尼女移工，腹部結核治療後今日上班。最初的症狀是食慾不振與腹部腫脹，原以為是懷孕，到婦產科診治超音波查出病因。

大眼睛的女孩走進會談室，生怯的環視四周，說沒幾句就抽泣起來。原來她擔心會被遣返。職護以英語加手勢告訴她，不用擔心，可以繼續工作。女孩還是擔心會傳染給同事或室友。職護說，已經完成療程，就可以回來上班喔，說著，合掌握起女孩的雙手，女孩抽手擦拭起臉龐淚痕，職護遞上面紙，後續說明量體溫、戴口罩、門診追蹤的健康管理事項。最後，職護擁抱著啜泣的女孩輕拍肩膀。

我看著這一幕，心想是什麼樣的人生經驗，可以造就這樣一位職護。

這家工廠有噪音作業、高溫作業，也有重體力勞動作業，每一項製程，她都已安排我走過一遍。問起供料與動線，她像是現場領班就直接回答，我只能拿著筆記本記錄。原來她也擔任過產線，這是公司的全能教育訓練，行政產銷相互瞭解作息與流程。

這家公司還有個特色，每次職安會議結束後，主席會帶領全體委員到廠區的土地公廟稟報採行措施。

列席報告那天，我也跟著走在最後面，向福德正神說明這次復工的適性安排，也請祂保佑眾生健康平安。

三、重返職場

腦中風防治衛教的最後五分鐘，職護接過麥克風，特別說明老同事A先生在接受一年多的復健之後，下星期即將返回崗位，目前右側肢體活動較遲鈍，請大家協助注意他的職場動線安全。我補充說明，因為右側偏盲，講話要趨近他的左側，走路也可讓出左側的走道。

講座結束後，我與職護討論後續的漸進式復工。

「公司有負荷較輕的工作嗎？」我問。

職護說，A先生發病前擔任外勤配送，已請示主管，復工先安排輕便的環境清潔工作，先試左手握掃把掃地、持抹布擦桌面；但是擰抹布需要雙手，就以右肘壓住抹布，左手擰動另一端。復健穩定之後，再漸增出勤時數。

「妳是怎麼說服主管的？」我問。

多溝通，擬各種方案，分析利弊，請主管選擇。職護說，已先到員工家裡訪視，也與家屬討論過，復工初期就由家人順路接送。公司會定期召開復工關懷會議，下次我們要報告進度。

「A先生目前工作已從環境清潔，漸進至電腦操作，工作內容為看影像稽核異常，左手再按下滑鼠存檔，目前中文注音書寫，開機關機，收信寄信均自行操作。」職護在會議報告近況。

「……漸進式復工，也同時擬訂工作約定：（1）每週兩次下午復健，其餘正常出勤，請假應依規定辦理。（2）業務不納入單位績效評比。（3）業務完成必須親自向對方確認。（4）依據調整之職位支薪。」職護報告完畢，做成會議紀錄。

會議結束後，我問職護，A先生上下班還由家人接送嗎？

「我設計一些卡片，請他隨身攜帶，搭客運上車時給司機看。」職護說完，開啟手機相簿，螢幕出現幾張卡片圖檔：

「我講話與行動不便，車輛起步麻煩慢一點。謝謝您。」

「站別：○○公司」、「站別：○○醫院」、「站別：黃泥塘」。

是的，這就是復工之路。

四、溝通演練

這是優良的傳統，鐵道部的職護學姊帶學妹，一有新人報到，就安排來到這個廠區迎新。趁午休的空檔，大家團團坐，圍成一圈，主題是職場身心不法侵害預防「溝通技巧訓練」。

我說，請翻開講義，其中有四個案例，請各選一個情境角色。我先來示範，接著請大家輪流上來演練。說完，我走出門；再推門進來，語氣一變，說：

「各位委員午安，我是申訴人〇〇，行政部門員工，最近同事××一再對我言語挑釁、辱罵，這幾個星期都睡不好……」

委員還在思索如何反應，我雙手一撥，大聲說：「各位委員，你們有沒有看出什麼問題，為什麼你們委員坐工學椅，卻安排我做塑膠板凳，門口的窗簾也沒拉上，大門也只有一個出入口，又沒有鎖門，萬一對方衝進來，從我背後捅一刀，嗚（哽咽聲），這是很大的心理威脅。」

委員面面相覷不知所措。

我坐下來，說：「來，現在換我，來當主任委員。」

「先生，您好，場地的安排我們立即改善，關於辱罵的內容與時間地點，再請您提供，委員會進行調查……。」

現場的劇場氣氛逐漸形成，下一位上場的申訴人已經在小腿塗上碘酒，臉上黏貼繃帶，她的主訴是「肢體暴力」。

但下一位上場申訴「心理暴力」的學妹，講到一半，突然忍不住竊笑起來，我立刻上前制止，說：

「不行，妳這樣表現，委員會以為你有被虐待狂……。」

最後，我們重新回到第一個案例，我說：

「各位委員，剛才申訴人○○說同事××一再辱罵他，後來我再補問一句話，這個申訴案件就結案了，你們聽到了嗎？

「我說，『請問您離開公司之後，還有聽到××在辱罵你嗎？』

「他回答說，『有』。」

五、魟魚解毒

接獲職護急電詢問，員工被魟魚刺傷手部，該怎麼辦？

電話裡立即說明送醫前注意事項：（1）注意是否有「局部麻木」或「全身系統」心悸、胸悶等症狀。（2）以溫熱水（攝氏四十二～四十五度）浸泡患部，送醫過程持續換水。

當天下午職護回報：「奇的是，傷口竟在就醫路上慢慢褪黑，患肢的麻漲感也明顯改善！」

回想多年前學到的實務經驗：「海洋生物的毒液，大都是不穩定蛋白，熱敷促使毒性蛋白變性，就像煎蛋時清澈的蛋白清遇熱凝固。」

這是駐守蘭嶼衛生所的朱醫師教我的。當時我前往支援，遇到以前的社區醫學學生，變成我的老師。

六、生命脆似懸絲

初次前往這家職場的總公司，不到半小時，就驚聞孕婦大出血倒在女廁。

衝進現場，確認生命跡象穩定，以滾輪座椅送至醫務室平躺，職護急電救護車，也通知緊急聯絡人。我轉身想回現場，辨識血塊有無異物，職護回說還有胎動，兩人分工，職護到大馬路攔救護車，我在孕婦身邊準備病情摘要。一看到名字，猛然想起一個月前，我在這家職場的分店見過這位孕婦。那時評估母性健康，風險等級為第二級，建議站姿工作改成「坐姿」，因此調來離家較近的總公司辦公室。

如果當時輕忽，今天我就不在現場。

生命脆似懸絲，命運卻糾結有如鋼索；這一切，像是早已命定，就是等著你出現，才會發生。

職場互動語錄

語錄有兩種，一種是互動語錄，一種是自言自語的清靜心思語錄。

「互動」首先是說話要看著對方的眼睛，其次是「聽其言，觀其行」，第三是先觀後語，也就是「時然後言」，第四是觀察對方的反應，調整講話的速度，第五是「觀察肢體語言」。

尤其是進入陌生的作業場所，需要多聽多觀察，辨識潛在的危害，再適時發問。對話沒有一定的模式，但有些常用的語態與用詞可做為參考。以下舉例說明如何詢問工作內容與作業流程。

一、工作型態

「請問，工作型態是以站姿或坐姿為主？」

站姿。

「需要走動的時間，大約佔工作的一半或四分之一？」

大約四分之一。

「走動的時候需要搬東西嗎？」

要，有時可以用手推車。

「手搬一箱大約幾公斤？手推車一趟放幾箱？」

一箱八公斤，一車放十二箱。

「每班大約搬幾箱？推幾車？」

手搬約二十次，推車約三次。

「過程需要彎腰或扭轉嗎？」

不需。

「一次搬移多遠？」

搬運約十公尺，推拉約八十公尺。

以上對話，可瞭解工作內容，並估算推拉作業與人工物料作業的人因負荷。如果是坐姿的手工物料作業，另以下列方式評估：

「請問，坐姿工作雙手需要重複動作，或出力抓握嗎？」

一直拿紙片，摺紙盒。

「可以請你模擬動作？」

手指抓握，手腕內轉，翻過來再壓摺。

「抓住紙盒的時間，大約佔工作的一半或四分之一？」

一半以上。

「需要扭腰或高舉過肩嗎？」

不需要。

「座椅有椅背？可調高度嗎？」

都沒有。

「每班工作幾小時？」

八小時。

「你需要去領取紙料，最後還要把紙盒送出去嗎？」

領班推紙料過來，她再把摺好的紙盒推到包裝區。

以上對話，可先瞭解工作內容與作業流程，估算手工物料作業的人因負荷，並安排現場訪視。

二、危害辨識

「請問，工作區有化學品？」

有。

「需要協助辨識母性健康保護嗎？」

好啊。

「有化學品清單嗎？」

有，在電腦裡面。

「可以列印出來，我們來標示儲放的位置。」

喔，可能有十幾頁。

「那就從使用量最大，以及優先管理化學品開始。」

1-溴丙烷，算不算是？

「這是生殖毒性物質第一級，先標示儲放位置，再請操作人員說明處置流程。」

這張是標準作業流程，安全資料表正在列印。

「就貼在明顯位置，化學桶另貼上危害圖式，桶底置放盛盤，並說明須在化學櫃內作業。另請問，廢棄液如何管理？」

放在隔間的廢液區，每星期五回收清運。

「夏天會覺得很熱嗎，牆邊那個管路是用於通風散熱嗎？」

最後再問：「可以拍照嗎？」

為什麼要拍照？

「協助確認化學品，提供安全資料表。」

嗯，不要po網。

三、選配復工

「工作需要輪班嗎？」

目前已調到日班，但是很想恢復夜班。

「夜班有加給嗎？」

每個月多七千元。再兩年，就要退休了。

「以前上過哪種夜班？」

四班二輪，還有三班制都做過。

「日班換夜班，睡眠狀況理想嗎？」

都很好睡。

「上班超過十小時，會覺得疲勞嗎？」

上次填的量表，低負荷啦。

「聽診心跳規律，但是今年健檢心電圖異常，過去曾感覺身體不適嗎？」

沒有。

「如果要輪值夜班，一定要戒菸，並且每天量測血壓與記錄，飲食控制，門診定期追蹤。」

啊，去年做過心導管檢查，就不再抽菸了。

「如果要上夜班，先從中班（15:30-23:30）開始，再依健康狀況調整。如果感覺身心不適，一定要再來複評。」

還有相反的情況：工作型態必須輪班，但員工想改調為日班。對話的模式用詞與上述類似，重要的是要備齊診斷書，聽診以及婉轉詢問調班的原因。

四、肢體語言

職場的「肢體語言」分為：手勢、腰身、步態、節奏與眼神。

《手勢》大老闆親自接待醫師，大手一揮，兩人就在會客廳的檜木平臺桌聊起來，泡上老人茶，喝兩口，大老闆有事先走了，職醫就留在現場，宛若門神。當天離開後，決定找另一間小廟棲身。

《腰身》瞭解職場的權力架構，才能知道建議的對象。就像媽祖遶境，最有權勢的不是神明，是旁邊決定讓善男信女鑽轎腳的人。

《步態》到現場訪視，一定要尾隨主管或職安人員，超前就是越位。前輩放慢腳步左顧右盼，因為上有天車。

《節奏》說話有節奏，肢體語言也有節奏。每次臨場服務，要先主動詢問當天安排的流程，才能掌握臨場服務的節奏。復工評估需要時間，如果一場排五位員工，就像是在做大會操。

《眼神》眼神啊，只可意會，不可言傳。

五、業配講座

「各位同學好，今天主辦單位安排的題目是『人因性危害預防概論』。課堂如果只講理論，內容會非常單調，因此老師準備了一些道具加深大家印象，課程結束之前也會重點提示，並且示範如何使用。

「第一題，根據《職業安全衛生設施規則》第三二四—五條，連續站立作業之勞工，應採取危害預防措施。」

接著從背包拿出一捆彈性襪，說：

「今天有緣相聚，一雙八折，十雙半價。

「第二題，從事重體力勞動作業的勞工，休息時間每小時不得少於二十分鐘。」邊說邊脫外套，露出啤酒肚與束腹帶，「這款護腰，適合各種身材，還可保暖。現場訂購，加碼贈送護膝、護踝。」

「第三題，《精密作業勞工視機能保護設施標準》第九條，連續作業二小時，至少休息十五分鐘。」說著就從口袋掏出一副熱敷眼罩，矇住眼眶，「今天看到賺到，現場買一送一。記得溫控四十五度，熱敷十分鐘。」

「第四題，《職業安全衛生設施規則》第二七八條，雇主對於搬運有刺角物、凸出物、毒性等物質，應置備適當之手套、圍裙、裹腿、安全鞋、安全帽、防護眼鏡、防毒口罩、安全面罩……。」

再轉身攤開一張海報，雙手高舉，問道：

「最後一排看得到嗎？這裡有各種防護具的樣式，以及優惠價格。如果看不清楚，請掃描右上角的QR Code。」

「第一排的同學，請確實戴上口罩，因為老師即將脫下工作鞋，說明選購的要訣。」

六、街頭視訊

「掌骨骨折，可以休幾天？」職護問。

「參考失能指引，靜態作業休七天為合理，輕度負荷作業休十四天為合理。」我說。

「靜態作業、輕度負荷作業，是指復工後安排的工作嗎？」

是的。傷後七天靜態作業，傷後十四天輕度負荷作業，這就是漸進式復工的概念。

「可是診斷書醫囑：宜休養一個月。」職護說。

醫師這樣寫，一定有他的理由。請問員工的年齡、職稱，慣用手是右手或左手？還有，是公傷事故嗎？

「三十二歲男性，研發工程師，坐姿使用電腦，慣用右手。」職護補充說，上班途中車禍，診斷是左手第五掌骨閉鎖性骨折。

他是騎機車通勤？

「有時開車，有時騎車。他說目前無法握車把剎車，還在家休養。」

有試過視訊聯絡嗎？

「公司不能使用手機啊！」職護說。

那麼我們就到外面的大馬路。

「但是，在街頭談論個資，好像有點不妥。」

可請職安人員擔任場控；其實，九點過後，園區的人行道一片空蕩蕩。準備妥當，就開始復工評估。

「陳工程師您好，我是公司的職護，約好今天評估恢復情形，」職護開啟手機視訊，對著螢幕說，「醫師會示範如何復健運動。」

我們站在公司大門外的人行道，鏡頭對準門口的招牌。

「早安，請問拆掉石膏之後，左手活動會痛嗎？」我說。

「剛剛評過疼痛程度中等。」螢幕裡的工程師穿著居家服。

「那麼，請你跟著我的動作一起活動，如果會痛，就請暫停。」我後退一步，上半身影像出現在螢幕下方的子畫面，接著說，「請你平舉雙手到肩膀高度，手掌再翻過來向上，手肘彎屈，掌心先向臉再向外，然後轉動雙手，漸漸加快。」

螢幕中兩人隔空對視，雙掌同時晃動發功。

「你的左手活動略鈍。」我說，並示意職護按鍵截取畫面。

「再請你試著雙手握拳，再張開手指，」我伸出手掌接近鏡頭，「以拇指指端碰觸食指指端，再碰觸第三指、第四指、第五指。再做擰毛巾，以及擦桌子的動作。」

「左手第五指的握拳與對掌活動較慢，」我說，「生活需注意左手握車把的交通安全，工作需避免左手過度荷重與重複出力，使用鍵盤以右手為主，左手協助。」再說明醫療需定期追蹤，平時可以示範的動作做柔軟操運動。

「這些動作也是一種自我檢測，雙手快速轉動是要評估兩側肢體活動是否對稱，也可檢視手腕、手肘內旋與外轉的角度；握拳的動作是要評估手指彎曲的程度；拇指碰觸食指與第五指是要檢測對掌肌的活動；擦桌子的動作是要評估手腕橈側與尺側能夠彎曲的範圍；擰毛巾是要評估手腕背曲、掌曲以及手指的握力。」我說，「應該還可以握方向盤，願意嘗試開車上下班嗎？公司會提供公傷車位。」

最後，撰寫工作評估報告的時候，要注意手機截取的畫面是鏡面影像，因此左右顛倒。

職醫回憶補錄

校門口至川堂兩旁的白千層，大約是在十月下旬，綻開一種粉白帶點淡綠的小花。十一月通往藥學大樓兩旁的楓樹開始轉紅，密密地圈住了內操場。夕陽西下，更是火紅得超過視覺的負荷。大二那年，北醫人報社湯總編找我：「有興趣加入報社嗎？」

一、社團養成

大一上學期，延續高中的唸書精神，但是發現名次不在前段；很快悟出道理，班上有位同學曾上電視比賽，心算比電腦還快，有人記憶比相機厲害。因此決定成績只需維持一定格局，其他時間要發展自己的興趣。大一暑假，報名參加位在羅斯福路小教室的「戲劇編演」。沒想到，多年後果真派上用場，就用在身心不法侵害預防的「溝通技巧訓練」。大二參加「北醫人報社」，指導老師是楊憲宏、閻雲、湯銘哲、李飛鵬學長，先學習採訪與撰稿，再練習寫社論。楊總編當時教導觀察要周到，紀錄也要周到，書寫要有邏輯性與節奏感，先素描全景，再聚焦一個動作，展開主題書寫。黃百粲醫師那時也在刊物室，還有賴仁淙、侯文詠、陳克華大文豪，一群人同時擠在那間鐵皮屋舞文弄墨煉金。

當年在刊物室學習的採訪與撰稿技巧，現在就用於紀錄作業流程，還記得採訪報導的幾項原則：1.由大而小，先靜後動，由多而少，由進到出，觀察工作內容。2.由裝到卸，或由左而右，或順時針方向，紀錄作業流程。3.依據分組、人數、輪班、產量，推估日常工作負荷，辨識潛在的風險。當年社團所學，幾乎都是為現在的職場服務做準備。

二、師傅領入門

回想當年報名住院醫師甄試，被問：

「為什麼選神經科？」

「因為很有趣啊。」我說，所有的症狀都可以沿著神經路徑找到病兆源頭。

「如果找不到呢？」考官問。

我愣住了，因為教科書都有寫答案。

其實，有答案的才會寫入教科書。

如果找不到答案，可能是觀察不夠。

遺漏蛛絲馬跡，就無法聯想全貌。

住院醫師四年，最具挑戰的是神經急症。那時長期窩在急診值班室，一旦判斷需做電腦斷層，就到放射科看螢幕等答案，當第一張影像緩緩浮出，立刻拿起電話照會神經外科，硬腦膜下出血！

教科書與臨床最大的差異在於「時態」，教科書回溯陳年病史，臨床病情瞬息萬變。病人並不會依照教科書的章節呈現症狀；眼球上下震顫的年輕人，急性失讀症的老年人，都需要分秒觀察，才能看到細微的變化。

最近面試住院醫師，還是先問一個考古題：「為什麼想選職業醫學科？」

其次，詢問怎麼來到這間會談室，是否可以畫出簡要的路線圖，再聊聊沿途看到什麼顯著的路標，或印象較深刻的景物。

最後，詢問有沒有醫學之外的人生嗜好。

三、夜以繼日

如何檢查肌肉骨骼，是陳教授在三十年前教我的。

那時候在林口長庚的神經內科病房跟著查房，印象中最深刻的是，有一次陳教授蹲下來，翻看病人的鞋底。那時隱約覺得臨床診斷不能只看檢驗數據，有些疾病必須以生活型態查證，答案都在醫院外面。

第一次值班，急診送來一位三十多歲的男性，診斷是：癲癇與腹痛，原因不明。當晚徹夜翻讀文獻直到天亮，再依據教科書的指示，捧著病人的一杯尿液，走出醫院，等待第一道曙光；黃色尿液遇見陽光，轉成深咖啡色，診斷出來了，Porphyria（紫質症）。

擔任住院醫師的第二年，主治醫師收治一位年輕女性，症狀是肌肉痙攣、脫髮、腹瀉。問診與理學檢查之後，我開始書寫住院病歷，但在診斷那個欄位苦思無解，只能寫下「原因未明」。當晚到醫院圖書館查書到關門，都沒有答案，再返回值班室繼續翻書。在那個沒有網路的年代，住院醫師都是抱著教科書睡覺，而且是睡在行軍床。

第二天晨會，總醫師說，長庚醫院只有最近十年的期刊，早期的文獻要到臺大醫圖查詢。那天下午正好舉辦神經學年會，地點在榮總致德樓，晚宴的時候，獨自到三樓的圖書館，以關鍵字「肌肉痙攣」，遍查神經學期刊的歷年索引，翻到一九八三年雜誌的一張圖片，彷彿通身觸電，標題是Satoyoshi Syndrome（佐吉症候群），影印治療方法之後，再趕回年會的晚宴會場，正好吃到甜點。

四、第一堂課

二〇〇三年九月，北醫派來第一位PGY醫師（畢業後一般醫學訓練醫師），接受社區醫學課程。十月天氣仍熱，我開車載著年輕醫師，沿著基隆河的堤岸北行，目標是一座製作金屬零件的工廠。途中我問許醫師，預期會看到什麼樣的職場，顯然他是第一次進入工廠，神情有些忐忑不安，擔心工廠老闆的態度，其實我也有這方面的顧慮，因為職醫並沒有入廠權。大約半小時的車程，我們談一些職業醫學的現況，以及進入工廠的注意事項，特別強調工作環境的安全，尤其是進入陌生環境，要放亮眼睛，看人員的走動，也要看機械運轉的動線。

工廠位於基隆河邊的工業區，經過警衛室，停車在落滿紫色花瓣的水黃皮樹下。先到行政區，衛教主題：「腕道症候群與下背痛的防治」。辦公室的隔壁是包裝區，有幾位年輕女孩說起手麻下午更嚴重。

課後走訪現場，我說，廠區的地面畫了黃線，黃線之間的綠色區域是工作人員的安全走道，不可堆積物品，黃線圈隔的是作業區，危險作業需要在黃線上方架設柵欄，以及加裝紅燈警示。

這個金屬零件工廠除了包裝與倉儲，還有鍍漆、刨光、噴漆作業，以及化學實驗室。一聽到刨光區的作業聲響，除了噪音，還要聯想到震動造成的白指症，甚至也會產生粉塵。相約在結訓前安排一場職場經驗分享。

五、最後一堂課

「畢業後一般醫學訓練」擔負著醫師養成與教育改革的重責大任，銜接醫學院教育與住院醫師訓練，從書本與課堂到現場，從個案衛教防治，到社區整體的預防；從公共衛生預防保健，到慢性病復健與長期照護；從以個人診治為對象的專科醫師訓練，拓展至以社區群體為對象，再延伸到預防醫學層面的社區導向基層醫療。

這麼宏偉的理想，這些年實踐了多少。

從二〇〇三年到二〇一九年，以四年一週期的住院醫師訓練計算，已歷經四個世代，第一批受訓的許醫師與游醫師，也成為資深老師，接棒主持職業醫學與社區教學。當年一起前往蘭嶼參加IDS計畫的年輕醫師，也已陸續完訓回到醫院擔任主治醫師，有的選擇留在家鄉的衛生所，還有一位再次見面是新聞裡的十大傑出青年。

第一堂課，我說盍各言爾志，請提出議題，老師協助你達成願望。

期末，學生反問，願聞子之志。

我笑而不語，久久才說，這次輪到我遠行了。

六、未完成的課程

教科書不是預言書，無法預知各種新興傳染病，也無法預測變種病毒。

從事職業醫學三十年，從來沒遇過這種有如壕溝戰的存活議題，每天戴著防毒面罩出門，選在背風處，每個月甚至每天改寫講義，已過一年半載，還在持續進行。這些職場防疫的處置經驗，有些是回應社團的陌生求救，但大多來自實際面對的案例。

雖然中央疫情指揮中心訂有指引說明「因應措施與注意事項」，但是需要回顧一下，在指引還沒出現之前，當初如何協助國外染疫員工就醫，如何判斷設置企業快篩站，如何決策疫苗接種與快篩的優先排序。

「我的任務，不考慮任何宗教、種族、國籍、政治立場或階級地位。」這不是醫護人員的誓詞，而是病毒對人類的宣言。

而且，在真實世界裏，病毒比人類理性。

七、延伸閱讀

「職場健康服務，務必體認千行百業之要諦。」但是醫療人員面對傳統產業或新興行業，都是隔行如隔山。

「健康服務紀錄」如果要寫到用詞精準，製程描述流暢，一定要事先準備，瞭解產業特性與專業術語。當年到清華大學、交通大學臨校服務，先在圖書館翻閱系所的碩博士論文，再壯膽走入實驗室訪視與衛教。後來在水木書苑採購一堆光電半導體的導論閉門啃讀，瞭解材料與製程，才有勇氣跨進新竹科學園區的產業。

承接營造業臨場服務，先閱讀《臺灣營造業百年史》。前往蘇花改工地，就帶著吳永華老師的《蘇花古道宜蘭段調查研究報告》沿途比對。

排定臺電水力發電廠，出發前再次翻閱林炳炎老師的《臺灣電力株式會社發展史》，以及《送電系統發電所並供給區域圖》。買到新書《文明初來電：新店溪水力發電百年記》，正巧安排前往桂山發電廠。

人生有什麼機會，又有什麼行業，可以這般一邊遠足一邊工作，又可以跨時空四處旅遊。

希望持續保有這顆好奇而健康的身心，在有生之年看遍所有的產業。

職場服務備忘錄

第一次職場服務的備忘錄，是提醒自己必須攜帶的物品；

第一千次職場服務寫的備忘錄，是提供給未來的交班清單。

交班事項特別說明：千行百業的型態與製程與時俱進，

備忘錄的內容不可能面面周全，最重要的原則是精簡。

一、**導航**：第一次職場服務，事先開啟Google地圖，輸入廠家地址，設定路線，選擇到達時間，訊息傳至手機。並確認，測速照相的地點。

二、**地標**：衛星導航需同時對照現場地標，例如：前往發電廠，就沿著高壓電塔方向前進；前往宅配業的營業所，就尾隨宅配車；廠家地址如果標示三十六樓，那就是在臺北一〇一。

三、**風水**：到達廠區，先繞圍牆一圈，再到大門觀察出入動線，以及建築物的整體外觀。看到外牆的排風管，就到內部尋找抽風罩；看到密閉的門窗，就注意中央空調冷卻水塔的噪音。一旦進入廠房，每個轉角都是迷宮；如果不能打開手機，也沒有平面圖，就只能像尋寶遊戲，以窗外的山脈或陽光來判斷東西方位。離開廠區，再轉頭仰望樓房，回想今日走過的路線，以及風潮與雨水的流向。

四、**對話**：醫院門診的第一句話通常是「你有什麼地方不舒服」；但是現場訪視、健康諮詢的開場白，先是問好與自我介紹，再從生活最基本的睡眠與飲食談起，尤其是遠距視訊，因為詢問睡眠狀況，可以問出工作型態、工時與排班，再閒聊薪酬與管理，瞭解職場文化。

五、辨識：進入廠房，員工看到白色安全帽立即辨識出你是外賓。課堂只傳授紙本的知識，現場工作者才是實務的老師。請蹲低腰身，請教師傅，工具的名稱與使用的方式，手腕是內旋或外轉，橈側屈或尺側彎；以及機臺如何啟動與緊急停止。

六、防護：進入廠房，需要遵循工作安全守則，依照標準流程，穿佩個人防護具；如果右腳卡住連身的無塵衣，不是因為衣服的型號太小，那是因為你的下肢伸進上肢的衣袖。

七、工具：「木匠之用具，務必恆保其利，時時磨快擦亮」；職場服務的隨身工具是筆記本與雷射測距儀，外加口罩、手套與安全鞋等項，還要準備皮尺，因為雷射測距儀無法測出腰圍。

八、**紀錄**：「勞工健康服務紀錄」的內容必須周全，文句主詞要明確表明是群體或個體，例如：健康諮詢與選配工的對象是「個人」；健康促進策劃與施行的對象是「群體」；辨識與評估工作製程的對象是「人與環境」。文句敘述要注意時態，是現況的陳述，或只是建議尚待參採。假設語氣式的建議，可用於協助雇主選工、配工與復工；未來進行式可用於危害辨識的改善建議，因為需要編列預算。

九、**復工**：職場的職務再設計，有別於醫院的職能復健。醫院的個人復健，主要提供室內工作的模擬訓練，溝通對象是醫療人員與病友，環境是無障礙空間；但是職場的職務再設計，強調個人與工作環境的互動，涵括室內與戶外，工作型態從輕度漸進到中度、重度，面對的是同事或顧客，通常從規劃無障礙空間做起，並注意交通動線安全與心理調適。

十、**職場技能測驗**（OSCE）：設計OSCE教案，引領新進人員瞭解職場健康服務的實務運作，主題可包括：現場危害辨識流程與訪談技巧，身心不法侵害處理實務與溝通技巧，出席職安委員業務報告與表達技巧。

這份備忘錄，提供給未來。

遠足千里的相逢（年少職醫與花甲職醫的交會）

臺大醫院職業醫學科醫師　陳宗延

在火車將來未來的頃刻，你指著坐落在鐵道隔鄰的那座高塔，就好像隨手一指，其實也曾演練過幾次。你說：「一位優秀的職醫，一看高塔的建築樣式，就知道那工廠是水泥業、麵粉業還是……」。我急忙拿出手機嗒嗒嗒地要筆記，彷彿深怕這玄妙的技藝流過我的指縫便要失傳。高塔是水泥牆造，牆上紅白的「福」字Logo已經褪色。揭曉了水泥工廠的謎底，你又忙不迭地說起水泥原料從何而來、為何依傍鐵路而生，彷彿已經看穿我心裡對西海岸竟也還有水泥產業的震驚，以及一個扣著一個的問號。

也許會有人覺得這是跑題了，甚或是flight of ideas。我知道你說過：「其實，我最怕被問，這海濱與社區醫學有什麼關係？」但在我看來你千迴百轉的思緒很容易兜得起來，就有如我們在鐵道沿線臨場健康服務，點到點、線連線，其實也能構成一幅路線圖。按圖索驥，加上不同年代版本的層疊重合，加上地勢、水文、風向、日升月落、潮起潮退，原來目的地只是出發點，唯一命定的是讓未解的謎題指引著我們的方向，路就這麼自己展開了。

多少人如此幸運，能同時謀生計又找到箇中樂趣？我暗忖：即使這是一份還算體面的工作，你總也無所為而來，卻也有備而來。去臺電時，擱在後車廂裡的是林炳炎的《臺灣電力株式會社發展史》；去基隆港時，魏明毅的《靜寂工人：碼頭的日與夜》是必讀書單。我的書櫃也擺著這些書，卻沒想過有一天能帶著這些書一起行醫，就好像今年ICOH去都柏林開會時，行囊裡帶著喬哀思《都柏林人》，帶著楊牧翻譯的《葉慈詩選》及其他版本，帶著王爾德、蕭伯納、Samuel Beckett的書，還有對一九一〇年撰寫《愛爾蘭歷史中的勞工》的左翼領袖James Connolly的崇拜，當作地圖那樣。

而你所喜不僅是桌面上、檔案夾裡一幀幀古地圖的紋理，還讓作業環境測定看起來好像一門風水之學。風從哪裡來、水往哪裡走，真是玄之又玄。我曾上了一學期的「工業通風」，面對頭昏腦脹的熱力學、流力學方程式，最後只記得第一堂課這麼一句：「通風就是一進一出」。但至今這樣好像也還堪用，只待你指引我凝視磚牆、泥牆、混凝土牆上的孔洞和門戶，靜下心竟也可感受到吹拂在體膚的沁涼，空氣中有一縷一縷細微的線路。

在桂山水力發電廠的臨場服務工作結束後，你驅車領我向下游漫行。一百年前建設的小粗坑電廠，現今已是桂山主廠遙控的無人電廠。就是這麼幸運，剛好有人在維修，也剛好我們正在進行工作現場訪視，而能叩關門禁森嚴的大鋼門。在巴洛克式的山形牆前，你向我解說高聳的圓拱形天窗，以及低擺於地平面而厚重窗扇向外打開的方窗。前來和我們談話的維修人員感嘆，現在的建築都不記得這些歷史的痕跡了，只懂得中央空調。這是手工藝匠間辨識彼此的密語和口音，而我還在思索要如何入門。

南勢溪和北勢溪匯流於桂山，而他日你也領我到東西勢溪交會的暖暖「雙生土地公廟」。因為淨水廠、水庫等水利工程在二十世紀初期，福德宮和福興宮幾經搬遷，竟落腳同一處，併成毗鄰的扇型大廟，有如河水沖刷堆積形成的三角洲。兩宮分掌東西勢溪，水頭和水尾土地公劃分管轄權，彼此相安無事，沿岸居民也不為氾濫之災所苦。這則鄉野軼事其實頗有政治隱喻意味，簡直比小說更像小說，可惜我不僅少識蟲魚鳥獸之名，也對在地人文所知甚少，將近三十歲始第一次聽過。

但河水，不理會我的無知或你的博學，兀自不停地川流著。流動的水，澄澈的水，彷彿帶走了、也承載了今日肉眼所看不見的疫病瘴氣。看見所看不見的，點描虛線的輪廓，在在需要想像力的奧援。而想像似乎就是一名職醫能夠配戴最精準的聽診器了——我們的工作不外乎是在腦海和文件上重建歇業的工作現場、拼湊失落的證據、橋接暴露危害和疾病間模糊難辨的流病因果關係，不是嗎？這也就好像，你比對著一八八五年中法戰爭時留下的古相片與今日地景，山稜、脊谷、水線的重合，哪裡鋒芒被打磨平順，哪裡缺角依舊，兩軍沿岸對陣互峙如棋粒，今昔在場和不在場的人又在哪裡。不識者還錯以為是遊戲人生，不知後人又會如何剪影而觀。渡口總有一棵大榕樹和一座涼亭，你說。大榕樹的氣根仍在呼吸，而和周邊聚落一樣老化的涼亭裡，暫憩的已不是來往商旅，而是已無他處可尋歡的聚賭老叟們。

我嗜讀推理小說，曾經既折服於「安樂椅偵探」的腦內劇場，又心醉於執著磨破鞋底的「現場主義者」，但現實生活中也許以為自己更擅長從當一個「理論派」中自得其樂。二十九歲生日後，拿到最戲劇性的生命禮物，一邊懷憂喪志，忐忑著自己在醫院榜單上最邊陲的落點（最後一頁、最後一個科別備取第一名）能否轉正，另一邊竟也在「課外」與你走訪了好些地方，兩個月來，好像也長出一些沒有想過的能力來了。從「名落孫山之後」變身為孫山本人後，你說：以後是同行了。我將在明年夏天正式入行，你將在今年最後一天退休，但退而不休，只是走出醫院的桎梏。那外頭有更寬廣的天地，那會是屬於你自己的遠足。

到時，有時也帶上我吧，Take me out to the ball game, take me out to the fields. 那時，你可以卸下所有的包袱，我帶上所有的吃飯傢伙——例如，你說所有職醫都應該放在行李廂的：工安帽（我本就有一頂，但有「勞工社」的噴漆字樣，可得另買一頂）、測距儀（我立刻在網路上買了和你同一型號的）、棉布手套。

而這最後一堂課，本來也只是我的第一堂遠足課。

九歌文庫1366

遠足
——社區醫學與職場實踐

作　　者	楊慎絢
責任編輯	鍾欣純
創 辦 人	蔡文甫
發 行 人	蔡澤玉
出版發行	九歌出版社有限公司 臺北市八德路3段12巷57弄40號 電話／25776564傳真／25789205 郵政劃撥／0112295-1
九歌文學網	www.chiuko.com.tw
印　　刷	晨捷印製股份有限公司
法律顧問	龍躍天律師・蕭雄淋律師・董安丹律師
初　　版	2021年12月
定　　價	350元
書　　號	F1366
I S B N	978-986-450-365-0 （缺頁、破損或裝訂錯誤，請寄回本公司更換）

國家圖書館出版品預行編目（CIP）資料｜遠足：社區醫學與職場實踐／楊慎絢著. -- 初版. -- 臺北市：九歌出版社有限公司，2021.12｜240面；14.8×21公分. --（九歌文庫；1366）｜ISBN 978-986-450-365-0（平裝）｜863.55｜110014641

本書所提供的各項可能變動性資訊，如交通、時間、價格、地址、電話或網址，係以2024年5月前所收集的為準；但此類訊息經常異動，正確內容請以當地即時標示的資訊為主。

如果你在旅行中發現資訊已更動，或是有任何內文或地圖需要修正的地方，歡迎隨時指正和批評。你可以透過下列方式告訴我們：
寫信：台北市南港區昆陽街16號7樓MOOK編輯部收
傳真：02-25007796
E-mail：mook_service@hmg.com.tw

符號說明

電話	價格	所需時間	住宿
傳真	網址	距離	Facebook
地址	電子信箱	如何前往	Instagram
時間	注意事項	市區交通	Line
休日	特色	旅遊諮詢	

Welcome to Italy

歡迎來到義大利

歐洲是許多人衷心嚮往的旅遊勝地，瑞士有如畫的美景、法國有浪漫的情調、德國有童話般的城堡、西班牙有迷人的摩爾風情、奧地利有仙樂飄飄……，那麼，義大利呢？答案是：以上皆是！

世界上很難得找到這樣一個國度，能在各方面滿足每個旅人的不同需求：來到義大利既可以看到美麗的湖光山色，也有不同時期的漂亮建築；既有古老的歷史遺跡，也有走在時代尖端的潮流精品；既有鍛鍊腳力的陡峭山城，也有可以享受日光浴的綿延沙灘；更棒的是：東西幾乎樣樣好吃，踩雷的機率不高。如果……治安能再好一點，不用隨時小心提防驟然靠近身邊的陌生人的話，那就真的太完美了～～

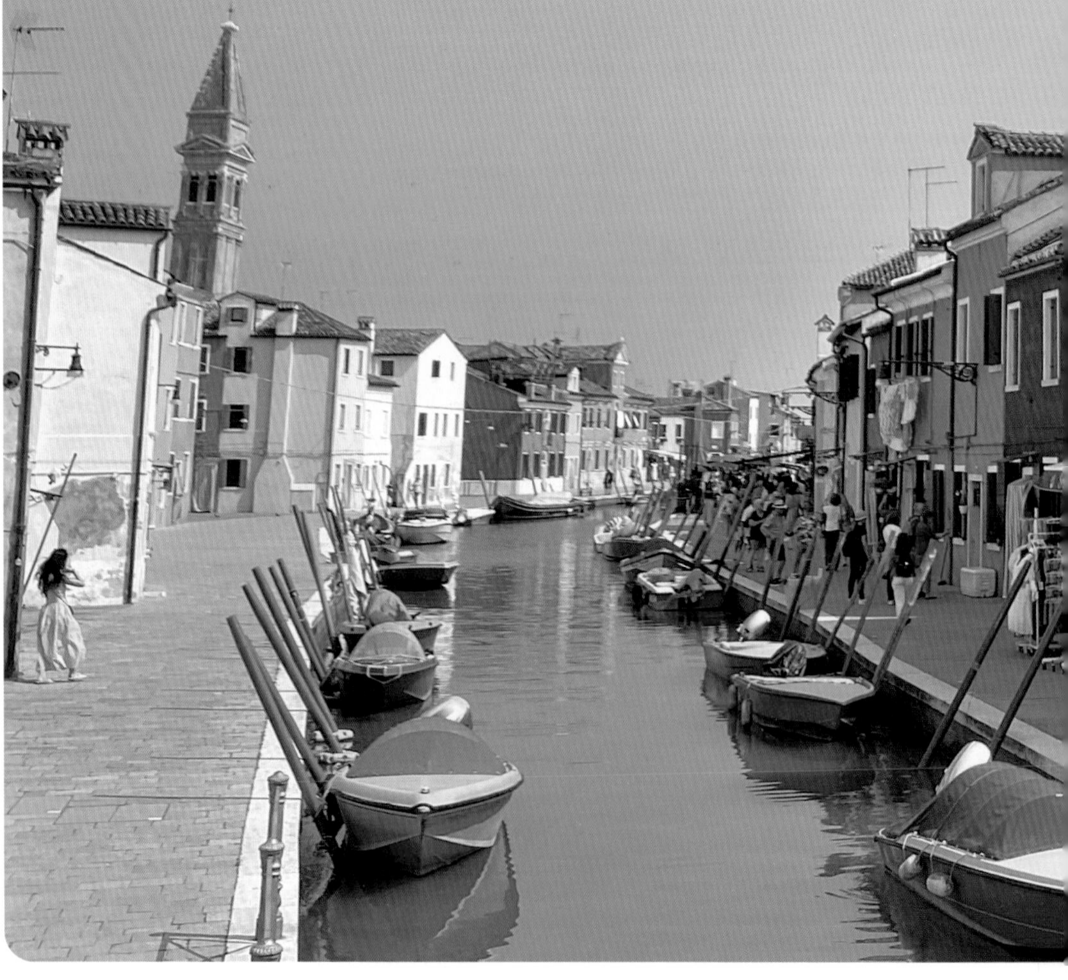

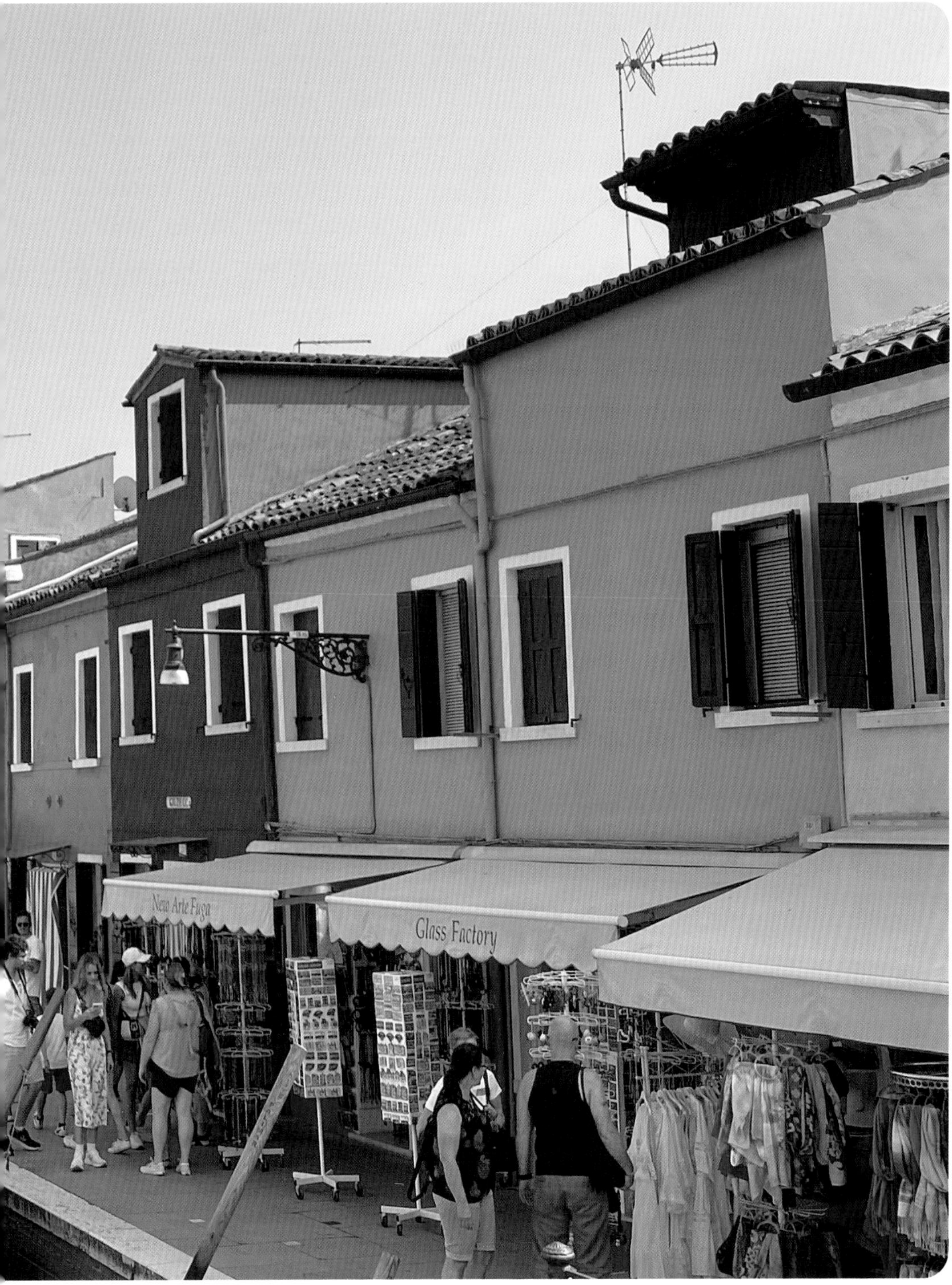
New Arte Fuga
Glass Factory

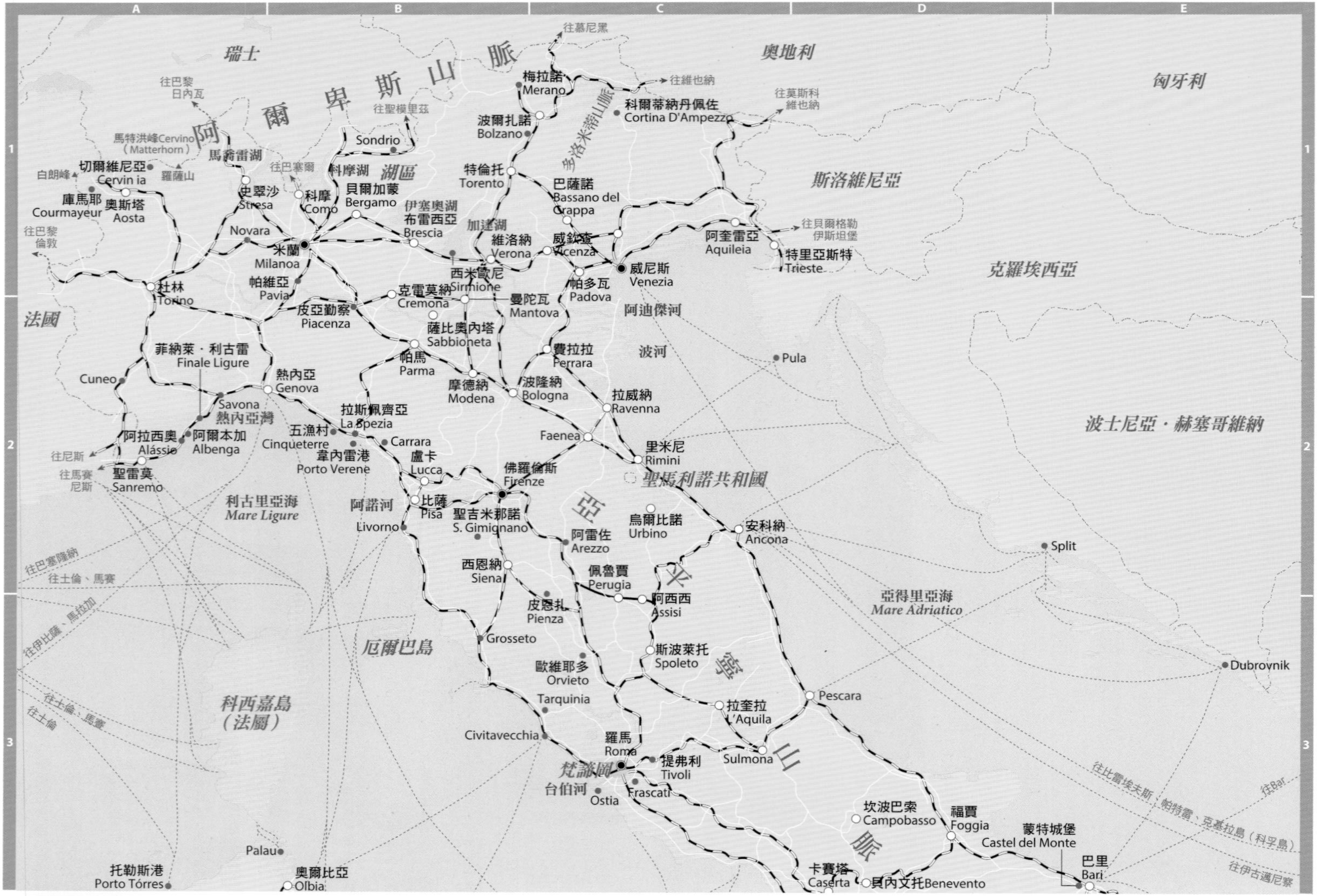
A
B
C
D
E
1
2
3
瑞士
奧地利
匈牙利
斯洛維尼亞
克羅埃西亞
波士尼亞・赫塞哥維納
法國
阿爾卑斯山脈
多洛米蒂山脈
亞平寧山脈
湖區
往慕尼黑
往維也納
往莫斯科 維也納
往貝爾格勒 伊斯坦堡
往巴黎 日內瓦
往聖模里茲
往巴塞爾
馬特洪峰Cervino（Matterhorn）
羅薩山
白朗峰
往巴黎 倫敦
梅拉諾 Merano
波爾扎諾 Bolzano
科爾蒂納丹佩佐 Cortina D'Ampezzo
Sondrio
馬焦雷湖
科摩湖
切爾維尼亞 Cervin ia
史翠沙 Stresa
科摩 Como
貝爾加蒙 Bergamo
伊塞奧湖
布雷西亞 Brescia
特倫托 Torento
巴薩諾 Bassano del Grappa
加達湖
庫馬耶 Courmayeur
奧斯塔 Aosta
Novara
米蘭 Milanoa
維洛納 Verona
威欽查 Vicenza
阿奎雷亞 Aquileia
特里亞斯特 Trieste
西米歐尼 Sirmione
威尼斯 Venezia
杜林 Torino
帕維亞 Pavia
克雷莫納 Cremona
曼陀瓦 Mantova
帕多瓦 Padova
皮亞勤察 Piacenza
薩比奧內塔 Sabbioneta
阿迪傑河
波河
菲納萊・利古雷 Finale Ligure
帕馬 Parma
費拉拉 Ferrara
Pula
Cuneo
熱內亞 Genova
摩德納 Modena
波隆納 Bologna
拉威納 Ravenna
Savona
熱內亞灣
拉斯佩齊亞 La Spezia
五漁村 Cinqueterre
阿拉西奧 Alássio
阿爾本加 Albenga
Carrara
Faenea
里米尼 Rimini
往尼斯
往馬賽 尼斯
聖雷莫 Sanremo
韋內雷港 Porto Verene
盧卡 Lucca
佛羅倫斯 Firenze
聖馬利諾共和國
利古里亞海 Mare Ligure
阿諾河
比薩 Pisa
聖吉米那諾 S. Gimignano
烏爾比諾 Urbino
安科納 Ancona
Livorno
阿雷佐 Arezzo
Split
往巴塞隆納
往土倫、馬賽
西恩納 Siena
佩魯賈 Perugia
往伊比薩、馬拉加
皮恩扎 Pienza
阿西西 Assisi
亞得里亞海 Mare Adriatico
厄爾巴島
Grosseto
斯波萊托 Spoleto
歐維耶多 Orvieto
Dubrovnik
Tarquinia
Pescara
科西嘉島（法屬）
往土倫、馬賽
往土倫
拉奎拉 L'Aquila
Civitavecchia
羅馬 Roma
提弗利 Tivoli
Sulmona
梵諦岡
台伯河
Ostia
Frascati
往比雷埃夫斯、帕特雷、克基拉島（科孚島）
往Bar
坎波巴索 Campobasso
福賈 Foggia
蒙特城堡 Castel del Monte
Palau
巴里 Bari
往伊古邁尼察
托勒斯港 Porto Tórres
奧爾比亞 Olbia
卡賽塔 Caserta
貝內文托 Benevento

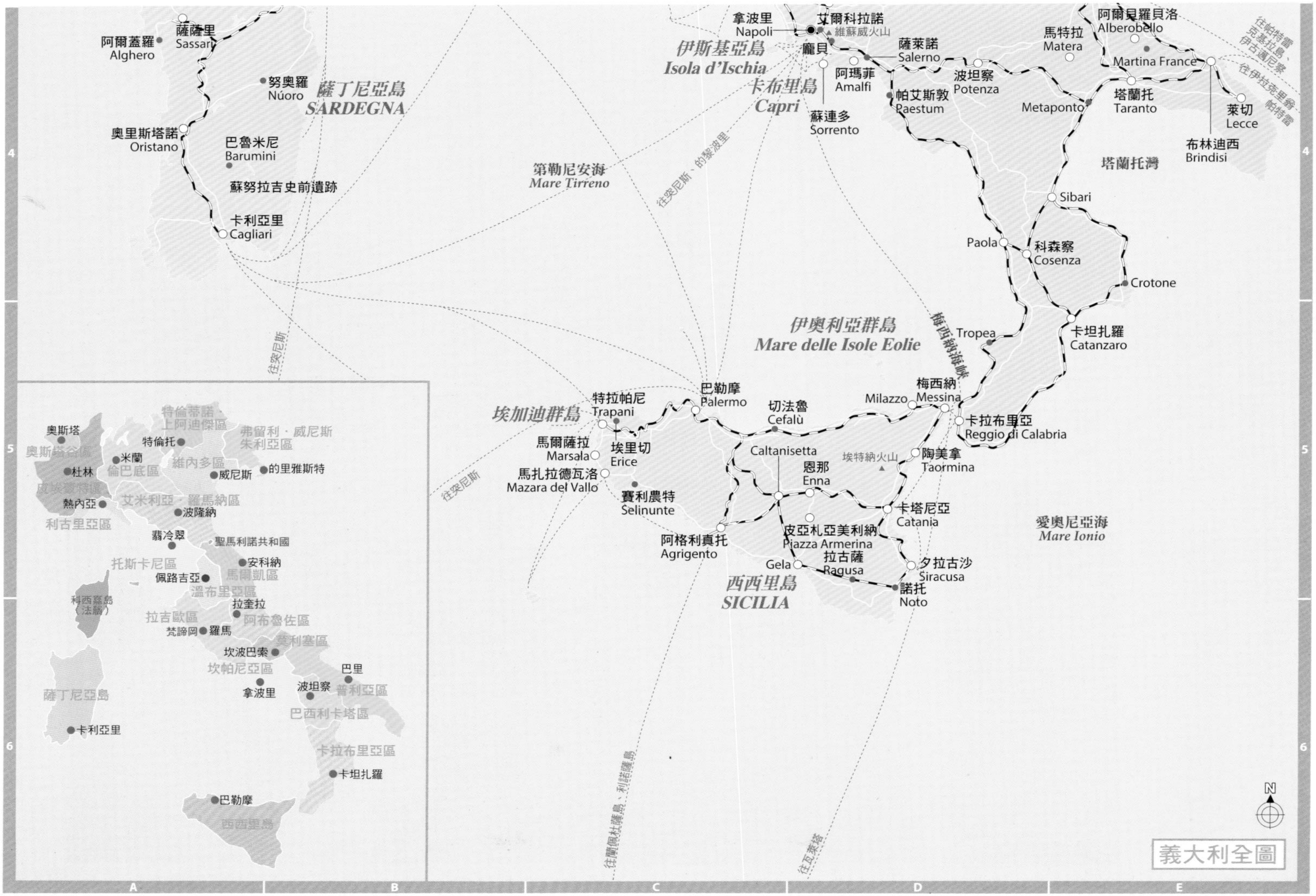

義大利全圖
阿爾蓋羅 Alghero
薩薩里 Sassari
努奧羅 Núoro
薩丁尼亞島 SARDEGNA
奧里斯塔諾 Oristano
巴魯米尼 Barumini
蘇努拉吉史前遺跡
卡利亞里 Cagliari
第勒尼安海 Mare Tirreno
往突尼斯、的黎波里
往突尼斯
拿波里 Napoli
艾爾科拉諾
維蘇威火山
伊斯基亞島 Isola d'Ischia
龐貝
卡布里島 Capri
阿瑪菲 Amalfi
蘇連多 Sorrento
薩萊諾 Salerno
帕艾斯敦 Paestum
波坦察 Potenza
馬特拉 Matera
Metaponto
阿爾貝羅貝洛 Alberobello
Martina France
塔蘭托 Taranto
萊切 Lecce
布林迪西 Brindisi
往帕特雷、克基拉島、伊古邁尼察
往伊拉克里翁、帕特雷
塔蘭托灣
Sibari
Paola
科森察 Cosenza
Crotone
Tropea
卡坦扎羅 Catanzaro
伊奧利亞群島 Mare delle Isole Eolie
梅西納海峽
Milazzo
梅西納 Messina
卡拉布里亞 Reggio di Calabria
陶美拿 Taormina
埃特納火山
巴勒摩 Palermo
切法魯 Cefalù
埃加迪群島
特拉帕尼 Trapani
馬爾薩拉 Marsala
埃里切 Erice
馬扎拉德瓦洛 Mazara del Vallo
賽利農特 Selinunte
Caltanisetta
恩那 Enna
卡塔尼亞 Catania
皮亞札亞美利納 Piazza Armerina
阿格利真托 Agrigento
Gela
拉古薩 Ragusa
夕拉古沙 Siracusa
諾托 Noto
西西里島 SICILIA
愛奧尼亞海 Mare Ionio
往蘭佩杜薩島、利諾薩島
往瓦萊塔
奧斯塔
奧斯塔谷區
杜林
皮埃蒙特區
熱內亞
利古里亞區
特倫蒂諾－上阿迪傑區
特倫托
米蘭
倫巴底區
維內多區
威尼斯
弗留利－威尼斯朱利亞區
的里雅斯特
艾米利亞－羅馬納區
波隆納
翡冷翠
聖馬利諾共和國
托斯卡尼區
安科納
馬爾凱區
佩路吉亞
溫布里亞區
利西嘉島（法屬）
拉吉歐區
拉奎拉
阿布魯佐區
梵諦岡
羅馬
莫利塞區
坎波巴索
坎帕尼亞區
巴里
普利亞區
拿波里
波坦察
巴西利卡塔區
薩丁尼亞島
卡利亞里
卡拉布里亞區
卡坦扎羅
巴勒摩
西西里島
A
B
C
D
E
4
5
6
N

Top Reasons to Go

必去義大利理由

大自然鬼斧神工

義大利多樣的地貌產生了許多美景，怎麼看也不會膩：威尼斯浪漫的運河、托斯卡尼的田園風光、阿爾卑斯山腳下的湖光山色、五漁村和阿瑪菲海岸山崖上層層堆疊的五彩小房子、卡布里島的藍洞……在在教人此生難忘。

豐富的歷史文化遺產

義大利在歐洲政治、宗教及藝術方面，一直佔據重要地位，悠久歷史帶來數量最多的世界文化遺產：羅馬、威尼斯、佛羅倫斯、比薩、維洛納、龐貝等，在這些幾乎以整個城市為單位的世界文化遺產中，任何一塊不小心踢到的石頭都是古蹟的一部分！

開放的藝術殿堂

從龐貝古城到比薩斜塔；從古羅馬到文藝復興；從文藝復興三傑到威尼斯畫派；從《大衛像》到貝尼尼的羅馬噴泉；從建築、雕刻到繪畫；義大利就是一座巨大而迷人的博物館。

宗教聖殿洗滌心靈

梵諦岡是世界天主教中心，教徒莫不冀祈此生能有一次踏入聖彼得大教堂的機會。拋開信仰問題，欣賞榮耀上帝的藝術：哥德式的米蘭大教堂、文藝復興式的聖母百花教堂、濃濃拜占庭風的聖馬可大教堂，在宗教與藝術的饗宴下，心靈也得到淨化。

時尚潮流先鋒

義大利走在時尚的尖端，許多國際知名服飾和精品品牌都來自這裡，因此價格相對划算。此外，歷史悠久的手工藝也發展出皮件等享譽全球的優質產品，來到這裡不買會後悔。

垂涎欲滴的美食天堂

足以與中國餐館在數量與歡迎度上並駕齊驅的，只有義大利餐館；義大利披薩、義大利麵簡直就是全球的共通語言。在義大利最大的好處，就是只要找一間不在主要觀光區旁、看起來當地人比較多的店，幾乎不會踩到地雷；缺點是嚐過正宗美味，就要陷入念念不忘的相思了。

旅行計畫
Plan Your Trip

Top Highlights of Italy
義大利之最

文●墨刻編輯部　攝影●墨刻攝影組

聖彼得廣場Piazza San Pietro

昭示著羅馬最輝煌的17世紀巴洛克時代，導引著全世界的信徒進入這全世界最大的公眾集合場所，通往神聖的聖彼得大教堂。(P.116)

西班牙廣場/
羅馬/羅馬及梵諦岡
Piazza di Spagna/
Roma/
Roma and Vaticano (P.103)

中央市場/
佛羅倫斯/佛羅倫斯及托斯卡尼
Mercato Centrale /
Firenze/
Firenze and Toscana
(P.156)

圓形競技場 Colosseo

不論翻開哪個時代所選出的世界奇景，羅馬的圓形競技場一定會名列其中；這座偉大的建築已經有接近2千年歷史，讓人讚嘆當時驚人的建築技術。站在觀眾看台上欣賞這座古蹟，彷彿可以看見羅馬帝國的盛世在眼前重現。(P.88)

艾曼紐二世拱廊/
米蘭/義大利西北部
Galleria Vittorio Emanuele II /
Milano/
Northwestern Italy (P.238)

米蘭黃金四角/
米蘭/義大利西北部
Quadrilatero d'Oro/
Milano/
Northwestern Italy (P.250)

溫貝多一世拱廊/拿波里/
義大利南部
Galleria Umberto I /
Napoli/
Southern Italy (P.270)

梵諦岡博物館Musei Vaticani

有此一說：如果在每件展品都花1分鐘欣賞，那麼得耗費12年才看得完！梵蒂岡博物館收藏了早期基督教世界的珍貴寶物、西元前20世紀的埃及古物、希臘羅馬的重要藝術品、中古世紀的藝術珍品、文藝復興時期及現代宗教的藝術典藏；尤其是西斯汀禮拜堂米開朗基羅的穹頂壁畫《創世紀》，更是世人爭相目睹的曠世巨作。(P.122)

聖彼得大教堂/
梵諦岡/羅馬及梵諦岡
Basilica Papale di San Pietro/Vaticano/
Roma and Vaticano (P.118)

聖母百花大教堂/
佛羅倫斯/
佛羅倫斯及托斯卡尼
S. Maria del Fiore/
Firenze/
Firenze and Toscana
(P.144)

烏菲茲美術館Galleria degli Uffizi

托麥第奇家族的福，他們數百年來不斷收藏傑出的作品，最後全部捐給佛羅倫斯的烏菲茲美術館，包括喬托、波提且利、達文西、米開朗基羅、拉斐爾等大師的作品，是收藏文藝復興時期畫作最齊全的美術館。(P.150)

比薩主教堂/
比薩/佛羅倫斯及托斯卡尼
Cattedrale di Pisa /
Pisa/ Firenze and
Toscana (P.170)

聖馬可教堂/
威尼斯/義大利東北部及
聖馬利諾
Basilica di San Marco/
Venezia/
Northeastern Italy & San
Marino (P.190)

米蘭大教堂/
米蘭/義大利西北部
Duomo/Milano/
Northwestern Italy (P.235)

米蘭大教堂Duomo di Milano

有「大理石詩歌」美稱的世界第4大教堂，本身就像是一件藝術品，內外有很多值得欣賞的細節；教堂頂部著名的大理石尖塔叢林是哥德式建築的代表作，還有上千尊各式各樣的雕像。穿梭在尖塔和雕像間，還可以享受全米蘭最好的視野。(P.235)

最美古羅馬遺跡
The Best Ancient Roman Historical Remains

羅馬議事廣場/
羅馬/羅馬及梵諦岡
Foro Romano/
Roma/Roma and Vaticano
(P.92)

圓形劇場/
維洛納/義大利東北部及聖馬利諾
Arena di Verona /
Verona/Northeastern Italy & San Marino (P.208)

卡布里島藍洞
Grotta Azzurra

一個因為海水侵蝕而形成的天然岩洞，陽光從洞口折射進去，在岩洞裡反射出藍光，呈現出夢幻般的景象。想要看到這樣的美景可不容易：海水的水位不能太高、風浪不能太大、還要有足夠的陽光；然後要搭船到洞口排隊，再換乘小船進洞才算成功。種種條件讓目睹藍洞的美景更顯異常珍貴。(P.281)

龐貝遺跡區／龐貝／義大利南部
Parco Archeologico di Pompei / Pompei/Southern Italy (P.284)

艾爾科拉諾遺跡區／艾爾科拉諾／義大利南部
Zone Archeologici / Ercolano /Southern Italy (P.288)

神殿谷／阿格利真托／西西里島
Valle dei Templi/ Agrigento/ Sicilia (P.318)

五漁村Cinque Terre

義大利西北角利古里亞海狹長的海岸線，由於地勢險峻、交通不便，好幾個世紀以來幾乎與外界隔絕，直到近代火車的開發，才有機會呈現世人眼前。那岬角上散落的粉彩屋舍、山崖間挺立的小教堂、從海邊沿著山勢層層往上延伸的葡萄梯田、滿山野生的橄欖樹林，散發出無法抵擋的誘人魅力。(P.258)

最佳美景The Best View

米開朗基羅廣場/佛羅倫斯/佛羅倫斯及托斯卡尼
Piazzale Michelangelo / Firenze/ Firenze and Toscana (P.159)

布拉諾島/威尼斯/義大利東北部及聖馬利諾
Burano / Venice/ Northeastern Italy & San Marino (P.198)

聖馬可廣場Piazza San Marco

風情萬種的水都威尼斯是浪漫的代名詞，提到威尼斯首先會聯想到縱橫交錯的水道，再來就是聖馬可廣場了。

這座廣場曾經被拿破崙稱讚為歐洲最美的客廳。廣場是由聖馬可大教堂、聖馬可鐘樓、舊宮等等一系列壯觀的文藝復興時期建築圍成的長方形廣場，此外，廣場附近還有嘆息橋、新舊行政官邸、鑄幣所、花神咖啡館等眾多景點。欣賞廣場最佳的地點是登上鐘樓頂層，可以一覽廣場甚至是威尼斯的全景，此外因為廣場面對著渡船碼頭，搭船從海上欣賞廣場也是好選擇。(P.186)

三座堡壘塔樓/
聖馬利諾共和國/義大利東北部及聖馬利諾
Three Towers of San Marino / Città di San Marino/ Northeastern Italy & San Marino (P.227)

五漁村/
義大利西北部
Cinque Terre / Northwestern Italy (P.258)

藍洞/
卡布里島/義大利南部
Grotta Azzurra / Capri/ Southern Italy (P.281)

阿爾貝羅貝洛Alberobello

看到阿爾貝羅貝洛的剎那，一定會忍不想像，從圓錐屋頂的小白屋下走出來的，會不會是童話中的小矮人。阿爾貝羅貝洛位於巴里南方50公里，小鎮因為造型特殊的錐頂石屋而聲名遠播，這種以石灰岩搭建的石屋的名稱為「土廬洛Trullo」，像一朵朵冒出地面的可愛小蘑菇，佈滿整個山丘，散發療癒系魅力。(P.294)

Castel Romano Designer Outlet / 羅馬/羅馬及梵諦岡
Castel Romano Designer Outlet / Roma/Roma and Vaticano (P.136)

The Mall Firenze 佛羅倫薩/佛羅倫斯/佛羅倫斯及托斯卡尼
The Mall Firenze / Firenze/ Firenze and Toscana (P.166)

馬特拉石穴居Matera Sassi

如果想尋找色彩繽紛的中世紀可愛小鎮，千萬別來馬特拉，因為這裡只有凝結了千年的石穴屋，密密麻麻佔領視線，層層疊疊地朝天空攀升；只有錯綜複雜的石階在屋舍間亂竄，引誘你踏入迷宮巷弄。馬特拉的居民以石灰岩洞穴作為住宅，安身立命，如大地的一部分，沈穩而平靜，就像整個舊城區，即使看起來破舊頹圮，卻總能在陽光下閃耀溫柔金光。(P.301)

Barberino Designer Outlet/佛羅倫斯/佛羅倫斯及托斯卡尼
Barberino Designer Outlet/Firenze/Firenze and Toscana (P.164)

Il Salvagente/米蘭/義大利西北部
Il Salvagente/Milano/ Northwestern Italy (P.251)

The Mall Sanremo 聖雷莫/熱內亞/義大利西北部
The Mall Sanremo/Genova/ Northwestern Italy (P.257)

Top Itineraries of Italy
義大利精選行程

文●墨刻編輯部

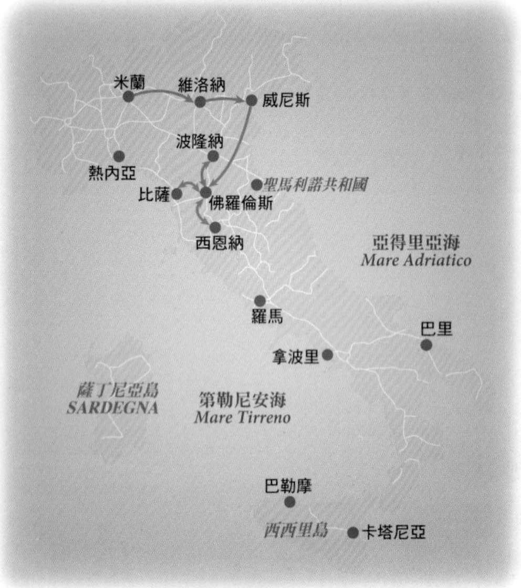

北義人文藝術9天

●行程特色

文藝復興從北義萌芽到發揚光大，留下了無數創作，其中有許多建築史、雕刻史和繪畫史上的經典作品。這個行程的重點就是欣賞這些作品：米蘭、佛羅倫斯和威尼斯這些大城市是不可能錯過的，比薩、西恩納、波隆納、維洛納這些小城也在行程之內。這些地方也有許多膾炙人口的景點，像是比薩斜塔。

●行程內容

Day 1：米蘭

Day 2：米蘭→維洛納

Day 3：維洛納→威尼斯

Day 4：威尼斯

Day5：威尼斯→佛羅倫斯

Day6：佛羅倫斯→波隆那→佛羅倫斯

Day7：佛羅倫斯

Day8：佛羅倫斯→比薩→佛羅倫斯

Day9：佛羅倫斯→西恩納

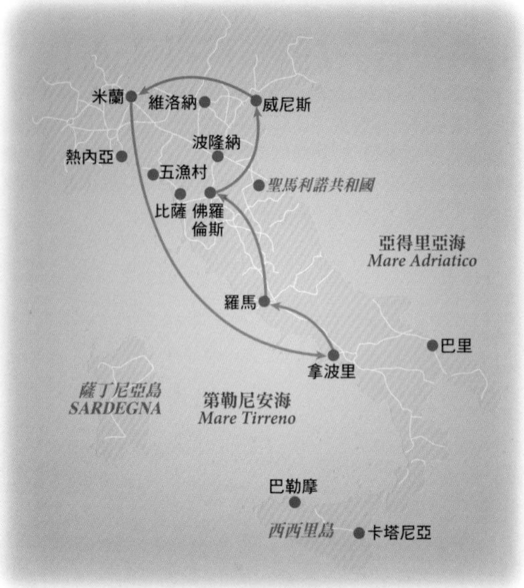

義大利5大城市精華11天

●行程特色

時間有限的情況下，這5座城市是首選，不但都是大城市也都是熱門的旅遊目的地。米蘭是時尚之都，大教堂是參觀重點；沒有比水都威尼斯更浪漫的城市了，乘坐貢多拉遊歷大運河就像美夢成真一般；佛羅倫斯是文藝復興的代名詞，這裡有欣賞不完的建築和藝術品；永恆之城羅馬是人類文明史上最重要的城市之一；南義的拿波里呈現出和北義完全不同的文化風貌，這裡的熱情可以讓人融化。

●行程內容

Day 1：羅馬

Day 2：羅馬

Day 3：羅馬→佛羅倫斯

Day 4：佛羅倫斯

Day 5：佛羅倫斯→威尼斯

Day 6：威尼斯

Day 7：威尼斯→米蘭

Day 8：米蘭

Day9：米蘭→拿坡里

Day10：拿坡里

Day11：拿坡里→羅馬

南義地中海巡禮14天

●行程特色

特別推薦給不是第一次到訪義大利、或是想看看「非典型義式風景」的旅人。坎帕尼亞地區有夢境般的絕美藍洞和阿瑪菲海岸線；東部是童話村阿爾貝羅貝洛和洞穴石屋馬特拉；南部的西西里島融合了希臘、阿拉伯、羅馬、拜占庭以及巴洛克的文化混血風情。表現在建築、藝術甚至食物上，都足以打破對義大利的刻板印象。跨區移動時可安排高速列車、水翼船、有臥艙的夜間遊輪以及國內線飛機，體驗各區間不同的交通方式也是旅程的樂趣。

●行程內容

Day 1：羅馬
Day 2：羅馬→巴里
Day 3：巴里→馬特拉→巴里
Day4：巴里→阿爾貝羅貝洛→拿波里
Day 5：拿波里→卡布里島
Day 6：卡布里島→阿瑪菲海岸
Day 7：阿瑪菲海岸→龐貝→拿波里
Day8：拿波里→巴勒摩
Day9：巴勒摩
Day10：巴勒摩→阿格利真托
Day11：阿格利真托→夕拉古沙
Day12：夕拉古沙→卡塔尼亞
Day13：卡塔尼亞→陶美拿
Day14：陶美拿→羅馬
Day15：羅馬

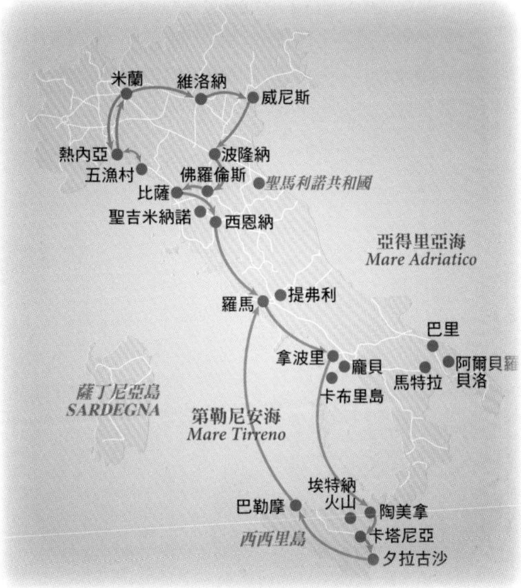

環遊義大利20天

●行程特色

想要環遊國土狹長的義大利，最省時的方式就是從最北或最南開始。這個行程從米蘭開始：北義是文藝復興的重鎮，米蘭、佛羅倫斯和威尼斯這些城市都有很多偉大的建築和藝術品可以欣賞，沿海的五漁村也很受歡迎；接著來到羅馬，永恆之城值得花上最長的時間停留。進入南義，拿波里散發著如豔陽般的熱情，在當天來回的範圍內有大名鼎鼎的龐貝遺跡。從拿波里可以搭火車直達西西里島，依序拜訪陶美拿、卡塔尼亞、夕拉古沙，最後從巴勒摩搭火車或是飛機回到羅馬。

●行程內容

Day 1：米蘭
Day 2：米蘭→熱內亞→五漁村
Day 3：五漁村
Day 4：五漁村→熱內亞→米蘭→維洛納
Day 5：維洛納→威尼斯
Day 6：威尼斯
Day 7：威尼斯→波隆那
Day 8：波隆那→佛羅倫斯
Day 9：佛羅倫斯
Day10：佛羅倫斯→比薩→西恩納
Day11：西恩納→羅馬
Day12：羅馬
Day13：羅馬
Day14：羅馬→拿波里
Day15：拿波里
Day16：拿坡里→陶美拿
Day17：陶美拿→卡塔尼亞
Day18：卡塔尼亞→夕拉古沙
Day19：夕拉古沙→巴勒摩
Day20：巴勒摩→羅馬

When to go
最佳旅行時刻

文●墨刻編輯部　攝影●墨刻攝影組

義大利是由阿爾卑斯山脈向地中海延伸的靴型半島，北與法國、瑞士、奧地利、斯洛維尼亞等國接壤，東、西、南面分別被亞得里亞海、愛奧尼亞海、地中海、第勒尼安海、利古里亞海環繞。本土之外，周邊還包括西西里、薩丁尼亞等70多座島嶼。

義大利半島呈南北延伸的細長狀，因此，氣候各地差異頗大：大體來說，北部及山地年溫差大，越靠近南部和沿海地區氣候愈溫和，是典型的地中海型氣候；夏季乾熱、冬季暖溼，晝夜溫差較大。此外，因為緯度較高，所以夏季日照時間長，有更多時間可在外活動。

北部地區

義大利北部指的是阿爾卑斯山脈以南、艾米利亞－羅馬納區南側的亞平寧山脈以北，包含米蘭所在的倫巴底(Lombardia)、威尼斯所在的維內多(Veneto)、利古里亞區(Liguria)等。區域內散佈阿爾卑斯山脈融雪注入的冰河湖和波河(Po River)平原，自古即是農產豐饒的魚米之鄉。

這個地區受到海洋的影響較小，冬季氣候嚴寒多雨，12~2月間常有降雪，1月份波河平原平均氣溫約零度，高山上更可能到達-20°；夏季則十分炎熱，濕度也相當高。而利古里亞區的沿海有亞平寧山脈阻擋大陸冷空氣，又有海洋調節氣溫，所以氣候相當宜人。

中部地區

義大利中部多平原和起伏丘陵，滿山的葡萄園和橄欖樹，以及不虞匱乏的農產品，包括佛羅倫斯在內的托斯卡尼(Toscana)、溫布里亞(Umbria)及羅馬所在的拉吉歐(Lazio)等大區。

整體來說，氣候較溫和，夏季乾燥少雨、7~8月有時會出現難耐高溫，9月開始涼爽最適合旅遊，雨季大約從10月開始，冬季轉為濕冷。一天中日夜溫差大，春秋兩季前往，建議隨身攜帶薄外套。

南部地區

豔陽、白沙、藍天碧海和險峻崖岸是義大利南部最吸引人的景象。這個區域從拿波里所在的坎帕尼亞(Campania)開始，到鞋尖和鞋跟位置的普利亞(Puglia)、巴西利卡塔(Basilicata)和卡拉布里亞(Calabria)，本島以外則有西西里島(Sicilia)和薩丁尼亞島(Sardina)。

這裏呈現標準的地中海型氣候：乾燥而炎熱、降雨少而旱季長，防曬用品是必須；冬季氣候溫和，也不像其他區域潮濕多雨，是歐洲人的避冬首選。外島的降雨量又比本島更低，年平均雨量在500mm以下。

各區主要城市氣溫雨量

城市名稱		1月	4月	7月	10月
米蘭	平均高/低溫	6/-1℃	18/8℃	28/18℃	17/10℃
	平均雨量	64mm	74mm	78mm	89mm
羅馬	平均高/低溫	12/4.5℃	18/9℃	29/19℃	22/13℃
	平均雨量	87mm	51mm	21mm	95mm
拿波里	平均高/低溫	13/7℃	19/12℃	30/21℃	22/18℃
	平均雨量	85mm	58mm	12mm	68mm
巴勒摩	平均高/低溫	15/9℃	19/12℃	29/20℃	24/16℃
	平均雨量	59mm	29mm	7mm	59mm

主要**節慶**活動

由於義大利當年是由各個不同國家、城邦所組成，除了復活節、耶誕節這種全國性的節日之外，大多都是地方性色彩濃厚的節慶。最有名的當屬威尼斯嘉年華，再其次則是各個城市守護神的宗教節日。

若是想前往義大利血拼，冬季特賣大約在1月上旬～2月下旬間，夏季特賣則6月底起跑、約8月中結束。

新年（1/1）、復活節、勞動節(5/1)、國慶日(6/2)、聖母升天節(8/15)以及聖誕節(12/24~25)，許多博物館及景點在這些日子關閉，安排行程時需特別注意。

月份	地點	節慶名	內容
1	威尼斯	巫婆划船賽 Regata della Befana	威尼斯的巫婆不騎掃帚，而是划船。每年1月6日為了慶祝主顯節(Epiphany)，威尼斯的壯丁會打扮成巫婆模樣，進行划船賽。
2	威尼斯	威尼斯嘉年華 Carnevale di Venezia	每年2月份的歐洲，沒有一個城市可以與威尼斯爭峰，從17世紀以來就是這樣，四百多年來，嘉年華在威尼斯的水巷間散發著誘人色彩。carnevale.venezia.it/en
3-4	全義大利	復活節	耶穌受難日與復活節週日舉行火把遊行。在羅馬，一般是由教宗帶領隊伍經過圓形競技場，並在復活節週日於聖彼得大教堂主持向全世界廣播的儀式
5	拿波里	聖真納羅節	聖真納羅(San Gennaro)是拿波里的守護神，教堂內收藏了兩管聖人的聖血，每到了5月的第一個週六凝固的聖血都會奇蹟般地液化，全城會舉辦慶典
6	佛羅倫斯	中世紀服裝足球賽 Calcio Storico	6月最後一個星期在聖十字廣場或領主廣場舉行3場穿中世紀服裝足球賽，以紀念始於1530年的比賽(2024年因逢市政選舉，提前舉行)
6	威尼斯	威尼斯雙年展 La Biennale di Venezia	兩年一度的威尼斯雙年展在畸數年的6月揭幕，是世界上享有盛名的藝術節慶。但在COVID-19疫情迫使延期後，現在改為在偶數年舉行。www.labiennale.org/en
7	西恩納	賽馬節 Palio di Siena	西恩納最重要的大事就是一年一度的傳統賽馬會，每到這個時候整個城鎮彷彿從沉睡的中世紀甦醒過來。舉辦地點在扇形廣場。www.thepalio.eu/the-palio
9	威尼斯	威尼斯影展 Mostra del Cinema di Venezia	威尼斯影展的紅地毯在麗都島(Lido)拉開星光大道序幕，是國際重要影展之一。
11	米蘭、威尼斯、拿波里、巴勒摩	歌劇季	米蘭的史卡拉歌劇院(La Scala)、威尼斯的鳳凰劇院(La Fenice)、拿波里的聖卡羅劇院(San Carlo)以及巴勒摩的瑪西摩歌劇院(Massimo)是義大利的四大歌劇院，從每年10月中進行到隔年3月，在11月達到高潮。

Best Taste in Italy
義大利好味

義大利是「飲食文化」的強勢主流，披薩、義大利麵簡直就是全球共通語言，因為背後有豐富的食材與高超的廚藝支撐這個令人垂涎的美食帝國。

「吃」不僅為了滿足飽足的慾望，輕鬆歡樂的用餐氣氛，以及對食材原味講究的態度，造就了義大利料理的卓絕魅力，更進而成為義大利的文化內涵之一，其豐富處不下於繽紛的文藝復興藝術。

文●墨刻編輯部　攝影●墨刻攝影組

現今我們稱為「義大利」的國家，其實統一不到2個世紀；這支深入地中海的長靴由20個不同國家組成，各自形成獨特的文化。也因為這種各自為政的歷史背景，義大利各地料理也枝繁葉茂地發展出自己的風味。光是義大利麵的種類即多達2百餘種，乳酪也有5百多種，更不要提最平常的飲料——葡萄酒，竟然有上千種。

氣候及地理環境的差異，是造成地區招牌美食各異的主因。在對的季節品嚐各地的特色料理，則是遊義大利不可缺少的樂趣。

羅馬及拉吉歐區

羅馬是義大利的首都，也是拉吉歐省(Lazio)的省會。在生活習慣上，羅馬是比較偏向南方的：享受生活、喜愛美食。在飲食上，訴求樸實而自然，烹調方式比較趨向簡單與鄉野味。

橄欖油醃漬朝鮮薊
Carciofi sott'Olio

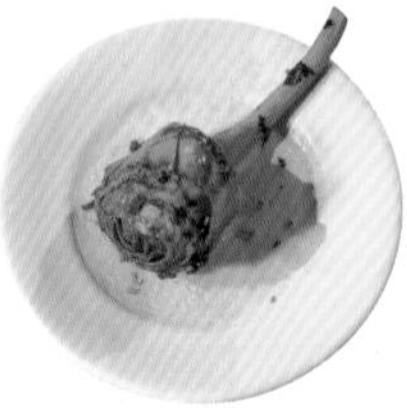

朝鮮薊是義大利中南部常見的蔬菜種類，可用橄欖油醃漬作為前菜，或是拌炒後作為配菜。每年10月到隔年5月的盛產季節，幾乎每家餐廳都提供這道菜。

小羊肉Agnello

拉吉歐省的牧羊傳統，使得羊肉成為羅馬人的主食之一。小羊肉的作法有很多種，可以炙烤、燉煮、烘烤或油炸，而且經常會搭配馬鈴薯一起食用。

長直義大利細麵Spaghetti

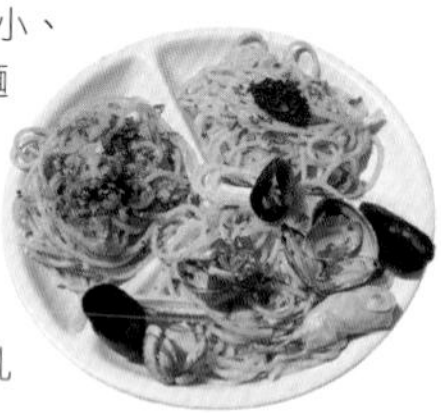

義大利語中，Spaghetti是形容「小、少」的複數型式，這種長而直的細麵條幾乎是最常見的義大利麵，因此也常被直接當作「義大利麵」的代名詞。在羅馬吃麵，就像品味它的文化一般，又厚又重，除了基本的蕃茄以外，義式培根(Pancetta)、羊乳酪(Pecorino)都是常見的口味。

烤大蒜吐司Bruschetta

義大利中部非常普遍的前菜，可是羅馬人宣稱這是他們發明的作法。因為是傳統的農夫菜色，所以作法很簡單，只是把麵包烤到金黃變硬，加片大蒜、鹽與胡椒即可，若要更有味道，可擺些碎蕃茄；不過對於油就比較講究，必須是新鮮的「特級初榨橄欖油」。

如何辨別餐廳等級

義大利的餐廳種類相當多樣，在名稱上可以大致判斷這家餐廳的價位；當然，大部份餐廳門口都有菜單，預算有限的話記得先研究一下再進入。

Ristorante：高級餐廳，穿著要正式、點餐要點全套，費用最高。

Trattoria 或 Osteria：大眾餐館，較平價的餐廳或傳統家庭式小館，規矩較少，氣氛也較平民化，你可以穿得隨興，點菜也可以點得較自由。如果連當地人都常光臨，你可以確定其食物必有獨到之處。

Pizzeria：披薩屋，可以選擇不同口味、不同尺寸的披薩，如半張或是1/4張、1/8張，通常還供應義大利麵或沙拉，價位相對便宜。

Tavola Calda、Rosticceria或Caffeteria：熟食店，有點像台灣的自助餐店，提供各種已烹調好的熟食，餐點大多是麵包、披薩、可樂餅、炸肉球、簡單的義大利麵等。食物都在眼前，所以不必擔心語言問題，點好餐後先到收銀台結帳，拿著收據回來領微波爐加熱過的食物即可。這是大部份義大利人解決中餐的方式，也是旅途中省錢的好選擇。

Café、Bar：咖啡廳和酒吧，這兩種大概是最平常的餐廳，咖啡館從早到晚供應咖啡與小點心，酒吧最受歡迎是下班到晚餐間的時段，因為義大利晚餐約是晚上八點，所以餐前喝點小酒是義大利男人的最愛，除了酒之外，也供應小簡餐，例如三明治等。價位比較大眾化。

佛羅倫斯及托斯卡尼區

托斯卡尼地區是義大利的文明發源區，也是義大利菜的根本，這個山巒平緩起伏的碧綠大地盛產橄欖、大麥、葡萄，擁有豐富的資源，因此自古以來即講究新鮮食材與健康清淡的口味。佛羅倫斯當地廚師的技藝超凡入聖，經過長久的手藝傳承，已然將佛羅倫斯的另一種文化發揮得淋漓盡致，難怪到托斯卡尼學義大利廚藝儼然成為另一種流行趨勢。

佛羅倫斯大牛排Bistecca alla Fiorentina

佛羅倫斯牛排是以葡萄枝或栗子樹炭火燒烤的丁骨牛排，加上鹽、胡椒、橄欖油等簡單調味品，其特色在於使用品種優良的契安尼娜牛(Chianina)，此牛種體型相當龐大、肉質極為細膩，而且膽固醇比一般牛肉低，容易消化。一塊帶骨的牛排肉厚約5公分，極大的分量讓人印象深刻，切開香酥的外層裡面還飽含血水，主要就是要你嚐到牛肉本身的甜度。

豆湯Zuppa di Fagioli

托斯卡尼一帶的料理極喜愛以豆類為食材，這也是當地人被稱為「食豆者」(Mangia Fagioli)的原因。他們對於豆類有著超乎尋常的熱愛，最常見的是白豌豆(Cannellini)、花豌豆(Borlotti)，除了煮成濃湯之外，還可以煮熟之後搭配香腸或肉類。

大寬麵Pappardelle

一種源於托斯卡尼地區的手工麵條，扁平、寬闊而長，由於手擀製作，常見寬度不一、厚薄也容易略有差異。適合搭配較濃郁的醬汁烹調。

手擀細麵Pici

一種源於西恩納的手工製義大利麵，像是比較胖的Spaghetti，由於手擀製作，常見粗細不均，感覺更像東方的麵條。

奇樣地葡萄酒
Chianti

奇樣地紅酒曾經獲得世界葡萄酒的首獎，在技術不斷精進之下，托斯卡尼的紅酒更加優異，著名的品牌包括Brunello di Montalcino、Vino Nobile di Montepulciano等。不過，你根本不需要名牌，在任何一家餐廳裡，點一壺自釀酒(house wine)都是珍品。

喝酒不開車，開車不喝酒

威尼斯及維內多區

威尼斯是維內多地區(Veneto)的代表，這個風靡全球的水都，有著國際大都會的優勢，當年縱橫四海的威尼斯商人從這裡引進大量的東方物資，同時也將東方烹調技術帶入了威尼斯。因此，你可以感覺威尼斯的料理非但多元，而且口味又甜又酸；由於靠海，主菜大多是海鮮類產品，如蝦子、鯷魚(Acciughe)、鹹鱈魚(Baccalà)、淡菜等，造就了迥異於義大利其他地區的特色。

豌豆濃湯Risi e Bisi

這種傳統濃湯直接翻譯就是「米與豌豆」，對於威尼斯人而言，不僅僅是湯，還可以稱為燴飯，可見濃稠的程度。作料包括新鮮的豌豆、雞肝、西洋芹、米、奶油、起司、洋蔥等，先用牛油炒過雞肝、西洋芹等，再加入豌豆、米飯一起燉煮。

特製手工麵條Bigoli

一種當地常見、長而略粗的手工麵條，昔日以蕎麥粉製、但現在更常見的是用全麥麵粉製成，有時還加入鴨蛋，然後用一種名為bigolaro的壓麵機擠出，因此得名。

玉米糕加鹹鱈魚Polenta e Baccalà

玉米糕是義大利北部主要的食物，由磨碎的玉蜀黍粉製成，有多種不同的形式，主要依磨碎的粗細程度而定。一般來說，粗粒子的玉米糕較有咬勁，傳統的做法是放在一種特殊的銅鍋中熬煮，需不停地攪拌避免燒糊，約需1個半小時才能煮熟。水煮的玉米糕可以加上奶油或乳酪當開胃小菜，亦可當稍鹹食物的佐餐。威尼斯人常搭配醃漬鱈魚食用。

波隆納及艾米利亞——羅馬納區

有此一說，波隆納的食物是全義大利最好的，而有「胖子城」(La Grassa)的稱號。也難怪，艾米利亞-羅馬納省(Emilia-Romagna)是義大利的農業重鎮，著名的帕馬生火腿、帕馬森乳酪、摩德納的巴薩米可黑醋等都是這個省的特產，位居首府的波隆納自然就以美食著稱。

帕馬生火腿Prosciutto di Parma

義大利著名的帕馬生火腿是這個省的特產，昔日可以在市場或食材店買真空包裝帶回台灣；現在想要品嚐它的美味，請直接在餐廳享用，以免進不了台灣的海關。

帕馬森乳酪Parmigiano-Reggiano

艾米利亞-羅馬納省產的帕馬森乾酪每個重達38公斤，是受到原產地保護、有身份認證(DOP)的產品，從生產原料到製作方式都有規定，熟成期更長達18個月以上，又被稱為「乳酪之王」。具有風味濃郁、容易消化吸收且低膽固醇等特色，可以就地品嚐，也可以買回家當伴手禮與親友分享。

前菜Primo piatto

若問波隆納的居民該城的美食為何？他們會不假思索地回答：Primo piatto。所謂「Primo piatto」是指第一道菜，在當地幾乎就是指麵食；波隆納的麵食為何特別有名？因為它們全是由手工搓揉新鮮麵粉製成，彈性與鮮度都是有品質保證的。漫步在波隆納的街道會發現不少的Pasticeria，櫥窗擺滿各種形狀的麵食。

提拉米蘇Tiramisu

威尼斯是提拉米蘇的發源地，以一種特製的海綿蛋糕吸入濃縮咖啡與甜甜的櫻桃酒，上面再灑上帶著苦味的可可粉，這種苦甜交雜的味道，據說會讓你想起人生的滋味。

米蘭及倫巴底區

義大利北部多山巒，畜牧業發達，牛乳製品相當優異，盛產品質不錯的乳酪，而且位於米蘭近郊的羅迪是奶油的發源地，這裡使用牛油的機率遠高於南方沿地中海地區的橄欖油。此外，倫巴底地區多食用玉米與米飯，不像南方多吃麵食。

義大利蔬菜湯Minestrone

無特定材料，通常以時令蔬菜為食材，可以是豆類、洋蔥、西洋芹、紅蘿蔔、番茄、馬鈴薯等，有時會加義大利麵或飯，也可以加肉或肉湯底。

水果丁麵包Panettone

一種源自米蘭的甜麵包，裡面摻了葡萄乾與水果丁，又名義大利聖誕麵包。

米蘭式燉飯Risotto alla Milanese

在義大利，麵跟米飯是同等重要的日常食糧，也都是前菜的主要菜色。義大利產米地區以北部的波河河谷為主，因此北方發展出悠長精緻的米食文化，其中又以番紅花、骨髓湯、奶油調味的米蘭式燉飯為翹楚。先把煮好的飯舖在抹上奶油的盤子上，再放入蔬菜、肉、起司等，放入烤箱內烤到外表呈現金黃色即可。

拿波里及義大利南部

義大利南部以地中海式飲食為主，食物通常較北方辣、調味也較重，多採用蒜頭、蕃茄、橄欖油為基調。番茄和乾乳酪是坎帕尼亞最受歡迎的兩樣食材；而普利亞區(Apulia)盛產優質橄欖，開胃菜有各式各樣的油漬橄欖、番茄及蔬菜；巴斯利卡塔區(Basilicata)和卡拉布里亞區(Calabria)則擅長辛香料理，例如以紅番辣椒調味的磨菇茄子。綿長的海岸線漁產豐富，沿海城市都以大量鮮美海產為特色，拿波里魚湯當然是最受歡迎的料理。

蘭姆巴巴Baba au Rhum

蘭姆巴巴是吸飽萊姆酒的布里歐麵包(Brioche)，有點類似海綿蛋糕，但更扎實有彈性，所以即使浸了酒也不會太軟爛，通常做成鉚釘形狀，大小剛剛好適合一個人，有時也搭配鮮奶油和水果。

蘭姆巴巴是拿波里文化混血的證明之一，因為這其實是種法國甜點，16世紀時受到法國人的統治，也留下了法式飲食的痕跡。

檸檬酒Limoncello

蘇連多半島盛產檸檬，這種不使用農藥、任其自然生長的碩大檸檬稱為Sfusato Amalfitano，香氣濃郁而酸度適中，釀製成的檸檬酒是義大利最受歡迎的甜酒之一，酒精濃度約為26~34%，除了當作餐後甜酒，也常用來製作冰沙或調酒。

披薩Pizza

身為披薩的故鄉，拿波里當然不會讓人失望。最傳統的披薩配料沒有太多花招，著重於新鮮番茄糊微酸與羅勒的香氣平衡，薄麵皮經柴燒窯烤後，吃得到小麥的甜味香氣，口感柔軟但有咬勁，回歸食材本質；簡單而直接，像極了拿波里人鮮明的個性。

西西里島

西西里島的飲食受到希臘、西班牙和阿拉伯文化的影響，與義大利本島差異較大，調味上善用各種香料：東方的茴香、松子，西班牙的番紅花等都出現在料理中。即使同為海鮮料理，由於海島及海域的差異，盛行的魚種也不太一樣，章魚、旗魚、鱈魚、鮪魚、牡蠣、海膽等都是常見的食材。

島上物產豐富，盛產的巨大圓形茄子常以各種形式入菜，例如混入義大利麵中搭配蕃茄紅醬，就是Pasta alla Norma；或是加入通心粉、絞肉、乾酪、義大利臘腸等一起焗烤；比較特別的還有仙人掌果實，也會加入料理。

旗魚排Pesce Spada alla Piastra

旗魚是西西里島上魚市場常看到的魚種，這道受當地人喜愛的料理，是將旗魚加入檸檬和奧勒岡香料調味，以燒烤或油煎的一道菜餚。

沙丁魚義大利麵Pasta con le Sarde

把去骨後的新鮮沙丁魚磨成泥，搭配茴香、葡萄乾、松子和番紅花的調味加持，每一根粗粗的圓麵條均勻包裹醬汁，沙沙的細緻口感混合沙丁魚的海味及松子清香，是不能錯過的料理。

街頭油炸小吃

西西里島街頭和小吃店有各式各樣的庶民油炸類小吃，如炸小卷、炸茄子、炸小魚(Cicireddu)、炸馬鈴薯肉餅(Cazzilli)、炸飯糰(Arancini Rossi)和炸鷹嘴豆餅(Panelle)等。Arancini Rossi直接翻譯是「米做的柑橘」：以米飯包裹碎肉、番茄醬和莫札瑞拉乳酪，沾麵包粉下鍋油炸，完全沒有橘子成分，只因形狀相似得名。Panelle則是將鷹嘴豆磨泥做成餅狀下鍋油炸，灑點檸檬汁即可直接享用，也可當作內餡夾芝麻麵包一起吃。

卡諾里捲Cannoli

西西里島人嗜吃甜食，最經典的是原意為「小管子」的卡諾里捲。將加了可可粉、糖、鹽與白酒醋的麵餅捲在中空竹管後下鍋油炸，再填入以綿羊奶乳清作成的Ricotta乳酪餡，最後搭配糖漬水果妝點。卡諾里捲的滋味，連電影《教父》中的黑手黨老大都為之傾倒。

西西里披薩Sfincione

以生麵糰發酵製作，厚厚的餅皮口感蓬鬆、比較近似麵包，再加上洋蔥、新鮮蕃茄醬、味道較濃的caciocavallo或toma乳酪、義式臘腸和香料，有些還會加上鳳尾魚。

帳單不妨多看一眼

說起來雖然有點煞風景，但在義大利觀光客眾多的大都市，部分餐廳會在帳單上故意「灌水」，例如加1杯咖啡的費用、或是其他巧立名目。如果不想平白當冤大頭，付帳前不妨審視一下帳單。

義式代表餐飲

義大利麵Pasta

「Pasta」泛指一 用小麥加水攪和後揉搓製成的食物，製作成不同形狀後，各自又有不同名稱。高品質的義大利麵規定要以稍硬的杜蘭小麥製成， 得添加任何防腐劑及人工色素，形狀琳瑯滿目，多達2百多種，甚至可以出專書討論。

義大利麵又分成Pasta Fresca(新鮮)與Pasta Secca(乾燥)兩種，一般而言，北義喜歡在麵粉中加入雞蛋製麵，艾米利亞－羅馬納又以手工義大利麵聞名，3大特產是雞蛋麵、餃形通心麵與千層麵；南義則偏好乾燥麵條。

義大利人喜歡吃有嚼勁的麵，稱為Al Dente的煮法，很多人吃不慣這種麵心不熟的義大利麵。除了形狀變化，各區域也會將當地物產特色加入烹調，例如托斯卡尼的牛肝菌義大利麵Pasta Con Porcini，西西里島的沙丁魚義大利麵Pasta con le Sarde等。

義大利冰淇淋Gelato

義大利冰淇淋稱為「Gelato」。相較於其他冰淇淋，Gelato是種健康而無負擔的甜品：天然無多餘添加物、使用牛奶混合少量奶油，所以脂肪含量較少，而降低脂肪就不會影響味蕾的敏銳度，所以味道也較鮮明。此外，打發速度較慢，空氣含量只有25~30%(一般冰淇淋含量為50%)，且溫度比一般冰淇淋高，口感上較綿密軟滑。推薦新鮮水果口味，還吃得到果粒；而南義流行的開心果口味也值得嚐試。

阿佩羅雞尾酒Aperol Spritz

在義大利的大城小鎮閒晃，常可看到悠閒的人們坐在咖啡廳，面前放著一杯橘子色的飲料，邊慢慢地吸輟、邊看著街上往來的過客。這杯Aperol Spritz是以義大利Pauda所產的Aperol酒為基底，加上蘇打水、柳橙切片等製成的開胃酒或餐前酒，酒精濃度不高，可說是義大利的國民雞尾酒。

咖啡caffè

義大利平均每人一年約喝600杯咖啡，對義大利人而言，喝咖啡就和台灣人喝手搖茶飲一樣，是不可或缺的生活要素。在咖啡館點caffè指的就是濃縮咖啡Espresso，大概只有觀光客才會點美式咖啡吧！以濃縮咖啡為基底，加上牛奶和奶泡的變化，又發展出加入打發綿密奶泡的cappuccino、加入少量牛奶的macchiato以及大量牛奶的caffè latte等。

在義大利，站在吧台喝咖啡都比坐下來便宜，方法是先到收銀台點餐結帳，再拿著收據到餐點櫃檯領咖啡。若是要內用，直接找張桌子坐下來，就會有服務人員來點餐。

提拉米蘇Tiramisu

提拉米蘇的原文「Tiramisu」有「帶我走」的浪漫涵義，是義大利最出名的一道甜點：由浸泡過咖啡或藍姆酒的蛋糕體、馬斯卡彭乳酪(Mascarpone)和蛋黃打成的慕斯和可可粉組合而成。濃郁香甜的馬斯卡彭乳酪被酒精和咖啡中和，再加上微苦的可可粉，成為經典不敗的味道。

燉飯Risotto

燉飯發源自北義，如今是義大利人不可或缺的主食了。道地的義式燉飯需要從生米開始煮，用滾燙的雞湯不斷熬煮至米飯八分熟，中途加入配料和調味料。因為米飯只煮到8分熟，通常內層仍然微生，稍微硬硬的，所以在義大利吃到沒有熟透的米千萬別大驚小怪，這才是道地的義式燉飯！

Best Buy in Italy
義大利好買

在義大利購物，是旅行中最大的樂趣之一。從必BUY的時尚精品、皮件家飾，到五花八門的食材、農特產品、名酒，再到具各地特色的工藝品，都讓人無法拒絕誘惑。

文●蒙金蘭・墨刻編輯部　攝影●汪雨菁・墨刻攝影組

皮革

義大利的皮件世界馳名，皮質好且工藝精湛，其中又以佛羅倫斯最為出色。不論是林立的商店、新市場敞廊還是聖羅倫佐教堂旁的市集，有各式各樣、不同價位的皮件可選擇。

乾燥菌菇

牛肝菌(Funghi porcini)是托斯卡尼極為珍貴的食材，不管搭配義大利麵或燉煮肉類料理，都能品嚐到它不被其他調味料掩蓋的獨特野地香味。市場可以買到乾燥處理過的菌菇。

咖啡

義大利的咖啡名聞全世界，更是Lavazza和illy這兩大品牌的家鄉，在所有販賣食品的超市裡，幾乎都能看到它們的蹤影。

葡萄酒

在葡萄酒的世界中，義大利葡萄酒與法國擁有同等地位，葡萄園幾乎遍佈整個國家。其中，托斯卡尼奇樣地(Chianti)所產的葡萄酒因為氣候及日夜溫差的改變，具有新鮮又特殊的果香；西西里島埃特納火山周圍，因火山土和高海拔造就口感豐富而均衡的紅白酒，而獲得「地中海的勃艮第」之稱。此外，皮埃蒙特(Piemonte)大區所產的阿斯蒂莫斯卡托(Moscato D'Asti)，是一種微甜、微起氣泡的白葡萄酒，酒精濃度較低，是很受歡迎的甜點酒。

摩卡壺

喜歡慢慢品味咖啡的人士，不少偏愛用摩卡壺來自己煮咖啡。義大利正是摩卡壺的主要產地：Bialetti、Giannini、Alessi等都是行家偏愛的品牌。

巧克力

Baci是義大利所產、國寶級的巧克力，1922年創立於幾乎是全義地理中心位置的佩魯賈(Perugia)，至今已超過百年歷史，成分單純、含100%天然可可脂、口感豐富，有多種口味。Baci是「吻」的意思，行銷也以「愛」來敲打消費者的心扉，作為禮物送人感覺更甜蜜。

橄欖油

橄欖樹原產於小亞細亞，經由希臘人的殖民而傳入義大利半島。第一次不加溫壓榨出來的油，稱為「特級初榨橄欖油」(Extra Vergine)，帶著濃濃的橄欖香，也是最頂級的食用油，不論加在蔬菜或者肉類，都能增添食物的美味。尤其以東南部普利亞(Puglia)區的橄欖油最有名。

威尼斯玻璃

慕拉諾島(Murano)所產的玻璃製品，是威尼斯的特產之一，送禮或自用皆宜。

威尼斯面具

在威尼斯大街小巷，到處都看得到嘉年華所使用的面具，手工或大量製造的價差很大。華麗繽紛的面具也可以當作房間裝飾。

布拉諾手工蕾絲織品

早在14世紀，比利時的布魯日以手工蕾絲織品聞名，但因黑死病爆發、高稅、君主專制等因素，工匠逐漸外移，至威尼斯的布拉諾島(Burano)落地生根。至今街上仍隨處可看見眾多型式的蕾絲製品，包括衣服、手帕、桌巾、扇子等。

西西里木偶與皮諾丘

懸絲傀儡木偶劇(Opra di Pupi)是19世紀西西里島上最受歡迎的娛樂，雖然這種表演方式已式微，以西西里傳統人物為造型的木偶卻成了特色紀念品。而義大利更有名的木偶是說謊鼻子會變長的皮諾丘，幾乎每個城市都有皮諾丘商品。

石灰岩小屋

義大利南部的馬特拉和阿爾貝羅貝洛，都是以當地特產的石灰岩為建材，發展出造型特殊的聚落而聞名。以石灰岩製作的縮小版小屋，迷你可愛，是當地限定的別緻紀念品。

松露鹽或松露油

義大利西北方的皮埃蒙特(Piemonte)大區，出產高品質的松露，這種香氣獨特又強烈的真菌，只要加上少量在鹽或油中，滋味就大大地不同。如果剛好有提供試吃的商店，正是採購與否的最佳機會。

巴薩米可醋

葡萄釀製的巴薩米可醋(Balsamico)又有「黑金」的稱號，自古就是獻給皇帝的頂級貢品，年份越久，越能達到酸甜間的微妙平衡，味道也更香濃，當然也越稀有珍貴。通過DOP原產地名稱保護與認證，產自摩德納(Modena)的巴薩米可醋，最受美食家愛戴。

氣泡酒

只有法國香檳區所產的氣泡酒，才能稱為「香檳」；同樣地：普羅賽克(Prosecco)是義大利氣泡酒的重要產區，唯有普羅賽克所產的氣泡酒，才能稱之為Prosecco！由於生產環境條件相當，喜歡香檳滋味的人，來義大利一定要試試Prosecco，其細緻程度不讓香檳專美於前。

檸檬酒與檸檬橄欖油

自然生長同時不使用農藥的檸檬是阿瑪菲海岸一帶的特產。檸檬酒喝起來既清爽又帶點獨特的香氣；檸檬橄欖油混合微酸清香，拌沙拉或作為魚肉、雞肉料理最後的調味，具畫龍點睛的效果。此外，也有檸檬糖和檸檬香皂等適合送禮。

義大利麵

義大利大大小小的超市和市集都是料理博物館，光是麵條就有數十種形狀：螺旋狀的、餃子狀、細長條、四角形、貝殼狀……，讓人嘆為觀止。

蒸餾玫瑰水

1867年即出現在佛羅倫斯的Manetti Roberts Rose Water，是以古法萃取玫瑰精油、不添加酒精和色素製成的蒸餾玫瑰水，可以當作化妝水使用，保濕效果很好，至今仍以非常便宜的價格出現在超市的架上，讓人看到就忍不住掃貨。

Mulino Bianco餅乾

白磨坊(Mulino Bianco)可說是義大利的國民餅乾品牌，不但各處超市都看得到它們的身影，而且口味選擇眾多。像是榛果可可醬餅乾「Baiocchi」、糖粒牛奶餅乾「Galletti」、可可豆餅乾「Cuoricini」等都頗具特色，很討喜。

購物Tips報你知

◎義大利一年有兩次折扣季，如果你在1月底或7月底來到義大利，也許天氣不一定最好，但對於愛好購物的人而言，恰好恭逢其盛。平均折扣從7折起跳，5折比比皆是，甚至還可能打到25折。

◎義大利的超市品牌相當多，有以食品為主的Coop、Despar、Conad等連鎖超市。有些看似景點的外觀，內部居然是規模不小的超市，非常好逛。

Transportation in Italy
義大利交通攻略

文●墨刻編輯部　攝影●墨刻攝影組

國內航空

因為廉價航空的盛行，拉近了火車票和機票的價格距離，也因此讓國內航空具備優勢，大大降低旅程中南北移動的時間，善用機票比價網站可方便找出價格最划算的機票。

Skyscanner

www.skyscanner.com.tw

義大利航空ITA Airways

義大利航空（Alitalia）是義大利的國籍航空，以羅馬的Fiumicino為主要機場。2021年8月24日，Alitalia宣佈將在同年10月15日中止營運，重組後的ITA航空亦在同日開始營運。除了國際航班外，義大利航空幾乎串連羅馬、米蘭、威尼斯等所有國內有機場的城市。

義大利航空

www.ita-airways.com/en_en

廉價航空

廉價航空(Budget Airline / Low Cost Flight)的出現，無疑是歐洲航空業復甦的推手之一，讓搭飛機旅行不再高不可攀，只要提早訂票，通常都能拿到非常優惠的價格。當然，廉價航空之所以能打破市場行情價，在於各方面極力壓低成本，服務上自然也大打折扣，不過只要轉換心態，還是能開心享受低價快感。主要廉價航空公司如下：

Ryanair

www.ryanair.com

Easy Jet

www.easyjet.com

搭廉價航空小提醒

◎付費優先：廉價航空很多細節都是使用者付費，例如挑選座位、機上用餐、託運行李等，付多少錢就能買得相對的待遇。

◎行李限額：行李重量管制嚴格，有的票價甚至不含託運行李在內，而超重或多出的行李會被收取額外費用。在網路上預先支付行李附加費會比到了機場便宜許多。

◎自備食物：不想購買機上偏貴的餐點，就自己準備吧！

◎更改及賠償：若有需要更改日期、時間或目的地，每更動一次都要收取手續費。此外，若遇上班機誤點或臨時取消，也沒辦法幫你安排轉搭其他航空，更別提食宿補償，對旅客比較沒保障。

鐵路系統

除西西里島外，義大利本土城市之間往來最方便的交通方式就是搭乘火車。基本上，義大利鐵路(Trenitalia)由義大利國家鐵路公司 (Ferrovie dello Stato，簡稱FS) 經營，網路密集且遍布全國，且中大型城市之間班次往來頻繁。至於國鐵沒有涵蓋的地區，例如：維蘇威火山區域和普利亞部分地區，則由民間私鐵補足。

Eurail Pass電子票證小錦囊

歐鐵火車聯票只要把購得的票券下載在手機裡，不但可以隨時查詢車班，需不需要訂位也標示得很清楚，相當方便。

・因為電子票證存在手機裡，所以保管好手機是首要任務。如果加載火車通行證的手機遺失了，請立即洽詢當地火車站內的Eurail服務台，或聯繫幫你購票的服務人員。辦理遺失補發火車通行證需2至5個工作天，等待補發期間若需要搭乘火車，有任何額外購票支出，將無法申請求償。

・傳統紙本票券一旦遺失，很可能找不回來，已付出的金額完全損失；電子火車通行證萬一手機掉了，可以聯絡幫你購買的服務人員，根據購買時的資料把電子火車通行證要回來，不至於完全損失。

・務必要在上車前開啟啟用按鍵，表示你有乖乖買票，否則一旦被發現尚未開啟，就會被認定「逃票」而罰款，切勿大意或心存僥倖。

・同行的旅者，因為旅程相同，建議每個人的票證都存好預定的行程，萬一主要計畫者的票券遺失或出了問題，其他同行者還留有資訊，不至於慌了手腳。

列車車種

◎義大利高速鐵路Le Frecce

義大利的高速鐵路主要穿行於義大利各大城市之間，不但快速且班次密集，例如從米蘭前往羅馬只需約3個小時，不過相對地票價也比較昂貴，且均須預約訂位。

義大利高速鐵路統稱為Le Frecce，共有3個車種，包括「紅箭」(Frecciarossa，簡稱FR)、「銀箭」(Frecciargento，簡稱FA)和「白箭」(Frecciabianca，簡稱FB)。

紅箭列車連接義大利南、北之間，時速高達360公里，主要穿梭在「米蘭－羅馬」、「米蘭－拿波里」、「杜林－羅馬」、「波隆納－佛羅倫斯」以及「羅馬－拿波里」之間。

銀箭列車主要營運於羅馬到威尼斯、維洛納或巴里(Bari)之間，時速可超過250 公里；白箭列車以米蘭為起迄點，往來於威尼斯、波隆納、巴里、萊切(Lecce)等地之間，時速可達200公里。

◎歐洲城市特快車EuroCity(EC)

一般簡稱為EC的歐洲城市特快列車，和義大利歐洲之星同屬高速火車，差別只在於歐洲城市特快列車主要行駛於義大利和歐洲各國主要城市間，例如「阿姆斯特丹－米蘭」、「布魯塞爾－米蘭」、「日內瓦－米蘭」以及「慕尼黑－米蘭」，其舒適性和快速的特點，讓往來於歐洲之間更加便利。因為是跨國列車，所以也可能使用其他國家的國鐵車廂。

◎城際特快列車InterCity(IC)

IC屬於長程特快列車，主要作用在於連接二級或較小的城市，串連起義大利境內的200個車站，無論速度或是票價都介於義大利歐洲之星和地方火車之間。

搭乘火車注意事項

雖然國鐵算是舒適且快速的旅遊移動方式，但安排鐵路行程建議在時間上多留一點餘裕，因為義大利國鐵的誤點率是有名的高，若遇上鐵路維修問題，甚至有可能出現好幾天都無法通行的狀況。

◎大城市如羅馬、米蘭的火車站，因為規模大、月台數多、地鐵或電車等設施之間距離遠，更需預留充裕的時間，以免不小心錯過班車。

◎許多大城市擁有不只一座火車站，甚至有時中央車站不見得就是該城市的唯一大門，買票及搭車前一定要先確認火車站的正確名稱。

◎確認發車時刻及月台：即使已事先查詢過發車訊息，到達車站還是要再次確認車站大廳的電子時刻表，上面顯示即將進站和離站的列車班次、候車月台，以避免因天候狀況或軌道維修的臨時變更。

◎確認列車及車廂：每座月台前都設有電子看板，顯示該月台停靠列車的發車時刻及目的地，有時兩班列車的發車時間相近，所以上車前一定要再次確認月台上的看板。火車的車身上，會有1及2的標示，表示該車廂為頭等或普通車廂。

◎如果使用傳統紙本車票，上車前記得先在自動打印機(Obbliteratrice)打上日期、時間，以免受罰。

◎義大利火車的車門開啟採半自動式，若火車停在鐵軌不動，但車門已關閉時，只要車門上的按鈕燈還亮著，就可以按鈕開門；下車時也是，待火車停妥後就可以按開門鈕。

◎火車上雖然有行李置放空間，不過義大利治安並不好，最好讓自己的行李保持在視線範圍內，並不時投之以目光，這樣便不容易成為下手目標。

◎車上查票：義大利火車月台並無設置車票閘門，任何人都可隨意進出，但在火車上一定會遇到查票員，因此絕對不要抱持僥倖心態搭霸王車，被抓到的話後果非常嚴重，除了要繳納高額罰款，還有可能被拘捕並留下不良紀錄。

◎到站下車：除了依時刻表上標示的時間來判斷何時該下車，由於義大利火車誤點是家常便飯，建議在下車時還是再確認一下車站名稱。

◎地方火車

地方火車的種類相當多，包括快車(Express，簡稱E)、平快車(Diretto，簡稱D)、一般跨區火車(InterRegionale，簡稱IR)，以及一般地方火車(Regionale，簡稱R)。

快車多用於連接主要機場與市中心，例如行駛於羅馬Fiumicino機場和特米尼火車站(Stazione Termini)之間的李奧納多快車(Leonardo Express)、連接米蘭馬賓沙機場(Malpensa Airport)和市區之間的馬賓沙快車(Malpensa Express)等。

IR和R則通常沿途每站都停、有固定的月台、沒有頭等與二等車廂的分別，不需劃位採自由入座。

◎歐洲第一條私營高鐵Italo

NTV 公司旗下的 Italo 高速列車2012年才開始營運，不到1年時間已成功建立品牌。由於 NTV 多數股份由法拉利的老闆持有，因此也有人把 NTV 稱為「火車中的法拉利」。

路線囊括從杜林經米蘭、波隆納、佛羅倫斯、羅馬、拿波里，一直到義大利南方的薩萊諾；另有一條支線從波隆納分出，通往帕多瓦與威尼斯。列車行駛的平均時速為300公里，和國鐵的紅箭列車不相上下，票價也相仿。

Italo不只與義鐵共用相同的車站，車站內並設立專屬乘客休息室。車廂分為3種等級：最高級的Club Executive提供私密性極高的小包廂，寬大的真皮沙發上附有9吋個人螢幕，可觀看免費電影；Prima Business是針對商務旅客，提供安靜舒適的工作與休憩環境；最便宜的The Smart則無額外設施。無論何種等級，都有免費的Wi-Fi訊號，可連線上網。

www.italotreno.it/en

票券種類

除了知道要坐什麼車之外，還要了解該買哪種車票。因時、因地購買適合的票種，可以為你省下不少錢喔！

◎義大利火車通行證

如果想在義大利一次旅行許多城市，最方便的方式就是擁有一張火車通行證，可在有效期限內不限次數搭乘義大利國鐵(FS)的所有車種。必須注意的是：在義大利除了搭乘地方火車外，幾乎都必須事先訂位、且付訂位費；搭乘Le Frecce高速火車以及夜車臥鋪等車種，還需另外支付部分價差。所以，如果有搭乘跨國鐵路的旅遊需求，購買歐洲多國的火車通行證的確方便又划算；如果只在義大利單國旅行，建議不妨購買點對點的車票即可。

通行證的優惠很多，頭等艙持票者可免費搭乘行駛於羅馬機場到特米尼火車站的李奧納多快速列車(Leonardo Express)。除了義大利國鐵之外，搭乘Superfast Ferries International、Minoan Lines往來希臘的渡輪，以及Grimaldi Lines的地中海航線渡輪都享有折扣優惠。

由於通行證的發售對象為入境旅客，因此無法在義大利國內買到，需於海外代理商處購買。在台灣是由飛達旅行社代理，可至其官網查詢歐鐵及義鐵相關資訊，或直接撥打專線電話聯絡。門市服務需事先預約。

飛達旅行社

台北市中山區南京東路三段168號10樓之6

02-8161-3456

www.gobytrain.com.tw

◎如何使用通行證

目前，歐洲交通系統已幾乎全面電子化，義大利火車通行證或歐鐵通行證都以電子票券的型態發出，旅客需要在手機上安裝Rail Planner應用程式，然後載入已購入的火車通行證：包括確認姓名、票種、艙等、生效日期、使用天數等細項後，Rail Planner即產生個人專屬的QR Code，查票員查票時就是掃描這個QR Code。

第一次登上火車前或使用額外優惠前，一定要事先啟動火車通行證：亦即建立旅程(Trip)、輸入明確的搭乘班次等，以供查票員查驗。每回使用前，確認好日期、班次後，都會重新產生一個當下最新的QR Code。

如果在 App 中找不到你要的火車路段，務必使用車站全名與正確時間選擇手動輸入；部分車站的閘門需使用 App 中的QR Code打開，如閘門未開請洽站務人員；搭乘「夜車」遇到查票時，請出示「上車日」那天的QR Code，若在夜車下車後，還要搭乘另一班火車（等於夜車上車日的隔天），並將這段Journey加進旅程裡，App會提醒你這會佔用另一個搭車日(Travel Day)。

火車通行證須於開立後11個月內生效，過期則自動失效。從傳統票證跨入電子票證，為了幫助消費者快速上手，飛達旅遊在售出票券後皆會提供教學影片，詳細說明使用方式與細節，甚至可以預約一對一、手把手教學，以減輕消費者的不安感，消費者不妨多加利用。

如何購買車票

在火車站購票時，如果只是搭乘地方火車，由於不需訂位，可以直接在自動售票機或一般服務櫃檯購買即可；但如果需要購買特快列車或高速火車，則必須前往車站的專門售票口。

◎義大利國鐵網站

義大利國鐵的網站非常方便且實用，在規畫旅程前不妨先上國鐵官方網站查詢火車班次與票價，對於是否需要購買火車通用證或行程安排上都有非常大的幫助。在官網首頁上方可選取簡體中文或英文介面，進入網頁後輸入起、訖站及時間，便可查詢所有的班次

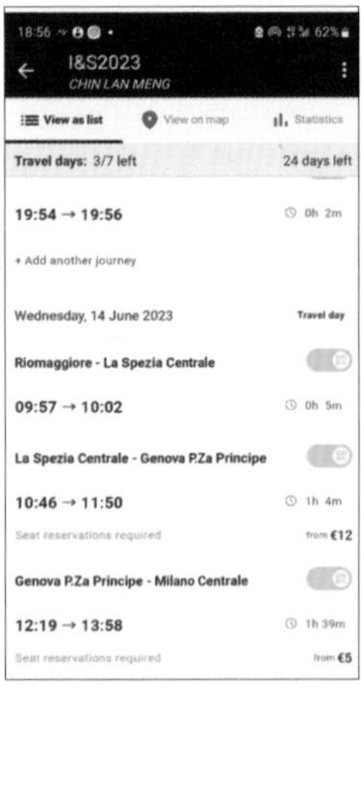

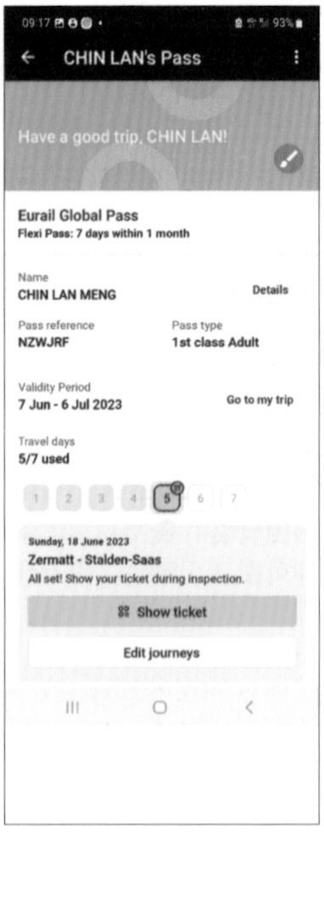

搭乘火車常用單字

火車	Treno
車站	Stazione
時刻表	Orario
售票處	Biglietteria
車票	Biglietto
車資	Tariffa
出發	Partenza
到達	Arrivo
自由席	Posto Libero
訂位席	Posto Riservato
單程車票	Biglietto di Andata
來回車票	Biglietto di Andata e Ritorno
頭等車廂	Prima Classe
二等車廂	Seconda Classe
入口	Ingresso
出口	Uscita
月台	Binario
誤點、延遲	Ritardo

及細節。選擇想要的班次之後，會自動出現可能有的優惠票價與選擇，甚至可以預先填上自己希望的座位與車廂以供電腦劃位參考。

www.trenitalia.com

◎自動售票機

使用車站的自動售票機購票，可避免售票窗口大排長龍的時間，機身上通常有圖示表示僅收信用卡或也可使用現金。火車站的自動售票機大多為觸控式螢幕設計，操作步驟如下：

選擇語言：一般當然是選擇英文鍵。

選擇左上方塊的Buy Your Ticket(下方是給有Loyalty Card的旅客)。

選擇起訖點：預設購買車票的車站為出發地，你只需輸入目的地站名，不過你也可以按右上方的Modify更改出發地。只要輸入站名前幾個字母，下方就會出現符合搜尋的選項。

選擇班次：螢幕上會自動跳出你操作機器那個時刻之後所有當天的班次，每個班次同時顯現了起迄時間、轉乘次數、車型、不同艙等的價格，你只要在你欲搭班次點選SELECT。若不是購買當日車票，點選MODIFY DATE AND TIME重新輸入日期即可。

確認資訊：再確定一次你要搭乘的日期和時間，就可以進行下一個步驟選取車票類型。

選擇票種：基本上是點選第一格Base(Familia是給家庭旅遊使用、Promo是給義大利本國人特殊折扣使用)。如果你已經購買火車通行證，但因為搭乘的是Le Frecce高速火車，依規定必須訂位且付訂位費，就得按第四格Global Pass。

選擇艙等與人數。

選擇座位：可選擇靠走道Aisle、中央Center、靠窗Window，或是坐在已訂位的人旁邊At Next To。選好位置，按下「確定」(Confirm)，畫面會再與你確認是否要換位置。

購買付費：最後會再跳出所有乘車資訊，如果無誤，即可點選「購買」(Purchase)，選擇以信用卡或現金付費。

◎票務櫃檯

國鐵的售票櫃檯經常大排長龍，因此除非有特別狀況或有疑問，否則一般人不太會去櫃檯買票。在大城市的火車站，臨櫃之前需要先抽取號碼牌。雖然櫃檯人員大部分都會說英語，但最好還是把要去車站的站名及日期時間寫在紙上，以免溝通上出了差錯。拿到票後，也要確認所有資訊正確無誤。售票窗口(Biglietto)又分為國內線(Nazionale)、國際線(Internazionale)、預約(Prenotazione)3種窗口，購票可同時預訂座位。

訂位與變更

無論使用網路、自動售票機、或在櫃檯窗口購票，購買車票時都可順便訂位；若需更改行程，可至車站的服務窗口辦理，得享一次免費變更；如果是網路購票可於網路上更改。

長途巴士

長途客運最大的優勢在於票價低廉，愈接近出發日期，票價會愈貴，但即使在出發當日才買票，車資往往還是比鐵路的早鳥票價便宜。

在義大利，每個城市都有不同的客運公司。雖然長程移動還是鐵路迅速，但有些鐵路網不密集的地區，尤其是義大利南部和西西里島，搭直達巴士比需轉車好幾次的鐵路要方便得多。

購票與乘車

遊客服務中心大多能取得巴士的時刻表，有些甚至可以直接購票。有些大城市會委託旅行社代售車票，小城鎮則通常煙草雜貨店(Tabacchi)或上車也可以購票。旺季及搭乘夜車建議先至官方網站訂票。

大型城市的巴士總站不一定位於主火車站旁，但通常會有地鐵相連。至於中小型城市客運站，則通常位於火車站或城鎮的主要廣場旁。

渡輪

義大利的海岸線綿長，島嶼眾多，不管是國內或地中海其他國家，往來頻繁的渡輪是相當方便的交通工具。且搭乘夜班渡輪前往下個目的地，不但省下移動時間，也能省下一晚的住宿費；多數渡輪也都能讓車子上下。

較知名的航線包括從羅馬北方的Civitavecchia港到薩丁尼亞島、北義的熱內亞(Genova)到托斯卡尼的利佛諾(Livorno)、南義的拿波里(Napoli)及薩萊諾(Salerno)到西西里島。此外，著名的度假島嶼間也得靠渡輪串連，例如托斯卡尼的厄爾巴島(Elba)、南

各區主要的長途客運公司

區域	客運公司	營運範圍	網站
全國性	Sita	全國跨區路線	www.sitabus.it
羅馬	Cotral	羅馬近郊及拉吉歐區	www.cotralspa.it
	Interbus	羅馬、西西里島及兩地往來	www.interbus.it
	Marozzi	羅馬和蘇連多(Sorrento)、巴里(Bari)、萊切(Lecce)之間	www.marozzivt.it
	Sulga	羅馬和貝魯賈(Perugia)、阿西西(Assisi)、拉威納(Ravenna)之間	www.sulga.it
米蘭	Autostradale	倫巴底省、貝加蒙(Bergamo)、杜林(Torino)等	www.autostradale.it
西西里島	Sais	西西里島內各城鎮往來，以及西西里往返羅馬、米蘭等各大城	www.saisautolinee.it

主要輪船公司及營運路線

公司名稱	營運路線	網站
Corsica Ferries	科西嘉往返Livorno等	www.corsica-ferries.co.uk
Grandi Navi Veloci	熱內亞往返西西里、薩丁尼亞、摩洛哥、突尼西亞等	www.gnv.it
Moby Lines	沿海港口往返西西里、薩丁尼亞、伊奧利亞群島等	www.lineadeigolfi.it
SNAV	Pescara往返克羅埃西亞 拿波里往返卡布里、西西里、伊奧利亞群島等	www.snav.it
Tirrenia	Ancona往返克羅埃西亞 拿波里往返卡布里、西西里島等 西西里島往返薩丁尼亞島	www.tirrenia.it

義的卡布里島(Capri)和西西里的伊奧利亞群島(Isole Eolie)等。

夏天時大排長龍是必然，尤其若7、8月想開車上渡輪，事先預訂為必要法門。

租車自駕

義大利不論城市內外，大眾運輸都算發達，且許多單行道和小路，開車向來不是旅行的交通工具首選，但是若要前往托斯卡尼、南義較偏僻的小鎮或是西西里環島，開車還是比較方便。

租車

◎在哪裡租車

義大利的機場都有租車公司櫃檯進駐，雖然在機場租車會比在市區小型服務據點要來得貴，但租、還車都比較方便。

由於歐洲多為手排車，如果到了當地才臨櫃辦理，經常租不到自排車，建議先在網路上預約，不但可以好整以暇地挑選車型，還能仔細閱讀價格計算方式及保險相關規定，租起來比較安心，也不需擔心語言溝通問題。

大型租車公司多有提供甲租乙還的服務，但需另外加價。需注意的是：有些便宜的優惠方案，會限制每日行駛的里程數，超出里程需加收額外費用，如果知道自己的移動距離較遠，記得選擇不限里程的方案。

大型租車公司

Hertz：www.hertz.com.tw
Avis：www.avis-taiwan.com
Europcar：www.europcar.com
Budget：www.budget.com

◎臨櫃辦理

雖然在義大利18歲就可以開車，但租車公司對承租的駕駛人卻有更高的年齡限制，每家公司標準不太一樣，大約在21~25歲之間。若事先已於網路上預約，需要準備以下證件臨櫃取車：

- 租車的預約號碼或確認單
- 國際駕照
- 台灣駕照(一年以上駕駛經歷)
- 網路預約時作為擔保之用的那張信用卡

◎保險

租車的保險都是以日計價，租得愈久，保費愈貴。第三責任險(Liability Insurance Supplement，簡稱LIS)是強制性，此外，比較需要考慮的有碰撞損毀免責險(CDW)、竊盜損失險(TP)、人身意外保險(PAI)、個人財產險(PEC)，可視個人國內保險的狀況決定是否加保。

雖然交通意外不常發生，但在人生地不熟的地方開車，A到、刮傷時有所聞，因此強烈建議CDW一定要保；希望獲得全面保障的話，可直接投保全險(Vollkasko)，也就是所有險種一次保齊。

取車、出發

拿到鑰匙後，記得先檢查車體有無損傷，以免還車時產生糾紛。發動引擎，檢查油箱是否加滿。接著調整好座椅與照後鏡，弄清楚每個按鍵的位置，並詢問該加哪一種油，然後就可以出發上路。

還車

大多數人的還車地點是在機場，駛近航站大樓前，就會看到某一車道上的路標指示還車地點，順著該車道進入停車場後，會有不同租車公司的指標指引，在還車停車格停妥，就會有租車公司人員過來檢查車輛。務必在還車前先去加油站把油加滿，因為沒有滿油的話，會被收取不足的油錢，而租車公司的油價絕對比石油公司高很多。

義大利交通概況

義大利和台灣相同，也是開左駕車行駛在右車道，交通規則也大同小異。需注意的是：車燈需要全天候開啟。

◎道路種類與速限

義大利的高速公路稱為Autostrada，最高速限為130km/h。快速道路稱為Superstrada，速限為110km/h。一般道路稱為Straordinarie，速限為90km/h。

高速公路的指標為綠底白字的A，其中貫穿南北的A1是從米蘭到羅馬、A2為從羅馬到拿波里、A3是從拿波里到半島最南端的卡拉布利亞(Reggio di Calabria)。高速公路收費站可以收現金和信用卡，上交流道閘道取票，下交流道收費，依照自己支付的方式駛進對應車道。另外也有ETC車道，但車上如果沒有安裝機器就不能駛入，租車前要先確認清楚。

◎加油

義大利的燃油在歐洲是數一數二貴的，開車其實不划算。汽油稱為Benzina，柴油稱為Gasolio，通常打開汽油蓋內側會註明使用哪一種油，租車時也會再次提醒。加油站大多採自助式，在油槍前停車熄火後，直接拿起油槍就可以加油了，油槍跳停後，到加油站附設商店的收銀台，告知店員油槍號碼並確認金額，就可以用現金或信用卡付費。晚上20:00之後，在加油站無人的情況下，必須先在專門的機器投入定額紙鈔或刷卡，確認金額後再加油。

◎道路救援

道路上如果發生拋錨、爆胎、電瓶或汽油耗盡等狀況時，車鑰匙上通常會有道路救援的免付費電話號碼，而道路救援的費用則會在還車時顯示在信用卡簽單上(拋錨停在路肩時，別忘了在車後100公尺放置三角警示牌)。若是具有責任歸屬的交通事故，除了通知租車公司外，也必須報警處理，並在警察前來勘驗前，保留事故現場。

車輛故障時的緊急救援電話為803116，手機撥800 116800。

◎停車

市區停車一定要停在有P標誌的地方，先在停車收費器投入硬幣，並將收據夾在擋風玻璃上。違反停車規定，會受到€40以上的罰鍰。

租摩托車

想要來一趟摩托車之旅，全歐洲大概只有義大利最為暢行無阻，到處都有摩托車可以租借，如果只想短程近郊小旅行，租摩托車比租汽車便宜且方便，但要記得：只要租用49cc以上的摩托車，都需要用到國際駕照，租借手續和汽車一樣。

義大利百科
Encyclopedia of Italy

Brief History of Italy
義大利簡史

文●墨刻編輯部　攝影●墨刻攝影組

傳說到帝國時期

西元前753年，傳說中的羅穆斯建立羅馬城之後，便與當地的拉特諾族共治，經歷4個國王之後，以托斯卡尼為主要根據地的伊特魯斯坎人向南殖民，占領羅馬城，便以其傳統的建城方式來建設這座既存的城市，羅馬開始步向文明。

西元前509~西元前27年是羅馬的共和時期，結束異族統治之後的羅馬，開始了由元老院制訂決策的共和體制。這段時期羅馬開始向外擴張，而且為軍事目的而興建各種大型公共工程。最後由雄才大略的屋大維擊敗政敵，被尊為「奧古斯都」，開啟羅馬的帝國時期。

帝國時期的羅馬積極向外擴張，皇帝經常帶兵出征，並從征服地掠奪回大量的財富與藝術品。古希臘雕像與埃及的方尖碑成為皇帝炫耀個人軍功的戰利品，卻也為羅馬的藝術帶來新的影響。皇帝與貴族為彰顯其愛民精神，出錢興建大型劇場，提供羅馬市民娛樂，真人格鬥遊戲日漸蓬勃，不過，帝國的領地在圖拉真皇帝之後便停止擴張。

定基督教為國教到分裂

西元1世紀時，基督教開始在帝國境內慢慢滋長。而此時羅馬帝國各方邊境的蠻族騷動，帝國為平亂造成長年的征戰與國力的耗弱，雪上加霜的是，擁兵自重的軍人屢屢刺殺皇帝、擁立將領，使得政局動盪不安。龐大的國土確實管理不易，促成帝國不得不執行多頭共治的局面，也為日後的分裂埋下隱憂。

羅馬帝國在西元270~ 476年間走向分裂，後來君士坦丁大帝在基督徒的幫助之下完成統一，但為期不長。在這段帝國的紛擾時期，建設工程卻非常輝煌，大型浴場紛紛設立，公共工程及道路建設只有加速沒有減緩；然而再多的努力都無法防止羅馬多次遭受外族劫掠，帝國首都殘破不堪，君士坦丁大帝破釜沈舟，將國都東遷到新建的君士坦丁堡，也就是現今的土耳其伊斯坦堡。

西羅馬帝國走向滅亡之路後，君士坦丁堡成為延續帝國榮光的根據地。

黑暗的中古世紀

西羅馬帝國滅亡後，義大利半島從此分崩離析。羅馬的教宗以偽造的君士坦丁手諭，儼然成為古都的統治者；然而沒有軍隊的宗教領袖，根本無法對抗北方新興的民族國家，只有以外交手段為教皇領土的存亡做努力，因而產生所謂的「神聖羅馬帝國」。

在教宗的努力之下，羅馬曾一度成為權力中心，然而教宗與神聖羅馬帝國皇帝之間不斷的鬥爭，使得教皇領地勢力急速衰退，羅馬成為暴民與瘟疫猖獗之都，加上外族的侵略蹂躪，迫使教宗不得不遷都到法國南部的亞維儂(Avignon)。

而在11到12世紀，義大利北部則興起城市國家，包括

因海外貿易致富的共和國威尼斯、比薩、熱內亞，以及義大利其他城市如佛羅倫斯、西恩納、米蘭、波隆納、維洛納等，共計有4百多個城市國家，由富裕的家族執政，例如佛羅倫斯的麥第奇家族以及米蘭的維斯康提家族等。

從教權分裂、文藝復興到統一

當民族國家強盛之後，他們的國王反過來左右宗教領袖的選舉，加上宗教會議的意見不一，因而造成長達40年的教權分裂。不過，在尼古拉五世(Nicholas V)擔任教宗之後，決定重建殘破的羅馬，使之逐漸成為世界之都。

當時在佛羅倫斯及義大利北部的城邦國，因為開明的執政者資助藝術家，開始興起文藝復興運動。而這位人文主義教宗則將之帶到羅馬，教宗們為了建設古都，鼓勵教徒前來朝聖奉獻，甚至課稅與出售贖罪券，大量的財富因而流入羅馬，使得這些基督在塵世的代言人們也過起奢華的生活，成為名副其實的「教皇」。

16世紀初，因羅馬天主教會的奢侈腐敗，日爾曼的馬丁路德起而提倡宗教改革。為了對抗這股反動，羅馬的教廷反而大肆興建更華麗的教堂、宮殿與噴泉，以恢弘的都市規畫使古都成為最偉大的「教皇國都」，讚頌天主的光輝。然而隨著啟蒙精神與理性主義的興起，羅馬天主教的勢力逐漸衰退。

1797年拿破崙占領義大利之後，義大利半島曾擁有一段短暫的統一時光。後來復辟勢力勝利，在維也納公約中，義大利北部被畫歸奧匈帝國，於是有志之士便興起政治統一的念頭。在馬季尼、加富爾與加里波底的努力下，最後終於擊退在羅馬保護教宗的法軍，於1870年完成統一，並於1871年將首都遷往羅馬。

法西斯時代至今

工業革命帶來的勞資對立，使得20世紀初期，共產黨與法西斯黨在義大利北部成立。後來墨索里尼揮軍羅馬，成立獨裁政府，極權統治，他甚至想要恢復羅馬帝國的輝煌過往，打算摧毀教堂與中世紀的老建築，並在古羅馬議事廣場旁蓋一座法西斯宮，幸好他的計畫只有在郊區完成了一部分，今天羅馬仍保留著各年代的建築傑作。

1951年時，義大利與法國、西德、荷蘭、比利時、盧森堡成立了歐洲煤鋼共同體(ECSC)，該組織也就是1958年的歐洲經濟共同體(EEC)以及歐盟的前身；1999年，歐盟推出歐元貨幣，而義大利也成為首批採用歐元的國家之一。

或許，昔日羅馬帝國的光輝已然不再，教宗也已經失去政治上的權力，然而現代義大利卻擁有最多元的面貌與最豐富的藝術內涵，梵諦岡依然是天主教世界的精神中心。

World Heritages of Italy, Vaticano, San Marino

義大利・梵諦岡・聖馬利諾世界遺產

義大利為全球世界遺產最多的國家，多達59處，其中有53處文化遺產、6處自然遺產。而全境都被義大利領土包圍的兩個國家：梵諦岡和聖馬利諾，分別名列全球最小國和第5小國，也都各自有世界遺產上榜；其中一項世界遺產梵諦岡與義大利並列。

文●墨刻編輯部

梵諦岡Vaticano(Holy See)

①梵諦岡城 Vatican City

登錄時間：1984年　**遺產類型**：文化遺產

梵諦岡是世界上最小的國家，也是全球天主教徒的聖地。在這超級小型的國度裡，幾乎全境都是世界遺產，其中最為人熟知的便是擁有世界級收藏的梵諦岡博物館，以及世界最大宗教性建築聖彼得大教堂。

梵諦岡博物館保存數不盡的無價藝術品；聖彼得大教堂集合了眾多建築天才的風格於一體，包括布拉曼特、羅塞利諾、米開朗基羅、拉斐爾、貝尼尼等藝術大師都曾參與聖彼得大教堂的興建。

至於聖彼得廣場昭示著羅馬最輝煌的17世紀巴洛克時代，貝尼尼經過仔細計算而安排的多利克柱廊，從聖彼得大教堂左右兩翼延伸而出，將全世界的信徒導引進入神聖的聖彼得大教堂，以彰顯天父的偉大和敬畏宗教的無上神聖。

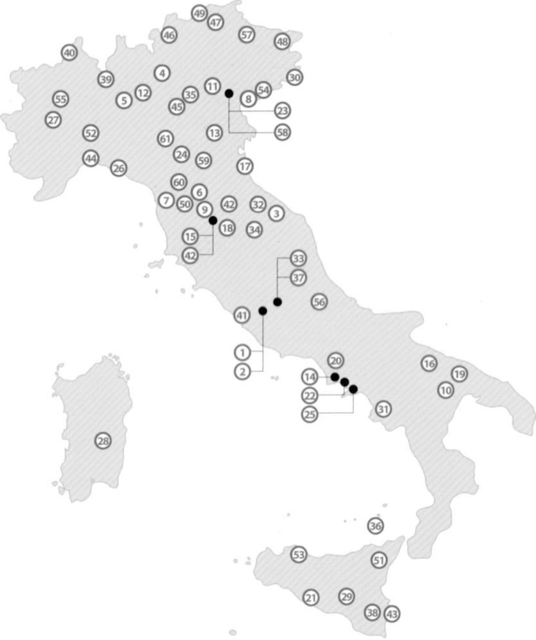

梵諦岡Vaticano(Holy See)、羅馬Roma

②羅馬歷史中心、羅馬教廷治外法權的資產及城外的聖保羅大教堂

Historic Centre of Rome, the Properties of the Holy See in that City Enjoying Extraterritorial Rights and San Paolo Fuori le Mura

登錄時間：1980年、1990年　**遺產類型**：文化遺產

被列為世界遺產的範圍包括幾處古老遺跡：議事廣場、奧古斯都陵寢、哈德良陵寢、萬神殿、圖拉真柱、馬可士奧略利歐柱、羅馬教廷時期的宗教和公共建築。

羅馬議事廣場是最早的政治與商業活動中心，神殿、大會堂、元老院、凱旋門、演講台等公共功能的建築集中於此。

1990年世界遺產組織把羅馬入選的範圍擴大到由教皇烏巴諾八世(Urbano Ⅷ) 於17世紀所修建的城牆，這其中又包含了啟發無數文藝復興大師的萬神殿、位於台伯河畔的奧古斯都陵寢、改建為聖天使堡的亞德利安諾陵寢(Mausoleo di Adriano)及馬克奧里略大柱(Colonna di Marco Aurelio)等帝國時期的遺跡。

除了屬於義大利羅馬城內的古羅馬遺址之外，屬於梵諦岡的部分，則是羅馬教廷在羅馬城內享有治外法權的聖母瑪莉亞大教堂(Basilica di Santa Maria Maggiore)、拉特拉諾的聖約翰教堂(Arcibasilica di San Giovanni in Laterano)以及城牆外的聖保羅教堂(Basilica di San Paolo fuori le Mura)等處建築及資產。

聖馬利諾San Marino

③聖馬利諾歷史中心與蒂塔諾山

San Marino Historic Centre and Mount Titano

登錄時間：2008**年**　**遺產類型**：**文化遺產**

聖馬利諾這個位於亞平寧山(Apennine Mountains)間的小國家，原是歐洲最古老的共和國之一，雖然最後只能以城邦國家的形式保存下來，卻代表了民主政體發展中一個重要的階段。

同名首都坐落於該國最高峰蒂塔諾山的西側山坡，其歷史中心年代上溯到13世紀，區內擁有修建防禦高塔與城堡的城牆、14和16世紀的修道院、18世紀的蒂塔諾劇院，以及19世紀新古典主義的長方形會堂，說明了這處歷史中心幾個世紀以來依然運行不輟。由於高山屏障，使聖馬利諾逃過了工業時代以來對都市的衝擊，沒有受到太大的影響。

倫巴底Lombardia

④瓦爾加莫尼卡的岩畫

Rock Drawings in Valcamonica

登錄時間：1979**年**　**遺產類型**：**文化遺產**

瓦爾加莫尼卡谷地位於義大利北部的倫巴底平原(Lombardy plain)，有多達14萬幅圖騰及圖案的史前岩畫，這些岩畫持續長達8千年的時間，內容包括航海、農業、戰爭、跳舞及神話。

這些岩畫的價值，就在於它的持續力：從史前時代、基督誕生、羅馬人統治、中世紀、甚至現代，人們在岩石上作畫始終不輟，連接遠古與現代。

倫巴底Lombardia

⑤擁有達文西《最後的晚餐》壁畫的感恩聖母教堂及修道院

Church and Dominican Convent of Santa Maria delle Grazie with "The Last Supper" by Leonardo da Vinci

登錄時間：1980**年**　**遺產類型**：**文化遺產**

教堂內最有名的是達文西所畫的《最後的晚餐》。達文西精確地運用透視法表現空間裡人物的關係與互動，完美地表達了耶穌的神性，是文藝復興巔峰的代表作之一。由於達文西以混合了油彩與蛋彩的顏料來創作，而非文藝復興時常用的濕壁畫原料，使得《最後晚餐》完成後不到50年便毀損得極為厲害。1982年起義大利政府利用高科技將畫作恢復原狀，於1999年大功告成，也因此現在民眾得以一窺原作的真實面貌。

托斯卡尼Tuscany

⑥佛羅倫斯歷史中心

Historic Centre of Florence

登錄時間：1982年　**遺產類型**：文化遺產

佛羅倫斯是文藝復興象徵的城市，15、16世紀在麥第奇家族統治下，經濟及文化都達到鼎盛，6百年非凡的藝術成就展現在聖母百花大教堂、聖十字教堂、烏菲茲美術館及碧提宮等。

市內無數教堂和博物館，其陳設的藝術作品展現文藝復興時期最耀眼的珍寶，當時的大師級人物如米開朗基羅、唐納泰羅、布魯內雷斯基、波提且利等人，都在這股風潮中留下不朽的藝術作品。

托斯卡尼Tuscany

⑦比薩大教堂廣場 Piazza del Duomo, Pisa

登錄時間：1987年　**遺產類型**：文化遺產

比薩大教堂所在的神蹟廣場，分布了4個古建築群：大教堂、洗禮堂、鐘塔(斜塔)及墓園，影響了義大利11至14世紀的藝術風格。其中最著名的比薩斜塔由於當地土質鬆軟，一度面臨傾倒的命運，所幸經過搶修後，遊客已重新登塔參觀。

主教堂建於1064年，在11世紀時可說是世界上最大的教堂，由布斯格多(Buscheto)主導設計，這位比薩建築師的棺木就在教堂正面左下方。修築的工作由11世紀一直持續到13世紀，由於是以卡拉拉(Carrara)的明亮大理石為材質，因此整體偏向白色，不過建築師又在正面裝飾上其他色彩的石片，這種玩弄鑲嵌並以幾何圖案來表現的遊戲，是比薩建築的一大特色。

維內多Veneto

⑧威尼斯與潟湖區 Venice and its Lagoon

登錄時間：1987年　**遺產類型**：文化遺產

威尼斯最早是拜占庭的殖民地，取得自治權後建立了共和國，在7世紀時已經成為世界上強盛富有的國家之一，領土延伸到地中海。文藝復興也在威尼斯發光發熱，繼佛羅倫斯、羅馬之後，堤香、丁特列多、維若內塞等知名藝術家群集威尼斯，成為當時文藝復興的第3大中心。在威尼斯可看到各種建築風格：拜占庭式、哥德式、古典藝術、巴洛克，也可以欣賞到文藝復興時期經典名作，可說是名副其實的藝術之城。

威尼斯是建築在潟湖上的城市，呈S型的大運河是當地160條運河中最主要的一條，隨著大運河到底的聖馬可廣場是威尼斯的政治重心，廣場周圍也是威尼斯最熱鬧的區域，大潮時還可看到水淹聖馬可廣場的景況。金碧輝煌的宮殿與教堂建築、搖曳海上的浪漫生活，再加上面臨沉沒消失的可能性，造訪威尼斯的遊客始終絡繹不絕。

托斯卡尼Tuscany

⑨聖吉米那諾歷史中心

Historic Centre of San Gimignano

登錄時間：1990年　**遺產類型**：文化遺產

被譽為「美麗的塔城」，聖吉米那諾在托斯卡尼地區擁有極為特殊的都市景觀。它是往來羅馬間的中繼站，統治這個城市的家族建造了72座高塔，有些高達50公尺，象徵他們的富裕和權力，儘管目前只剩14座存留下來，聖吉米那諾仍瀰漫中世紀封建時代的氛圍。

巴西利卡塔Basilicata

⑩馬特拉的岩穴和教堂

The Sassi and the Park of the Rupestrian Churches of Matera

登錄時間：1993年　**遺產類型**：**文化遺產**

馬特拉多為石灰岩地形，大約從舊石器時代就有人類定居於此的痕跡，中世紀時受宗教迫害的隱修者在此鑿洞修築教堂，由於地理位置孤立，距離最近的大城市拿波里尚有240公里之遠，得以保存完整的石洞風貌，與數千年前的耶路撒冷相當神似。

維內多Veneto

⑪威欽查及維內多省的帕拉底奧式宅邸

City of Vicenza and the Palladian Villas of the Veneto

登錄時間：1994年、1996年　**遺產類型**：**文化遺產**

帕拉底奧是文藝復興時期的代表建築師之一。位於維內多省的威欽查，市內有一條帕拉底奧大道，兩旁不少宅邸即出自這位名建築師之手；在維內多省也有不少帕拉底奧設計的城市住宅及別墅，他的作品對於建築的發展影響深遠。

在威欽查，巨大的帕拉底奧大會堂雄踞領主廣場上，青銅的船底狀屋頂及四周羅列的希臘羅馬諸神石雕，是它最大的特色。

倫巴底Lombardia

⑫克里斯比阿達城

Crespi d'Adda

登錄時間：1995年　**遺產類型**：**文化遺產**

克里斯比阿達城位於義大利北部的倫巴底省，是19至20世紀工業城鎮(Company Town)——在北美和歐洲地區，由開明企業家依勞工需求所建造的住宅城——的典範，很多當年為了工業目的所設計的用途至今依然清晰可見。不過，隨著社會及經濟環境的變遷，已經威脅到這些地方的生存。

艾米利亞-羅馬納Emilia-Romagna

⑬費拉拉文藝復興城及波河三角洲

Ferrara, City of the Renaissance, and its Po Delta

登錄時間：1995年、1999年　**遺產類型**：**文化遺產**

臨著波河三角洲的費拉拉，因為艾斯特家族的費心經營，變成一座文藝復興城市，吸引許多大師前來設計並建造艾斯特家族的宮殿。

費拉拉城的主要建築圍繞一座非常特別的主教堂，周圍有艾斯特家族的執政中心市政廳 (Palazzo Comunale)、作為宅邸的艾斯特城堡(Castello Estense)，以及由比亞裘羅賽提(Biagio Rossetti)依照新的透視法則設計、艾斯特權力的象徵鑽石宮(Palazzo dei Diamanti)。費拉拉在艾斯特家族的主導之下，成為15、16世紀波河地區文藝復興都市景觀的典範。

坎帕尼亞Campania

⑭拿波里歷史中心

Historic Centre of Naples

登錄時間：1995年

遺產類型：**文化遺產**

拿波里是南義大利最大的城市，氣候溫暖、土地肥沃，還有優良的港口，但也因此遭致許多外國勢力的侵擾：從最早的希臘人、羅馬人，到後來的倫巴底人及拜占庭帝國，都分別統治過這裡。

各民族為拿波里及南義大利帶來不同的文化及生活痕跡，希臘、法國、西班牙的風格融合為一。不過，拿波里人也沒有失去自己的特色，17、18世紀的巴洛克時期，拿波里也發展出自己的文化藝術主張，皇宮就是最大的代表作。

托斯卡尼Tuscany

⑮西恩納歷史中心 Historic Centre of Siena

登錄時間：1995年　遺產類型：**文化遺產**

西恩納是托斯卡尼地區最完美的中世紀小鎮，尤其是鋪滿紅磚、呈扇形的市中心廣場；穿梭在街道上，每一個突如其來的轉角和小路，都能讓人有回到中世紀時代的錯覺。

西恩納在14世紀時發展出獨特的藝術風格，杜奇奧、馬汀尼及安布吉羅．羅倫奇等藝術大師都曾為這個小鎮妝點市容，主教堂內部還有米開朗基羅、貝尼尼等人的作品，這些藝術品豐富了西恩納的內涵。

普利亞Puglia

⑯蒙特城堡 Castel del Monte

登錄時間：1996年　遺產類型：**文化遺產**

13世紀腓特烈二世(Emperor Frederick II)在義大利南部靠近巴里(Bari)的地方建造蒙特城堡，是一座外型獨特的中世紀軍事建築。這座城堡在地理位置上，具有重要的象徵意義，建築呈完美的8邊形幾何規則，不論從數學還是天文學都十分精準；固若金湯的城堡，也反應出腓特烈二世的雄風。

從建築使用的元素來看，城堡是古希臘羅馬風格、東方伊斯蘭教和北歐西妥會哥德式建築的完美融合。

©Italian State Tourist Board Fototeca ENIT

艾米利亞-羅馬納Emilia-Romagna

⑰拉威納早期基督教古蹟

Early Christian Monuments of Ravenna

登錄時間：1996年　遺產類型：文化遺產

位於波河三角洲的拉威納，羅馬帝國時期就被奧古斯都(Augusto)選為艦隊的基地，並開始發展；西元402年西羅馬帝國把首都遷到此城，特歐多西歐皇帝(Teodosio)並將基督教定為國教；其後拉威納還成為東羅馬帝國支持的蠻族國王特歐多利可(Teodorico)所建王朝的國都，直到第8世紀為止；因此基督教前期的建築結合拜占庭鑲嵌藝術的大量應用，而誕生了這座閃亮的馬賽克之都。

托斯卡尼Tuscany

⑱皮恩查歷史中心

Historic Centre of the City of Pienza

登錄時間：1996年　遺產類型：文化遺產

皮恩查是教宗皮歐二世(Pope Pius II)的出生地，他於1459年把整座城市改建成文藝復興風格，是首度把文藝復興風格應用在城市建築上之人。他找了建築師貝納多(Bernardo Rossellino)進行整座城市的改造：華麗的皮歐二世廣場周圍建築，包括皮可羅米尼宮殿(Piccolomini)以及波吉亞(Borgia)宮殿和教堂，擁有純文藝復興的建築外觀，而內部是德國南部教堂的晚期哥德式樣式。

普利亞Puglia

⑲阿爾貝羅貝洛的錐頂石屋

The Trulli of Alberobello

登錄時間：1996年　遺產類型：文化遺產

位於伊特利亞谷地(Itria Valley)的阿爾貝羅貝洛，最具特色的景觀就是居民就地取材、利用當地盛產的石灰岩所堆疊起來的錐頂石屋(義大利語為trullo)。這種不靠灰泥黏合石塊的乾砌石建築工法，成功保存並延續了史前時代的造屋技術。然而該區域在15~16世紀之所以發展這種建築方式，其實是為了躲避嚴苛的房屋稅，以便在官員來巡察時能輕易推倒房舍，直到18世紀在居民的抗爭下，阿爾貝羅貝洛成為一個獨立的自由市，才擺脫這種朝不保夕的生活方式。

19世紀時，這種錐頂石屋在當地廣為使用，每棟石屋的錐狀屋頂都會豎立一個球形、碟形、碗形或多角形的小尖頂，傳說是當時負責建造石屋的工匠自我署名的一種手法。

坎帕尼亞Campania

⑳卡塞塔的18世紀皇宮以及園林、萬維泰利水道橋和聖萊烏喬建築群

18th-Century Royal Palace at Caserta with the Park, the Aqueduct of Vanvitelli, and the San Leucio Complex

登錄時間：1997年　遺產類型：文化遺產

©Fototeca ENIT/Paola Ghirotti

本建築群坐落於義大利南部卡塞塔省的首府卡塞塔市。1750年，波旁王室的成員那不勒斯國王查理七世決定在新首府興建一座皇宮，於是他採用參與聖彼得堡整修工程的名建築師盧伊吉・萬維泰利(Luigi Vanvitelli)的設計，以法國凡爾賽宮作為設計範本，內部除了有1,200個房間，還設置一間富麗堂皇的皇家劇院。

除了卡塞塔宮外，本建築群還包括皇宮周邊由噴泉、雕像和瀑布組成的人造園林、萬維泰利水道橋以及位於聖萊烏喬村的絲織工廠，雕塑、建築與自然景觀的結合，充分反映啟蒙運動對建築領域的影響。

西西里島Sicilia

㉑阿格利真托考古區

Archaeological Area of Agrigento

登錄時間：1997年　**遺產類型**：**文化遺產**

說阿格利真托是「諸神的居所」並不誇張，因為這個城市的規模早在西元前581年就已建立，當時來自希臘羅德島附近的殖民者，在兩河之中建立了一座名為Akragas的城市，也就是今日阿格利真托的前身；西元5世紀起，先後被迦太基人、羅馬人占領，又歷經拜占庭、阿拉伯王國的統治。但後來阿格利真托的重要性逐漸被西西里島東岸的城市所取代，昔日繁華忙碌不再，只留下許多神殿遺蹟。這些神殿如今已成為阿格利真托最重要的觀光勝地，它們大多聚集於現今城市南面的谷地間，統稱為神殿谷，許多建築歷史回溯到西元前5世紀。

坎帕尼亞Campania

㉒龐貝、艾爾科拉諾、托雷安農濟亞塔考古區

Archaeological Areas of Pompei, Herculaneum and Torre Annunziata

登錄時間：1997年　**遺產類型**：**文化遺產**

西元79年8月24日，維蘇威火山大爆發，山腳南麓的龐貝城瞬間被埋沒，火山灰厚達6公尺，龐貝也因此凝結在那個浩劫之日。直到17世紀被考古學家發掘，將近2千年前都市的一磚一瓦、人們的一舉一動，才得以重見天日。

龐貝在被埋沒之前，原本是羅馬皇帝尼祿(Nero)時代因製酒和油而致富的繁忙港口。今天走進遺址裡，街道呈整齊的棋盤狀分佈，除了神殿、廣場、劇場、音樂廳等建築外，一座商業城市該有的機能，如市場、銀行等，這裡一點也不少。

而位於拿波里和龐貝之間的艾爾科拉諾，和龐貝同樣埋藏於當年那場驚天動地的爆發中，雖然它的名聲沒有龐貝來得響亮，然而其保存狀況可說更勝龐貝。

維內多Veneto

㉓帕多瓦的植物園

Botanical Garden (Orto Botanico), Padua

登錄時間：1997年

遺產類型：**文化遺產**

世界第一座植物園就是建在帕多瓦，時間是1545年，植物園內仍大致保持原貌，當初設立的目的是做為科學研究中心，目前仍是如此。

帕多瓦被稱為美麗的大學城，市內充滿一股濃厚的學術氣息。伽利略曾於西元1592至1610年在此任教；帕多瓦大學的醫學系在歐洲具有崇高的聲名；1678年，義大利第一位女性大學生在此畢業，當時全歐洲的大學還尚未允許女子就讀。

艾米利亞-羅馬納Emilia-Romagna

㉔摩德納的大教堂、市民塔和大廣場 Cathedral, Torre Civica and Piazza Grande, Modena

登錄時間：1997年　遺產類型：文化遺產

摩德納不僅是一座美食城市與生產名牌車款的「引擎之都」，更是歷史悠久的文化古城，最著名的建築，就是由兩位大建築師蘭法蘭科(Lanfranco)與威利蓋摩(Wiligelmus)所設計建造的羅馬天主教教堂。這座1099年開始興建、在1184年接受教宗祝聖的大教堂，外觀雄偉壯麗，是目前歐洲最重要的羅馬式建築典範之一。

與摩德納大教堂共同名列世界遺產的建築，除了前方的大廣場，還包括大教堂的鐘樓「市民塔」。市民塔建於1179年，高86.12公尺，自古以來一直是當地的重要地標以及傳統象徵。

坎帕尼亞Campania

㉕阿瑪菲海岸景觀 Costiera Amalfitana

登錄時間：1997年　遺產類型：文化遺產

阿瑪菲海岸位於義大利南部的索倫托半島(Sorrentine Peninsula)，總面積約11,200公頃，不僅是相當受歡迎的旅遊景點，而且具有極高的歷史文化與自然價值，是地中海景觀的傑出典範。

本區雖然從舊石器與中石器時代就有人類活動的痕跡，但直到中世紀初期才開始出現密集的聚落，許多包括阿瑪菲在內的城鎮都保存了代表性的建築及藝術作品。由於地形狹長，適合農耕的土地有限，因此當地居民發揮了強大的環境適應力，充分利用多樣化地形，在較低矮的坡地梯田上栽種葡萄、柑橘、橄欖等農作物，並且在較高的山坡上開闢牧場。

利古里亞Liguria

㉖韋內雷港、五漁村和群島

Portovenere, Cinque Terre, and the Islands (Palmaria, Tino and Tinetto)

登錄時間：1997年　遺產類型：文化遺產

本區涵蓋利古里亞海岸(Ligurian Coast)從五漁村到韋內雷港之間的地帶，擁有原始的自然景觀以及豐富的人文風貌，不僅展現了人與自然之間的和諧關係，也勾勒過去1千多年來當地居民如何在崎嶇狹窄的地理環境中維持傳統的生活模式。

由蒙特羅梭(Monterosso al Mare)、維那札(Vernazza)、科爾尼利亞(Corniglia)、馬那羅拉(Manarola)及里歐馬喬雷(Riomaggiore)所構成的五漁村，是中世紀晚期形成的濱海聚落，由於沿梯地而建，只能靠船隻、火車及步行抵達。

韋內雷港是建於西元前1世紀的古老城鎮，包含3個村落和3座小島，最著名的建築物是哥德式聖彼得教堂(Gothic Church of St. Peter)。

皮埃蒙特Piedmont

㉗薩佛伊皇宮

Residences of the Royal House of Savoy

登錄時間：1997年

遺產類型：文化遺產

薩佛伊公爵艾曼紐．菲利巴爾特(Emmanuel-Philibert)在1562年以杜林(Turin)為首都時，開始一系列的建築計畫，用來展現他的權力，而這些傑出的建築都是出自當時具代表的建築師及藝術家之手。所有的建築都是以皇家宮殿(Royal Palace)為中心輻射出去，也包括許多鄉間的住宅和狩獵小屋。

薩丁尼亞島Sardinia

㉘巴努米尼的蘇努拉吉史前遺跡

Su Nuraxi di Barumini

登錄時間：1997年　**遺產類型**：**文化遺產**

約在西元前2200年的青銅器時代，一種獨特的、稱作蘇努拉吉(Su Nuraxi)的防禦性建築開始在地中海上的薩丁尼亞島出現，這種圓形的防禦塔以石塊堆積而成。到了西元之後，在迦太基人侵略的壓力下，巴努米尼的居民將這些史前建築擴大及強化，也成為這類型建築的典型代表。

©Fototeca ENIT/Vito Arcomano

西西里島Sicilia

㉙卡薩爾的羅馬別墅

Villa Romana del Casale

登錄時間：1997年　**遺產類型**：**文化遺產**

廣大的莊園是西方帝國農業經濟的基礎，這座建於西元4世紀的卡薩爾羅馬別墅是羅馬人在農間開發的代表作之一。最值得一提的是：它用豐富及具質感的馬賽克裝飾每個房間，也是羅馬世界中最優秀的馬賽克工藝之一。

佛里烏利-威尼斯朱利亞Friuli-Venezia Giulia

㉚阿奎雷亞的考古遺址與大教堂

Archaeological Area and the Patriarchal Basilica of Aquileia

登錄時間：1998年　**遺產類型**：**文化遺產**

阿奎雷亞擁有許多保存良好的歷史遺跡，是地中海地區最完整的早期羅馬城市範例。西元前181年，羅馬人在阿奎雷亞建立拉丁殖民地，抵抗蠻族入侵，後來迅速發展為貿易重鎮，成為早期羅馬帝國時代規模最大、最富裕的城市之一。不僅如此，阿奎雷亞也在宗教上扮演重要的角色，直到1751年都被劃為宗主教區。

坎帕尼亞Campania

㉛席蘭托及提亞諾谷國家公園

Cilento and Vallo di Diano National Park with the Archeological sites of Paestum and Velia, and the Certosa di Padula

登錄時間：1998年

遺產類型：**文化遺產**

席蘭托地區有3座東西向山脈，聚落沿著山脈走向散開，具體而微地揭示這個地區歷史的發展。這裡就位於古希臘和伊特魯斯坎兩種文化的交界處，從史前到中古世紀，不僅是一條貿易路線，文化和政治也同時在此交會；從帕斯圖(Paestum)和維利亞(Velia)這兩座城市挖掘出的考古遺跡可以看出一二。

©Fototeca ENIT/Paola Ghirotti

馬爾克Marche

㉜烏爾比諾歷史中心

Historic Centre of Urbino

登錄時間：1998年

遺產類型：**文化遺產**

烏爾比諾小山城地處義大利中部，靠近亞得里亞海的馬爾克省(Marche)，在15世紀時歷經了文藝復興，吸引全義大利藝術家及學者，並影響歐洲其他區域文化的發展。到了16世紀，因為經濟和文化的停滯，使得文藝復興的外觀得以完整保存至今。

拉吉歐Lazio

㉝提弗利的哈德良別墅Villa Adriana (Tivoli)

登錄時間：1999年 **遺產類型**：文化遺產

提弗利位於羅馬東北近郊31公里，由於這裡是提布提尼(Tiburtini)山丘群分布區，因此由山上引來水源，創造如詩如畫的庭園勝景，是吸引皇帝和主教們來此度假的主要誘因，自羅馬共和時期以來一直是羅馬貴族喜愛的避暑勝地。

哈德良別墅位於提布提尼山腳下，與提弗利市區相距5公里，是片非常典型的古羅馬別墅，富於異國風情，它的設計師就是西元117至138年統治著帝國的哈德良皇帝(Hadrian)，靈感來自他在希臘與埃及的長期旅行。它不只是皇帝度假的地方，更是他心目中理想城市的雛形。

翁布里亞Umbria

㉞阿西西的聖方濟大教堂及其他教會遺跡

Assisi, the Basilica of San Francesco and Other Franciscan Sites

登錄時間：2000年 **遺產類型**：文化遺產

阿西西是一座中世紀景觀保存非常良好的小山城，如今更成為方濟會的中心，每年吸引成千上萬的信徒前來朝聖。它不只是宗教聖地，由信仰所發展出來的建築群，更是人類藝術與文化的結晶。

聖方濟大教堂分為上下兩層，採哥德型式建築，不只規模龐大，內部還擁有當時最頂尖的藝術家如威馬布耶(Cimabue)、羅倫哲提(Lorenzetti)、西蒙內馬汀尼(Simone Matini)等人的傑出畫作。文藝復興的繪畫之父喬托所做的《聖方濟生平》系列壁畫，更成為日後聖人肖像的經典。

維內多Veneto

㉟維洛納 City of Verona

登錄時間：2000年 **遺產類型**：文化遺產

建於西元1世紀、至今仍保存相當完整的圓形劇場，正是維洛納在羅馬帝國時期就已極為繁榮的歷史見證；城內的羅馬遺跡處處可見，非常活潑的香草廣場(Piazza delle Erbe)是當時的議事廣場與商業中心。

史卡立傑利(Scaligeri)家族從1263年開始長達127年的統治時期，他們驍勇善戰的騎士性格亦表現在建築形式上：哥德式尖塔林立的史卡立傑利石棺群，頗令人驚異；堆垛式的史卡立傑羅橋(Ponte Scaligero)與舊城堡(Castelvecchio)，則成為中世紀防禦工事的建築典範。

15至18世紀末期，維洛納亦臣屬於威尼斯共和國，文藝復興、巴洛克風格的教堂、宮殿紛紛建立；不管是在領主廣場(Piazza dei Signori)四周或如迷宮般的小徑裡，經過2千多年不間斷的發展，各個時期的建築和諧地交織出維洛納最迷人的都市景觀。

西西里島Sicilia

㊱伊奧利亞群島

Isole Eolie (Aeolian Islands)

登錄時間：2000年 **遺產類型**：自然遺產

伊奧利亞群島位於西西里島北部海域，取名自半神半人的風神(Aeolus)，總面積約1,200公頃，包括因火山活動而形成的7座大島和5座小島，最大島是利巴里島(Lipari)。利奧利亞群島現今的樣貌，是歷經長達26萬年的火山活動所造成的結果，提供了斯特隆布利式(Strombolian)和伏爾坎諾式(Vulcanian)兩種火山噴發型態的重要例證，從18世紀以來一直具有高度的地質研究價值。

拉吉歐Lazio

㊲提弗利的艾斯特別墅

Villa d'Este, Tivoli

登錄時間：2001年　**遺產類型**：**文化遺產**

又被稱為「千泉宮」，是提弗利最著名也最奇妙的景點。這座充滿異國風味的度假別墅，是16世紀由紅衣主教伊波利多艾斯特(Ippolito d' Este)所建，他是費拉拉的艾斯特家族第3任公爵與教皇亞歷山卓六世的女兒所生，背景傲人，更因支持朱力歐三世(Giulio III)成為教皇，而被任命為提弗利的總督；伊波利多艾斯特在這裡短暫居住後，發現此地氣候對其健康頗有助益，決定把原方濟會修院改建為華麗的度假別墅，以配合他的精緻品味。

別墅是由受古希臘羅馬藝術薰陶的建築師與考古學家李高里奧(Pirro Ligorio)所設計，企圖把文藝復興時期藝術家們的理想展現於這片蓊鬱的花園裡；不過，後來由不同時期的大師陸續完成，因此也帶有巴洛克的味道。

西西里島Sicilia

㊳晚期的巴洛克城鎮瓦拉底諾托

Late Baroque Towns of the Val di Noto

登錄時間：2002年　**遺產類型**：**文化遺產**

西西里島東南邊的8座城市：卡塔格羅尼(Caltagirone)、卡塔尼亞山谷的米里泰羅(Militello Val di Catania)、卡塔尼亞(Catania)、莫迪卡(Modica)、諾托(Noto)、帕拉佐羅(Palazzolo)、拉古薩伊布拉(Ragusa Ibla)和西克里(Scicli)都被納入世界遺產的範圍。

這些城市都是在1693年的大地震之後重建的，呈現晚期巴洛克風格，不論建築或藝術成就均屬上乘；而在城鎮規劃以及翻新都市建築方面，更具意義。

倫巴底Lombardia

㊴倫巴底與皮埃蒙特省的聖山

Sacri Monti of Piedmont and Lombardy

登錄時間：2003年

遺產類型：**文化遺產**

在義大利北部的倫巴底有9座聖山，群集著建於16世紀晚期及17世紀的禮拜堂及宗教建築，它們分別代表了不同觀點及教派的基督教信仰。除了宗教信仰的象徵意義外，信徒們為了傳播信仰而在屋舍外牆畫上藝術及雕刻，將宗教藝術融入山丘、森林、湖泊等大自然景致之中，在聖山達到了最完美的呈現，也影響了其後在歐洲的發展。

倫巴底Lombardia

㊵聖喬治山

Monte San Giorgio

登錄時間：2003年、2010年

遺產類型：**自然遺產**

瑞士義語區南部的聖喬治山，擁有三疊紀中期(約2億4千5百萬年到2億3千萬年前)完整而豐富的海洋生物化石，展示了古時爬蟲類、魚類、鸚鵡螺、甲殼綱動物等生物曾在此生存的證據。也因為這個潟湖靠近陸地，化石中也包含了許多陸地上的物種，諸如爬蟲類、昆蟲及植物等，記錄了這一地區遠古時期的地理環境，形成非常珍貴的化石寶庫。這處遺產在2003年提名時，只屬瑞士獨有，2010年範圍擴及義大利境內，成為橫跨兩國的世界遺產。

©Fototeca ENIT/Sandro Bedessi

拉吉歐Lazio

㊶切爾維泰里及塔爾奎尼亞的伊特魯斯坎人墓地

Etruscan Necropolises of Cerveteri and Tarquinia

登錄時間：2004年　**遺產類型**：**文化遺產**

伊特魯斯坎人將生前居住環境的模樣呈現在他們的墓中，包括起居室、接待室等，裡面還有美麗的壁畫及陳列生活用品。

鄰近切爾維泰里城市的大墓地包括上千座墳墓，其組成猶如一座城市，有街道、小廣場、房舍；而在塔爾奎尼亞最有名的，則包括擁有2百座繪著壁畫的墳墓，其中最早的可溯及西元前7世紀。

托斯卡尼Tuscany

㊷瓦達歐西亞 Val d'Orcia

登錄時間：2004年　**遺產類型**：**文化遺產**

瓦達歐西亞是位於西恩納省的小鎮，農莊散布在山丘上，它反應出14至15世紀一套理想的土地管理模式，並創造出極具美學的自然景致，是文藝復興的理想典範。這些創新的土地管理模式包含了城鎮與村落、羅馬教堂與方濟會修道院，以及農舍、旅棧、神殿、橋樑等。

©Italian State Tourist Board Fototeca ENIT

西西里島Sicilia

㊸夕拉古沙和潘塔立克石墓群

Syracuse and the Rocky Necropolis of Pantalica

登錄時間：2005年

遺產類型：**文化遺產**

夕拉古沙和潘塔立克擁有希臘羅馬時期的遺跡。夕拉古沙在古希臘時代可是西方世界最重要的城市之一，它易於防守的海岸線、絕佳的天然海港以及肥沃的土壤，吸引了希臘人於西元前733年在此創立殖民地；到了西元前367年時，這座城市已經成為希臘世界中最富裕的城市，直到西元前215年遭逢羅馬人攻擊，終因不敵長達2年的圍城而被迫投降，從此夕拉古沙失去了它的重要性。如今這座西西里島上知名的濱海度假勝地，仍保留著許多希臘、羅馬和巴洛克時期的建築。

潘塔立克擁有5千多座墳墓，年代分布從西元前13到7世紀。

利古里亞Liguria

㊹熱內亞：新街和羅利宮殿群

Genoa：Le Strade Nuove and the system of the Palazzi dei Rolli

登錄時間：2006年

遺產類型：**文化遺產**

在16至17世紀早期，義大利北部的熱那亞不論在財富或海權方面，都達到最強盛，當時的新街和羅利宮殿群是熱那亞的歷史中心，更是歐洲第一個統一在公權力架構之下的都市發展計畫，於1576年由上議院所頒布。

被列入遺產的範圍包括新街的文藝復興式建築及巴洛克宮殿，羅利宮殿群除了是當時貴族的居所，也作為社交組織舉辦活動，以及迎接國家貴賓住宿之用。

倫巴底Lombardia

㊺曼陀瓦與薩比奧內塔城

Mantua and Sabbioneta

登錄時間：2008年

遺產類型：**文化遺產**

3面環湖的曼陀瓦城和坐落於波河北岸的薩比奧內塔城彼此相距30公里，這兩個同位於義大利北部倫巴底省的文藝復興城鎮，在貢札格(Gonzaga)家族的推動下，展現了不同的城市面貌，卻在建築價值與傳播文藝復興文化上都扮演了重要的角色。

西元2千年前已然發跡的曼陀瓦，利用原有的城市結構加以更新、擴張，產生兼具羅馬到巴洛克時期各種建築特色的不規則布局；至於貢札格家族建造於16世紀的薩比奧內塔城，擁有棋盤狀的設計，體現當時理想的城市規劃理論。

倫巴底Lombardia

㊻阿爾布拉－伯連納的利西亞阿爾卑斯山鐵路

Rhaetian Railway in the Albula / Bernina Landscapes

登錄時間：2008年

遺產類型：**文化遺產**

興建於20世紀初的阿爾布拉－伯連納鐵道，標誌著瑞士建築學、工程學與環境概念的高度成就。這一整段鐵路總長約128公里，一共穿越55個隧道與狹廊、196座橋樑與高架道路，讓原本隔絕於崎嶇山麓中的孤立區域相互間的交通往來變得便利起來。

伯連納鐵路至今仍是穿越阿爾卑斯山區的鐵道中海拔最高的一座，同時也是世界同類型鐵路中高低落差最大的路線之一，完美體現了人類運用現代技術克服山嶽險阻的最佳範例。

阿爾布拉－伯連納鐵道更難能可貴的地方在於：它雖然破除了地形上的障礙，卻不但沒有破壞原本壯麗的自然景觀、反而和諧地與整個環境融合在一起，共同構成一幅令人悠然神往的畫面。

維內多Veneto

㊼多洛米蒂山 The Dolomites

登錄時間：2008年

遺產類型：**自然遺產**

屬於阿爾卑斯山系的多洛米蒂山，坐落於義大利的東北方，因為法國礦物學家以白雲石(Dolomite)比擬該山的形狀與顏色而得名。

這片遼闊的山區占地約142,000公頃，共包括一座國家公園和多座地區公園，境內擁有多達18座超過3千公尺高的山峰，錯落著陡峭的懸崖、筆直的山壁、既長且深的狹窄河谷，形成全世界最美的高山景觀之一。除了石牆、小山峰等重要地形特徵外，還有喀斯特與冰河等地形；根據化石分析，此地也保存了中生代碳酸鹽台地系統。

倫巴底Lombardia、普利亞Puglia、托斯卡尼Tuscany

㊽義大利倫巴底人遺址

Longobards in Italy. Places of the power (568-774 A.D.)

登錄時間：2011年　**遺產類型**：**文化遺產**

涵蓋義大利半島北部的7個古蹟建築群，包括聖薩爾瓦托－聖塔朱利亞修道院建築群(Monastic Complex of San Salvatore-Santa Giulia)、聖薩爾瓦托大教堂(The Basilica of San Salvatore)、克里圖諾聖殿(The Clitunno Tempietto)、聖塔索菲亞建築群(The Santa Sofia complex)以及軍營、堡壘等，它們充分反映了倫巴底人這支日耳曼族群的輝煌成就。 這些建築物不僅預示了日後加洛林王朝(Carolingian Dynasty)的文藝復興、彰顯倫巴底人在中世紀歐洲基督教精神與文化的發展過程中所扮演的重要角色，更見證了歐洲從古代過渡到中世紀的歷史進程。

維內多Veneto、倫巴底Lombardia

㊾阿爾卑斯山區史前干欄式民居

Prehistoric Pile dwellings around the Alps

登錄時間：2011年　**遺產類型**：**文化遺產**

阿爾卑斯山區的河川、湖泊及溼地邊，共有111處史前干欄式民居遺跡，為德國、奧地利、瑞士、義大利、法國、斯洛維尼亞等國共有的世界遺產。這些史前民居大約建於西元前5,000年至西元500年間，時間橫跨新石器時代與青銅器時代，部分遺跡保存完好，提供豐富的考古證據，並展示當時人類的生活方式與社會發展，是研究這個地區早期農耕社會形成的重要史料。

托斯卡尼Tuscany

㊿托斯卡尼的麥第奇別墅

Medici Villas and Gardens in Tuscany

登錄時間：2013年　**遺產類型**：**文化遺產**

被納入世界遺產範圍的共有12座別墅和2座花園，分別建於15到17世紀之間，代表了王侯貴族在鄉村建築的創新，與自然環境完美融合，主要用途是表現在娛樂、藝術、知識等方面，不同於過去大多數是農牧之用的莊園或軍事用途的城堡。這些別墅非常注重建築本身和土地、花園、環境之間的連結，而這興建王公貴族宅邸的參考標準，影響遍及義大利和全歐洲，也因為人文建築和自然環境的完美結合，使得整體地景呈現出人本主義和文藝復興的特質。

西西里島Sicilia

(51)埃特納山 Mount Etna

登錄時間：2013年　**遺產類型**：**自然遺產**

埃特納山位於西西里島東岸，海拔3350公尺，是世界上最活躍的層狀火山(Stratovolcano)。這座火山的爆發史可追溯到50萬年前，而近2,700年都有活動紀錄，其持續的噴發活動對火山學、地球物理學及其他地球科學提供了寶貴的研究資料，同時對地方性的陸地動植物生態體系也非常重要，無疑是座天然的實驗室。被畫入世界遺產的範圍共19,237公頃，包括因為科學研究而受到嚴格保護的範圍，以及埃特納地區自然公園(Parco dell'Etna Regional Nature Park)。

皮埃蒙特Piedmont

㊷皮埃蒙特的葡萄園景觀：朗格－羅埃洛和蒙法拉托

Vineyard Landscape of Piedmont: Langhe-Roero and Monferrato

登錄時間：2014年　**遺產類型**：文化遺產

義大利西北部、介於波河和亞平寧山脈之間的連綿丘陵，自古羅馬時期就是頗負盛名的葡萄酒產區。皮埃蒙特南部的葡萄園景觀包含5個獨特的葡萄產區及凱渥爾城堡(Castle of Cavour)，這個區域是土壤肥沃的丘陵帶，有適合葡萄生長的大陸性氣候，使用土生品種進行單一釀造，葡萄酒產銷歷史可追溯至西元前5世紀，就已發展出葡萄藤授粉的技術，延續幾個世紀的葡萄種植、釀造技術及產銷經濟活動，造就迷人的生活地景。連綿起伏的葡萄園間，村莊、城堡、酒窖、倉庫等，讓葡萄酒的生產與釀造富有傳統的美感與詩意。

西西里島Sicilia

㊸阿拉伯－諾曼式的巴勒摩以及切法魯和王室山的主教堂

Arab-Norman Palermo and the Cathedral Churches of Cefalú and Monreale

登錄時間：2015年　**遺產類型**：文化遺產

西西里島位於地中海的地理中心位置，自古即是各國覬覦之地。各民族在島上留下曾經統治的痕跡，而集大成者是西北邊海岸線的巴勒摩。諾曼王朝時期羅傑二世的經營之下，這種融合了西方古羅馬、東方伊斯蘭和希臘拜占庭文化的混血文化，發展出獨樹一格的「阿拉伯－諾曼式」建築。

包含諾曼王宮帕拉提納禮拜堂、巴勒摩主教堂、王室山(Monreale)及切法魯(Cefalù)主教堂等在內的9處建築，因為在建築、裝飾及空間運用上表現東西方文化的完美融合而列入文化遺產，這也是不同種族與宗教可和平共存的最佳詮釋(穆斯林、拜占庭、拉丁、猶太、倫巴底)。

維內多Veneto

㊹15至17世紀的威尼斯防禦工事：陸地之國與海洋之國

Venetian Works of Defence between the 15th and 17th Centuries: Stato da Terra – Western Stato da Mar

登錄時間：2017年

遺產類型：文化遺產

這項遺址包含了15項位於義大利、克羅埃西亞、蒙特內哥羅的防禦工事，從義大利的倫巴底地區至亞得里亞海的東海岸，橫跨一千多公里，有力維護了威尼斯共和國的主權與擴張。陸地之國(Stato da Terra)的防禦工事保護威尼斯共和國不受西北方的強國攻擊；海洋之國(Stato da Mar)則守護亞德里亞海通往東方黎凡特的海陸通道及關口。防禦工事引進的大砲火藥使軍事與建築產生重大轉變，可見於後來遍佈歐洲的星型要塞。

皮埃蒙特Piedmont

㊺20世紀工業城市伊夫雷亞

Ivrea, Industrial City of the 20th Century

登錄時間：2018年

遺產類型：文化遺產

伊夫雷亞位於皮埃蒙特地區，超過百年歷史的科技資訊公司Olivetti，就是1908年在此地創建了義大利第一家產製打字機的工廠。這項文化遺產包括了一處大型工廠，以及用於行政、住宅、社會服務的建築群，大多是1930至1960年代由義大利知名的城市規劃師和建築師所設計規劃。聯合國教科文組織認為：伊夫雷亞是20世紀工業革命發展的理想地，作為一處工業化的模範城市，伊夫雷亞顯現了現代工業生產與建築、人文之間的密切關係。

拉吉歐Lazio

㊻喀爾巴阡山脈與歐洲其他地區的原始山毛櫸森林

Ancient and Primeval Beech Forests of the Carpathians and Other Regions of Europe

登錄時間：2007年、2011年、2017年、2021年

遺產類型：自然遺產

喀爾巴阡山脈與德國境內的原始山毛櫸森林，是認識這種遍布北半球的植物其歷史、進化與生態學不可或缺的研究對象。這裡跨越多元溫帶林區，展現了山毛櫸在各種生長環境下完整的生活模式：沿著一條長達數百公里的軸線，一路從烏克蘭拉希夫山脈向西延伸至斯洛伐克Vihorlat山脈，再到德國中北部，囊括了德國、阿爾巴尼亞、奧地利、比利時、保加利亞、克羅埃西亞、義大利、羅馬尼亞、斯洛伐克、西班牙、烏克蘭、斯洛維尼亞等國，保存了寶貴的山毛櫸基因庫以及該區多種相互依存的物種。它們同時是上次冰河時代後當地生態系統重新移植和發展的傑出範例，這項進程至今仍持續發展中。

維內多Veneto

⑰科內利亞諾和瓦爾多比亞德內的普羅塞克葡萄酒產地

Le Colline del Prosecco di Conegliano e Valdobbiadene

登錄時間：2019年　**遺產類型**：**文化遺產**

位於義大利東北部特里維索省(Treviso)，涵蓋了普羅塞克(Prosseco)氣泡酒產區的部分葡萄種植區景觀。特點是在陡坡地區耕種出狹窄梯田狀的小型葡萄園，稱之為「Ciglioni」，由葡萄園、森林、小村莊和農地共同形成壯觀而獨特的景觀，幾個世紀以來，這片崎嶇的地形一直被人們運用和轉變，包括土壤保持技術、培育葡萄藤的Bellussera技術、栽培Glera葡萄生產最高品質的普羅塞克氣泡酒等，也造就出此區特殊的美學特色。

維內多Veneto

㊽帕多瓦14世紀壁畫群

Padua's Fourteenth-Century Fresco Cycles

登錄時間：2021年　**遺產類型**：**文化遺產**

位於帕多瓦老城中心8座建築中，收藏了包括喬托在內多位藝術家在1302年至1397年間繪製的一系列壁畫，這8座建築群為Scrovegni、Eremitani、理性宮(Palazzo della Ragione)、卡拉雷西宮(Carraresi Palace)、禮拜堂(Baptistery)和相關的廣場、聖安東尼奧大教堂(Basilica of St. Anthony)、聖米歇爾(San Michele)，在創作壁畫時期主導的藝術家有喬托(Giotto)、瓜里恩托·迪·阿爾波(Guariento di Arpo)、朱斯托·德·梅納布瓦(Giusto de' Menabuoi)、阿爾蒂奇耶羅·達澤維奧(Altichiero da Zevio)、雅格布·阿萬齊(Jacopo Avanzi)和雅格布·達維羅納(Jacopo da Verona)。雖然由不同的藝術家、在不同屬性的建築物中、為不同身份的委託者繪製，但帕多瓦壁畫群保持了統一的風格，這一系列壁畫展開的藝術敘事，揭示了多樣性和相互連貫性。

艾米利亞-羅馬納Emilia-Romagna

㊾波隆納的拱廊 The Porticoes of Bologna

登錄時間：2021年

遺產類型：**文化遺產**

此一世界遺產包括從12世紀到現在的拱廊及周圍建築，這些拱廊被認為是城市拱廊中最具代表性的，總長度達62公里，門廊被視為有遮蔽的人行道和商業活動的黃金地段，一些拱廊是用木頭建造、一些則是用石頭或磚塊建成的；20世紀，混凝土的出現以新的建築取代傳統的拱形拱廊，出現了一種新的拱廊建築。拱廊反映了不同的類型、社會功能及時代。在波隆納，拱廊被定義為供公眾使用的財產，已成為這座城市的身份表徵。

托斯卡尼Tuscany

㊿歐洲溫泉勝地 The Great Spa Towns of Europe

登錄時間：2021年

遺產類型：**文化遺產**

這項世界遺產涵蓋了7個歐洲國家中11處溫泉城鎮，義大利由蒙特卡蒂尼-泰爾梅(Montecatini Terme)獲得。這些溫泉城鎮都是環繞著天然礦泉水開發，它們見證了從1700到1930年代發展起來的歐洲浴療、醫學與休閒文化，並催生出大型的溫泉度假村。各溫泉鎮致力於利用水資源發展浴療和飲用，水療建築群包括泵房、飲水廳、治療設施和柱廊，這些都融入了整體城市環境，達到讓來客放鬆和享受的目的。

艾米利亞-羅馬納Emilia-Romagna

61北亞平寧的喀斯特溶岩與洞穴

Evaporitic Karst and Caves of Northern Apennines

登錄時間：2023年

遺產類型：**自然遺產**

這片保存異常完好且廣泛的喀斯特地貌，存在極為密集的洞穴：在相對較小的區域內有900多個洞穴、綿延超過100公里，其中包含一些現存最深的石灰岩洞穴，深可達地表下265公尺。這是世界上最早開始、也研究最深入的喀斯特地形，學術工作從16世紀即已展開。

Art of Italy
義大利的藝術

文●墨刻編輯部　攝影●墨刻攝影組

站在圓形競技場前，沒有人不發出深深讚嘆；融合東方拜占庭及仿羅馬式的建築，古樸外衣下閃耀馬賽克鑲嵌的華麗；北方哥德式與仿羅馬式的結合則兼顧耐用及輕巧；文藝復興是義大利投下的強力震撼彈，承先啟後影響歐洲接下來數百年的藝術發展；而巴洛克式的動感華麗，甚至傳播到美洲大陸。

義大利位居地中海中心位置，東歐、西歐、亞洲與北非的交接點，其藝術發展包含了傳承、融合與創新的意義。古羅馬時代繼承了希臘藝術和伊特魯斯坎人的實用哲學，發展出以雕刻服務政治、以大型公共建築取悅人民的實用美學。

藝術上的璀璨成就，不僅止於對歐洲藝術史的影響，現在佔據義大利重要經濟來源的旅遊市場，也全靠藝術撐腰，吸引全球旅人及藝術迷為它痴狂。

古羅馬式(Ancient)Roman

羅馬以武力征服世界，但希臘用藝術主導羅馬。而在更早之前，羅馬趕走原定居於台伯河畔的伊特魯斯坎人(Etruscan)，但丟不掉伊特魯斯坎人的實用美學；可以說：羅馬的藝術表現都建築在希臘和伊特魯斯坎的基礎上。

西元前7世紀至前3世紀，伊特魯斯坎藝術風格流行於義大利半島中部，而這種風格則是早期希臘文化影響下的產物；在活躍的商業貿易往來後，伊特魯斯坎人在西元前4世紀時的藝術表現，又帶進近東的色彩，豐富了其文化內涵。

羅馬人幾乎完完全全吸收了伊特魯斯坎人的習俗和審美觀，尤其是手工技藝更對羅馬藝術產生極大的影響。

繪畫

平面畫

古羅馬的畫作並不是單獨存在的藝術形式，而是一種建築裝飾，除了伊特魯斯坎肖像畫外，古羅馬畫像多來自埃及的亞歷山卓港，可惜殘留下來的畫作很少，只有在龐貝和艾爾科拉諾遺址中，才能找到明證；平面式、色彩鮮豔、畫面偏大型，有點仿大理石石板畫的味道。

進入西元前，羅馬的繪畫風格減少了建築的影響、加強了華美的調性，繪畫獨立成為藝術的可能性大增，為後來的繪畫欣賞開了一扇門。

馬賽克鑲嵌畫

當古羅馬繪畫還限於平面表現法時，追求3度空間的效果則轉由馬賽克畫來達成。羅馬帝國全境的馬賽克生產量豐富，因此材料不虞匱乏，加上貝殼、瑪瑙、黃金等材質的運用成熟，馬賽克畫的華麗感，滿足了平面畫作所達不到的境界，成為帝國藝術的主流。從龐貝出土的亞歷山大鑲嵌畫中對細節及人物的生動描繪，可看出精緻化的繪畫表現。

代表作品

亞歷山大鑲嵌畫／國立考古學博物館．海神之屋／艾爾科拉諾

雕刻

古羅馬雕刻最大的特點就是它的體量偏大、用色大膽而顯得生氣盎然，但在希臘化的潮流下，原始的風格轉向希臘古典型式及本土寫實風格的結合體，這種傾向一直維持到共和末期帝國初建之時。

共和時期

西元前146年，羅馬軍隊占領希臘後，希臘藝術家大量移居羅馬，他們大量模仿早期希臘風格的作品大受歡迎，這些作品雖是仿作，但為羅馬後來本土藝術風格的形成點亮一盞指引之燈。羅馬藝術和希臘最不同的，就是寫實的人物雕像：羅馬保留伊特魯斯坎人的習俗，為死人作像供後人留念，既是為傳後代，當然是做得越像越好，使得羅馬肖像和追求理想美的希臘創作出現大差異；羅馬胸像不論泥塑或銅鑄，都是自己的羅馬味。

奧古斯都時期

在奧古斯都的時代(西元前30年~西元14年)，藝術開始為政治服務：創作者試圖透過結合寫實和希臘的理想主義，來達到政治說服或建立威信的目的；對皇帝的歌頌也不再以寓意的方式，而是更直接表達。為了榮耀奧古斯都從西班牙凱旋歸來而建的和平祭壇，開啟此類雕刻作品的先河。

帝國時期

台伯留皇帝(Tiberius)到弗拉維亞皇帝家族(Flavians)期間(14~96年)，肖像更注意對觀賞者產生的視覺效果和精神的穿透力；為征服耶路撒冷(西元70年)而建的提托凱旋門，其上的浮雕在敘述歷史事件，人物造像正是上述追求的最高峰。帝國議事廣場的圖拉真柱，以2千5百多個人物描述征服東方大夏的戰役，及君士坦丁凱旋門描述皇帝的戰績等，都是代表之作。

哈德良大帝時(117~138年)，奧古斯都的理想美再次流行，但更凸顯感官性；從卡拉卡拉皇帝到君士坦丁大帝(211~337年)帝國快速向東發展的結果，藝術風格也加速往抽象表現手法而去，後來就形成了僵硬線條肖像的早期基督教和拜占庭的藝術主流。

代表作品

和平祭壇／羅馬

君士坦丁凱旋門／羅馬

建築

古羅馬建築是建築史上最燦爛的一個篇章，其建築裝飾及建築結構的運用，啟發後來仿羅馬式及文藝復興的靈感。羅馬建築都需要符合「堅固耐久、便利實用、美麗悅目」的標準：拱圈、肋拱和十字拱的創新建築結構，打破從前建築物體積的侷限，建材除了岩石、大理石和磚瓦外，發展出以火山灰為活性材料的混泥土，大大增加建築物的堅固程度，因而能誕生氣勢磅礡的萬神殿穹頂。

公共空間

相對於沒什麼實際用處的繪畫雕刻，彪悍的羅馬人對建築工程的熱情要高出許多。隨著帝國版圖和人口的擴張，加上長期的和平，人們對公共空間的使用需求增加，羅馬皇帝大興土木建造雄偉壯觀的公共建設，一方面以大型建設提供就業機會，一方面提供娛樂讓人民忘記政治；圓形競技場、卡拉卡拉浴場及戴克里先浴場就是這種情況下的產物。

此外，羅馬在建築史上還有兩個重要貢獻：一是整體式的都市計畫，二是複合式的內部空間組合。大型浴場尤為翹楚，浴場內除了冷熱溫水浴場，另包含了運動場、圖書室、健身房、商店等空間，一個羅馬市民可以從早到晚待在浴場裡面，堪稱現代化水療中心的始祖。

建築柱式

在建築裝飾上，羅馬承襲了希臘特色，在柱式(Order)表現最能窺知一二。所謂柱式不只是裝飾功能，還包含了柱子直徑、整棟建築的柱高、柱子間距的規範，影響到整體建築結構。除了沿用希臘神殿的多利克式、愛奧尼亞式與科林斯式，羅馬人也發展出自己的複合柱式。

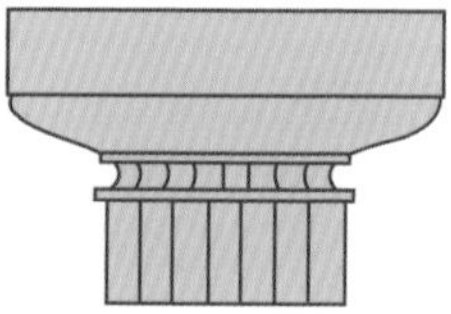

多利克柱式Doric Order

最早出現的柱式，特色是堅固結實，造型樸實，柱身有二十個凹槽，流行於西西里島。

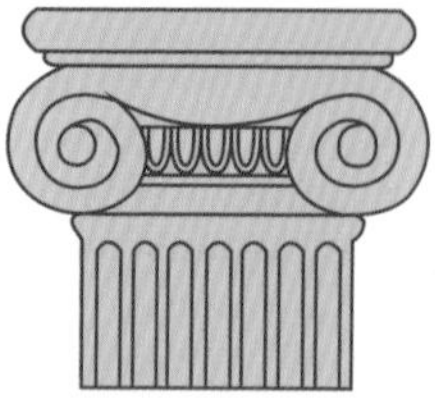

愛奧尼亞柱式Ionic Order

柱身比較細長雅緻，呈現柔美線條，柱頭有一對如同貝類形狀向下捲的卷渦，使纖細的柱子在視覺上得以平衡上方眉樑的重量。

科林斯柱式
Corinthian Order

羅馬建築最常出現的柱式，柱頭圍繞著莨苕葉，從各方面觀看都具立體感，裝飾性的效果較大。

羅馬複合柱式
Roman Composite Order

從柱頭就能看出是愛奧尼亞和科林斯式的綜合版。

代表建築

圓形競技場／羅馬

萬神殿／羅馬

阿皮亞古道及卡拉卡拉浴場／羅馬

仿羅馬式Romanesque

西羅馬帝國滅亡後，陷入分裂混亂的黑暗時期，11世紀的義大利終於逐漸擺脫保守的封建桎梏，自由貿易和商人、工匠階層的興起，市民開始擁有自主意識，勢力龐大的家族發展出城邦式的自治城市。此時盛行於西歐的建築與古羅馬相似，因此藝術史學家稱這種11~13世紀間的藝術類型為「仿羅馬式藝術」(Romanesque Art)。

仿羅馬式藝術其實不只是復古，而是近東、拜占庭、羅馬等藝術的綜合體；根據不同區域，又各自發展出不同流派，如倫巴底風格、諾曼式、大量運用立體拱飾的「比薩風」建築等。

繪畫和雕刻

中世紀的繪畫和雕塑臣屬於建築。為了符合建築物的造型，雕刻的人物往往像是被框架在區域內而略微變形，以大門一層層內縮的裝飾拱和門楣最具特色。

繪畫延續中世紀於新鮮灰泥層上作畫的方式，沒什麼突破；倒是與拜占庭帝國往來密切的地區，吸收東方文化而大量採用鮮豔燦爛的馬賽克鑲嵌畫。不管是繪畫或雕刻，都以聖經故事為內容，可看出此時重視的不是裝飾，而是為了對不識字的大眾教育道德倫理及聖經故事。

馬賽克鑲嵌畫代表

聖馬可大教堂／威尼斯

帕拉提納禮拜堂／西西里島

建築

藝術上以建築居於主導地位，主要表現在教堂，其次是修道院和城堡。教堂的主要特色一是內部拱頂結構的運用，二是教堂的空間：從平面來看，採用早期基督教長方形會堂(basilica)為中殿，與橫殿交叉成為「拉丁十字」——即十字型的垂直軸較長；此外，教堂旁通常有獨立的塔樓。

由於使用厚重石材作為拱頂，為了增加牆壁承重力，少有窗戶而顯得室內較昏暗，也是一大特點；在裝飾上則以正立面的玫瑰窗，以及廊柱和地板上多彩繽紛的幾何鑲嵌，最吸引目光。

代表教堂

比薩斜塔及主教堂／比薩．摩德納大教堂／摩德納

聖尼古拉教堂和主教堂／巴里

哥德式Gothic

13~15世紀流行於西北歐的哥德式風格當然不是憑空冒出來的；哥德式藝術是12世紀發源自法國巴黎北部法蘭西島的建築風格，逐漸在整個歐洲傳播並擴充至其他藝術形式，無論在建築或雕刻元素上，都能看見從仿羅馬式一路發展而來的影子。而半島上的義大利人對這種來自北方蠻族的文化，一開始卻認為是野蠻的，所以在義大利較少見到純粹的哥德式建築，多半混雜著明顯的仿羅馬風格。

繪畫和雕刻

哥德藝術中的雕刻是為建築服務，而繪畫則是為宗教服務。門柱、高塔上無所不在的雕像，呈現幾乎要脱離建築而出的立體感；人物的面容更真實，大多以站立的姿態放在小神龕中、衣服自然地垂墜，都是為了不破壞建築物的垂直線條。

「聯畫」是這個時期發展出的繪畫形式，就是將數幅畫集合在一個華麗的鍍金畫框中，繪製於木板上。當時的中產階級或貴族，會訂購聯畫當作方便搬運的小祭壇，以便日常祈禱或祭祀使用。

建築

與水平發展、結構厚實的仿羅馬式建築最大差別，就是轉變為輕盈修長的垂直結構；高聳垂直的尖塔，讓人們仰望時自然產生崇敬之心，彷彿能透過這些尖細的高塔與上帝溝通。建築上最重要的3個元素就是尖拱、肋拱和飛扶壁。

哥德式發展出尖頂交叉拱頂，擁有輕巧、結實、有彈性的優點，能分散拱頂重量；再加上建築物外側的飛扶壁，有效紓解肋拱的側推力，所以可以任意調整弧度，朝更高處伸展。所以教堂規模才能夠越來越大，極致表現就是蓋了6百年才完工的米蘭大教堂。而大量彩色玻璃的運用，一改仿羅馬式教堂內的幽暗氣氛，在陽光照射下穿透出瑰麗的莊嚴神秘感。

代表建築

米蘭大教堂／米蘭・總督宮／威尼斯

文藝復興式Renaissance

中世紀又被稱為黑暗時期，羅馬帝國遭蠻族入侵幾達千年之久，歐洲陷於戰亂與瘟疫頻仍之中。此時宗教成為精神與知識的重心，但宗教至上的結果，便是人們的思想受到嚴厲的控制。然而在義大利中部，出現但丁(Dante Alighieri)、佩托拉克(Francesco Petrarca)與薄伽丘(Boccaccio)3位方言大文豪，打破了只有少數貴族或教士才能瞭解的拉丁文寫作，他們以大眾通用的語言寫下平易近人的不朽作品，世界文明的曙光在他們的筆下乍現。

此時的佛羅倫斯也在織品工業及貿易蓬勃之下，出現富有的中產階級，這批人的獨立性格與自由思想開始對宗教的嚴厲箝制產生反抗。麥第奇家族(Medici)正是這種典型的富商，由經商到執政，他們把人文主義的精神注入整個佛羅倫斯之中，獎勵可以美化俗世的繪畫、雕刻、建築等各種藝術，再現古希臘羅馬精神，在15~16世紀形成一股席捲西歐的文藝復興風潮，使箝制之下的人類思想往理性與多元化的方向發展。

這期間，不世出的達文西、米開朗基羅與拉斐爾，並稱文藝復興三傑。

繪畫

強調人文主義的精神，讓繪畫內容開始重視現實世界，即使取材自宗教或神話故事，景物空間也帶有濃厚的現世意味，藝術脫離為宗教服務的單一目的。

透視法和明暗表現法的運用，讓畫面可以被「安排」與「設

計」，這是藝術家從工匠走向知識份子的道路。構圖上著重平衡、適中、莊重、理性與邏輯，畫面主題明確，人物體態豐滿，金字塔式的佈局佔主導地位；拉斐爾的《金翅雀的聖母》是很經典的範例。

建築

文藝復興的建築善用透視法製造加大空間的效果，以理性為出發，訴求對稱與平衡。以科學的方法將建築的每一個構成元件標準化，建築師為監督指揮工匠的總負責人，這和以前每個工匠各自以自己理解的方式施工完全不同。

布魯涅內斯基(Filippo Brunelleschi)是初期文藝復興建築之先鋒，他最大成就是完成聖母百花大教堂的壯觀圓頂，而巨大圓頂也成為教堂建築的主要元素。

代表建築

聖母百花教堂／佛羅倫斯．聖彼得大教堂／梵諦岡

巴洛克式Baroque

隨著新航線開啟的商業貿易，人們的物質生活越來越富有、思想也跟著自由、理性主義抬頭、對宗教神學產生質疑，因而引發一連串的宗教改革運動。舊有的宗教勢力為了鞏固自身權利，也發起「反宗教改革」，巴洛克藝術就在這種複雜的政治背景中誕生，盛行於17~18世紀中並延燒整個歐洲，發源地就是意圖鞏固神權與教皇統治的羅馬。

天主教會認為感官刺激能提升觀賞者激動的情緒、產生崇敬之心，有助於對教會的認同，所以在教堂中，呈現宏偉、誇張、光線對比強烈的空間動態。相較於注重平衡、理性的文藝復興藝術，巴洛克藝術不拘泥各種不同藝術形式間的界線，視繪畫、雕刻與建築為一個整體，擅用光的特性創造戲劇性、誇張、透視的效果。

建築與雕刻

巴洛克藝術追求的動感，表現在建築上是波浪狀的流動線條、凹凸平面和噴泉，喜歡用橢圓、拱形及其他幾何形狀組成複雜的平面結構，旋渦形狀的扶壁裝飾是常見的元素。貝尼尼(Gianlorenzo Bernini)和他的死對頭巴洛米尼(Francesco Borromini)是義大利巴洛克建築的代表人物。

貝尼尼是個多產的建築師和雕刻家，從他的作品就能清楚見到巴洛克式建築及雕塑的連結。羅馬的噴泉是都市規劃的一環，創造與市民生活連結的景觀藝術；聖彼得廣場的環形柱廊是他建築上最大成就：平衡大教堂過寬的正面所造成的疏離感，廣場中的方尖碑則產生視覺焦點。此外，用雕塑創造出類似於建築結構的裝飾，例如貝尼尼為聖彼得大教堂創作的聖體傘。

代表建築

四河噴泉，貝尼尼／羅馬拉沃納廣場

聖彼得廣場，貝尼尼／梵諦岡

《泰瑞莎的狂喜The Ecstasy of Saint Therese》，貝尼尼／羅馬勝利聖母瑪莉亞教堂

Three Masters of the Renaissance
文藝復興三傑

文●墨刻編輯部　攝影●墨刻攝影組

從西元476年開始，歐洲在藝術、文學、科學等各方面都停滯不前，進入漫長的黑暗時期，直到15世紀後期，義大利藝壇陸續出現3位天才大師，讓文藝復興達到鼎盛的階段。

米開朗基羅Michelangelo Buonarroti
1475~1564年

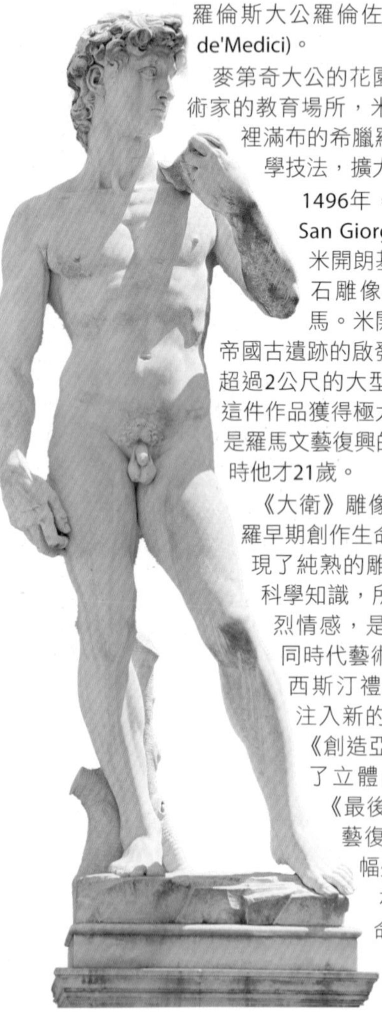

米開朗基羅13歲時到當時佛羅倫斯領導畫家吉蘭達歐(Domenico Ghirlandio)的畫室當學徒。他在畫室中很快就展露才華，吉蘭達歐於是將他推薦給佛羅倫斯大公羅倫佐麥第奇(Lorenzo de'Medici)。

麥第奇大公的花園基本上是年輕藝術家的教育場所，米開朗基羅在花園裡滿布的希臘羅馬古典作品中自學技法，擴大自己的視野。

1496年，羅馬的紅衣主教San Giorgi無意間買了一尊米開朗基羅的《丘比特》石雕像，而將他召來羅馬。米開朗基羅受到羅馬帝國古遺跡的啟發，創作了第一件超過2公尺的大型作品《酒神》，這件作品獲得極大的成功，被認為是羅馬文藝復興的最佳代表作，那時他才21歲。

《大衛》雕像可說是米開朗基羅早期創作生命的最高潮，它展現了純熟的雕刻技巧與深厚的科學知識，所表達的美感和強烈情感，是米開朗基羅超越同時代藝術家的證明。至於西斯汀禮拜堂的天頂畫則注入新的雕刻式風格，讓《創造亞當》中的人物有了立體的感受；另一幅《最後的審判》更是文藝復興時期最大的一幅壁畫。

在米開朗基羅生命的最後20年，投入建築師的角色，參與多項整建羅馬的新都市計畫，如坎皮多怡歐廣場、戴克里先浴場的入口和天使的聖母瑪利亞教堂。當然最重要的是接手建造聖彼得大教堂的巨大圓頂。

代表作品

《聖殤Pietà》／梵諦岡聖彼得大教堂
《酒神Bacchus》／佛羅倫斯巴傑羅美術館
《大衛David》／佛羅倫斯藝術學院美術館
《摩西Mosè》／羅馬聖彼得鎖鏈教堂
《最後的審判Il GiudizioUniversale》／梵諦岡西斯汀禮拜堂
《創世紀La Volta》／梵諦岡西斯汀禮拜堂

達文西
Leonardo da Vinci
1452~1519年

這位身兼藝術家、建築師、解剖學者、發明家甚至數學家等身分的大師，留下了大量的筆記及繪畫作品，從中說明了他多方領域的博學。他最有名的作品《蒙娜麗莎的微笑》，目前收藏在羅浮宮，因畫中女主角嘴角的微笑非常耐人尋味，進而從微笑代表的意義到畫中模特兒是誰，都被後代爭論不休。而另外一個知名作品《最後的晚餐》，就畫在米蘭的感恩聖瑪利亞教堂的修道院餐廳牆壁上，以完美的遠近透視法安排的人物畫面，門徒們驚愕、憤怒、害怕、竊竊私語的動作表情幾乎要在凝結的畫面中動起來，達文西用舞台劇般的效果表現人物的心理狀態。

達文西精湛的構圖，還曾是米開朗基羅學習的對象。達文西不止在藝術上展現他的天賦，還發明樂器、設計武器，難怪被譽為全能的天才。

代表作品

《最後的晚餐CenacoloVinciano》／米蘭感恩聖母瑪利亞教堂

《三博士來朝Adorazionedei Magi》／佛羅倫斯烏菲茲美術館

《聖傑羅姆Saint Jerome》／梵諦岡博物館

拉斐爾
RaffaelloSanzio
1483~1520年

拉斐爾是在1483年出生於烏比諾(Urbino)，1520年生日當天死於羅馬，去世時才37歲，英年早逝，是文藝復興成熟時期最教人惋惜的曠世天才。

在文藝復興三傑中，拉斐爾最年輕、畫風也最溫和、行事作風也是最具人性的。他所畫的聖母和梵諦岡博物館中的拉斐爾室壁畫，是最為人熟知的題材和創作，他的作品畫面清新、構圖簡單易懂、人物栩栩如生、有血有肉似乎仍在呼吸著。

拉斐爾在1504~1508年寓居佛羅倫斯時，達文西和米開朗基羅也正在佛羅倫斯發展，好學的拉斐爾從他們身上學會了新的工作方法和表現光線、明暗的技巧，尤其是從達文西那兒學到的，讓他的創作增加更多活力，最明顯的改變就是柔和似有氤氣包圍的上色法，以及重視視覺和觀畫者心理平衡的構圖。

人物畫是拉斐爾最能表達自我風格的題材，也是他最大的藝術成就。畫人物肖像時的精準是拉斐爾最拿手的，不僅是外觀，他還能準確地捕捉畫像人物的內心世界。拉斐爾的《年輕自畫像》是他自己性格的寫照：英俊、愛沈思及自信的。

拉斐爾的風格在羅馬達到成熟，這就要全歸功於米

開朗基羅。米開朗基羅在梵諦岡西斯汀禮拜堂的天頂畫，給予拉斐爾許多啟發，尤其是人體有力的姿勢、多變的表情，梵諦岡拉斐爾室的《波哥大火》，可以說明拉斐爾受到的啟發。

代表作品

拉斐爾廳Stanze di Raffaello／梵諦岡博物館

《金翅雀的聖母Madonna of the Goldfinch》／佛羅倫斯烏菲茲美術館

《年輕自畫像Self-portrait》／佛羅倫斯烏菲茲美術館

Italian Brands
義大利名牌

隨口說出一些世界名牌，一半以上幾乎都來自義大利；到義大利一遊，見獵心喜的話，剛好可以相對划算的價格把它們帶回家。

文●蒙金蘭．墨刻編輯部
攝影●汪雨菁．墨刻攝影組

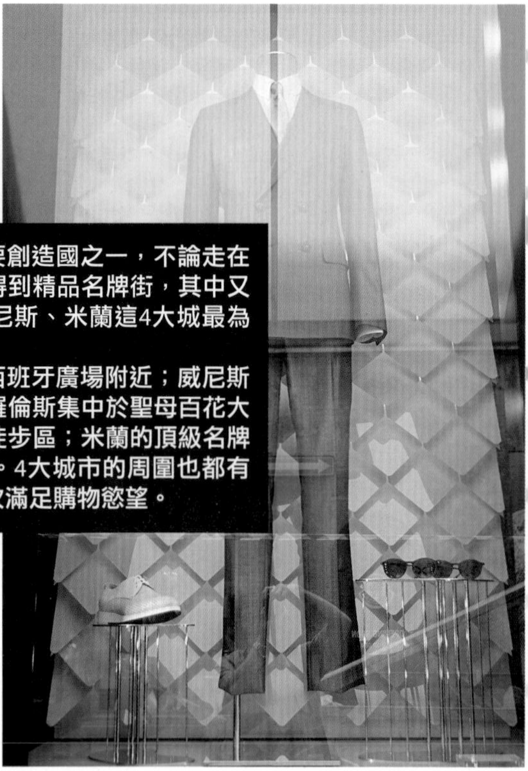

義大利是世界名牌主要創造國之一，不論走在大城或小鎮，都必定看得到精品名牌街，其中又以羅馬、佛羅倫斯、威尼斯、米蘭這4大城最為經典。

羅馬的精品街集中在西班牙廣場附近；威尼斯在聖馬可廣場周邊；佛羅倫斯集中於聖母百花大教堂和共和廣場周邊的徒步區；米蘭的頂級名牌則位於艾曼紐二世拱廊。4大城市的周圍也都有名牌精品Outlets，可一次滿足購物慾望。

Gucci

創始人古馳奧．古馳(Guccio Gucci)原在倫敦的旅館工作，他從工作中接觸不少上流階級人士，也慢慢習得對皮革製品的品味。1921年在家鄉佛羅倫斯設店，而今世界各地都有Gucci專櫃，標誌以兩個G字母組成。目前產品包括時裝、皮具、皮鞋、手錶、領帶、絲巾、香水、家居用品及寵物用品等，2008年在全球創造了約42億歐元的收入。可說是最暢銷的義大利品牌。

Prada

1913年，創始人馬里歐·普拉達(Mario Prada) 在米蘭的市中心創辦了第一家精品店 Fratelli Prada，意即「普拉達兄弟」，售有皮包、皮質配件、旅行箱及化妝箱等產品，20餘年後，已經從一個小型的家族事業發展成為世界頂級的奢華品牌。後來慢慢改變材質，以尼龍布料製作包款，簡約中帶有設計感，最為人所熟知的款式之一就是黑色尼龍包。

凡賽斯Versace

凡賽斯是吉安尼·凡賽斯(Gianni Versace)於1978年創立，品牌標誌是希臘神話中的蛇妖美杜莎(Medusa)，代表著致命的吸引力；就像凡賽斯的設計風格：鮮明、獨特、華麗、前衛。凡賽斯善於採用高貴、豪華的面料，借助斜裁的方式把生硬的幾何線條巧妙地融合在柔和的身體曲線上，性感地勾勒出女性的體型，又能充分考慮穿著的舒適度，因此備受皇室貴族和明星青睞。

除了女裝系列，凡賽斯旗下品牌還有香水、眼鏡、絲巾、包包、眼鏡、男裝系列及寢具用品等，還在澳洲、杜拜等地陸續開設凡賽斯宮殿飯店，結合時尚品牌與旅館經營。

Fendi

1918年，年輕的愛黛兒(Adele Casagrande)在羅馬市中心創立了一間小型精品店，1925年嫁給艾德華多·芬迪(Edoardo Fendi)後，Fendi品牌正式創立，繼續發展優質的毛皮製品。1965年，提拔時年32歲的卡爾·拉格斐(Karl Lagerfeld)擔任主要設計師，開啟新的創意紀元，將品牌推向國際時尚的舞台；1997年，經典的「Baguette」手拿包問世；2000年成為時尚經典品牌LVMH集團旗下的品牌之一。Fendi以奢華的皮草和經典手提包，在世界高級時裝界享有盛譽。

范倫鐵諾Valentino

范倫鐵諾的第一家店是范倫鐵諾·格拉瓦尼(Valentino Clemente Ludovico Garavani)1960年在父親的贊助下開設於羅馬，自己擔任時裝設計師。他所設計的女裝優雅、華麗又不失性感，除了服裝外也生產香水、手錶等其他時尚精品，逐漸成為頗具影響力的國際品牌。總部位於米蘭，而創意設計中心則位於羅馬；引領時尚界近半個世紀後，於2007年宣布告別設計生涯；2008年10月以後，一直由Pier Paolo Piccioli擔任創意總監。2012年它被卡達的一家投資公司收購。

Salvatore Ferragamo

1927年在佛羅倫斯創立的奢侈品牌，產品以服裝、鞋子、鐘錶為主，1970年開始生產男鞋和男裝。其皮鞋講究以手工製作，至今仍堅持這個品牌一開始的構想，鞋子永遠是值得採買的單品。旗下還包括男女服飾、皮製品及袋子等。

Giorgio Armani

喬治・亞曼尼(Giorgio Armani)是一名無師自通的時裝設計師，西元1970年和他的合夥人創辦設計室，開始在時尚界嶄露頭角；他從傳統的上衣悟出新概念，設計出創新、簡潔、輕鬆、自然的便裝上衣。1974年完成他的時裝發表會後，「夾克衫之王」的稱號不脛而走；1975年，亞曼尼終於在義大利以自己的名字創建了自己的時裝公司。他設計的男裝，揚棄了傳統緊束身軀的拘謹、乏味；女裝則簡單、柔軟、透著些許男性的英氣，頗受高階職業女性歡迎。1980年推出寬肩、大翻領的男女款「權力套裝(Power Suit)」，透過好萊塢明星們的展現，從此豔驚世人。

Emporio Armani

Giorgio Armani旗下的副品牌，承襲一貫的簡約、優雅外，Emporio Armani更注入前衛、都會的流行元素，走更年輕、摩登、休閒的風格。

Dolce & Gabbana

出生在西西里島的多梅尼科・多爾切(Domenico Dolce)6歲就會設計並剪裁服裝，後來結識住在米蘭的史蒂法諾・加巴納(Stefano Gabbana)成為同事，進而合夥成立設計公司。1985年，Dolce & Gabbana正式開業，他們設計的女裝受西西里島啟發，不過分束縛又能展現女性婀娜的曲線。作品性感、獨特且具高水準的剪裁，讓他們深受好萊塢明星如瑪丹娜的喜愛。2012年已將原本走年輕、休閒系列的D&G與奢華系列的Dolce & Gabbana合併成同一品牌。

Bottega Veneta

Bottega Veneta義大利語意即「威尼斯店鋪」，1966年在維內多省的威欽查(Vicenza)創立，以生產優質的皮具起家，憑藉著卓越的工藝、樸實的風格和沒有標誌的設計，1980年受到普普藝術家安迪・沃荷(Andy Warhol)青睞後，國際知名度大開。2001年被古馳集團收購；2002年開始跨足珠寶、眼鏡、香氛、家具、皮鞋、皮包、男女時裝等多元產品線。

Zegna

由傑尼亞(Ermenegildo Zegna)於1910年創立的Zegna，主要經營高檔男士服裝、鞋履和配飾，已傳至第4代，迄今仍是義大利最著名的家族企業之一。品牌主軸在於精心打造男士的著裝，無論西裝、晚宴服或日常服飾，均採用優質羊毛或奢華布料，透過精湛的剪裁打造出優雅、雋永的品味。

TOD's

1920年，菲利浦・德拉・瓦萊(Filippo Della Valle)從一家小型製鞋工坊開始，他的孫子迪耶戈(Diego)擴大了生產規模，秉持傳統工藝對品質一絲不苟的態度、以及不斷地創新，TOD' s逐漸成為知名的鞋履及其他皮革製品的奢華品牌，目前產品線還囊括男女服飾、配件等。

roberto cavalli

出生在佛羅倫斯的羅伯托・卡瓦利(Roberto Cavalli)外祖父是知名的印象派畫家、母親是服裝裁縫師，從小在藝術氛圍中耳濡目染，他1960年代開設絲綢印花店，把一種新的繪畫技術應用在服裝上；70年代進一步運用在皮革上。1975年創立roberto cavalli；1994年在米蘭時裝週上，發表以老虎等野生動物圖案設計的系列服裝，動物圖案於是成為這個品牌搶眼的獨特元素。可說是最狂野的奢華品牌。

分區導覽
Area Guide

How to Explore Italy
如何玩義大利

文●墨刻編輯部　攝影●墨刻攝影組

佛羅倫斯和托斯卡尼 Firenze and Toscana

佛羅倫斯是托斯卡尼大區的首府，位在義大利中部，因此是往來南北的必經之地。文藝復興就是在這座城市發揚光大的：聖母百花大教堂是經典的文藝復興建築；烏菲茲美術館收藏了許多大師的作品。鄰近佛羅倫斯的比薩，因大名鼎鼎的比薩斜塔而蜚聲國際；西恩納的舊城區則是重要的世界遺產；兩地距離佛羅倫斯都只需1小時左右車程。

熱內亞和利古里亞Genova & Liguria

熱內亞是義大利北方的港口城市，城內的主要景點是新街，新街上有許多的歷史建築，包括了紅宮、白宮和格里瑪迪宮等，舊港也是熱門的景點，不但有美麗的海港景色，還有歐洲第二大的水族館。五漁村在利古里亞大區的沿岸地區，由蒙特羅梭、維那札、科爾尼利亞、馬那羅拉及里奧馬喬雷5個漁村組成，因為保留了原始的純樸樣貌而受到歡迎。

羅馬與梵諦岡Roma and Vaticano

羅馬有著永恆之城的美稱，在西方文明史上一直扮演著重要的角色，也是義大利的首都和交通樞紐。舊城區保留了許多古羅馬時期的遺跡，包括羅馬議事廣場、圓形競技場和萬神殿等；在台伯河的左岸是天主教的聖地梵諦岡，文藝復興時期的大師們在這留下了偉大的建築和藝術作品。羅馬市郊的提弗利是古羅馬貴族的度假天堂，可以安排從羅馬出發當天來回的行程。

拿波里和義大利南部 Napoli & The South of Italy

拿波里是南義第1大城，城內重要的景點是新堡和聖塔露西亞港。鄰近的龐貝和艾爾科拉諾都是羅馬時期的城市，毀於火山爆發，但因遭火山灰掩埋反而保存了許多遺跡，成為熱門的觀光區。位在拿波里灣外海的卡布里島是度假勝地，可從拿波里灣或蘇連多港搭船前往；島上的藍洞教人趨之若鶩。巴里省的馬特拉和阿爾貝羅貝洛則是因當地特殊的建築和地貌而出名，可以安排從巴里出發的當天來回行程。

米蘭和倫巴底Milano & Lombardia

米蘭位在義大利北部，是義大利和西歐的重要出入口，從法國和瑞士搭乘火車前往義大利可以把米蘭當成首站。米蘭的景點集中在市中心，以哥德式的代表建築米蘭大教堂和相連接的艾曼紐二世拱廊為主。

威尼斯和維內多Venezia & Veneto

威尼斯被認為是世界上最美的城市，由121座小島組成。本島景點集中在聖馬可廣場，聖馬可教堂、總督宮和鐘樓等為代表建築；大運河沿岸也有許多景點，不妨乘坐貢多拉體驗一下水都風情。除本島外，布拉諾島和慕拉諾島也很受歡迎：布拉諾以彩色的建築出名；慕拉諾則有出色的玻璃工業。威欽查和帕多瓦也在維內多大區，都是有文藝復興氣息的小城，可以從威尼斯安排當日出發的行程。

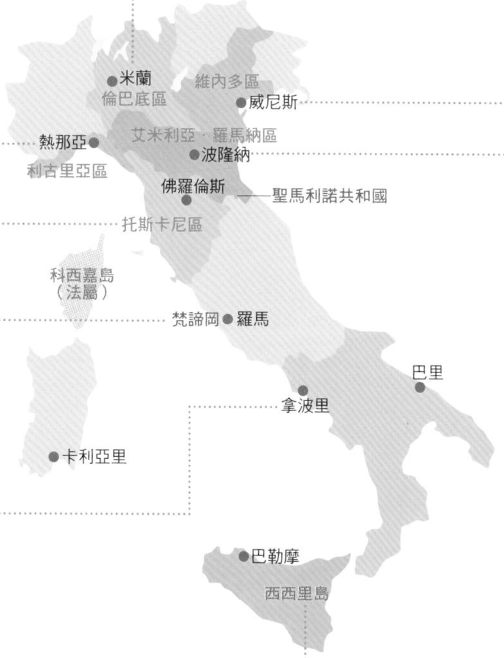

波隆納及艾米利亞——羅馬納 Bologna & Emilia—Romagna

波隆納是艾米利亞-羅馬納省的首府，有歐洲最古老的大學，因此有大學城的美稱。從波隆納出發可以前往摩德納、費拉拉和拉威納，車程都在半小時到1小時：拉威納曾經是羅馬帝國的首都。內陸小國聖馬利諾共和國保留了獨特的文化樣貌，山城是這裡的特色。

西西里島Sicilia

巴勒摩是西西里島的首府，從義大利出發的航班大部分在此降落；也可以搭渡輪或火車前往。島上重要的城市還包括陶美拿等：陶美拿是美麗的濱海小城；擁有古羅馬神殿遺跡的阿格利真托也是熱門的景點。

羅馬及梵諦岡

Roma & Vaticano

文●墨刻編輯部　攝影●墨刻攝影組

有「永恆之城」美稱的羅馬，兩千多年來一直是義大利半島上的政治、經濟、文化以及交通中心。昔日的羅馬城牆依舊圍繞著這座古城，台伯河以蜿蜒之姿將城市切割為東西兩塊，兩岸以20多座橋樑連接，大部分重要的遺跡和景點主要分散於東岸7座綿延起伏的山丘。

台伯河西岸則以「城中之國」梵諦岡為貴，這個全世界最小、卻最有權勢的王國，坐落於羅馬市區之內，無須攜帶護照或辦理簽證，就能從容地走進另一個國度，它不但是天主教徒的聖地，更是藝術愛好者的天堂。梵諦岡博物館在全球大型博物館中有無可取代的地位。

若以行政區域劃分，羅馬除了是首都之外，全境也被拉吉歐省(Lazio)所包圍，在羅馬東北近郊31公里的提弗利(Tivoli)，擁有兩座世界遺產——艾斯特別墅(千泉宮)與哈德良別墅，分別代表了輝煌的古羅馬與教皇時代。

羅馬及梵諦岡之最 The Highlight of Roma and Vaticano

萬神殿

直徑達43公尺的穹頂無一根樑柱支撐，天頂開口是唯一採光，射入室內的光柱如上帝之眼賜予大地光亮及惠澤。米開朗基羅曾讚譽為「天使的設計」，造型簡單、氣度恢宏，是古羅馬藝術與科技精萃的結晶。(P.100)

梵諦岡博物館

走進天主教最崇高的聖殿，欣賞15~17世紀最傑出的藝術大師傑作，是品味、知識與心靈的再提升、宗教與藝術的華麗協奏曲。梵諦岡博物館的收藏是媲美羅浮宮、大英博物館的藝術寶庫。(P.122)

圓形競技場

腳下不經意踢到的石頭，都可能是羅馬帝國千年遺跡；斷垣殘壁間彷彿回到帝國鼎盛時代，富商平民湧入雄偉的競技場，隨著刺激的格鬥熱血沸騰。(P.88)

西班牙廣場

電影《羅馬假期》裡奧黛莉赫本吃冰淇淋的地方；羅馬世界名牌雲集的購物區。(P.103)

羅馬

Roma

因為宗教，因為藝術家，也因為強權統治，羅馬這座永恆之都，為世人留下不朽的人文資產。

西元前8世紀中葉，傳說中的羅穆斯(Romulus)和雷莫(Remus)這對由狼哺育的孿生兄弟建立羅馬城之後，便與當地的拉特諾族共治；經歷4個國王之後，伊特魯斯坎人(Etruscan)向南殖民占領羅馬城，其建設帶領羅馬開始步向文明。

伊特魯斯坎人統治羅馬約2百年後被趕走，結束異族統治；羅馬於西元前6世紀開始了由元老院制訂決策的共和體制。這段時期羅馬開始向外擴張，而且為軍事目的而興建各種大型公共工程。西元前27年，雄才大略的屋大維擊敗政敵，被尊為奧古斯都，開啟羅馬的帝國時期。

帝國時期的羅馬積極向外擴張，皇帝經常帶兵出征，並從征服地掠奪回大量的財富與藝術品。古希臘雕像與埃及的方尖碑成為皇帝炫耀個人軍功的戰利品，也為羅馬的藝術帶來新的影響。

中世紀的羅馬因蠻族入侵而敗亡，天主教勢力崛起，東羅馬帝國的君士坦丁大帝下令在聖彼得的墓地上興建梵諦岡，梵諦岡成為羅馬與基督世界文明的新重心。15世紀時，為使羅馬成為教皇的城市，教宗更召來米開朗基羅、拉斐爾等藝術家，為羅馬改頭換面。16世紀在羅馬修建無數的教堂、噴泉、紀念碑等，使羅馬成為令人目眩的巴洛克城市。

親身站在羅馬，站在這石柱與雕像林立的古都之中，才能深深體會那股震撼。這是人類文明史上最偉大的城市之一。

INFO

基本資訊
人口：約286萬
面積：1,285平方公里
區碼：(0)6

如何前往
◎飛機

羅馬有兩座國際機場，Fiumicino機場(代號FCO)為義大利的航空樞紐，又稱為李奧納多・達文西國際機場(Leonardo da Vinci)，位於市中心西方約26公里的海岸邊，一般國際航班均降落在此，與市區的往來交通便利。從台灣出發有中華航空直飛。

另一座則為較小的錢皮諾機場(Aeroporto di Roma-Ciampino，又稱Giovanni Battista Pastine，機場代號CIA)，位於市中心西南方20公里處，多半為歐洲航線廉價航空起落點。

李奧納多・達文西機場Aeroporto di Roma-Fiumicino
www.adr.it/fiumicino
錢皮諾機場Aeroporto di Roma-Ciampino
www.adr.it/ciampino

◎火車

從義大利各地或是歐洲內陸前往羅馬的火車一般都停靠市中心的特米尼火車站(Stazione Termini)，由此無論轉乘地鐵A、B線或市區巴士均相當方便。另外某些連接義大利南北部的城際火車會停靠位於市區東北方的台伯提納火車站(Tiburtina)，此火車站可就近銜接B線地鐵。詳細時刻表及票價可上網或至火車站查詢，購票可至火車站櫃台或先於台灣向飛達旅遊購買義大利火車通行證。

義大利國鐵 www.trenitalia.com
歐洲國鐵 www.raileurope.com
飛達旅遊 www.gobytrain.com.tw

◎巴士

搭乘巴士前往羅馬根據出發地不同而有多處停靠點，國外長途巴士最主要的停靠站位於台伯提納火車站前廣場，其他還有Ponte Mammolo、Lepanto、EUR Fermi、Anagnina等，大都位於地鐵站旁。

Fiumicino機場至市區交通
◎火車

Fiumicino機場前往市中心最方便的方式是搭乘火車，它和特米尼火車站之間有直達的李奧納多快車(Leonardo Express)，車程約32分鐘，乘客可以在特米尼火車站轉搭地鐵A或B線、巴士和計程車前往其他目的地。此外，機場的火車站還有區域列處FL1，並有高鐵「紅箭」(Frecciarossa)通往羅馬、佛羅倫斯、拿波里、威尼斯。

車票可在車站內的售票機或售票窗口購得。如果使用義大利國鐵通行證的頭等票種，可以免費搭乘，但記得要啟動車票的有效日期。

李奧納多快車Leonardo Express
從機場發車6:08~23:23，從特米尼火車站發車5:20~22:35
www.trenitalia.com

◎機場巴士

Cotral Bus

行駛於Fiumicino國際機場和台伯提納火車站(Tiburtina)之間的公眾巴士，中間會停靠特米尼火車站，車程約1小時，火車不行駛的時間可多利用。此外，也有前往地鐵A線Cornelia站、地鐵B線Eur Magliana站及歐斯提恩塞火車站的巴士路線。可上車購票或於機場售票口、書報攤及Tabacchi購買。
www.cotralspa.it

AirPort Shuttle

可指定直達下榻飯店的機場巴士，須於網站先預約時間。
www.airportshuttle.it

Rome Airport Bus-Schiaffini

Fiumicino機場、Ciampino機場至特米尼火車站。

romeairportbus.it

SIT Bus

從Fiumicino機場至羅馬特米尼火車站，中停梵諦岡的Piazza Cavour廣場，可於車上或官網購票。

www.sitbusshuttle.com

T.A.M. Bus

Fiumicino機場至羅馬特米尼火車站。

www.tambus.it

Terravision Bus

提供往返Fiumicino機場、Fiumicino鎮及羅馬特米尼火車站之間的機場巴士，車程約55分鐘。

www.terravision.eu

◎計程車

從機場搭乘計程車前往市區大約30~40分鐘的時間，正規計程車為白色，車頂有TAXI標示，從Fiumicino機場前往市中心歐斯提恩塞 (Ostiense)火車站約€47，基本上只要是到羅馬環城公路以內的任何地點，都不會超過€70。

Ciampino機場至市區交通

Ciampino機場提供結合巴士和火車的Trenitalia Ciampino Airlink新服務，在機場前廣場搭巴士至Ciampino站然後轉搭火車至羅馬特米尼火車站。

不需轉乘的方式是搭乘巴士，車程約30~40分鐘，提供服務的巴士公司有Atral、Cotral、Terravision Bus、SIT Bus及Rome Airport Bus-Schiaffini。搭計程車前往羅馬市中心約€30~36。

Atral

www.atral-lazio.com

市區交通

◎大眾交通票券

羅馬的大眾交通工具(地鐵、電車、巴士、市區火車)共用同一種票券，除地鐵和市區火車限搭一次外，其他交通工具可在有效時間內彼此轉乘，成人單程票券(BIT)每趟€1.5，另有可無限搭乘的交通周遊券販售，分為24小時券€7、48小時券€12.5、72小時券€18、7日券€24等；10歲以下孩童免費。

票券可以在煙草雜貨店(Tabacchi)、書報攤、地鐵站的ATAC售票口以及自動售票機購得。第一次使用票卡或周遊券時，必須在地鐵站或車上的打卡機打卡，上面會秀出使用的時間。雖然在這裡搭乘大眾交通工具不一定會設有驗票閘口，但是如果被抽查到沒買票，則罰款數倍，千萬不要以身試法。

ATAC

www.atac.roma.it

◎地鐵

羅馬地鐵的標誌為紅底白字的M，市區只有兩條路線，A線貫穿城市的西北、東南向，B線則繞行東邊，

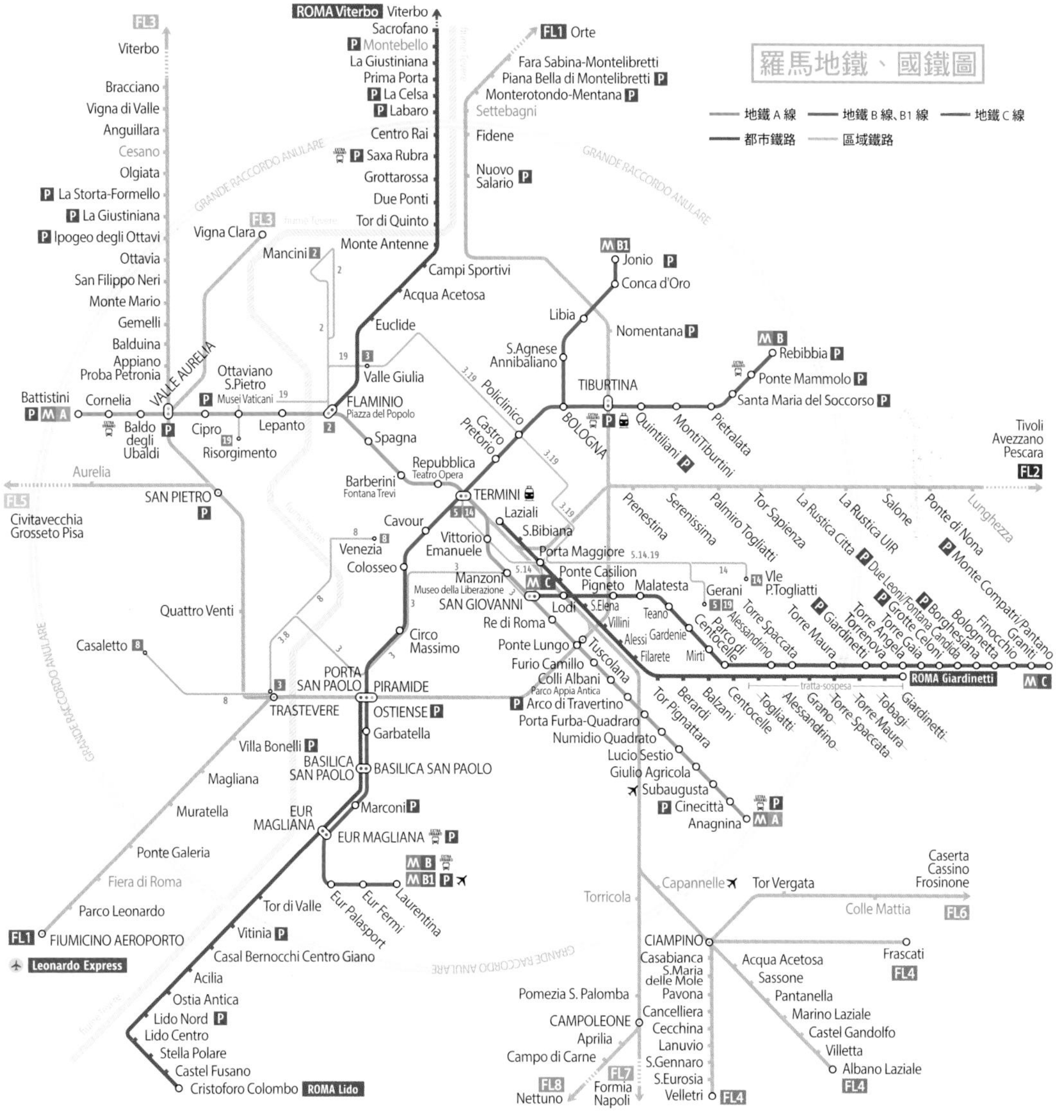

兩條線在特米尼火車站交會。另有一條從Lodi往城市東郊行駛的C線，對遊客而言不常使用。地鐵的班次非常多，但上下班人潮和大量觀光客常常讓地鐵連平時也大爆滿。

主要觀光景點不少位於A線上，像是梵諦岡的Ottaviano、波各賽美術館的Flamino、西班牙廣場的Spagna、巴貝里尼廣場和許願池的Barberini、共和國廣場的Repubblica等；至於B線則抵達兩個重量級景點：圓形競技場和羅馬議事廣場的Colosseo，以及卡拉卡拉浴場的Circo Massimo。地鐵的行駛時間約在5:30~23:30之間，週五、週六晚上營運時間更晚一些，約到凌晨1:30，基於治安考量，一般建議人煙稀少的時刻還是少搭地鐵為妙。

◎巴士

由於羅馬的地底下到處是千年古蹟，地鐵無法四通八達，因此想前往舊城中心區的萬神殿一帶，或是拉渥那廣場等台伯河沿岸的地方，除了步行以外，就得搭配巴士。

羅馬的巴士幾乎涵蓋所有區域，巴士總站在特米尼車站前的五百人廣場，其他如威尼斯廣場(Piazza Venezia)和Via di Torre Argentina都是許多公車會經過的地點。巴士主要行駛時間在5:30~午夜之間，過此時段另有夜間巴士提供服務，有夜間巴士服務的公車站牌會有一個藍色貓頭鷹的符號。

viaggiacon.atac.roma.it

◎電車

在羅馬搭乘電車的機會並不多，因為當地的電車大多環繞市中心，並主要行駛於市郊，其中3號可以抵達圓形競技場，19號可以抵達梵諦岡。

◎計程車

官方有牌照的計程車為白色，車門並有羅馬的標誌，在火車站、威尼斯廣場、西班牙廣場、波波洛廣場、巴貝里尼廣場等觀光客聚集的地方，都設有計程車招呼站(Fermata dei Taxi)，因此叫車方便。你也可以撥打電話叫車，不過車資通常從叫車的那一刻開始計算。

優惠票券

◎羅馬卡Roma Pass

如果打算參觀許多博物館和古蹟，並大量使用交通工具，購買一張羅馬卡是不錯的選擇，卡片期限為72小時，可無限次使用所有種類大眾運輸工具，免費進入前兩處博物館或古蹟，適用的景點包括：阿皮亞古道公園、圓形競技場、波各賽美術館、國立羅馬博物館等\博物館、美術館及歷史遺跡。除了兩間自選博物館以外，其他博物館也享有折扣優惠。另有48小時羅馬卡，免費進入的自選博物館為一處，其餘優惠相同。

羅馬卡可於官方網站、遊客服務中心(PIT)、地鐵站的ATAC售票口、以及各大博物館和古蹟購得。

$48小時羅馬卡€32、72小時羅馬卡€52

www.romapass.it

觀光行程

◎觀光巴士

想要以輕鬆愜意的方式快速了解羅馬，不妨搭乘專為旅客設計的觀光巴士，上層為開放式座位，車上並提供包含中文的各種語言導覽服務，有效期限內可隨上隨下的車票(Hop-on/Hop-off)，不但飽覽城市風光，也可取代市區巴士及地鐵做為景點間的移動工具。不同公司的路線大致相同，主要停靠站：特米尼車站→圓形競技場→大競技場→威尼斯廣場→聖彼得廣場→許願池→巴貝里尼廣場→特米尼車站。

Big Bus Rome

$24小時€33、48小時€39、72小時€46(網路購票享有優惠)

www.bigbustours.com/en/rome/rome-sightseeing-tours

City Sightseeing Rome

$24小時€33 (網路購票享有優惠)

www.city-sightseeing.it

◎遊河船

從4月到10月，沿著羅馬的台伯河(Tevere)從水上觀看羅馬風景是很受歡迎的行程，行程有多種選擇。

www.romeboat.com

旅遊諮詢

◎羅馬旅遊局

Azienda di Promozione Turistica di Roma

旅遊局熱線電話於每日9:00~19:00間提供住宿、餐廳、交通及文化表演等各項旅遊諮詢服務。

(06)0608

www.turismoroma.it

◎市區及機場旅客服務中心

旅客服務中心(PIT)	地址	服務時間
Tourist Infopoint Termini(特米尼車站)	位於Galleria Gommata裡	10:00~18:00
Tourist Infopoint Minghetti(名格蒂街)	Via Marco Minghetti(與柯索大道交叉口)	9:30~19:00
Tourist Infopoint Fori Imperiali (帝國廣場大道)	Via dei Fori Imperiali	9:30~19:00
Punto di Accoglienza Barberini (巴貝里尼廣場)	Via di San Basilio 51(羅馬市政旅遊局內)	週一至週四9:00~12:30
PAT (Tourist Reception Point Piazza Campitelli)	Piazza Campitelli 7	週一至週五9:00~18:45
Fiumicino機場	第三航廈(T3)入境大廳	8:30~20:00
Ciampino機場	入境大廳	8:30~18:00

城市概略City Guideline

蜿蜒的台伯河將羅馬市中心切割為東西兩塊，兩岸以二十多座橋樑連接，主要遺跡和景點多分散於東岸7座綿延起伏的山丘。

以威尼斯廣場為中心認識這個城市：東邊是羅馬的交通樞紐特米尼火車站，東南邊是羅馬議事廣場、帝國議事廣場、坎皮多怡歐廣場、圓形競技場等遺跡遍佈的古代羅馬區(Ancient Roma)；往西走進舊城中心區(Centro Storico)，洋溢著巴洛克風情的拉渥那廣場和萬神殿是舊城的心臟；北邊則是因《羅馬假期》至今人氣不歇的西班牙廣場，以及遊客紛紛背對噴泉擲幣的許願池；跨過台伯河來到西岸，則是以傳統羅馬美食聞名的越台伯河區(Trastevere)，以及世界最小、在基督教中權力最大的國家梵諦岡。

羅馬行程建議 Itineraries in Roma

羅馬是個精采絕倫的城市，藝術愛好者光是梵諦岡博物館就能沈浸一整天。對歷史建築感興趣的人，走進羅馬競技場就能研究半天，更不用說無數的華麗噴泉廣場、教堂聖殿和名品街區，不管以那種方式安排行程，都不是三兩天能看盡。除了必看景點，建議先挑出自己感興趣的地點，再依時間安排行程。

如果你有2天

古代羅馬區是認識永恆之城的最佳起點。圓形競技場是世上僅存最大的古羅馬遺址，也是城市最大的娛樂中心，周圍的帝國議事廣場和羅馬議事廣場是這個版圖橫跨歐、亞、非三洲的帝國政治宗教中心，帕拉提諾之丘則是皇帝居住的宮殿區，而坎皮多怡歐廣場上的卡比托利尼博物館更典藏了大量古羅馬珍貴雕塑。行程第一天的羅馬帝國巡禮，相信對古羅馬的政治、歷史、宗教、建築及藝術都能有初步的認識。

傍晚繞過威尼斯廣場，走進舊城中心區，萬神殿廣場和拉沃那廣場周圍滿是美食誘人的香氣，挑一間小酒館品嚐道地的羅馬滋味，而夜裡亮燈的噴泉更添巴洛克羅馬的浪漫氣息。

第二天起個大早，趁人潮尚未湧入前進入梵諦岡博物館，這裡不但收藏了基督教世界的寶物，還有古埃及、希臘羅馬、中世紀及文藝復興時期的大師傳世鉅作。

離開藝術的寶庫，聖彼得廣場上壯觀的環形柱廊迎接虔誠信徒及遊客進入宗教聖殿，在聖彼得大教堂內細細品味榮耀上帝的極致藝術。下午穿越聖天使橋步行至人氣最旺的西班牙廣場，不管是覓食、逛街還是坐在台階上發呆休息，都是美好的結束。

如果你有4天

喜愛宗教藝術的人，鄰近特米尼火車站的大聖母瑪利亞教堂，或是座落於公園綠樹中的波各塞美術館都是藝術饗宴；若偏愛歷史，別錯過具有特殊地位的第一座天主教堂－拉特拉諾聖喬凡教堂，而阿皮亞古道則是認識羅馬道路系統及基督教地下墓穴的地方。

看膩了大師之作，可稍稍遠離繁華喧鬧的羅馬市區，前往近郊避暑勝地提弗利，享受屬於山林綠意的輕快涼爽。提弗利的別墅巧妙結合自然環境與庭園造景，流水潺潺，噴泉處處，漫步其間有截然不同的悠閒步調。

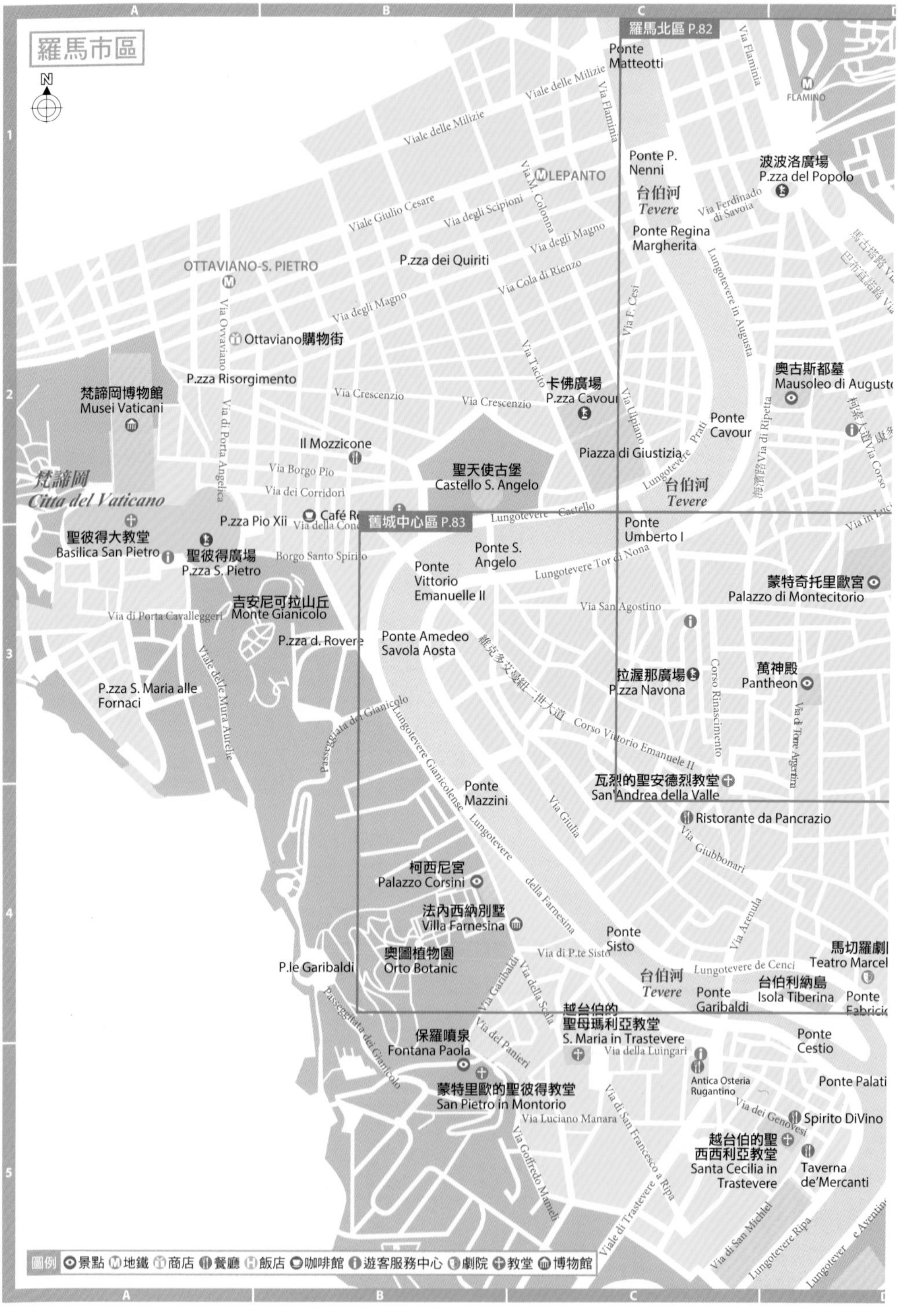
羅馬市區
羅馬北區 P.82
舊城中心區 P.83
Ponte Matteotti
Via Flaminia
FLAMINO
Viale delle Milizie
Via Flaminia
Viale delle Milizie
Ponte P. Nenni
波波洛廣場
P.zza del Popolo
LEPANTO
Via M. Colonna
台伯河
Tevere
Via Ferdinando di Savoia
Viale Giulio Cesare
Via degli Scipioni
Ponte Regina Margherita
Via degli Magno
OTTAVIANO-S. PIETRO
P.zza dei Quiriti
Via Cola di Rienzo
Via degli Magno
Via F. Cesi
Lungotevere in Augusta
Via Orvaviano
Ottaviano購物街
Via Tacito
奧古斯都墓
Mausoleo di Augusto
P.zza Risorgimento
梵諦岡博物館
Musei Vaticani
Via Crescenzio
Via Crescenzio
卡佛廣場
P.zza Cavour
Via Ulpiano
Ponte Cavour
Prati
Via di Ripetta
Via di Porta Angelica
Il Mozzicone
Piazza di Giustizia
Via Borgo Pio
聖天使古堡
Castello S. Angelo
Lungotevere
台伯河
Tevere
梵諦岡
Citta del Vaticano
Via Corso
Via dei Corridori
P.zza Pio Xii
Café Re
Via della Conc
Lungotevere Castello
聖彼得大教堂
Basilica San Pietro
聖彼得廣場
P.zza S. Pietro
Borgo Santo Spirito
Ponte Umberto I
Ponte S. Angelo
Ponte Vittorio Emanuelle II
Lungotevere Tor di Nona
蒙特奇托里歐宮
Palazzo di Montecitorio
吉安尼可拉山丘
Monte Gianicolo
Via di Porta Cavalleggeri
Via San Agostino
P.zza d. Rovere
Ponte Amedeo Savola Aosta
維克多艾曼紐二世大道
拉渥那廣場
P.zza Navona
Corso Rinascimento
萬神殿
Pantheon
P.zza S. Maria alle Fornaci
Viale delle Mura Aurelie
Passeggiata del Gianicolo
Lungotevere Gianicolense
Corso Vittorio Emanuele II
Via di Torre Argentina
瓦烈的聖安德烈教堂
San Andrea della Valle
Ponte Mazzini
Via Giulia
Ristorante da Pancrazio
Via Giubbonari
Lungotevere della Farnesina
柯西尼宮
Palazzo Corsini
法內西納別墅
Villa Farnesina
Via Arenula
Ponte Sisto
奧圖植物園
Orto Botanic
Via di P.te Sisto
P.le Garibaldi
Via Garibaldi
Via della Scala
台伯河
Tevere
Lungotevere de Cenci
馬切羅劇院
Teatro Marcello
台伯利納島
Isola Tiberina
Ponte Garibaldi
Ponte Fabricio
越台伯的聖母瑪利亞教堂
S. Maria in Trastevere
Passeggiata dei Gianicolo
Via del Panieri
保羅噴泉
Fontana Paola
Via della Luingari
Ponte Cestio
Antica Osteria Rugantino
蒙特里歐的聖彼得教堂
San Pietro in Montorio
Ponte Palatino
Via dei Genovesi
Spirito DiVino
Via Luciano Manara
Via di San Francesco a Ripa
越台伯的聖西西利亞教堂
Santa Cecilia in Trastevere
Taverna de'Mercanti
Via Goffredo Mameli
Viale di Trastevere
Via di San Michele
Lungotevere Ripa
Lungotevere Aventino
圖例 景點 地鐵 商店 餐廳 飯店 咖啡館 遊客服務中心 劇院 教堂 博物館
A B C
1 2 3 4 5

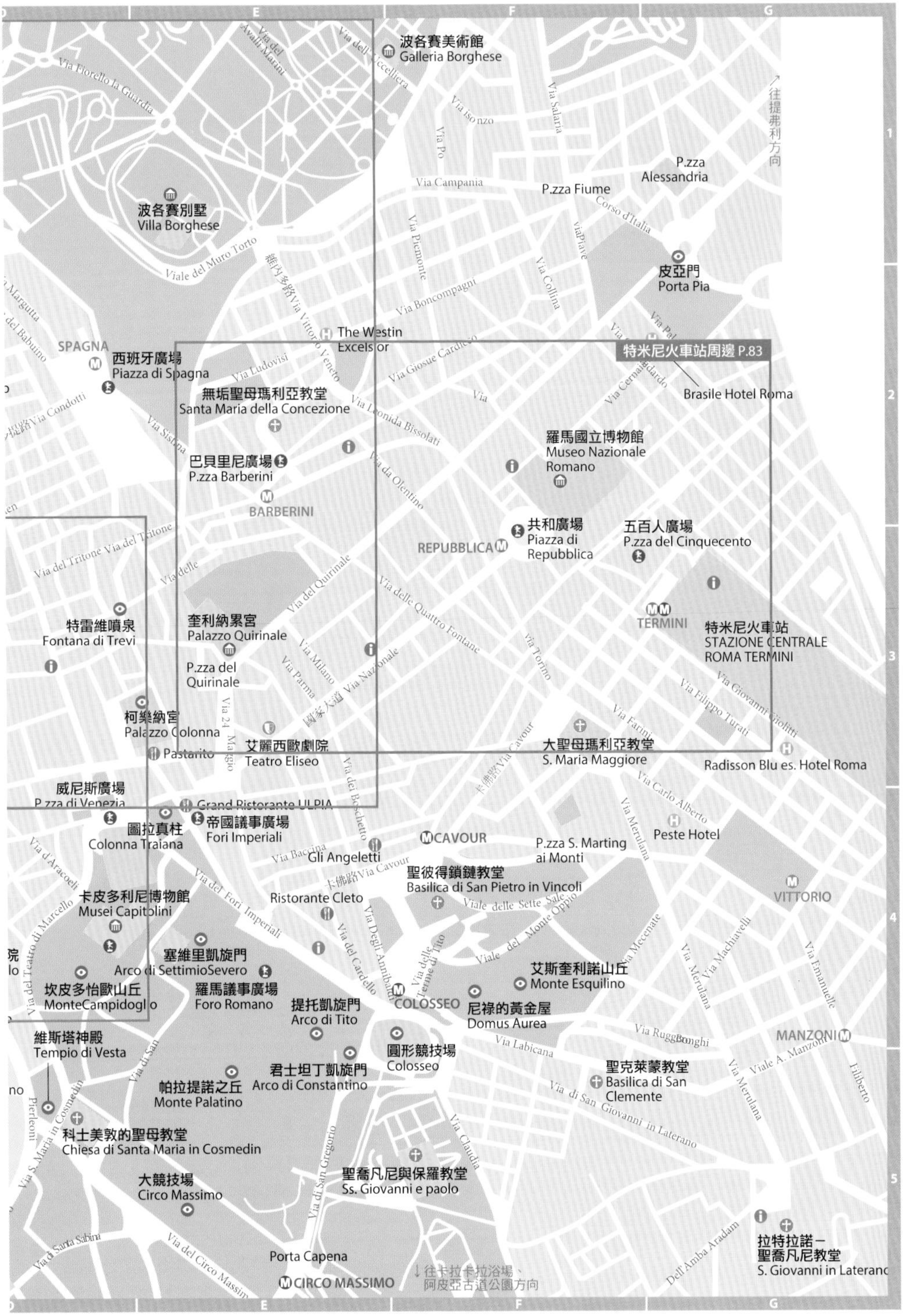

波各賽美術館
Galleria Borghese
Via Fiorello la Guardia
Via dell'Uccelliera
Via Isonzo
Via Po
Via Salaria
往提弗利方向
P.zza Alessandria
Via Campania
P.zza Fiume
Corso d'Italia
波各賽別墅
Villa Borghese
Viale del Muro Torto
維內多路 Via Vittorio Veneto
Via Piemonte
Via Piave
Via Collina
皮亞門
Porta Pia
Via Boncompagni
Via Margutta
Via del Babuino
SPAGNA
西班牙廣場
Piazza di Spagna
The Westin Excelsior
Via Ludovisi
Via Giosue Carducci
特米尼火車站周邊 P.83
Brasile Hotel Roma
Via Condotti
Via Sistina
無垢聖母瑪利亞教堂
Santa Maria della Concezione
Via Leonida Bissolati
羅馬國立博物館
Museo Nazionale Romano
巴貝里尼廣場
P.zza Barberini
Via da Olentino
BARBERINI
共和廣場
Piazza di Repubblica
五百人廣場
P.zza del Cinquecento
REPUBBLICA
Via del Tritone
Via del Quirinale
Via delle Quattro Fontane
特雷維噴泉
Fontana di Trevi
奎利納累宮
Palazzo Quirinale
TERMINI
特米尼火車站
STAZIONE CENTRALE ROMA TERMINI
P.zza del Quirinale
Via Milano
Via Parma
國家大道 Via Nazionale
Via Torino
Via Giovanni Giolitti
Via Filippo Turati
Via Farini
柯樂納宮
Palazzo Colonna
Via 24 Maggio
艾麗西歐劇院
Teatro Eliseo
Pastarito
大聖母瑪利亞教堂
S. Maria Maggiore
Radisson Blu es. Hotel Roma
卡佛路 Via Cavour
威尼斯廣場
P.zza di Venezia
Grand Ristorante ULPIA
Via dei Boschetto
Via Carlo Alberto
Via Merulana
圖拉真柱
Colonna Traiana
帝國議事廣場
Fori Imperiali
CAVOUR
P.zza S. Marting ai Monti
Peste Hotel
Via d'Aracoeli
Via Baccina
Gli Angeletti
聖彼得鎖鏈教堂
Basilica di San Pietro in Vincoli
Via dei Fori Imperiali
卡皮多利尼博物館
Musei Capitolini
Ristorante Cleto
Viale delle Sette Sale
VITTORIO
Via del Teatro di Marcello
Via del Cardello
Via Degli Annibaldi
Via delle Terme di Tito
Viale del Monte Oppio
Via Mecenate
Via Machiavelli
Via Emanuele Filiberto
塞維里凱旋門
Arco di SettimioSevero
艾斯奎利諾山丘
Monte Esquilino
坎皮多怡歐山丘
MonteCampidoglio
羅馬議事廣場
Foro Romano
提托凱旋門
Arco di Tito
COLOSSEO
尼祿的黃金屋
Domus Aurea
Via Ruggero Bonghi
MANZONI
維斯塔神殿
Tempio di Vesta
Via di San Gregorio
Via Labicana
Viale A. Manzoni
圓形競技場
Colosseo
君士坦丁凱旋門
Arco di Constantino
聖克萊蒙教堂
Basilica di San Clemente
帕拉提諾之丘
Monte Palatino
Via di San Giovanni in Laterano
Pierleoni
Via S. Maria in Cosmedin
科士美敦的聖母教堂
Chiesa di Santa Maria in Cosmedin
Via Claudia
大競技場
Circo Massimo
聖喬凡尼與保羅教堂
Ss. Giovanni e paolo
Via di Santa Sabina
Via del Circo Massimo
Porta Capena
CIRCO MASSIMO
往卡拉卡拉浴場、阿皮亞古道公園方向
Dell'Amba Aradam
拉特拉諾－聖喬凡尼教堂
S. Giovanni in Laterano

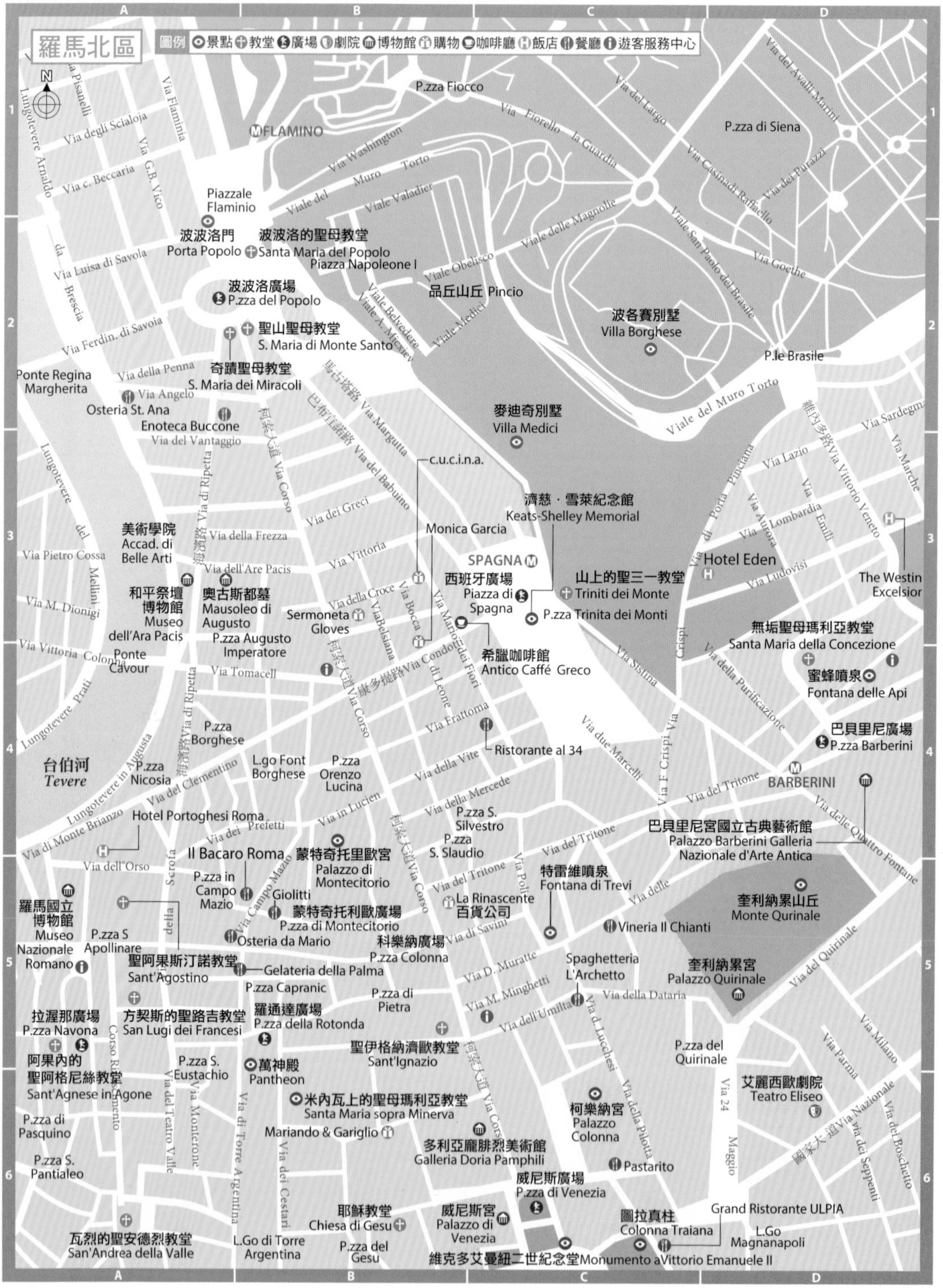
羅馬北區
圖例 景點 教堂 廣場 劇院 博物館 購物 咖啡廳 飯店 餐廳 遊客服務中心
P.zza Fiocco
FLAMINO
Piazzale Flaminio
波波洛門 Porta Popolo
波波洛的聖母教堂 Santa Maria del Popolo
Piazza Napoleone I
波波洛廣場 P.zza del Popolo
聖山聖母教堂 S. Maria di Monte Santo
奇蹟聖母教堂 S. Maria dei Miracoli
品丘山丘 Pincio
波各賽別墅 Villa Borghese
P.zza di Siena
P.le Brasile
麥迪奇別墅 Villa Medici
Ponte Regina Margherita
Osteria St. Ana
Enoteca Buccone
c.u.c.i.n.a.
Monica Garcia
濟慈・雪萊紀念館 Keats-Shelley Memorial
美術學院 Accad. di Belle Arti
SPAGNA
西班牙廣場 Piazza di Spagna
山上的聖三一教堂 Triniti dei Monte
P.zza Trinita dei Monti
Hotel Eden
The Westin Excelsior
和平祭壇博物館 Museo dell'Ara Pacis
奧古斯都墓 Mausoleo di Augusto
P.zza Augusto Imperatore
Sermoneta Gloves
希臘咖啡館 Antico Caffé Greco
無垢聖母瑪利亞教堂 Santa Maria della Concezione
蜜蜂噴泉 Fontana delle Api
Ponte Cavour
巴貝里尼廣場 P.zza Barberini
BARBERINI
P.zza Borghese
Ristorante al 34
台伯河 Tevere
P.zza Nicosia
L.go Font Borghese
P.zza Orenzo Lucina
Hotel Portoghesi Roma
P.zza S. Silvestro
P.zza S. Slaudio
巴貝里尼宮國立古典藝術館 Palazzo Barberini Galleria Nazionale d'Arte Antica
Il Bacaro Roma
蒙特奇托里歐宮 Palazzo di Montecitorio
P.zza in Campo Mazio
Giolitti
特雷維噴泉 Fontana di Trevi
奎利納累山丘 Monte Quirinale
羅馬國立博物館 Museo Nazionale Romano
P.zza S Apollinare
蒙特奇托利歐廣場 P.zza di Montecitorio
La Rinascente 百貨公司
Vineria Il Chianti
Osteria da Mario
科樂納廣場 P.zza Colonna
聖阿果斯汀諾教堂 Sant'Agostino
Gelateria della Palma
Spaghetteria L'Archetto
奎利納累宮 Palazzo Quirinale
P.zza Capranic
P.zza di Pietra
拉渥那廣場 P.zza Navona
方契斯的聖路吉教堂 San Lugi dei Francesi
羅通達廣場 P.zza della Rotonda
聖伊格納濟歐教堂 Sant'Ignazio
P.zza del Quirinale
阿果內的聖阿格尼絲教堂 Sant'Agnese in Agone
P.zza S. Eustachio
萬神殿 Pantheon
艾麗西歐劇院 Teatro Eliseo
米內瓦上的聖母瑪利亞教堂 Santa Maria sopra Minerva
柯樂納宮 Palazzo Colonna
P.zza di Pasquino
Mariando & Gariglio
多利亞龐腓烈美術館 Galleria Doria Pamphili
P.zza S. Pantialeo
Pastarito
威尼斯廣場 P.zza di Venezia
耶穌教堂 Chiesa di Gesu
威尼斯宮 Palazzo di Venezia
圖拉真柱 Colonna Traiana
Grand Ristorante ULPIA
L.Go Magnanapoli
瓦烈的聖安德烈教堂 San'Andrea della Valle
L.Go di Torre Argentina
P.zza del Gesu
維克多艾曼紐二世紀念堂 Monumento aVittorio Emanuele II

舊城中心區
蒙特奇托里歐宮Palazzo di Montecitorio
Hotel Portoghesi Roma
Il Bacaro Roma
蒙特奇托利歐廣場 P.zza di Montecitorio
Giolitti
Osteria da Mario
科樂納廣場 P.zza Colonna
Vineria Il Chianti
特雷維噴泉 Fontana di Trevi
羅馬國立博物館 Museo Nazionale Romano
聖阿果斯汀諾教堂 Sant'Agostino
Gelateria della Palma
和平聖母教堂 Santa Matia della Pace
Da Francesco
方契斯的聖路吉教堂 San Lugi dei Francesi
拉渥那廣場 P.zza Navona
羅通達廣場 P.zza della Rotonda
聖伊格納濟歐教堂 Sant'Ignazio
Spaghetteria L'Archetto
阿果內的聖阿格尼絲教堂 Sant'Agnese in Agone
萬神殿Pantheon
米內瓦上的聖母瑪利亞教堂 Santa Maria sopra Minerva
Moriondo & Gariglio
柯樂納宮 Palazzo Colonna
多利亞龐腓烈美術館 Galleria Doria Pamphili
Pastarito
瓦烈的聖安德烈教堂 San'Andrea della Valle
耶穌教堂 Chiesa di Gesu
威尼斯宮 Palazzo di Venezia
威尼斯廣場 P.zza di Venezia
台伯河 Tevere
花市 Campo de'Fiori
Ristorante Pancrazio dal 1922
維克多艾曼紐二世紀念堂 Monumento aVittorio Emanuele II
柯西尼宮 Palazzo Corsini
法內賽宮 Palazzo Farnese
天空聖壇的聖母瑪利亞教堂 Santa Maria d'Aracoeli
法內西納別墅 Villa Farnesina
史巴達美術館 Galleria Spada
坎皮多怡歐廣場 P.zza Campidoglio
圖例 景點 教堂 博物館 餐廳 飯店 廣場

特米尼火車站周邊
圖例 景點 教堂 博物館 遊客服務中心 餐廳 飯店 火車站 歌劇院 廣場
無垢聖母瑪利亞教堂 Santa Maria della Concezione
勝利的聖母教堂 S. Maria della Vittoria
Trimani il Wine Bar
羅馬國立博物館 Museo Nazionale Romano
蜜蜂噴泉 Fontana delle Api
聖蘇珊娜教堂 S. Susanna
巴貝里尼廣場 P.zza Barberini
天使的聖母瑪利亞教堂 Basilica di Santa Maria degli Angeli
P.zza Indipendenza
巴貝里尼宮 國立古典藝術館 Palazzo Barberini Galleria Nazionale d'Arte Antica
BARBERINI
戴克里先浴場 Terme di Diocleziano
共和廣場 Piazza di Repubblica
REPUBBLICA
五百人廣場 P.zza del Cinquecento
四噴泉的聖卡羅教堂 San Carlo alle Quattro Fontane
奎利納累山丘 Monte Qurinale
馬西摩宮博物館 Palazzo Massimo Alle Terme
奎利納累的聖安德烈教堂 Sant'Andrea al Quirinale
歌劇院 Teatro dell'Opera
Allesio
Arirang
TERMINI
特米尼火車站 STAZIONE CENTRALE ROMA TERMINI
奎利納累宮 Palazzo Quirinale
Residenza dei principi
Bettoja Hotel Mediterraneo
La Gallina Bianca
Giglio Dell Opera Hotel Rome
P.zza del Quirinale
艾麗西歐劇院 Teatro Eliseo
國家大道Via Nazionale
P.zza dell' Esquilino
大聖母瑪利亞教堂S. Maria Maggiore

古代羅馬區Ancient Roma

MAP P.83D2

威尼斯廣場

MOOK Choice

Piazza Venezia

新舊羅馬交界地標

搭地鐵B線於Colosseo站下車，後步行約10~15分鐘可達。或於特米尼車站搭乘40、64、H等巴士 vive.cultura.gov.it/en

維克多艾曼紐二世紀念堂

Piazza Venezia 9:30~19:30(18:45停止入場) 免費，景觀電梯€15

威尼斯宮

Via del Plebiscito 118 9:30~19:30(18:45停止入場) €15

威尼斯廣場是羅馬最大的廣場，位在坎皮多怡歐山(Capitoline Hill)的山腳。這裡是羅馬帝國時期建築群的邊緣地帶，天主教時期的巴洛克羅馬與異教時期的古羅馬在此分壘，因此做為新舊城區的交匯處，逐漸成為交通樞紐。羅馬的5條主要道路以此為起點，向四方放射狀延伸。直到1980年代經過羅馬市政府的重新規劃和整頓，才形成現今的樣貌。

如今的威尼斯廣場是現代義大利的地標，廣場上的維克多艾曼紐二世紀念堂和這座千年古都構成和諧的景緻，替羅馬注入了源源不絕的活力。

維克多艾曼紐二世紀念堂 Monumento a Vittorio Emanuele II

高大的白色大理石建築，維克多艾曼紐二世紀念堂完成於1911年，是獻給義大利統一後的首位國王，代表了義大利近代史上動盪不安年代的結束。

紀念堂的正面以16根高柱及勝利女神青銅像組成雄偉的門廊，巨大騎馬像就是維克多艾曼紐二世國王，建築物中心是一座「祖國的祭壇」(Altare della Patria)，祭壇下的無名戰士墓(Milite Ignoto)用以紀念戰死於第一次世界大戰的義大利士兵。紀念堂增建了一座景觀電梯，可以360度俯瞰羅馬市區。

威尼斯宮Palazzo Venezia

紀念堂左前方的暗紅建築，是由人文主義藝術家阿貝蒂於15世紀中葉，為來自威尼斯的紅衣主教所建，屬於文藝復興風格。在法西斯時代曾被墨索里尼當作指揮總部，中間的陽台便是他對群眾演講的地方，內部現改為博物館，展出15~17世紀的繪畫、陶器、木雕及銀器等。

古代羅馬區Ancient Roma

MAP P.83D2

坎皮多怡歐廣場

MOOK Choice

Piazza Campidoglio

米開朗基羅的文藝復興精神

搭地鐵B線於Colosseo站下車，後步行約10~15分鐘可達

坎皮多怡歐山丘是羅馬發源的7大山丘之一，也是主丘，因此坎皮多怡歐廣場的所在地對於羅馬人來說有著極神聖的地位。

在羅馬帝國時代，主要神殿建築都興建於此丘上，如卡比托利朱比特神殿(Jupiter Capitolinus)和蒙內塔耶神殿(Monetae)，在兩座神殿之間，即羅穆斯(傳說中羅馬城建造者)給予鄰近城鎮奔逃至羅馬的庇難所。西元前6世紀的伊特魯斯坎國王在此建造羅馬的宙斯神殿；羅馬共和及帝國時代，山丘不但是古羅馬人的生活中心，更由於元老宮設置於此，而象徵權力中心。

西元1536年，教宗保祿三世(Paul III)指定米開朗基羅重新整建，使它成為一個有紀念意義的廣場。米開朗基羅不負教宗所託，整建後的坎皮多怡歐廣場成為建築史上傑出的城市重建計畫之一。

母狼哺育雙生子的傳奇與羅馬7丘

西元前8世紀中葉，傳說中的羅穆斯(Romulus)和雷莫(Remus)這對由狼哺育的孿生兄弟建立羅馬城，今天羅馬到處皆有母狼對雙生子哺乳的銅雕，便是這段原始傳奇的結晶，而羅馬(Roma)這個名字也正是由這對孿生兄弟的名字衍生而來。

羅馬的發源也有7座山丘之説，這7座山丘位於羅馬心臟地帶台伯河東側，原本分別為不同的族群所占有，其中，由羅穆斯射出一支山茱萸木於帕拉提諾(Palatino)丘頂而從此奠基，而坎皮多怡歐山丘則是羅穆斯給予鄰近城鎮奔逃至羅馬的庇難所。

其他5座則分別是阿文提諾(Aventino)、西里歐(Celio)、艾斯奎利諾(Esquilino)、奎利那里(Quirinale)和維米那里(Viminale)，目前上面都有紀念碑、建築物與公園。

斜坡階梯Cordonata

相較於一旁「天空聖壇的聖母瑪利亞教堂」(Santa Maria in Arocoeli)那陡而長的階梯，米開朗基羅設計了一段寬而緩的斜坡式階梯，寬到足以讓馬車輕易地走上山丘上的廣場。

米開朗基羅的文藝復興精神，也表現在斜坡階梯的裝飾上：他在兩旁的欄杆下方安置了來自埃及的黑色玄武岩石獅，上方則是白色大理石、牽著馬的卡斯托耳(Castor)和波魯克斯(Pollux)——他們是希臘羅馬神話中一對孿生兄弟，後來成為12星座中的雙子座。

元老宮Palazzo Senatorio

廣場正面的羅馬市政廳，建於中世紀，建築體包括一座由老馬汀諾朗吉(Martino Longhi the Elder)設計的鐘塔，是當年羅馬元老院開會的地方，從13世紀開始則成為參議院，後來則是羅馬市政廳。進入元老宮必須登上漂亮的階梯，它的設計者正是米開朗基羅。

在元老宮的兩層階梯下方，有兩尊代表尼羅河和台伯河的雕像，都是君士坦丁浴場的遺物，而壁龕上則是羅馬女神密涅瓦(Minerva)的雕像。

在左面角落柱頭上的青銅雕像，則是闡釋母狼哺育雙生子的神話傳說，這尊雕像自然是羅馬的代表象徵。

米開朗基羅的廣場傑作！

米開朗基羅看準了此地將成為羅馬新的政治中心，一開始就設定了大翻修的內容，但從動工起事情進行得並不順利，直到他在1564年過世前，整建計畫完成的進度仍然很有限，直到17世紀才由後繼者根據米開朗基羅的規畫，完成整件重建計畫。

米開朗基羅以羅文線條裝飾整片坎皮多怡歐廣場，廣場面朝著聖彼得大教堂，由寬大的斜坡階梯連接位於高台上的廣場和平地；廣場上的放射狀條紋從某個角度看像花瓣，從某個角度看又是非常文藝復興時代流行的幾何線條，為廣場增添了許多遊逛樂趣。

保守宮Palazzo dei Conservatori

廣場南側是保守宮，中庭有君士坦丁大帝龐大雕像的殘骸，以及來自哈德良神殿(Tempio di Adriano)的浮雕、羅馬女神像等。第2層陳列室中，大部分是古典時期的雕刻品，如《拔刺的男孩》(Lo Spin-ario)銅雕、被視為羅馬市標的《母狼哺育孿生雙子》(Romolo e Reme Allattao dalla Lupa)青銅雕像；也有精彩的繪畫作品，如卡拉瓦喬的《施洗者約翰》、《女算命師》等。

馬可士奧略利歐騎馬雕像 Marcus Aurelius

廣場中央的雕像是雄才大略的羅馬皇帝馬可士奧略利歐，但這件作品是複製品，原件則保存在一旁的卡比托利尼博物館裡。

新宮Palazzo Nuovo

廣場北側的新宮也是根據米開朗基羅的設計，於1654年完成。馬可士奧略利歐皇帝(Marcus Aurelius)騎馬銅像的真品就存放於此，2樓的陳列室收藏許多知名雕塑，包括希臘的《擲鐵餅的人》(Discobolus)、《垂死的盧高人》(Dying Galatianu)等精彩作品。

古代羅馬區Ancient Roma

MAP ▶ P.81F4

圓形競技場

MOOK Choice

Colosseo

全世界最大的古羅馬遺跡

搭地鐵B線於Colosseo站下車　www.coopculture.it　開始時間：每日8:30或9:00，結束時間夏季18:30或19:00、冬季16:30或17:30，詳情可查閱網站公告(結束前一小時停止入場)；1/1、12/25休　€18 (含羅馬議事廣場、帕納提諾之丘門票，有效期24小時)　為避免排隊購票入場，建議使用羅馬卡或預先於網站訂票；自2023年10 月18日起，實施門票記名制，入場時記得攜帶身分證明文件

這座全世界最大的古羅馬遺跡，在羅馬帝國最強盛的時期上演著最血腥的鬥獸賽，滿溢羅馬市民的喝采與嘲弄；如今走在沈默無聲的千年磚石之間，仍然不由得對古羅馬時期遺留下最偉大的建築物發出讚嘆之聲。

圓形競技場的建築形制起源於古希臘的半圓劇場，兩個劇場併接成橢圓形，中心為表演場，外圍看台是觀眾席，而羅馬人發展成熟的拱圈技術，讓看台區擺脫地勢限制，可以在平地修建。羅馬共和的末期已出現鬥獸場，奧古斯都就建造過木造結構的圓形競技場，到了帝國時期，羅馬各地大量建造競技場，規模最大的正是偉斯帕希恩(Vespasianus)皇帝為征服耶路撒冷獲勝而建，據說總共動員了8萬名猶太俘虜，無數亡魂命喪其間。

偉斯帕希恩在西元72年下令建造圓形競技場，選定的地點原是尼祿皇帝的黃金屋(Domus Aurea)，西元79年偉斯帕希恩去世時，競技場還沒完成，而是由他的兒子提托皇帝(Titus)建成並舉行啟用慶典，但主建築體的裝飾和地下結構的完備則是圖密善皇帝(Domitianus)於西元81～96年間陸續完成；由於這3位皇帝皆屬於弗拉維亞(Flavia)家族，因此圓形競技場原名「Flavius」，7世紀才定名為「Colosseo」，並使用這個名稱至今。現在看來殘忍血腥的競技場，對當時的羅馬人而言卻是帝國榮耀的象徵，因此這座融合希臘列柱和羅馬拱廊的建築盡可能地宏偉壯觀。

西元5~6世紀時，幾場劇烈的地震使圓形競技場受到嚴重損毀，中世紀被改為防禦碉堡使用。文藝復興時期有多位教宗直接將圓形競技場的大理石、外牆石頭取走，用做建造橋樑或教堂等的建築材料，直到1749年，教廷以早年有基督教徒在此殉難為由，宣布為受保護的聖地，才阻止了對圓形競技場的掠奪。

競技場的頂層原本有支撐巨大遮陽布幕的欄杆，然後再以纜繩繫到地上的繫纜樁(Bitte)。

外牆有4層，每一層設計的拱形門和柱子都不同，圓拱之間以半突出的立體長柱分隔，底層為多立克式，中層為愛奧尼亞式，上層為科林斯式。

競技場內部全以磚塊砌成，共有80個出入口，使5萬5千名觀眾能依序進場。

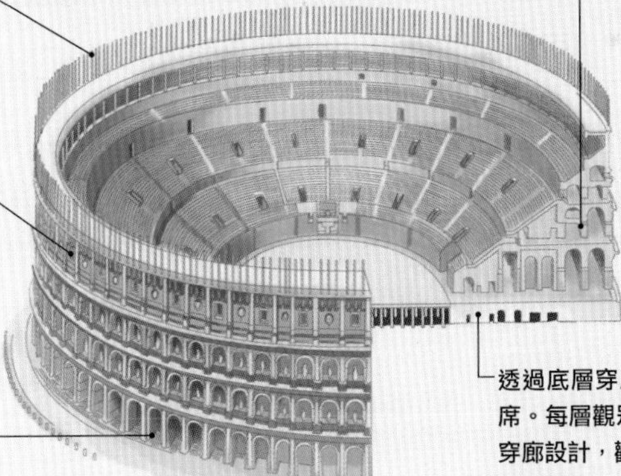

看台約60排，由下而上分成5區，前4區為大理石座位，第1區榮譽席為元老、長官、外國使節及祭司使用，皇室成員還有獨立包廂；第2區是騎士及貴族；第3區是富人；第4區是普通公民，根據不同職業而有不同席位；第5區為木製台階的站席，給最底層的婦女、窮人和奴隸使用。

透過底層穿廊的階梯，可以到達任何一層觀眾席。每層觀眾席都有出入口(Vomitorium)，加上穿廊設計，觀眾可自由移動，以便在很短時間內找到座位。因為散場時人潮會像嘔吐般散開來，後來就成為英文字「嘔吐」(Vomit)的由來。

看台

圓形競技場是由拱廊包圍的橢圓形建築，長軸188公尺、短軸156公尺，結構共4層，1~3層均由80個圓形拱廊包圍看台，每一層設計的拱形柱式都不一樣，第4層的實牆以壁柱劃分，每個區間中央開一個小方窗，可掛一面青銅盾牌，外牆以灰白色凝灰岩砌築，相當雄偉。

格鬥場

中間表演用的鬥獸場鋪著木地板，地下層用厚厚的混凝土牆隔成一間一間的密室，就是作為野獸的獸欄、格鬥士等待區及醫務室等。在每一間獸欄的外邊都有走道和升降機關，當動物準備出場時，用絞盤將獸欄的門拉起，再將階梯放下，動物就會爬上階梯進入競技場內。

血腥的格鬥文化

把血淋淋的格鬥殺戮當成刺激的娛樂，是奴隸制度下古羅馬的野蠻文化現象，而圓形競技場就是用來「表演」的大型娛樂建築。

羅馬皇帝為了解決大量自由小農破產及無產階級造成的社會分化問題，一方面增加大型建設提供就業機會，一方面提供娛樂讓人民忘記政治。掌權者相信：在競技場中因刺激的殺戮而熱血沸騰時，窮人與富人間是沒有敵意的。

格鬥士的來源多是罪犯、奴隸或戰俘，當然也有為了賞金自願前來的平民。格鬥的形式分為人對人、人對野獸及野獸互鬥，除了少數皇帝有禁令以外，戰鬥是以「把另一方殺死」為目的。表演時會在地板上撒上一層沙，以方便清理戰鬥時留下的血；當格鬥士受傷倒下時，專職的奴隸使用烙鐵燒他，以防止格鬥士裝死尋機逃跑，受傷的一方向觀眾投降，最後由皇帝決定生死。

競技場竣工開幕時，根據記載整整舉行了100天的

「表演」，5千多頭猛獸和約3千名神鬼戰士在此喪命。西元248年，為了慶祝羅馬建城一千年，還曾透過輸水道引水入鬥獸場，進行模擬海戰的表演。

這種殘忍的競技直到西元404年後才被何諾里歐皇帝(Honorio)禁止，523年希奧多里皇帝(Theodoric)舉辦了競技場的最後一場鬥獸賽，從此不再使用。後世人很難想像血腥的樂趣何在，因此，教宗皮烏斯六世(Pius)曾在此立過一座大型的木製十字架，以淨化此地撫慰亡靈。

古代羅馬區Ancient Roma

MAP ▶ P.81 E4

帝國議事廣場

Fori Imperiali

宣示皇權的象徵

搭地鐵B線於Colosseo站下車，後步行約10~15分鐘可達 Via IV Novembre 94 9:30~19:30，5/1、12/25休 €14.5，優待票€11 www.mercatiditraiano.it/en

因為羅馬議事廣場不敷帝國時期急速擴張的都市規模與人口使用，從西元前1世紀開始直到第2世紀的羅馬皇帝，便於原廣場的北面相繼建立自己的議事廣場，因此這1萬5千平方公尺的範圍內，一共有4座皆以皇帝為名的議事廣場，包括凱撒(Cesare)、奧古斯都(Augusto)、內爾瓦(Nerva)、圖拉真(Traiano)，統稱為「帝國議事廣場」。

凱撒議事廣場

興建年代最早，完成於西元前46年。當時羅馬政治的中心在羅馬議事廣場，貴族的活動和公共事務的討論都在這裡進行，此外也象徵著元老院的權威；凱撒為了實現獨裁必須累積自己的政治實力，因此興建了凱撒議事廣場，希望透過政治中心的轉移來打擊元老院。

奧古斯都議事廣場

獨權在握的屋大維成為奧古斯都皇帝後，也積極建立羅馬人對他的個人崇拜，奧古斯都議事廣場的巨人廳(Hall of Colossus)即以一尊巨大的奧古斯都像為中心，同時在廣場的中心點聳立了一尊奧古斯都騎乘四馬戰車邁向勝利的雕像。雖然如今只剩碎石可供憑弔，但從巨人廳仍留存的巨手、巨腳來看，奧古斯都像應有11至12公尺高。戰神廟則以帝國英雄人物雕像，彰顯奧古斯都一脈相傳的榮耀。

圖拉真廣場

圖拉真自認是帝國的新創建者，因此建造了面積超越前幾位皇帝的雄偉議事廣場。圖拉真議事廣場是由大馬士革的建築師阿波羅多羅(Apollodoro)設計，其間半圓形的圖拉真市集(Mercati di Traiano)，包括150間商店和辦公室，販賣絲、香料及各種蔬果等，想必是當年最繁華熱鬧的地方。

在哈德良皇帝時代，圖拉真議事廣場是羅馬人舉行慶典的主要場地；在帝國晚期，也常利用此地舉行釋放奴隸的聽證會及詩人發表會。廣場上最重要的裝飾，則圍繞著圖拉真征服東方、擴張帝國版圖的戰功為主題。高38公尺、以18塊大理石構成的圖拉真柱面就雕刻了出征、皇帝訓示、雙方交戰及凱旋歸來的情節，可說是圖拉真的官方宣傳告示。

內爾瓦廣場

帝國議事廣場中最小的一個，由多米提安皇帝(Domitian)開始建造，在內爾瓦任內完成。這裡的原址是帝國議事廣場的出入通道，所以呈現狹長型。廣場的遺跡在16世紀時被當時的教皇部分拆除，拿來當做梵諦岡的建材，因此廣場上唯一保存完整的密涅瓦神廟也只剩下遺跡。

古代羅馬區Ancient Roma

MAP ＞P.81E4

羅馬議事廣場

MOOK Choice

Foro Romano

見證帝國榮耀

搭地鐵B線於Colosseo站下車，後步行約5分鐘可達 www.coopculture.it 同圓形競技場 €18（含圓形競技場、帕納提諾之丘門票，有效期24小時） 與帕拉提諾之丘使用相同入口，提托凱旋門有路標前往

羅馬人統治過的城市，都會在議事廣場(Foro)留下經典建築。Foro就是英文的Forum，是指帝王公布政令與市場集中的地方，因此議事廣場就是政治、經濟與文化生活中心。在這公共廣場裡，有銀行、法院、集會場、市集，可以說聚集了各個階層的人民。

帝國時期首都羅馬市中心的議事廣場有別於其他城市，它特別稱為「羅馬議事廣場」因為它是專屬於羅馬人的，當時他們在此從事政治、經濟、宗教與娛樂行為。

羅馬議事廣場是西元前616至519年，統治羅馬的伊特魯斯坎(Etruscan)國王塔魁紐布里斯可(Tarquinio Prisco)所建。西元前509年羅馬進入共和時期，但市民仍然繼續在廣場上修建神殿，直到第二世紀，整片羅馬議事廣場的建築群才被明確界定完成。所以羅馬的議事廣場的建築年代歷經了伊特魯斯坎、共和及帝國3個時期。

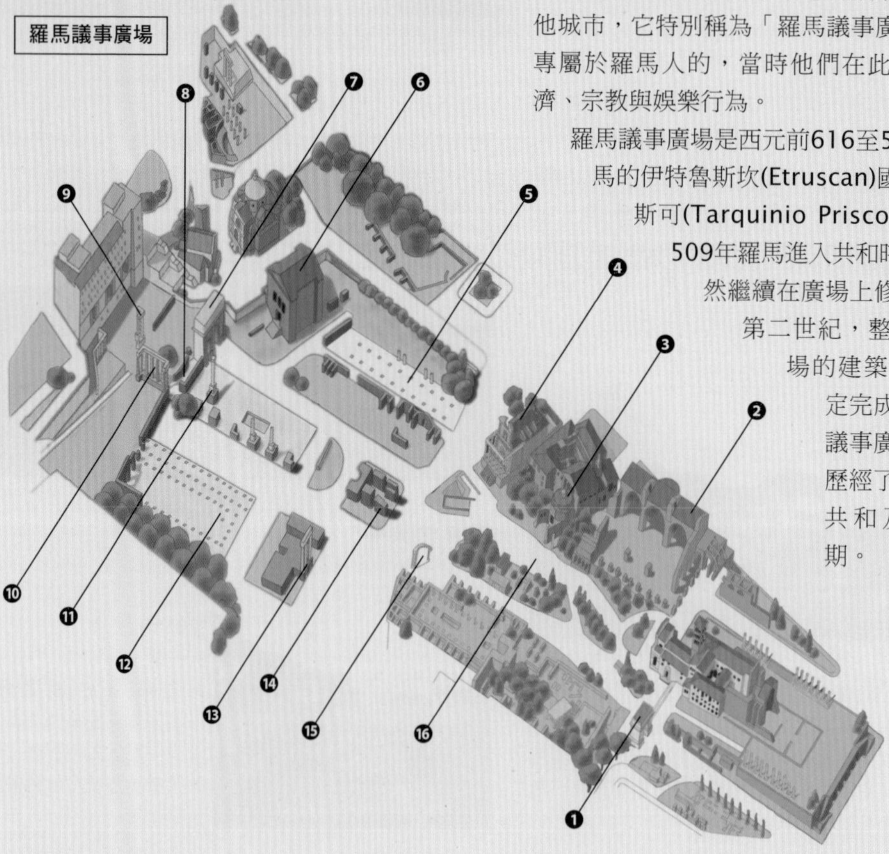

❶提托凱旋門Arco di Tito

軍人皇帝偉斯帕希恩(Vespasian)在暴君尼祿被殺後，結束帝國的混亂，隨後他和長子提托在西元70年攻克猶太人平撫耶路撒冷的叛亂，這座凱旋門就是這場戰役的紀念建築。此座單拱古蹟高15.4公尺、13.5公尺寬、4.75公尺深，坐落於早期的城市邊緣，和阿匹亞古道交會的地方，至今凱旋門上的浮雕依舊清晰，包括提托皇帝、勝利女神及羅馬哲人等人物。

❷馬克森提烏斯和君士坦丁大會堂 Basilica di Massenzio& Costantino

君士坦丁教堂是羅馬議事廣場上最龐大的建築，原是由馬克森提烏斯大帝於4世紀所建，當其戰敗遭罷黜後，便由君士坦丁繼續完成。就像一般所謂的羅馬教堂一樣，商業與審判所的功能要大於宗教用途。

❸羅莫洛神殿 Tempio di Romolo

原本是建於西元4世紀的圓形神殿，在6世紀被改為聖科斯瑪與達米安諾教堂(Chiesa dei Santi Cosma e Damiano)的門廳。

❹安東尼諾與法斯提娜神殿 Tempio di Antonino e Faustina

這座造型奇特的神殿，是羅馬皇帝安東尼諾於西元2世紀為妻子所建，在他死後，這座神殿便同時獻給這對帝后。中世紀時曾被改為米蘭達的聖羅倫佐教堂，17世紀又被改建成為今天這種「巴洛克教堂正面立於古羅馬神殿中」的形式。

❺雅密利亞大會堂 Basilica Emilia

原是多柱式的長方形大廳，側邊有兩排的16座拱門，西元前2世紀時由共和國的兩位執政官下令所建，不過並非做為宗教用途，而是提供借貸、司法及稅收等用途。

❻元老院Curia Iulia

這座複製的元老院重建於原元老院大廳的遺址上，是共和時期最高的政治機構。羅馬的第一座元老院建於隔壁的聖馬丁納與路卡教堂，之後遭祝融所毀，西元3世紀戴克里先皇帝(Diocleziano)下令重建，目前所見便是仿造的複製品。

❼塞維里凱旋門Arco di Settimio Severo

三拱式的塞維里凱旋門高20.88公尺、寬23.27公尺、深11.2公尺，以磚和石灰石構成，再覆以大理石板，是203年元老院為慶祝塞維里皇帝在197年打敗波斯軍隊的重大戰功而建的，也是羅馬廣場的第一座主要建築。從留下的羅馬金幣中可知，凱旋門上原有皇帝駕御羅馬式戰車的雕像。

❽公共演講台Rostra

當年的羅馬演説家就站在這上面向人民發表意見或學問，「Rostra」這個字是指戰艦之鐵鑄船首，是因為羅馬人把被俘的敵船船頭，拿來裝飾講台四周的緣故。

❾偉斯帕希恩神殿Tempio di Vespasiano

這3根殘柱是羅馬議事廣場的地標，原是屬於偉斯帕希恩神殿的多柱式建築。是為羅馬皇帝偉斯帕希恩及其繼任的兒子提托而建。

❿農神神殿Tempio di Saturno

這8根高地基的愛奧尼亞石柱群屬於農神神殿，是6世紀重建之後的遺跡，最原始的建築出現於西元前5世紀，是廣場上的第一座神殿，為獻給傳説中黃金歲月時期統治義大利的半人半神國王，也就是象徵幸福繁榮的農神薩圖爾努斯(Saturnus)。

⑪佛卡圓柱Colonna di Foca

在演講台前這根高達13公尺的單一科林斯式柱，是議事廣場最後的建築，立於西元608年，是為了感謝拜占庭皇帝佛卡將萬神殿捐給羅馬教皇。

⑫朱力亞大會堂Basilica Giulia

由凱撒興建於西元前54年，但卻是在他遭刺身亡後由其姪子奧古斯都完成。在經過多次劫掠之後，只剩下今天這種只有地基及柱底的模樣。

⑬卡司多雷與波路切神殿 Tempio di Castore e Polluce

興建於西元前5世紀，是為了感謝神話中宙斯的雙生子幫助羅馬人趕走伊特魯斯坎國王。今天所見的廢墟及3根科林斯式圓柱，則是羅馬皇帝提貝里歐於西元前12年重建後的遺跡。

⑭凱撒神殿Tempio di Giulio Cesare

是由奧古斯都於凱撒火化之處所建的神殿，表達對叔父凱撒的敬意。

⑮火神神殿與女祭司之家Tempio di Vesta

圓形的火神神殿興建於西元4世紀，由20根石柱支撐密閉式圍牆，以保護神殿內部的聖火，6名由貴族家庭選出的女祭司必須使其維持不熄的狀態，否則將遭到鞭笞與驅逐的懲罰。一旦處女被選為貞女神殿的祭司，就得馬上住進旁邊的女祭司之家(Casa delle vestali)內。女祭司之家如今只剩下中庭花園及殘缺不全的女祭司雕像，不過卻是議事廣場內最動人的地方。

⑯聖路Via Sacra

貫穿羅馬議事廣場的最主要古道稱之為聖路，它是因宗教節日時教士的行走路線而得名。

古代羅馬區Ancient Roma

MAP ▸ P.81E5

帕拉提諾之丘

Palatino

深受皇帝青睞的宮殿之丘

搭地鐵B線於Colosseo站下車，後步行約5分鐘可達 www.coopculture.it 同圓形競技場 €18 (含圓形競技場、羅馬議事廣場門票，有效期24小時)

緊鄰羅馬議事廣場南側，這座身為羅馬7座山丘之一的帕拉提諾之丘，一般推測為當初羅馬創城的所在地，也因此保留了許多最古老的羅馬遺址。尤其是在共和時期，這裡成了羅馬境內最炙手可熱的地區；到了帝國時期開始，就連歷任羅馬統治者也喜歡在此興建宮殿。義大利文中的宮殿「Palazzo」便是從「Palatino」轉變而來。

二次世界大戰後，考古學家在此挖掘出許多歷史回溯到西元前8世紀的遺跡，正符合了當初羅穆斯創立聚落的傳統地點，也因此讓這項傳說多少也有些歷史根據。這片遺址佔地遼闊，至今還有許多尚未出土的建築與文物。

奧古斯都宮 Domus Augustana

這裡並不是專指奧古斯都屋大維的住所，而是圖密善皇帝(Titus Flavius Domitianus)打造的私人宅邸，之後成為歷任皇帝喜愛的住居，裡頭包含了專屬皇室家族使用的區域，以及面向柱廊中庭的臥室。(「奧古斯都」是屋大維以後的羅馬帝國時期對皇帝的稱號。)

弗拉維亞宮與帕拉汀諾博物館 Domus Flavia & Museo Palatino

圖密善皇帝時期所建造，當時為一座開放宮殿，不過如今保存下來的僅剩斷垣殘壁和2座完整的噴泉。弗拉維亞宮隔著帕拉汀諾博物館與奧古斯都宮相鄰，博物館內展示了彩色陶土面具、雙耳細頸瓶、6世紀花瓶、骨灰甕、遠古聚落模型、小型半身塑像以及馬賽克鑲嵌畫等作品。

莉維亞之屋Casa di Livia

西元前1世紀時曾是一棟非常漂亮的宅邸，曾是奧古斯都皇帝和他的妻子莉維亞的家。建築樣式簡單，但室內埋有中央暖氣運輸管，並保存了令人印象深刻的壁畫。

運動場Stadio

由熱愛運動的圖密善皇帝所興建，並在西元86年創辦卡比托里尼運動會。這座令人印象深刻的複合式建築擁有雙層柱廊，配備小型的橢圓形角鬥場、體育館、花園、觀眾席以及皇帝專用看台等設施，競賽場本身長160公尺、寬80公尺，一旁毗鄰Septimius Severus宮殿和浴場。

瑪納瑪特神廟Tempio Magna Mater

展現了羅馬對於異教的寬容。瑪納瑪特是古代小亞細亞人崇拜的自然女神，又稱為西芭利(Cybele)，祂在西元前204年左右傳入羅馬，據說女神化身為黑石，因而從弗里吉亞地區(Phrygian，今天土耳其境內)將這塊石頭帶到羅馬時，興建了這座神廟供奉。

古代羅馬區Ancient Roma

MAP ▶ P.81E5

君士坦丁凱旋門

Arco di Constantino

戰爭紀念建築

搭地鐵B線於Colosseo站下車，就位於圓形競技場旁

君士坦丁凱旋門是羅馬3座凱旋門中最重要的戰爭紀念建築，建於西元313年，興建目的在於紀念君士坦丁大帝(Flavius Valerius Constantinus)於米爾維安橋戰役(Battaglia Ponte Milvio)中打敗對手馬克森提(Maxentius)，取得唯一羅馬皇帝寶座的勝利。

自從羅馬帝國被分成東西兩大統治區域後，統治國勢較強的西部的是戴克里先和由他拔擢的瑪西(Maximianus)皇帝。戴克里先和瑪西退位後並未指定任何人接任，但瑪西的兒子馬克森提卻自任為皇帝，這被統治東面帝國的加利(Galerius)和塞維里(Severus)視為叛亂而興兵討伐；爭戰的結果，塞維里戰死、加利撤兵後也死去，君士坦丁大帝成為唯一可和馬克森提爭奪皇位的人。後經米爾維安橋之役，君士坦丁大帝終取得統一大權。

從圓形競技場所見的凱旋門立面的矩形浮雕主要是雕著馬可士奧略利歐皇帝與達契安人的戰鬥，另一面則是馬可士奧略利歐及君士坦丁大帝的戰績，拱門兩側以4根柯林斯式石柱裝飾，頂端站著的達基亞囚犯大理石像，可能來自圖拉真廣場。

米爾維安橋之役終結分裂

凱旋門上的浮雕主要描述米爾維安橋之役。西元312年，君士坦丁和馬克森提兩軍交戰於羅馬北郊的米爾維安橋，君士坦丁以寡敵眾，馬克森提和他的軍隊在試圖越過台伯河逃亡時，臨時橋樑坍塌而全軍覆沒，君士坦丁大帝的勝利終結了一段皇位的紛爭，羅馬帝國再度一統於一位皇帝的治權之下。

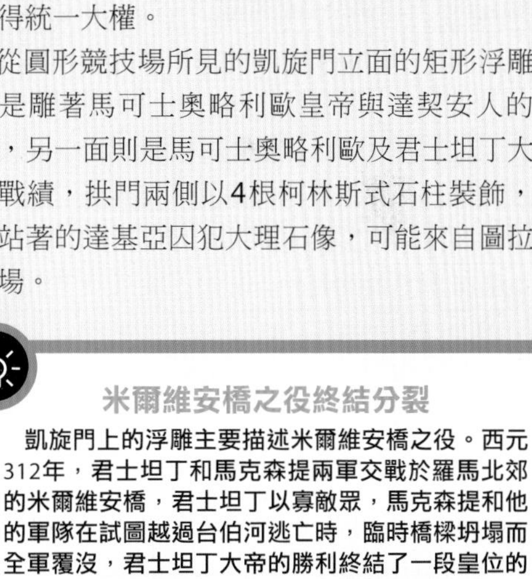

古代羅馬區Ancient Roma

MAP P.81F4

聖彼得鎖鏈教堂

San Pietro in Vincoli

囚禁聖彼得的手鐐和腳銬

搭地鐵B線於Cavour站下車，後步行約5分鐘可達 Piazza di San Pietro in Vincoli, 4a 8:00~12:30，15:00~18:00 免費

這座興建於西元5世紀的教堂，建造目的在於供奉使徒聖彼得被囚禁於耶路撒冷期間所戴的兩付手鐐和腳銬。這鐐銬原本被人攜往君士坦丁堡，艾烏多西亞女皇寄了其中一付給住在羅馬的女兒，她的女兒再轉贈給當時的羅馬教宗雷歐內一世，並要求教宗興建教堂加以保存。幾年之後，另一付也被送回羅馬，據說這付後到的囚具，一送進教堂靠近先前那付時，兩付手鐐和腳銬便像磁鐵般吸黏在一起。如今它們一起安置於祭壇的玻璃櫃中。

教堂左翼美麗的7世紀馬賽克畫《聖賽巴斯汀》(St Sebastian)也值得細觀，而將本堂隔成3個空間的22根柱子，採用多立克式而非愛奧尼克柱頭，此情況在羅馬教堂中相當罕見，據猜測這些柱子可能是來自希臘。

米開朗基羅的摩西雕像

此教堂最著名的，是米開朗基羅為教宗儒略二世(Julius II)所設計的陵墓，因為工程過於浩大，加上後來米開朗基羅又被召去為梵諦岡的西斯汀禮拜堂作壁畫，所以，只有部分完成，其中位於陵墓中間的摩西像，帶有大師一貫的力量與美，是文藝復興的顛峰傑作之一。

古代羅馬區Ancient Roma

MAP P.81D5

科士美敦的聖母教堂

Chiesa di Santa Maria in Cosmedin

「真理之口」所在地

搭地鐵B線於Circo Massimo站下車，後步行約10分鐘可達 Piazza Bocca della Verità 10:00~17:00 免費
想和真理之口合影記得先準備好€0.5投入旁邊箱子；可拍照的時間與教堂開放時間相同

這座藏身於古羅馬廢墟中的純樸小教堂，又稱「希臘聖母堂」(Santa Maria in Schola Graeca)，因為它原是居於羅馬的希臘商人的禮拜教堂，也有許多希臘僧侶在此服務。更早的原址應是希臘神祇赫丘力士的祭壇。

最原始的教堂建築體猜測可能建於6世紀時，作為幫助窮人的機構，後在782年由教宗哈德良一世(Adrian Ⅰ)重建，成為因無法偶像崇拜而遭宗教迫害的拜占庭人的庇護所。教堂在1084年日耳曼蠻族掠奪羅馬時遭到嚴重破壞。

測謊的真理之口？

教堂最受歡迎的，當屬因經典電影《羅馬假期》而聲名遠播的「真理之口」(Bocca della Verità)，這面西元前4世紀的河神面具石雕，原本可能是地下水道的蓋子或噴泉的出水口，1632年被移來教堂中，中古世紀時人們相信：說謊者若把手放入面具口中，將會遭到被吞噬的懲罰。

舊城中心區Centro Storico

MAP ▶ P.83B2

拉渥那廣場

MOOK Choice

Piazza Navona

巴洛克的華麗饗宴

搭地鐵A線在Barberini站下車，後步行約25分鐘可達。或巴士64於 S. A. DELLA VALLE下車步行5分鐘

被公認是羅馬市區最漂亮的一座廣場，位於維克多艾曼紐大道(Via Vittorio Emanuele)和台伯河之間，最早是羅馬帝國時一座可容納3萬人的圖密善運動場(Circus Domitianus)，所以呈現長橢圓形，這裡也是羅馬巴洛克氣氛最濃厚的地區，放眼望去都是貝尼尼(Gian Lorenzo Bernini)、巴洛米尼(Boromini)和波塔(Giacomo della Porta)等巴洛克大師的作品。

摩爾人噴泉Fontana del Moro

雄壯的摩爾人站在海螺殼上，手抱海豚，周圍則是4隻噴水的海怪。這座噴泉初始是波塔於1575年設計的，後來貝尼尼於1653年增加了摩爾人雕像。1874年整修噴泉時，原作被搬到波各賽美術館(Galleria Borghese)，目前看到的是複製品。

拉渥那廣場的名稱由來

因古羅馬人都來運動場看競技比賽(Agones)，因此將之取名為Circus Agonalis，意思是「在運動場競技比賽」，久而久之，Agone慢慢念成Avone，然後又演變成今天的Navona，所以和體育競技脫離不了關係。

四河噴泉Fontana dei Quattro Fuimi

四河噴泉是廣場中的主角，也是貝尼尼巔峰時的創作。這是為了要鞏固方尖碑所特別設計的。4座巨大的雕像分別代表著尼羅河(非洲)、布拉特河(美洲)、恆河(亞洲)及多瑙河(歐洲)，這4條河就顯現了當時人類對世界的理解。

海神噴泉Fontana del Nettuno

廣場北端的海神噴泉是波塔於1574年的設計，不過僅限於大理石底座和上半部的石頭，直到1878年，才由Antonio della Bitta加上海神與八腳海怪搏鬥，以及Gregorio Zappalà的女海神、丘比特。

阿果內的聖阿格尼絲教堂Sant'Agnese in Agone

正對著貝尼尼所打造的四河噴泉，華麗優雅，是巴洛米尼的作品。巴洛米尼親手完成的包括圓頂及雙塔等，但由於進度緩慢，最後由貝尼尼於1672年完工，教堂內部華美的裝飾，很多都是由貝尼尼的學生完成的。

舊城中心區Centro Storico

MAP P.83C2

萬神殿

MOOK Choice

Pantheon

古羅馬最輝煌的建築成就

搭地鐵A線在Barberini站下車，步行約20分鐘 www.pantheonroma.com/home-eng Piazza della Rontonda 9:00~19:00(18:30停止入場) $€15，17歲以下€10；每月第一個週日免費

有句古諺用來描述到了羅馬卻沒參觀萬神殿的人：「他來的時候是頭蠢驢，走的時候還是一頭蠢驢。」對於這個不朽的建築藝術傑作，是相當合理的讚美。

西元前27年時，這裡是獻給眾神的殿堂，由阿格里帕(Agrippa)將軍所建，西元80年時毀於祝融，現在看到的神殿是熱愛建築的哈德良皇帝於118年下令重建。

重建的萬神殿在建築上採用許多創新手法，開創室內重於外觀的新建築概念。它的外觀簡單，正面採用希臘式門廊，內部裝飾細緻，哈德良皇帝並以圓頂取代長方形殿堂，並以彩色大理石增加室內的色調，拱門和壁龕不但可減輕圓頂的重量，並具巧妙的裝飾作用，給予了後世的藝術家不少靈感。事實上在1436年聖母百花大教堂完成前，萬神殿一直是世界上最大的圓頂建築，其成就之驚人可想而知。萬神殿可說是羅馬建築藝術的頂峰之作，也象徵帝國的國力，後來文藝復興的建築表現更深受萬神殿的影響。

西元609年時，神殿在教宗波尼法爵四世(Boniface IV)的命令下改為教堂，更名為聖母與殉道者教堂(Santa Maria ad Martyres)，因此逃過了中世紀迫害羅馬異教徒的劫難，成為保存最好的古羅馬建築。神殿中原有的眾神雕像也在當時被移除，改成與天主教相關的壁畫與雕像裝飾。

外觀與門廊

它的外觀簡單，正面採用希臘式門廊，立面8根高11.9公尺、直徑1.5公尺，由整塊花崗石製成的科林斯式圓柱，支撐著上方的三角山牆，後方還有兩組各4根圓柱共同組成這道門廊，寬34公尺、深15.5公尺。三角山牆上刻著：「M·AGRIPPA·L·F·COS·TERTIVM·FECIT」，其實是「M[arcus] Agrippa L[ucii] f[ilius] co[n]s[ul] tertium fecit」的簡寫，意思是「馬可仕·阿格里帕(盧修斯的兒子)三度打造此神殿」。

圓頂

圓柱形神殿本身的直徑與高度全為43.3公尺，穹頂內的5層鑲嵌花格全都向內凹陷，並使用上薄下厚結構(基部厚約6.4公尺，頂部僅1.2公尺)，並澆灌混合不同材質密度的混凝土，總重達4,535公噸。使用的混凝土是來自拿波里附近的天然火山灰，混合凝灰岩、浮石、多孔火山岩等石材。建造圓頂時，愈是下方基座，石材愈重，到了頂部就只使用浮石、多孔火山岩等輕的石材混合火山灰，凹陷花格的面積逐層縮小，襯托出穹頂的巨大，給人以一種向上的感覺。

採光與地板

這整座建築唯一採光的地方就是來自圓頂的正中央，隨著光線移動，萬神殿的牆和地板花紋顯露出不同的表情，大雨來時，從圓頂宣洩下來的雨水會從地板下方的排水系統排出。

大理石地面使用了格子圖案，中間稍微突起，當人站在神殿中間向四周看去，地面上的格子圖案會變形，造成一種大空間的錯覺。

主祭壇

目前所看到的主祭壇及半圓壁龕，是教宗克勉十一世(Clement XI)於18世紀初下令蓋的，祭壇供奉的是一幅7世紀的拜占廷聖母子聖像畫。

壁龕與禮拜堂

目前萬神殿是一座名副其實的教堂，環繞著內部的壁龕和禮拜堂，上面的雕塑和裝飾都是萬神殿改成教堂之後，歷代名家之作。

躲過宗教迫害，卻逃不過自家人的摧殘？

萬神殿裡的大理石和青銅屢屢被盜或作為其他用途：今天聖彼得大教堂裡由貝尼尼所打造的巨大青銅聖體傘，其鑄造原料就是拆卸自萬神殿門廊上的青銅板；17世紀時，教宗烏爾巴諾八世(Urban VIII)也曾經下令熔掉萬神殿的青銅板鑄造成大砲，安裝在聖天使古堡上。

名人陵寢

文藝復興以後，這裡成為許多名人的陵寢所在：拉斐爾(Raphael)、畫家卡拉契(Annibale Carracci)、作曲家柯瑞里(Arcangelo Corelli)、建築師佩魯齊(Baldassare Peruzzi)，以及艾曼紐二世(Vittorio Emanuele II)、翁貝托一世(Umberto I)兩位義大利國王都葬在此。

萬神殿噴泉Fontana del Pantheon

萬神殿廣場上的噴泉是在1575年教宗格雷戈里十三世(Gregory XIII)，由曾經參與建造聖彼得大教堂的波塔(Giacomo Della Porta)所設計。到了1711年，教宗克勉十一世要求重新整建，並立上一根埃及拉姆西斯二世時代(西元前13世紀)的方尖碑，底座裝飾4隻海豚。

MAP ▶ P.83D1

特雷維噴泉

MOOK Choice

Fontana di Trevi

最具人氣噴泉

搭地鐵A線在Barberini站下車，後步行約10分鐘可達 Piazza di Trevi

特雷維噴泉又被稱為許願池，是羅馬最大的巴洛克式噴泉，高26.3、寬49.15公尺，原文「Trevi」其實是「三叉路」的意思，因為所在位置涵蓋了3條馬路而得名。

1450年時教宗尼古拉五世委託建築師阿貝蒂(Alberti)規畫原始的噴泉，目前所見的噴泉則是1733年由羅馬建築師沙維(Nicola Salvi)動工、直到1762年才正式落成，是羅馬噴泉中比較年輕、名氣卻最響亮的一座。

這座噴泉的設計靈感來自羅馬凱旋門，搭配後方的波利宮(Palazzo Poli)，整體造型像極了一座華麗劇院。噴泉雄偉的雕刻敘述海神的故事，背景建築是一座海神宮，4根柱子分隔出3格空間，中間聳立著駕馭飛馬戰車的海神(Neptune)，左右則分別為豐饒女神與健康女神，上方4位少女代表著四季，伴隨著海神的是兩位人身魚尾的崔坦(Triton)，控制的海馬一匹桀驁不馴、一匹溫順馴服，象徵海洋的變化萬千。

傳說如果背對許願池，用右手由左肩向池中丟1枚硬幣，他日就能再回到羅馬；丟2枚硬幣則會回到羅馬遇上愛情；若投擲3枚，有情人將成為眷屬，並舉行一場羅馬式婚禮。這故事其實來自1954年的電影《羅馬之戀》(Three Coins in the Fountain)，其同名的電影主題曲更贏得27屆奧斯卡金像獎最佳電影歌曲。

遊客扔的硬幣都到哪裡去了？

這裡應該是歐洲最賺錢的噴泉，據說每日大約有3千歐元收入，羅馬政府會定期回收錢幣作為慈善用途。羅馬天主教明愛會(Roman Catholic charity Caritas)負責分配這些「善款」，作為國際社會慈善資助計畫和食物發放之用。

羅馬北區Northern Roma

MAP > P.82C3

西班牙廣場

Piazza di Spagna

人氣不滅的廣場

搭地鐵A線於Spagna站下車

位於平丘(Pincio)山腳下的西班牙廣場，在帝國時期是山丘花園，17世紀時西班牙大使館在此設立，因此廣場四周也多是西班牙人的不動產物業；到了18世紀，這裡成為羅馬最繁榮的中心，四周旅館都是英國貴族的落腳處。

廣場後方山坡上有座法國人興建的聖三一教堂(Chiesa di Trinità dei Monti)，哥德式雙子鐘塔的外觀搭配埃及方尖碑，成為廣場的代表地標。18世紀時法國人決定築一道階梯與山下相連，於是1726年由義大利籍的建築師山提斯(Francesco de Sanctis)完成了這個有中段平台的階梯，為廣場增添浪漫風情。

西班牙廣場也以購物出名，是羅馬最著名的購物區之一，四周精品店櫛比鱗次，附近的巷弄也有許多小店家可以逛。由於觀光客多，許多商店在假日也會營業。

破船噴泉Fontana della Barcaccia

廣場中央的破船噴泉是16世紀的作品，由教宗烏爾巴諾八世(Urbano VIII)委託貝尼尼父子設計，靈感來自台伯河的水災，水災退去後在噴泉的所在位置留下一艘卡在泥濘中的小船，貝尼尼根據這個情景設計了噴泉的形式，紀念以堅毅和相互扶持度過危機的羅馬人。噴泉的水先流入半淹於水池中的破船，再從船的四邊慢慢溢出，加上整座噴泉幾乎只和街面一般高，感覺真的很像即將沉入地底的漏水船。

濟慈—雪萊紀念館 Keats-Shelley House

Piazza di Spagna 26　www.keats-shelley-house.org　週一~週六10:00~13:00、14:00~18:00　休週日　全票€6、優待票€5

濟慈病逝前在此度過了生命中的最後幾個月，紀念館的外觀還保持著濟慈到羅馬旅行時的樣貌。紀念館內展示的是英國詩人濟慈、雪萊和拜倫的文物及手稿，也包括王爾德的創作手稿及渥斯華茲的信件，是對浪漫主義文學有興趣的人必定朝聖之地。

無罪純潔聖母柱 Colponna dell'Immacolata

廣場的南面有一根設立於1856年的高柱，教宗每年的12月8日都會到此紀念聖母處女懷孕的神蹟，由消防隊員爬上柱頂將花冠戴在聖母的頭上。無罪純潔聖母柱是1777年在一間修道院被發現的，原是古羅馬柱遺跡，1800年成為基督教的紀念柱，柱頂上站著聖母瑪利亞像，柱基則由摩西等先知的雕像簇擁著。

羅馬北區Northern Roma

MAP ▶ P.82D4

巴貝里尼廣場

MOOK Choice

Piazza Barberini

巴貝里尼家族的精神象徵

搭地鐵A線在Barberini站下車

國立古代藝術美術館(巴貝里尼宮)

Via delle Quattro Fontane 13　10:00~19:00(閉館前一小時停止售票)，週一休　€12　www.barberinicorsini.org

廣場中央的海神噴泉(Fontana del Tritone)是貝尼尼的噴泉傑作，從貝殼中現身的海神吹著海螺，它是貝尼尼在出身巴貝里尼家族的教宗烏爾巴諾八世(Urbano VIII)的指示下完成的作品。附近還有另一件出自同一創作背景的噴泉，即蜜蜂噴泉(Fontana delle Api)，之所以選擇蜜蜂，正因是巴貝里尼家族的徽章。

廣場邊的巴貝里尼宮(Palazzo Barberini)原是烏爾巴諾八世家族的宅邸，烏爾巴諾八世於1623年就任為教宗，選擇當時的市郊為家族蓋一幢豪宅，在巴洛米尼(Barromini)的協助下，將華宅設計成度假別墅的形式，8年後，再由貝尼尼建造完成，還為烏爾巴諾八世鑄塑胸像。

巴貝里尼宮內部目前為國立古代藝術美術館(Galleria Nazioanle d'Arte Antica)，展示著12至18世紀的繪畫、家具、義大利陶器、磁器等作品，中央大廳天井的寓言畫則是科爾托納(Pietro da Cortona)的精彩之作。其中收藏的畫作都是大師級的作品，如卡拉瓦喬、拉斐爾、霍爾班(Hans Holbein)、利比修士(Lippi)、安潔利柯修士(Angelico)、馬汀尼(Simone Martini)、埃爾葛雷柯(El Greco)等。

不認識貝尼尼設計的噴泉，就不算認識羅馬！

濟安・勞倫佐・貝尼尼(Gian Lorenzo Bernini)是拿坡里人，在父親的教導下學習雕刻，很早就顯露天才，他努力學習羅馬古雕刻，又研究米開朗基羅、拉斐爾的作品，讓他更能掌握石頭及雕刻的繪畫性。

貝尼尼的早期作品受到紅衣主教西皮歐內・波各賽(Scipione Borghese)注意，在主教的贊助下開始雕刻大型系列作品：從古典結構的《大衛》(David)，到充滿幻想性的《阿波羅與達芙妮》《Apollo and Daphne》，顯示貝尼尼擅於掌握石材和題材，膚質、髮質及陰影的表現更打破了米開朗基羅以來的傳統，開展了西方雕刻史新的一頁。

在教宗烏爾巴諾八世的支持下，貝尼尼開始大量創作，噴泉是貝尼尼對羅馬城市景觀最大的貢獻。最早的作品是西班牙廣場上的破船噴泉；巴貝里尼廣場的海神噴泉則大幅改變羅馬建築式噴泉的形式；拉渥那廣場上支撐方尖碑的四河噴泉，標示著貝尼尼建築事業的輝煌期開端，無論視覺和技法都取得了極大的成功。

羅馬北區Northern Roma

MAP ▶ P.82D4

無垢聖母瑪利亞教堂

Santa Maria della Concezione

挑戰膽量人骨教堂

搭地鐵A線在Barberini站下車，步行約3分鐘 Via Vittorio Veneto 27 10:00~19:00(18:30停止入場) 教堂免費，博物館、地下墓室€11.5 museoecriptacappuccini.it/en 地下墓室禁止拍照

這間教堂是由方濟會紅衣主教安東尼・巴貝里尼(Antonio Barberini)興建，並由主教的兄弟烏爾巴諾八世教宗於1626年的聖方濟日奠定基石。無垢聖母瑪利亞教堂外觀簡單，儘管裝飾著壁畫和淺浮雕，然而真正吸引人們前來的，是地下墓室。

這處名列羅馬最恐怖的景觀，由3千7百名於1500年~1870年間過世的修道士遺骸裝飾而成。一條狹窄的通道通往6處小禮拜堂，沿途和禮拜堂中滿是頭顱、手腳骨、脊椎骨等人骨拼貼而成的圖案，其中甚至還能看到依舊身著僧袍的骨骸，或站或臥的出現於禮拜堂的壁龕中。

特米尼火車站周邊Around Stazione Termini

MAP ▶ P.83B4

勝利聖母瑪利亞教堂

Chiesa di Santa Maria della Vittoria

貝尼尼精湛之作

搭地鐵A線於Repubblica站下車，步行約4分鐘 Via XX Settembre 17 8:30~12:00、15:30~18:00 www.chiesasantamariavittoriaroma.it

小巧的教堂中，無論是牆壁或天花板都裝飾著滿滿的大理石、天使雕刻和壁畫，金碧輝煌的程度，堪稱羅馬最美的巴洛克式教堂之一。

《聖泰瑞莎的狂喜》

其中最著名的是位於主祭壇左側的科爾納羅紅衣主教禮拜堂(Chapel of Cardinal Cornaro)，中央出自貝尼尼設計的《聖泰瑞莎的狂喜》(Estasi di Santa Teresa)，為鎮堂之寶，表現聖泰瑞莎遭金箭刺穿心臟時，陷入狂喜與巨痛時的神態，展現出戲劇般的效果。

《戰勝異端的聖母與叛逆天使的墮落》

位於主殿拱頂的巨幅濕壁畫《戰勝異端的聖母與叛逆天使的墮落》(Trionfo della Madonna sulle Eresie e Caduta degli Angeli Ribelli)，由賽瑞尼繪製於1675年，描繪勝利歡欣鼓舞的主題。

MAP P.81E1

波各賽別墅與波各賽美術館

MOOK Choice

Villa Borghese & Museo e Galleria Borghese

綠蔭間的藝術寶庫

搭地鐵A線於Spagna站下車，後跟隨指標步行約20分鐘可達。或從特米尼車站搭乘92號公車至Museo Borghese下車 Piazzale del Museo Borghese 5 9:00~19:00，週一休 全票€15、18~25歲€4、18歲以下€2。參觀波各賽美術館務必事先於網站購票；持羅馬卡亦需打電話預約 www.tosc.it

位於市區北部的這一大片綠地，是散步與騎單車的好去處，1605年紅衣主教西皮歐內·波各賽命人設計這個別墅與園區，新古典風格的維納斯小神殿、人工湖、圓形劇場等隱藏於樹叢之中，精緻典雅。這位紅衣主教同時也是教宗保羅五世鍾愛的姪兒，還是位慷慨的藝術資助者，他曾委託年輕的貝尼尼創作了不少雕刻作品；19世紀時，波各賽家族的卡密婁王子乾脆把家族的藝術收藏品集中起來，在別墅內成立了波各賽美術館。

波各賽美術館

波各賽美術館的收藏精華，全歸功於西皮歐內·波各賽，他在17世紀初指定法蘭德斯建築師Jan van Santen建造波各賽別墅，1633年西皮歐內死後，波各賽家族成員進一步充實收藏品目及數量，然而拿破崙攻占羅馬後，不少波各賽的古典雕刻收藏被帶回法國，現在全都在羅浮宮。

波各賽美術館較具知名度的雕刻作品是以拿破崙妹妹寶琳(Pauline)為模特兒的《寶琳波各賽》(Paolina Borghese)雕像，是雕刻家卡諾瓦(Canova)的作品；而《阿波羅與達芙內》(Apollo e Dafne)、《抿嘴執石的大衛》則是貝尼尼的經典大理石雕；貝尼尼的《搶奪波塞賓娜》(Ratto di Proserpina)更是經典中的經典：冥王的手指掐入波塞賓娜大腿處，那肌肉的彈性和力道，使人無法想像它居然是石雕作品！

以往被視為私人收藏並不對外開放的波各賽美術館，其內部珍貴的繪畫收藏有卡拉瓦喬、拉斐爾、堤香、法蘭德斯大師魯本斯(Rubens)等，其中拉斐爾的《卸下聖體》(La Deposizione)幾乎被視為米開朗基羅《聖殤》像的翻版。而威尼斯畫派的代表人物堤香在這裡也有許多重要的作品，其中一件是《聖愛與俗愛》(Amore Sacro e Profano)，作品中使用紅色的技巧以及對光線的掌握，深深影響著後代的藝術家。

波各賽別墅花園

波各賽別墅花園本身是一座英式花園，是羅馬市區面積第3大的公園綠地，裡面除了主建築波各賽博物館之外，還有森林、池塘、博物館、動物園、賽馬場等。

醫神神殿與人工湖

這座建於18世紀的醫神神殿(Temple of Aesculapius)位於一座人工湖邊，據說其設計是仿自英格蘭威爾特郡(Wiltshire)的一座湖泊景觀。

麥第奇別墅Villa Medici

這座別墅呈矯飾主義風格，目前屬於法國的財產，雷史碧基的名曲《羅馬之泉》交響詩部分的靈感即來自別墅裡的花園噴泉。

羅馬之松

義大利20世紀作曲家雷史碧基(Respighi)的名曲《羅馬之松》交響詩，其第一樂章即描繪小孩在波各賽別墅花園的松林下遊玩的情景。

國立現代美術館 Galleria Nazionale d'Arte Moderna

這裡收藏了19世紀之後的繪畫，除義大利的畫家之外，還有克林姆(Gustav Klimt)、莫內(Claude Monet)等人的作品。

文學家雕像

公園裡立了不少世界各地著名文學家的雕像，像是俄國詩人、劇作和小說家普希金(Alexander Pushkin)、埃及現代文學先驅邵基(Ahmed Shawqi)等。

MAP ▶ P.83C6

大聖母瑪利亞教堂

MOOK Choice

Basilica Papale di Santa Maria Maggiore

8月雪奇蹟聖堂

搭地鐵A、B線於Termini站下車，步行約10分鐘可達 www.basilicasantamariamaggiore.va/en.html Piazza di Santa Maria Maggiore 7:00~19:00(18:30停止入場) 免費

教堂所在的艾斯奎利諾山丘(Esquiline Hill)山頂原是一大片綠地花園，4世紀時因一次宗教奇蹟而起建。歷經多次的地震毀損與重建，許多建築天才參與其間，包括米開朗基羅在內。

大聖母瑪麗亞教堂是羅馬4座特級宗座大教堂(Papal Major Basilica)之一。這座架構龐大的教堂結合了各種不同的建築風格，可以說是一部活生生的建築史。

大聖母瑪麗亞教堂的興建由來

據說於西元352年8月5日，一對有錢卻膝下無子的貴族夫婦夢見聖母顯靈，要他們在現今大聖母瑪利亞教堂的地點上興建教堂，因而他們將財產全數捐出，教宗里貝利歐(Liberius)於是下令建造這座羅馬最重要的聖母教堂。據說教宗前去勘查時發現：雖是8月天，地上卻有未經碰觸的白雪，也因此教堂別名「白雪的聖母瑪利亞教堂」(Santa Maria della Neve)。每年的8月5日教堂都會舉行慶典以紀念當年的那場8月雪，當白玫瑰花瓣從天井灑下時，彌撒的氣氛達到最高潮。

本堂

金光燦爛的天花板是15世紀文藝復興的手法，地面用彩石鑲嵌的幾何花紋大理石地板，是中世紀哥斯瑪特式風格，兩側長柱與3道長廊建於西元5世紀，是最原始的部份，之後才陸續擴建。天井雖採用文藝復興風格，但圓頂則是巴洛克式。

立面

教堂的立面是傅加(Ferdinando Fuga)於1745年時加上去的，用以保護內層的中世紀藝術品，尤其是14世紀的馬賽克鑲嵌畫。

馬賽克鑲嵌畫

鑲嵌畫的上部以拜占庭手法表現基督為萬物的主宰，被聖母及聖徒簇擁著，此作品中有作者魯肅提(Filippo Rusuti)的落款，這情況在過去的馬賽克作品中相當少見，顯示創作者已從無名角色中大幅提高了地位，落款因而成為新的潮流；而下部的鑲嵌畫則重現當年8月降雪的傳奇。

壁畫

整座教堂裝飾的壁畫精緻無比，是由各年代不同的傑出藝術家的作品所組成，其中教堂華麗的天井傳說是用哥倫布從美洲帶回的第一批黃金所裝潢的，但時間依然對這些藝術品造成損害。

鐘塔

高75公尺的鐘塔，是羅馬最高的鐘塔，重建於14世紀，仍保持著羅馬中世紀的風格，它的尖頂則是16世紀加上去的。

和平柱

位於大聖母瑪麗亞教堂前的和平柱，是和平殿堂(Basilica of Massenzio)僅剩的遺跡，1613至1615年間被教宗Paul V移到現在的位置，以慶祝教宗為大聖母瑪利亞教堂增建的波各賽禮拜堂落成。教宗還命馬德諾(Carlo Maderno)裝飾，馬德諾在柱頭上安上聖母與聖子的銅像，並在柱基增加一座噴泉以加強氣勢及景觀的平衡性。

西斯汀禮拜堂 Cappella Sistina

教宗思道五世(Sixtus V)長眠於右手邊的西斯汀禮拜堂內，他的陵墓由馮塔納(Domenico Fontana)設計，對面則是教宗庇護五世(Pius V)的陵墓，也同樣出自馮塔納之手。祭壇裡有一座由Sebastiano Torregiani所打造的銅雕，由4位天使扶握著聖體容器。祭壇外，則是貝尼尼及其家族的陵墓。

波各賽禮拜堂 Borghese Chapel

亦即主祭壇，裡面供奉著一幅聖母瑪麗亞的聖像，被稱為Salus Populi Romani，意思是「拯救羅馬人」，因為過去曾經拯救羅馬免於一場瘟疫的神蹟。這幅聖像已有1千多年歷史，據信是羅馬最古老的聖母瑪麗亞聖像。

基督誕生地窖 Crypt of the Nativity

又名伯利恆地窖(Bethlehem Crypt)，主要珍藏了一個水晶聖物盒，盒子裡據說是基督誕生於馬槽的一塊木片。此外，這裡也埋葬了聖傑羅姆(Saint Jerome)，他是4世紀時教堂的醫生，他將聖經翻譯成拉丁文。

藝術大師的足跡

史弗乍小禮拜堂(Capella Sforza)是米開朗基羅所設計，並由波塔接手，在1573年完成。除了建築外，教堂也集合了重要藝術家的作品，如岡比歐(Arnolfo de Cambio)、布拉契(P. Bracci)、巴歐尼(Pompeo Baoni)等；而聖卡耶坦(St. Cajetan)抱著聖子的雕像則是貝尼尼的作品，描述聖卡耶坦在一次禱告時，聖子顯靈並爬向他臂膀的景象。

羅馬南區Southern Roma

MAP ▶ P.81F5

阿皮亞古道公園

Parco dell' Appia Antica

條條大路通羅馬的起點

搭地鐵A線到San Giovanni站後轉搭218號巴士，或地鐵B線到Circo Massimo站轉搭118號巴士，過了聖賽巴斯提阿諾城門後在Domine Quo Vadis下車，下車處為遊客服務中心和「主往何處去教堂」；或地鐵A線到Colli Albani站轉搭660號巴士，終點站靠近西西莉雅麥塔拉墓園

遊客服務中心

搭乘118、218等巴士，穿越聖賽巴斯提阿諾城門後下車即達 Via Appia Antica, 58/60 06-513-5316 週一至週五9:30~13:00、14:00~17:00，週六及週日9:30~17:00，1/1、12/25休 www.parcoappiaantica.it 建議為遊覽古道的起點，提供古道的資料、地圖及預約導覽等服務

卡拉卡拉浴場

搭地鐵B線於Circo Massimo站下車後，步行約5分鐘可達 Via delle Terme di Caracalla 52 週二至週日冬季9:00~16:30、夏季9:00~18:30(關閉時間每天略有變動，可隨時上網查詢) 全票€10 www.coopculture.it

主往何處去教堂

Via Appia Antica 51 08:00~18:00

聖賽巴斯提阿諾墓穴

位於遊客中心旁邊 Via Appia Antica 136 10:00~17:00，每年11~12月會有段關閉日，請上網查詢 全票€10、優惠票€7 www.catacombe.org 參觀墓園一定要參加現場導覽，有英文解說

聖卡利斯托墓園

搭乘218巴士至Fosse Ardeatine下車，或118巴士至Catacombs of San Callisto下車。遊客中心步行前往約20分鐘 Via Appia Antica 110 10:00~12:00、14:00~17:00，週三、1//1、12/25修，每年1~2月會有段關閉日，請上網查詢 全票€10、優惠票€7，網站預購加€2 www.catacombesancallisto.it/en 參觀墓園一定要參加現場導覽，導覽時間約30~40分鐘，有英文解說

要了解羅馬道路建設的歷史，建議走一趟阿皮亞古道，這條古道是為了快速連接羅馬與義大利半島東南部，以取得地中海地區更多的貿易經濟利益而建：從羅馬南下至卡普阿(Capua)，之後轉向東南遠至布林迪西港口(Brindisi)，西羅馬帝國滅亡後，拜占庭世界仍頻繁地利用這條路和義大利半島、希臘、小亞細亞連繫，進行政治和貿易的往來，直至20世紀初。

阿皮亞古道由古羅馬的戶政官Appius Claudius Ciecus於西元前312年監督建成，古道因而以他來命名。道路的設計及用料都考量適應各種交通工具和氣候，造路時用了巧妙的排水系統，四輪馬車遇雨天也能安全奔馳在平整的石頭路上。

遊園小提醒

現在的阿皮亞古道公園廣達4,580公頃，包括一段16公里長的阿皮亞古道、整座卡發瑞拉山谷在內，以及重要的遺跡區拉提納道(Via Latina)和古羅馬水道公園(Villa Quintili and Aqueduct)等。想以步行遊歷整座公園並不容易，最好搭乘巴士接駁或參加由旅客服務中心提供的導覽行程；想保持行程彈性，租單車是很好的方式。建議隨身準備充足的飲用水，且全區遮蔽物不多，夏季前往需注意防曬。

阿皮亞古道與墓園

出了位於古羅馬城牆東南方的聖賽巴斯提阿諾門(Porta S.Sebastiano)，便是綠意盎然的古道。這條古道對基督徒而言有更重要的意義：西元56年，聖保羅就是沿著這條道路返回羅馬受審；西元2世紀開始，無數殉教者葬於此處的集體墳場；中世紀時，古道更是南義地區前往聖彼得大教堂的朝聖者必經之路。

古道兩旁林立著古羅馬著名家族的古老墓園及基督徒墓園，綿延數公里，其中較著名的有聖卡利斯托(Catacombs of San Callisto)、聖賽巴斯提阿諾(Catacombs of San Sebastiano)、聖多米提拉(Catacombs of San Domitilla)3座，其中規模最大、最莊嚴的是位於主往何處去教堂後側的聖卡利斯托墓園。這些墳場皆位於地下，如迷宮式的窄小通道兩旁皆是墓穴，不少墓窟還裝飾著美麗的壁畫。

主往何處去教堂Domine Quo Vadis

使徒彼得逃離羅馬時遇見基督聖蹟的地方；在教堂內的地上有兩個腳印，據說是基督和聖彼得談話時所留下。彼得在此處經基督提點，重回羅馬接受殉教的命運，聖彼得最後是被倒釘在十字架上，時間在西元64年或65年，羅馬皇帝卡利古拉(Caligula)及尼祿在位時。

基督教地下墓園

「Catacombs」意思是古羅馬時代基督徒的地下墓穴。古羅馬原本使用火葬，直到哈德良皇帝時代才開始流行土葬，但基於衛生原因，禁止將墓地設在城內，又為了解決空間和地價昂貴的問題，所以開始向下挖掘，發展出多層地道式的墓穴；最古老的地下墓園可追溯至西元2~3世紀左右。

地下墓園由多條地道組成，為疏導空氣與透射陽光另設有方形的垂直天窗。兩邊土壁上挖滿作為墓槽的壁龕，遺體以殮布包裹，放入個別壁龕，再以磚石或大理石封口，並刻上死者姓名及逝世日期。也有比較精緻的拱形墓龕，以及如小房間般的家族墓堂。

卡拉卡拉浴場Terme di Caracalla

這座帝國時期的大浴場也稱之為Antoniane，是由卡拉卡拉皇帝(Caracalla)的父親塞維羅皇帝(Settimio Severo)起建，並於西元217年在卡拉卡拉任內完工。直到西元6世紀蠻族哥德人入侵破壞水道為止，前後共使用約3百年。

卡拉卡拉浴場不但是古羅馬拱圈建築的典型，規模也非常龐大，內部格局對稱，可容納約1,500至1,700人同時入浴，浴池依水溫還分成熱水池、溫水池、冷水池，此外還有露天泳池，可以說是現代三溫暖的始祖。

浴場的建築是羅馬休閒娛樂類建築智慧的結晶，到處裝飾著雕像，圓頂鋪滿光彩耀眼的馬賽克鑲嵌畫，地板和牆面則鋪上精美磁磚，建材更是珍貴的大理石；附屬設施有花園、健身房、圖書館、畫廊、商店及會議室等，浴場內還經常舉行運動賽事和劇場表演，設想頗周到。

羅馬周邊 Around Roma

MAP P.81G1

提弗利

MOOK Choice

Tivoli

皇家貴族避暑勝地

搭地鐵B線於Ponte Mammolo站下車，於地鐵站二樓轉搭前往提弗利方向的Cotral巴士，車程約50分鐘。巴士上不售票，車票可在地鐵站的書報攤或2樓Cotral售票窗口購買。前往艾斯特別墅直接搭到提弗利鎮上的Piazzale Nazioni Unite站下，哈德良別墅可要求司機讓你在中途下車(巴士上無字幕顯示，上車時可向司機出示字卡Villa Adriana，請司機提醒)，下車後沿路標步行約10分鐘。

提弗利位於羅馬東北近郊31公里，自共和時期以來就一直是羅馬貴族喜愛的避暑勝地，由於這裡是提布提尼(Tiburtini)山丘群分布區，因此由山上引來水源，創造如詩如畫的庭園勝景，是吸引這些皇帝、主教和貴族們來此度假的主要誘因。

古羅馬時期的豪宅翹楚當屬哈德良皇帝興建的私人住宅，16世紀時紅衣主教伊波利多艾斯特(Ippolito d'Este)落腳此地後，許多貴族陸續跟進，提弗利開始發展成中世紀的教堂城鎮；進入工業時代的19世紀，小鎮因造紙業和電力的發展，1882年成為全義大利第一座電力城市。現在這片翠綠蔥鬱的山丘，除了有哈德良別墅與艾斯特別墅這兩個名列世界文化遺產的景點吸引遊人，更是羅馬人假日休閒的去處，悠遊與城市截然不同的緩慢生活步調。

艾斯特別墅Villa d'Este

Piazza Trento 5 ,Tivoli 開放時間為8:30，閉館時間為16:00~18:45；通常週一休(每月不同且會變動，請上網查詢) 全票€15；別墅通票3日券全票€30 www.coopculture.it/en/products/ticket-for-villa-deste

夏季走進艾斯特別墅的庭園，那沁人心扉的清涼水氣立刻讓人暑氣全消，園區大大小小噴泉多達5百座，艾斯特別墅又稱為「千泉宮」。別墅修建者是16世紀時的紅衣主教伊波利多艾斯特(Ippolito d'Este)，他是費拉拉的艾斯特家族與教皇亞歷山卓六世的後代，因支持朱力歐三世成為教皇而被任命為提弗利的總督。他發現提弗利的氣候對健康有助益，因此決定把原來的方濟會修院改建為華麗度假別墅。

別墅由受古希臘羅馬藝術薰陶的建築師與考古學家李高里奧(Pirro Ligorio)設計，以高低落差處理噴泉的水源，企圖把文藝復興時期藝術家們的理想展現於這片蓊鬱的花園裡，後來由不同時期的大師陸續完成，因此也帶有巴洛克的味道，為歐洲庭園造景的典範。別墅中噴泉處處，激發浪漫主義作曲家李斯特(Franz Liszt)的靈感，創作出鋼琴名曲《艾斯特別墅的噴泉》(Fountains of the Villa d'Este)。

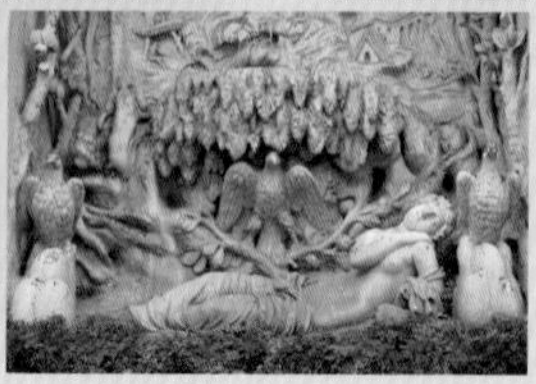

順暢1日遊建議

若要一天走訪2個別墅，建議行程為早上先搭車至哈德良別墅，參觀後於售票口前方公車站牌，搭乘地區橘色巴士CAT 4號或4X號前往提弗利小鎮，前往提弗利車程約10分鐘。由於提弗利小鎮的餐飲選擇較多，這樣剛好可先用餐休息，再繼續參觀艾斯特別墅。回程在遊客服務站對面的站牌搭乘往Roma的巴士回到Ponte Mammolo地鐵站，這樣安排比較不用擔心上車無座位。

主屋

入口是主教居住的四方形院落，位於區域的制高點，房間外的陽台廊道可俯瞰整個噴泉花園和提弗利鎮。中央走廊貫穿每個房間，以精美華麗的雕刻和壁畫裝飾，每個房間的壁畫都有不同主題：有的描述提弗利的傳說，有的是主教家族的歷史。

百泉之路Cento Fontane

這是條由無數小噴泉、翠綠苔蘚及潺潺水聲交織串流的美麗道路，水源來自奧瓦多噴泉：3段層層而下的泉水象徵流經提弗利的3條河流，匯集後流向道路另一頭的羅梅塔噴泉。裝飾的老鷹雕像是艾斯特家族家徽；最下層出水口則是各種有趣的怪物臉孔。

羅梅塔噴泉Fontana di Rometta

表現羅馬崛起的意象：上層是城市起源的母狼與雙胞胎傳說，帶頭盔執長矛的女神代表羅馬；下層泉水和載著方尖碑的船分別代表台伯河和台伯島。從別墅往下看向羅梅塔噴泉方向，還可看到修剪成圓形競技場形狀的樹籬。

管風琴噴泉與海王星噴泉
Fontana dell'Organo & Fontana di Nettuno

從魚池的方向看向管風琴噴泉，平靜池水與倒影；水柱擎天、氣勢磅礡的海王星噴泉，以及遠處雕飾華美的管風琴噴泉堆疊成一幅有動有靜的風景。海王星噴泉是園區內最大的噴泉，最初設計者為貝尼尼，後經多次破壞和整修。海王星噴泉上方是巴洛克式風格的管風琴噴泉，立面裝飾了滿滿的浮雕和雕像，若遇安排樂曲演奏，不妨在此歇腳，聆聽水流與樂器的協奏曲。

巨杯噴泉
Fontana del Tripode

由巴洛克大師貝尼尼所設計，原不在別墅的設計藍圖中，為1661年添加。

奧瓦多噴泉
Fontana dell'Ovato

由改建別墅建築的李高里奧所設計：泉水自一片綠意盎然間傾瀉而下，形成清涼剔透的半圓水簾幕。噴泉上方的3尊雕像分別象徵流經提弗利的3條河流：Aniene、Erculaneo和Albuneo。

月神黛安娜噴泉
Fontana di Diana Efesia

柏樹圍籬的盡頭，涓涓泉水自「月神黛安娜」胸口層層疊疊的乳房流出，象徵大地之母的灌溉帶來豐饒，所以，又稱為豐饒女神。

哈德良別墅Villa Adriana

Largo Marguerite Yourcenar 2, Tivoli ：開放時間為8:15，閉館時間為15:30~19:30(每月不同且會變動，請上網查詢) 全票€14；別墅通票3日券全票€30 www.villa-adriana.net

哈德良別墅位於提布提尼山腳下，與提弗利市區相距5公里，是非常典型的古羅馬別墅。

哈德良皇帝於西元117年至138年統治羅馬帝國，當時帝國領土遼闊：北達英國、東抵土耳其、南至埃及，哈德良皇帝足跡踏遍各地，誘發其富於異國風味的建築靈感，並將這些想法實現在庭園間。因此這裡不止是皇帝度假的地方，更是他心目中理想城市的雛形。

占地約300公頃的哈德良別墅，從南端引水貫穿整個園區，通過精密複雜的水道系統，讓每棟建築都有取水設施，造景水池、蓄水池和浴場等樣樣不缺；建築上增添了希臘建築的特色，例如維納斯小神殿(Tempietto di Venere)是由古典多立克式圓柱包圍著女神雕像。隨著羅馬帝國的落沒，別墅中許多雕像被移送至君士坦丁堡，文藝復興時期仿古風氣盛，哈德良別墅持續遭到貴族的掠奪，只留下如今的斷垣殘壁。

卡諾波Canopo

這裡是別墅中最著名的勝景。卡諾波位於埃及的亞歷山卓港附近，它的華麗與富裕令皇帝難忘，別墅中的卡諾波則充滿了哈德良的嚮往。他在谷地間開鑿出長130公尺的池塘代表尼羅河的運河，兩旁裝飾著圓拱石柱與希臘風格的女神雕像；運河另一端的半圓形建築是賽拉皮歐(Serapeo)神殿。

海洋劇場Teatro Marittimo

圍牆、水池和40根艾奧尼亞式石柱以同心圓環繞池中小島，海洋劇場是別墅中保存較完整的建築，小島上原有座皇帝吟唱詩歌的小別墅。緊鄰劇場的哲學廳堂(Sala dei Filosofi)為接待大廳，拱頂下有7個壁龕，推測曾放置希臘7賢士的雕像，也曾經作為存放羊皮紙和莎草紙的地方，因此也有人認為是圖書館。

大浴場Grandi Terme

相鄰連接的大小浴場仍可看出圓頂和拱圈結構，最能表現古羅馬建築風格。內部空間規劃完善，除了冷、熱、溫水池和休息室以外，還有健身房、三溫暖、廁所、鍋爐區等，大型窗戶則可納入景觀和陽光。

梵諦岡
Vaticano

梵諦岡只有0.44平方公里、人口約800人，不論從面積還是人口計算，都是世界上最小的主權國家，不過，它在全世界擁有好幾億的信仰人口，具體表現出上帝在俗世的統治權。梵諦岡是一個獨立的政權，也是天主教世界的首都。

梵諦岡是1929年根據拉特蘭條約(Lateran Treaty)所建立的，由教宗庇護11世(PiusXI)和墨索里尼(Mussolini)共同簽訂，除了現在梵諦岡城牆涵蓋的範圍，羅馬教廷(Holy See)還管轄了羅馬境內及周邊28個地點，包括拉特蘭的聖喬凡尼教堂(San Giovanni in Laterano)、大聖母瑪利亞教堂(Santa Maria Maggiore)等。

來到梵諦岡，你也一定會被那些穿著華麗制服的守衛所吸引，他們都是奉行天主教規、前來服役的瑞士士兵，擔任教宗的私人護衛，而這項傳統從1506年的儒略二世(Julius Ⅱ)時代延續至今。

梵諦岡雖小，但擁有聖彼得大教堂與廣場、梵諦岡博物館、聖天使古堡這些一級景點，耗上一整天都看不盡。

Where to Explore in Vaticano
賞遊梵諦岡

MAP P.80A3

聖彼得廣場

MOOK Choice

Piazza San Pietro

聖殿前的華麗巴洛克序曲

搭地鐵A線於Ottaviano San Pietro站下車，步行約10分鐘可達 www.vatican.va

聖彼得廣場昭示著羅馬最輝煌的17世紀巴洛克時代，那時的建築被要求必須彰顯天父的偉大和敬畏宗教的無上神聖。貝尼尼確實辦到了教皇的要求：美麗而經過仔細計算安排的多利克柱式柱廊，從聖彼得大教堂左右兩翼延伸而出，貝尼尼形容它有如「母親的雙臂」，導引著全世界的信徒進入這宏偉的廣場，通往神聖的聖彼得大教堂。就這樣，聖彼得廣場成為全羅馬最重要也最著名的廣場，更是世界上最大的公眾集合場所。

貝尼尼柱廊

聖彼得廣場之大，從空中看，它有如一個巨型的鑰匙孔，長軸達240公尺，貝尼尼以立柱為半圓型門廊，柱廊共分4列，使進入教堂的前進空間自然地分成3條通道，中間通道大於左右兩側，柱頭則裝飾著140位聖人的雕像，以及貝尼尼的庇護教皇亞歷山大七世(Alexander VII)的徽章。

尋找貝尼尼傳說

貝尼尼柱廊分成4列，共有284根柱子，但站在不同角度會有不同的結果。不妨在廣場左右兩側各找出一塊嵌在地上的圓石，站在上頭往兩側柱廊望去，此時柱子就會變成一排，而這兩塊圓石就是所謂的「貝尼尼傳說」。

埃及方尖碑

廣場的中央由一根高37公尺的埃及方尖碑和兩座噴泉構成視覺的中心點，這裡也正是橢圓形廣場兩軸的交會點，站在這裡觀賞兩邊的柱廊，會產生似乎只有一列的錯覺。

方尖碑是由羅馬皇帝卡利古拉(Gaius Caligula)從埃及古都赫利奧波利斯(Heliopolis)帶回羅馬的，原本擺在尼祿皇帝的競技場中，當作馬車競賽時的折返點。尼祿皇帝的競技場的位置，就是現在聖彼得大教堂的所在地。

這座方尖碑也是所有位於羅馬的方尖碑中，唯一在中世紀時未曾倒下的；廣場從中世紀起經過不同階段的改建、復建，方尖碑曾被移到聖彼得大教堂旁，而非廣場中心點，直到1586年，建築師馮塔納整建廣場時，才把它移回中心位置。

聖彼得廣場的這座方尖碑在羅馬所有的方尖碑中有不凡的意義，因為許多人相信凱撒的骨灰就置放在方尖碑內；不過可以確定的是：方尖碑頂上的聖匣中，放著真實十字架的一部份，因此這根方尖碑在宗教上有著極崇高的地位。

噴泉

馮塔納同時也是方尖碑下2座噴泉之一的設計者，另一座則是馬德諾所做。噴泉水引自羅馬市郊，由引水道引至廣場，原本廣場上只有一座由馬德諾設計的噴泉(方尖碑右邊)，但貝尼尼增加廣場兩邊的柱廊後，必須再增加一座以達到平衡和對稱，馮塔納於是多設計一座噴泉，使兩座噴泉和方尖碑結合成一體。而且新噴泉仿舊噴泉的形式，雕刻教宗伸出的雙臂：馬德諾的噴泉是教宗保祿五世(Paul V)的雙臂，馮塔納的新噴泉則是克勉十世(Clement X)的雙臂。

聖保羅像

進入聖彼得教堂之前，教堂右側有一尊手持寶劍的雕像，那是聖保羅像，因為他當年是被劍斬首而殉教。

聖彼得像

面對教堂左側手持一把鑰匙的雕像是聖彼得像，他手中拿的是耶穌託付他的天堂之鑰。

MAP P.80A2

聖彼得大教堂

MOOK Choice

Basilica di San Pietro

世界天主教中心

搭地鐵A線於Ottaviano San Pietro站下車，步行約10分鐘可達 Piazza San Pietro www.basilicasanpietro.va 7:00~19:10；登圓頂7:30~18:00 教堂免費；搭電梯登圓頂€10；徒步登圓頂全票€8、優惠票€5。搭電梯後，仍須再爬320層階梯；徒步登圓頂則總共需爬551層階梯 注意服裝不得暴露；不得穿露肩及迷你裙

聖彼得大教堂整棟建築呈現出拉丁十字架的結構，造型傳統而神聖，它同時也是目前全世界最大的教堂，內部的地板面積廣逾21,400平方公尺，沿教堂外圍走一圈也有1,778公尺，本堂高46.2公尺、主圓頂則高136.6公尺，包括貝尼尼的聖體傘等主要裝飾在內，共有44個祭壇、11個圓頂、778根立柱、395尊雕塑和135面馬賽克鑲嵌畫，可說是金壁輝煌、華美致極，無論就宗教或俗世的角度來看，它都是最偉大的建築傑作。

在長達176年的建築過程中，幾位在建築界或藝術史留名的大師都曾參與興建，包括布拉曼特(Donato Bramante)、羅塞利諾(Rossellino)、山格羅(Antonio da Sangallo)、拉斐爾(Raphael)、米開朗基羅、貝尼尼、巴洛米尼、卡羅馬德諾(Maderno)、波塔、馮塔納(Demenico Fotana)等等，可以說集合了眾多風格於一體，在宗教的神聖性外，它的藝術性也相當高。

聖彼得教堂的興建源於從羅馬第一位主教聖彼得殉教，2世紀後半期，基督徒在聖彼得埋葬地點立了一個簡單的紀念碑，西元4世紀時，君士坦丁大帝宣布基督教為國教，在同一地點興建一座由大石柱區隔成5道長廊的大教堂，也就是舊的聖彼得大教堂，一直維持到15世紀。

現今的大教堂是教宗儒略二世興建的，他任命布拉曼特負責設計。新聖彼得教堂的結構為希臘十字架式、單一大圓頂，摒棄了絕大多數中世紀的裝飾，如馬賽克鑲嵌畫和壁畫。布拉曼特死後，陸續由拉斐爾、吉歐康多(Fra Giocondo)、山格羅、米開朗基羅接棒，由於每位建築師想法不同，本堂的長度被加長，而使結構變成拉丁十字 式。17世紀的馬德諾為了增大教堂的體量，在本堂左右各加了3個小禮拜堂。貝尼尼在1629年被指定為聖彼得大教堂裝修，並整建了教堂前的廣場，從教堂延伸出兩面柱廊，使教堂的氣勢猶如天國之境。

前廳及聖門

前廳左右兩側代表羅馬兩個不同時代的最高權利者：右面是君士坦丁大帝，左邊是神聖羅馬帝國的查理曼大帝，其中君士坦丁大帝的雕像是貝尼尼之作。教堂正面5扇門中，最右邊的聖門每25年才會打開一次，上一次是西元2000年，下一次是2025年；中間的銅門則是15世紀的作品，上面的浮雕都是聖經人物及故事，包括基督與聖母、聖彼得和聖保羅殉教等。

亮眼的教宗瑞士禁衛隊

聖彼得大教堂前守衛的制服總是特別吸睛，他們正式的名稱是教宗瑞士禁衛隊(Pontifical Swiss Guard)，是1506年由教宗儒略二世所建立，已經有500多年的歷史，是保護羅馬教廷和教宗的傭兵組織，其條件是瑞士男性公民、未婚、天主教徒。

那一身制服充滿文藝復興風格，重約3.6公斤，常被誤傳為米開朗基羅所設計。事實上，目前所看到的制服是1914年禁衛隊隊長所設計，靈感來自16世紀瑞士衛兵的服裝。紅、黃、橘、藍線條的服裝是正式守衛的制服，另外全身藍色則是平常值勤時所穿。

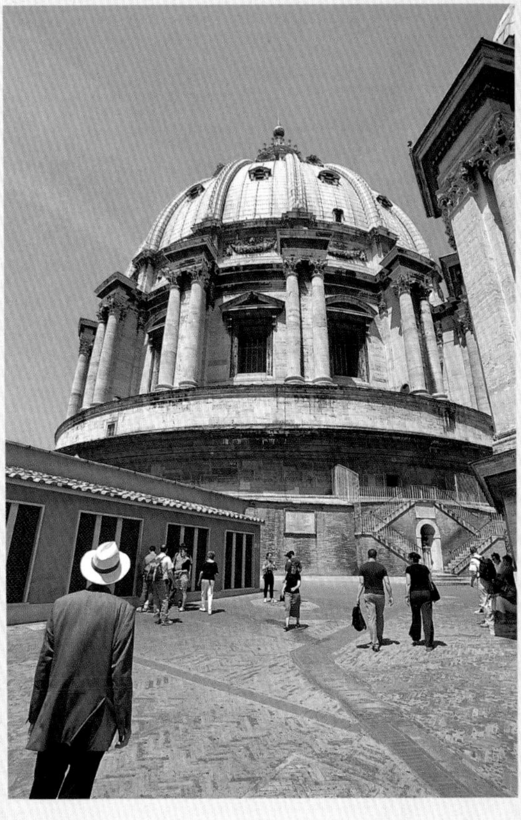

大圓頂

聖彼得大教堂最引人注意的大圓頂，設計者是米開朗基羅，他接手大教堂的裝修工程時已經72歲，在完工前就過世了，實際完成的是馮塔納和波塔；正是這座圓頂，聖彼得大教堂更穩固了列名世界偉大建築的地位。造型典雅的圓頂高達136.5公尺，內部有537級的樓梯，可通往最高處，從頂部可俯瞰聖彼得廣場，視野極佳。

聖殤像Pietà

米開朗基羅著名的《聖殤》就位於聖殤禮拜堂中。《聖殤》表現了當基督從十字架上被卸下時，哀傷的聖母抱著基督的畫面：悲傷不是米開朗基羅的主題，聖母的堅強才是。米開朗基羅創作這件作品時才22歲，他還在聖母的衣帶上簽名，這是米開朗基羅唯一一件親筆落款的作品。在梵諦岡博物館內也有一件複製品。

洗禮堂Baptistry

洗禮堂內有基督受洗的馬賽克鑲嵌畫，還有一尊由13世紀的雕刻師岡比歐(Arnolfo di Cambio)所打造的聖彼得雕像，雕像的一隻腳是銀色的，是數世紀來被教徒親吻及觸摸的關係。

聖體傘Baldacchino

造型華麗的聖體傘位於祭壇最中心的位置，建於1624年，覆蓋著聖彼得墓穴的上方，4根高達20公尺的螺旋形柱子，頂著一個精工雕琢的頂蓬，總重37,000公斤，是全世界最大的銅鑄物。貝尼尼製作聖體傘時才25歲，至於建材則拆自萬神殿的前廊。

主祭壇的上方正好是圓頂所在，陽光透過窗子灑在聖體傘上閃閃發光，彷彿是來自天國之光，光源窗上還有一隻象徵聖靈的鴿子，巴洛克的戲劇性在此發揮得淋漓盡致。

教宗亞歷山大七世墓

在洗禮堂外、通往左翼的通路上有一座造型特殊的紀念碑，這是教宗亞歷山大七世墓，出於貝尼尼的設計。在教宗雕像的下方有一片暗紅色的大理石雕出的祭毯，幾可亂真；還有象徵真理、正義、仁慈和智慧的4座雕像，以及作勢要衝出祭毯的骷髏。

主祭壇的聖彼得座椅

主祭壇上是聖彼得的座椅，也是出自貝尼尼之手，由青銅和黃金所打造。

《聖督的變容》

聖彼得大教堂不僅是一座富麗堂皇值得參觀的建築聖殿，它擁有多達數百件的藝術瑰寶，為了長久保存這些藝術品，原本掛在教堂內的畫作都被馬賽克化，包括這幅拉斐爾著名的《聖督的變容》，畫作則移到梵諦岡美術館。

教宗克勉十三世紀念碑

在教堂左翼最受人注目的便是教宗克勉十三世(Clement XIII)紀念碑，為新古典風格的雕刻家卡諾瓦(Canova)所做。教宗呈祈禱跪姿，兩頭獅子馴服地伏於紀念碑的階梯上，左側雕像為宗教，右側代表死亡。

爬上梵諦岡城最高點！

聖彼得大教堂造型典雅的圓頂高達136.6公尺，是世界上最高的圓頂建築；在2012年之前，還是全羅馬最高建築。想從高處俯瞰羅馬城，得付出一點代價：

1. 登圓頂的入口在教堂的右側，你有兩種選擇：一是全程徒步登頂，總共得爬551層階梯；另一個選擇是前段搭乘電梯，但後段還是得再爬320層階梯。全程徒步可以省2歐元。

2. 爬完前半段或步出電梯後，會先來到教堂屋頂的平台，這裡除了大大小小的圓頂，還能從背後看教堂立面那一尊尊的雕像。

3. 接著進入大圓頂，可以透過圍欄俯瞰教堂內部，並近看圓頂的馬賽克和彩繪。

4. 繞圓頂內部一圈，身旁也都是馬賽克壁畫。

5. 隨大圓頂繼續往上爬，透過縫隙已經可以窺見外面景觀。

6. 圓頂其實有裡外兩層，爬圓頂的過程中，就是走在這狹窄夾層中的螺旋階梯，共有320階，這也是現代電梯無法取代的。

7. 出了圓頂，就可以從制高點眺望壯觀的聖彼得廣場，以及遠處的台伯河及整個羅馬城。

8. 除了正面的聖彼得廣場，繞圓頂外部一圈，還可以看到龐大的梵諦岡博物館，以及梵諦岡政府大樓。

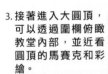

MAP ▶ P.80A2

梵諦岡博物館

MOOK Choice

Musei Vaticani

教宗的藝術寶庫

搭地鐵A線於Cipro MuseiVaticani或Ottaviano San Pietro站下車，後步行各約10分鐘可達 ViaIeVaticano www.museivaticani.va/content/museivaticani/en.html 週一至週六8:00~19:00，旺季週五、六延遲至20:00(閉館前2個鐘頭結束售票)，每個月最後一個週日9:00~14:00(12:30結束售票)。開放時間和休館日每年調整，請上網查詢最新資訊 全票€20、優惠票€8，網路預約加€5

如同法國的羅浮宮、英國的大英博物館，梵諦岡博物館在藝術史的收藏上，也享有同樣崇高的地位。館內所收藏的珍貴瑰寶，主要來自歷代教宗的費心收集，不但擁有早期基督教世界的珍貴寶物，還收藏了西元前20世紀的埃及古物、希臘羅馬的重要藝術品、中古世紀的藝術作品、文藝復興時期及現代宗教的藝術珍品。

14世紀教廷從法國亞維儂遷回羅馬後，這裡就是教宗住所，直到16世紀初，教宗儒略二世將之改造成博物館。5.5公頃的面積，主要由梵諦岡宮(Vatican Palace)和貝爾維德雷宮(Belvedere Palace)兩座宮殿構成，裡面有各自獨立的美術館、陳列室、中庭和禮拜堂，其間以走廊、階梯或是坡道連結，展間路線長達7公里；數十萬件的展品無法一次看盡。有此一說：如果在每一件展品都花1分鐘欣賞，那麼得耗費12年才看得完。館方設計好多條參觀路線可供參考，或是順著「西斯汀禮拜堂」的指標沿路參觀。建議參觀前要先做功課，否則容易錯過大師巨作；另外還要多預留一點時間給最後的高潮「拉斐爾陳列室」和「西斯汀禮拜堂」。

入內參觀請注意

禁止穿著暴露，如露背裝、短褲等；勿喧嘩；西斯汀禮拜堂內不得拍照，如果能自備望遠鏡，壁畫可以看得更清楚。參觀人潮很多，再加上館內有非常多展場及展品，建議事先於網路購好票、或提早在開館前就去排隊。

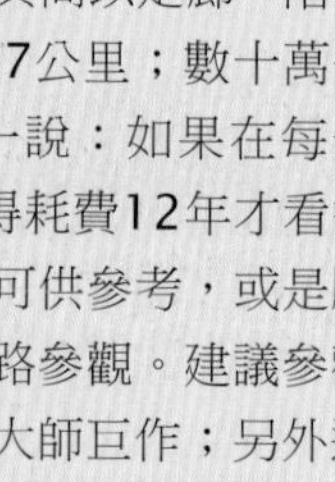

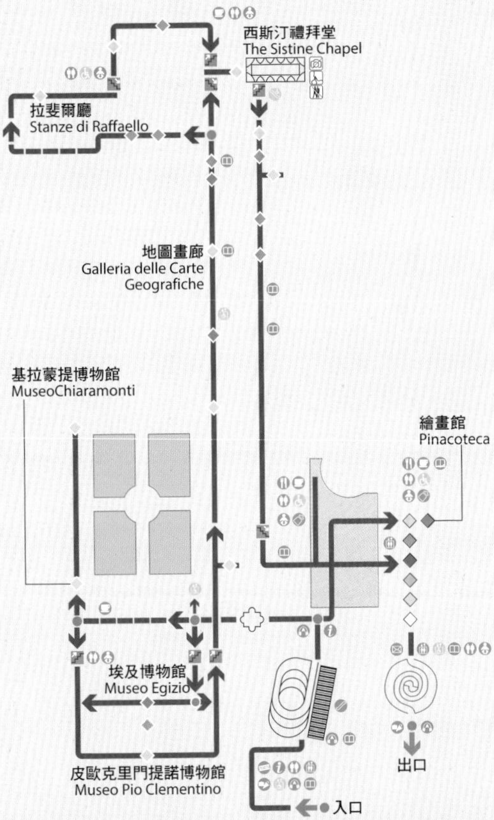

皮歐克里門提諾博物館Museo Pio Clementino

收藏希臘羅馬藝術的皮歐克里門提諾博物館坐落在貝爾維德雷宮，以雕刻作品為主，最好的作品幾乎都集中在八角庭院(Cortile Ottagono)。

《勞孔與他的兒子》Laocoon cum filiis

這座在希臘羅德島的1世紀雕刻作品，直到1506年才被發現，描繪特洛伊祭司勞孔因說服特洛伊人不要把在尤里西斯附近海邊的木馬帶進城，而被女神雅典娜從海裡帶來的兩隻大毒蛇纏繞至死的模樣，兩旁雕像則是他的兒子。強而有力的肌肉線條及清楚的人體結構，影響了不少文藝復興時期的藝術家，尤其是米開朗基羅。

《貝爾維德雷宮的阿波羅》

Apollo Belvedere

這座2世紀的雕刻，是羅馬複製自西元前4世紀的希臘銅雕，雕像中的太陽神阿波羅正看他射出去的箭。雕像被發現時，左手及右臂都遺失了，才於1532年由米開朗基羅的學生蒙特爾梭利(Giovanni Angelo Montorsoli)加上。

《貝爾維德雷宮的殘缺軀幹》

Torso Belvedere

雕刻師的名字以希臘文寫在中間的石頭上，是少數寫上希臘文的成品，強而有力及完美體態所呈現出極具力量的肌肉，就坐在鋪著獸皮的石頭上。這個殘缺的塑像，深深吸引著米開朗基羅，還拒絕為它加上頭部及四肢。米開朗基羅雖然決定不要改變這座雕像，不過他還是在西斯汀禮拜堂繪製了雕像的完整形態。

基拉蒙提博物館Museo Chiaramonti

坐落在貝爾維德雷宮東側低樓層，沿著長長的廊道牆壁，陳列了希臘羅馬神祇、羅馬帝國歷任皇的胸像、前基督教時期的祭壇，到石棺等數千件雕刻作品。基拉蒙提博物館在19世紀初時曾經歷一番波折，館藏被拿破崙運往法國，後來他戰敗後這些館藏才陸續回到基拉蒙提博物館。

埃及博物館Museo Egizio

埃及博物館的收藏品，主要來自19、20世紀從埃及出土的一些古文物，以及羅馬帝國時代帶回羅馬的一些雕像。此外，還有一些從哈德良別墅移過來的埃及藝術仿製品，以及羅馬時代神殿裡供奉的埃及神像，例如伊希斯神(Isis)和塞拉皮斯神(Serapis)。

館內的埃及收藏品雖然不多，但精采而珍貴，類型包括西元前10世紀的木乃伊以及陪葬物、西元前21世紀埃及古墓出土的彩色浮雕，以及西元前8世紀的宮殿裝飾品等。

來自古埃及首都底比斯墓場的祭司棺木，是館中最美、最貴的展品，棺蓋上還繪製了死者的肖像。而棺木中的木乃伊被包在亞麻布製的裹屍布內，身體保存仍非常完整，能清楚地看出他的長相。

地圖畫廊Galleria delle Carte Geografiche

長120公尺、寬6公尺的地圖畫廊中，繪製著40張天主教領地及義大利的地圖，這些地圖都是由地圖繪製家丹提(Ignazio Danti)耗時數年，在牆上以壁畫形式完成，色彩鮮豔且立體，走過畫廊就像是遊歷整個義大利半島一樣。此外，走廊上的拱頂壁畫也都十分精美。

繪畫館Pinacoteca

繪畫館由於不在博物館的主要動線上，經常會被遊客忽略，然而所收藏的15至19世紀畫作，不乏大師之作，尤其是文藝復興時代的作品。包括提香(Tiziano)、卡拉瓦喬(Caravaggio)、安潔利珂(Fra Angelico)、利比(Filippo Lippi)、貝魯吉諾、凡戴克(Van Dyck)、普桑(Poussin)及達文西等。

《史特法尼斯基三聯畫》(Stefaneschi Triptych)

喬托將拜占庭僵化的藝術轉變成古羅馬畫風的自然主義風格，這幅畫就是典型的代表：畫框中金色背景是拜占庭式，而運用透視法讓祭壇的寶座與地板清楚可辨，以及人物的表現方法就屬義大利式。

《天使報喜》Annunciation

這是一幅典型的文藝復興宗教畫，拉斐爾莊嚴的構圖中藏著許多具宗教象徵的符號：庭院被柱子分成左右對稱的兩半，左邊是天使加百列拿著象徵貞潔的白色百合花，還有在遠處觀看的上帝；右邊是聖母瑪麗亞和象徵著聖靈和聖子的飛鳥。

《聖傑羅姆》(Saint Jerome)

這個未完成的畫作是由達文西所繪，單色調的畫法敘述聖傑羅姆(他將聖經翻譯成拉丁文)拿石塊搥胸口，以示懺悔。由於這幅畫作未完成，我們得以看出達文西完美的解剖技巧：畫中聖人凹陷的雙頰及雙眼，讓人深刻感受到這位苦行者的痛苦及憔悴。畫作被發現時已經分成上下兩部分，如今是修復後的模樣。

《卸下聖體》(The Deposition)

卡拉瓦喬擅長運用明暗、光線及陰影呈現戲劇性的畫風，在這裡清楚可見：畫中耶穌的形態具有張力，他的手臂擦過墓石，呈現出彷彿要走出畫中並進入到觀畫者的空間感，讓人感覺進入畫中並參與畫中發生的情景。

《基督的變容》(The Transfiguration)

這是拉斐爾最知名的作品之一，可惜他死於1520年，未能來得及完成這幅作品，後來是由他的學生完成。這幅畫可分為上下兩部分：上半部可見基督和祂的使徒，下半部則是一個被惡魔附身而使臉孔及身體變得扭曲的小孩，他的父母及親友正在請求耶穌和使徒幫忙，而使徒的手正指向耶穌。

拉斐爾廳Stanze di Raffaello

拉斐爾廳原本是教宗儒略二世的私人寓所，1508年，拉斐爾帶著他的學生重新設計這4個大廳，牆上的壁畫是最重要的作品。雖然當中有些出自拉斐爾學生之手，但整體設計確實來自拉斐爾。這項工作進行了16年之久，拉斐爾在完工前已去世，由他的學生接手，於1524年落成。

拉斐爾廳一共有4個廳室，分別是君士坦丁廳、赫利奧多羅斯室、簽署室和波哥的大火室。

赫利奧多羅斯室Stanza d'Eliodoro

這廳室的內容主要探討上帝如何保衛宗教正統這個主題，4面壁畫分別為《赫利奧多羅斯被逐出神殿》、《聖彼得被救出獄》、《教宗利奧會見阿提拉》、《波爾賽納的彌撒》。

君士坦丁廳Sala di Constantino

這是4個廳室中最大的廳，4面牆壁分別繪製了《十字架的出現》、《米爾維安橋之戰》、《君士坦丁大帝的洗禮》、《羅馬的捐贈》。內容主要描繪因為有米爾維安橋這場關鍵戰役，基督教才被羅馬帝國承認。

波哥的大火室Stanza dell' Incendio di Borgo

波哥的大火是描述9世紀時，教宗利奧四世(Leo IV)在波哥地區發生的事件。繪畫工程幾乎全由拉斐爾的學生所完成：畫作背景是4世紀時，由君士坦丁大帝下令建造的梵諦岡大教堂，其餘3幅畫的主題為《查里曼大帝的加冕》、《利奧三世的誓言》及《奧斯提亞之戰》。

哲人&藝術家齊集《雅典學院》

在《雅典學院》這幅畫中，拉斐爾的知性透過色彩和柔和的構圖表現無遺，也反映出拉斐爾對文藝復興時期宗教和哲學的理想。畫作中央是希臘哲人柏拉圖與亞里斯多德：手指向天空的那位就是柏拉圖，右邊張開雙手的是亞里斯多德；在他們的左邊，著深綠色衣服、轉身與人辯論的是蘇格拉底；其餘出現在這幅畫的歷史名人還包括亞歷山大帝、瑣羅亞斯德、阿基米德、伊比鳩魯、畢達哥拉斯等人。而在這些古代哲學家中，拉斐爾也將自己化身成雅典學院的一員——右下角第2位就是他自己。

拉斐爾作畫時，很想看當時33歲的米開朗基羅在西斯汀禮拜堂的畫作，可惜除了教宗以外，不允許任何人進入；後來教宗因為想知道米開朗基羅作畫的進度，下令拆掉作畫的鷹架，拉斐爾才第一次看到西斯汀禮拜堂的壁畫，也因此受到許多啟發，尤其是人體有力的姿勢，自此改變拉斐爾的畫風。從《雅典學院》便可看出這樣的轉變，他還在畫作中央的下方，畫上具肌肉線條的米開朗基羅——他就坐在階梯上，左手撐頭、右手執筆。

簽署室Stanza della Segnatura

這裡原本是教宗的書房、簽署文件的地方，也是拉斐爾首次彩繪之處；4座廳室中以這間的壁畫最為精彩。壁畫內容主要探討神學、詩歌、哲學和正義等主題，其中又以拉斐爾第一幅在羅馬完成的溼壁畫《聖禮的辯論》，和探討宗教與哲學的《雅典學院》(Scuola di Atene)為傳世巨作。

西斯汀禮拜堂The Sistine Chapel

梵諦岡博物館每天平均進館遊客達1萬2千人次，不論你選擇什麼參觀路線，人潮一定會在此處交會，爭睹米開朗基羅的曠世巨作《創世紀》與《最後的審判》。

西斯汀禮拜堂是紅衣主教團舉行教宗選舉及教宗進行宗教儀式的場所，早在米開朗基羅作畫之前，貝魯吉諾(Perugino)、波提且利(Botticelli)、羅塞里(Cosimo Rosselli)、吉蘭吉歐(Domenico Ghirlandaio)等15世紀畫壇精英，已經在長牆面留下一系列聖經故事的畫作。

《創世紀》

1508到1512年期間，米開朗基羅銜教宗儒略二世之命，在穹頂和剩下的牆面作畫。4年期間，米開朗基羅在天花板上畫出343個不同的人物，以9大區塊描繪出《創世紀》中的《神分光暗》、《創造日月》、《神分水陸》、《創造亞當》、《創造夏娃》、《逐出伊甸園》、《諾亞獻祭》、《大洪水》與《諾亞醉酒》。

根據聖經記載，上帝用6天時間創造天地萬物，最後再依照自己的形象創造了人類，壁畫中最有名的《創造亞當》就是描述這段故事：體態慵懶像剛醒來的亞當斜倚躺著，伸出左臂準備觸碰上帝賦予生命之手。

令人目眩神迷的迴旋梯

參觀完走到出口前，別忘欣賞造型別緻的布拉曼特迴旋梯(Bramante Staircase)。早在1505年博物館建築落成時就有這座迴旋梯，由起造聖彼得大教堂的布拉曼特所設計，作為教宗住所貝爾維德雷宮的對外出口。他以多立克式圓柱和人字形拼貼大理石鋪面，完成這座以旋轉坡道取代階梯的迴旋梯；到了1932年，由Giuseppe Momo操刀改造成目前所看到的雙螺旋梯，讓上樓梯和下樓梯的人不會相撞；舷梯則飾以華麗的金屬；樓梯頂端是透明天蓬，讓光線穿透整座梯廳。不論從上俯瞰或從下仰視都別具風景。

《最後的審判》

20多年後，米開朗基羅在1536到1541年，再應教宗保祿三世(Paul III)之託繪製祭壇後的《最後的審判》，此時已是米開朗基羅創作的顛峰。《最後的審判》反映了教廷對當時歐洲政治宗教氣氛的回應，但米開朗基羅畫的審判者基督、聖母等天國人物，和充滿缺陷的人類一樣，面對救贖的反應都是人性的。

在正式向公眾揭幕前，《最後的審判》就遭到嚴重批評，挑戰者攻擊米開朗基羅把教宗的禮拜堂當成酒館和浴場；米開朗基羅反擊攻擊者，他把帶頭攻擊的Biagio da Casena畫進《最後的審判》中，用一條大蛇緊緊纏著他的腿，魔鬼正在把他往地獄拉。

所有的紛爭不影響教宗對米開朗基羅的信任，直到米開朗基羅死前一個月，教廷下令「修改」壁畫：由米開朗基羅的學徒Daniele da Volterra畫上被認為是多此一舉的遮布。

MAP ▶ P.80B2

聖天使堡

Castello di Sant'Angelo

歌劇《托斯卡》的舞台

搭地鐵A線於Lepanto站下車，後步行約15分鐘可達 Lungotevere Castello 50 週一~週日9:00~19:30，售票到18:30 全票€15、優惠票€2，網站購票加€1 www.castelsantangelo.com

聖天使堡的頂端，因為有一座巨大的天使銅雕而得名。最早建於西元139年，原作為哈德良皇帝的陵墓，而後在中世紀時又演變為城堡、監獄，也曾當作教皇的官邸之用。現在則是藏品豐富的博物館。

哈德良皇帝在建造陵墓時回歸到古羅馬的風格，將陵墓的位置選在台伯河的右岸，主要是為和阿格里帕皇帝(Marcus Vipsanius Agrippa)在左岸的陵墓相對，二者以艾利歐橋(Ponte Elio)相連。由於這裡曾是教皇的庇護地，也曾軟禁過教皇，1277年時為強化城堡的防禦功能，在城堡和梵諦岡之間還修建了一條秘密通道，以便教皇安全地往來聖天使堡和梵諦岡之間。

城堡的中庭曾經是軍火彈藥庫，現在則是以成堆的石頭砲彈來裝飾。裡頭的寶藏室據稱就是哈德良皇帝最原始的埋葬室，這裡一直保存著哈德良至卡拉卡拉為止的皇帝遺體。

聖天使堡目前為一座博物館，展示防衛武器及城堡歷史上重要的文件。從聖天使堡的露台往外望，一邊是羅馬街景，一邊是聖彼得大教堂的圓頂，視野極佳。這裡也是普契尼歌劇《托斯卡》的舞台。

最具藝術感的聖天使橋

聖天使古堡面對著台伯河，河上的聖天使橋被喻為台伯河上最美麗的一座橋，橋上有兩列天使雕像，為貝尼尼及其學生的作品，不過，目前立在石橋上的為複製品。

舊城中心區

MAP ▶ P.83C1 **Il Bacaro Roma**

搭巴士30、70、81、87、492、N6、N7至拉沃那廣場旁的Senato站下車，步行約5分鐘 Via degli Spagnoli 27 687-2554 週一19:00~24:00，週二~週日12:00~15:00、19:00~24:00

隱身於小巷、坐落於轉角的Il Bacaro擁有迷人的門面以及綠意盎然的露天座位，餐廳內部小巧，高高的櫃台旁可感受到廚房內沸沸揚揚的工作氣氛。雖然是間小餐廳，端出來的食物卻頗為精緻。主廚對食物的細心處理與巧思搭配，更讓味覺感受到羅馬最令人難忘的美妙滋味。平均消費約€35。

舊城中心區

MAP ▶ P.83B2 **Da Francesco**

搭巴士30、70、81、87、492、N6、N7至拉沃那廣場旁的Senato站下車，步行約5分鐘 Piazza del Fico 29 686-4009 12:30~23:30 www.dafrancesco.it

位於拉渥那廣場附近的小巷弄，一到用餐時間總是一位難求。熱情活潑的服務人員、琳瑯滿目的義大利麵、香味四溢的牛排和羊排不斷送出，座位總是從室內一直滿到室外的小廣場，典型的羅馬傳統廚房樣貌。你只要願意等(服務人員會精確地和你說要等幾分鐘)，絕不會令你失望。在這裡用餐十分輕鬆自在，而且價格實惠。

舊城中心區

MAP ▶ P.83C1 **Osteria da Mario**

搭巴士30、70、81、87、492、N6、N7至拉沃那廣場旁的Senato站下車，步行約5分鐘 Piazza delle Coppelle 51 6880-6349 週一~週六12:00~15:30，19:00~23:30，週日休

在萬神殿附近的這片小祭堂廣場(Piazza delle Coppelle)，白天是熱熱鬧鬧的傳統市場，夜色來臨後又是另一種全新的感覺：寧靜又充滿食物的香味。既然是以小酒館自居，Mario的烹調方式講究的是家常口味，秉持著最簡單、又最忠於原味的烹調方式，希望提供給顧客最傳統的羅馬滋味。主菜約€12~20。

舊城中心區

MAP ▶ P.83B3　Ristorante Pancrazio dal 1922

搭乘40、46、64、492等巴士至Via Torre Argentina下車後步行約5分鐘　Piazza del Biscione 92　686-1246　9:00~24:00　www.ristorantepancrazio.it/en

這是一家古意盎然的餐廳，因為它是建於擁有2千多年歷史的龐貝歐劇院(Teatro di Pompeo)廢墟上，在餐廳的地下室仍能看見這些原始遺跡。由窄小的旋轉梯走下，一道道圓拱撐起濃濃的古羅馬風情，最典型的網狀砌磚方式依然歷歷可見；在這些地窖式的空間中用餐，可以體驗一種與早已消失的羅馬帝國時空交錯的奇異感覺。義大利麵€14~26。

舊城中心區

MAP ▶ P.83C1　Gelateria della Palma

搭巴士30、70、81、87、492、N6、N7至拉沃那廣場旁的Senato站下車，步行約5分鐘　Via della Maddalena 19-23　6880-6752　8:30~24:30
網站：www.dellapalma.it/?lang=en

羅馬街上到處都有義式冰淇淋店，但這家位於萬神殿附近的冰淇淋店有些與眾不同：標榜有150種口味可以選擇，雖然你不可能每種口味都嚐試，但光看那一整櫃琳瑯滿目口味的冰淇淋也能過足乾癮。不同於多數冰淇淋店都是點了帶走，你還可以坐下來一邊休息，一邊慢慢品嚐。

舊城中心區

MAP ▶ P.83C1　Giolitti

搭巴士30、70、81、87、492、N6、N7至拉沃那廣場旁的Senato站下車，步行約5分鐘　Via Uffici del Vicario 40　699-1243　7:00~23:00　www.giolitti.it/?lang=en

這間位於萬神殿附近的冰淇淋店是有歷史的，從1900年營業至今。Giolitti的冰淇淋標榜其獨家秘方，大量使用鮮奶油，份量亦超大。曾有大公司要收購其品牌及秘方，但都遭受拒絕。除了冰淇淋之外，Giolitti本身還是一間咖啡廳，也有多樣化的甜點，並提供簡餐。在店裡享用需另外付座位費。

特米尼車站周邊

MAP ▶ P.83C6　Alessio

Termini火車站步行約5分鐘　Via del Viminale, 2/g　488-5271　週一至週六12:00~23:00，週日17:00~23:00　ristorantealessio.it/en

餐廳入口的小門像夾在兩棟樓之間，順著石梯向下走才發現別有洞天。半露天小庭院和室內皆坐無虛席，像是鬧哄哄的溫馨家常餐廳，建議用餐時間早點來，否則常要等一小時以上。Alessio相當受到當地居民的喜愛，使用新鮮食材，提供道地的羅馬味，即使是最簡單的紅醬義大利麵，都嚐得到吸飽了陽光的蕃茄甜香。義大利麵€10~14，主菜€16~27。

特米尼車站周邊

MAP ▶ P.83C4 **il Wine Bar Trimani**

Termini火車站步行約10分鐘可達 Via Cernaia 37/b 446-9630 12:00~15:00、18:00~23:00，週日休

想要品嚐義大利葡萄酒的滋味，來這間餐廳準沒錯，無論是一杯或一瓶，il Wine Bar Trimani上達百種的選擇，絕對能滿足任何族群對於各色葡萄酒的要求。葡萄酒吧的擁有者是一位創業於1821年的酒莊老闆的女兒，因此這間葡萄酒吧在當地小有名氣。除葡萄酒外，也提供義大利麵、各式肉類料理，還有多種下酒菜。

特米尼車站周邊

MAP ▶ P.81E4 **Gli Angeletti**

搭地鐵B線在Cavour站下，後步行約4分鐘可達 Via dell'Angeletto 3 474-3374 12:00~24:00 主菜€14~20

位於山上的聖母小廣場(Piazza Madonna dei Monti)邊緣，一旁還有一座設計於西元1588年的噴泉為伴！既然名為小天使，這間餐廳無論大廳的窗戶邊或不起眼的小角落，都裝飾著一雙小翅膀的可愛孩子。標榜傳統的地中海式烹調，還加入主廚個人的創意，使用的都是自然道地的食材。

特米尼車站周邊

MAP ▶ P.83C6 **La Gallina Bianca**

Termini火車站步行約5分鐘可達 住址：Via Antonio Rosmini, 5-12 474-3777 12:00~22:30 www.lagallinabiancaroma.it

鄰近特米尼火車站，這間餐廳以只提供與雞相關的食物而得名，它不只是餐廳，同時也是披薩屋與燒烤屋。暖烘烘的大烤爐就在櫃台旁，許多義大利人會來此外帶，看著師傅拿著大圓長柄鐵剷烤披薩的熟練動作，忍不住都要點一塊來嚐嚐。

古代羅馬區

MAP ▶ P.81E4 **Ristorante Cleto**

搭地鐵B線於Colosseo站下車，後步行約5分鐘可達 Via del Buon Consiglio, 17 6994-1507 12:00~23:30 www.ristorantecleto.it

位於圓形競技場與帝國議事廣場附近的巷弄中，雖說沒有偉大的古蹟當背景，然而躲在寧靜的街道角落，斑駁的粉牆倒也帶出另一種羅馬風情。牆壁粉刷得極為白淨，並以傳統式的大圓拱來分隔。提供的是小酒館式簡單、又不花俏的美食。

越台伯河區

MAP ▶ P.80C5 Antica Osteria Rugantino

搭巴士H、8等至Sonnino/S. Gallicano站下車，步行約1分鐘可達 Via della Lungaretta 54 581-8517 12:30~15:30、19:30~23:30 en.anticaosteriarugantino.com

這家餐廳標榜「在越台伯河區最古老的小酒館」，充滿濃濃鄉野風味，內部以火腿、鍋盆及酒瓶點綴出一片平易近人的農村世界，在這裡吃飯可以像在家中般自在。當然侍者端來的菜色，也是傳統的羅馬口味。

羅馬北區

MAP ▶ P.82C5 Spaghetteria L'Archetto

搭地鐵A線在Barberini站下車，步行約10分鐘 Via dell'Archetto 26 678-9064 12:00~23:30

位於許願池附近的Via dell'Archetto路上，這條窄小的石板路過去曾有小拱門橫跨，所以餐廳也就依街道來取名；若確切定義，它應該是「麵食館」與「披薩屋」才對。打開菜單，洋洋灑灑的通心麵與披薩，令人眼花撩亂，因為L'Archetto要為顧客提供最豐富的醬料選擇，有些甚至是主廚的創造發明。

羅馬北區

MAP ▶ P.82B3 希臘咖啡館 Antico Caffè Greco

搭地鐵A線在Spagna站下，後步行約3分鐘可達 Via Condotti 86 679-1700 9:00~21:00 anticocaffegreco.eu/?lang=en

1760年開張的希臘咖啡館，是最受當代藝術家青睞的聚會場所：詩人濟慈、拜倫、大文豪歌德、布朗寧姐妹、王爾德、喬依斯等，連比才(Bizet)、華格納與李斯特等作曲家，也不會錯過這麼一處優雅的咖啡館。

咖啡館至今依然高朋滿座，尤其它位於著名的西班牙廣場旁，大批遊客慕名而來，因此這家當初由希臘人所開的咖啡館，雖然已有2百多年的歷史，卻毫無龍鍾老態。在義大利站著喝咖啡比坐在店內喝便宜，想要在這間名店喝經濟實惠的咖啡，只要到櫃台先買單，再拿著收據到吧台等咖啡即可。

羅馬北區

MAP ▶ P.82A2 Osteria St. Ana

搭地鐵A線於Flmamino站下，步行約7分鐘可達 Via della Penna 68 361-0291 18:30~23:00，週日休 osteriastana.it

在人民廣場與台伯河之間寧靜的巷道，St. Ana就躲在台伯河畔不遠的角落。沿著餐館的入口往下，才會瞭解為何羅馬人會喜愛這家酒館：地下室的用餐大廳充滿濃厚的鄉野風情，粗粗的石牆點出了「小酒館」的精神。這是一家提供鮮魚烹調的小酒館，對於熱愛海鮮的饕客而言，是一處絕佳的選擇。

羅馬北區

MAP ▶ P.82C5 **Il Chianti Vineria**

搭地鐵A線在Barberini站下，後步行約10分鐘可達 Via del Lavatore 81/82/82a 679-2470 12:00~凌晨1:00 www.vineriailchianti.com

這家位於許願池附近的餐廳以酒莊為名，可見品酒是這家餐廳除美食之外的另一項特點。內部以木頭材質的裝潢為主，頗有托斯卡尼的地方色彩，菜色雖然以托斯卡尼菜色為主，不過總帶著些許的羅馬味，除滿室的葡萄酒提供多重又香醇的選擇，甚至可以點盤道地的托斯卡尼醃肉拼盤，或是乳酪切片來下酒。

羅馬北區

MAP ▶ P.82A2 **Enoteca Buccone**

搭地鐵A線在Flaminio站下，步行約6分鐘可達 Via di Ripetta 19/20 361-2154 週一至週六10:00~22:00，週日11:00~22:00 www.enotecabuccone.com

走過Buccone的店門口，根本就不會察覺這是一家餐廳，原來這裡是酒窖，室內的牆壁全被高達天花板的大木櫃給佔據著，琳瑯滿目的商品當中，除了義大利各地區的葡萄酒之外，還有橄欖油及食品出售。然而酒窖中還是附設了幾張桌椅，提供配酒輕食，所以如果只想嚐點清淡又不油膩的菜色，這裡會是不錯的選擇。

羅馬北區

MAP ▶ P.82C4 **Ristorante al 34**

搭地鐵A線在Spagna站下，步行約3分鐘可達 Via Mario de' Fiori 34 679-5091 12:30~23:00 www.ristoranteal34.it

餐廳外面花木扶疏，內部也絲毫不遜色：由紅磚塊砌成的大圓拱，撐出濃濃的鄉野風；靠近落地門前的大理石柱，則帶著些許羅馬味。這家雖為餐廳，不過菜色卻帶有小酒館式的家常樸實。除了正常餐點，還有所謂的「半盤」(Piatto di Mezzo)，若不是很餓，但又想吃點東西，就可試試這種份量剛好的「半盤」。此外，也有包含麵食、肉類主餐、佐餐酒及甜點咖啡的套餐選擇。主餐€18~55，套餐€50~60。

西班牙廣場

MAP ▶ P.82B3 **Sermoneta Gloves**

搭地鐵A線在Spagna站下車，步行約2分鐘 Piazza di Spagna 61 679-1960 11:00~19:00 www.sermonetagloves.it/it

如果你必須經常前往海外旅行或出差，又或者你只是單純的手套愛好者，Sermoneta Gloves必是你不可錯過的手套專賣店。Sermoneta Gloves的每個手套都是經過28道工序、於義大利全手工製作，在這裡你可以發現顏色多達50多種的皮手套，無論是中等價位或是高級手套在這裡全部一應俱全。

西班牙廣場

MAP ▶ P.82B3 **c.u.c.i.n.a.**

搭地鐵A線在Spagna站下車，步行約3分鐘 Via Mario de'Fiori 65 8879-7774 週二~週六10:30~19:30，週日、一11:30~19:30

Alessi充滿趣味性的廚具和餐具，讓人見識到義大利人除時尚外在其他設計方面的創新，也因此許多人前往義大利，都會選購一些杯碗瓢盆、咖啡壺或餐具，好讓自己的居家生活增添點色彩與變化。c.u.c.i.n.a.在羅馬有2家分店，販售各式各樣的餐具和廚具，可愛的湯匙、素雅的玻璃杯、各種大小顏色的咖啡壺、琳瑯滿目的桌墊，整間店就像個百寶箱，裝滿所有廚房和餐廳所需用品。

西班牙廣場

MAP ▶ P.82C3 **西班牙廣場名牌精品街**

搭地鐵A線在Spagna站下車

有人這麼形容：「西班牙廣場周邊的道路都通向信用卡的債務。」以康多提大道(Via dei Condotti)為主幹的格子狀街道周邊，是名牌聚集的大本營：Valentino、Chanel、Versace、Alberta Ferretti、Armani、Dior、Dolce & Gabbana、Ferragamo、Gucci、Hermès、La Perla、Louis Vuitton、Max Mara、Prada、YSL、Fendi、Roberto Cavalli、D & G、Escada、Frette、Missoni、Sergio Rossi、Etro、Giuseppe Zanotti、Prada Sport、Givenchy、Loro Piana、Moschino等，不管是奢華名品或是時尚潮牌，都能在這區域找到。

舊城中心區

MAP ▸ P.83D2 **Moriondo & Gariglio**

搭巴士62、85、492等，至Corso/Minghetti站下車，步行約5分鐘 Via del Pie di Marmo 21-22 699-0856 週一~週六9:00~19:30，週日12:00~19:30 moriondoegariglio.com

這間色彩繽紛的糖果店位於萬神殿附近。Moriondo和Gariglio是一對表親，1850年時在薩沃伊皇室家族的指定下，於杜靈(Turin)創立了一家巧克力工廠，不久後，因為義大利統一的緣故，該巧克力工廠搬到了羅馬。這間技術傳承數代的巧克力店，所有的巧克力都以手工生產，就連配方也都是打從19世紀開始沿用至今；除了巧克力之外，每天還會生產80種左右各種口味的糖果，深受當地人與遊客喜愛。

梵諦岡

MAP ▸ P.80A2 **Ottaviano購物街**

在地鐵A線Ottaviano站下車，步行約2分鐘 Via Ottaviano

Ottaviano這條路是從地鐵站出站之後，前往聖彼得廣場的必經之路，由於終年人潮不斷，也帶動沿途商家的買氣。沒有貴不可攀的名牌精品，兩旁商店的購物氣氛輕鬆自在，年齡層也偏向年輕族群。這裡有一整年都打折的商店，價格也較平民化。

羅馬郊區

MAP ▸ 80A5 **Castel Romano Designer Outlet**

自特米尼車站前via Giolitti, 48搭接駁巴士前往，每日4班次，來回車資€15 Via Ponte di Piscina Cupa 64 505-0050 10:00~20:00 www.mcarthurglen.com

這間位於羅馬西南郊25公里的暢貨中心，距離市區車程約20分鐘，裡面聚集了上百家名牌精品店，全年平均折扣在3到7折之間。這間連鎖暢貨中心在拿波里、佛羅倫斯、威尼斯和米蘭近郊也都有分店。

暢貨中心以古羅馬為主題的美麗布置，除了商店之外，還有咖啡廳、餐廳、兒童遊戲區，商店種類也非常廣，從時尚品牌Valentino、Roberto Cavalli、Michael Kors到運動名牌Nike、Adidas，再到休閒的Guess、Diesel等，可以滿足多數人的購物慾。

Where to Stay in Roma
住在羅馬

特米尼車站周邊

MAP ▶ P.83C6 Bettoja Hotel Mediterraneo

Termini火車站步行約7分鐘 Via Cavour 15 488-4051 www.romehotelmediterraneo.it

這間距離特米尼火車站不過步行7分鐘左右距離的4星級旅館，擁有絕佳的地理位置，建於1938年，受到古蹟式建築的影響，以歐洲風格設計，大廳裝飾著羅馬皇帝的大理石塑像，儘管歷經數十年的歷史，依舊可以看出昔日展現氣派的野心。共有242間客房分散於11個樓層，漂亮的早餐室中除了挑高的天花板外，橡木上還雕刻了希臘海神崔坦以及人魚的裝飾。

羅馬住宿Tips報你知

◎根據羅馬議會的決議，住在羅馬除了旅館費用之外，不管是公寓、民宿或星級旅館，都需要額外付「城市稅」，根據不同等級住宿，每人每晚的城市稅為€3~7不等。9歲以下孩童不需付城市稅。

◎特米尼火車站四周的旅館最為密集，無論前往機場、搭乘火車或地鐵和巴士都相當方便，從青年旅館、B&B、商務旅館到星級飯店等不同等級的選擇也多。不過周遭環境較複雜，尤其是車站西邊的Giolitti街，對女性遊客來說，夜晚要更加注意安全問題。

◎舊城中心區有不少便宜又好的旅館，不過這一區距離任何地鐵站都有一段距離，要懂得利用巴士才能解決交通問題。

◎以Spagna和Barberini地鐵站為主的羅馬北區有不少好的高檔飯店，不論交通或周邊環境都不錯。

羅馬北區

MAP ▶ P.82C3 Hotel Eden

搭地鐵A線於Spagna站或Barberini站下車，步行7~10分鐘 Via Ludovisi 49 478-121 www.dorchestercollection.com/en/rome/hotel-eden

光看外表，就知道這間旅館的悠久歷史了，從1889年開幕至今，已經走過120多年的歲月。旅館所在位置，就位於西班牙廣場階梯上方的山丘上，其頂樓餐廳的露台，視野奇佳，從聖彼得大教堂的大圓頂到維克多艾曼紐二世紀念堂，都能一眼覽盡。

特米尼車站周邊

MAP ▶ P.83B6 Residenza dei Principi

Termini火車站步行約16分鐘，或搭乘地鐵A線於Repubblica站下車後步行約5分鐘 Piazza del Viminale, 5 487-3983 www.residenzadeiprincipi.com

這家B&B藏身於Viminale廣場旁一棟19世紀新古典建築的樓上，不仔細找找很容易錯過。搭乘被迴旋梯環繞、看起來很有歷史感的鏤空鐵製電梯來到民宿門口，有種拜訪義大利朋友家的感覺；走進房間卻著實令人驚艷，復古雕花床架搭配粉嫩色彩，呈現雍容雅緻的貴族風，而寬敞的衛浴空間，則是十足現代化舒適配備。民宿公共空間不大，廚房內冰箱茶包等均可隨時取用，早餐時間則可自取餐點回房內，搭配窗外廣場風景享用。

佛羅倫斯及托斯卡尼

Firenze & Tuscany

文●墨刻編輯部　攝影●墨刻攝影組

起伏的綠野丘陵、滿山的葡萄園和橄欖樹，與燦爛的陽光交織成無際田園天堂；美麗的鄉野間點綴著中世紀山城和村落，教堂和博物館內文藝復興的光芒歷久不滅。牧歌式的風景，是義大利鄉村的寫照，是旅人的夢想之地。

佛羅倫斯是托斯卡尼的首府。西元前59年，羅馬人在今日的佛羅倫斯設立了一處殖民地，並命名為Florentia，意思是「百花女神」；若從義大利語直接音譯，也有「翡冷翠」這個美麗的譯名。

佛羅倫斯是一座非常獨特的城市，規模不大份量卻很重，而且是濃厚的家族主導性文化；雖說在義大利這種家族式城邦到處林立，但佛羅倫斯的麥第奇家族所建立出來的文藝復興典範，可說是空前絕後，影響所及是西洋文明史的人本主義再次甦醒。

另2座足以和佛羅倫斯匹敵的托斯卡尼文藝復興城市：西恩納和比薩。西恩納不但有「義大利最完美的中世紀小鎮」美譽，還以一年一度的傳統賽馬會吸引遊客；至於以斜塔聞名的比薩，在它的神蹟廣場旁坐落著主教堂、洗禮堂等建築，是獨樹一格的「比薩風」最佳詮釋。

佛羅倫斯及托斯卡尼之最 The Highlight of Firenze & Tuscany

聖母百花教堂

聖母百花大教堂是佛羅倫斯的驕傲，彩色大理石立面平衡、協調又不失活潑；壯觀的圓頂、金光燦爛的八角洗禮堂、精雕細琢的天堂之門，每個細節都濃縮了文藝復興的建築精華。(P.144)

烏菲茲美術館

全世界收藏最多文藝復興時期傑作的美術館。從文藝復興之父喬托、波提且利、達文西、米開朗基羅到拉斐爾等人的曠世鉅作，都典藏於這個藝術聖殿中。(P.150)

比薩斜塔

神蹟廣場上大量圓拱、長柱及迴廊，建構出風格鮮明的「比薩風」建築群，引領風騷的當然是經典地標：比薩斜塔。(P.169)

西恩納

有震攝心靈的藝術珍品、也能領略恬靜美好的托斯卡尼風情。西恩納的時光彷彿被凝結在光芒萬丈的中世紀。(P.171)

佛羅倫斯
Firenze

「百花之都」佛羅倫斯是歐洲最重要的藝術文化中心之一，無數的博物館、教堂、濕壁畫、雕刻和繪畫，展現出文藝復興時期最耀眼的珍寶。當時的大師級人物如米開朗基羅、唐納泰羅、布魯內雷斯基、波提且利、拉斐爾等人，都在這股風潮中留下不朽的藝術作品。

而這一切都要歸功於麥第奇家族(Medici)。麥第奇家族由經商到執政，他們把人文主義的精神貫注於整個佛羅倫斯：獎勵可以美化俗世的繪畫、雕刻、建築等各種藝術，再現古希臘羅馬精神，終於形成了改變歐洲歷史的文藝復興時代。

麥第奇家族統治佛羅倫斯達3世紀之久，這段時期佛羅倫斯可說是歐洲的藝術文化中心，知名的雕刻家、建築師、藝術家都聚集在此。麥第奇家族由老科西摩(Cosimo de'Medici)開始成為實質統治者，其他知名的成員還有羅倫佐及16世紀的科西摩一世。麥第奇家族成員雖然不全都是英明的統治者，然而他們對藝術創作的支持，使這個家族能在藝術歷史上留下重要地位，也讓佛羅倫斯成為文藝復興的殿堂。

無論在佛羅倫斯或是到了比薩，不時可以看到麥第奇家族的家徽，形狀是以數個圓形組成。麥第奇家族是銀行起家，圓形代表金幣，而圓形的數量則不固定，不難感受到麥第奇家族盛極一時的統治時代。

1861年義大利全國統一，佛羅倫斯一度是義大利的首都，直到1870年，首都才改為羅馬。二次世界大戰曾給佛羅倫斯帶來極大破壞，大水災也曾讓珍貴的藝術品受到傷害，但身為文藝復興之都，佛羅倫斯依然雍容典雅，是義大利最有藝文風格的城市。

INFO

基本資訊

人口：約37萬
面積：102.4平方公里
區碼：(0)55

如何前往

◎飛機

佛羅倫斯附近有2座機場：離市區較近、位於佛羅倫斯市中心西北方4公里的佩雷托拉機場(Florence Airport, Peretola，又稱為Amerigo Vespucci機場)，一般為國內航班或歐洲線航班；另一座機場是鄰近比薩市中心的伽利略機場(Aeroporto Galileo Galilei)，比較多國際線航班起降，是托斯卡尼地區的主要機場。

佩雷托拉機場
www.aeroporto.firenze.it

伽利略機場
www.pisa-airport.com

火車

從義大利主要城市或是歐洲內陸前往佛羅倫斯的火車，一般都停靠在新聖母瑪利亞車站(Firenze Santa Maria Novella)，車站距離大教堂不過幾個街區，幾乎可說是位於市中心，由此無論轉乘巴士或計程車均相當方便。部分IC或RE火車會停靠位於郊區的Riffredi車站或Campo di Marte，搭車時要先確認，免得下錯車站。

佛羅倫斯是羅馬至米蘭間的主要車站，有高速子彈列車通過，可節省不少行車時間，與幾個大城的車程時間大致如下：羅馬1時32分~4時15分、威尼斯2時45分~4時30分、米蘭1時40分~3時30分、比薩45分~1小時、波隆那35分、拿波里2時35分。

義大利國鐵
www.trenitalia.com

歐洲國鐵
www.raileurope.com

巴士

所有前往佛羅倫斯的國際巴士、長程巴士及許多區域巴士，都停靠在新聖母瑪利亞車站前的巴士總站(SITA)，從這裡可以轉搭巴士前往托斯卡尼其他城鎮，如阿西西(Assisi)、西恩那(Siena)和聖吉米納諾(San Gimignano)等。

SITA巴士總站
Via Santa Caterina da Siena 17
www.sitabus.it

機場至市區交通

◎電車

從佩雷托拉機場搭T2有軌電車可至市區，週日~週四5:00~24:30、週五及週六5:00~凌晨2:00，平均10~20分鐘一班，車程約20~30分鐘，車資單程€1.7、10張車票€15.5；可利用自動售票機購票。

www.gestramvia.it

◎機場巴士

從兩座機場搭Sky Bus Lines Caronna至Guidoni站，再轉搭T2有軌電車至市區，車程約1小時。

www.caronnatour.com

◎計程車

從佩雷托拉機場前往市中心大約需要15分鐘，固定車資為€28(假日€30)，22:00~清晨6:00€32，每件行李多加€1.2，且從機場出發加價€3。至於從伽利略機場前往佛羅倫斯市區，由於距離遙遠，並不划算，所以使用者不多，若有需求可利用比薩計程車合作社(CO.TA.PI)的網站查詢。

www.cotapi.it

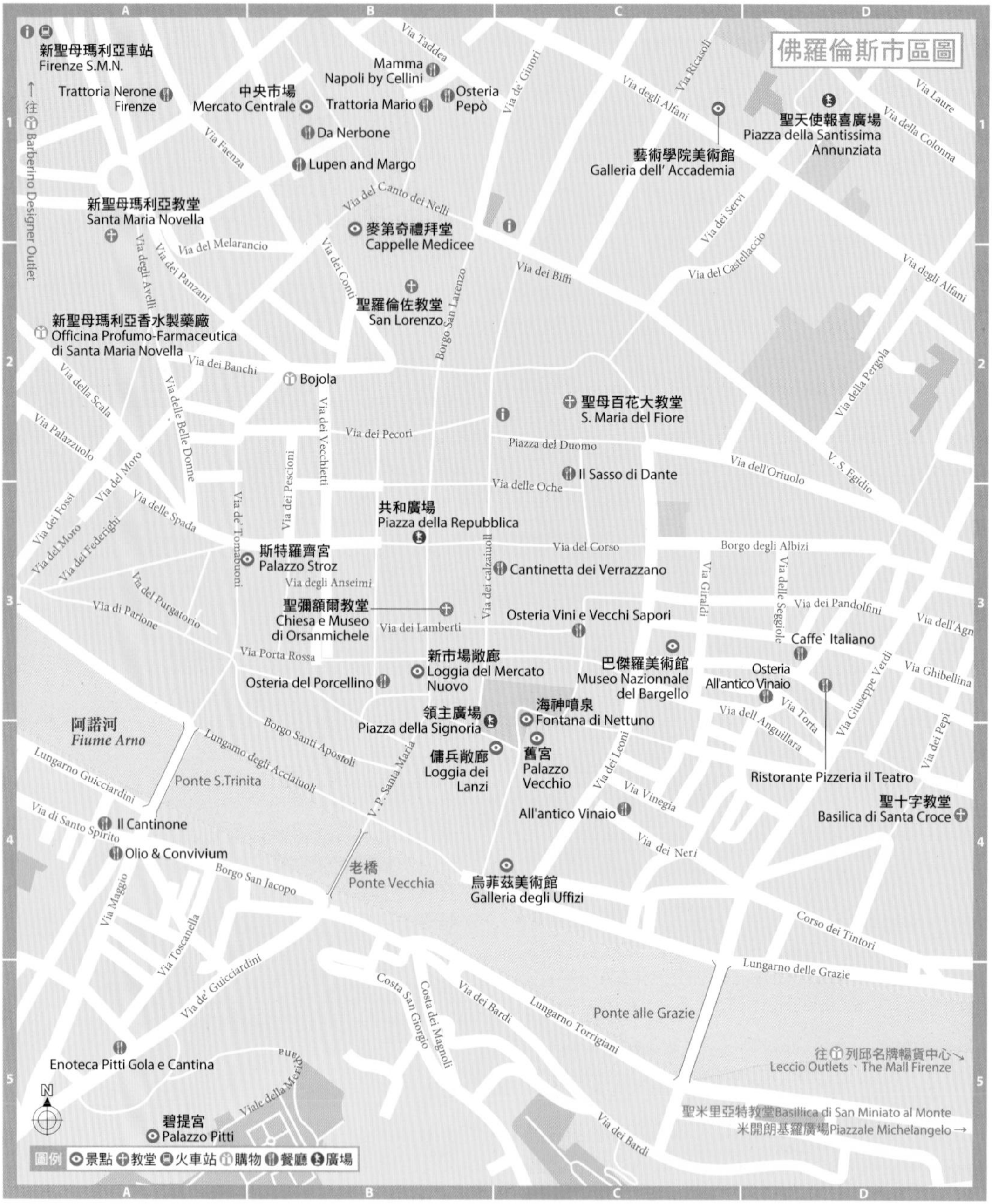

佛羅倫斯市區圖
新聖母瑪利亞車站
Firenze S.M.N.
往 Barberino Designer Outlet
Trattoria Nerone Firenze
中央市場
Mercato Centrale
Mamma Napoli by Cellini
Trattoria Mario
Osteria Pepò
Da Nerbone
Lupen and Margo
新聖母瑪利亞教堂
Santa Maria Novella
麥第奇禮拜堂
Cappelle Medicee
聖羅倫佐教堂
San Lorenzo
新聖母瑪利亞香水製藥廠
Officina Profumo-Farmaceutica di Santa Maria Novella
Bojola
聖天使報喜廣場
Piazza della Santissima Annunziata
藝術學院美術館
Galleria dell' Accademia
聖母百花大教堂
S. Maria del Fiore
Il Sasso di Dante
共和廣場
Piazza della Repubblica
斯特羅齊宮
Palazzo Stroz
Cantinetta dei Verrazzano
聖彌額爾教堂
Chiesa e Museo di Orsanmichele
Osteria Vini e Vecchi Sapori
新市場敞廊
Loggia del Mercato Nuovo
巴傑羅美術館
Museo Nazionnale del Bargello
Caffe` Italiano
Osteria All'antico Vinaio
Osteria del Porcellino
領主廣場
Piazza della Signoria
海神噴泉
Fontana di Nettuno
傭兵敞廊
Loggia dei Lanzi
舊宮
Palazzo Vecchio
阿諾河
Fiume Arno
Ponte S.Trinita
Ristorante Pizzeria il Teatro
聖十字教堂
Basilica di Santa Croce
All'antico Vinaio
Il Cantinone
Olio & Convivium
老橋
Ponte Vecchia
烏菲茲美術館
Galleria degli Uffizi
Ponte alle Grazie
往列邸名牌暢貨中心
Leccio Outlets、The Mall Firenze
Enoteca Pitti Gola e Cantina
聖米里亞特教堂Basillica di San Miniato al Monte
米開朗基羅廣場Piazzale Michelangelo →
碧提宮
Palazzo Pitti
圖例 景點 教堂 火車站 購物 餐廳 廣場

市區交通

◎大眾交通工具

佛羅倫斯的大眾交通工具包括巴士和電車；不過景點大多集中在中央車站東南方3公里的範圍內，建築群很集中，也是個很舒服的城市，只要徒步就可到達主要景點。

巴士、電車車票在有效時間內(90分鐘)可以互相轉乘，單程每趟€1.7，可在站旁的自動販賣機、售票亭或香菸攤(Tabacchi)購票；若上車後才向司機購票，每趟€3；在人工服務櫃台購買可買10張車票€15.5。上車後要在車上的打卡機上打卡，上面會秀出使用的時間，如果接下來在90分鐘內轉乘，不需再重複打票，只需將車票收好備查。雖然搭乘大眾交通工具不一定會設有驗票閘口，但是如果被抽查到沒買票，則罰款數倍，千萬不要以身試法。

Autolinee Toscane交通

www.at-bus.it/it

◎計程車

佛羅倫斯的計程車為白色車身，乘車同樣必須前往計程車招呼站，在新聖母瑪利亞車站以及共和廣場等重要景點前方大多設有招呼站。也可使用電話055 4242、055 4390、055 4798叫車。

優惠票券

◎佛羅倫斯卡Firenze Card

雖然這張卡價格相對較高，雖然它所提供的免費搭乘大眾交通工具功能你不一定用得到，但是如果你打算把佛羅倫斯的博物館、景點一次掃盡，而且避免大排長龍之苦，那麼也許可以考慮花大筆錢買下這張卡，包括烏菲茲美術館、學院美術館等，都可以在72小時效期內不用在售票口排隊，長驅直入60多處博物館、教堂和景點。

€85　www.firenzecard.it

旅遊諮詢

◎佛羅倫斯旅客服務中心Uffici Informazioni Turistiche Firenze

Via Cavour 1 Rosso
290-832
週一至週五9:00~18:00、週六9:00~14:00，週日休
www.afirenze.info/apt-firenze

◎Infopoint Firenze Bigallo旅客服務中心(聖喬凡尼廣場)

Piazza S. Giovanni 1(近聖母百花教堂)
288-496
週一至週六9:00~19:00、週日及假日9:00~14:00

◎Infopoint Central Station Florence旅客服務中心(新聖母瑪利亞車站)

Piazza della Stazione 5
212-245
週一至週六9:00~19:00、週日及假日9:00~14:00

MAP ▷ P.142C2

聖母百花大教堂

MOOK Choice

S. Maria del Fiore (Duomo)

文藝復興經典建築

從新聖母瑪利亞車站步行前往11~15分鐘可達　Via della Canonica, 1　大教堂週一～週六10:15~15:45；圓頂週一～週五8:15~18:45、週六8:15~16:30、週日12:45~16:30，入口於教堂北面，需爬463層階梯，沒有電梯；聖雷帕拉達教堂遺跡週一～週六10:15~16:00；鐘樓8:15~18:45，需爬414層階梯，沒有電梯；洗禮堂8:30~19:30；大教堂博物館8:30~19:30。精確時間隨季節調整，請隨時上網查詢　大教堂免費，Brunelleschi Pass包括圓頂、鐘樓、聖雷帕拉達教堂遺跡、博物館、洗禮堂€30、Giotto Pass(不包括圓頂)€20、Ghiberti Pass(不包括圓頂及鐘樓)€15　duomo.firenze.it/en　1.大教堂在元旦、聖誕節等重大宗教節日另有開放時間，另外圓頂、洗禮堂在某些日子不對外開放，詳細情形請上網查詢。2.進入大教堂請勿穿著過於暴露的服裝。

聖母百花大教堂至今仍是佛羅倫斯的驕傲，巨大的紅色圓頂為那段風起雲湧的人本思潮寫下永恆的見證，當時最偉大的藝術家都曾為它奉獻精力與才華。大教堂吟誦的不只是詩歌，而是雄渾的文藝復興交響樂。

聖母百花大教堂是佛羅倫斯的主座教堂，巨大的建築群分為教堂本身、洗禮堂與鐘塔3部分，1982年被列入世界文化遺產。

教堂重建於西元5世紀已然存在的聖雷帕拉達教堂上，它的規模反映出13世紀末佛羅倫斯的富裕程度及市民們的野心，一開始是根據岡比歐(Arnolfo di Cambio)的設計圖建造，他同時也監督聖十字教堂及領主廣場的建造。

岡比歐死後又歷經幾位建築師接手，最後大建築師布魯內雷斯基(Filippo Brunelleschi)於1434年在教堂上立起紅色八角形大圓頂，整體標高118公尺、對角直徑42.2公尺的圓頂至今仍是此城最醒目的地標，大小僅次於羅馬萬神殿。布魯內雷斯基沒有採用傳統的施工支架，而是利用滑輪蓋頂的技術，對當時來說，能創造出這麼一座壯觀的圓頂，確實讓百花大教堂又添一項值得稱讚的事蹟。

與教堂正門相對的八角形洗禮堂，外表鑲嵌著白綠兩色大理石，這座建於4世紀的羅馬式建築，可能是佛羅倫斯最古老的教堂，因為在聖母百花大教堂尚未出現之前，它曾經擔任主教堂的角色。

洗禮堂中最膾炙人口的部分，首推吉貝帝(Lorenzo Ghiberti)所設計、描繪舊約聖經的東門，也就是後來因米開朗基羅的讚嘆而被改稱為「天堂之門」的銅鑄作品，雕工之精細被認為是文藝復興前期的經典之作。

高85公尺的喬托鐘樓，則由喬托(Giotto)所設計，結合了仿羅馬及哥德式的風格。

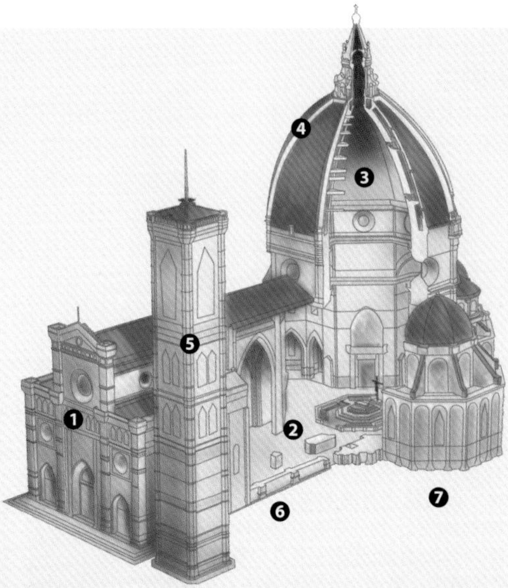

爬喬托鐘樓，還是大圓頂？

聖母百花大教堂的圓頂和鐘樓都可以登高望遠，俯瞰美麗的佛羅倫斯市容，但究竟有什麼不同？以下表格供作參考，可視你的時間、體力做一選擇，或是兩者都嘗試。

	鐘樓	圓頂
高度	84.7公尺	114.5公尺
階梯數	414階	463階
難度	分3層，中間能休息，較通風，也較容易，適合對自己體力沒信心者	僅前段可休息，上圓頂的階梯窄而高，人多時空氣不流通，必須交會上下樓，難度較高
景觀	看圓頂和市容	看鐘樓和市容
特色	如果遇到敲鐘時間，鐘聲就在頭頂，聲音極為震撼	能近距離看圓頂內《最後的審判》濕壁畫。建議下樓經過時再欣賞即可

❶大教堂本體

雖然大教堂於13世紀末重建，但正面於16世紀曾遭損毀，現在由粉紅、墨綠及白色大理石鑲嵌而成的新哥德式風格正面，是19世紀才加上去的。

❷大理石地面

地面精心鋪上彩色大理石，讓教堂內部看起來更加華麗。這是Baccio d'Agnolo及Francesco da Sangallo的傑作，屬於16世紀的作品。

❸《最後的審判》濕壁畫

大圓頂內部裝飾著非常壯觀的《最後的審判》濕壁畫，由麥第奇家族的御用藝術家瓦薩利(Giorgio Vasari)和朱卡利(Federico Zuccari)在教堂完工的100多年後所繪。在這幅面積達3,600平方公尺的壁畫中間，可以看見升天的耶穌身旁圍繞著天使在進行審判。

❹大圓頂

布魯內雷斯基畢生最大成就，就是這由內外兩層所組成的大圓頂(Cupola)，穹頂本身高40.5公尺，使用哥德式建築結構的八角肋骨支撐，從夾層之間的463個階梯登上頂端採光亭，會感受到大師巧奪天工的建築智慧。

八角形的圓頂外部，由不同尺寸的紅瓦覆蓋，是布魯內雷斯基得自羅馬萬神殿的靈感。若有足夠的腳力登上大圓頂，可在此欣賞佛羅倫斯老市區的紅瓦屋頂。

布魯內雷斯基興建大圓頂的成功關鍵

教堂蓋了半個多世紀，到了14世紀中葉，教堂的屋頂仍然不見蹤影，此時文藝復興時代已經來臨，經過一輪競圖，建築師Neri di Fioravanti的設計獲勝：以羅馬式古典的圓頂取代中世紀流行的哥德式飛扶壁。在他的設計中，不僅回復羅馬時代如羅馬萬神殿的圓頂直徑，還大幅把圓頂拉高，只是工程始終無法克服，半個世紀的時間，多次以倒塌收場。

直到建築天才布魯內雷斯基出現，他的靈感雖然來自羅馬萬神殿，卻沒有試圖重現萬神殿，而是以前所未見的建築工法，終於扭轉局勢，並開創歷史。他的成功關鍵有哪些？

- 圓頂有內外兩層，中間夾層為中空，並以質量較輕的磚塊取代石頭。
- 在蓋圓頂之前，先打造一個木和磚的模型(目前存放在大教堂博物館內)，以作為工匠的施工準則。
- 布魯內雷斯基發明一種起重機，解決了施工的困難度。
- 他用了「魚骨形」的模式建造圓頂，磚石從下往上逐層砌成，這樣磚石的重量便能轉移到距離圓頂最近的垂直肋骨。

❺喬托鐘樓Campanile di Giotto

鐘樓略低於教堂，這是喬托在1334年所設計：融合了羅馬堅固及哥德高貴的風格，共用了托斯卡尼的純白、紅色及綠色3種大理石，花了30年的時間完成。不過在花了3年蓋完第一層後，喬托就過世了。

鐘樓內部有喬托及唐納泰羅的作品，不過真品保存在大教堂博物館內。四面彩色大理石及浮雕的裝飾，描繪人類的起源和生活，如亞當和夏娃、農耕和狩獵等。

兩位大師持續守護教堂

在鐘樓旁的建築有2座雕像：一手拿卷軸、一手拿筆的就是教堂設計師岡比歐；而眼睛看向教堂大圓頂的，則是圓頂的建築師布魯內雷斯基。

大教堂博物館Museo dell' Opera di S. Maria del Fiore

博物館的建築起源於13世紀，原先是聖母百花大教堂的行政管理單位所在，19世紀才做為博物館開放。

在大教堂博物館中，收藏了為聖母百花大教堂而製作的藝術品，其中包括米開朗基羅80歲時，未完成的《聖殤》、唐納泰羅(Donatello)的三位一體雕刻，以及洗禮堂的「天堂之門」。此外還有許多傑出的雕塑品，以及和大教堂建造過程相關的文物。

❻聖雷帕拉達教堂遺跡 Cripta di Santa Reparata

教堂還保留著百花大教堂前身聖雷帕拉達教堂遺跡，從教堂中殿沿著樓梯來到地下，可以看到這間教堂斑駁的壁畫、殘留的雕刻及當時的用具。而布魯內雷斯基的棺木亦在此。

❼洗禮堂Battistero San Giovanni

洗禮堂是西元4世紀時立於這個廣場上的第一個建築物，是佛羅倫斯最古老的建築之一，詩人但丁曾在此接受洗禮。洗禮堂外觀採用白色和綠色大理石，縱向和橫向都呈現三三制結構，包含3座銅門，其中2道銅門出自吉貝帝的雕刻。

天堂之門

洗禮堂東邊面對百花大教堂的方向，是出自吉貝帝之手、雕工最精緻華麗的銅門，米開朗基羅曾讚譽為「天堂之門」，這也是最受遊客矚目的一道門。

門上有10格浮雕敘述舊約聖經的故事，從第1格的《亞當與夏娃被逐出伊甸園》到最後1格《所羅門與雪巴女王》。門上有數個用圖框框住的人物像，吉貝帝也在其中。

現在的銅門是複製品，因為傳說佛羅倫斯每100年會發生一次大洪水，而在1966年大門被洪水沖壞，真品目前保存在大教堂博物館裡。

據說若能走過開啟的天堂之門，便能洗淨一身罪孽；和聖彼得大教堂的聖門一樣，每25年開啟一次；下一次為2025年。

八角屋頂

洗禮堂的八角屋頂裝飾著一整片金光燦爛的馬賽克鑲嵌壁畫，這是13世紀的傑作，由Jacopo Francescano及威尼斯、佛羅倫斯藝術家共同完成。

MAP ▶ P.142B3

領主廣場

MOOK Choice

Piazza della Signoria

佛羅倫斯的政治中心

從聖母百花大教堂步行前往6~10分鐘可達 Piazza della Signoria

領主廣場被稱為「露天的美術館」，是佛羅倫斯最美麗的廣場，四周除了舊宮，還有海神噴泉、傭兵敞廊、烏菲茲美術館、商人法庭和烏古其奧尼宮等，自古就是佛羅倫斯的市政中心。

廣場上擺設了許多具有代表性的石雕複製品，包括米開朗基羅的《大衛》、唐納太羅的《裘蒂達》(Giuditta)、班迪內利(Bandinelli)的《赫克力士與卡可》(Ercole e Caco)，還有真跡如強波隆納(Giambologna)的《科西莫一世騎馬雕像》。

舊宮Palazzo Vecchio

舊宮9:00~19:00(週四至14:00)，高塔週一~週五9:00~17:00(週四至14:00) 舊宮全票€14，舊宮+高塔全票€18

自13世紀起，這裡就是佛羅倫斯的政治中心。在麥第奇統治時期，廣場上最醒目的舊宮就是當年麥第奇家族的府邸，一旁的烏菲茲美術館則為辦公的地方。由於當時採行共和體制，凡是公共事務都在廣場上議事並舉手表決。直到阿諾河對岸的碧提宮落成，舊宮才成為佛羅倫斯的市政廳。

舊宮由岡比歐於13世紀末設計，他同時也是聖母百花教堂的原始設計者。這座擁有94公尺高塔的哥德式建築，為佛羅倫斯中世紀自由城邦時期的代表建築，不過當麥第奇家族執政時，御用建築師瓦薩利將其大幅修改，因此又混合了文藝復興的風格。

「五百人大廳」(Salone dei Cinquecento)是舊宮裡最值得一看的地方，15世紀時當作會議廳使用，天花板及牆上裝飾著滿滿出自瓦薩利及其門生之手的濕壁畫，描繪佛羅倫斯戰勝比薩和西恩那的戰役。

海神噴泉Fontana di Nettuno

舊宮旁的海神噴泉，是阿曼那迪(Ammannati)16世紀時的作品。白色大理石的海神四周被各種青銅造型的仙子與牧神包圍，象徵統治者伸展海權的決心。

傭兵敞廊Loggia dei Lanzi

廣場一旁建於14世紀的傭兵敞廊，在夏季時是觀光客遮陽的好地方，同時這裡也有像是強波隆納的《掠奪沙賓婦女》這樣的文藝復興頂級作品。不過最引人注目的，當屬精工之父切里尼(Cellini)的《佩賽歐》(Perseo)了：這個作品描繪的是帕修斯斬下妖怪梅杜莎的頭。

傭兵敞廊最早是用於接待前來舊宮的外賓及給官員遮風擋雨使用，科西莫一世時期，這裡曾駐紮外國僱傭軍。

MAP ▶ P.142C4

烏菲茲美術館

MOOK Choice

Galleria degli Uffizi

文藝復興寶庫

從聖母百花大教堂步行前往約10分鐘 Piazzale degli Uffizi 6 294-883(預約專線) 週二至週日8:15~18:30，售票口於17:30結束。週一、1/1和12/25休。 €20 www.uffizi.it

要看義大利文藝復興的最高傑作，就必須到烏菲茲美術館。從開拓出人道內涵的喬托，到正式宣告文藝復興來臨的波提且利(Sandra Botticelli)，再到最高頂點的文藝復興三傑達文西、米開朗基羅、拉斐爾等人的曠世巨作都在這裡，堪稱全世界最重要的美術館之一。

這幢文藝復興式建築是由麥第奇家族的科西摩一世，委託瓦薩利(Giorgio Vasari)於1560年所建的辦公室；「Uffizi」正是義文「辦公室」的意思。

宮廷建築師瓦薩利把「辦公室」設計成沿著長方形廣場兩翼的長廊，然後再由沿著阿諾河這面的3道圓拱相互連接；科西摩一世的繼承者法蘭切斯科一世後來把「辦公室」改成家族收藏藝品的展覽室，加上後繼的大公爵們不斷地增購藝術品，使得文藝復興的重要作品幾乎全集中在這裡。

1737年麥第奇的後世血脈安娜瑪莉亞路得維卡，把家族的收藏全數贈與佛羅倫斯的市民，才有了今天的烏菲茲美術館。館內的展覽品陳設在頂樓，而雕刻類的作品陳列在走廊上，繪畫則是依照年代懸掛在展示室中。

《莊嚴聖母》Maestá

喬托(Giotto di Bondone)被譽為「西方繪畫之父」，為文藝復興的開創者，一直努力於遠近畫法及立體感的畫家，對長期陷於黑暗時期、見不到出路的藝術創作來說，喬托指引出一條光明之路，同時喬托更重視描繪畫中人物的心理。

《莊嚴聖母》中的空間構圖已經非常接近文藝復興早期的畫法，也可說是喬托的代表作之一。

《烏比諾公爵及夫人》
Diptych of the Duchess and Duke of Urbino

中世紀時的肖像畫著重於表現人物的社會地位或職位，而文藝復興時期開始重視表現個人的長相特徵。法蘭契斯卡(Piero Della Francesca)所繪的這幅畫就是15世紀同類型作品中嘗試性的第一幅，當時這種雙聯幅畫是可以摺起來像一本書，作為禮物。公爵及其夫人的肖像都只有側面，但非常寫實，尤其是公爵異於常人的鼻子，非常引人側目。

《春神》La Primavera

館內收藏許多波提且利的作品，其中以《春神》、《維納斯的誕生》和《誹謗》最為出名。

波提且利所繪的《春神》中，3位女神(美麗、溫柔、歡喜)快樂地舞蹈、春神和花神洋溢祥和而理性的美感、北風追著精靈，但慘綠的北風並無法影響春天帶來的希望和生命，畫作中洋溢著欣欣向榮的生機。

《維納斯的誕生》Birth of Venus

被認為是烏菲茲美術館的鎮館之寶之一。這幅畫更精確地描繪了波提且利心目中的理性美：靈性又帶著情慾；除了維納斯揚起的髮稍、花神帶來的綢緞外，連細膩的波濤也帶來視覺上的享受。

《聖母、聖嬰與天使》
Madonna with Child and two Angels

利比(Filippo Lippi)畫聖母都是以佛羅倫斯地區的美女為模特兒，而他自己就和這些模特兒有曖昧關係；但他還是受敬重的畫僧，因為他作畫的特質剛好兼具優美詩意及人性。

《聖母、聖嬰與天使》中，聖母詳和溫柔，聖嬰迎向聖母，而天使則愉快地望向觀畫者；這幅畫的背景風景畫也很值得注意，顯示利比的寫實功力。

《誹謗》The Calumny of Apelles

《誹謗》一畫和前兩幅截然不同，是畫家波提且利的抗議之聲，透過表情和動作賦予人物生動的形象，將「誹謗」無形的意象具體呈現出來，達到波提且利意喻畫的最高境界。

《賢士來朝》Adoration of the Magi

從德國紐倫堡到義大利習畫的杜勒(Albrecht Dürer)，在義大利也留下不少作品。《賢士來朝》中綜合北方畫派的自然主義、謹慎的細部處理，以及義大利的透視處理手法，將空間和人物協調地融合。

《聖家族》Doni Tondo

米開朗基羅可說是西洋美術史的巨人，且英雄氣質濃厚：他個性剛烈，不畏面對局勢的混亂和不公；他悲憤，在古典神話中尋找英雄。

米開朗基羅創作甚多，但在佛羅倫斯的創作多屬雕塑，因此，收藏在烏菲茲的這幅《聖家族》畫作就顯得很不尋常，線條及豔麗色彩的運用讓人憶起梵諦岡西斯汀禮拜堂的天頂畫《創世紀》。更值得注意的是：畫框也是米開朗基羅自已設計的。

《金翅雀的聖母》Madonna of the Goldfinch・《利奧十世畫像》Portrait of Leo X

在這個專室中，可以看到拉斐爾多變的畫風：《金翅雀的聖母》中的畫法顯然受到達文西及米開朗基羅很大的影響，三角黃金比例的人物安排搭配背景的風景畫，是當時流行的佈局方式；《利奧十世畫像》則有威尼斯畫派的筆觸，垂老的神情也非常寫實。

《神聖的寓言》Sacred Allegory

這是威尼斯畫派始祖貝里尼(Giovanni Bellini)的作品中最受注目的一幅。貝里尼把人物像靜物畫一樣處理，加上採取來自法蘭德斯的油彩作畫，使畫面柔和而色彩豐富；神秘大作《神聖的寓言》到底在「寓言」著什麼？

畫中的人物都是宗教人物：聖母、聖嬰、聖徒們各據一角，形成有趣的位置關係；更奇怪的是背後的風景像是虛幻的，不知那是畫中人物正想像著的虛幻世界，還是觀畫者自身添加的幻想；總之，貝里尼在畫下這凝結的一刻時，丟下了一個神秘的「寓言」，讓大家爭辯它的哲理。

《年輕自畫像》Self-portrait

這幅自畫像在西洋繪畫史上一直存在著爭議：有的人認為畫中人物不是拉斐爾；也有人認為這幅畫不是出自拉斐爾之手。不過這些疑點完全無法掩蓋這幅畫的出色：含蓄的表情下可以感受到人物內心的澎湃。

《弗蘿拉》Flora‧《烏比諾的維納斯》The Venus of Urbino

威尼斯畫派的第一把交椅堤香(Vecellio Tiziano)，讓大家見識到油彩的魅力：無論宗教主題或神話主題，色彩牽動畫面的調性，成就了文藝復興中威尼斯畫派的巔峰。

古典的型式、金光的暖色調、詩意的畫面是堤香的最大特色，在烏菲茲美術館中，可以找到數幅名作，如《弗蘿拉》、《烏比諾的維納斯》，具有成熟、情慾、金色調的理想美人形象，且表情深不可測。

《自畫像》Self-Portrait

法蘭德斯光影大師林布蘭(Rembrandt van Rijn)的兩幅自畫像，像在為我們透露這位不朽畫家一生的故事：年輕自畫像中的彩度溫暖而明亮，表情自信而無畏；年老自畫像則暗沉，垂垂老矣的風霜完全刻畫在臉上。

《伊莎貝拉‧班達畫像》Portrait of Isabella Brandt

麥第奇家族從未委託法蘭德斯的巴洛克畫家兼外交家魯本斯(Rubens)作畫，但仍收藏了數幅魯本斯的重要作品，包括描繪法皇亨利五世戰績的巨作，以及這幅色調截然不同的畫像，畫中人物是魯本斯的第一任妻子。

《酒神》Bacchus

畫風寫實的卡拉瓦喬(Caravaggio)用色明暗強烈，且創造出一種暴力血腥的魅力，在美術史上占了很重要的地位。卡拉瓦喬畫過許多幅《酒神》，這一幅似乎是喝醉的年輕酒神，打扮妥當後為畫家擺pose。

猜猜他們是誰？

在烏菲茲美術館建築外面的壁龕上，立了許多雕像，認得出他們分別是誰嗎？

喬托
Giotto di Bondone
1267-1337年

義大利文藝復興時期的開創者，被譽為「西方繪畫之父」。

唐納太羅
Donatello
1386-1466年

雕刻家，文藝復興初期寫實主義與復興雕刻的奠基者，對文藝復興藝術發展具深遠影響。

阿伯提
Leon Battista Alberti
1404 -1472年

文藝復興時期的建築師、作家、詩人兼哲學家。

達文西
Leonardo da Vinci
1452-1519年

文藝復興藝術三傑之一，集繪畫、音樂、建築、數學、解剖學、動植物學、天文學多項領域的博學者。

米開朗基羅
Buonarroti Michelangelo
1475-1564年

文藝復興藝術三傑之一，集雕塑家、建築師、畫家和詩人等通才。

但丁
Dante Alighieri
1265-1321年

文藝復興文壇三傑之一，現代義大利語的奠基者，也是歐洲文藝復興時代的開拓人物，以史詩《神曲》留名後世。

佩脫拉克
Francesco Petrarca
1304-1374年

文藝復興文壇三傑之一，被視為「人文主義之父」。

薄伽丘
Giovanni Boccaccio
1313-1375年

文藝復興文壇三傑之一，以故事集《十日談》留名後世。

馬基維利
Niccolo Macchiavelli
1469-1527年

義大利文藝復興時期的哲學家、歷史學家、政治家，著有《君王論》

伽利略
Galileo Galilei
1564-1642年

物理學家、數學家、天文學家及哲學家，被譽為「現代科學之父」。

MAP ▶ P.142B4

MOOK Choice

老橋

Ponte Vecchia

佛羅倫斯最美日落

從聖母百花大教堂步行前往8~10分鐘可達

這是佛羅倫斯最具特色、也最古老的一座橋，羅馬時代便已橫跨於阿諾河上，名副其實的「老」橋。

橋因洪水多次破壞而於1345年重建，中世紀建築風格的橋身，原本是屠夫販肉聚集之處，直到16世紀末，麥第奇家族認為統治者經過的地方不應該是如此髒亂不堪，而下令只能開設貴重珠寶金飾的商店，因此橋上成為珠寶金飾店聚集的特色商店街。

在此賞「老橋落日」

位於橋中央的半身雕像，是文藝復興的精工之父切里尼，在此欣賞「老橋落日」是佛羅倫斯最美的一景。在橋一旁是麥第奇家族秘密通道，內有珍貴的畫家自畫像，據說畫像曾遭竊，現在進入參觀則需預約。

MAP ▶ P.142C3

巴傑羅美術館

Museo Nazionale del Bargello

收藏大師之作

從聖母百花大教堂步行7~10分鐘可達 Via del Proconsolo 4 www.museodelbargello.it 8:15~18:00，每月的第2和第4個週一、元旦、5/1和12/25休 全票€12、半票€5

外觀像堡壘的巴傑羅美術館建於1255年，最初是市政廳，後來變成法院及監獄；當時一樓是酷刑室、中庭是執行死刑之處，死者還會被掛在鐘樓旁的窗戶外面；直到1780年，彼得大公爵廢除刑囚的工具及絞刑架。

巴傑羅美術館經過裝修後已成為義大利的國家博物館之一，館內共分為3層樓：一樓主要展示米開朗基羅及15、16世紀佛羅倫斯雕刻大師的作品，包括《酒神》、《聖母子》等；二樓則收藏唐納太羅的作品，其中最有名的便是《大衛》雕像。

MAP ▶ P.142B1

中央市場

MOOK Choice

Mercato Centrale

托斯卡尼食材集散地

從新聖母瑪利亞車站步行7~8分鐘可達；從聖母百花大教堂步行7~10分鐘可達 Piazza del Mercato Centrale 9:00~夜間，開放時間會變更請上網查詢 www.mercatocentrale.it/ firenze

中央市場有著超過百年的歷史，是一棟19世紀的鋼筋、玻璃建築，市場內的一樓是生鮮食品專賣區，有各種乳酪、香料、蔬果、肉類製品等，托斯卡尼道地食材應有盡有，是當地人採買食品的地方；來參觀的觀光客也不少，有些店家還備有中、法、德、日文的烹飪方式解說，真空包裝也方便觀光客帶回國。市場的二樓是美食街，有許多異國美食、義大利傳統料理和當地特色小吃，包括了佛羅倫斯最出名的牛肚包，而且價格實惠，逛累了不妨來此用餐。

市場的周圍占滿整條街道的攤販，販售皮件、包包、圍巾、衣服、領帶、飾品等，從索價上百歐元的高級皮件、到手工藝品、紀念品都有，在這裡若覺得價格稍貴還可以和店家議價喔。

MAP ▶ P.142A1

新聖母瑪利亞教堂

Basilica di Santa Maria Novella

壁畫博物館

從新聖母瑪利亞火車站步行1~3分鐘可達 Piazza di Santa Maria Novella, 18 219-257 週一至四及週六9:00~17:30、週五11:00~17:30、週日及假日13:00~17:30 全票€7.5、優待票€5(含教堂博物館及修道院) www.smn.it/en

於1279年到1357年由多明尼各教士所建。從新聖母瑪利亞中央車站走出來，一眼便可以看到這座擁有高聳尖塔的哥德式教堂；沿著教堂外圍走到正面，其立面又呈現仿羅馬式過渡到哥德式的風格。

教堂內部則是全然的哥德式風格。牆面上所保存的濕壁畫，就如一座博物館，其中最吸引人的是馬薩其歐(Masaccio)的《三位一體》(Trinity)，這是美術史上最早使用到透視法技巧的作品之一；此外，還有喬托所畫的《十字架》(Crucifix)。

主殿左手邊為教堂博物館，其中《綠色迴廊》(Chiostro Verde)、《西班牙大祭壇》(Cappellone degli Spagnoli)都值得一看。

MAP ▶ P.142C1

藝術學院美術館

MOOK Choice

Galleria dell'Accademia

米開朗基羅不朽之作

從聖母百花大教堂步行7~8分鐘可達　Via Ricasoli 58/60　294-883(預約專線)　週二到週日8:15~18:50，週一、1/1、12/25休　全票€16，線上預約費€4　www.galleriaaccademiafirenze.it　若想避開擁擠的人潮，最好在8:00前到達排隊或先預購門票

雖然在佛羅倫斯有3座形貌相同的大衛雕像，分別位於領主廣場、米開朗基羅廣場及藝術學院美術館，但觀光客遠從世界各地而來當然想看到真品，因此，藝術學院美術館總是擠滿排隊人潮。

這是歐洲第一所由教授設計的繪畫及雕刻藝術學院，成立於16世紀中葉。美術館成立於1784年，收購13到16世紀的佛羅倫斯畫作，原是做為學生模擬之用，其中最重要者首推米開朗基羅於29歲時雕出的巨作《大衛》，奠定他在美術史上不朽的地位。

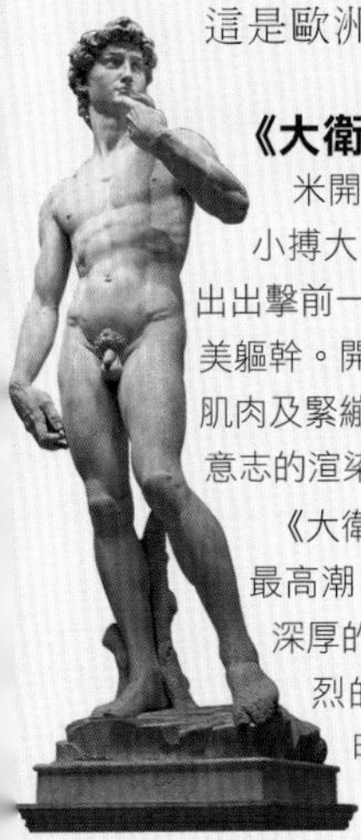

《大衛David》

米開朗基羅並沒有依照傳統的形式雕塑以小搏大、以寡敵眾的聖經人物大衛，反而雕出出擊前一刻的年輕大衛：最符合希臘英雄的完美軀幹。開放而有活力的結構，加上大衛的堅實肌肉及緊繃的肌鍵，使這尊雕像本身傳達出堅強意志的渲染力。

《大衛》可説是米開朗基羅早期創作生命的最高潮，它展現了米開朗基羅純熟的技巧、深厚的科學知識。《大衛》表達的美感和強烈的情感，證明米開朗基羅不但超越同時代的藝術家，也突破了希臘羅馬古典雕塑的限制。

《聖殤像The Palestrina Pietà》

米開朗基羅這一座《聖殤像》，聖母扶著死亡耶穌垂軟的身體，在視覺上像是未完成的粗作，而不是細膩的線條，悲痛之感更深。

《奴隸 Quattro Prigioni》

這4座米開朗基羅的《奴隸》雕像展現出被扭曲、無奈的痛苦表情：從甦醒到掙扎，反應出米開朗基羅當時受困無出路的心境。

《御下聖體Deposition From the Cross》

這幅《御下聖體》最有趣的地方其實是因為這是由不同畫家所完成的：修士畫家利比從畫作上方十字架的部份開始作畫，但是只完成了1/4就過世了；貝魯吉諾(Pengino)接手完成整幅作品──左下方聖母灰白的臉是最精彩的部分。

MAP ▶ P.142D4

聖十字教堂

MOOK Choice

Basilica di Santa Croce

佛羅倫斯名人長眠在此

從聖母百花大教堂步行11~12分鐘可達　Piazza di Santa Croce 16　246-6105　週一至週六9:30~17:30、週日12:30~17:45　全票€8、優待票€6　www.santacroceopera.it/en

這座建於13世紀末的哥德式教堂，是不少佛羅倫斯顯赫人物的長眠處，包括米開朗基羅、但丁(衣冠塚)、佩托拉克、馬基維利、伽利略、唐納太羅、羅西尼等。

早期的教堂內部是平面的，繪滿許多壁畫；後來瓦薩利改變了教堂風格，變成現代化的設計，並且蓋掉原本的壁畫。直到1966年一場洪水淹沒了教堂，褪去了後來加上的色彩，原始的壁畫才得以重見天日。教堂中庭有一間巴茲(Pazzi)家族的禮拜堂，這是布魯內雷斯基所設計、唐納太羅製作細部，是文藝復興時期的傑作。

米開朗基羅墓

出自瓦薩利(百花大教堂大圓頂的畫家)之手，墓前的雕刻分別是建築家、雕刻家及畫家，用以代表米開朗基羅的身份；最上面的畫是米開朗基羅的代表作《聖殤》。

伽利略墓

墓上的樓梯標誌代表他曾加入的絲綢行會，左右雕像代表著天文跟幾何學。伽利略是麥第奇家族的老師，因為與教廷主張的地心學相違背，所幸在麥第奇家族的保護下，免於被火燒的命運。

但丁墓

但丁是佛羅倫斯人，但葬在拉威納，空墓前站著的女神代表義大利，而拿花環的女孩代表詩人。

MAP ▶ P.142B1

麥第奇禮拜堂

Cappelle Medicee

麥第奇家族陵墓

從聖母百花大教堂步行約5分鐘可達；從新聖母瑪利亞火車站步行約8分鐘可達　Piazza Madonna degli Aldobrandini 6　9:30~17:30，開放日會變動請上網查詢　全票€9、優待票€2　sanlorenzofirenze.it/le-cappelle-medicee

麥第奇禮拜堂其實是麥第奇家族的陵墓。在王室祭壇(Capella dei Principi)裡，長眠了6位麥第奇家族的大公爵，多重顏色的大理石鑲嵌令人眼花撩亂，牆上還留有設計師以鉛筆所繪製的草圖；新聖器室(Sacrestia Nuova)則是米開朗基羅在1521年接受麥第奇家族的委託所設計的。

麥第奇墓可說是全新的設計概念，米開朗基羅擺脫傳統基督徒墓上運用的天使、聖母或基督的雕像，墓上四尊雕像分別代表「白晝」、「黑夜」、「黎明」與「黃昏」，但這只是米開朗基羅的命名，實質上他們就只是人：受苦難的人，為自己的存在而激動著，磨難正是他們的美麗之處。

MAP ▶ P.142D5

米開朗基羅廣場

MOOK Choice

Piazzale Michelangelo

俯瞰佛羅倫斯全景

搭12、13等號公車在Piazzale San Miniato或Piazzale Il David站下即達

米開朗基羅廣場建於1865到1871年間，因為當時佛羅倫斯獲選為首都而建，建築師約瑟用米開朗基羅當作廣場的標誌，以一比一的比例複製《大衛》，旁邊還有米開朗基羅在麥第奇禮拜堂的著名作品「白晝」、「黑夜」、「黃昏」及「黎明」雕刻複製品。這裡是眺望佛羅倫斯市區的絕佳位置，可望見老橋橫跨在阿諾河上，襯著一片紅瓦屋頂。

MAP ▶ P.142A5

碧提宮

MOOK Choice

Palazzo Pitti

左岸的博物館集合

從聖母百花大教堂步行15~20分鐘可達；搭11號公車在Piazza San Felice站下，再步行約3分鐘可達 Piazza de' Pitti 1 週二~週日8:15~18:30，週一、1/1、12/25休，開放時間會變動請上網查詢 碧提宮€16，碧提宮+波波利花園€22 www.uffizi.it/en/pitti-palace

碧提宮原是15世紀中葉由布魯內雷斯基為佛羅倫斯的富商路卡・碧提(Luca Pitti)所建，如此龐大的規模，為的是與麥第奇家族互別苗頭；大型方石砌成的外觀，是佛羅倫斯文藝復興建築的特色。不過碧提的破產，使得工程一度陷入停頓狀態，1個世紀後，麥第奇成為此宮的主人，繼續修築並完成由特利波羅(Tribolo)所設計的波波利花園(Giardino Boboli)。

碧提宮內擁有多座博物館：帕拉汀那美術館(Galleria Palatina)以麥第奇家族17、18世紀所收購的文藝復興與巴洛克藝術作品為主，包括拉斐爾、波提且利、堤香等藝術家的作品；拉斐爾鼎盛時期的作品《椅子上的聖母》和《帶面紗的女士》都收藏在這裡。

現代藝術美術館(Galleria d'Arte Moderna)收藏1784年到1924年之畫作；銀器博物館(Museo degli Argenti)內是麥第奇家族的珍玩寶物；服飾博物館(Galleria del Costume)展覽18到20世紀宮廷服裝的變化。

中央市場周邊

MAP ▶ P.142B1 **Mamma Napoli by Cellini**

從新聖母瑪利亞火車站步行約10分鐘可達；從聖母百花大教堂步行7~10分鐘可達 Piazza del Mercato Centrale 17/18r 週二~週日11:00~23:30，週一休 www.mammanapolibycellini.it

這家餐廳以16世紀佛羅倫斯最偉大的精工師傅且里尼(Benvenuto Cellini)為名，因為這裡昔日正是這位大師的出生地；餐廳也用他著名的銅雕「佩賽歐」(Perseo) 為標誌。Mamma Napoli by Cellini位於中央市場背後三角形小廣場上，它不只是餐廳，同時也是披薩屋，而且標榜使用傳統的碳烤爐，所以烤出來的披薩還帶著濃濃的木枝香。此外，無論是烤肉、烤魚、鄉村菜餚、托斯卡尼精緻料理還是拿波里的特色菜等，洋洋灑灑的菜單、合理的價位，定能滿足不同食客的需求。

中央市場周邊

MAP ▶ P.142A1 **Trattoria Nerone Firenze**

從新聖母瑪利亞車站步行約6分鐘可達；從聖母百花大教堂步行約10分鐘可達 Via Faenza, 95/97r 291-217 11:30~23:00 www.trattorianerone.it

從外表判斷，以為不過是一家普通的披薩店，沒想到一旦入內，才發現它的規模相當大、裝潢這麼特別、而且物美價廉，讓人有種「撿到寶」的驚喜。

Nerone位於中央市場附近兩幢1943年所建的房子裡，雖然還不至於古蹟的等級，但是裝潢古色古香、有的座位區還有彩色玻璃屋頂，不但室內用餐環境選擇眾多，戶外還有漂亮的花園區；而且服務輕鬆親切，沒有惱人的拘束感。

更難得的是：這裡提供多樣化的托斯卡尼佳餚，以及口味選擇眾多的披薩，一個人不到€20即可飽餐一頓；預算若足夠的話，也可以吃到很滿足的托斯卡尼大餐，對觀光客而言是很物超所值的選擇。

中央市場周邊

MAP ▶ P.142B1 **Osteria Pepò**

從新聖母瑪利亞車站步行約10分鐘可達；從聖母百花大教堂步行7~10分鐘可達 Via Rosina 4/6r 283-259 12:00~15:00、19:00~22:00 www.pepo.it

這家位於中央市場附近的小酒館，一到用餐時刻便一位難求，如果沒有事先預定，可能得耗時等候。在這裡用餐，中午和晚上呈現不同的氛圍：由於午餐時間較匆忙，餐廳只在原木桌子鋪上餐墊，並盡量提供單點菜色；到了晚餐就不同了，鋪上桌巾、擺上蠟燭，氣氛顯得浪漫而精緻，由於標榜「家庭式廚房」，用餐環境就像在家裡用餐一樣輕鬆自在，所提供的餐點都是道地的托斯卡尼傳統菜餚。主菜約€18起。

中央市場周邊

MAP ▶ P.142B1 | **Da Nerbone**

從新聖母瑪利亞車站步行7~8分鐘可達；從聖母百花大教堂步行7~10分鐘可達 Mercato Centrale 週一~六8:30~15:00，週日休

Da Nerbone是位於中央市場一樓的熟食店，沒有精緻華麗的店面、提供最道地的民生滋味，那便是熱騰騰的佛羅倫斯牛肚包(Panino con Lampredotto)。

在與中央市場連成一氣的開放式空間用餐，被熱鬧的氣氛給包圍著，大啖佛羅倫斯的庶民食物，真的是「大口吃肉、大口喝酒」的豪邁體驗！雖說這裡是以提供動物的腸肚熟食為主，但自1872年就已開店的Da Nerbone仍有自己的獨到配方，那就是把牛肚在前一天以酒醃漬，烹調後更增肉質的香醇；若不敢吃內臟，也可以選擇牛肉包(Panino con Bollito)。兩者都是每個€4.5。

中央市場周邊

MAP ▶ P.142B1 | **Lupen and Margo**

從新聖母瑪利亞車站步行7~8分鐘可達；從聖母百花大教堂步行7~10分鐘可達 via dell' Ariento banco n.75 週一~週六9:00~17:00，週日休

來到佛羅倫斯一定要吃牛肚包，中央市場內的Da Nerbone是很多人推薦的百年老店，但是市場外還有另一個選擇，Lupen and Margo是台小小的餐車，因為位在轉角、隨時都有人潮聚集，所以很好找到。餐車上可以看到由客人留下不同語言的推薦字條，當然包括了台灣同胞的推薦，許多人認為Lupen and Margo的口味比起Da Nerbone更適合台灣人，口味更重，尤其加上特製的辣椒不但去腥味，讓牛肚包更像是台灣的夜市小吃了！

聖母百花大教堂及領主廣場周邊

MAP ▶ P.142C2 | **Antico Ristorante Il Sasso di Dante**

從聖母百花大教堂步行約3分鐘可達 Piazza delle Pallottole, 6r 282-113 11:00~23:00

位於昔日但丁經常前來沉思的廣場上，這間名稱原意為「但丁之石」的餐廳，散發出迷人的悠悠古意，外觀陪襯著拱門與斜屋頂，內部牆上還嵌著刻有神曲詩句的碑石。坐在室外用餐最是賞心悅目，布魯內雷斯基的紅色大圓頂近在咫尺，精雕細琢的大教堂邊牆，在用餐的同時也給予視覺上最大的享受。

聖母百花大教堂及領主廣場周邊

MAP ▶ P.142B3 | **Osteria del Porcellino**

從聖母百花大教堂步行約6分鐘可達 Via Val di Lamona 7r 264-148 週一~週五12:00~15:00、19:00~23:00，週六及週日12:00~23:00 osteriadelporcellino.com

這家規模中等的餐廳，帶有濃濃的小酒館風情，木質餐桌椅搭配牆上的酒瓶與乾草裝飾，說明了「小豬酒館」提供的正是最道地的鄉野味。最家常的服務和不花俏的烹調是這間餐廳最大的特色，除了佛羅倫斯大牛排外，這裡也可以品嘗到該餐廳特製辣醬所作的招牌料理。義大利麵€16~19，主菜€20~36，佛羅倫斯牛排€65。

聖母百花大教堂及領主廣場周邊

MAP ▸ P.142C3
Cantinetta dei Verrazzano

從聖母百花大教堂步行約5分鐘可達 Via dei Tavolini, 18r 268-590 週一~週六8:00~16:00，週日休 www.verrazzano.com/la-cantinetta-in-firenze

這家小酒窖也是具有雙重功能的食品店：入口處專門販售當日出爐的新鮮麵包與甜點、小餅乾，不少佛羅倫斯市民會站在這裡吃個點心、喝杯咖啡；穿過前半部的麵包店，由左邊的小門進入，便是品酒、吃輕食的地方。

Cantinetta dei Verrazzano的業主為美酒之鄉奇様地的知名家族Verrazzano，擁有遼闊的葡萄園，自產的葡萄酒、麵包、托斯卡尼經典菜色等聲名遠播。Verrazzano把下酒的小菜提升到高級餐廳的水準，也是另一種品酒風情。雖是精緻的拼盤，採用的可都是道地的托斯卡納土產，因此，那股簡單的樸實滋味，仍是齒頰間最雋永的回味。

聖母百花大教堂及領主廣場周邊

MAP ▸ P.142C3
Osteria Vini e Vecchi Sapori

從聖母百花大教堂步行6~7分鐘可達 Via dei Magazzini 3/r 293-045 12:00~14:30、19:00~22:30，週日休

從這間餐廳的名稱「酒與古早味」，就能看出它主打什麼餐飲。餐廳位於領主廣場旁，非常迷你，只有7、8張木桌，一派小酒館的模樣。這家小酒館是以冷盤為主，在小小的木製吧台上，擺著各式各樣的開胃菜，而且是依著個人的食用份量來收費。每人平均消費€20~40。

此外，餐廳還提供一種名為Ribollita的食物，意思是「再煮熱」：舊時的佛羅倫斯會把當天沒有吃完的黑麵包、蔬菜之類的食物全混在一起煮，以免浪費食物，而這道熱食也是農夫們冬天的主食。

聖母百花大教堂及領主廣場周邊

MAP ▸ P.142C4
All'Antico Vinaio

從聖母百花大教堂步行約10分鐘可達 Via dei Neri 65r 238-2723 10:00~22:00

靠著號稱比臉還大的三明治，曾經在Trip Advisor上佛羅倫斯數百家小吃店和餐廳中勇奪評價和人氣的第一名；三明治每個€7~11之間。All'Antico Vinaio目前在佛羅倫斯有2處分店，其中這家走到領主廣場只要3分鐘，位置可說非常方便；另一家則比較靠近中央市場。

這裡的三明治特色是大分量、用料實在和平價，可以自由選擇麵包、肉類、乳酪和配菜，配菜的選擇尤其豐富；如果不知道怎麼選擇也可以直接點招牌上搭配好的經典口味。點好餐，欣賞師傅製做三明治也是一大樂趣：因為生意太好，所以師傅們的速度之快和技巧之熟練，很有觀賞性。

聖十字教堂周邊

MAP ▶ P.142D3　Caffé Italiano

從聖母百花大教堂步行約10分鐘可達　Via Isola delle Stinche 11/13r　289-080　12:00~23:00　caffeitaliano.it

這間「義大利咖啡酒館」把過去由填飽肚子的小小家常餐館，提升為極具品味的優雅空間。舒適愉悅的環境，粉白的牆壁不做過多的裝飾，挑高式的天花板又把壓迫感降低；侍者輕聲細語地來回穿梭於餐桌之間，提供最貼心的服務，配上悅耳輕鬆的音樂，最適合與情人或三五好友來此品味那份佛羅倫斯式的典雅風情。

這裡的食材都是來自托斯卡尼的各個角落，例如索拉那(Sorana)的白豆、科隆那塔(Colonnata)的豬油、奇樣利那的牛肉等，經過嚴選之後才能進入廚房。

聖十字教堂周邊

MAP ▶ P.142D3　Ristorante Pizzeria Il Teatro

從聖母百花大教堂步行約10分鐘可達　Via Ghibellina 128r　246-6954　12:00~24:00　www.ristoranteilteatro.net

這家位於歌劇院對面的餐廳，是由3兄弟合開的，老闆的熱情加上燒得一手道地的義大利菜，非常受當地人歡迎。義大利中部最常見的開胃菜Bruschetta把烤麵包加上蕃茄、義大利香料，口感不錯，不妨試試！主菜€9~20之間。

阿諾河左岸

MAP ▶ P.142A4　Il Cantinone

從聖母百花大教堂步行13~15分鐘可達　Via di Santo Spirito 6r　218-898　12:00~14:30、19:00~22:30，週一休　www.ilcantinonedifirenze.it

位於阿諾河左岸的聖靈廣場上，這間名稱原意為「酒窖」的餐廳，門面雖不起眼，只是個小小的活動招牌擺在入口處，然而那隻黑公雞卻點出了它的特色：傳統奇樣地的酒窖。

一道道圓拱撐出最原始的托斯卡尼鄉野建築、不加粉飾的磚牆，極具地方色彩。餐廳提供最道地的托斯卡尼菜色，講求最簡單的烹調、不做過多的裝飾以及最家常的服務態度，在這裡可以吃得輕鬆又自在。

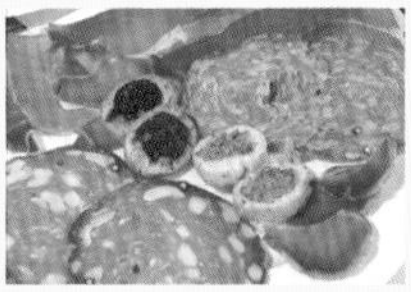

阿諾河左岸

MAP ▶ P.142A5　Enoteca Pitti Gola e Cantina

從聖母百花大教堂步行15~20分鐘可達；搭11號公車在Piazza San Felice站下，再步行約3分鐘可達　Piazza de'Pitti 16　212-704　12:00~23:00(午餐12:00~15:00、晚餐19:00~22:30)　pittigolaecantina.com

這間位於碧提宮對面的餐廳，儘管內部並不寬敞，卻很有看頭。3面牆壁全被酒瓶給佔滿：來自托斯卡尼各個著名酒莊所釀造的葡萄酒，在這小小的空間中彼此爭奇鬥妍；除了酒以外，橄欖油、醋、醃漬蔬菜、果醬等特產，也是一應俱全。

如同其他的輕食店一樣，這裡只提供專為下酒的配菜，黃昏時是來這裡品酒的最佳時刻：西斜的陽光把碧提宮的正面渲染成一片金黃，美得無價。

新聖母瑪利亞車站周邊

MAP ▶ P.142A2	新聖母瑪利亞香水製藥廠 Officina Profumo-Farmaceutica di Santa Maria Novella

從新聖母瑪利亞車站步行8~10分鐘可達 Via della Scala 16 216-276 10:00~19:00 www.smnovella.it

新聖母瑪利亞香水製藥廠(簡稱SMN)已經傳承將近8個世紀，雖然其產品已販售至全球各地，但遊客來到佛羅倫斯，強烈建議一定要前往這間本店朝聖一下。

13世紀時，新聖母瑪利亞修道院的修道士們在院內的庭園裡種植藥草，製成多種天然的保養、保健及香氛品，用來漱洗淨身及祭祀，並提供給修道院內的小醫療所使用；後來成為教廷、王公貴族們的御用品。直到製藥廠成立、正式對外販售，才漸漸發展為世界知名品牌。

修道院的建築本身，即是頗具魅力的古蹟：內部廳室眾多，哥德式的拱頂裝飾著壁畫，水晶燈、雕像、肖像畫、14世紀風格的木製家具此起彼落，而SMN的各種產品包括香水、玫瑰水、乳液、面霜、香氛蠟等就分門別類地陳設其中。絡繹不絕的觀光客有的專心欣賞藝術品、有的則努力搜尋想要購入的產品，擅長不同語言的銷售人員也很盡心盡力地解說各種產品的特色，形成非常獨特的互動關係。不管有沒有買回任何產品，都是頗有趣的「血拚」體驗。

聖母百花大教堂周邊

MAP ▶ P.142B2	Bojola

從聖母百花大教堂步行約5分鐘可達 Via de'Rondinelli 25/r 215-361 週一~週六10:00~19:30，週日休 www.bojola.it

面對佛羅倫斯滿街的包包、皮件，又怕買到假貨，建議你盡量到有信譽的商家選購：Bojola創於1906年，這家超過百年歷史、由家族第四代持續經營的皮革老店就是其中之一，價格也許比路邊、市集賣得昂貴，但也相對提供品質保證。

從天然小牛皮、可洗式皮革，到混和棉、提花等織材的皮件，Bojola都堅持傳統手工製作。在這裡你可以找到齊全的皮帶、皮夾、文件包、手提包及旅行包等。

托斯卡尼

MAP ▶ P.142A1	Barberino Designer Outlet

從新聖母瑪利亞車站旁的Piazza della Stazione每天有3班直達專車往返，車程約1小時。詳細班次請至官網查詢並預約 Via Meucci, Barberino di Mugello 842-161 10:00~20:00 www.mcarthurglen.com/zh/outlets/it/designer-outlet-barberino

Mcarthur Glen是歐洲知名的暢貨中心集團，在英國、義大利、荷蘭等8個國家共25大城市，都陸續設立暢貨中心，位於佛羅倫斯北方的Barberino Designer Outlet便是其中之一。

如果對於精品沒有特別熱衷，Barberino Designer Outlet會是不錯的選擇。這裡齊集超過200個品牌進駐，包括adidas、Nike、Skechers、Superdry、The North Face、Columbia、Tommy Hilfiger、Boss等大眾耳熟能詳的品牌，也不乏Dolce & Gabbana、Michael Kors、Furla等精品，產品除了時尚、運動、休閒、親子等領域，甚至還有廚具、家居用品等，折扣的力道也都很大，非常適合全家大小一起逛。

MAP ▶ P.142D5　列邱名牌暢貨中心Leccio Outlets

從新聖母瑪利亞車站後側的Piazzale Montelungo巴士總站，Busitalia每天有數班直達專車往返The Mall Firenze 佛羅倫薩，車程約40~60分鐘；Prada Leccio和Moncler Leccio都在The Mall Firenze 佛羅倫薩的步行距離內。詳細班次請至The Mall Luxury Outlets官網查詢並預約

佛羅倫斯為藝術之都，世界名牌、精品雲集，因此少不了這些品牌的暢貨中心(Outlets)。這些暢貨中心通常都在距離佛羅倫斯市中心有些距離的郊區或其他小鎮，有些還只能開車到達；不過，由於畢竟是名牌又價格便宜，當地人即使不遠千里也要開車血拼；為了吸引觀光客，這些Outlets也紛紛開出往返專車，好幫觀光客「了卻心願」。雖然是使用者付費的交通工具，總比人生地不熟還得輾轉換車來得好，所以往往很容易客滿，有計畫前往的人最好先預約好座位。

尤其在佛羅倫斯東南方靠近雷傑洛(Reggello)一個名為列邱(Leccio)這個小村落，雖然沒有什麼知名景點(有座美麗城堡，但不對外開放)，卻坐落著眾多國際名牌的Outlets，舉凡義大利享譽國際的品牌，如Gucci、Prada、Versace、Fendi、Salvatore Ferragamo、Giorgio Armani、Moncler等，都可在這裡找到。車程往返加上購物，花掉一整天並不誇張。

Moncler Leccio

Via di Sammezzano, 12, Leccio Reggello 865-7025 10:00~19:00(6~9月至20:00)

創立於法國阿爾卑斯山區小鎮莫內斯蒂耶·德·克萊蒙(Monestier-de-Clermont)的Moncler，以製造適合寒冷氣候的高級羽絨服和運動服裝為主，深受歐洲各地登山者、滑雪者和寒冷氣候工人們的喜愛。2003年，義大利企業家Remo Ruffini收購了這家瀕臨破產的公司，並把總部遷至米蘭，重新打造 Moncler成為全球休閒運動的奢侈品牌。在這間暢貨中心裡，所有商品幾乎都享50%折扣，部分商品更在已經5折的基礎上還額外享受30%折扣！不過，尺寸的選擇可能有限，就看個人的運氣囉！

Prada Leccio

Via Europa 2/4, Leccio Reggello 390-6068 10:00~19:00(6~9月至20:00)

1913年在米蘭創立的Prada，是前衛風格的代名詞，採用奢華材料和精緻工藝，製成各式各樣的男女精選服裝、箱包和配件。簡約中帶有設計感，最為人所熟知的款式之一就是黑色尼龍包。如果沒有追求當季、頂尖的貨款，在Prada Leccio這一間暢貨中心裡，會以滿意的價格找到滿意的商品。

©The Mall Luxury Outlets

©The Mall Luxury Outlets

The Mall Firenze 佛羅倫薩

從新聖母瑪利亞車站後側的Piazzale Montelungo巴士總站，Busitalia每天有數班直達專車往返，車程約40~60分鐘。詳細班次請至The Mall Luxury Outlets官網查詢並預約 Via Europa 8, Leccio Reggello 865-7775 10:00~19:00(6~9月至20:00) firenze.themall.it

與其說The Mall Firenze 佛羅倫薩是一個購物的暢貨中心，不如說它更像個以購物為主題的度假村：除了將近40個國際頂尖時尚名牌外，還有優美的自然景觀、氣氛高雅的咖啡廳、名家設計的VIP休息室、以及一間足堪匹敵米其林水準的高檔餐廳，讓The Mall Firenze 佛羅倫薩之旅獲得全方位的豐收。

The Mall Firenze 佛羅倫薩的所在環境，正是典型的托斯卡尼山谷：青山環繞、綠意盎然，坐在有偌大玻璃窗與天窗設計的接駁專車上，沿途即是一趟舒心的旅程。

The Mall Firenze 佛羅倫薩占地達7.7萬平方公尺，以紅、白為主色調的建築錯落在大片的綠色草坪間，觀光客雖不少，卻很快消失在不同的建築裡，漫步其間，感覺悠閒而寧靜。

放眼The Mall Firenze 佛羅倫薩，幾乎所有義大利的知名品牌，像是Gucci、Versace、Fendi、Valentino、Giorgio Armani、TOD's、Bottega Veneta、Zegna、Roberto Cavalli等齊聚，也不乏來自其他國家的精品，包括Burberry、Balenciaga、Celine、Chloé、Mulberry、Saint Laurent等，都是以一線精品為主，各擁獨立的展售空間、各有自己的銷售策略、也都加入The Mall Firenze 佛羅倫薩的聯盟推廣計畫，讓遊客可以根據自己的喜好，前往拜訪暢遊其間。

The Mall Firenze 佛羅倫薩還可以代為安排多種行程，包括品酒、參觀酒莊、拜訪城堡、乘坐熱氣球俯瞰托斯卡尼、學習製作提拉米蘇等，讓遊客除了購物外，還可以體驗托斯卡尼的不同面向。

ToscaNino Restaurant & Bottega

www.toscanino.com/toscanino-firenze

ToscaNino是義大利知名的高檔餐飲品牌，繼2017年在米蘭開設第一個據點後，佛羅倫斯的共和廣場上也有一間坐擁頂樓的景觀餐廳、咖啡館兼酒吧；來到美食之鄉托斯卡尼，不妨也先訂好品酒或用餐的座位，實地感受義大利美食的極致饗宴。

ToscaNino Restaurant & Bottega的定位不只是餐廳，而是全方位提供「托斯卡尼製造」的美味餐飲，包括佛羅倫斯引以為豪的丁骨大牛排(Bistecca alla Fiorentina)、奇樣地的美味葡萄酒、以「初戀」為名的乳酪(Primo Sale)、松露、鵝肝、自家烘焙的麵包和甜點等，都是取自當地特產的新鮮食材，由大廚烹調而成，在山景環抱下細細品味，令人分外陶醉。

© The Mall Luxury Outlets

© The Mall Luxury Outlets

© The Mall Luxury Outlets

© The Mall Luxury Outlets

VIP休息室

在園區的內側，有一幢獨立的兩層樓小屋，這是The Mall Firenze 佛羅倫薩特地為會員貴賓們準備的休息室，內部的空間設計交由Poltrona Frau全權負責。Poltrona Frau是義大利知名的家居設計品牌，創立於1912年，從高雅舒適的皮革座椅開始，發展成生活家居面面俱到的奢華品牌集團。在布置舒適的環境裡稍作休息後，應會獲得充分的能量，繼續未完成的血拚或托斯卡尼探索行程。

比薩

Pisa

比薩斜塔是義大利最具代表性的地標之一，其實因為地質因素，斜塔旁的教堂、洗禮堂，甚至整個市區的舊建築都是傾斜的。一度關閉整修的比薩斜塔，早已搶救完工，開放遊客登塔參觀；經過整修的斜塔還扶正了一些，預計可以再支撐200年之久。來到神蹟廣場，遊客仍舊在廣場前擺著欲扶正斜塔的姿勢拍照，彷彿這樣才算來過義大利。

偉大建築通常形成在盛世年代。比薩雖是托斯卡尼省的一個城市，但在羅馬帝國時代是重要海港，中世紀時期亦是自由城邦，並逐漸發展成地中海西部地區的海權強國，直到13世紀，可說是比薩共和國的全盛時期。

政治與經濟的穩定，加上伊斯蘭世界的數學與科學隨之傳入，幾何原理的應用使得藝術家能突破當時的限制，蓋出又高又大的教堂，還大量運用圓拱、長柱及迴廊等羅馬式建築元素，形成獨樹一格的「比薩風」，最明顯的例子就是神蹟廣場上的建築群。1284年比薩與熱內亞發生戰爭後開始走向衰亡，而被佛羅倫斯納入版圖，盛極一時的比薩風就此沈默。

INFO

基本資訊

人口：約9萬8千人　**面積：**185平方公里　**區碼：**(0)50

如何前往

◎飛機

距離比薩約1公里的伽利略國際機場(Galileo Galilei International Airport)是托斯卡尼地區的主要對外機場，連接歐洲及義大利各主要城市，廉價航空也在此降落。

從機場搭Sky Bus Lines Caronna 至Guidoni 站，再轉搭T2有軌電車至市區，車程約1小時，車資單程為€14.99，23:00~清晨4:30車資€25。

伽利略國際機場 www.pisa-airport.com

Sky Bus Lines Caronna www.caronnatour.com

◎火車

中央車站(Pisa Centrale)位於阿諾河以南1公里處。佛羅倫斯前往比薩的火車非常頻繁，幾乎每半個小時就有一班車，車程約1小時。如果從羅馬前往比薩，大多需在佛羅倫斯換車，只有少數列車直達，若搭乘子彈列車，約需3小時。時刻表及票價可上網或至火車站查詢。

◎巴士

從佛羅倫斯搭乘巴士前往比薩需在路卡(Lucca)換車，路卡前往比薩的班次每天多達數十班，車程約40分鐘，LAZZI巴士公司提供服務，詳細班次請上網查詢。

LAZZI巴士 www.lazzi.it

◎市區交通

比薩大部分的景點都位於神蹟廣場旁，步行的方式參觀即可。中央車站步行前往神蹟廣場大約25~30分鐘。大部分的城際巴士停靠在維托艾曼紐二世廣場(Piazza Vittorio Emanuele II)以及聖安東尼奧廣場(Piazza San Antonio)附近，可步行25分鐘前往歷史中心。

旅遊諮詢

◎神蹟廣場遊客服務中心

InfopointTuristico Pisa Turismo -Duomo

PiazzaDuomo, 7　550-100

3~10月10:00~18:00，11~2月10:00~16:00

www.turismo.pisa.it/infopoint

Where to Explore in Pisa
賞遊比薩

MAP ▶ P.168D4

斜塔

MOOK Choice

Torre Pendente

義大利的代表性地標

位於神蹟廣場上　Piazza dei Miracoli　9:00~19:00，開放時間會變動請上網查詢　€20　www.opapisa.it　每次限40人登塔，每梯次30分鐘，旺季時建議事先上網訂票。

相信大部分來到比薩的遊客，都是為了神蹟廣場上這座歪斜的鐘塔。由於持續傾斜，最嚴重時每年傾斜超過一毫米，在1990年曾禁止遊客登塔進行大規模的拯救工程，這期間斜塔被裝上預防傾斜的鐵條，從地層徹底解決造成傾斜的因素。2001年重新開放遊客登塔，斜塔現在已經停止傾料，甚至還稍微扶正了一些，據估計比薩斜塔可以再撐兩百年之久。

鐘塔的外觀呈7層拱廊裝飾環繞的圓柱形，除底層為密閉式假拱廊外，其餘皆為與主教堂正面相同的立體形式。

比薩斜塔建於1173年，建築師是誰仍不明，經過考證可能是由Rainaldo、Guglielm及波那諾所設計。1274年當蓋到第三層時塔就開始傾斜了，不過工程仍繼續進行，直到14世紀中葉完成，最後加上去的鐘室位於塔的最頂端，使得鐘塔的高度達到54.5公尺。

MAP P.168A1

主教堂

Cattedrale di Pisa

仿羅馬式比薩風

位於神蹟廣場 Piazza deiMiracoli 10:00~~19:00，開放時間會變動請上網查詢 進入大教堂是免費的，購買任何門票將獲得參觀大教堂的免費通行證。 www.opapisa.it

主教堂建於1064年，在11世紀時可說是世界上最大的教堂，由布斯格多(Buscheto)主導設計，這位比薩建築師的棺木就在教堂正面的左下方。

修築工作由11世紀一直持續到13世紀，由於是以卡拉拉(Carrara)的明亮大理石為材質，因此整體偏向白色，不過建築師又在正面裝飾上其他色彩的石片，這種玩弄鑲嵌並以幾何圖案表現的遊戲，是比薩建築的一大特色。

分成四列的拱廊把教堂正面以立體方式呈現，這就是結合古羅馬元素的獨特比薩風，在整片神蹟廣場中，都可以看見這種模式的大量運用。

講道台是喬凡尼比薩諾(Giovanni Pisano)以大理石雕刻而成，上面裝飾著聖經故事，其中有一尊14世紀的耶穌像，動作中的耶穌還帶有表情，在當時很少見到這類型的作品。

教堂的中央大門是16世紀修製的作品，因為原本由波那諾(Bonanno)所設計的大門毀於祝融之災；內部的長廊被同樣羅馬風格迴廊柱分隔成五道，地板依然不改大理石鑲嵌手法，並且在大圓頂下方還保留有11世紀的遺跡。

由於比薩鬆軟的地質，神蹟廣場周圍的建築、城牆、市區建築都在傾斜，主教堂也不例外，可站在教堂中間看祭壇上方耶穌鑲嵌壁畫及吊燈，可以發現吊燈不是從耶穌臉的正中央切下來，而是偏向一邊，由此可以證明教堂也呈傾斜。

純金打造的天花板

1595年的大火毀了教堂，由麥第奇家族重建。他們用24公斤的純金裝飾教堂天花板，還放上了六個圓球圖案的麥第奇家徽。

西恩納
Siena

托斯卡尼有佛羅倫斯這個文藝復興城市，與之較勁的還有比薩與西恩納，這兩個小鎮比較能領略恬靜的托斯卡尼風情，尤其西恩納更是義大利最完美的中世紀小鎮，同時也被列為世界文化遺產。

穿梭在中世紀的街道上，每一個突如其來的轉角、小路，都能讓人有種回到中世紀時代的錯覺。西恩納在14世紀時發展出獨特的藝術風格，杜奇奧(Duccio di Buoninsegna)、馬汀尼(Simone Martini)及安布吉歐．羅倫奇(Ambrogio Lorenzetti)都是代表人物，主教堂內部還有米開朗基羅、貝尼尼等人的作品，這些藝術品豐富了西恩納的內涵。小鎮最重要的大事就是一年一度的傳統賽馬會(Palio)，每到這個時候整個城鎮彷彿從沉睡的中世紀甦醒過來。

無論白天或夜裡，西恩納呈現出不同的迷人風情，如果有機會來到西恩納，千萬別只是短暫停留。

INFO

基本資訊

人口：約5萬4千人　**面積：**118平方公里　**區碼：**(0)577

如何前往

◎火車

佛羅倫斯前往西恩納的火車非常頻繁，幾乎每小時就有一班次，車程在1.5~2小時之間；從羅馬前往，約3~4小時，需在Chiusi轉車。時刻表及票價可上網或至火車站查詢。

◎巴士

佛羅倫斯每天也有SITA公司的直達巴士前往西恩納，車程約1小時15分，搭巴士的好處是下車地點離舊城區較近。若要往返托斯卡尼地區其他城市或小鎮，可搭乘Tiemme S.p.A.營運的地區巴士。

SITA Bus www.sitabus.it
Tiemme S.p.A. www.tiemmespa.it

市區交通

西恩納市區不大，步行的方式即可參觀所有景點。火車站位於西恩納西北方2公里處，可以搭乘3、9、10號巴士至Via Tozzi或Piazza Antonio Gramsci下車。大部分的城際巴士都停靠在聖多明尼各廣場附近的Via Tozzi，由此步行前往市區約5分鐘。

旅遊諮詢

www.visittuscany.com/en/towns-and-villages/siena

Where to Explore in Siena 賞遊西恩納

MAP ▶ P.171B2

扇形廣場

Piazza del Campo

最美麗的廣場

從市區巴士總站沿Vie dei Termini步行約5分鐘

扇形廣場是一座迷人的廣場，鋪滿紅磚，被分為9等分，用來紀念當時管轄西恩納的9人議會，幾乎所有西恩納歷史上的重大事件都發生在廣場上；四周圍繞著呈曲線的宮殿建築，年代從12到16世紀都有，彼此和諧地比肩而立。廣場最重要的活動，就是每年7、8月舉行的賽馬會，至今仍在舉行。

廣場環繞著咖啡館、紀念品店，也是遊客群集之地。夜晚在燈光的照射下，別有一番中世紀古城景致。

快樂噴泉Fonte Gaia

位於扇形廣場最高處，有座長方形的快樂噴泉，周圍飾以迷人的白色大理石雕，包括「亞當與夏娃」、「聖母與聖嬰」，以及「博愛」、「理性」、「科學」等女神，不過這些都是複製品，原件是西恩納雕刻家雅各布(Jacopo della Quercia) 創作於1419年，如今收藏在史卡拉聖母教堂博物館(Complesso Museale Santa Maria della Scala)內。

MAP ▶ P.171B2

市政廳

Palazzo Pubblico

眺望托斯卡尼美景

位於扇形廣場上 Piazza del Campo 1 市政廳博物館10:00~19:00。曼賈塔樓10:00~16:00 $€10 www.comune.siena.it

位在中心廣場旁的市政廳，大約在1310年完工，當時是9人會議的總部。內部有一座市政廳博物館(Museo Civico)，大部分收藏西恩納畫派作品。

地圖廳Sala del Mappamondo

有一面馬汀尼(Simone Martini)的壁畫《莊嚴聖母》(Maestà)，畫中的聖母不再遵守拜占庭的肖像畫法，而是具人性化的母親；兩位天使獻花給坐在中央的聖母，這些都是新的創作方式。

和平廳Sala della Pace

和平廳裡有安布吉歐．羅倫奇(Ambrogio Lorenzetti)的《好政府寓意》(Effetti del Buon Governo)和《壞政府寓意》(Effetti del Mal Governo)兩幅寓意式壁畫。

曼賈塔樓Torre del Mangia

高102公尺的曼賈塔樓，名稱是取自第一位敲鐘者，它是義大利中世紀塔樓中第二高的，爬過500多級階梯登上塔樓，可以俯瞰整個以市中心廣場為圓心向外擴散的西恩納景致。由於塔頂容納人數有限，再加上塔內樓梯窄小，若要避開大排長龍的人潮，建議一早就先參觀塔樓。

MAP ▶ P.171A2

主教堂

MOOK Choice

Duomo di Siena

集結大師作品的華麗教堂

從扇形廣場步行約8分鐘可達　Piazza Duomo 8　10:30~19:30；大理石地板展示期10:00~19:00。週日僅三月開放13:30~17:30。開放時間會變動，請上網站查詢最新資訊　€13，大理石地板揭露€15(可參觀包括主教堂、主教堂美術館、小禮拜堂、藏書樓等主教堂附屬建築)　www.operaduomo.siena.it

主教堂建於12世紀，令人印象深刻的外觀出自比薩諾父子(Giovanni Pisano &Nicola Pisano)之手，白、深綠與粉色大理石交錯，並融合了羅馬式及歌德式風格，華麗又不失雅緻。

一進入教堂，目光首先被華麗的教堂地板所吸引，地板由56幅大理石鑲嵌畫組成，年代涵蓋了14到19世紀之間，這些作品只在每年7月，以及8月底到10月底才會展出。

教堂的附屬美術館還有精彩的大師級作品，包括米開朗基羅、杜奇奧、唐納太羅、貝尼尼等人在不同時期的作品。

宣誓禮拜堂 The Chapel of the Vow

華麗的宣誓禮拜堂是羅馬巴洛克式風格，從禮拜堂入口處就可以看到兩座嵌在壁龕內的大理石雕像，這是貝尼尼的作品。

藏書樓Libreria Piccolomini

原本作為教宗庇護二世的藏書樓，牆上及天花板的壁畫由平圖里奇歐(Bernardino Pinturicchio)所繪，描述教宗的生平。別錯過15世紀的聖歌本和三美神雕刻。

施洗者聖約翰 San Giovanni

這尊雕像是唐納太羅的作品：憔悴的身形、削瘦的臉頰，生動地表現出雕像所欲傳達的訊息。

八角形講道台 Ottagona Pulpito

講道台是由3位偉大的雕刻家共同完成，包括比薩諾父子及岡比歐，雖然靈感是來自尼古拉比薩諾自己在比薩洗禮堂的作品，這座講道台豐富且複雜，總計約有307個人像、頭像及70隻動物在上頭。

比可隆米尼祭壇 Piccolomini Altar

比可隆米尼主教(後來成為庇護二世)任命倫巴底藝術家Andrea Bregno設計這座祭壇。米開朗基羅的雕刻作品可能是Bregno死後才新增的，可能是這4尊雕刻請了助手幫忙的緣故，呈現出米開朗基羅不確定性的一面。

義大利東北部及聖馬利諾

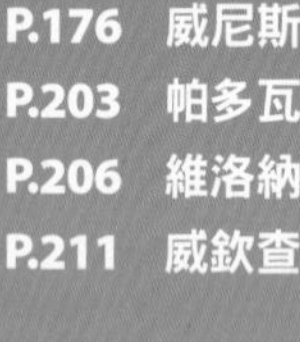

Northeastern Italy & San Marino

文●墨刻編輯部　攝影●墨刻攝影組

威尼斯是維內多省的省會，在水都輝煌之前，省內的維洛納、威欽查與帕多瓦在羅馬帝國的殖民下早已過著文明的生活。中世紀由於不同政治勢力影響，各城開始產生不同的建築風貌，不過當建於潟湖上的威尼斯共和國成為亞得里亞海女王之後，水都的文化凌駕其上，反過頭來影響了這3個小城。

艾米利亞-羅馬納是位於義大利中北部的一省，介於米蘭所在的倫巴底、威尼斯所在的維內多與佛羅倫斯所在的托斯卡尼3省之間，身為省會的波隆納便成為南北義大利往來的交通要道。

位於米蘭以東、倫巴底省南部平原的曼陀瓦，雖是個以農立城的小鎮，然而卻在文藝復興時期，因為熱愛文化與藝術的鞏札加(Gonzaga)家族的熱情參與和推動，而誕生了特殊的鞏札加文化，該文化風格不但保存完整且影響遍及整個倫巴底地區。

義大利東北部及聖馬利諾之最
The Highlights of Northeastern Italy & San Marino

聖馬可廣場Piazza di San Marco

拜占庭式大教堂、哥德式總督宮、鐘塔和博物館包圍的聖馬可廣場是威尼斯最美的客廳。這裡是共和國的政治重心、奢華年代的社交中心，也是嘉年華會狂歡沸騰的頂點。(P.186)

大運河之旅
Tour of Water Bus

威尼斯大運河優雅的S線條貫穿本島，流經之處盡是威尼斯繁華的代表，展現昔日共和國時期的輝煌。(P.182)

維洛納Verona

維洛納是戀人的城市，莎士比亞筆下永恆的愛情《羅密歐與茱麗葉》以此為舞台譜寫浪漫，而世界第三大的古羅馬競技場則在仲夏夜裡，用嘹亮歌聲高唱古羅馬的輝煌。(P.206)

舊波隆納大學
Palazzo dellaArchiginnasio

波隆納這座城市有著婉約、高貴的氣質，因為全歐洲最古老的大學就在這裡，濃厚的學術氣息數百年來已經深入波隆納的大街小巷。(P.217)

三座堡壘塔樓
Castello dellaGuaita、Castello dellaCesta& Castello della Montale

這三座塔樓象徵著聖馬利諾人高傲尊貴的決心，居高臨下保護著小小的國家。(P.226)

威尼斯

Venezia

即使早已過了海上霸權的年代，威尼斯所展現出來的氣勢仍舊是獨樹一格，頹廢與華麗的美感並存，迷離的情調勾引來自全世界的遊客，而這一整片島群彷彿與世隔絕，獨自過著屬於威尼斯的慵懶歲月。依水而居是城市居民的生活方式，一年一度的嘉年華，更使得威尼斯名揚四海。

位於維內多省外海瀉湖區的威尼斯，包括了100多座大大小小的島嶼，在威尼斯本島上運河多達160條，標準地向海借地而繁榮的城市，所以又有「亞得里亞海上的女王」稱號。

6世紀時，威尼斯人為了逃避異族的迫害而逃入瀉湖區；8世紀時，麗都島(Lido)上開始有了大規模的定住居民，不久後才漸漸移往本島利雅德橋附近，當時雖在拜占庭的統治下，但威尼斯其實已經獲得自治的地位。西元828年，威尼斯從埃及亞歷山卓港(Alexandria)迎回守護神聖馬可的遺體後，建造了聖馬可大教堂，翼獅市徽也出現在此時；12世紀威尼斯共和國的氣勢，儼然海上霸主！

文藝復興活動也在威尼斯發光發熱。繼佛羅倫斯、羅馬之後，堤香、丁托列多、維若內塞等知名藝術家群集威尼斯，使得它成為當時文藝復興的第3大中心。在威尼斯可以看到拜占庭式、哥德式、文藝復興、巴洛克等各種建築風格，也可以欣賞到文藝復興時期經典名作，可說是名副其實的藝術之城。

17、18世紀時的威尼斯呈現一種墮落的迷惘：劇場、面具社交舞、慶典等麻痺了威尼斯人的生活，現在威尼斯最大的觀光活動嘉年華就是當年的產物，裝扮也是仿當時「生命即盡情遊樂」的威尼斯人的服裝。

威尼斯是建築在瀉湖上的城市，呈倒S型的大運河是貫穿本島的交通命脈，大運河出海口的聖馬可廣場成為威尼斯的政治重心，廣場周圍也是最熱鬧的區域。金碧輝煌的宮殿與教堂建築、搖曳海上的浪漫生活，再加上面臨沉沒消失的危機，造訪威尼斯的遊客始終絡繹不絕。

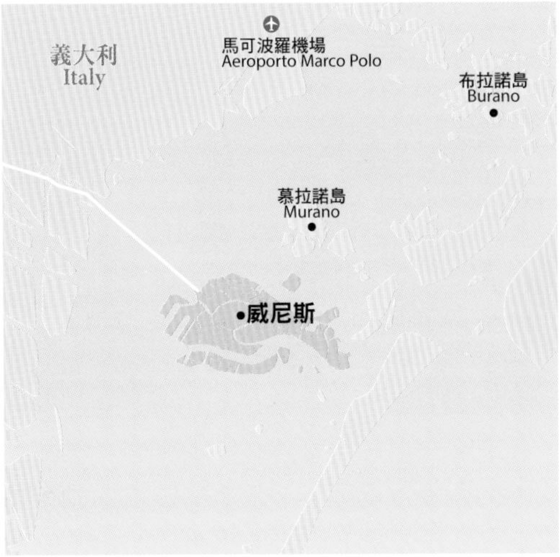

不過夜，記得買入城費

為了舒緩過多的觀光客對當地環境造成壓力與損害，威尼斯政府決定從2024年4月25日開始施行「入城費」制度(Venice Access Fee，簡稱CDA)：預定在特定日期造訪威尼斯的遊客，須先透過網路預約，並支付5歐元的入城費，以獲取一組QR code；抵達威尼斯時，在特定入口處接受檢查，才能進入威尼斯大島內。若在威尼斯市內的住宿設施入住並有付旅遊稅，則可免付入城費。入城費必須在進入威尼斯舊城區之前支付，否則將面臨300歐元罰款。

試行初期，規定可能有所變動，計畫前往威尼斯的人記得事先上網查詢確認。

cda.ve.it/en

INFO

基本資訊

人口：約26萬　**面積**：414.57平方公里

區碼：(0)41

如何前往

◎飛機

威尼斯附近有2座機場：馬可波羅機場(Aeroporto Marco Polo，代號VCE)是義大利東北地區的主要機場，位於威尼斯以北7公里處，一般的國際航班、歐洲及義大利航班都於此降落；另一座機場是特雷維索機場(Aeroporto di Treviso)，多為包機和歐洲廉價航空使用，一般旅客較少前往。

馬可波羅機場 www.veniceairport.it

特雷維索機場 www.trevisoairport.it

◎火車

威尼斯有2座國鐵火車站，一般來說從義大利主要城市或是歐洲內陸前往威尼斯的火車，會先後停靠大陸的麥斯特雷(Mestre)火車站和威尼斯本島的聖露西亞火車站(Stazione di Santa Lucia，簡稱VE S.L.)，從聖露西亞火車站前方可轉接水上巴士至威尼斯本島各區或其他離島。

麥斯特雷火車站離威尼斯有一段距離(約6公里)，火車車程約10分鐘，也可於麥斯特雷火車站前搭公車往返威尼斯；由於威尼斯物價貴得驚人，因此有些人選擇在麥斯特雷住宿。從羅馬搭火車到威尼斯約3.5~6小時，從米蘭或佛羅倫斯搭火車各需2~3小時。班次、詳細時刻表及票價可於國鐵網站(www.trenitalia.com)或至火車站查詢。

機場到市區交通

◎巴士

有2家巴士公司提供往來馬可波羅機場和威尼斯羅馬廣場(Piazzale Roma)間的交通服務，都在入境大廳的B出口外搭乘。ATVO約每30分鐘發一班Express直達車，車程約20分鐘，單程票價€10，來回€18；ACTV經營AeroBus 5也同樣班次頻繁，車程約30分鐘，單程€10，來回€18。此外，若要前往威尼斯的衛星城市麥斯特雷，可以搭乘ACTVLinea 15巴士、ATVO Mastre Express巴士。車票可於售票窗口、提領行李處或巴士站旁的自動售票機購買。

特雷維索機場有配合班機起降的巴士，ATVO巴士連接麥斯特雷(Mestre)和威尼斯的羅馬廣場，車程約60分鐘，單程€12，來回€22。

ATVO www.atvo.it

ACTV actv.avmspa.it/en

◎水上巴士

從馬可波羅機場至威尼斯市區也可以搭乘Alilaguna水上巴士，有兩條航線可搭乘，每30分鐘一班次。藍線經慕拉諾島(Murano)和麗都島(Lido)前往聖馬可區約需90分鐘，橘線前往大運河的利雅德橋約60分鐘，原有的紅線目前暫停營運。船票單程€15，來回€27，在機場和碼頭之間有免費接駁巴士穿梭。船票可於機場售票窗口或是碼頭購買。

Alilaguna水上巴士 www.alilaguna.it

◎計程車

從馬可波羅機場搭乘一般計程車前往威尼斯的羅馬廣場車程15分鐘，約€40，如果搭乘水上計程車可直接抵達中心區，但要價可能高達€100以上。

從特雷維索機場搭乘計程車前往威尼斯的羅馬廣場大約70分鐘的時間，車資約€80左右，前往特雷維索火車站則約€20。

www.radiotaxivenezia.com/en

市區交通

◎步行

威尼斯市區可以步行方式遊覽，穿梭在迷宮般的街道，地圖的作用不大，學會看路上的指標相對重要。記得把握一個原則：在重要小廣場或街弄的交叉口，都會貼著黃底黑字的指標，例如：Per Rialto，意思是「往利雅德橋」。指標就以威尼斯4個最重要的地標來辨認方向，除了利雅德橋之外，還有Alla Ferrovia(聖露西亞火車站)、Piazzale Roma(羅馬廣場)、Piazza San Marco(聖馬可廣場)。

威尼斯本島分為6大區，分別是Cannaregio、Castello、San Marco、San Polo、Dorsoduro、Santa Croce，當你跨過每一座步行橋，都會有白色的牌子提醒你身處哪一區，這也是辨認位置的好方法。

◎ACTV水上巴士

威尼斯市區的水上巴士由ACTV營運，水上巴士以Vaporetti和Motoscafi兩種船隻穿梭於大運河以及潟湖之間的各小島，是當地最方便的移動方式。遊客最常使用的1號和2號線，1號線於火車站右邊碼頭搭乘，穿行經大運河抵達麗都島；2號線於火車站左邊搭乘，穿越大運河後，再由本島南側繞回羅馬廣場；4.1號和5.1號在火車站右邊碼頭搭乘，不行駛於大運河，繞行於威尼斯本島的外側。

基本票價單程為€9.5，75分鐘之內有效，超過1件大行李需要加價。車票可在碼頭和火車站的自動售票機、旅遊服務中心或Venezia Unica售票處購得。除單程車票外，也可使用威尼斯卡(Venezia Unica City Pass)儲值優惠通行證，1日€25、2日€35、3日€45、7日€65等，這些通行證可同時使用於ACTV經營的陸上巴士。若你是29歲以下的青年，建議先持護照至遊客中心或Venezia Unica售票處購買Rolling Venice Card(每張€6)，加3日水上巴士券只要€33。

水上巴士的船票若不是馬上使用，記得告知售票員不要打上日期，使用前再自行到碼頭旁的黃色戳印機打票，使用Venezia Unica則記得上船要感應過卡。欲知詳細船行方向，可在售票處索取船行地圖。每一站的碼頭前會有最近的船班時刻表，船上也會有人喊出船行目的地，相當便利，售票員會頻繁且不定時在碼頭前驗票，甚至船上也會有人驗票，要特別注意船票有效時間。

ACTV actv.avmspa.it/en

威尼斯卡(Venezia Unica City Pass)

www.veneziaunica.it/en/e-commerce/services

◎Alilaguna水上巴士

Alilaguna水上巴士是與ACTV共用碼頭的私人巴士，總共4條航線，約每30分鐘一班。藍線前往Murano、Fondamente Nove、Lido以及San Marco；橘線前往Murano、Guglie、the Grand Canal和San Angelo；粉紅線是往返Mestre的San Giuliano與威尼斯Canale delle Sacche、Fondamente Nove；綠線則是往來Murano和Burano之間，原有的紅線目前暫停營運。

Alilaguna水上巴士 www.alilaguna.it

◎渡輪Traghetto

大運河上只有4座橋分別位於羅馬廣場、火車站、Rialto和藝術學院，所以如果在這4個地方之外想要過河到對岸，最方便省時的方式就是搭乘渡輪

(Gondola Ferries)，票價€3。渡輪路線包括：聖馬可和Salute、Santa Maria del Giglio和Salute、San Barnaba和San Samuele、San Tomà和Santo Stefano、Riva del Carbon和Riva del Vin、Santa Sofia和Pescerìa、San Marcuola和Fondaco dei Turchi，以及火車站和San Simeone之間。各路線運行時間不定，比較多人使用的路線每天7:00~20:00，其他可能只行駛到中午，你只需要循著「Traghetto」指示牌就能找到乘船處，無須買票，直接在下船時將船資支付於船夫即可。

◎貢多拉Gondola

坐一趟浪漫的貢多拉需事先詢問並談定價格及船行時間，一艘船最多坐6人，可以和其他旅客共乘來分攤費用，費用上40分鐘每艘船約€80，20:00~8:00之間每艘船約€100，每超過25分鐘另加€50。

◎水上計程車 Water Taxi

威尼斯的水上計程車幾乎可以穿行於威尼斯所有運河之間，但它們的收費同時也非常昂貴。計程車以4人為收費標準，每多一人多收€5，多一件大型行李多收€3，此外夜間還加收€10的費用。你可以在招呼站叫車，或是打電話叫車，但電話叫車得另收€5的費用。

Venice Water Taxi www.venicewatertaxi.it/en

Consorzio Motoscafi Venezia

www.motoscafivenezia.com/en

優惠票券

威尼斯有幾種優惠票券，讓你通行各景點：

◎教堂卡Chorus Pass

可進入18座威尼斯的教堂，1年內有效，全票€14、優待票€10。卡片可在任何一座參與教堂或官網上購買。

www.chorusvenezia.org

◎威尼斯卡Venezia Unica City Pass

威尼斯卡是一種共通票券儲值卡的概念，你可以根據個人需求，購買聖馬可廣場博物館通票、教堂卡、博物館通行證、水上巴士通行證等各種組合，甚至旅遊行程及商店折扣優惠也能加入你的選購組合中，每一種組合都有不同程度的優惠，是一種彈性相當高的客製化優惠卡，使用期限則視購買品項而定。可直接於遊客中心或Venezia Unica購卡，也可於官網選購，以密碼至碼頭或火車站旁的自動售票機取卡。

www.veneziaunica.it/en/e-commerce/services

在寸土寸金的威尼斯怎麼找住宿？

◎威尼斯終年遊人如織，可以說沒有一間旅館是便宜的。如果選擇住在本島，雖然依偎著浪漫水邊，距離主要景點也近，但房子多半老舊，相對於昂貴的物價，要有CP值不高的心理準備。住在交通船方便的離島，是比較好的選擇。

◎春、秋觀光旺季和冬天的嘉年華前後，旅館費會上漲3~4成、甚至翻倍，如果你厭惡威尼斯的高價與擁擠的人群，可以住到衛星城市麥斯特雷(Mestre)，甚至更遠的帕多瓦(Pardova)。麥斯特雷距離威尼斯火車車程約10分鐘；帕多瓦約30分鐘。

◎位於聖露西亞車站東邊的Cannaregio區是旅館主要聚集地，從平價旅館到4星級飯店都有，這一區的好處是不必拉著行李爬上爬下。此外，聖馬可廣場北側通往利雅德橋的路上、及東邊的Castello也是可以選擇的區域。

◎距離聖露西亞火車站的遠近，以及附近是否有水上巴士停靠，這兩個條件必須有一個符合，否則初來乍到，拖著大行李，每過一條橋都是痛苦折磨，在訂旅館前，建議確定旅館所在方位。

旅遊諮詢

◎聖馬可廣場旅遊服務中心

71/f, San Marco 9:00~19:00

www.veneziaunica.it

◎馬可波羅機場旅客服務中心

機場入境大廳 9:00~19:00

◎聖露西亞火車站旅客服務中心

Cannaregio 54 7:30~19:00

◎羅馬廣場旅客服務中心

Piazzale Roma Garage ASM 8:30~16:30

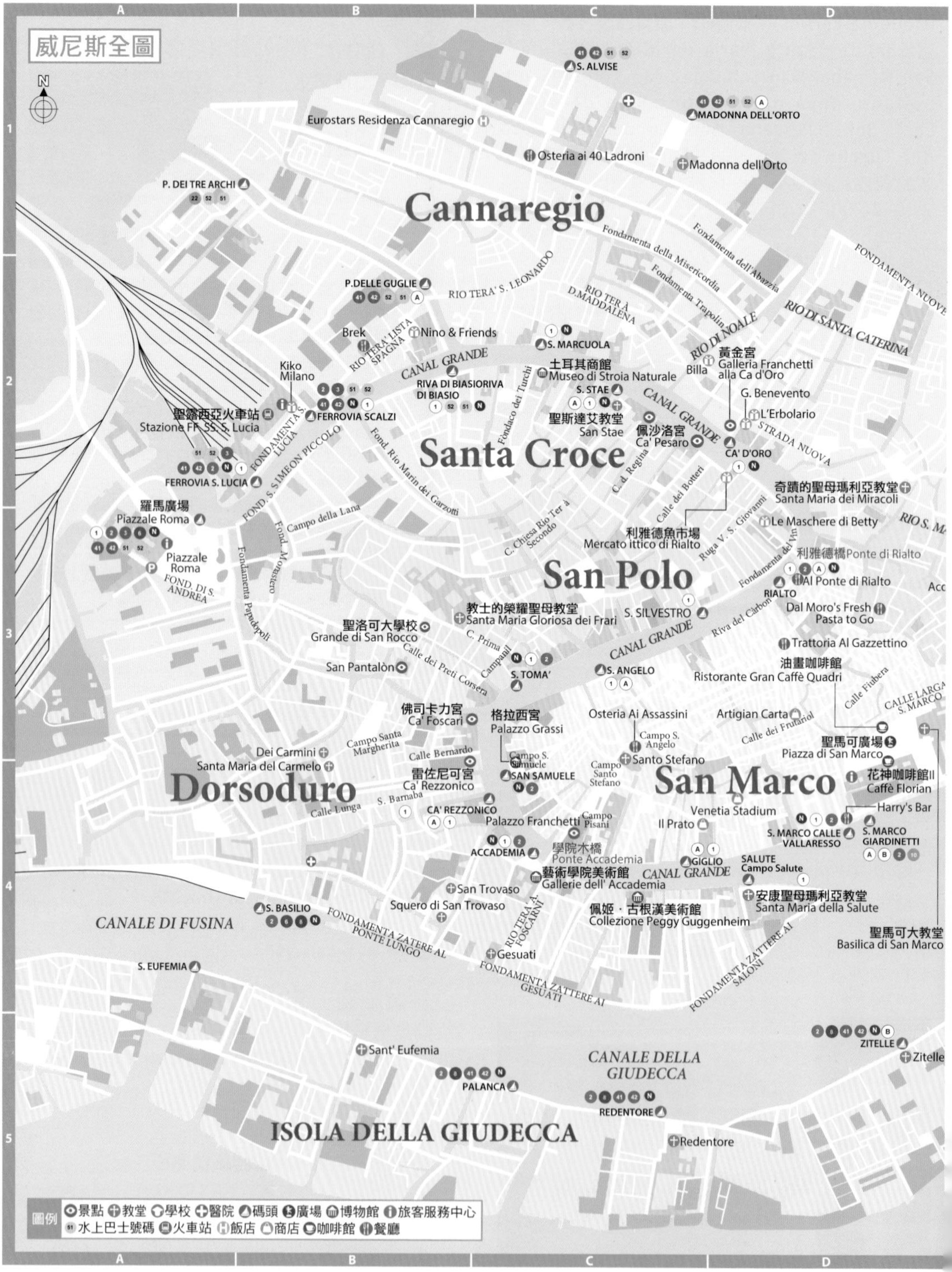
威尼斯全圖
Cannaregio
Santa Croce
San Polo
San Marco
Dorsoduro
ISOLA DELLA GIUDECCA
S. ALVISE
MADONNA DELL'ORTO
Eurostars Residenza Cannaregio
Osteria ai 40 Ladroni
Madonna dell'Orto
P. DEI TRE ARCHI
P.DELLE GUGLIE
Brek
Nino & Friends
S. MARCUOLA
土耳其商館
Museo di Stroia Naturale
S. STAE
聖斯達艾教堂
San Stae
佩沙洛宮
Ca' Pesaro
黃金宮
Galleria Franchetti alla Ca d'Oro
Billa
G. Benevento
L'Erbolario
CA' D'ORO
Kiko Milano
聖露西亞火車站
Stazione FF. SS. S. Lucia
FERROVIA SCALZI
RIVA DI BIASIO
FERROVIA S. LUCIA
羅馬廣場
Piazzale Roma
奇蹟的聖母瑪利亞教堂
Santa Maria dei Miracoli
Le Maschere di Betty
利雅德魚市場
Mercato ittico di Rialto
利雅德橋 Ponte di Rialto
RIALTO
Al Ponte di Rialto
Dal Moro's Fresh Pasta to Go
Trattoria Al Gazzettino
教士的榮耀聖母教堂
Santa Maria Gloriosa dei Frari
S. SILVESTRO
聖洛可大學校
Grande di San Rocco
San Pantalòn
S. TOMA'
S. ANGELO
油畫咖啡館
Ristorante Gran Caffè Quadri
佛司卡力宮
Ca' Foscari
格拉西宮
Palazzo Grassi
Osteria Ai Assassini
Artigian Carta
聖馬可廣場
Piazza di San Marco
Dei Carmini
Santa Maria del Carmelo
Santo Stefano
雷佐尼可宮
Ca' Rezzonico
SAN SAMUELE
花神咖啡館
Caffè Florian
CA' REZZONICO
Venetia Stadium
Harry's Bar
Palazzo Franchetti
Il Prato
S. MARCO CALLE VALLARESSO
S. MARCO GIARDINETTI
ACCADEMIA
學院木橋
Ponte Accademia
藝術學院美術館
Gallerie dell' Accademia
GIGLIO
SALUTE
Campo Salute
San Trovaso
Squero di San Trovaso
佩姬·古根漢美術館
Collezione Peggy Guggenheim
安康聖母瑪利亞教堂
Santa Maria della Salute
S. BASILIO
聖馬可大教堂
Basilica di San Marco
Gesuati
CANALE DI FUSINA
S. EUFEMIA
CANAL GRANDE
CANALE DELLA GIUDECCA
Sant' Eufemia
ZITELLE
Zitelle
PALANCA
REDENTORE
Redentore
圖例
景點 教堂 學校 醫院 碼頭 廣場 博物館 旅客服務中心
水上巴士號碼 火車站 飯店 商店 咖啡館 餐廳

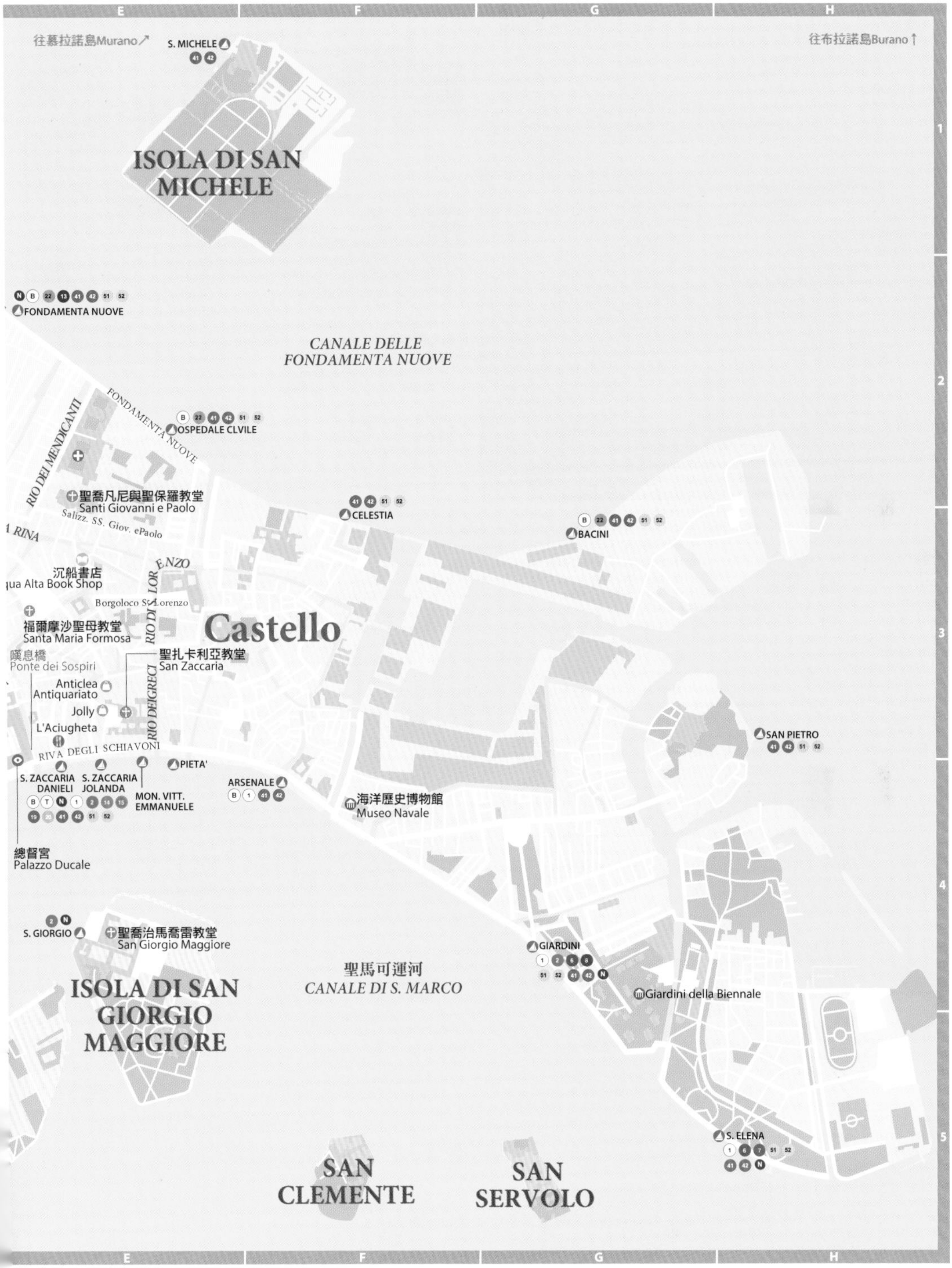
往慕拉諾島Murano↗
S. MICHELE
往布拉諾島Burano↑
ISOLA DI SAN MICHELE
FONDAMENTA NUOVE
CANALE DELLE FONDAMENTA NUOVE
FONDAMENTA NUOVE
RIO DEI MENDICANTI
OSPEDALE CLVILE
聖喬凡尼與聖保羅教堂
Santi Giovanni e Paolo
Salizz. SS. Giov. ePaolo
CELESTIA
BACINI
沉船書店
Acqua Alta Book Shop
Borgoloco S. Lorenzo
RIO DI S. LORENZO
福爾摩沙聖母教堂
Santa Maria Formosa
Castello
嘆息橋
Ponte dei Sospiri
聖扎卡利亞教堂
San Zaccaria
Anticlea Antiquariato
Jolly
L'Aciugheta
RIO DEI GRECI
RIVA DEGLI SCHIAVONI
S. ZACCARIA DANIELI
S. ZACCARIA JOLANDA
MON. VITT. EMMANUELE
PIETA'
ARSENALE
海洋歷史博物館
Museo Navale
SAN PIETRO
總督宮
Palazzo Ducale
S. GIORGIO
聖喬治馬喬雷教堂
San Giorgio Maggiore
ISOLA DI SAN GIORGIO MAGGIORE
聖馬可運河
CANALE DI S. MARCO
GIARDINI
Giardini della Biennale
S. ELENA
SAN CLEMENTE
SAN SERVOLO

MAP P.182

大運河與水上巴士之旅

MOOK Choice

Tour of Water Bus

威尼斯之美盡收眼底

搭水上巴士1號線 大約每10分鐘一班 單程€9.5起 actv.avmspa.it/en

威尼斯其實是由121個小島所組成，大約多達400座各式各樣的橋樑串起這個水道城市，彎曲的大運河以優美的倒S線條貫穿威尼斯本島。大運河流經之處盡是威尼斯繁華的代表，一座座宮殿矗立在運河兩岸，將遊客拉回到鼎盛時期的威尼斯。

大運河是水都威尼斯主要的交通幹線，長度約有4公里，卻只有4座橋橫跨兩岸，所以船隻是最重要的代步工具。大運河也是最主要的觀光路線，沿著這條運河的兩岸有將近200幢宮殿和7座教堂，更是昔日輝煌共和國時期的門面；搭船遊趟大運河，可將威尼斯各時代最美麗的建築盡收眼底。

遊覽大運河可以選擇傳統的貢多拉(Gondole)或水上巴士：搭乘貢多拉悠悠晃晃地穿梭水都相當浪漫，然而以便利性和價格親民而言，水上巴士才是最方便的交通工具。

在眾多不同路線中，以1號巴士船最受觀光客歡迎，它的行駛路線從羅馬廣場、聖露西亞車站，沿途經過利雅德橋抵達聖馬可廣場，再繼續前往麗都島，幾乎每10到20分鐘就有一班船，你可以選擇在任何一站上下船，十分方便。

❶羅馬廣場與聖露西亞車站 P.le Roma & Ferrovia

羅馬廣場是1號水上巴士的起點，也是對外長途或區域巴士的總站；廣場上有一座大型停車場，如果開車來威尼斯，車子就停在此地。

Ferrovia是1號水上巴士的第2站，也就是聖露西亞火車站所在位置，火車站對面的淺綠圓頂教堂為聖小西門教堂(Chiesa de S. Simeon Piccolo)，建於18世紀，仿自羅馬的萬神殿。火車站旁的第1座橋為赤足橋(Ponte degli Scalzi)。

❷土耳其商館Fontego dei Turchi

搭水上巴士1號線在S. Stae站下　Santa Croce 1730　自然歷史博物館270-0303　自然歷史博物館10月~5月週二至週日9:00~17:00；6月~9月10:00~18:00；週一休　自然歷史博物館全票€10、優待票€7.5　msn.visitmuve.it

建於13世紀的土耳其商館，1381年由費拉拉公爵買下，作為土耳其商人的倉庫；隨著貿易衰退，土耳其商館逐漸荒廢，後來才由詩人兼藝術評論家魯斯金(John Ruskin)重建，回復昔日的光輝。這幢建築的2樓目前是自然歷史博物館(Museo di Storia Naturale)。

❹佩沙洛宮Ca' Pesaro

搭水上巴士1號線在S. Stae站下　Santa Croce 2076　11~3月10:00~17:00；4~10月10:00~18:00；週一休　全票€14、優待票€11.5　capesaro.visitmuve.it

這座建於17世紀的雄偉巴洛克式宮殿是由隆格納(Longhena)設計，前後費時58年建造，並由兩位建築師完成。

這是聖馬可大法官佩沙洛的宅邸，正立面的長柱採脫離牆面的方式，底層的大方石切割成鑽石狀，使整幢建築看起來氣派立體；宮內為現代藝術博物館(Galleria Internazionale d'Arte Moderna)及東方博物館(Museo d'Arte Orientale)，前者收藏20世紀歐洲畫家的作品，包括克林姆(Klimt)、夏卡爾(Chagall)、康丁斯基(Kandinsky)等人；東方博物館則展示日本和中國來的服裝、象牙雕刻、武器及字畫等。

❸聖斯達艾教堂 Chiesa di San Stae

搭水上巴士1號線在S. Stae站下　Salizada San Stae, 1982　週三~週四14:30~17:00　全票€3.5　www.chorusvenezia.org

這座巴洛克式教堂外觀裝飾著珍貴及豐富的大理石雕刻，17世紀完成的內部裝飾則可看出受到帕拉底奧的影響。如今是舉行音樂會的場所，教堂內部陳列18世紀早期的威尼斯畫作。

❺黃金宮Galleria Giorgio Franchetti alla Ca'd'Oro

搭水上巴士1號線在Ca'd'Oro站下 Cannaregio 3932 (Strada Nuova) 520-0345 週二至週日10:00~19:00，週一休 全票6、優待票€2，展覽期間門票價格依展覽異動 www.cadoro.org

黃金宮的外牆原本貼著金箔，儘管如今被大水不斷侵蝕而失色，精雕細琢的窗台仍然十分驚豔；典型的威尼斯哥德式建築，是大運河上最美的宮殿之一。

1420年威尼斯的貴族孔塔里尼(Marion Contarini)興建這棟豪宅時，用了當時最昂貴的塗料，還加入了金箔，使得外牆有如同黃金般耀眼奪目；但多年來經過屢次的修改和整建，再加上大水的不斷侵蝕，黃金屋已經褪色不少。尤其是1864年，一個俄國芭蕾舞伶成為它的屋主時，像發瘋似地大肆破壞這間屋子，後來在1915年由法蘭克提男爵將它捐給威尼斯政府之後才得以保存，而成為今日的美術館。黃金宮所收藏的多半是15世紀的雕塑及繪畫，其中以堤香的畫最為傳神。

❻利雅德橋Ponte di Rialto

搭水上巴士1號線在Rialto站下

原建於13世紀的木橋是威尼斯本島第一座橋樑，15世紀中因為一次大型活動，橋上民眾太多而踩壞了木橋才開始擴建；經過70多年的比稿與爭論，終於在1591年完成這座石橋。當年建橋過程中所耗掉的經費，換算成今天的幣值，相當於2千萬歐元。

屬於文藝復興風格的利雅德橋，白色的身影高雅地橫跨於大運河上，橋上店家林立，兩旁活潑的市場及餐廳也經常聚集大批人潮，是最能看到水都生命力的地方。這裡也是威尼斯重要的商業中心，許多公司行號及金融機構都設立在周邊。

❼佛司卡力宮Ca' Foscari

搭水上巴士1號線在S. Toma站下

此宮是西元1437年時，為當時的總督佛司卡力而建，和隔壁的裘斯提安宮(Palazzo Giustinian)緊緊相連而成雙子宮殿。其蛋型尖拱窗和鏤空十字葉裝飾說明了它的哥德風格，最上層的尖拱則呈3葉狀，是威尼斯當地發展出的特殊形式，屬於後期威尼斯哥德建築風的成熟表現。這座建築目前為威尼斯大學所使用。

❽學院木橋Ponte Accademia

搭水上巴士1號線在Accademia站下

當船行到了學院木橋就是快到達大運河尾端，續往前行就是最熱鬧的聖馬可廣場，而且也會看到威尼斯的離島。位於學院木橋旁的白色新古典風格建築，就是藝術學院美術館。

❾佩姬古根漢美術館Collezione Peggy Guggenheim

搭水上巴士1號線在Salute站下 Palazzo Venier dei Leoni, Dorsoduro 701 240-5411 週三至週一10:00~18:00(17:00停止入場)，週二、12/25休 全票€16、優待票€9~14 www.guggenheim-venice.it

這幢一層樓的18世紀花園別墅是威尼斯少有的單層建築，1949年被美國的富家女佩姬古根漢買下來，館內共有200多件現代繪畫和雕塑名作，包括畢卡索、達利、夏卡爾等人的作品；這裡的現代藝術和威尼斯畫派截然不同。美術館的花園裡有排列整齊的雕塑，佩姬古根漢過世後也葬在此地。

❿安康聖母瑪利亞教堂 Basilica di Santa Maria della Salute

搭水上巴士1號線在Salute站下 Dorsoduro 1 4~10月9:00~12:00、15:00~17:30；11~3月9:30~12:30、15:00~17:30；週一及週二上午休 圓頂€8、聖器收藏室€6、聖器收藏室及美術館€10 basilicasalutevenezia.it

1630年，黑死病第2次侵害威尼斯，奪走約4萬5千多人的生命(約1/3人口)，當時的元老院立下誓言：若聖母能解救他們逃離此劫，就蓋一座教堂奉獻。黑死病過後，這座華麗的圓頂教堂由隆格納大師操刀設計，展現水都巴洛克風格的極致。

可惜的是隆格納去世之後5年，這座擁有八角形外觀的紀念性教堂才終於落成，前後共費時長達半個世紀；不過，大師的心血並沒有白費，如今它已成為水都大運河畔最具代表性的地標之一。在聖馬可廣場遠眺夕陽西下的威尼斯黃昏時，就可看到教堂最美麗的剪影。教堂內部同樣有著價值連城的畫作：在聖器收藏室內有數幅提香的畫作及丁托列多(Jacopo Robusti Tintoretto)的《迦納的婚禮》(The Marriage of Cana)，都是不容錯過的藝術品。

水上搖曳的浪漫詩歌——貢多拉

貢多拉(Gondola)是威尼斯最具代表性的傳統木船，長約12公尺，由280塊木板組成，最特別的是船隻的左右兩邊不對稱、船身向右傾斜，船夫則站在左側船尾划船，因此船總是側一邊向前行進。船頭以6齒梳裝飾，據說最上面代表威尼斯總督的帽子，下面6齒則代表威尼斯的6個行政區。

從前船上有各式各樣奢華的裝飾，直到16世紀當地律法限定貢多拉的華麗程度，並且規定船隻一律是黑色的，而成了現今的模樣；不過為了吸引如織的遊客，現在貢多拉船頭和座椅裝飾也越來越豪華。昔日船夫的行業是父子傳承，現在則需要經過考試取得牌照，標準裝扮是一件紅白或藍白條紋襯衫搭配草帽。

在威尼斯搭乘貢多拉是必體驗的活動，一般船最多乘坐6人，可以和其他旅客共乘來分攤費用。為了避免糾紛，上船前一定要和船夫再次確認價格。

MAP ▶ P.180D3

聖馬可廣場

MOOK Choice

Piazza San Marco

海上女王的皇冠

搭水上巴士1號停靠San Marco Vallaresso或San Marco-San Zaccaria站、2號停靠Giardinetti站、5.1或4.1停靠San Marco-San Zaccaria站

隨著水都歷史的發展，聖馬可廣場成為威尼斯的政治重心，重要的建築如拜占庭式的大教堂與哥德式的總督宮皆在此，拿破崙曾讚譽這裡是「歐洲最美的客廳」。入夜後的聖馬可廣場更是迷人，樂聲與翩翩起舞的人們為水都增添濃濃的浪漫氣息。

聖馬可廣場由一整片建築群包圍而成：包括教堂、鐘樓、總督宮、新舊法官官邸、市立科雷博物館等。廣場邊的咖啡館是威尼斯的社交中心，自古以來，文人墨客流連於此，拜倫、海明威等都對這裡的風情讚頌不已。聖馬可廣場像「海上女王」威尼斯的王冠，散發璀璨光芒。

廣場最熱鬧的時刻莫過於每年二月的威尼斯嘉年華，盛裝奇扮的人物將場景拉回17世紀，那種世紀末墮落的奢靡，至今仍充滿了致命的吸引力。

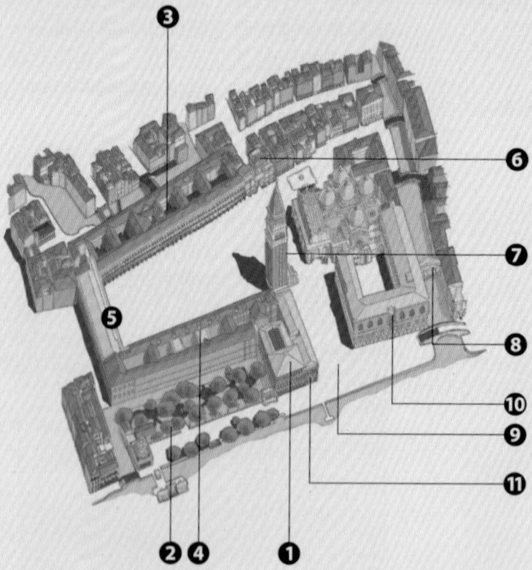

❶鑄幣所Zeccbino

由建築大師山索維諾(Jacopo Sansovino)於1537年所設計，直到1870年為止都是威尼斯的鑄幣所。

❷皇家小花園 Giardini ex Reali

19世紀初期所建的皇家小花園，充滿綠蔭，是休憩的好去處。

❸新大法官邸 Procuratie Nuove

曾是威尼斯共和國行政長官辦公之處，隨著城市擴張與發展，舊官邸不敷使用，所以在16~17世紀左右建立新辦公室。現在是整排的禮品店和咖啡館，其中最著名的，當屬19世紀時期藝術家及文學家最常流連的花神咖啡館(Caffè Florian)。

❹舊大法官邸 Procuratie Vecchie

舊大法官邸前擺滿了露天咖啡座，還有現場音樂演奏，其中一家咖啡館是奧國佔領期間頗受歡迎的油畫咖啡館(Caffè Quadri)。

❺科雷博物館Museo Correr

San Marco 52 ☎240-5211 ⏰4~10月10:00~18:00；11~3月10:00~17:00 $聖馬可廣場博物館通票(i Musei di Piazza San Marco)，包含總督宮、科雷博物館、國家考古學博物館以及聖馬可圖書館紀念廳4處門票。全票€30(網站購票€25)、優待票€15(網站購票€13) correr.visitmuve.it/en/home

富有的神父特歐多羅．科雷於1830年把他的私人收藏捐贈給水都，因而成立這座值得參觀的博物館。裡頭有著大量與繪畫、印刷品、錢幣以及總督肖像畫有關的收藏，以及相當精采的威尼斯藝術展覽。其中梅西納(Antonello da Messina)的《聖殤》(Pietá)和卡巴喬(Vittore Carpaccio)的《兩位威尼斯女子》(Le due Veneziane)都很有名。

❻鐘塔Torre dell'Orologio

Piazza San Marco ☎848-082-000(預約電話) ⏰英語導覽週一11:00、14:00，週二及週三12:00、14:00，週四12:00，週五11:00、14:00、16:00，週六14:00、16:00，週日11:00 $全票€14、優待票€11。持鐘塔門票可免費參觀科雷博物館(Museo Correr)、國家考古學博物館、聖馬可圖書館紀念廳 torreorologio.visitmuve.it

鐘塔是進入廣場的入口之一，這是15世紀由柯度奇(Mario Coducci)所建造，上面的時鐘原是為航海用途而設計。塔上的神龕供奉著聖母與聖嬰，每年聖母升天日的那個禮拜，會有東方3賢人由側門出來向聖母膜拜；頂端則是兩尊摩爾人銅雕，專司敲鐘報時。進入鐘塔參觀一定要事先電話或至官網預約，並提前5分鐘於柯雷博物館售票處集合。

❼鐘樓Campanile

高98.5公尺的鐘樓是廣場上最醒目的地標。建於1173年的原始鐘樓因過高過重，竟於1902年坍塌；在加強地基後，又於1912年再度立起與原來一模一樣的鐘樓。

鐘樓下的大理石和青銅裝飾，是由山索維諾於16世紀所設計，鐘樓最上方放置的是大天使伽百利的風向標。可以搭乘電梯直上鐘樓頂，一覽威尼斯美麗的潟湖和街景。

❾聖馬可小廣場 Piazzettadi San Marco

位於大教堂旁，臨著運河邊豎立了2根由君士坦丁堡運來的石柱。一根柱頭上是聖特歐多羅(San Teodoro)，手執長矛站在鱷魚之上(鱷魚代表祂所殺死的龍)；祂在東正教堂是經常出現的武聖人，而在聖馬可之前，祂就是威尼斯的守護神。目前所見到的是複製品，原件存放在總督宮裡。

另一根則是聖馬可的石獅子，這尊石獅曾被拿破崙掠奪到巴黎，歷經18年才重回威尼斯。現在這頭有雙翼的獅子，已經成為威尼斯的象徵。

❽嘆息橋Ponte dei Sospiri

連結著總督宮和旁邊的地牢有一座非常有名的嘆息橋，聽說戀人們在橋下接吻就可以天長地久；這裡也是電影《情定日落橋》的取景地。事實上，當犯人在總督宮接受審判之後，重罪犯被帶往地牢，可能就此與世永別了，所以在經過這座密不透風的橋時，往往不自主地發出嘆息聲，便是這座橋的名稱由來。

嘆息橋興建於1600年，也是威尼斯的必訪景點之一，參觀地牢可由總督宮進入。

金獅獎的金獅來自威尼斯

有雙翼的獅子是聖馬可的化身，而聖馬可又是威尼斯的守護神，因此，雙翼獅子像就成了威尼斯的標誌，祂不僅雙翼展翅，還右手(前腳)持一本聖經。威尼斯最強盛時期，殖民過不少地中海沿岸城市，都能看到威尼斯之獅的標誌。直到今天，享譽全球威尼斯影展，其金獅獎的金獅就是這頭聖馬可之獅(Leone di San Marco)。

❿總督宮Palazzo Ducale

San Marco 1 271-5911 11~3月9:00~18:00，4~10月9:00~19:00 $聖馬可廣場博物館通票(i Musei di Piazza San Marco)，包含總督宮、科雷博物館、國家考古學博物館以及聖馬可圖書館紀念廳4處門票。全票€30(網站購票€25)、優待票€15(網站購票€13) palazzoducale.visitmuve.it

總督宮是歷任威尼斯總督的官邸所在，這座雕鑿細緻的哥德式建築，最早的建築體完成於9世紀，但是在10及12世紀兩度遭到大火燒毀破壞，外觀在14和15世紀時重新整建。

從聖馬可教堂旁邊的的信紙大門(Porta della Carta)可進入總督宮的1樓中庭，然後由東側的黃金階梯可上到2、3樓，有不同的廳室開放遊客參觀。在每間廳室裡，都有非常漂亮的濕壁畫。

最值得一看的是3樓的會議大廳，可同時容納2千人。在總督寶座的後面是一幅非常巨大的壁畫，由威尼斯知名畫家丁托列多在1590年所繪製的《天國Paradiso》占滿了整面牆，高7.45公尺、寬21.6公尺，是當時世界上最大的一幅油畫，即使在今天也是少有的巨幅畫作；而那也是威尼斯藝術顛峰時期的代表作，是矯飾主義風格的極致表現。除此之外，牆上還有76位歷任的威尼斯總督畫像。

⓫山索維諾圖書館 Libreria Sansoviniana

這座圖書館被帕拉底奧(Palladio)讚美為：「可能是古希臘羅馬時代以來裝飾得最富麗堂皇的建築」，館內除了丁托列多和提香等大師的繪畫之外，還收藏了不少珍貴的著作。

威尼斯嘉年華Carnevale di Venezia

每年2月份的歐洲，沒有一個城市可以與威尼斯爭鋒！從17世紀以來就是這樣，到威尼斯參加狂歡嘉年華是許多人的夢想：從貴族巨賈到市井小民、不分階級，威尼斯嘉年華是恣意享樂的、異國氛圍的、神秘艷情的；400多年來，嘉年華依然在威尼斯的水巷間散發著誘人的色彩。

據說，威尼斯嘉年華起源於1162年，為慶祝威尼斯國對抗烏爾里可(Ulrico)的戰役勝利，當年威尼斯籠罩在歡樂的勝戰氛圍裡，最大的慶典是在聖馬可廣場接連舉辦大型的舞會。

舞會之盛大、氣氛之靡麗，充分展現這個小國家當時的繁榮景象：雖然僅是蕞爾小國，威尼斯當時可是通往中國的重要門戶，多少神奇的香料、絲綢、瓷器從這個海港流入，富裕的威尼斯商人把東方的神秘奇想散播到歐洲；而威尼斯本身也成為通往夢想的起點。威尼斯的舞會當然是爭奇鬥艷，巨賈、貴婦、東方來的大象、牛等都聚集在聖馬可廣場，空前的盛況成為歐洲人百年來的深刻印象。

嘉年華前後，威尼斯幾乎是萬人空巷：聖露西亞車站觀光客川流不息，夜晚的車站全讓背包客占據。嘉年華一開始，聖馬可廣場就是節慶的重點區域，所有的表演都在這裡舉行。參加活動的貴族穿上黑色或紅色的天鵝絨長褲，披上白色、紅色或花色斑斕的披肩，戴上插著3根羽毛的大禮帽，人人戴上面具或化妝成特殊的造型；晚上廣場中搭起大型的露天晚會舞台，邀集各國的音樂舞蹈團體演出。

另一個有趣的熱門活動是因應觀光客而生的「繪臉」：用彩筆在臉上描繪圖案、灑上金粉，讓觀光客即使無法穿上華服、戴上面具，亦可融入嘉年華行列中。「繪臉師」環繞著聖馬可廣場招攬生意，形成另一奇景。

carnevale.venezia.it

MAP ▶ P.180D3

聖馬可大教堂

MOOK Choice

Basilica di San Marco

拜占庭建築的美學極致

搭水上巴士1號停靠Vallaresso或San Zaccaria站、2號停靠Giardinetti站、5.1或4.1停靠San Zaccaria站　Piazza di San Marco, 328　270-8311　教堂、黃金祭壇9:30~17:15；聖馬可博物館週一至週五9:00~17:15、週六9:30~14:00；鐘樓9:30~21:15　教堂€3；黃金祭壇€5；聖馬可博物館€7；鐘樓€10　www.basilicasanmarco.it　1. 排隊進入教堂的遊客非常多，常需要等40分鐘以上，建議先上網預約時段。2. 教堂內部禁止拍照；禁止帶大包包入場。

擁有5座大圓頂的聖馬可教堂，是水都的主教堂。聖馬可教堂不僅只是一座教堂而已，它是一座非常優秀的建築，同時也是一座收藏豐富藝術品的寶庫。

西元828年威尼斯商人成功地從埃及的亞歷山卓偷回聖馬可的屍骸，水都的居民決定建一座偉大的教堂來存放這位城市守護神的遺體。威尼斯因為海上貿易的關係和拜占庭王國往來密切，這段時期的建築物便帶有濃濃的拜占庭風，聖馬可大教堂就是最經典的代表。

教堂的前身建於9世紀，用來供奉聖馬可的小教堂，在一場火災後重建，於1073年完成主結構，至於教堂的正面5個入口及其華麗的羅馬拱門，則陸續完成於17世紀。

聖馬可教堂融合了東、西方的建築特色，從外觀上來欣賞：它的5座圓頂構想據說是來自土耳其伊斯坦堡的聖索菲亞教堂；正面華麗的裝飾是拜占庭風格；而整座教堂的結構又呈現出希臘式的十字形設計。

走進教堂內部，從地板、牆壁到天花板上，都是細緻的鑲崁畫作，主題涵蓋了12使徒的佈道、基督受難、基督與先知以及聖人的肖像等，這些畫作都覆蓋著一層閃閃發亮的金箔，使得整座教堂都籠罩在金色的光芒裡，難怪教堂又被稱為黃金教堂。

你還可見識到豐富的藝術收藏品，這些收藏來自世界各地，因為從1075年起，所有從海外返回威尼斯的船隻都必須繳交一件珍貴的禮物裝飾教堂。

誰是聖馬可？

聖馬可(Mark the Evangelist)據傳是馬可福音書的作者，為耶穌70門徒之一，亞歷山卓科普特正教會的建立者，生日不詳，卒於西元68年4月25日。祂的聖髑後來在埃及亞歷山卓的主座教堂被發現，並於西元828年1月31日被威尼斯的商人們偷運回威尼斯。

在那個年代，聖馬可的聖髑無疑是社會和經濟最強大的凝聚力，吸引無數商人和朝聖者前來，聖馬可自然而然就成為威尼斯的守護神，並以福音書、佩帶寶劍的雙翼獅子形象展現於世人。

聖馬可大教堂

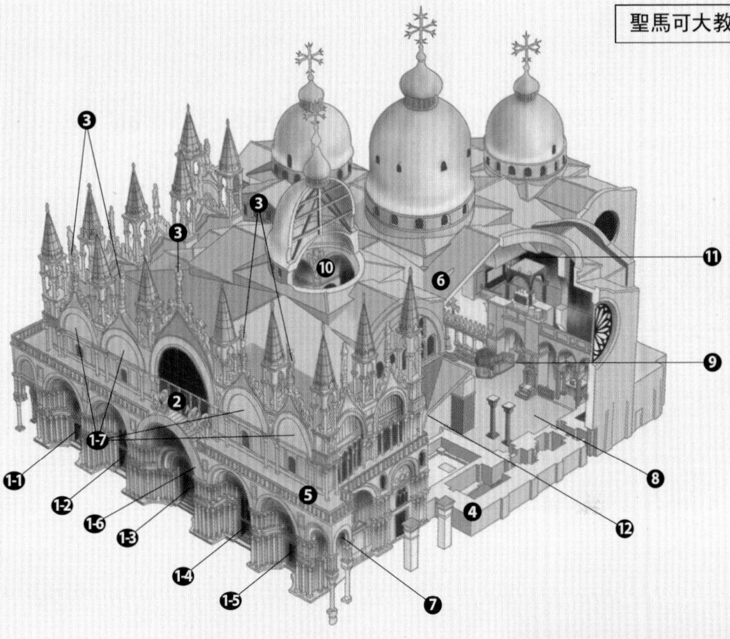

❶正門及立面的馬賽克鑲嵌畫

教堂中央大拱門雕飾著羅馬式的繁複浮雕，描繪一年之中不同月份的各種行業。

教堂的正面半月楣皆飾有美麗的馬賽克鑲嵌畫，描述聖馬可從亞歷山卓運回威尼斯的過程。傳說當時聖馬可遺體就是藏在豬肉堆內，以躲過伊斯蘭守衛的監視而運回威尼斯。這5幅畫分別為《運回聖馬可遺體》、《遺體到達威尼斯」》、《最後的審判》、《聖馬可的禮讚》、《聖馬可運入聖馬可教堂》等5個主題。

正門的上一層，還有4片馬賽克鑲嵌畫，描繪的是《基督的一生》。這4幅都是後文藝復興時期才置換的。

❷銅馬

正門上方4匹銅馬是第4次十字軍東征時，從君士坦丁堡帶回來的戰利品，於1254年立在教堂的陽台上。根據考證，這些銅馬原本後方應該有馬車，馬車坐著拜占廷皇帝塑像，並展示在君士坦丁堡的賽馬場(Hippodrome)。

1797年時，這些銅馬被拿破崙搶到法國，1815年才又送回威尼斯。不過目前教堂上方的是複製品，真品目前存放於教堂內的博物館。

❸聖馬可、天使與武聖

立面的最上層有5座蔥形拱，正中間展翅的雄獅正是象徵聖馬可，也是威尼斯的象徵標誌：獅子手持《馬可福音》。頂上的聖馬可雕像是15世紀加上去的，兩旁則圍繞6尊展翅天使。其餘4座蔥形拱分別立著4尊雕像，都是一般基督教所尊奉的「武聖」，祂們分別是君士坦丁(Constantine)、德米特里(Demetrius)、聖喬治(George)和聖特歐多羅(Theodosius)。

❹四帝共治雕像

這2組嵌在牆角的紅色大理石，年代可溯及西元300年，所雕的是羅馬帝國4位皇帝。原本是君士坦丁堡某座廣場的裝飾，於1204年被帶到威尼斯來，並嵌在聖馬可大教堂的西南牆角。

❺陽台

遊客可以登上教堂的陽台，也就是聖馬可銅馬所在的地方，從這裡可以從高處欣賞聖馬可廣場。

❻教堂結構

教堂的內部結構呈希臘十字架形式，十字架的每一面分割成3個殿，上方各自有一座圓頂，十字交會的地方就是中間的主圓頂，4座小圓頂又以西側這座較大。其形式仿自君士坦丁堡的君士坦丁聖使徒教堂(Constantine's Church of the Holy Apostles)。

❼前廳門廊

尚未正式進入大教堂，會先穿過前廳的門廊，在見到金光閃閃的教堂內部之前，這裡同樣金碧輝煌。天花板的馬賽克鑲嵌畫都是新、舊約聖經故事，包括創世紀中諾亞、亞伯拉罕、摩西的一生等。

❽大理石地板

教堂的大理石地板完成於12世紀，後來又經過多次修復，大理石呈幾何圖形排列，同時裝飾了許多動物圖案的馬賽克鑲嵌畫。其中有一幅顯示2隻雞扛了一頭被綑綁的狐狸，被政治解釋為一次義大利戰爭中，法國征服米蘭的歷史。

❾長老席與黃金祭壇

教堂東側最裡面可見14世紀哥德式的屏幕，屏幕立了8根紅色大理石柱，上方橫樑立著十字架和一整排雕像，是Pier Paolo和Jacobello Dalle Masegne的作品。屏幕後方是安放聖馬可遺體的祭壇，據説聖馬可的遺體曾在976年的祝融中消失，新教堂建好後，才又重現於教堂內。

就在聖馬可石棺上方，有一座黃金祭壇(Pala d'Oro)，是拜占庭藝術的傑作，高1.4公尺、寬3.48公尺，上面共有1,300顆珍珠、300顆祖母綠、400顆紅寶石。

⑩圓頂和馬賽克鑲嵌畫

教堂的天花板和圓頂內部裝飾著滿滿的馬賽克鑲嵌畫，面積廣達8千平方公尺。主長廊的第一座圓頂主題為《聖靈降臨》，以馬賽克裝飾化身為白鴿降臨人世的聖靈。而稱為《全能基督》(Christ Pantocrator)的主圓頂也是用馬賽克裝飾出天使、12使徒，以及被包圍的耶穌及聖母，其他的馬賽克也都是具代表性的新舊約聖經故事和寓言人物。

這些馬賽克鑲嵌畫都是原件嗎？

教堂歷史長達1千多年，這麼多馬賽克鑲嵌畫都一直保持完好嗎？其實不然，尤其18、19世紀經過大翻修，目前所見大概只有1/3是原來的馬賽克，而歷史最早的大約可回溯到1070年：在主門廊附近，是純粹的拜占庭形式。

馬賽克鑲嵌畫的深層意義

表面上看來，馬賽克鑲嵌畫如同一般教堂一樣描繪的是聖經故事；然而細看，會發現其實它反映出威尼斯的歷史、信仰、語言、過去那個年代的企圖心，以及藝術風格的變化。而且從拜占庭到現代風格，不曾間斷，不少藝術大師都曾參與這些鑲嵌畫的繪製，包括烏切洛(Paolo Uccello)、維若內塞(Paolo Veronese)、丁托列多等人。

⑪寶物室

主要收藏拜占庭時代的金飾、搪瓷及岩石雕刻，其中不少是第4次十字軍東征時從君士坦丁堡掠劫過來的。後來威尼斯日漸富強，也有來自地方藝師的工藝以及世界各地的貢品。

⑫聖馬可博物館

設立於19世紀，晚近經過整理後，位置就位於前庭和過去總督宴會大廳之間。博物館裡最珍貴的就是那4匹聖馬可銅馬的原件，還有波斯地毯、祭衣、聖馬可手稿，以及19世紀教堂整修時，早期馬賽克鑲嵌畫的原件等。

MAP P.180C4

藝術學院美術館

MOOK Choice

Gallerie dell'Accademia

威尼斯畫派寶庫

搭水上巴士1號線在Accademia站下 Dorsoduro 1050 522-2247 週一8:15~14:00、週二至週日8:15~19:15；1/1、5/1、12/25休 全票€15 www.gallerieaccademia.it/en

藝術學院美術館屬於18世紀水都的新古典風格，這個時期強調簡化建築元素，不過它的內涵遠比外觀重要，因為這裡是威尼斯藝術最大的收藏中心！從中世紀的拜占庭風格，到文藝復興及巴洛克時期的傑出名畫，全都收藏在館內，可說是威尼斯美術史的縮影。這些收藏有不少是來自於修道院和教堂。

威尼斯畫派Pittura Veneta

威尼斯畫派最大的特色便是色彩豐富飽滿、質感細緻，及光影的技巧應用。這些威尼斯畫派的大師包括15世紀開山始祖貝里尼兄弟、早夭的天才喬久內；16世紀擅用金色的堤香、銀色的維若內塞及丁托列多；此外，還有為巴洛克開啟決定性一扇窗的卡拉瓦喬(Caravaggio)，以及18世紀專注於風景畫、畫出威尼斯面貌的卡納雷多(Canaletto)。

◎貝里尼(Giovanni Bellini，1427-1516年)

喬凡尼．貝里尼可說是文藝復興威尼斯畫派之父，他擅長將人物以靜物畫的方式處理，把樸素、死板的宗教畫加入人性情感。加上受到法蘭德斯畫派的影響，使用色彩繽紛的油彩作畫，畫面柔和且色彩豐富，運用光和陰影的交替取代原本以線條表現輪廓的方式。

◎喬久內(Di Castelfranco Giorgione，1477-1510年)

貝里尼教出2位成就更高的弟子：師兄喬久內與師弟堤香。喬久內的畫風受達文西的影響，線條柔美、描繪深刻，而且風景在畫面中占有很大的比例，這是過去繪畫中少有的結構和型式。喬久內的《暴風雨》(The Tempest)雖是美術館中極知名的大師作品，畫中的含意、人物卻無從得知，充滿了神秘感。喬久內的用色，以及運用簡單背景來創造主題，讓畫作充滿想像力，也是史無前例的作法。

◎堤香(Titian，1488-1576年)

古典型式和詩意的畫面，是堤香成為威尼斯畫派最偉大畫家的原因。他自認是一位詩人畫家；堤香把威尼斯的黃金波光、明暗調的變化充分帶進畫作中，讓畫面有種溫暖和鮮豔的彩度，「堤香金」因此成為一個專門的色彩名詞。

《聖殤》(Pietà)是堤香晚期的作品，在他去世後由小帕馬(Palma the Younger)完成：基督瘦弱的身體彷彿在發光似的；基督右邊披著紅袍的人物，可能是堤香最後的自畫像。

◎丁托列多(Jacopo Robusti Tintoretto，1518-1594年)

丁托列多在學習作畫時，以蠟像模型研究人體在不同光線下的線條變化，所以他的畫作中對光線明暗的掌握度相當高，富動態的構圖，在空間中安排特別的視點，有時甚至會讓人產生頭暈目眩的戲劇張力。《聖馬可的奇蹟》(The Miracle of St. Mark Freeing the Slave)畫中，聖徒降臨帶來的光，和地上的奴隸身上的光源就產生巧妙連結，而群眾的肢體、位置和視線也讓觀賞者一齊聚焦在主角奴隸身上。

◎維若內塞(Paolo Veronese，1528-1588年)

擅長畫聖經及寓言故事的維若內塞，由於喜歡用華麗的色調、動物及貴婦，使人常摸不清他作畫的原始動機，而惱怒委託人，一度還惹上蔑視宗教的罪名。例如他的《利維的家宴》(Feast in the House of Levi)，原本主題是《最後的晚餐》，可是由於畫家不夠莊嚴的描繪，而被改名為《利維的家宴》。不過維若內塞的畫作很能代表16世紀威尼斯富裕昇平的景象。

MAP ▶ P.180B3

教士的榮耀聖母教堂

Basilica di Santa Maria Gloriosa dei Frari

威尼斯畫派大師妝點祭壇

搭水上巴士1、2、N號線在S. Toma站下　S. Polo, 3072Venezia　週一至週六9:00~18:00、週日13:00~18:00　全票€5、優待票€2起　www.basilicadeifrari.it

這座哥德式教堂建於13世紀，內部的藝術價值不容小覷。中央祭壇擺放的是光影大師堤香非常有名的《聖母升天》(Assunta)，此外還有喬凡尼．貝里尼的作品。

堤香是威尼斯文藝復興時期的代表人物，這幅畫正好把他創新的手法展露無遺；他用色大膽、畫中人物栩栩如生。另外還有《佩沙洛宮的聖母》(The Madonna di Ca'Pesaro)也是出自堤香之手，畫中聖母被佩沙洛家族成員所包圍。

教堂內還有雕刻大師卡諾瓦(Canova)的墓，這座墓原是卡諾瓦為堤香而設計的，可惜未動工前他就去逝了，由他的學生指導施工建造，獻給他們的老師，墓中安放著卡諾瓦的心臟。

MAP ▶ P.181E3

沉船書店

Libreria Acqua Alta

水平面下的書店

從聖馬可廣場向東北步行約10分鐘可達　Calle Lunga Santa Maria Formosa, 5176/b　296-0841　9:00~19:30

Libreria Acqua Alta字面上的意思是「高水位的書店」，原來雨季時威尼斯水位上漲，不時會淹進書店裡面，老闆就取了這個名字。書店門口寫著「歡迎來到世界上最美的書店」，一走進去果然沒讓人失望。

為了應付書店時常淹水的狀況，老闆在店裡放了一艘貢多拉、還有一些浴缸、澡盆等當作書櫃或書架，形成十分特別的景象；而疊得到處都是的書堆，雖顯得雜亂無章，但也成為沉船書店的特色。找本書堪稱艱難的挑戰。

泡水書幫你拓展視野

書店的後院，一樣疊滿了書，仔細看才發現這些都是被水淹過的書，老闆很有創意地把這些泡水書疊成階梯，讓遊客可以踩上去欣賞書店旁的水道風光。泡水書階梯因此也成了打卡熱門景點。

MAP ▶ P.177

慕拉諾島

Murano

繽紛的玻璃工藝天地

搭水上巴士3、4.1、4.2號線在Venier等站下

慕拉諾島位於威尼斯北邊約1.5公里處，以出色的玻璃工藝出名，和有彩色島之稱的布拉諾島同為最受觀光客歡迎的離島。

這裡的玻璃工藝始於13世紀，基於安全和土地有限等考量，威尼斯共和國想要將玻璃工廠撤出本島，於是選中了離本島不遠的慕拉諾，從此奠定慕拉諾島玻璃製造業中心的地位。

16世紀時，慕拉諾的工匠們發現在製作過程中可以添加化學物質來改變玻璃的顏色，於是原本透明無色的玻璃多出了數十種顏色變化；經由威尼斯發達的對外貿易，這些美麗的玻璃製品很快就風靡全歐洲，於是慕拉諾的七彩玻璃就這麼打響了名號。

如今，島上的玻璃製造業雖然盛況不再，當然還是有許多玻璃製品店，有的工廠還是開放式的，可以欣賞工匠純熟的技藝，也有一些觀光工廠提供教學和DIY體驗。

要注意的是：即使在慕拉諾島上，也有可能買到來自其他產地的次級品，兩者之間有明顯的價差，所以很容易分辨。

玻璃博物館Museo del Vetro

搭水上巴士3、4.1、4.2號線在Murano Museo「A」或Murano Museo「B」站下，步行約2分鐘可達 Fondamenta Giustinian 8, Murano 11~3月10:00~17:00，4~10月10:00~18:00 全票€10、優待票€7.5 museovetro.visitmuve.it

來到慕拉諾島，當然不能錯過玻璃博物館，館內收藏了從島上開始製造玻璃以來，數百年間的眾多美麗玻璃製品，讓人讚嘆工匠們精湛的手藝。此外，還介紹了慕拉諾的玻璃工藝和輝煌歷史。

MAP ▶ P.177

布拉諾島

MOOK Choice

Burano

夢幻彩虹島

搭水上巴士12、14號，在Burano "C"站下，從威尼斯出發船程約1小時3~20分鐘；亦可從慕拉諾轉水上巴士前往，船程40分鐘起

布拉諾島曾經以手工紡織業出名，因此，又被稱做「蕾絲島」。近年來紡織工業雖然沒落，但是島上色彩繽紛的民房越來越受歡迎，逐漸成為威尼斯的熱門觀光景點，也得到了「彩色島」的美稱。

島上彩色民房的由來傳說是因為早期布拉諾島是個小漁港，出海捕魚的漁夫如果太晚回來，太陽已經下山或是遇到濃霧，很難認出自己的家，往往會走錯河道浪費許多時間。於是居民就開始在房子外牆漆上鮮豔的顏色，和其他房子做區隔，讓漁夫遠遠就能分辨出自己的家。另一個傳說則是當年黑死病大流行時，被傳染的人家會在外牆上塗白色的石灰消毒，其他戶人家就將外牆漆上顏色來做為區隔。

近年來布拉諾島為了發展觀光，政府更是鼓勵居民將房子漆上新的顏色，甚至提供補助和多種顏色的選擇，彩色島的顏色也就更加豐富了。

布拉諾島的面積不大，大約半個小時就可以步行繞島一圈，而島上每一條小路和河道都很值得停下來欣賞，走進巷弄間隨手拍都能拍下明信片般的景色，很值得搭船來此一遊。

1日2島小撇步

慕拉諾與布拉諾這兩座離島距離本島雖然不太遠，但遊客實在太多了，光是排隊、等船就會耗掉許多時間。如果打算在1日內同遊此雙島，建議不妨先前往較遠的布拉諾後，回程再遊慕拉諾，這樣回本島的路程更近、玩起來時間壓力也會減輕；而且布拉諾吸睛的彩色屋，應該會占掉更多拍照時間。

Where to Eat in Venezia
吃在威尼斯

MAP ▶ P.180D4 Harry's Bar

搭水上巴士1號於S. Marco站下；從聖馬可廣場步行約5分鐘可達 Calle Vallaresso 1323 528-5777 11:00~23:00 www.cipriani.com

從一位糕點師傅、到飯店服務生，而後成為酒館擁有者，Giuseppe Cipriani因為熱愛服務人群及與人們接觸，進而從求職的途中一路找到人生的目標，在1931年創立了Harry's Bar。當時的威尼斯已然是歐洲人熱愛前往的旅遊城市，位於聖馬可廣場旁的昔日纜繩倉庫的Harry's Bar，打從第一天營業開始就生意絡繹不絕，翻開它的Guest Book，造訪的名人包括卓別林以及古根漢基金會的佩姬古根漢。

MAP ▶ P.180D3 花神咖啡館Il Caffè Florian

搭水上巴士1號停靠Vallaresso或San Zaccaria站 Piazza San Marco, 57 520-5641 週日~週四9:00~20:00，週五、六9:00~23:00 www.caffeflorian.com

這間1720年創立於聖馬可廣場上的咖啡館，是威尼斯、甚至義大利最古老的咖啡館之一，由於坐擁聖馬可廣場的美景和歡樂氣氛，使它不但廣受文人和藝術家的喜愛，更是觀光客朝聖的地點。咖啡館內裝飾著華麗的壁畫，戶外的露天座位則洋溢著現場演奏的音樂，良好的服務和高品質的產品，讓花神咖啡館成為優雅的代名詞。從它附屬商店出售咖啡、巧克力、茶，甚至桌巾、餐具等琳瑯滿目的商品，便不難看出這間咖啡館有多成功。

MAP ▶ P.180D3 油畫咖啡館 Ristorante Gran Caffè Quadri

搭水上巴士1號停靠Vallaresso或San Zaccaria站 Piazza San Marco 121 522-2105 9:00~24:00

自從1683年聖馬可廣場上出現威尼斯的第一家咖啡館，到了Giorgio Quadri時期，廣場上多達24間咖啡館；油畫咖啡館也是出現在這個時候，是威尼斯現存最古老的咖啡館之一。

1775年，年輕的Giorgio Quadri帶著所有財產和希臘妻子一同離開科孚島(Corfu)到威尼斯謀生，賣起了所謂「煮熟的黑水」，他怎麼也沒想到：油畫咖啡館居然能見證威尼斯共和國的存亡，並成為世界上少數歷經時代變遷卻依舊無損時尚魅力的餐廳。咖啡館在1830年開始增設餐廳，來拜訪過的名人無數，包括法國小說家斯湯達、普魯斯特，以及法國總統密特朗和美國導演伍迪艾倫等。

MAP ▶ P.180D3 Dal Moro's Fresh Pasta to Go

從聖馬可廣場步行約5分鐘可達 Calle Casseleria, 5324 476-2876 12:00~18:00 www.dalmoros.it

威尼斯的物價是出了名的高，因為資源都必須從外面運到島上，所以在威尼斯吃一餐幾十歐元是很正常的事。這間義大利麵外賣店在這樣的環境下靠著平價打響了名號，一份義大利麵價格不到€10，有不同麵條、醬汁和配料可以選擇，份量足夠且口味也十分受歡迎。店裡只有幾個簡單的站位讓人用餐，大部分客人都會選擇外帶。此外，即使隨時都在大排長龍，店家出餐的速度還是很快，非常方便。

MAP ▶ P.180D3 Al Ponte di Rialto

從聖馬可廣場步行7~10分鐘可達 Sestiere di S. Marco 523-1155 10:00~23:00

如店名所示：地點就在利雅德橋旁邊，走過橋畔就聞到陣陣撲鼻的香氣。這是間以披薩和義大利麵為主的自助式餐廳，也有生菜沙拉、飲料等眾多選擇。對胃口小的女生來說，甚至不到€5就足以飽餐一頓，在威尼斯實在是難得的親民餐食，而且份量和口味都不錯，加上地理位置非常優越，所以生意頗興隆。

MAP ▶ P.180C3 Osteria Ai Assassini

搭水上巴士1號於San Angelo站下；從聖馬可廣場步行約7分鐘可達 San Marco 3695 099-4435 週一至六12:00~14:30、19:00~22:00；週日休 www.osteriaaiassassini.it

如果你覺得聖馬可廣場眾多餐廳都是專為觀光客而設立，因而想離開擁擠的人潮，那麼不妨到Ai Assassini。Ai Assassini需要一點點力氣才找得到：坐落在一條寂靜的巷子裡，店名是義大利文「殺手」的意思，藉以諷刺喝酒過量。餐廳內燈火昏黃，光是吧台的瓶瓶罐罐已經很嚇人了，幾乎每桌客人都有一壺葡萄酒或是一大瓶啤酒，難怪會喝酒過量。這裡供應一些下酒的小菜，不妨試試玉米糕或是加上乳酪的烤蕃茄。

MAP ▶ P.180D3 Trattoria Al Gazzettino

從聖馬可廣場步行約5分鐘可達 C. de Mezzo, 4997 521-0497 12:00~16:00、18:00~22:30，週二休 algazzettino.it/en

接近中午時分，Al Gazzettino店門口便排著不少等著進門的食客；店門一開，很快就座無虛席，讓人見識它受歡迎的程度。

Al Gazzettino歷史可以追溯到1952年，從當時一家搬運工、貢多拉船夫們吃午飯、晚上喝喝小酒的小旅館，到現在集結4個門牌規模的家常菜餐廳，無論餐食的口味、價格、服務、氣氛各方面，應該都是它成功的元素。

Al Gazzettino的菜單以傳統的義大利料理為主，海鮮菜色豐富、酒單選擇也眾多，€25就可以吃到貨真價實又美味的龍蝦麵；所有菜單都有圖片對照，對觀光客而言非常友善方便；埋單前還會送上一份招待的甜點與餐後酒，頗能擄獲人心。

MAP ▶ P.180C1 Osteria ai 40 Ladroni

搭乘水上巴士4.1/4.2、5.1/5.2於S.Alvise下船 Centro Storico fondamenta de la Sensa No. 3253 715-736 12:00~14:30、19:00~22:15 www.40ladroni.it/chi-siamo

這間餐廳離威尼斯主要景點有點遠，位於Cannaregio區，如果你剛好住在附近、又或者喜歡遠離人群，則不妨前往一試。它是此區著名的海鮮餐廳，天氣好的時候，坐在運河邊用餐是一大享受；餐廳後側還有一個可供晚餐和活動的花園，最多可容納 100 人。

Where to Buy in Venezia 買在威尼斯

MAP ▶ P.180B2 Nino & Friends

從聖露西亞火車站步行約4分鐘可達 Cannaregio 233/B 099-1928 9:00~22:00 ninoandfriends.it/en

路過Nino & Friends，只見店門櫥窗裡香濃的巧克力正從一座偌大的巧克力機持續地流洩而下，昭示著這是間巧克力專賣店；然而踏門而入，不但發現巧克力的口味和包裝選擇眾多，更有橄欖油、乳酪、松露鹽、巴薩米可醋、檸檬酒……幾乎所有義大利的特產美味全員到齊：那麼，Nino是巧克力，其他產品就是friends，挑選義大利最具代表性的紀念品和伴手禮，到這裡就對了！

最棒的是：Nino & Friends非常大方，幾乎每項產品都開放試吃，無論是巧克力還是松露油、松露鹽、巴薩米可醋，能讓每位遊客都在充分領略滋味的情況下放心地買下心儀的產品，包裝也頗時尚，對觀光客而言分外方便。2015年創立的Nino & Friends，這些年擴張迅速，光是在威尼斯就已有3家分店。

MAP ▶ P.180D2 利雅德魚市場 Mercato ittico di Rialto

搭水上巴士1、2、N、A號於Rialto站下；從聖馬可廣場步行約11分鐘可達 San Polo, Campo de le Becarie - Loggia Grande & Loggia Piccola 7:00~14:00，週日&週一休

撇下威尼斯什麼都貴的印象，不論吃或買，到傳統市場就可以找到最常民的食物和伴手禮。這個傳統市場已經有600年歷史，位於威尼斯交通中樞利雅德橋的北面，隔著運河與彼岸的黃金宮對望。市場以魚市的敞廊為核心，擺滿了亞得里亞海捕撈上來的新鮮漁獲，周邊則是一攤攤的蔬菜、水果及土產店。既然是水都的市集，你看不到任何車輛，上貨卸貨全靠船運，也是別緻一景。由於魚市到中午左右便結束營業，越是早起，越能看到市場繁忙的景象。

MAP ▶ P.180D2 蕾莉歐L'Erbolario

搭水上巴士1號線在Ca'd'Oro站下；從聖馬可廣場步行約15分鐘可達 Strada Nova, 3844 308-8407 9:30~19:30 www.erbolario.com/it

L'Erbolario是來自義大利的草本保養品牌，因為台灣也有代理進口，所以有了「蕾莉歐」這個中文名。L'Erbolario是由一對熱愛草本植物的夫妻，從1978年創立的一間小小實驗室開始，不斷研究一些鄉野流傳或是家族傳承下來的、經歷時間考驗的古老配方，並經過波維爾大學(Universita' di Pavia)驗證有效後製造出一系列的美容保養品，終於在1984年確立品牌，把萃取自花卉、蔬果的純植物精油，製造成乳液、面霜、卸妝液、護手霜、香氛等各式各樣護膚或有益居家的產品。威尼斯這家分店與黃金宮只有一街之隔。

MAP ▶ P.180B2 Kiko Milano

位於聖露西亞火車站裡 Fondamenta Santa Lucia 244-0118 8:00~21:00 www.kikocosmetics.com

創立於1997年的Kiko Milano是義大利化妝品的國民品牌，從時尚之都米蘭發跡，直接面對來自全球的造型師、化妝師、設計師們的嚴苛挑選，Kiko Milano秉持「讓所有女性透過較少的預算，擁有優質的彩妝與護膚產品，善待自己」的一貫目標，顯然已通過考驗。

Kiko Milano品項眾多，從粉底、眼影、口紅、眼線筆、睫毛膏、指甲油……，每個項目又有眾多色彩可供選擇；除了彩妝品，也有保養品。更可貴的是：開架的陳列方式，讓消費者都可動手試用，專業的彩妝師也樂意隨時提供專業的諮詢與建議。創新與品質不一定需要昂貴的價格。

這間分店就在聖露西亞火車站裡，候車的時間正可好好地利用。

MAP ▶ P.180D2 G. Benevento

搭水上巴士1號於Ca'd'Oro站下；從聖馬可廣場步行約15分鐘可達 Strada Nova 3991/3945 522-0901 週一~週六9:30~19:00，週日休 www.gbenevento.it

這間從1883年就開幕的百年紡織老店，已經傳承了4代，名列維內多省15間最長壽的公司之一。櫥窗擺滿了極具威尼斯風情的家飾，只要跟紡織相關的絲、棉綢、緞、麻、紗、毛等各類織品，你都能在店裡找到。而運用各類織品所製成的被單、床罩、毛巾、浴巾、抱枕套、廚房用品等，不論是傳統古典花紋、還是現代風格、甚至是名家的畫作呈現，這裡一應俱全，若想以威尼斯風情來妝點你的家，不妨來此挑選。店面規模之大，其實連對街的兩間房舍，都屬於同一家店鋪。

水都小巷暗藏購物樂趣

聖馬可廣場的附近是威尼斯逛街的精華地段，每一條曲折的小巷道裡都有令人驚喜的發現，而蜿蜒的水道和風格獨特的小橋又添增不少徒步的樂趣。Calle dei Fabbri是一條充滿了驚奇的小街，雖然沒有名牌精品店，但街上有不少面具專賣店、精緻的手工藝品和玻璃藝品店等。Merceria Orologio與Calle dei Fabbri幾乎呈平行，街面比較寬，精品店櫛比鱗次，名牌專賣店、家飾店、玻璃、面具、冰淇淋等應有盡有。

MAP ▶ P.180C4 Il Prato

搭水上巴士1號於S. Maria del Giglio站下；從聖馬可廣場步行約10分鐘可達 Calle delle Ostreghe 2456/9 523-1148 10:00~19:30 www.giobagnaravenezia.com

這家位於S. Maria del Giglio教堂附近的商店，販售所有威尼斯最精緻的手工藝品，包括各種以傳統技術製成的產品。秉持著原創、獨特和高品質3項要素，Il Prato店內所有的藝品全都以手工完成，包括文具、面具、木偶、皮質辦公室文具、男士旅行用的手提包等，也提供產自歷史最悠久的慕拉諾玻璃工廠Barbini 以及Vivarini的玻璃製品。產品包羅萬象，品質較佳，價格也偏高。

©Il Prato Srl

MAP ▶ P.180D3 Le Maschere di Betty

搭水上巴士1號線在Rialto站下 Calle dell'ogio, Ruga Rialto San Polo 1077/A 522-3857 10:00~18:00 www.mascarer.com

這間以販售威尼斯手工面具為主的商店，從1983年開始就默默地存在利雅德橋附近的小巷中。在不算大的店面裡，擺滿了各式各樣的面具，櫥窗中琳瑯滿目地展示著一件件充滿藝術風格的作品。面具隨著製作繁複的程度，價差頗大，不妨慢慢地、仔細地挑選。面具之外，也有很多各式當地特產品。

帕多瓦
Padova

位於維內多省的小城帕多瓦，在中世紀時是一個頗為繁榮的商業都市，1164年成為獨立城邦。帕多瓦被稱為美麗的大學城，伽利略曾於1592年至1610年間在此任教；帕多瓦大學的醫學系在歐洲具有崇高的名聲，1678年時，第一位義大利女性大學生也是在此畢業，當時全歐洲的大學仍尚未允許女子就讀。

帕多瓦的動人之處不只如此，文藝復興的繪畫之父喬托曾於1303年至1305年為此城妝點；此外，帕多瓦市區內有座歐洲最古老的植物園，被列為世界遺產。

INFO

人口：約21萬　**面積**：92.85平方公里　**區碼**：(0)49

如何前往

◎火車

帕多瓦位於威尼斯連接米蘭的鐵路線上，每天有多班火車前往該市。威尼斯到帕多瓦車程約半小時；維洛納(Verona)車程約1小時；威欽查(Vicenza)車程約20分鐘；米蘭約2~2.5小時。

市區交通

火車站位於市區北邊，從火車站步行至市中心約15分鐘，可以步行遊覽大部分景點。搭乘火車站前的輕軌電車也可行經市區所有景點，車票可於書報攤或Tobacconists購買。

優惠票券－帕多瓦卡PadovaCard

若打算參觀較多博物館和宮殿，使用帕多瓦卡較划算。帕多瓦卡包含免費參觀史格羅維尼禮拜堂、理性宮等8個博物館和景點，免費搭乘公車和輕軌電車。48小時卡€28，72小時卡€35，可於市立博物館或遊客服務中心購買。

旅遊諮詢

◎火車站遊客服務中心Ufficio IAT－Stazione FS

Piazzale Stazione Ferroviaria13/A　220-7415

週一至週六9:00~19:00，週日10:00~16:00

www.turismopadova.it

◎Pedrocchi遊客服務中心

Via VIII Febbraio, 15 (位於Caffè Pedrocchi裡)

週一至週六9:00~19:00，週日10:00~16:00

◎聖安東尼奧教堂遊客服務中心

Piazza del Santo

4~10月週二~週日9:00~13:00、14:00~18:00

Where to Explore in Padova
賞遊帕多瓦

MAP ▶ P.203B2

史格羅維尼禮拜堂

MOOK Choice

Cappella degli Scrovegni

文藝復興大師喬托顛峰之作

從火車站步行前往13~15分鐘可達 Piazza Eremitani, 8 201-0020 9:00~19:00 全票€15，優惠票€11(皆須加預約費€1)；可使用帕多瓦卡 www.cappelladegliscrovegni.it 參觀史格羅維尼禮拜堂需預約，可於官網預約

這座教堂外表看起來可能稍嫌平凡，卻吸引了大量的觀光客，主要原因是教堂內的壁畫，出自文藝復興之父喬托所繪，現在已經呈現嚴重斑駁脫色，不過大師的筆跡依然清晰可見。整座小小的教堂因為喬托艷麗的壁畫而顯得氣派非凡。

教堂建於1303年，是艾瑞可史格羅維尼(Enrico Scrovegni)專為他父親的墓園所建，因為他父親拒絕以基督徒的方式埋葬，於是他延聘當時佛羅倫斯畫派的首席畫家喬托替教堂內部作裝飾。當時正值喬托創作的顛峰時期。

喬托於1304~1306年間完成壁畫，教堂內以3段敘述聖母瑪莉亞與耶穌的故事，其中最著名的是《猶大之吻與聖殤》，最靠近入口的是《最後的審判》。

MAP ▶ P.203A4

理性宮

Palazzo della Ragione

帕多瓦集會中心

從火車站步行前往約20分鐘；或搭電車在Riviera Ponti Romani或E. Filiberto fr. 36等站下，步行約5分鐘可達 Piazza delle Erbe 820-5006 2~10月週二~週日9:00~19:00，11~1月週二~週日9:00~18:00 全票€7，有展覽時票價根據展覽而異

龐大的理性宮雄據建築群的中央，也被稱為「大廳堂」，建於1218年，主要作為帕多瓦的法院及議會。

它曾經裝飾著和它尺寸同樣驚人的壁畫，然而最初由喬托和學生繪製的壁畫，因1420年的一場大火而摧毀，只留下一部分出自早期文藝復興畫家Giusto de'Menabuoi之手的作品；現存與占星曆法相關的壁畫則是米雷托(Nicola Miretto)的創作。

香草廣場Piazza dell'Erbe 和水果廣場Piazza dellaFrutta

香草廣場和水果廣場分據理性宮的兩側，都是民生攤販的聚集地，氣氛相當熱鬧。

領主廣場Piazza del Signori

位於理性宮的西側則是領主廣場，廣場上坐落著威尼斯共和國的總督府及象徵威尼斯的雙翼石獅柱塔。

MAP P.203B4

聖安東尼奧教堂

MOOK Choice

Basilica di Sant'Antonio

唐納太羅雕塑名作

從火車站步行前往28~30分鐘；或搭電車在Businello Santo或Santo站下，步行約5分鐘可達 Piazza del Santo 11 822-5652 9:00~18:00 www.santantonio.org/it/basilica

具有類似清真寺尖塔及拜占庭圓頂的聖安東尼奧教堂，帶有非常特殊的異國風情。此教堂是為存放聖安東尼奧的遺體而於1231年建的。聖安東尼奧1195生於葡萄牙里斯本，後來到義大利的阿西西追隨聖方濟，於1231年過世，生命中的最後2年就是在帕多瓦度過的。他曾治癒許多病人，因而被封為聖人。

聖安東尼奧雖效法阿西西(Assisi)聖方濟的儉樸精神，但帕多瓦的居民仍要為他蓋一座華麗的教堂：在聖人去世後1個世紀，這座有著哥德羅馬混合式正面、8座或圓或錐的屋頂、以及東方風格鐘塔的龐大建築，終於落成。內部主祭壇有文藝復興大師唐納太羅所做關於聖人事蹟的浮雕，不少信徒撫著聖安東尼奧的石棺祈禱。

沾上蜂蜜的貓？

教堂外的廣場上有一尊威風凜凜的青銅雕像，是一名神勇的軍人納爾尼(Erasmos da Narni)，他曾經是威尼斯共和國的傭兵隊長，據說身手極為靈敏矯捷，被暱稱為「沾上蜂蜜的貓」(Gattamelata)。這座塑像也是唐納太羅的大作。

MAP P.203B4

沼澤綠地

MOOK Choice

Prato della Valle

緊鄰世界遺產的石橋運河

從火車站步行前往32~35分鐘；或搭電車在Tram Prato或Businello Santo站下，步行2~5分鐘可達

由其橢圓形狀便可得知：此綠地由古羅馬劇場改建而成；聖安東尼奧曾在這裡向人民講道。由於疏於照顧，這片綠地廣場一度成為滋生疾病溫床的沼澤地；1767年市政府修建運河，在威尼斯大法官的建議下改建成今天的模樣。

原本的運河圍繞於橢圓草坪的周遭，有4座石橋橫跨其上，還有78尊帕多瓦的名人雕像林立於河道兩旁。不遠處的聖裘斯汀娜教堂(Basilica di S. Giustina)建於16世紀，有8座大圓頂，內部有維若內塞(Paolo Veronese)的畫作。

沼澤綠地附近還有一座價值不斐的植物園(Orto Botanico)，是帕多瓦大學醫藥學院為研究罕見藥草植物在1545年所設立的，是歐洲最古老的植物園；1997年這座植物園被登錄為世界遺產。

維洛納
Verona

古羅馬時代的圓形劇場在每年仲夏夜裡依舊歌聲嘹亮，領主廣場(Piazza dei Signori)四周如迷宮般的小徑裡，各年代建築和諧地交織出城鎮景觀。然而這一切都不比上讓維洛納出名的雋永愛情：莎士比亞筆下不朽的《羅密歐與茱麗葉》就是以此為故事舞台，雖然只是虛構的人物，依然吸引無數愛侶前來感受那浪漫餘韻。

維洛納是維內多省僅次於威尼斯的第2大城，也是北義最繁榮的都市之一。剛好位於阿爾卑斯山麓上的最低隘口，成為一個南北往來的重要地點，中世紀時，義大利與德國的通商、軍隊移防等都必須從這裡進出，造就了維洛納繁榮一時的景象。

13~14世紀是維洛納的黃金時期，當時的當權者是史卡立傑利(Scaligere)家族，據說就是《羅密歐與茱麗葉》裡的世家大族，他們驍勇善戰的騎士性格亦表現在建築形式上：堆垛式的史卡立傑羅橋(Ponte Scaligero)與舊城堡(Castelvecchio)，成為中世紀防禦工事的建築典範。

市中心至今仍有保存相當完整的古羅馬遺跡，最著名的便是每年7、8月舉辦歌劇季的圓形劇場，這是現今世界上所存第3大的古羅馬競技場，其規模之龐大，讓人在《阿依達》歌聲中能體驗帝國曾經擁有過的榮光。西元2000年，各時期建築保存相當完整的維洛納城被列為世界遺產。

維洛納嘉年華Verona Carnival

和歌劇祭比起來，維洛納嘉年華較少宣傳，也因為如此，保留較完整當地居民的歡樂。在8月最後一週的星期五下午2點起，以圓形劇場為核心的主要街道、直到河畔的主教堂都是大遊行的區域，可以看到維洛納居民的獨特幽默。

參加遊行的人們把自己裝飾得五花八門：可能在花車上畫一個超大屁股，或是趕著一頭戴花冠的驢子，甚至穿著中世紀的服裝騎在馬上左顧右盼；遊行團體向道路旁的民眾丟擲糖果，民眾則拿著泡沫噴器或是碎彩紙丟向他們；小朋友被爸媽打扮一番帶到遊行會場，有些是穿著獅子連身裝，還帶著假獅鬃，或是調皮的彼得潘、西部牛仔、小公主等，連襁褓中的嬰兒也不能倖免，臉上被畫得像隻小花貓，躺在嬰兒車裡等著被讚美、被擁抱、被拍照。

INFO

基本資訊

人口：約26萬　**面積**：198.92平方公里　**區碼**：(0)45

如何前往

◎火車

維洛納位於米蘭連接威尼斯的鐵路線上，每天有班次頻繁的火車前往該市。米蘭車程約1小時40分，威尼斯車程約1小時30分；至於帕多瓦和威欽查也都有火車前往維洛納，車程各需1小時和半小時。

市區交通

維洛納的新門火車站(Stazione Porta Nuova)位於舊市區南邊，長途巴士總站也在火車站前方。從火車站到中心的布拉廣場(Piazza Bra)約1.5公里，步行約20分鐘，但維洛納城市規模比周邊小鎮來得大，車流量不小，建議搭乘公車前往，上車前，先在火車站的菸草店購買車票。

雖然維洛納的城市規模較大，步行仍可遊覽舊城區和以圓形競技場為核心的大部份景點。

優惠票券——維洛納卡Verona Card

可以進入圓形劇場、茱麗葉之家、茱麗葉之墓、蘭貝爾提塔等16處主要景點和教堂，以及免費使用市區巴士。1日卡€27，2日卡€32。可於遊客服務中心、相關博物館和教堂、市中心的Tobacco菸草攤販購買。

旅遊諮詢

◎布拉廣場遊客服務中心IAT Verona

Via Leoncino 61, Piazza Brà　806-8680

週一至週六9:00~18:00、週日9:00~17:30

www.visitverona.it/en

MAP P.207B2

圓形劇場

MOOK Choice

Arena

重返古羅馬榮耀

從新門火車站搭巴士11、12、13等號，於布拉廣場站下車 Piazza Brà 800-5151 10~5月週二~週日9:00~19:00，6~9月週一9:00~19:00、週二~週日9:00~17:00；有演出時會縮短參觀時間 全票€17，維洛納卡通用 www.arena.it

於西元30年建造完成的圓形劇場，是維洛納的地標，也是最顯著的羅馬遺跡。這座橢圓形大競技場，最長的距離為152公尺，寬則有128公尺、高30公尺，從底部到最高層共44層階梯，當時可容納2萬2千名觀眾欣賞血腥的人獸競技。爬到最高頂往下看，會讓你對巨大空間產生昏眩，羅馬人在公共建設上的氣魄表露無遺。比起羅馬的圓形競技場，此處雖然較為樸實無華，但保存的程度有過之而無不及。

年度盛事「維洛納歌劇季」
Verona Opera Festival

圓形劇場的夏天非常熱鬧，每年6月底至8月底舉辦的維洛納歌劇季，是音樂界引領期盼的盛會。其中最受好評的是威爾第的作品《阿伊達》，為了提昇戲劇效果，會將部分的觀眾席與地板融入佈景中，場面相當浩大，如果有機會，不要錯過在圓形競技場聆聽義大利歌劇的經驗。

MAP P.207A2

舊城堡博物館

Museo di Castelvecchio

史卡立傑利家族的權力象徵

由布拉廣場步行前往約5分鐘可達 Corso Castelvecchio 2 806-2611 週二~週日10:00~18:00 全票€9；維洛納卡通用 museicivici.comune.verona.it

舊城堡是維洛納的另一個地標建築，橫跨在阿迪傑河(Fiume Adige)上的磚紅石橋，堆垛式的橋身是欣賞夕陽的最佳去處。這座城堡是史卡立傑利家族的權力象徵，由康格蘭德二世(CangrandeⅡ)於1354年下令建造，建造城堡的目的其實是為了防禦，不過城堡的完成也預告了權傾一時的史卡立傑利家族沒落的開始。仔細看史卡立傑利橋的橋身，其實略微向河的對岸傾斜，這是為了方便撤退的設計。

城堡建築體曾遭拿破崙軍隊以及二次世界大戰戰火波及而嚴重損毀，直到1960年代才重新整修過。如今城堡內是維洛納市立美術館，收藏14至18世紀維洛納及維內多地區的繪畫、雕刻等藝術品，包括蒙帖那、維若內塞、提耶波羅(Tiepolo)、喬凡尼・貝里尼等人的作品。

MAP ▶ P.207B2

香草廣場

MOOK Choice

Piazza delle Erbe

維洛納商業中心

布拉廣場步行前往約10分鐘可達 Piazza delle Erbe

從羅馬帝國時代起，香草廣場就是維洛納的商業活動中心，滿滿的蔬果攤販和逛市場人潮，洋溢市井小民的活力與生活氣息。

長形廣場上，擁有維洛納各個歷史時期的遺跡。廣場中央有一座「維洛納聖母」(Madonna di Verona)噴泉，雖建於14世紀，然而頂上的雕像其實是古羅馬的商業女神。

廣場最北端的聖馬可雄獅(Leone di S. Marco)雕像，則象徵著維洛納於1405年臣服於威尼斯共和國。

MAP ▶ P.207B2

領主廣場

Piazza dei Signori

維洛納政治中心

布拉廣場步行前往約11分鐘可達

領主廣場是維洛納的政治中心，中央立著曾為史卡立傑利家族服務過的但丁雕像，雕像背後是建於15世紀的議會迴廊(Loggia del Consiglio)，美麗的拱廊式建築，洋溢濃濃的文藝復興風格，屋頂上裝飾多座小石像，理性宮的中庭入口就在此。

理性宮及蘭貝爾提塔

Palazzo della Ragione &Torre dei Lamberti

Via della Costa, 2 927-3207 週一~週五10:00~18:00，週六、日11:00~19:00 全票€6，可參觀阿基爾．福提現代美術館；維洛納卡通用 www.torredeilamberti.it

理性宮建於中世紀，以前是市政廳的所在，內部於1446年增建的「理性階梯」，哥德式的華麗值得欣賞；內部目前是阿基爾．福提現代美術館(Galleria d'Arte Moderna Achille Forti)。

廣場旁高84公尺的蘭貝爾提塔也是理性宮的一部分，興建目的是作為瞭望塔，起建於12世紀，直到1463年才完工，顯然來不及防範威尼斯人的入侵；目前高塔開放給遊客攀登，遊客可選擇攀登368級階梯或搭電梯登頂，塔頂可俯瞰維洛納全城美景。

MAP ▶ P.207B2

茱麗葉之家

MOOK Choice

Casa di Giullietta

莎翁故事朝聖地

布拉廣場步行前往9~10分鐘可達 Via Cappello 23 803-4303 10~5月週二~週日9:00~19:00，6~9月週一~週日9:00~19:00 全票€6；維洛納卡通用

受到《羅蜜歐與茱麗葉》的影響，這幢樸素民宅的陽台已成為膜拜愛情的聖地，立於中庭的女主角雕像也成為遊客拍照不可或缺的背景。

其實羅蜜歐與茱麗葉的故事是16世紀威欽查人波爾多(Luigi da Porto)所寫的悲劇，給予後世作家不少靈感，當然也包括莎士比亞在內。據說卡普雷特(Capulets)和蒙塔古(Montagues)兩個家族確實存在，然而男女主角卻是完全杜撰，至於這棟房子則興建於14世紀。在劇本中，羅密歐偷偷躲在陽台下，聽茱麗葉在陽台上喃喃敘述自己的綿綿情意，展開了這段傳頌千古的戀愛。陽台下方掛著這一段經典台詞，而且是多國語言版本並列。

MAP ▶ P.207B1

聖安娜斯塔西雅教堂

Basilica di Sant'Anastasia

維洛納最大教堂

布拉廣場步行前往約15分鐘可達 3~10月週一至五9:00~18:30、週六9:00~18:00、週日13:00~18:30；11~2月週一~週六 10:00~13:00、13:30~17:00，週日13:30~17:00。開放時間會變動，請上網查詢最新資訊 €4；維洛納卡通用 www.chieseverona.it

這座又高又大的教堂，是西元13世紀末為了多明尼各教會的紅衣主教們的聚會所建，落成於1481年，屬於相當經典的哥德式風格，但直到16世紀才算完工，也是維洛納最大的教堂。

大門的雕刻以新約聖經為主題，內部則以皮薩

內羅(Pisanello)的繽紛壁畫吸引訪客目光。至於寫實風格的「乞丐馱負聖水皿」的雕像，被稱為「駝背人」，是該教堂的藝術極品。

威欽查

Vicenza

威欽查以帕拉底奧式建築聞名，擁有全義大利最優雅、最具獨特風格的街道。1786年，詩人歌德以「擁有偉大城市所有的優點」來形容威欽查。

16世紀維內多地區的建築，由於受到羅馬和佛羅倫斯等外來城邦文化的影響，已經具有文藝復興的成熟風格。誕生於1508年的名建築師帕拉底奧(Andrea Palladio)受到詩人維吉利歐(Virgilio)的啟發，採用古羅馬典範為建築設計的要素，在威欽查興建了一批重要的建築，尤其是混合著視覺美學與實際功能的別墅宮殿，非常受到威尼斯富商的喜愛，帕拉底奧這位原本謙卑的鑿石匠，搖身變成多產的建築大師；要觀賞他的重要作品及遺留的影響，逛一圈威欽查就可以窺知一二。這些帕拉底奧式建築，在1994年被納入世界遺產保護範圍。

INFO

基本資訊

人口：約11萬　**面積**：80.5平方公里

區碼：(0)444

如何前往

◎火車

位於威尼斯和維洛納之間的威欽查，每天有多班火車往來於這兩座城市，平均幾乎每30分鐘就有一班火車，車程各約30分鐘和1小時；帕多瓦前往威欽查的火車更頻繁，車程約20分鐘。從米蘭前往威欽查車程約1小時40分。

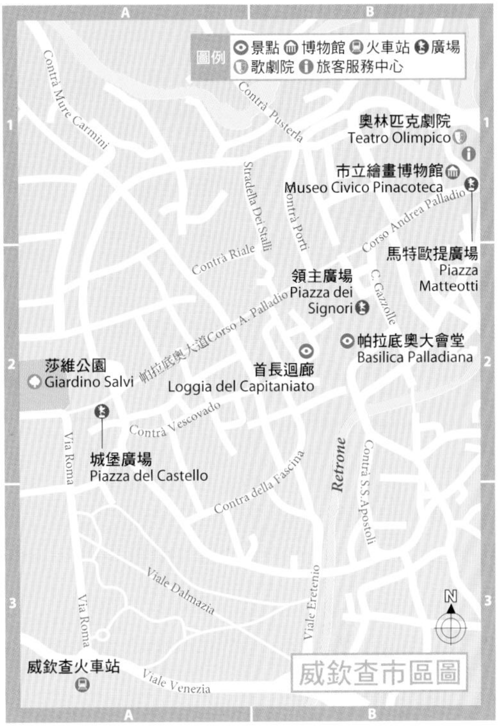

市區交通

從火車站步行至舊市中心的領主廣場(Piazza dei Signori)約15分鐘，可以步行遊覽大部分景點。

優惠票券

◎威欽查卡Vicenza Card

效期8天的威欽查卡，可參觀包含市立博物館(Museo Civico)、帕拉底奧博物館(Palladio Museum)、奧林匹克劇院(Teatro Olimpico)、自然歷史博物館(Museo Naturalistico-Archeologico)等11處景點。全票€20，優待票€15，可於參觀任一博物館時同時購票啟用。

旅遊諮詢

◎馬特歐提廣場遊客服務中心

從火車站步行18~20分鐘可達；搭1、2、4、5等號巴士在Via Giuriolo或Vicenza Museo R站下，步行約2分鐘可達

Piazza Matteotti 12(位於奧林匹克劇院旁)

320-854　9:00~17:30

www.vicenzae.org/en

Where to Explore in Vicenza
賞遊威欽查

MAP ▶ P.211B2

領主廣場與帕拉底奧大會堂

MOOK Choice

Piazza dei Signori & Basilica Palladiana

帕拉底奧建築代表

從火車站步行約15分鐘可達；搭1、4、5、7等號巴士在Piazza Castello 27站下，步行約6分鐘可達 www.museicivicivicenza.it/en

巨大的帕拉底奧大會堂雄據在廣場上，青銅的船底狀屋頂及四周羅列的希臘羅馬諸神石雕，是它最大的特色。帕拉底奧大會堂是帕拉底奧於1549年接受委託的第一件公共建築設計，愛奧尼亞和多立克式白色列柱交織的迴廊，展現了極其端正宏偉的氣勢，被視為帕拉底奧的代表作之一，前後歷經70年的時間才落成。大會堂當年主要作為貴族以及商人集會的場地，現在則是重要的國際建築及藝術展覽會場，僅在有展覽時開放。

大會堂前方聳立著一尊大師的雕像，另一端則有一座出現於12世紀、高達82公尺的鐘塔(Torre di Piazza)，當年作為瞭望台之用。至於具有華麗裝飾外觀的首長迴廊(Loggia del Capitaniato)，也是帕拉底奧的作品，興建於1571年，用來紀念威尼斯人代表的神聖聯盟(Holy League)與鄂圖曼土耳其人在勒班托(Lepanto)戰役中的大獲全勝。

MAP ▶ P.211B1

市立博物館

Museo Civico di Palazzo Chiericati

威尼斯畫派又一寶窟

從火車站步行17~20分鐘可達；搭1、2、4、5等號巴士在Via Giuriolo站下，步行約3分鐘可達 Piazza Giacomo Matteotti 37/39 222-811 7~8月週二至週日10:00~18:00、9~6月週二至週日9:00~17:00 全票€7，優待票€5；威欽查卡通用 www.museicivicivicenza.it/en 於奧林匹克劇院售票口購票

馬特歐提廣場上另一棟顯眼的建築就是市立博物館。博物館建於1551年，屋頂立著成列的小雕像，原本屬於帕拉底奧的傑作「奇耶里卡蒂宮」(Palazzo Chiericati)。1855年，這座建築成為威欽查市立博物館，當地人又稱之為藝術畫廊(Pinacoteca)。館內的主要繪畫收藏以維內多地區威尼斯畫派的畫家為主，包括貝里尼、維若內塞、提耶波羅(Tiepolo)和丁托列多等人的作品。主要作品有喬凡尼・貝里尼的《基督受洗》(Battesimo di Cristo)及維若內塞的《朝拜的東方三賢士》(Adorazionedei Magi)。

MAP ▶ P.211B1

奧林匹克劇院

MOOK Choice

Teatro Olimpico

室內劇場的典範

從火車站步行18~20分鐘可達；搭1、2、4、5等號巴士在Via Giuriolo或Vicenza Museo R站下，步行約2分鐘可達 Piazza Matteotti 11 222-800 7~8月週二至週日10:00~18:00、9~6月週二至週日9:00~17:00 全票€11，優待票€8；威欽查卡通用 www.teatrolimpicovicenza.it/en

這間劇院由奧林匹克藝術學院於1579年委託帕拉底奧設計，然而大師卻於隔年去世，因此由他的門生史卡莫濟(Scamozzi)繼續完成。這座劇院是歐洲現存最古老的室內劇場，入口在馬特歐提廣場(Piazza Matteotti)上，由石塊砌成軍械庫大門外觀，中庭擺放著由藝術學院所捐贈的石雕，頗有希臘羅馬古風。

劇場內固定的舞台布景是以希臘城邦特貝城為背景的完美透視表現，建材大量使用木材和石膏，但上漆後看起來像大理石。如今這裡仍然時常舉辦音樂會及各種藝術表演，音響效果絕佳。

MAP ▶ P.211B2

帕拉底奧大道

Corso A. Palladio

建築大師打造的道路

從火車站步行7~8分鐘可達；搭1、2、4、5等號巴士在Piazza Castello 27站下即達

帕拉底奧大道是威欽查市中心的主要道路，兩旁林立著雄偉的大型建築，有不少皆是出於帕拉底奧之手；這座城市因大師設計的建築而舉世聞名。

與大道垂直交叉的波第街(Contra Porti)更是精彩，短短的距離林立著帕拉底奧的傑作群，例如12號的提也內宮(Palazzo Thiene，建於1545年到1550年)、21號的伊賽波達波多宮(Palazzo Iseppo da Porto，建於1552年)、11號的波多巴巴蘭諾宮(Palazzo Porto Barbarano，建於1570年)，從這些建築中可以看出大師是如何靈活運用古典建築元素；位於19號的波多科雷歐尼宮(Palazzo Porto-Colleoni)則帶著哥德風格，反映出建造當時，威欽查已是威尼斯共和國的一部分了。

波隆納 Bologna

波隆納內斂而含蓄，乍見時不會被它的外觀所震懾，因為它沒有誇張的建築與繁複的裝飾，相對地是一種很婉約的美；所以，必須深入探訪，才能體會隱藏於保守面貌之後的豐富內涵。

在遠古時代，波隆納曾被伊特魯斯坎人占領，稱為「菲西納」(Felsina)；到了古羅馬時期，成為帝國的殖民地並改名為波隆納；在羅馬帝國分裂之後，義大利境內便一直是分崩離析的局面，也是蠻族國王與天主教教皇角力的主要戰場，北義的蠻族漸漸形成所謂的貴族階級與封建制度，以增加社會的穩定性。隨著時空演進，北義城邦儼然家族統治的獨立小國，羅馬教皇不甘示弱地延伸勢力，辛苦地控制著波隆納，因此，從16世紀開始艾米利亞省便逐漸成為教皇國，保守的氣氛直到今日未曾改變。

波隆納擁有歐洲最古老的大學，中世紀時，它活潑的學術氣氛曾吸引遭佛羅倫斯放逐的桂冠詩人但丁來此。以氣質取勝的美是源遠流長的，來到這座以紅磚砌成的學術之都、漫步城裡最具特色的迴廊步道下，感覺就像是和煦的春風般，可以最輕鬆的腳步慢慢品味它的溫柔婉約。

大廣場(Piazza Maggiore)與海神廣場(Piazza del Nettuno)緊緊相連，是波隆納市民政治與文化的生活重心，也是聚集聊天的主要場所，它的四周圍繞著該城最具份量的建築，包括行政首長宮、市政廳、建於14世紀的公證人大廈(Palazzo dei Notai)及銀行大廳(Palazzo dei Banchi)，後二者為中世紀同業公會組織的所在；而面對廣場的聖佩托尼奧教堂(Basilica di San Petronio)正是波隆納的主教堂。

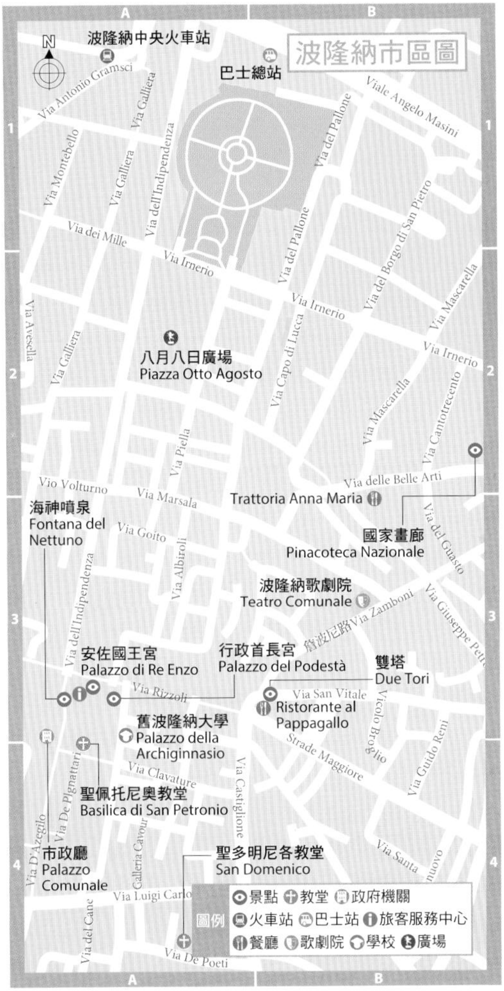

INFO

基本資訊

人口：約38萬8千人　**面積**：140.7平方公里

區碼：(0)51

如何前往

◎飛機

波隆納的機場位於市區西北方8公里，大多為歐洲航線或國內航線班機。由機場可搭Marconi Express直達波隆納中央車站，車程僅7分鐘，5:40~24:00間運行，班次請上網查詢。

www.bologna-airport.it

Marconi Express

www.marconiexpress.it

◎火車

波隆納中央車站(Bologna Centrale)是北義重要的鐵道樞紐，幾乎所有南來北往的火車都會停靠在這裡。搭乘高速鐵路從佛羅倫斯到波隆納只要37分鐘，到羅馬2小時20分，到米蘭2小時15分，至於往來波隆納和艾米利亞-羅馬納省各小鎮的火車班次更是密集頻繁。

波隆納的中央車站就位於市區北邊，步行至景點密集的大廣場約20分鐘。另外，波隆納的月台除中間的主月台之外，還有東(est)、西(ovest)兩個月台，部分班次是從這兩個月台出發或停靠，查閱班次時如果有註記這兩個月台，一定要特別留意。

◎巴士

雖然有城際巴士行駛於波隆納和其他城市之間，但不如火車來得方便；巴士總站就位於火車站的東南邊。

市區交通

波隆納市區不大，步行便可以逛完主要的景點。而波隆納最主要的大眾運輸是TPER營運的市區巴士，火車站有諮詢櫃台。

TPER巴士

www.tper.it

旅遊諮詢

◎遊客服務中心

Bologna Welcome - Official Tourist Office

Piazza Maggiore 1/e(位於行政首長宮內)

658 3111

週一~六9:00~19:00，週日10:00~17:00

www.bolognawelcome.com/zh

MAP P.215A4

聖佩托尼奧教堂

MOOK Choice

Basilica di San Petronio

未竟的強大企圖

Corte de' Galluzzi 12/2 8:30~13:30、14:30~18:00 www.basilicadisanpetronio.org

14世紀末，波隆納的民眾打算要為他們最愛戴的城市守護聖人聖佩托尼奧蓋一座壯觀的教堂，因而設計出長132公尺、寬66公尺、高47公尺的巨大體積，然而教堂蓋了169年後，卻被教宗庇護四世(Pius Ⅳ)干涉而終止，連正面都沒有完成，形成今日只有下半部鑲著紅白二色大理石、而上半部依然是裸露磚石的特殊外觀。

大門的浮雕是文藝復興前期的大師雅各布(Jacopo della Quercia)的作品，描繪新約與舊約聖經故事，其上半月楣飾內的聖母與聖嬰，以及聖佩托尼奧雕像，也都是出自這位藝術家之手；西恩納扇形廣場上的快樂噴泉也是他的作品。教堂內部的小祭壇則充滿具波隆納風格的哥德式壁畫。

MAP P.215A3

海神噴泉

MOOK Choice

Fontana del Nettuno

大師打造波隆納地標

Piazza del Nettuno

波隆納的老市區位於火車站以南，沿著獨立大道(Via dell' Indipendenza)直走到底就會走到海神廣場。廣場因中央有座海神噴泉(Fontana del Nettuno)而得名，這座噴泉和佛羅倫斯領主廣場的同名噴泉有諸多神似之處，不過它是出自另一位大師強波隆納(Giambologna)之手：在渾身充滿肌肉的海神銅雕下，有4個小天使及4名體態豐腴的女妖，分別象徵在大洋洲還沒被發現之前的地球4大洲，反映當時人們的地理觀。

強波隆納最著名的雕刻就是陳列在佛羅倫斯傭兵敞廊的《掠奪沙賓婦女》，他在米開朗基羅死後成為佛羅倫斯最著名的雕刻家，其多視點的雕刻型態，一刷過去雕刻家的技法及單一視覺安排，讓觀者可以從多面向感受雕刻的張力。

MAP ▶ P.215A3

市政廳

Palazzo Comunale

集多種風格於一身的大型建築

Piazza Maggiore 6 市政廳藝術收藏館：週二、週四14:00~19:00，週三、週五10:00~19:00，週六、週日10:00~18:30。莫蘭迪博物館：週二、週三14:00~19:00，週四14:00~20:00，週五~週日10:00~19:00 市政廳藝術收藏館€6，莫蘭迪博物館€6。 www.museibologna.it(藝術收藏館)；www.mambo-bologna.org/en/museomorandi(莫蘭迪博物館)

這座風格不一致的建築是由3座宮殿組合而成，包括建於13世紀的比阿德宮(Palazzo del Biade)、15世紀的元老宮(Palazzo del Senato)及面向大廣場的教皇特使樞機主教宮(Palazzo del Cardinale Legato)。

為了對抗威尼斯共和國的勢力南侵，波隆納於1506年成為教皇國的屬地，市政廳的入口是由阿雷西(Alessi)於16世紀所設計，大門上方的銅雕則為出生於波隆納的教宗格雷戈里十三世(Gregory XIII)。

建築物外牆上嵌著數百人的照片，他們是德國佔領期間，參與反抗示威死亡的波隆納市民。市政聽內部有個特殊設計，就是可容馬車從地面樓上到2樓。

過去主教的居所改為市政廳藝術收藏館(Collezioni Comunali d'Arte)，收藏了13到19世紀的畫作、雕刻及家具；另一座莫蘭迪博物館(Museo Morandi)則是波隆納當代畫家莫蘭迪(Gioegio Morandi)的博物館，自2012年以後暫時展出由波隆納現代藝術美術館(MAMbo)規劃的展覽。

MAP ▶ P.215A3

舊波隆納大學

Palazzo della Archiginnasio

全世界第一次人體解剖實驗

Piazza Luigi Galvani 1 週一~六10:00~18:00，週日休 €3 www.archiginnasio.it

教宗庇護四世(Pius IV)下令禁止聖佩托尼奧教堂的興建繼續擴張，於是此處在1563年到1805年之間成為波隆納大學校園的一部分。創立於11世紀的波隆納大學，是歐洲歷史最古老的大學之一。

目前這棟建築分成2個部分：其一是波隆納市立圖書館(Biblioteca Comunale)，藏書約70萬冊；其二是解剖劇場(Teatro Anatomico)。波隆納大學於17世紀時不顧教會的反對，在這裡進行了全世界第一次人體解剖實驗，其自由的學風可見一斑。目前解剖劇場開放參觀，從椅子、牆壁、地板，到天花板，都是木頭打造，仿若一座劇場，只有中間的檯面為大理石，講台旁則有兩尊剝去皮膚的人體雕像。

MAP ▶ P.215B3

詹波尼路

Via Zamboni

大學之路

Via Zamboni

詹波尼路是為紀念於1794年起義反抗教宗統治的青年賈克賓諾而改名，今天則是波隆納大學的大本營，其中的瑪維濟坎佩吉宮(Palazzo Malvezzi Campeggi)是法律系的所在，由修道院改成的馬汀尼音樂院，義大利歌劇大師羅西尼(Gioacchino Rossini)曾在此就讀。

這條路兩旁有波隆納最典型的迴廊，據說全波隆納的迴廊總長達40公里。

拉威納
Ravenna

拉威納是座非常寧靜的小城，在哥德風充斥的北義顯得非常特別，垂死的西羅馬帝國仍然在此寫下其文化上的驕傲，一顆顆小小的馬賽克鑲嵌出帝國榮光不死的精神，留予後世細細品味。

拉威納位於艾米利亞–羅馬納的東邊靠海處，規模雖不及波隆納來得大，但因地理位置特殊，反而使它在羅馬帝國時期就被羅馬皇帝奧古斯都選為艦隊的基地之一，其城市景觀可說獨樹一格。

西元4世紀時，軍隊的不聽使喚與北方蠻族的屢次入侵，加深西羅馬帝國的危機；402年蠻族在維洛納擊敗羅馬軍隊，同時為了對抗來自米蘭的威脅，西羅馬帝國便把首都遷到拉威納。

由於東羅馬帝國的君士坦丁已開放信仰自由，而西羅馬帝國皇帝狄奧多西把基督教定為國教，成為新國都的拉威納因此基督教早期的建築蓬勃發展。

西元476年，軍隊統帥奧多阿克雷(Odoacre)罷黜了皇帝，西羅馬帝國落幕，不過東哥德的蠻族國王狄奧多里克(Teodorico)則在東羅馬帝國的支持下，戰勝奧多阿克雷並佔領拉威納，並在3年後建立了自己的王國。

因為拉威納曾是西羅馬帝國的首都，所以城市風貌帶有濃濃的羅馬風格，但如競技場之類的雄偉建築不復出現，取而代之的則是馬賽克的大量運用，表現題材則以宗教為主，尤其是基督教主題。外表樸素的教堂內部竟然貼滿了色彩豐富的鑲嵌藝術，成為拉威納迷人之處。

INFO

基本資訊
人口：約15萬5千人　**面積：**652.89平方公里
區碼：(0)544

如何前往
◎火車

拉威納與鄰近幾個城鎮的火車行駛時間：波隆納1小時20分；費拉拉1小時20分；里米尼(Rimini)1小時。

市區交通
拉威納火車站位於城東的Farini廣場，沿著Farini街往西走約500公尺，便可抵達人民廣場，主要景點都在方圓500公尺以內，沿途也都有主要景點的指標。

旅遊諮詢
◎遊客服務中心Ravenna Tourism

Piazza San Francesco, 7 Ravenna　35-404
週一至五8:30~18:00，週六、日及假日10:00~16:00
www.turismo.ravenna.it

MAP ▶ P.218A1

聖維塔雷教堂

MOOK Choice

Basilica di San Vitale

馬賽克鑲嵌畫的經典代表

Via Fiandrini，入口在Via San Vitale　3月初~10月9:00~19:00，11~3月初10:00~17:00，開放時間每年會有變動，請上網查詢。　7日有效聯票全票€10.5，優待票€9.5，可同時參觀聖維塔雷教堂、新聖阿波里那雷教堂、大主教博物館；若要參觀內歐尼安諾洗禮堂、加拉・普拉契迪亞陵墓，須再追加€2　www.ravennamosaici.it

拉威納的市容充滿羅馬帝國式微後的文化轉變，聖維塔雷教堂外表是樸素的羅馬味，內部卻隱藏著手法極純熟的馬賽克鑲嵌裝飾，由於君士坦丁大帝使基督教合法化，因此宗教成為馬賽克鑲嵌的唯一主題；聖維塔雷教堂正是基督教早期的經典建築，也記錄了它曾是西羅馬帝國首都的光輝過往。而這座結合西方羅馬傳統文化及東方拜占庭風格的建築，於1996年被列為世界文化遺產；同時被列入世界遺產的還包含加拉・普拉契迪亞陵墓、內歐尼安諾洗禮堂、狄奧多里克陵墓和主教堂等8座建築。

圓頂

教堂由雙層同心八角形建築組成，內層較小、挑高並開著8扇大窗，可使自然光透入照亮內殿；教堂雖以鑲嵌馬賽克著名，但其圓頂卻意外地飾以18世紀的壁畫。

主祭壇半圓壁龕鑲嵌畫

主祭壇半圓壁龕的馬賽克鑲嵌畫帶著濃濃的拜占庭風格，其中耶穌穿著帝王的衣服坐在象徵世界的圓球上，把手伸向拉威納的守護神聖維塔雷，並且由此教堂的創建者艾克雷西歐(Ecclesius)主教的手中接過教堂模型。

《查士丁尼大帝與宮廷隨從》
Emperor Justinian and his retinue

《狄奧多拉皇后與臣子、侍女》
Empress Theodora and attendants

三葉窗

教堂內部的大廳與內殿之間隔著大型三葉窗，窗櫺四周有豐富的馬賽克裝飾。上層原是保留給婦女的；而三葉窗則由華麗柱頭裝飾的圓柱支撐。

MAP ▶ P.218B2

新聖阿波里那雷教堂

MOOK Choice

Basilica di Sant Apollinare Nuova

寫實手法的新約聖經故事

Vie di Roma 4~10月9:00~19:00，11~3月10:00~17:00，開放時間每年會有變動，請上網查詢。 見聖維塔雷教堂

此教堂雖稱為「新」，卻是狄奧多里克於西元5世紀下令興建作為亞利安人的教堂，並以拉威納首位主教阿波里那雷命名。它正面的拱廊於16世紀重建過，圓柱形的鐘樓則和大教堂非常神似，那是因為兩者的建築年代相近，都在9到10世紀之間。

教堂後來被轉用為天主教堂，內部的馬賽克美輪美奐，分為上下2層：上層於狄奧多里克時期完成，以寫實手法描繪新約聖經的故事及使徒們；下層則是一些拜占庭風格的肖像。

MAP ▶ P.218A1

加拉．普拉契迪亞陵墓

MOOK Choice

Mausoleo di Galla Placidia

拉威納最古老的馬賽克

4~10月9:00~19:00，11~3月10:00~17:00，開放時間每年會有變動，請上網查詢。 見聖維塔雷教堂

看完聖維塔雷教堂精彩的馬賽克鑲嵌畫，走出教堂便可以看到這座由紅磚砌成的十字形陵寢。加拉．普拉契迪亞是羅馬皇帝狄奧多西的女兒，她的兄長霍諾留(Honorius)繼任羅馬皇帝後，宣布拉威納為羅馬帝國首都，兄妹倆一起為拉威納奠定城市基礎。

最美的馬賽克作品

內部的藍底馬賽克可稱得上是拉威納最古老的了，大約在西元430年左右，其中《善良的牧羊人》(BuonPastore)以及《水池邊飲水的白鴿》，被認為是基督教世界早期最美的作品。

MAP ▶ P.218A2

內歐尼安諾洗禮堂

MOOK Choice

BattisteroNeoniano

馬賽克鑲嵌的耶穌洗禮

Piazza Arcivescovado ☎215-201 ⏲4~10月9:00~19:00，11~3月10:00~17:00，開放時間每年會有變動，請上網查詢 $見聖維塔雷教堂

內歐尼安諾洗禮堂位於18世紀的大教堂的建築群範圍內，年代相當久遠，可追溯到羅馬帝國晚期，大約在4世紀末，原本是一座羅馬浴場，但建完不久便被主教內歐尼(Neone)全部翻修，因而得名。洗禮堂外觀呈磚砌的八角形式，位於洗禮堂內部中央的洗禮池為16世紀時增建的，以古老碎片拼湊而成。

完美呈現耶穌洗禮的馬賽克畫

洗禮堂內部貼滿馬賽克，穹頂的正中央描繪施洗者約翰在約旦河為耶穌舉行洗禮，外圈則環繞著12使徒。

MAP ▶ P.218A2

但丁之墓

Tomba di Dante

流亡詩人在此長眠

via Alighieri Dante, 9 ☎215-676 ⏲10:00~16:00 $免費

桂冠詩人但丁於1302年遭佛羅倫斯放逐後，便一直沒有回去他的出生地佛羅倫斯過，流浪多年之後，終於在拉威納找到他的庇護所，最後於1321年9月13日深夜逝世，由聖方濟教堂為他舉行葬禮，但丁便葬在教堂的旁邊。這座教堂很儉樸，依然是磚砌的，原是由內歐尼主教於5世紀時所建，之後又經重建，並在13世紀成為方濟會教士的修院。

但丁於1302年遭佛羅倫斯放逐，經過這麼多個世紀，為了贖罪，佛羅倫斯持續不間斷地為但丁墓內永不滅的燈提供燈油，稱為「贖罪的燈油」。

曼陀瓦

Mantova

米蘭雖是倫巴底的省會，然而米蘭領主史豐哲家族推動的文藝復興，卻尚未待其成熟便遭外族占領，但位於該省南部的小山城曼陀瓦並沒有受到外族的影響，而獨自發展出屬於倫巴底文藝復興的鞏札加(Gonzaga)文化。

發源於曼陀瓦山區的鞏札加家族，自1328年成為曼陀瓦的首長後，便致力於將其宮廷範圍往外擴充，由曼陀瓦發展出來的倫巴底式文藝復興品味的鞏札加文化，其影響力便遍及倫巴底地區。

在14到18世紀的家族黃金歲月裡，鞏札加家族把曼陀瓦雕琢成倫巴底地區最精緻的文藝復興殿堂，足跡之深今日依然歷歷在目，誰也無法否定「曼陀瓦是鞏札加的城市」這句話。

鞏札加家族當初那種「城市即宮廷」的作法，使得北義倫巴底最優雅文藝復興精緻文化，得以在曼陀瓦得到最佳的詮釋。

INFO

基本資訊

人口：約40萬5千人　**面積**：63.97平方公里

區碼：(0)376

如何前往

◎火車

從米蘭的中央車站搭乘火車前往曼陀瓦，直達車程約2小時；另外行經維洛納至摩德納(Modena)之間的火車也停靠曼陀瓦：距離維洛納車程約50分鐘，離摩德納約70分鐘。

◎巴士

從布雷西亞(Brescia)和維洛納均有巴士前往曼陀瓦。布雷西亞幾乎每小時都發車；維洛納則每日有多班行駛，車程都約1小時30分鐘。長途巴士大多抵達火車站前的Piazza Don Leoni，詳細班次、時刻表及票價請至各巴士總站查詢。

AMAP www.apam.it

市區交通

從火車站和巴士站步行10~15分鐘可至市區；可以步行遊覽大部分景點。

優惠票券

◎曼陀瓦卡Mantova e Sabbioneta Card

可以無限次搭乘市區內的公車；此外持卡可於3天內參觀包含總督宮、特皇宮等博物館，若是計畫參觀比較多間博物館，使用曼陀瓦卡可節省下一半的費用。卡片全票€25、優待票€13。

旅遊諮詢

◎遊客服務中心Ufficio IAT Mantova-Infopoint

從市中心香草廣場步行前往約1分鐘

Piazza Mantegna 6　432-432

10~3月週日~週四9:00~17:00、週五及週六9:00~18:00，4~9月週日~週四9:00~18:00、週五及週六9:00~19:00

www.turismo.mantova.it

Where to Explore in Mantova
賞遊曼陀瓦

MAP ▶ P.222B1

總督宮

MOOK Choice

Palazzo Ducale

貢札加家族的藝術生活

從市中心香草廣場步行前往約5分鐘　Piazza Sordello 40　352-100　博物館週二至週日8:15~19:15　全票€15　Ⓜ www.ducalemantova.org

這座位於索德婁廣場上、由史豐哲家族所擁有的龐大建築群，14世紀時成為這個愛好繪畫、建築及藝術家族的府邸，占地廣達34,000平方公尺，曾經一度是歐洲最大的宮殿。

在貢札加家族的設計下，與其說這片建築群是宮殿，不如稱之為小型城市：廳房多達500間，光住在裡頭的人就多達千人，17世紀時奧匈帝國哈布斯堡家族為了將其中收藏的上千件藝術品運走，就足足用了80輛馬車，足見昔日富麗堂皇的程度。

目前開放參觀的空間裡，以結婚禮堂(Camera degli Sposi)與比薩內羅廳(Sala del Pisanello)最值得一看。結婚禮堂每天只開放1,500人參觀，須預約；該禮堂位於宮中一座14世紀城堡聖喬治城堡(Castello di San Giorgio)中，最吸引人的地方在於蒙帖那繪製於15世紀的壁畫，栩栩如生的技巧，令觀賞者得以追憶羅德維科(Lodovico)侯爵和他家族的生活。

比薩內羅廳中保存了這位畫家的半成品，這些壁畫隱藏於兩層灰泥下方，在1969年時被發現。想要觀賞城堡的整體外觀，需繞到外側，站在包圍曼陀瓦的明秋河(Rio Mincio)岸突出點上，有不錯的觀賞角度。

MAP ▶ P.222B1

香草廣場

Piazza delle Erbe

曼陀瓦中心點

從火車站步行14~15分鐘可達

香草廣場是曼陀瓦的中心點，廣場上有堆垛式外觀及哥德式窗戶的建築，是建於1250年的法庭「理性宮」(Palazzo della Ragione)，旁邊的時鐘塔(Torre dell'Orologio)則是由完成聖安德烈教堂的凡切利(Luca Fancelli) 15世紀所設計，美麗的天文鐘面，裝飾的效果大過報時的作用。

聖羅倫佐圓形教堂(Rotonda di San Lorenzo)是廣場上非常特殊的11世紀古建築，由一道小小的斜坡延伸到圓圓的教堂入口，該教堂曾在16世紀時遭到部分損毀，並於20世紀初重建，教堂屋頂的12~13世紀壁畫遺跡，是罕見的倫巴底風格。

MAP P.222A3

特皇宮

MOOK Choice

Palazzo Te

鞏札加文化的結晶

從香草廣場步行約22~25分鐘可達；亦可從Calvi大街搭乘免費接駁公車 VialeTe13 323-266 夏令期間週三~週一9:00~19:30；非夏令時間週三~週一9:00~18:30；週二休 全票€15、優待票€11 www.centropalazzote.it/language/en/fondazione-palazzo-te

特皇宮位於曼陀瓦的南部郊區，可說是鞏札加文化的結晶。1525年由鞏札加家族鍾愛的建築師羅馬諾依照鞏札加品味設計而成，據說是花花公子Federico Gonzaga為他的情婦Isabella Boschetta所建，當作躲避總督宮嚴謹生活的度假離宮使用；或許正因如此，特皇宮裡的設計充滿了創意與趣味。

皇宮歷時10年才完成，充滿矯揉主義味道，可謂羅馬諾的代表作。廳房內裝飾著大量誇張的濕壁畫，其中最令人嘆為觀止的是如洞穴般的巨人廳(Sala dei Giganti)，一整片描述奧林匹亞山諸神大戰巨人的壁畫，由屋頂一直延伸到牆角，非常宏偉。

馬廳(Sala dei Cavalli)的牆上畫的是史豐哲家族豢養的6匹頂級種馬，牠們以仿大理石、假廊柱、仿淺浮雕為背景，構成一整幅虛擬的畫面。

丘比特和普賽克廳(Sala di Amore e Psiche)生動地繪製了一幅幅情色壁畫，屋頂的繪畫以愛神和普賽克女神(Psyche)為主題，出自羅馬諾之手，四周的牆壁上則畫滿狂歡的婚宴場景：喝醉的神祇各個衣衫不整、醉態各異，其中一個牆壁上還畫了戰神與維納斯一同出浴的畫面。

MAP P.222B1

索德婁廣場與大教堂

Piazza Sordello & Duomo

曼陀瓦政治經濟中心

從香草廣場步行約5分鐘可達

長方形的索德婁大廣場是曼陀瓦在鞏札加時代重要的政治及經濟中心，四周環繞著鞏札加家族祖先興建的許多宮殿，以及許多因應觀光而生的咖啡館。

廣場上的大教堂(Duomo)於13世紀時興建在古代小神殿的遺址上，16世紀中葉一場大火將它燒得面目全非。如今教堂整體表現出3種建築形式：正面是1545年由大建築師羅馬諾(Giulio Romano)以古典風格重建，左面有哥德式雕花裝飾，鐘樓則洋溢著濃厚的羅馬味。

MAP P.222B1

布洛雷多廣場

Piazza Broletto

拉丁詩人廣場

從香草廣場步行約1分鐘可達

與香草廣場僅隔一道騎樓式建築「通道」(Sottoportico)，廣場雖小但有2座重要建築：行政首長宮(Palazzo del Podestà)和市民大會拱廊(Arengario)。

廣場上的大理石雕是拉丁詩人維吉利歐(Virgilio)的雕像，維吉利歐就誕生於曼陀瓦，16歲時到羅馬發展，以他最動人的歌喉唱出《牧歌》表達童年在曼陀瓦這片土地上最甜美記憶，因而永垂不朽。

聖馬利諾共和國

Repubblica di San Marino

聖馬利諾為義大利半島東北部、位於亞平寧山脈間的小山國，全境被義大利包圍，坐落海拔750公尺高的蒂塔諾山(Monte Titano)上，為世界上面積第5小的國家，僅次於梵諦岡、摩納哥(Monaco)、諾魯(Nauru)與吐瓦魯(Tuvalu)。

相傳西元301年，基督徒馬利諾為了躲避羅馬帝國迫害，逃到蒂塔諾山建立了一個小社區，也就是聖馬利諾的起源。這個歐洲最古老的共和國，雖然最後只能以城邦國家的形式保存下來，卻代表了民主政體發展中一個重要的階段；而聖馬利諾宣稱為世界上共和立憲制最悠久的國度，從1600年立憲以來，已有4百多年歷史。

聖馬利諾共有9個自治市，但每年約2百萬的遊客都跳過沿途經過的城鎮、直接抵達坐落於全國最高峰蒂塔諾山西側山坡的聖馬利諾城(Città di San Marino)。其歷史中心年代上溯到13世紀，區內擁有修建防禦高塔與城堡的城牆、14世紀和16世紀的修道院、18世紀的蒂塔諾劇院，以及19世紀新古典主義的長方形會堂，說明了這處歷史中心幾個世紀以來依然運行不輟。

由於高山屏障，使聖馬利諾逃過了工業時代以來對都市的衝擊，沒有受到太大的影響；加上占據地勢之險，聖馬利諾成為一座堅固堡壘，歷經歐洲戰火，時至今日還保留了歐洲中古時期的原始樣貌。歷史城區與蒂塔諾山也在2008年登錄為世界遺產。

INFO

基本資訊

人口：近3萬4千人

面積：61.2平方公里

區碼：國碼為+378，但行動電話則為+39，從義大利境內撥打(0)549

幣值：歐元

如何前往

◎巴士

距離聖馬利諾共和國最近、且有火車站的義大利城市為里米尼(Rimini)，也是進出馬利諾共和國的主要交通門戶；波隆納與里米尼之間的火車行車時間約1小時。出了里米尼火車站，右前方對街有駛往聖馬利諾的巴士站牌，由Bonellibus及Benedettini公司經營，車程約50分鐘。巴士會抵達城門下的廣場，從廣場搭乘電梯或爬階梯往上，即可抵達城門。

Bonelli Bus

www.bonellibus.it/en

Benedettini

www.benedettinispa.com

市區交通

抵達城門後，全境被城牆環繞，步行可達各重要景點。

旅遊諮詢

◎遊客服務中心

除了提供旅遊咨詢服務外，支付€5可蓋入境旅遊簽證；另可購買郵票、硬幣。

Piazzetta Giuseppe Garibaldi, 5

882-914

週一至週五9:00~18:00，週六、日及假日9:00~13:00、13:30~18:00

www.visitsanmarino.com

MAP P.226B2~4

三座堡壘塔樓

MOOK Choice

Castello della Guaita, Castello della Cesta & Castello della Montale

聖馬利諾象徵地標

古阿伊塔堡壘991-369、闕斯塔堡壘991-295　6月~9月9:30~18:30，其餘月份9:00~17:00；開放時間時有變動，請隨時上網查詢　聯票全票€10，可參觀兩座堡壘、共和宮、聖法蘭西斯博物館、國家博物館、郵票和錢幣博物館；若擇其中兩處參觀€8　www.museidistato.sm

聖馬利諾國旗和國徽中有3座高塔，指的就是古阿伊塔堡壘(Castello della Guaita)、闕斯塔堡壘(Castello della Cesta)和蒙塔雷堡壘(Castello della Montale)這3座防禦工事，由北而南依序排列；至於國旗中的藍白雙色條紋，藍色代表亞得里亞海，白色則象徵皚皚白雪。

古阿伊塔堡壘歷史最古老，約興建於11世紀，海拔738公尺，曾經當作監獄使用。中間的闕斯塔堡壘坐落在蒂塔諾山的最高處，海拔750公尺，約建於13世紀，裡面有一座小型博物館，陳列著中世紀的武器。最南邊的蒙塔雷堡壘海拔稍低，因為位於最外圍，具有警戒塔樓的功能，不對外開放。

峭壁上的城堡，像是童話故事中與世無爭的美好國度，完美停留在中世紀的時光步調中。3座堡壘都具有無敵的遼闊視野，天氣好時，可以遠眺蔚藍迷人的亞得里亞海，腳底下則是縱橫阡陌的田園景致。

MAP ▶ P.226A2

自由廣場

Piazza della Liberta

古城的交會中心

Piazza della Liberta 883-152 6月~9月9:30~18:30，其餘月份9:00~17:00；開放時間時有變動，請隨時上網查詢 聯票全票€10，可參觀兩座堡壘、共和宮、聖法蘭西斯博物館、國家博物館、郵票和錢幣博物館；若擇其中兩處參觀€8 www.museidistato.sm

自由廣場幾乎就位於整座古城的中心點，在石板路隨意遊逛，最後還是會回到這座廣場，因此成為人潮交會點。

廣場上最雄偉的建築是共和宮(Palazzo Pubblico)，為市政廳所在，凡是政府重要慶典會議都在這裡舉行。建築本身為19世紀末重建，屬新哥德式風格，為羅馬建築師所設計。

在共和宮前，每年夏季時會有衛兵交接儀式，平均半小時至1小時舉行一次。而每年的4月1日、10月1日，及9月3日的國慶日當天，衛兵更會換上華麗的傳統制服進行交接儀式。

MAP ▶ P.226A1

纜車

Funivia

換一種俯瞰視野

883-700 1-2月7:45~18:30，3月7:45~19:00，4月7:45~19:30，5-6月7:45~20:00，7-8月7:45~凌晨1:00，9月7:45~20:00，10月7:45~19:00，11-12月7:45~18:30 單程€3，來回€5 www.aass.sm/site/home/trasporti/funivia.html

搭乘纜車，可以從另一個角度看這座小山國。纜車全長1.5公里，連接山頂、海拔750公尺的聖馬利諾古城，以及該國第2大鎮、海拔650公尺的Borgo Maggiore。

纜車距離不長，只有2節車廂往返運行，平均每15分鐘1班。如果想體驗搭乘纜車的樂趣，從里米尼搭巴士過來，當車子開始往山上攀行時，

不妨跟司機說要在Borgo Maggiore下車，從這裡換乘纜車上山，不僅可以一路欣賞遼闊的風景，而且可以直接進入聖馬利諾古城裡。

義大利西北部

Northwestern Italy

文●墨刻編輯部　攝影●墨刻攝影組

世界的時尚之都米蘭是一座輕易就拋掉沈重歷史包袱的城市。走在米蘭的街道上，觸目所及皆是簡潔的流行線條，前衛的歐洲在此隨時乍現，它的時髦品味令愛好時尚的族群亦步亦趨。然而它的優雅卻是根植於深厚的過去，一種令人望塵莫及的古典。

熱內亞坐落在利古里亞海岸的中心點，這處位於義大利半島西北側的狹長海岸，因為陡峭的阿爾卑斯山和亞平寧山直逼地中海岸，曲折的地形擁有歐洲最迷人的海岸景致。當威尼斯雄霸亞得里亞海時，唯有隔著山脈另一側的熱內亞能與其匹敵；威尼斯享有「海上女王」的封號，熱內亞則被稱為「海上霸主」。

熱內亞以東稱為東里維耶拉(Riviera Levante)，地勢險峻，以5座位於懸崖上的五漁村為代表；以西稱為西里維耶拉(Riviera Ponente)，因阿爾卑斯山阻隔了來自北方的冷空氣，全年氣候溫暖，與法國蔚藍海岸(Côte d'Azur)連成一氣，長而美麗的沙灘是熱門度假勝地，以聖雷莫(Sanremo)為代表。

義大利西北部之最The Highlights of Northwestern Italy

米蘭大教堂Duomo

六百多年的精雕細琢，以135根直指天際的如林高塔，展現哥德式建築的輕巧與高雅，它是義大利境內最大的教堂，是米蘭最驕傲的地標，那尖細的風格深深嵌入米蘭的摩登中。(P.235)

艾曼紐二世拱廊 Galleria Vittorio Emanuele II

金光閃閃、貴氣逼人，所有義大利響叮噹的名牌幾乎全員到齊，還藏著不少百年老店、歷史酒吧。(P.238)

新街和羅利宮殿群 Le Strade Nuove e Palazzi dei Rolli

一座座打造得金碧輝煌的貴族豪宅及無數藝術收藏品，象徵著熱內亞16~17世紀初的輝煌榮光。(P.254)

馬那羅拉Manarola

五漁村中歷史最悠久的一座，村落中滿是濃濃的中古世紀風情。它是最受遊客歡迎的一座漁村。七彩小屋堆疊在海岬高崖上的經典畫面，是令人一見傾心的美景。(P.261)

科爾尼利亞Corniglia

科爾尼利亞是位在高聳懸崖上的一個漁村，形成五漁村中最特別的景觀。爬上三百多階抵達漁村可以看到整片的葡萄園，另一邊則是蔚藍的地中海，讓人心曠神怡。(P.262)

米蘭

Milano

米蘭最早的歷史據說可回溯到西元前7世紀，當時一群定居於波河流域的凱爾特人創立了這座城市，然而一直要到西元222年羅馬人占領、並賦予它「城市中心」(Mediolanum)的名稱，才開啟了米蘭的文明歷程。而讓這座城市真正登上舞台的，卻是將近1個世紀後君士坦丁大帝頒布了基督徒信仰自由的《米蘭敕令》(Edictum Mediolanense)。

黑暗時期，一支來自中歐的蠻族倫巴底人原想經由北義平原前往法國，卻發現這片富庶之地適於居住，因此就在這裡生根；日後這個地區就稱為倫巴底省(Lombardia)，省會便是米蘭。

11世紀時，米蘭建立自由城邦體制，並對抗神聖羅馬帝國的腓特烈大帝；13世紀進入領主的統治時期，最重要的家族首推維斯康提(Visconti)與史豐哲(Sforza)，當他們的權勢達到最高峰時，大量延聘來自外地的藝術家美化城市，當時甚至在藝術上出現了所謂的倫巴底風格；領主相繼式微後，米蘭再度陷於混戰中，此時正是義大利大文豪曼左尼(Manzoni)筆下描繪：遭受瘟疫與西班牙人蹂躪，蒼涼而淒慘；18世紀被奧國入侵，義大利各城邦中興思想興起，米蘭成為義大利統一戰爭中的先鋒。

縱觀米蘭的歷史，它與羅馬帝國的淵源不若與北方諸邦國交往那麼頻繁、深厚，自己走著哥德風，米蘭大教堂便是其中經典，這是與羅馬厚重式建築相抗衡而發展出來的輕巧模式。雖然大教堂已有數百年歷史，但它那尖細的風格，與現代的摩天大樓巧妙配合、相得益彰。走在雄偉的教堂前，不會有時光倒流的錯覺，因為它的古典已深深嵌入米蘭的摩登中。

INFO

基本資訊

人口：約137萬
面積：181.76平方公里
區碼：(0)2

如何前往

◎飛機

米蘭附近有3座機場，分別是距離市區東方7公里的利納堤機場(Linate Airport，機場代號LIN)、市區西北方45公里的馬賓沙機場(Malpensa Airport，機場代號MXP)、東北方50公里的貝加莫機場(Bergamo Orio al Serio，機場代號BGY)。一般國際航班均降落於馬賓沙機場，這也是台灣旅客進出米蘭最常利用的機場，共有2個航廈，第二航廈主要供廉價航空起降，兩航廈間有免費的接駁巴士往來；利納堤機場規模較小，大多為國內及歐洲線班機使用；而貝加莫機場主要為歐洲和國內的廉價航空起降。3座機場與市區的往來交通皆相當方便。

利納堤機場 www.milanolinate-airport.com
馬賓沙機場 www.milanomalpensa-airport.com
貝加莫機場 www.bergamo-airport.com

◎火車

從義大利主要城市或是歐洲內陸前往米蘭的火車一般都停靠中央車站(Stazione Central F.S.)，此火車站無論轉乘地鐵(2號、3號線)或巴士均相當方便。與佛羅倫斯之間車程約1.5~3.5小時，距羅馬車程約3小時，威尼斯為2.5~3.5小時，班次均相當頻繁。

其他位於米蘭近郊的城鎮，可能會停靠其他像是北站、加里波底門車站(Stazione Porta Garibaldi)、羅馬門車站(Stazione Porta Roma)等，除維多利亞門車

站(Stazione Porta Vittoria)之外，米蘭的火車站均與地鐵站銜接，因此交通相當方便。班次、詳細時刻表及票價可上網(www.trenitalia.com)或至火車站查詢。

◎巴士

所有前往米蘭的國際巴士或是國內長程巴士、甚至許多區域巴士都停靠在距離米蘭市中心西方5公里的Lampugnano巴士總站，從這裡可以轉乘地鐵1號線前往市中心。

www.autostazionidimilano.it/en/lampugnano-bus-station

機場至市區交通

◎馬賓沙快車

最方便快速的方式是搭乘馬賓沙快車(Malpensa Express)，行駛於機場第一航廈、第二航廈、米蘭中央車站(Stazione Central F.S.)以及Cadorna火車站之間。抵達中央車站可以轉搭2、3號線地鐵(Cadorna站)或計程車等交通工具前往其他目的地，在Cadorna火車站則可轉搭1、2號地鐵線。

機場－米蘭中央車站的路線，快車沿途會停靠Milano Porta Garibaldi和Milano Bovisa站，車程約54分鐘；機場－Cadorna火車站的直達車停靠Milano Bovisa Politecnico、Saronno、Busto Arsizio Nord，車程約37分鐘。車票可於售票櫃檯或車站旁的自動售票機購買。

馬賓沙快車

機場－米蘭中央車站5:25~23:25，機場－Cadorna5:56~24:26

單程€13

www.malpensaexpress.it

◎義大利國鐵

馬賓沙機場第一航廈也可搭乘義大利國鐵前往米蘭中央車站，直達車中途會停留Milano Nord Bovisa、Milano Porta Garibaldi等車站，要注意有些班次需要中途轉乘，帶著大行李可能比較不方便。

義大利國鐵

www.trenitalia.com

◎機場巴士

有Terravision、Caronte、Autostradale、Air Pullman等4家巴士公司經營往來米蘭和馬賓沙機場之間的交通，它們都是從機場的第一航廈發車，停靠第二航廈，並以米蘭的中央車站為終點；每20~30分鐘一班，車程約50分鐘，各家巴士營運時間和票價請至官網查詢。

Terravision www.terravision.eu

Caronte

www.caronte.eu/linee/linee-aeroportuali/

milano-staz-centrale-malpensa

Air Pullman www.malpensashuttle.it

STIE Autostradale autostradale.it

◎市區巴士

由於利納堤機場與市中心較近，也有市區巴士行駛，73號巴士可抵達地鐵1號線的Piazza San Babila站。

◎計程車

馬賓沙機場第一航廈的6號出口和第二航廈的4號出口有計程車招呼站。從馬賓沙機場前往市區大約40~50分鐘的時間，車資約€104左右，還必須額外支付機場使用費和行李費。從利納堤機場前往Fiera Milano (Rho)約€60。

市區交通

◎大眾交通票券

米蘭的大眾交通工具(地鐵、電車、巴士、市區鐵路) 由Azienda Trasporti Milanesi (簡稱ATM) 管理，共用同一種票券，除地鐵和市區鐵路限搭一次外，其他交通工具可在有效時間內(90分鐘)彼此轉乘，成人單程每趟€2.2，10張一本的套票€19.5。另有交通周遊券發售，分為1日券€7.6、3日券€13等。第一次使用周遊券時，必須在車上的打卡機上打卡，上面會顯示出啟用的時間。雖然在這裡搭乘大眾交通工具不一定會設有驗票閘口，但是如果被抽查到沒買票，則罰款數倍，千萬不要以身試法。

ATM大眾交通工具洽詢處

www.atm.it/it/Pagine/default.aspx

◎地鐵

米蘭已有5條地鐵，分別以顏色做為區隔，M1紅色、M2綠色、M3黃色、M4藍色及M5紫色，網絡分布密集且四通八達，並且中央車站、大教堂、Cadorna以及Loreto等大站相連接，不足的地方則有許多可前往市郊的通勤火車和私鐵路線可補強。

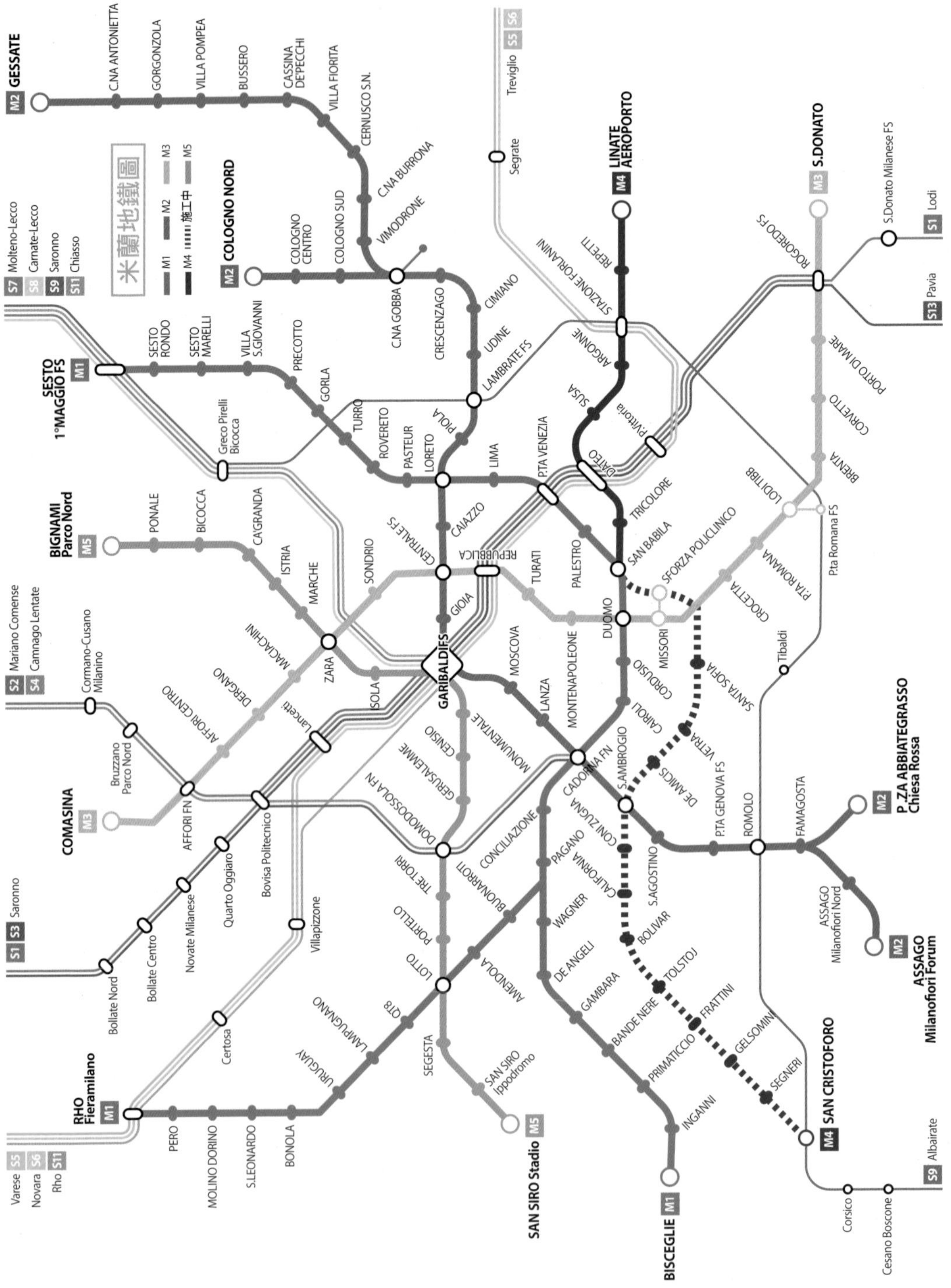
米蘭地鐵圖
M1
M2
M3
M4 施工中
M5
M2 GESSATE
C.NA ANTONIETTA
GORGONZOLA
VILLA POMPEA
BUSSERO
CASSINA DE'PECCHI
VILLA FIORITA
CERNUSCO S.N.
C.NA BURRONA
VIMODRONE
M2 COLOGNO NORD
COLOGNO CENTRO
COLOGNO SUD
C.NA GOBBA
CRESCENZAGO
CIMIANO
UDINE
LAMBRATE FS
PIOLA
LORETO
LIMA
P.TA VENEZIA
PALESTRO
SAN BABILA
M1 SESTO 1°MAGGIO FS
SESTO RONDO
SESTO MARELLI
VILLA S.GIOVANNI
PRECOTTO
GORLA
TURRO
ROVERETO
PASTEUR
CAIAZZO
CENTRALE FS
GIOIA
GARIBALDI FS
MOSCOVA
LANZA
CADORNA FN
CONCILIAZIONE
PAGANO
BUONARROTI
AMENDOLA
LOTTO
QT8
LAMPUGNANO
URUGUAY
BONOLA
S.LEONARDO
MOLINO DORINO
PERO
M1 RHO Fieramilano
WAGNER
DE ANGELI
GAMBARA
BANDE NERE
PRIMATICCIO
INGANNI
M1 BISCEGLIE
M5 BIGNAMI Parco Nord
PONALE
BICOCCA
CA'GRANDA
ISTRIA
MARCHE
ZARA
ISOLA
MONUMENTALE
CENISIO
GERUSALEMME
DOMODOSSOLA FN
TRE TORRI
PORTELLO
SEGESTA
SAN SIRO Ippodromo
M5 SAN SIRO Stadio
M3 COMASINA
AFFORI FN
AFFORI CENTRO
DERGANO
MACIACHINI
SONDRIO
REPUBBLICA
TURATI
MONTENAPOLEONE
DUOMO
MISSORI
CROCETTA
P.TA ROMANA
LODI TIBB
BRENTA
CORVETTO
PORTO DI MARE
ROGOREDO FS
M3 S.DONATO
M4 LINATE AEROPORTO
REPETTI
STAZIONE FORLANINI
ARGONNE
SUSA
DATEO
TRICOLORE
SFORZA POLICLINICO
SANTA SOFIA
VETRA
DE AMICIS
S.AMBROGIO
CORDUSIO
CAIROLI
S.AGOSTINO
P.TA GENOVA FS
ROMOLO
FAMAGOSTA
M2 P.ZA ABBIATEGRASSO Chiesa Rossa
ASSAGO Milanofiori Nord
M2 ASSAGO Milanofiori Forum
CONI ZUGNA
CALIFORNIA
BOLIVAR
TOLSTOJ
FRATTINI
GELSOMINI
SEGNERI
M4 SAN CRISTOFORO
S7 Molteno-Lecco
S8 Carnate-Lecco
S9 Saronno
S11 Chiasso
S2 Mariano Comense
S4 Camnago Lentate
Cormano-Cusano Milanino
Bruzzano Parco Nord
S1 S3 Saronno
Bollate Nord
Bollate Centro
Novate Milanese
Quarto Oggiaro
Bovisa Politecnico
Villapizzone
Lancetti
Certosa
Greco Pirelli Bicocca
S5 Varese
S6 Novara
S11 Rho
Segrate
Treviglio S5 S6
P.ta Vittoria
P.ta Romana FS
Tibaldi
S.Donato Milanese FS
S1 Lodi
S13 Pavia
Corsico
Cesano Boscone
S9 Albairate

米蘭的主要景點多分布於市中心，M1和M3最常為遊客使用，如前往大教堂、史卡拉劇院、安吉布羅美術館等都可搭乘這兩線前往；其他像是布雷拉美術館和史豐哲斯可城堡，則可搭乘M1或M2抵達。

◎巴士和電車

由於米蘭的地鐵網絡大致算密集，因此從各地鐵站前往景點需步行的時間多在10分鐘以內，所以使用到巴士與電車的機會並不高，但是如果想瀏覽城市風光，搭乘巴士和電車也不失為好方法，大部分的站牌上都會展示路線與方向，便利搭乘。

◎計程車

米蘭街頭沒有隨招隨停的計程車，因此想搭計程車的人必須前往大教堂廣場(Piazza Duomo)、Largo Cairoli、Piazza San Babila以及中央車站的計程車招呼站上攬車，或是撥打電話叫車(6969、4040或8585)。

◎自行車

米蘭市區也有和U Bike很類似的公共自行車系統，稱為Bikemi。租借站點非常多，有一般自行車和電動自行車可選擇，使用方式是先上官網或下載App註冊一日或一週身份，系統會立刻發送電子郵件提供一組密碼，使用這組密碼即可於租借點租用自行車，使用信用卡付費。一般自行車30分鐘內免費，2小時內每30分鐘加付€0.5，之後每一小時付€2，一日€4.5。

Bike Mi

www.bikemi.com/en

優惠票券

◎米蘭城市通票YesMilano City Pass

米蘭新推出城市通票YesMilano City Pass，讓遊客可以在3天內完全使用公共交通系統、探索最具代表性的博物館和景點，並簡化前往大教堂和許多博物館的程序，最多可省下達70%的費用。

YesMilano City Pass有兩種價格選擇：標準版除公共交通系統使用權外，還可免費進入大教堂(含教堂、博物館、屋頂)、6個城市博物館(現代藝術畫廊、斯福爾扎城堡博物館、考古博物館、20世紀博物館、自然歷史博物館和城市水族館)、6選1座附屬博物館(三年展設計博物館、達文西科學技術博物館、波爾迪佩佐利博物館、安布羅修美術館、內基坎皮利奧別墅和史卡拉歌劇院博物館)等；全包版則6座附屬博物館皆可入內參觀。

YesMilano 城市通票還提供自助旅行和多語言解說、可自訂的主題行程以及音訊指南，以全方位探索這座城市。

$標準版€60，全包版€90

米蘭住宿看過來

時尚之都米蘭一整年都有大型商展，尤其是春天(3-5月)和秋天(9-11月)，例如米蘭時裝週、米蘭家具展……如果有意此時前往米蘭，務必及早規劃，否則一房難求，而且價錢也會較淡季貴2-3倍以上。

米蘭是一座商業大城，旅遊人口也不少，從平價的民宿、商務旅館到高檔飯店，住宿選擇頗多。一般而言，市中心區的米蘭大教堂周邊和共和廣場(Piazza della Repubblica)附近都是高檔飯店聚集的區域；中價位的商務旅館多半集中在中央火車站前的Napo Torriani路、布宜諾斯艾利斯大道(Corso Buenos Aires)，或者商展會場附近；至於平價的民宿則在中央車站的東南方區域為多。

和義大利其他大城市一樣，米蘭的旅館在房價之外也額外收取城市稅，原則上依照旅館的星等收取費用，每人每晚€2~5不等。

旅遊諮詢

◎InfoMilano遊客服務中心
Piazza Duomo 14
週一至週五10:00~18:00，週六、週日及假日10:00~14:00

www.yesmilano.it/en

◎YesMilano Tourism Space
Via dei Mercanti 8　8515-5931
8週一至週五10:00~18:00，週六、週日及假日14:30~18:00

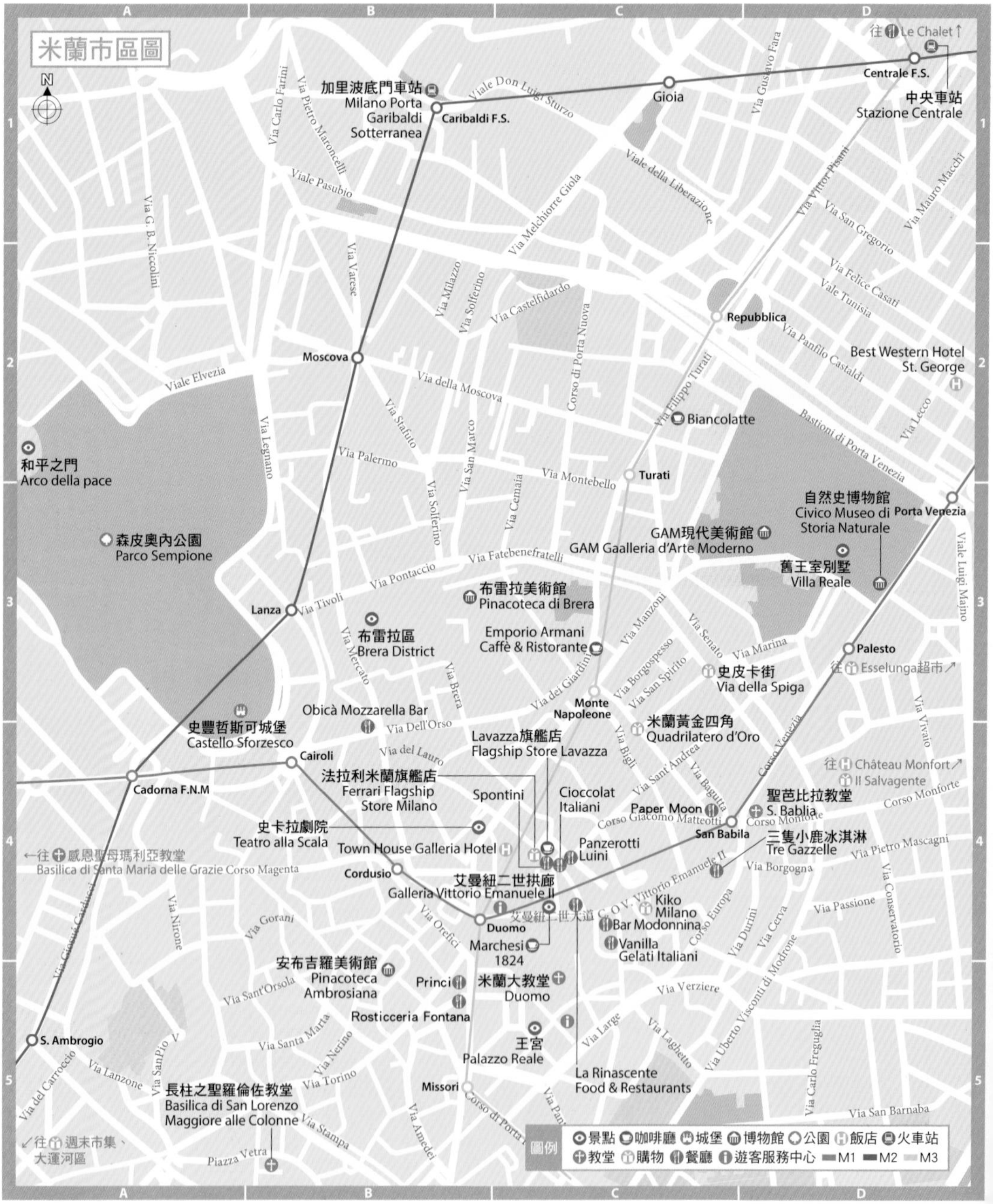

MAP P.234C5

MOOK Choice

米蘭大教堂

Duomo

義大利哥德式建築的代表

搭地鐵1、3號於Duomo站下車，步行約1分鐘可達 Piazza Duomo 1 7202-3375 大教堂、博物館、考古區及屋頂9:00~19:00(最後入場18:10)；博物館週三休 大教堂 博物館€10，大教堂 博物館 考古區€12。搭電梯登頂€16，徒步165級階梯登頂€14。搭電梯登頂+大教堂+博物館門票€25，徒步登頂+大教堂+博物館€20。 www.duomomilano.it/en

米蘭大教堂是米蘭最驕傲的地標，以體積來計算，是義大利境內最大的教堂(世界最大的聖彼得大教堂位於梵諦岡)，也是世界第5大教堂。

米蘭大教堂是哥德建築的極致表現，屋頂的135根大理石尖塔叢林，讓人震撼於其工程之浩大與雕工之精細，充分表現哥德藝術的輕巧與高雅，經過6百多年的精雕細琢，米蘭大教堂表現出人們對宗教的虔誠與對藝術的執著。

教堂奠基於1386年，直到20世紀才算整體完成。最初在主教莎路佐(Antonio da Saluzzo)的贊助下，依倫巴底地區的風格來設計，不過因維斯康提家族的佳雷阿佐(Gian Galeazzo)的堅持，除本地外還聘請了日耳曼及法蘭西等地的建築師，並使用粉紅色的康多利亞(Candoglia)大理石，以國際哥德風格續建教堂。

1418年馬汀諾五世為主祭壇舉行啟用聖儀；1617年教堂正立面的工程啟動，依然採用一貫的哥德設計；1774年在主尖塔的頂端豎立聖母像；1813年正面與尖塔才全部完成；正面的五扇銅門則是20世紀新增的。

登上教堂屋頂可親身體驗哥德建築的鬼斧神工，更可以感受到大教堂歷時600年的工程，對人類城市美學的偉大貢獻。

世界五大教堂，是哪五座？

眾所周知，世界最大的教堂是梵諦岡的聖彼得大教堂，排名第二是巴西的阿帕雷西達國家聖母教堂(Basilica of the National Shrine of Our Lady of Aparecida)，第三是西班牙的塞維亞大教堂(Seville Cathedral)，第四是美國紐約的聖約翰大教堂(Cathedral of Saint John the Divine)，米蘭大教堂名列第五。

❶教堂大門

教堂立面共有5片銅門，每扇都描繪著不同的故事，主要大門描述《聖母的一生》，其中《鞭笞耶穌》浮雕被民眾摸得雪亮，是大師波以亞奇(Ludovico Pogliaghi)的作品。其餘4片銅門由左至右分別是《米蘭敕令》、米蘭的守護聖人《聖安布吉羅的生平》、《米蘭中世紀歷史》、《大教堂歷史》。

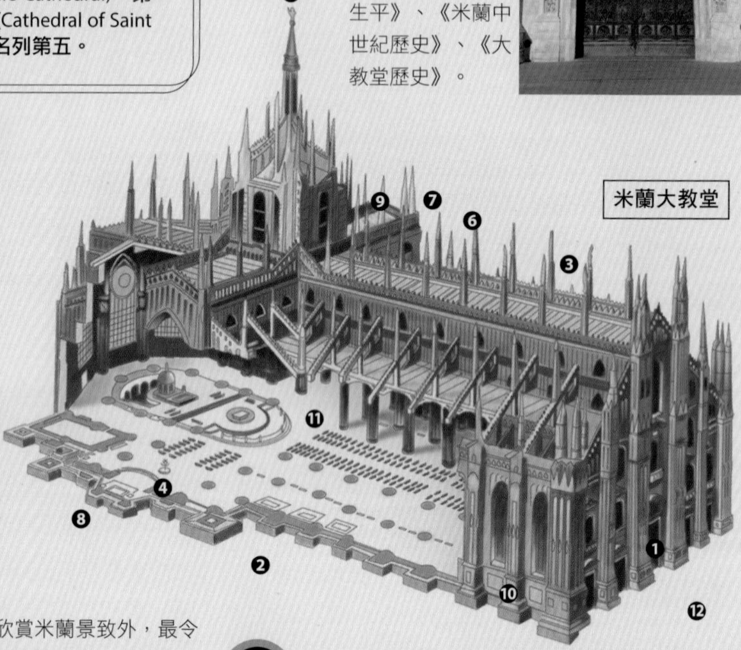

❷聖查理斯禮拜堂

聖查理斯禮拜堂(Chapel of Saint Charles Borromeo)位於地窖，興建於1606年，聖查理斯頭戴金王冠，躺在水晶及銀製棺材內。

❸屋頂

屋頂平台不大，除了提供由高處欣賞米蘭景致外，最令人驚嘆的是身處在為數眾多的尖塔群中的感動。光是立在塔頂上的雕像就多達2,245尊，若再加上教堂外牆的雕像，更多達3,500尊，聖人、動物及各種魔獸幾乎囊括了中世紀哥德風格的典型雕刻手法。是不可錯過的景點。

難度不高、物超所值的登頂

光從廣場看大教堂已經十分宏偉，外牆上的精緻石雕也令人嘆為觀止，但別就此滿足，因為登上教堂的屋頂再看這座教堂，是全然不同的體驗。登上教堂屋頂可選擇徒步或搭電梯，二者價差€5，米蘭大教堂的屋頂有165級階梯，相較於羅馬聖彼得大教堂和佛羅倫斯聖母百花大教堂的圓頂，難度低，可視個人的體力選擇登頂方式。

❹聖安布吉羅祭壇

祭壇(The Altar of St. Ambrose)中央的畫描繪米蘭守護神聖安布吉羅接見皇帝的景象。

❺聖母雕像

高達108.5公尺的尖塔頂端，由裴雷高(Giuseppe Perego)於1774年立的巴洛克式鍍銅聖母像，高4.15公尺，在陽光照射下閃爍著金光，非常耀眼。

❻麥第奇紀念碑

這座豪華的麥第奇紀念碑(Funeral Monument of Gian Giacomo Medici)是教皇庇護四世(Pius IV)為紀念他兄弟麥第奇而建，原本想請米開朗基羅捉刀，但被拒後，改由其學生雷歐尼(Leone Leoni)建造。

❼聖喬凡尼‧波諾祭壇

聖喬凡尼‧波諾曾經是米蘭的主教，有關他的功蹟就刻在祭壇(The altar of Saint Giovanni Bono)6個大理石淺浮雕中。

❽冬季聖壇

冬季聖壇(The Hyemal Chancel)被巴洛克風格的雕刻包圍，拱頂由八根大理石柱支撐，漂亮的地板及木製聖壇都讓這裡顯得美侖美奐。

❾聖巴托羅米歐雕像

米蘭大教堂最著名的一尊雕像。聖巴托米歐(Saint Bartholomew)是一位被活生生剝皮而殉教的聖人，雕像中可以清楚看到他身上的肌肉及筋骨，他一手拿著書，肩上披著他自己的皮膚，雕像是義大利文藝復興時期的雕刻師Marco d'Agrate於1562年的作品。

❿彩繪玻璃

以聖經故事為主題的彩繪玻璃，是哥德式建築的主要元素之一，最古老的一片位於左翼，完成於1470年到1475年間。

⓫中殿與柱廊

從立面看米蘭大教堂，有5道門；走進教堂，內部空間也以同樣的分割方式，由40根列柱隔成5道長廊，每一根柱子高達24.5公尺。

⓬大教堂廣場

大教堂廣場(Piazza del Duomo)不僅是米蘭市區的地理中心，在藝術、文化、社會方面也都是米蘭的象徵中心。廣場呈四方形，面積廣達17,000平方公尺，四周都是米蘭最具代表性的建築，包括米蘭大教堂、艾曼紐二世拱廊和王宮等。廣場上立著一尊艾曼紐二世國王(King Victor Emmanuel II)的騎馬雕像，他是義大利於1861年統一後的第一任國王。

MAP P.234C4

MOOK Choice

艾曼紐二世拱廊

Galleria Vittorio Emanuele II

時尚新藝術購物迴廊

搭地鐵1、3號於Duomo站下車，步行約1分鐘可達

米蘭大教堂外，這座城市最令人目眩神迷的地標，非艾曼紐二世拱廊莫屬！它是連結大教堂與史卡拉劇院間的一座有頂棚通道，最大特色便是大量運用各種線條形狀的鐵與玻璃，以新文藝復興風格建造，是歐洲最偉大的鐵建築典範之一。

拱廊是建築師蒙哥尼(Giuseppe Mengoni)於1865年設計，兩年後由當時的義大利國王艾曼紐二世主持落成典禮；19世紀後半到20世紀初，由於受到法國新藝術(Art Nouveau)浪潮的影響，義大利也產生類似的「自由藝術」(Il Liberty)革命，艾曼紐二世拱廊便充斥著這類的美麗裝飾。

拱廊入口設計成雄偉的凱旋門，動線呈十字形，綿延各約250公尺；交叉點構成一個八角形的廣場，中央穹頂高達47公尺，四周有以馬賽克拼貼的半月楣飾，象徵亞洲、非洲、歐洲及美洲4大洲；大理石地板上可以找到代表義大利不同城市的圖騰，其中代表杜林(Torino)的公牛，據說用腳跟踩著牠的蛋蛋轉3圈，會獲得好運，因此總是有人在排隊等轉運。

所有義大利響叮噹的名牌，包括Gucci、Prada、Versace、Fendi、TOD'S，還有來自鄰國的Louis Vuitton等，通通在這個拱廊集合，裡面還藏著不少百年老店、歷史酒吧、咖啡廳，也有5星級飯店進駐。整個拱廊不但金光閃閃、充滿貴氣的時尚氣質，而且不怕日曬、刮風或下雨，難怪隨時都擠滿逛街的人潮。

MAP ▶ P.234B4

MOOK Choice

史卡拉劇院

Teatro alla Scala

首屈一指的歌劇殿堂

搭地鐵1、3號於Duomo站下車，步行約5分鐘可達 Via Filodrammatici 2 8879-7473 劇院博物館9:30~18:00，12/7、12/24~26、1/1、復活節、5/1和8/15休 劇院博物館全票€12、優待票€8；線上預約€15；每天16:00有一場英語導覽，每人€30 www.teatroallascala.org

史卡拉劇院是1776年奧地利建築師皮耶馬利尼(Giuseppe Piermarini)進行改建，呈現新古典風格；兩年後以義大利古典作曲家薩里耶里(Antonio Salieri)的歌劇作為開幕首演。二次世界大戰時歌劇院遭炸毀，不過馬上依原型重建。

歌劇院的原址是「史卡拉的聖母」教堂，由14世紀時維斯康提(Bernabo Visconti)之妻史卡拉王后下令興建，這是劇院名稱的由來。

內部舞台面積達1,200平方公尺，可容納2,015名觀眾，以金漆木材搭配紅絨布幕，金碧輝煌。一旁的史卡拉劇院博物館(Museo Teatrale Alla Scala)可欣賞到劇院內部，包括舞台及座位區，舞台面對著弧形的6層座位區，遊客可以在座位區內參觀劇院。館內陳列著演員的劇服、劇照以及服裝設計草稿，並有影片重現當時表演的音樂及介紹，館內介紹的卡拉絲(Maria Callas)是最受歡迎、也最具爭議的歌劇女伶。

MAP ▶ P.234C5

王宮

Palazzo Reale

歷代領主家族的足跡

搭地鐵1、3號於Duomo站下車，步行約2分鐘可達 Piazza del Duomo12 8844-5181 週二~週日10:00~19:30，週四延長至22:30，週一休 全票€15，包含語音導覽；線上預約€17。票價根據當時展覽而異 www.palazzorealemilano.it

王宮在11世紀時還只是不起眼的公家機關，14世紀時被維斯康提家族(Visconti)的阿佐內(Azzone)改建得美輪美奐，但到了史豐哲家族手中時卻又褪去光華；16世紀時曾改為米蘭經常性的劇院，年幼的莫札特還曾在此演出；1776年毀於祝融之災。

目前的新古典式建築是1778年時奧地利大公斐迪南委託皮耶馬利尼(Giuseppe Piermarini)整修改建，與史卡拉劇院呈現相同風格，內部的裝潢與擺飾都是當時米蘭貴族家庭的典範。1920年義大利國王艾曼紐三世讓出此宮成為米蘭市政府所在，現在為米蘭市區重要的藝術展演中心，大多展出當代和現代藝術作品，並作為設計和時尚方面的秀場。

MAP ▶ P.234B3

布雷拉區

MOOK Choice

Brera District

藝術氣息文青最愛

搭地鐵2號線於Lanza站下車，步行約3分鐘可達；或搭3號線於Monte Napoleone站下車，步行8~10分鐘可達

布雷拉區是米蘭最富有藝文氣息的地區，只要漫步這裡，可以體會到義大利獨一無二的魅力，尤其是跟你擦肩而過的藝術學院學生、前衛的設計師，無不帶著義大利人天生的美麗與自信，與布雷拉美術館內的文藝復興大師們輝映著獨具的藝術氣質。

布雷拉的巷弄間，多半是設計師的精品店、個性商店、文青咖啡屋等，迥異於艾曼紐二世拱廊和黃金四角一帶的耀眼逼人。布雷拉的店鋪稍微迷你與平價，卻容易獲得更多驚喜。

MAP ▶ P.234B3

布雷拉美術館

MOOK Choice

Pinacoteca di Brera

集結歐洲各大畫派名作

搭地鐵2號線於Lanza站下車，步行約7分鐘可達；或搭3號線於Monte Napoleone站下車，步行8~10分鐘可達 Via Brera 28 7226-3203 週二到週日8:30~19:15 全票€15、優待票€10 pinacotecabrera.org/en/visit/tickets/

布雷拉美術館同時也是米蘭藝術學院的所在地，收藏13到20世紀義大利主要藝術家的作品。建築物坐落於布雷拉的聖母瑪利亞修院舊址上，為16世紀末時耶穌會教士所建，這些教士們把這裡改造成頗具威望的學校，對藝術後進的培養極有貢獻，影響直至今日。

館藏有15到16世紀的威尼斯畫派與倫巴底畫派作品，以及同時期的義大利中部畫派、16到17世紀的法蘭德斯及荷蘭畫作，最精彩的則是18到19世紀的義大利近代大師作品。

不容錯過的大師級作品

《死亡的耶穌》(Cristo morto)是蒙帖那(Mantegna)代表作之一，他藉由微妙的光線及透視法來呈現耶穌死亡的哀悼氣氛，和貝里尼(Bellini)的《聖殤》(Pietà)一樣，都是展現令人悲傷的作品。

拉斐爾《聖母的婚禮》(Sposalizio della Vergine)是繪於1504年的祭壇畫作；卡拉瓦喬(Caravaggio)《以馬斯的晚餐》(Cena in Emmaus)，以及哈耶茲(Francesco Hayez)的《吻》(Il Bacio)都是不可錯過的傑作。

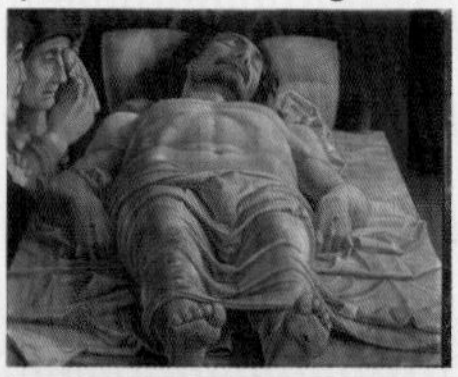

MAP ▶ P.234B5

MOOK Choice

安布吉羅美術館

Pinacoteca Ambrosiana

圖書、手稿及畫作珍藏

搭地鐵1號線於Cordusio站或3號線在Duomo站下車，後步行約5分鐘可達 Piazza Pio XI 2 806-921 美術館週四至週二10:00~18:00，週三休館。圖書館週一至週五9:00~16:50 美術館全票€15、優待票€5~13，圖書館需辦理臨時會員卡才能入內 www.ambrosiana.it

這座外觀樸實的建築是米蘭最古老及傑出的文化機構。16世紀時，樞機主教波洛米歐

(Federico Borromeo)欲捐給米蘭一個開放給大眾學習文學及宗教的中心，於是他收集了大量的手稿及書本，圖書館在1609年開幕，人人都可進入參觀，1618年，主教更將自己的藝術收藏開放給大眾參觀，在主教去逝後，這裡的教育及文化活動仍然持續進行著。

安布吉羅圖書館館藏了超過35,000冊手稿及2,500本於1500年印製的書藉，其中最珍貴的收藏是達文西的《大西洋手抄本》作品集，裡面有約兩千幅達文西手繪的設計圖、筆記和他對不同領域科學的研究。

展廳亮點作品

美術館共分為24間展廳，最珍貴的收藏有達文西的素描，還有倫巴底畫派及威尼斯畫派的藝術作品。重要藝術品包括達文西的《音樂家的肖像》(Ritratto di Musico)、卡拉瓦喬(Caravaggio)的《水果籃》(Canestra di Frutta)、布拉曼提諾(Bramantino)的《耶穌的誕生》(Adorazione del Bambino)，以及拉斐爾《雅典學院》(La Scuola di Atene)的草稿。

MAP ▶ P.234B5

長柱之聖羅倫佐教堂

Basilica di San Lorenzo Maggiore alle Colonne

米蘭的羅馬味

搭地鐵3號線於Missori站下車，後步行約15分鐘可達 Corso di Porta Ticinese 35 8940-4129 週一至週五8:00~18:30、週六及周日9:00~19:00 www.sanlorenzomaggiore.com

這座奠基於4世紀末的教堂外觀很特殊，廣場上共有16根石柱和君士坦丁大帝雕像，由此可知此地原是由希臘羅馬式的神廟遺址改建而成的教堂。

教堂曾在7~8世紀時多次發生火災，重建時還是依循原來的羅馬形式並繼續擴建。由背面的維特拉廣場(Piazza Vetra)望去，能清楚地瞧見教堂外觀交融著不同的建築風格。教堂內有古老的壁

畫遺跡，其中還有一幅《最後的晚餐》，位於主祭壇右側的聖阿奎利諾禮拜堂(Cappella di San Aquilino)保存著西元4世紀的馬賽克鑲嵌畫。

MAP ▶ P.234A4

MOOK Choice

史豐哲斯可城堡

Castello Sforzesco

米蘭領主的權力象徵

搭地鐵1號線於Cairoli站下車 Piazza Castello 8846-3700 城堡7:00~19:30；博物館週二至週日10:00~17:30 城堡免費；博物館均一票價€5、優待票€3，若對3間以上博物館有興趣，建議購買三天內可參觀所有市立博物館的博物館卡(Tourist Museum Card)€12 www.milanocastello.it

史豐哲斯可城堡可說是米蘭領主的權力象徵，為摩登的米蘭保留些許懷舊的中世紀氛圍。

城堡原是1368年由維斯康提(Visconti)家族的佳雷阿佐二世(Galeazzo II)所建的防禦工事，之後被改為金碧輝煌的公爵居所；因聯姻關係而竄起的法蘭且斯科・史豐哲成為米蘭公爵則成為城堡最重要的主人。

若說維斯康提家族以武力東征西討，那麼史豐哲家族則是以文化叱吒風雲，尤其是路多維柯摩羅(Ludovico il Moro)召來達文西和布拉曼特(Bramante)裝飾城堡，布拉曼特是羅馬聖彼得大教堂的建築師，同時也是拉斐爾的老師，這位貴族企圖把這裡變成文藝復興時期義大利最豪華的社交中心，因此，城堡呈現後哥德及文藝復興的混合形式。

不過路多維柯摩羅未竟全功，他的外交策略失敗，使得米蘭失去獨立自由的地位，1499年後，城堡相繼被西班牙、奧地利及拿破崙占領，軍事用途取代了文化中心的地位。

1893年經整修後，成立了不少主題的市立博物館，包括自然歷史博物館、考古學博物館、傢俱博物館等，藏品豐富，最重要的作品是米開朗基羅未完成之作《隆達尼尼的聖殤Pietà Rondanini》。

史豐哲斯可城堡繪畫館

繪畫館(Pinacoteca del Castello Sforzesco)早在1878年就成立，從一開始的230幅畫作，到目前已經超過1,500幅作品，包括提香(Titian)、貝里尼(Giovanni Bellini)、丁托列多(Tintoretto)、佛帕(Vincenzo Foppa)、蒙帖那(Andrea Mantegna)、布拉曼特(Bramantino)等人的作品。

《聖母子》(Madonna and Child)，佛帕

《哀悼基督之死》(Lamentation over the Dead Christ)，布拉曼特

《特里弗吉歐的聖母》(Trivulzio Madonna)，蒙帖那

米蘭應用藝術博物館

米蘭應用藝術博物館(Raccolte d'Arte Applicata di Milano)收藏分為幾大部分，包括珠寶、象牙、陶瓷和玻璃等不同材料的藝術。其中以陶瓷收藏最為完整，包含了中世紀、文藝復興、巴洛克等各個不同年代的作品；此外，還有一系列代表一年12個月份的掛毯，那是根據布拉曼特的畫而製作的。

米蘭考古博物館

考古博物館(Civico Museo Archeologico di Milano)展示的都是米蘭及倫巴底地區所挖掘出來的考古文物，年代從古希臘、伊特魯斯坎、古羅馬，到中世紀早期等。

古代藝術博物館

有別於考古博物館，古代藝術博物館(Museo d'Arte Antica)主要收藏古代晚期、中世紀及文藝復興時期的雕刻。展間的牆壁天花板上還保存著古堡原有的濕壁畫，其中一部分為達文西的創作。除雕刻外，還展示了武器、掛毯、殯葬紀念物，兩座中世紀的大門。

隆達尼尼的聖殤博物館

隆達尼尼的聖殤博物館(Museum of Rondanini Pietà)最珍貴的收藏，就是米開朗基羅未完成之作《隆達尼尼的聖殤》(Pietà Rondanini)。這是米開朗基羅於1564年生前最後的作品，高195公分，與他年輕時的作品《聖殤》(Pietà，目前收藏在聖彼得大教堂)同一主題，但風格已經大大不同，就像他一系列打算安置在他墳塚的雕刻一樣，米開朗基羅已有預感自己的死亡之日將至。最特別的是在這座雕刻中，聖母不再是抱著死去的耶穌，反而像是耶穌把聖母馱負在自己的背上，以此象徵耶穌強大的精神力量足以告慰聖母的失落。

特里弗吉安諾圖書館

特里弗吉安諾圖書館(Trivulziana Library)裡最珍貴的收藏，就是達文西的特里弗吉安諾手稿(Codice Trivulziano)，手稿原先有62張，目前保存了55張。手稿內容主要是達文西透過一長串權威的詞彙和語法，來改善他溫和的文學教育。

不過此手稿並未對外開放。

森皮奧內公園

森皮奧內公園(Parco Sempione)設立於1888年，面積廣達38.6公頃。公園與史豐哲斯可城堡的花園相連，由建築師Emilio Alemagna所設計，根據他的規劃，史豐哲斯可城堡和和平之門位於公園兩端，因此這裡也是欣賞米蘭這兩座地標的最佳地點。公園另一側還有一座地標為建於1933年的藝術宮(Palazzo dell'Arte)，目前是每三年一度的米蘭藝術博覽會的舉辦場地。

公園裡除了開闊草坪，還有市民體育場(Arena Civica)、公立水族館、公立圖書館，以及一座布蘭卡塔(Torre Branca)。

和平之門

森皮奧內公園的盡頭有一座和平之門(Arco della pace)，新古典主義的華麗風格，狀似巴黎的凱旋門，當年也是為了獻給拿破崙而動工，拿破崙垮台後，奧地利皇帝於1859年送給獨立的義大利，所以門上刻著慶祝義大利獨立的碑文。

MAP ▶ P.234A4

MOOK Choice

感恩聖母瑪利亞教堂的《最後的晚餐》

《Cenacolo Vinciano》in Basilica di Santa Maria delle Grazie

達文西曠世巨作

搭地鐵1線於Cadorna站下車，後步行約10分鐘可達 Piazza Santa Maria delle Grazie 2 預約電話9280-0360 最後的晚餐週二至週日8:15~19:00，9:30~15:30有英文導覽 全票€15、優待票€13 cenacolovinciano.org/story/santa-maria-delle-grazie/ 需預約進場，建議愈早預約愈好，每次開放3個月的預約日期，可於官方網站上預約。參觀每梯次限35人進入，每15分鐘一個梯次。

《最後的晚餐》繪於感恩的聖母瑪利亞教堂，這座多明尼各教堂建於15世紀末，完成後兩年，被米蘭公爵路多維柯摩羅改為史豐哲家族的家廟，帶來文藝復興的建築元素，他更請達文西於1494年到1497年為修道院餐室畫《最後的晚餐》，這幅壁畫成了繪畫史上最重要的一幅，兼具科學性和美感，至今猶教人讚嘆不已。

文藝復興三傑之一的達文西可以說是義大利文藝復興諸位大師中，最有原創力和科學精神，集藝術家、思想家、建築師、工程師、科學家、發明家於一身。在他的畫作中，可以看到科學的痕跡，遠近、透視、新顏料等，甚至人的心理狀態，也在他的作畫思考中，而在他的建築工程，如米蘭的史豐哲斯可城堡或達文西科學技術博物館(Museo delle Scienza e Tecnica)中，又可以感受大師的實用美學，縱觀西洋美術史，並無幾人能超越達文西的成就。

達文西留下的畫作其實不多，最著名的《蒙娜麗莎的微笑》是大師遠赴法國擔任法皇藝術顧問時唯一隨身帶著走的作品，但若《最後的晚餐》不是畫在壁上的話，說不定達文西會選擇這幅遠近技法、明暗彩度、心理狀態更複雜的作品。

《最後的晚餐》

《最後的晚餐》完成於1497年左右，畫作的背景是耶穌知道自己將被門徒猶大出賣而被捕、受審、釘十字架，所以在前一晚和門徒們晚餐時，公布了這震驚的消息，剎那間，門徒們驚愕、憤怒、害怕。達文西的《最後的晚餐》，門徒竊竊私語或高昂的情緒溢滿整個畫作，唯一看不清的是猶大的表情，因為他幾乎正臉轉向耶穌，是不是驚嚇得心臟快跳出來了呢？我們不得而知，達文西就這樣創作了等同於舞台劇的戲劇效果。

除了深刻描繪出門徒們的心理狀態外，《最後的晚餐》的成就在於它完美的遠近透視。達文西以坐於正中的耶穌為視覺焦點，讓畫作得到視覺的凝結，且更接近人的自然經驗，開啟了繪畫的新視野。

可惜《最後的晚餐》完成後才五十年的光景就已毀損得頗為嚴重，據說可能是所使用的顏料成分有問題，加上後來粗糙的修補，以致無法全然修復，所幸1999年在科學界和藝術界的合作下，擦去髒物和非達文西的真跡而重現色彩，更加彌足珍貴。

猶大是仿造誰的臉？

據說達文西在繪作此圖時，所有人面孔皆已設想好，惟有猶大還沒想好。當教堂神父來催達文西時，剛好神父對其主教有點微詞，聽聞達文西想用主教的臉當作猶大的臉孔，而大表贊同。至於其他11位使徒，究竟怎麼確認達文西所描繪的是誰？原來在19世紀時，發現了一份達文西的手稿，上面有9位使徒的表情、服飾和名字，在此之前，一般只能認出耶穌、猶大、彼得和約翰。

《最後的晚餐》中的人物是誰？

《最後的晚餐》中的人物自左至右分別為：

1.巴多羅買(Bartholomew，巴爾多祿茂)：巴多羅買曾到亞美尼亞和印度傳道，引領多人歸主，並將馬太福音譯為外國文，使外邦信徒可以閱讀。

2.小雅各(James son of Alphaeus，亞勒腓的兒子雅各)：在新約聖經中關於小雅各的行事未有多提，據傳小雅各曾在巴勒斯坦和埃及傳道，後被人用石頭打死。

3.安德烈(Andrew，安德肋)：彼得的弟弟，為人作事謹慎小心，他是施洗約翰的門徒，曾往小亞細亞，希臘各處傳道。

4.彼得(Peter，伯多祿)：是加利利省的伯賽大人，以捕魚為業。其個性急躁、直爽、易衝動、熱心，作事大膽而果敢，具有領袖天才，通常代表十二門徒發言，最後為主殉道，天主教視他為首位教宗。

5.加略人猶大(Judas Iscariot，伊斯加略人猶達斯)：加略(Kerioth)原是猶太的一城，所以猶大是猶太人，是唯一非加利利人的使徒，他是西門的兒子，為人貪財、不誠實，出賣了耶穌，心中不安就上吊而亡。畫中猶大穿著藍綠衣服位於陰暗處，驚慌地將身體往後傾，一手抓著小袋子，裡面可能裝著出賣耶穌的酬勞。在這幅畫中，他的頭是水平線最低的一位。

6.約翰(John，若望)：雅各的弟弟，以捕魚為業，為耶穌所愛三門徒中最親密的一位。他晚年到了土耳其的以弗所，寫下《約翰福音》和一、二、三書，並在愛琴海的荒島寫下《啟示錄》。

7.耶穌：坐在正中間，攤開雙手神色自若，和周圍緊張的門徒形成鮮明的對比。

8.多馬(Thomas，多默)：名字是「雙生子」的意思，為人謹慎、多疑善愁，曾3次發言顯出他的軟弱，尤其對於耶穌復活後的不信。他曾往敘利亞、帕提亞、波斯、印度和中國各處傳道，因惹起異教祭司們的疑忌而被用槍刺死。

9.雅各(James，雅各伯)：約翰的長兄，耶穌為他們兄弟取名為Boanerges，意為「雷霆兄弟」(Thunder Brother)。以捕魚為業，與彼得、安得烈同為夥伴，他是十二門徒中之第一個殉道者。

10.腓力(Philip，斐里伯)：伯賽大人，耶穌要往加利利去時，遇見他，蒙召跟從。他的性情較溫和，曾到亞洲各處異邦人中為主作見證，力勸人棄邪歸正，腓力死於雅各殉道後8年。

11.馬太(Matthew，瑪竇)：稅吏，為人人所恨惡，被耶穌所呼召為使徒，他的性格果敢，勇於認罪悔改。傳說曾先後到過中東各地，甚至非洲去傳道，在那裡使全城人信基督。

12.達太(Jude Thaddeus)：雅各的兒子(或兄弟)，曾到敘利亞，阿拉伯以及波斯傳福音，廣行神蹟，引領多人歸主，於主後72年被釘死。

13.奮銳黨的西門(Simon the Zealot，熱誠者西滿)：又稱迦南人西門(Simon the Canaanite)，他曾到埃及傳道，也曾到過不列顛，引領多人歸主，後被人釘死，時在主後74年。

MAP P.234A5

MOOK Choice

大運河區

Naviglio Grande

請補

搭地鐵2號線在P.TA Genova FS站下，步行6~7分鐘可達 Viale Gorizia www.navigliogrande.mi.it

搭乘地鐵或電車穿越市區，一路向南來到運河邊，忽然好像告別了時尚繁華的米蘭、來到舟楫往返的威尼斯。

位於米蘭市區南方的這條大運河，是義大利北部一條通航運河，全長近50公里，它是中世紀早期即出現的大型基礎工程設施，建於1177至1272年間也是歐洲最早的一條運河；沿途有道路、橋梁和灌溉，促進了米蘭周邊的運輸、貿易和農業發展，對於米蘭的繁榮居功厥偉。

米蘭的大運河雖然不像威尼斯那樣密密麻麻、如網交織，時至今日運輸的功能也已大不如昔，但是這些年發展下來，大運河區已經儼然米蘭氣質獨特的藝術休閒區。

運河畔有一處屋宇環伺的中庭，由大運河協會(Associazione del Naviglio Grande)管理經營，廣邀各種領域的藝術工作者進駐，讓這個綠意盎然的中庭洋溢著創意無限的藝術氣息。此外，運河兩旁遍布著餐廳、咖啡廳、酒吧，每到黃昏時分，遊客陸續湧入，運河旁及橋梁上到處都是等待欣賞夕陽的人們；然後，華燈初上，生機蓬勃的夜生活就此展開。無論白天、黃昏或入夜後，來到大運河區，你都能樂在其中，感受米蘭不同的悠閒氣氛。

Where to Eat in Milano
吃在米蘭

MAP P.234C4 La Rinascente Food & Restaurants

搭地鐵1、3號線於線在Duomo站下車，步行約3分鐘可達 Piazza Duomo, La Rinascente 7F 885-2455 10:00~24:00

這是文藝復興百貨公司的美食街，就位於它的頂樓，其中Il Bar這間酒吧面對大教堂，半露天的天台景觀極佳，如果不想爬到大教堂屋頂，不妨來這裡喝個咖啡或飲料，坐下來享受美食，欣賞哥德式大教堂之美。不過總是座無虛席，略嫌嘈雜。除了酒吧，同層樓還有多間餐館，百貨公司打烊後，建築物旁的專用電梯可直達7樓，營業到午夜。

MAP P.234C4 Spontini

搭地鐵1、3號線在Duomo站下車，步行約2分鐘可達 Via Santa Radegonda, 11 8909-2621 11:00~23:00 spontinimilano.com

Spontini是一個來自托斯卡尼的家族在米蘭開設的披薩專賣店，歷史可以追溯到1920年代，直到第一次世界大戰後，決定改成速食連鎖的經營型態，1953第一間Spontini正式在米蘭誕生；經過不斷成長，目前已經是跨國經營的披薩連鎖品牌。

Spontini的披薩屬於厚片披薩，除了從早年承襲至今的傳統口味外，也不斷開發一些新口味，選擇眾多、飽足感十足，€5.5起跳就可以吃得吮指回味，也可以搭配多種飲料和甜點。這間位於米蘭大教堂附近的分店裡沒有座位，大家都是站著用餐，以價格和品質來說，是CP值很高的選擇。

MAP P.234B4 Obicà Mozzarella Bar

搭地鐵1、3號線在Duomo站下，步行約3分鐘可達 Via Cusani, 1 4941-6936 11:00~24:00，每日17:00~20:00為開胃酒時間 www.obica.com

Obicà Mozzarella Bar創立於2004年，是一家休閒而摩登的義大利餐廳兼披薩屋，並提供最新鮮的Mozzarella di Bufala Campana DOP乳酪，目前在英國、葡萄牙、美國、日本皆已陸續開設分店，光是在米蘭大教堂附近就有2處據點。

Obicà是世界首創以Mozzarella為主題的概念餐飲店，核心理念是在現代、休閒的氛圍中與家人、好友或同事分享優質的義大利美食；世界上的每一家 Obicà都採用優質、新鮮的食材，製成義大利傳統口味的美食。這間距離布雷拉區、史豐哲斯可城堡都步行可達的分店於2022年開業。

MAP P.234C4 Panzerotti Luini

搭地鐵1、3號於Duomo站下車，步行約3分鐘可達 Via S. Radegonda 16 8646-1917 週一10:00~15:00、週二至週六10:00~20:00；週日休 www.luini.it

這是一家創立於1888年的手工傳統特產店，位於主教堂旁的巷弄內，此家店最有名的是Panzerotti，這種三明治有點類似基隆廟口的三明治：外皮炸得金黃金黃，裡面包著香濃的乳酪，那特別香濃的乳酪就是這三明治的魅力所在，已經成為一種米蘭的特產。可別看它小小的店面，中午或傍晚時有很多的上班族、學生大排長龍。

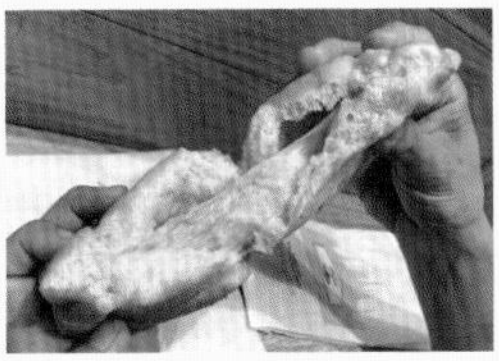

MAP P.234B5 Princi

搭地鐵1、3號線在Duomo站下車，步行約2分鐘可達 Via Speronari 6 874-797 週一~週五7:30~19:30，週六及週日8:00~20:00 www.princi.com

只要一走過這家店就會被它櫥窗內陳設的糕點所吸引，先是駐足在櫥窗前無法移動，然後就會抵抗不了它的誘惑衝進去享受。這裡最棒的莫過於草莓蛋糕(Fragolata)，鮮美的草莓加上不油不膩、恰到好處的奶油；義大利最著名的提拉米蘇也很不錯。

MAP ▶ P.234C4 Paper Moon Giardino

搭地鐵1號線於S. Babila站下車，步行約2分鐘可達 Via Bagutta 12 7600-9895 週一至週六12:30~22:30，週日休 papermoonmilano.com

這是一家專為時髦又漂亮的義大利人設計的店，比較熱鬧的時間約是午餐，因為附近的上班族喜歡來這裡用餐，專賣披薩，之所以叫做「紙月亮」，是因為這裡的披薩皮細薄如紙。

這間餐廳自己歸類為創意料理餐廳，既不屬於餐廳也不屬於披薩店，店內最受歡迎的食物還包括Pappardelle Paper Moon，一道加上煙燻培根與番茄的新鮮義大利麵，以及燉飯和提拉米蘇等。

MAP ▶ P.234C4 三隻小鹿冰淇淋Le Tre Gazzelle

搭地鐵1號線於S. Babila站下車，步行約2分鐘可達 Corso Vittorio Emanuele II 22 7602-3826 7:00~22:00

位於艾曼紐二世大道上的三隻小鹿，其實是一間歷史悠久的糕餅店兼冰淇淋店，但是路過門口但見琳瑯滿目的冰淇淋和冰沙，往往就忽略裡面還有哪些寶藏可尋。

三隻小鹿冰淇淋的選擇直接呈現眼前，價格也標示得相當清楚，只要選定球數、口味、裝盛容器，店員就會挖好交給你。可能因為是生意興隆的名店，網路上對服務態度頗多微詞，如果你只是想試試它的冰淇淋究竟有多好吃，就不用計較太多了。

MAP ▶ P.234C4 Cioccolat Italiani

搭地鐵1、3號於Duomo站下車，步行約3分鐘可達 Via San Raffaele 6 8909-3820 週一至週五8:00-23:00，週六、日8:30-23:00 www.cioccolatitaliani.it/it

在冰淇淋店林立的義大利，這間2009年才成立的新型態概念店可說是異軍突起，結合了冰淇淋、巧克力、甜點、咖啡店於一身，在米蘭大教堂旁的巷弄開幕後便立刻虜獲遊客的心，由於人潮不斷湧進，得抽取號碼排靜候，才能嘗到這結合了爆漿巧克力和各種口味冰淇淋的獨特味道。

MAP ▶ P.234C4 Vanilla Gelati Italiani

搭地鐵1、3號於Duomo站下車，步行約5分鐘可達 Via Pattari,2 340-699-4715 10:30~21:30 vanilla-gelati-italiani.it

距離米蘭大教堂不遠處，即使隱身在大道後側的幽靜巷子裡，這家老字號的冰淇淋店仍然隨時生意興隆。Vanilla Gelati Italiani採用的原料，包括牛奶、奶油、糖、水果、榛果等，都強調經過品質認證，以健康和自然的方式製成口味眾多的冰淇淋，果然香濃美味。雖然座位眾多，但是站著吃和坐下來品嚐的價格不太一樣，選購前不妨先確定要坐下來好好品味還是買了邊走邊吃。

MAP ▶ P.234D1 Le Chalet

從中央車站步行約7分鐘可達；搭地鐵3號線在Sondrio站下車，步行4~5分鐘可達 Via Ponte Seveso 18, Via Tonale 6 6698-3969 11:00~15:00、17:30~23:30

這家位於米蘭中央車站北側的餐廳，不在觀光動線上，但生意很好，儘管座位數相當多，用餐時間仍然坐無虛席。由移民多年的華人所經營的義大利餐廳，因為用料闊氣、價位平易近人，加上烹調方式非常能迎合東方人口味，可以稱得上價廉物美，如果投宿在中央車站附近，不妨前往一試。

米蘭時尚咖啡香

義大利眾多城市之中，米蘭向來以走在潮流尖端聞名。位於高級購物區的巷弄裡，隱藏著一些頗具特色的咖啡館，有的高貴典雅、有的洋溢文青氣息，其中也不乏世界名牌的旗艦店。來到米蘭切莫只是行色匆匆，偶爾停下腳步、坐下來，品味米蘭究竟有何過人之處。

Marchesi 1824

P.234C4 搭地鐵1、3號線在Duomo站下車，步行約1分鐘可達 Galleria Vittorio Emanuele II 9418-1710 7:30~21:00 www.pasticceriamarchesi.com/eu/en.htm

今年正好堂堂邁入200周年的Marchesi 1824，是米蘭最古老、最知名的糕點店之一，由Marchesi家族在1824年創立，因為卓越的手工烘焙和一款名為Panettone的米蘭經典耶誕蛋糕，很快就獲得良好聲譽。

Marchesi 1824後來被Prada收購，高貴的形象更加鮮明。在米蘭有3家分店，這間位於艾曼紐二世拱廊2樓的分店，號稱「米蘭最美的甜點店」，坐在以20世紀原創家具布置的咖啡廳裡、透過大型的拱窗欣賞拱廊裡川流不息的人潮，別有一番風味。

Biancolatte

P.234C2 搭地鐵3號線在Turati站下車，步行約3分鐘可達 Via Filippo Turati 30 6208-6177 週一至五7:30~23:00，週六、日8:30~23:00 www.biancolatte.it

以「白牛奶」為名，Biancolatte果然從裡到外都以牛奶白作為裝潢主色。這是由一個溫馨而愛吃的家庭，想要創造一個好心情用餐的環境，於2008年開創的天地，從早餐開始提供優質的麵包、蛋糕、咖啡、冰淇淋等，很快便受到歡迎。於是2010年又擴充營業範圍：店面是糕餅鋪、一隅是主題商店、後側則是用餐的咖啡廳、餐廳。整體洋溢著一股甜甜的氣氛。

Lavazza旗艦店Flagship Store Lavazza

P.234C4 搭地鐵1、3號線在Duomo站下，步行約3分鐘可達 Piazza S. Fedele 2 342-841-1682 9:30~20:0 www.lavazza.com/en/lavazza-world/lavazza-stores/flagship

廣闊、明亮的空間，簡潔、流線的室內設計，與艾曼紐二世拱廊只有一街之隔的Lavazza旗艦店第一面就清楚傳達它的形象概念。

身為義大利行銷至全世界的咖啡品牌，Lavazza旗艦店想經營的不僅僅是一家咖啡店，而是企圖以各種不同的形式，帶消費者踏上從咖啡豆到一杯咖啡的旅程，不僅透過道地的咖啡體驗，還透過頂級美食、設計、文化等，歡迎消費者來到優質的義大利咖啡世界。品項眾多、價格合理，且氣氛輕鬆沒有拘束感。

Emporio Armani Caffè & Ristorante

P.234C3 搭地鐵3號線在Monte Napoleone站下，步行約1分鐘可達 Via dei Giardini, 2 6231-2680 週一至五10:00~22:00，週六11:00~22:00，週日12:00~15:00、17:00~22:00 www.armani.com/en-dk/experience/armani-restaurant/emporio-armani-caffe-ristorante-milan

一步出地鐵Monte Napoleone站，Emporio Armani Caffè & Ristorante便映入眼簾，它其實是附屬在米蘭亞曼尼飯店(Armani Hotel Milano)，地面層在2000年全面翻修後打造的餐飲空間，流線簡潔的空間設計果然洋溢亞曼尼的調調，大型的咖啡廳提供多種手工糕點和飲料。坐在戶外的花園區，正可欣賞米蘭最繁華地段的人來人往。

Where to Buy in Milano
買在米蘭

MAP ▶ P.234C3 米蘭黃金四角Quadrilatero d'Oro

搭地鐵3號線在Montenapoleon站、或1號線在S. Babila站下，步行即達 Via Monte Napoleone、Via Emanuele II、Via della Spiga

米蘭執世界流行之牛耳，所謂的「黃金四角」，是以聖芭比拉(S. Babila)地鐵車站為核心，向四方連結蒙特拿破崙大道(Via Monte Napoleone)、艾曼紐二世大道(Via Emanuele II)、史皮卡街(Via della Spiga)等，形成一個幅員遼闊的超大購物商場，更是頂級名牌的集中地。從義大利名牌精品到各種世界級的品牌，莫不想在這裡擠得一席之位；穿梭在大街小巷，櫥窗內陳列的流行服飾、皮件，透露出米蘭的時尚領先者地位，即使不下手購物，光是看看來往型男潮女的打扮也是種樂趣。

Prada

Via Montenapoleone 7 777-1771 10:00~19:30 www.prada.com

Prada原先是以設計旅行專用皮件產品起家，後來慢慢改變材質為尼龍布料，簡約帶有設計感的Prada，最為人所熟知的款式之一就是黑色尼龍包。至今已是義大利經典高級品牌之一，在蒙特・拿破崙大道周圍有設有許多專櫃。

Versace

Via Montenapoleone 11 7600-8528 10:15~19:00 www.versace.com

凡賽斯的創始人出生義大利，旗下品牌還有香水、眼鏡、絲巾、包包及寢具用品，設計風格大膽、華麗，經典的標誌包括希臘神話梅杜莎的頭像。Versace還在澳洲、杜拜等地陸續開設凡賽斯宮殿飯店，結合時尚品牌與旅館經營。

范倫鐵諾Valentino

Via Montenapoleone 20 7600-6182 週一至週五10:15~19:00，週六及週日10:00~19:00 www.valentino.it

范倫鐵諾是義大利名牌時裝設計大師，他在時尚界引領了半個世紀後，於2007年宣布告別設計生涯。他的女裝優雅華麗又不失性感，奧黛麗赫本及英國女王伊麗莎白二世都曾是這個品牌的愛用者。

Dolce & Gabbana

Corso Venezia15 7602-8485 10:30~19:30 www.dolcegabbana.com

Dolce & Gabbana品牌的由來是出自兩位設計師Domenico Dolce和Stefano Gabbana，他們的作品性感獨特且具高水準的剪裁，讓他們深受好萊塢明星如瑪丹娜的喜愛。2012年已將原本走年輕、休閒系列的D&G與奢華系列的Dolce & Gabbana合併成同一品牌。根據產品線的不同，在Corso Venezia及史皮卡街上有多家分店。

Salvatore Ferragamo

Via Montenapoleone20/4　7600-6660　週一至週六10:30~19:30，週日10:30~19:00　www.ferragamo.com

義大利品牌的Salvatore Ferragamo，其鞋子永遠是值得採買的單品，因為皮鞋講究以手工完成，仍堅持這個品牌一開始的構想。Salvatore Ferragamo旗下還包括男女服飾、皮製品及袋子等。

Gucci

Via Pietro Verri 4　771-271　10:00~19:00　www.gucci.com

1921年Gucci設店於創始人的故鄉——佛羅倫斯，創始人原在倫敦的旅館工作，他從工作中接觸不少上流階級人士，也慢慢習得對皮革製品的品味。而今世界各地都有Gucci專櫃，這個品牌的流行動向也成為大家注意的焦點。

Giorgio Armani

Via Sant'Andrea, 9　7600-3234　週一至週六10:00~19:30，週日10:30~19:30　www.giorgioarmani.com

此品牌由出生於義大利的Giorgio Armani所創，穿著Giorgio Armani已代表了時尚與品味，而深受許多上層人士喜愛。旗下品牌眾多，除了這間旗艦店外，在附近也有許多旗下品牌的專賣店及一間專賣旗下品牌的商場。

MAP ▶P.234C4　法拉利米蘭旗艦店 Ferrari Flagship Store Milano

搭地鐵1、3號線在Duomo站下，步行約2分鐘可達　Via Giovanni Berchet, 2　4949-0815　10:00~20:00　store.ferrari.com/it-it/store-locator/stores/ferrari-store-milano

法拉利跑車是許多人心目中遙不可及的夢想，想要和夢想接觸初體驗，不妨走一趟米蘭旗艦店。在距離米蘭大教堂廣場僅幾步之遙的一幢仿古建築中，分佈在3層樓、近900平方公尺的銷售空間裡，是法拉利美學的新表達。外部的紅色窗戶，是馬拉內羅公司的象徵色；而內部中庭則以一輛壯觀的一級方程式賽車為主，完美再現了麥可·舒馬克在2002年贏得世界冠軍時所駕駛的單座賽車。在這個具有象徵意義的地方，服裝、配件、裝置與主題展覽交替出現，邀請遊客入內享受標誌性的沉浸式體驗。

MAP ▶P.234C4　Kiko Milano

搭地鐵1、3號線在Duomo站下，步行4~5分鐘可達　Corso Vittorio Emanuele II, Galleria Passarella, 10　7602-3739　週一至週六9:00~21:00，週日10:00~21:00　www.kikocosmetics.com

Kiko Milano是義大利化妝品的國民品牌，1997年在米蘭創立，秉持著「讓所有女性透過較少的預算，擁有優質的彩妝與護膚產品，善待自己」的一貫目標，創新與品質不一定需要昂貴的價格。品項囊括粉底、眼影、口紅、唇蜜、睫毛膏、指甲油、卸妝品……等，幾乎所有的彩妝品和保養品無所不包。開架的陳列方式，每樣商品都有提供試用品，專業的彩妝師也樂意隨時提供專業的諮詢與建議。

MAP ▶P.234D4　Il Salvagente

搭乘60、62號公車在Bronzetti Archimende站下車　Via Fratelli Bronzetti 16　7611-0328　週一15:00~19:30、週二至週六10:15~19:30、週日11:00~19:00　www.salvagente.com

這間Outlet從馬路上看進去像是在地下室，並不醒目，只要從巷子進去就可以看到。這間店面其實不小、品牌也不少，像是Roccobarocco、Moschino、Burberry、Dolce & Gabbana、D&G、Emporio Armani、Gucci、KENZO、Miu Miu、Versace、Max Mara、Prada等時尚人士所熟知的品牌，服飾、飾品、鞋包一應俱全，折扣從6至3折都有，有時不到€70就可以買到一件名牌褲子，且可以試穿，讓店內總是人滿為患。

熱內亞 Genova

儘管海權時代已過，「熱內亞」這個名號在歷史上永遠占有一席之地。

不同於威尼斯是由一座座平緩的小島所組成，熱內亞這座天然良港前方放眼大海、後方坐擁群山，第一眼見到它是擠滿了房舍的山丘以及喧囂繁忙的海港。不可否認對遊客而言，熱內亞少了一分浪漫，甚至就如同狄更斯筆下描述的城市那般：充滿晦暗與紊亂。然而漫步在狹窄彎曲的舊城巷弄，就如同走進黑白電影場景：時光停留在那古老年代，時而光明、時而黑暗；有時遇見美麗大宅，有時又陷入骯髒與雜亂。

熱內亞的名稱來自拉丁文的Ianua，是「門」的意思。羅馬時代，熱內亞便是帝國的重要港口，12世紀時興建了第一道環城防禦城牆；1298年一場與威尼斯的海上征戰，熱內亞贏得勝利，這個城邦國家開始長足的發展；到了14世紀全盛時期，其勢力曾經擴展到地中海東岸的敘利亞、黑海的克里米亞半島以及非洲北部。直到1380年被威尼斯擊敗，暫時停止海權擴張，然而其商業貿易的力量仍不容忽視。

15世紀，熱內亞這座世界級海港孕育了一位歷史上不朽的航海家哥倫布(Cristoforo Colombo)；16世紀，在多利亞家族的安得烈・多利亞(Andrea Doria)海軍上將統治下，熱內亞從另一個海權國家西班牙取得不少財富，用宮殿、花園、藝術品來妝點這座城市，是熱內亞歷史上的第2個黃金時期。直到17世紀的法國、18世紀的奧國勢力崛起，以及鄂圖曼土耳其帝國陸續奪走其地中海的殖民地，熱內亞遂逐漸走上沒落之途。

2006年，熱內亞的新街和羅利宮殿群(Le Strade Nuove e Palazzi dei Rolli)被列為世界遺產，那一座座打造得金碧輝煌的貴族豪宅以及無數藝術收藏品，適足以反映出這座海權城市曾經擁有過的榮光。

INFO

基本資訊

人口：約56萬
面積：240.29平方公里
區碼：010

如何前往

◎飛機

距離熱內亞最近的機場為位於市區西邊6公里的哥倫布機場(Aeroporto Internazionale di Cristoforo Colombo)，多半為義大利國內及歐洲航線班機起落，包括廉價航空在內。AMT巴士公司Volabus有接駁車往返於機場與熱內亞市區之間，車程約30分鐘，票價€10，包含24小時內有效的市區交通票。車票在機場的自動售票機或是直接上車購買。

哥倫布機場

www.airport.genova.it

◎火車

熱內亞市區內有2個主要車站：西邊的Stazione Principe，與東邊的Stazione Brignole。前者為主車站，班次也較多，與米蘭之間車程1.5小時；與比薩之間車程2小時。

義大利國鐵

www.trenitalia.com

市區交通

熱內亞市區說大不大，只要時間充裕，大部分景點都在步行可達範圍之內。

市區的交通工具包含巴士、地鐵、纜車和電梯，由AMT整合服務。主要交通工具為巴士；地鐵只有1條路線，從郊區的Certosa，經過Principe車站，沿著海港通向東側的法拉利廣場；2條纜車(Funicolare)分別是Sant'Anna線和Zecca-Righi線，可以上山從高處俯瞰整座熱內亞海港。此外，還有10處電梯，用來連接市中心和周圍山丘。車票可在車站的自動售票機、書報攤或tobacconists雜貨小店購買。單程€2(100分鐘內有效)，24小時票€10。

旅遊諮詢

◎遊客服務中心Ufficio IAT Garibaldi

Via Garbaldi 12r (靠近白宮)

557-2903 9:00~18:20

www.visitgenoa.it

◎舊港旅客服務中心Ufficio IAT Porto Antico

Ponte Spinola

11～3月週一至五9:30~16:50，週六、日9:30~17:20；4~10月9:00~18:20(7~9月延長至21:00)

◎Marittima車站旅客服務中心
Ufficio IAT Stazione Marittima

Ponte dei Mille 8:30~12:20

MOOK Choice

MAP ▶ P.253 B2~C3

新街和羅利宮殿群

Le Strade Nuove e Palazzi dei Rolli

海權時代強盛的象徵

在16至17世紀早期，熱內亞不論在財富或海權方面，都達到最強盛，當時的新街和羅利宮殿群是熱內亞的歷史中心，更是歐洲第一個統一在公權力架構之下的都市發展計畫，於1576年由上議院所頒布。

2006年被列入世界遺產的範圍包括新街的文藝復興式建築及巴洛克宮殿，羅利宮殿群除了是當時貴族的居所，也作為社交組織舉辦活動，以及迎接國家貴賓住宿之用。新街涵蓋的範圍相當廣，包含的宮殿無數，大致包括了今天的Garibaldi街、Balbi街、Cairoli街、Lomellini街、San Luca街等。其中又以紅宮、白宮、多利亞突爾西宮所在的加里波底街(Via Garibaldi)最為人所稱頌。

王宮Palazzo Reale

從Principe火車站沿Via Balbi向市中心，步行約10分鐘可達 Via Balbi 10 271-0236 週三~週六9:00~19:00，每月第一個週日13:30~19:00(免費入場) 全票€10 palazzorealegenova.cultura.gov.it

王宮外表樸素，走進建築裡才驚見它的不凡。一座露台花園雕飾得金碧輝煌、呈現洛可可(Rococo)風格的鏡廳(La Galleria degli Specchi)，以及每間廳堂的濕壁畫、灰泥裝飾、藝術收藏品等，讓這座宮殿不愧「王宮」的名號。

宮殿建於17世紀，原本為為巴爾比(Balbi)家族的宅邸，1830年代成為薩丁尼亞國王薩佛伊(Savoy)家族居所，因而有了王宮這個名稱。「國王寢室」裡掛著《耶穌受難》(Crucifixion)為法蘭德斯畫家范戴克(Anthony Van Dyck)的作品；謁見廳(Sala delle Udienza)裡則放置國王寶座及范戴克為巴爾比家族所畫的肖像畫《卡特琳娜》(Caterina Balbi Durazzo)。

紅宮Palazzo Rosso

Via Garibaldi, 18

這棟外表呈磚紅色的宮殿，是由Brignole-Sale家族於17世紀下半葉所建的宅邸，1874年時，他們將這棟房子及內部所有收藏品捐贈給熱內亞市政府。裡面以展示畫作為主，包括范戴克於1621到1627年在熱內亞作畫期間為Brignole-Sale家族所畫的一系列肖像畫，以及杜勒(Dürer)、維若內塞等人的作品。

多利亞突爾西宮Palazzo Doria-Tursi

從Principe火車站沿Via Balbi向市中心步行，至Via Garibaldi右轉即達，約20分鐘 Palazzo Doria Tursi, Via Garibaldi, 9 557-2193 11~3月9:00~18:30(週六、日9:30開始)，4~10月週二~週五9:00~19:00、週六、日10:00~19:30；開放時間每月可能會變動，請上網查詢 多利亞突爾西宮、白宮&紅宮共通券€9，半票€7 www.museidigenova.it/it/content/musei-di-strada-nuova

多利亞突爾西宮、白宮和紅宮，合稱為新街美術館(Musei di Strada Nuova)。多利亞突爾西宮是今天熱內亞市政府的所在地，裡面收藏與熱內亞有關的重要文件和名物，包括哥倫布親手寫的3封信，以及帕格尼尼廳(Sala Paganiniana)裡一把價值連城的瓜奈里名琴(Guarneri del Gesù)，那是出生於熱內亞的傳奇小提琴家帕格尼尼(Niccolò Paganini)生前最喜愛的一把琴。

白宮Palazzo Bianco

Via Garibaldi, 11

白宮起建於16世紀，與多利亞突爾西宮的中庭相銜接，巴洛克式正門是在18世紀完成。這棟建築和紅宮在19世紀下半葉成為熱內亞市政府的資產，目前部分空間作為市政廳之用。白宮的藝術收藏可說是熱內亞美術館之最，義大利的大師有卡拉瓦喬、維若內塞、利比，法蘭德斯的大師有魯本斯、范戴克、梅姆林(Hans Memling)，以及西班牙的慕利羅(Murillo)和蘇巴朗(Zurbarán)等。其中又以魯本斯的《維納斯與戰神》(Venere e Marte)、梅姆林的《基督的賜福》(Cristo Benedicento)最為出色。

史賓諾拉宮國家美術館 Galleria Nazionale di Palazzo Spinola

從Principe火車站步行約16分鐘可達 Piazza Pellicceria, 1 270-5300 週三~週六9:00~19:00，每月第一個週日13:30~19:30(免費入場) 全票€10 palazzospinola.cultura.gov.it

16世紀的史賓諾拉宮，從裡到外都呈現華麗的洛可可風格，目前為國家美術館。這棟4層樓的建築，曾為史賓諾拉(Spinola)家族的宅邸，他們曾經是熱內亞歷史上最強大的家族之一。國家美術館的收藏以義大利和法蘭德斯的文藝復興畫作為主，又稱為「利古里亞畫派」(Ligurian School)，以范戴克、魯本斯(Rubens)為代表人物。除此之外，建築內的濕壁畫和華麗裝飾也是一景，從4樓的陽台可以眺望熱內亞城市景致。

MAP ▶ P.253A3

舊港口

Porto Antico

重獲新生的海上門戶

從Principe火車站步行20~25分鐘可達；亦可搭公車或地鐵前往 portoantico.it/en

從11世紀起，舊港口就是熱內亞發展海權的核心。1992年為了慶祝哥倫布發現新大陸500週年及舉辦世界博覽會，由建築師皮亞諾(Renzo Piano)操刀改造，原本陳舊頹廢的舊港區變得煥然一新。

港口邊，還可看到一只大球體，它是罕見的海上溫室，還可看見一座造型像八爪章魚般的巨大桅杆海上吊車，這些都是皮亞諾的傑作。

熱內亞水族館Acquario di Genova

Porto Antico Area, Ponte Spinola 23-451 10~2月平日10:00~18:00，週六、日 9:00~18:00；3~6月、9月每日9:30~20:00；7~8月8:30~20:00 成人€25，優惠票€15起；線上購票有優惠 www.acquariodigenova.it/en

沿著港口邊是可閒適散步的濱海大道，同時增加許多新建築，其中最受歡迎的便是熱內亞水族館(Acquario di Genova)。這是歐洲規模第2大的水族館，約50座大型水槽中飼養超過5千種來自世界各地的海洋生物，包括海豚、海豹、鯊魚、企鵝等；它同時也是一座會議、教育、科學和文化中心。

MAP ▶ P.253C4

聖羅倫佐教堂

Cattedrale di San Lorenzo

收藏寶貴聖物

從Principe火車站步行20~25分鐘可達；亦可搭地鐵在San Giorgio站下 Piazza San Lorenzo 209-1863 週一~週六9:00~12:00，15:00~18:00。聖物室週日不開放 聖物室(Museo del Tesoro)全票€6、優待票€5 www.museidigenova.it/it/museo-del-tesoro

聖羅倫佐教堂是熱內亞的主座教堂，外觀呈黑白條紋交錯，起建於9世紀，12世紀竣工，後又經過無數次的整建，因此融合了多種建築風格。北面的聖喬凡尼大門(Portal of San Giovanni)保留了12世紀仿羅馬式的樣貌；立面的3門入口和玫瑰窗則反映了隨後的法國哥德式風格。

教堂內部的禮拜堂是文藝復興和巴洛克交錯，其中最耀眼的是供奉施洗者約翰(St John the Baptist)的禮拜堂，祂也是熱內亞的守護神，傳聞禮拜堂裡的13世紀石棺曾安放施洗約翰的部分骨骸。

教堂內的聖物室(Museo del Tesoro)收藏不少聖物，包括一只「聖盆」(Sacro Catino)，據說是用來把聖約翰頭顱獻給莎樂美(Salome)的石英淺盤；還有在最後晚餐中使用的綠色玻璃碗，以及「真十字架」(True Cross)的部分碎片，不過都未經考證。

MAP ▶ P.253C4

法拉利廣場

Piazza de Ferrari

新城的中心

從Principe火車站步行約25分鐘可達；亦可搭地鐵至De Ferrari站下車

法拉利廣場位於熱內亞市區的東側，靠近Brignole火車站，這裡才是熱內亞目前的市中心。相較於加里波底街貴族富商的豪宅林立，法拉利廣場周邊圍繞著政府機構，廣場中心是一座巨大的噴水池，開闊空曠的空間與熱內亞舊市區那黑暗狹小、令人窒息的街道恰成鮮明對比。廣場上最顯眼的建築，就是新藝術風格的波爾薩宮(Palazzo della Borsa)，曾經是熱內亞的股票交易所。

MAP ▶ P.253C4

哥倫布故居

Casa della Famiglia Colombo

偉大航海家的足跡

Via di Porta Soprana 週二至週五10:00~17:00，週六、週日10:00~18:00 全票€15 www.museidigenova.it/it/casa-di-colombo

要在熱內亞找尋哥倫布的足跡，除了從Principe火車站出來看到的哥倫布雕像之外，從街道、廣場、噴泉、酒吧到機場，Cristoforo Colombo這個名字都可以在城裡每個角落看得到。此外，這棟位於Soprana城門邊的古老建築，房舍早已斑駁、外牆爬滿長春藤，據說哥倫布出生於此，大約4到19歲之間的少年時光(1455~1470年)也是在這裡度過。目前哥倫布故居是座小型博物館，陳列一些歷史文件。

The Mall Sanremo聖雷莫購物之旅

從Principe車站搭火車前往聖雷莫，再轉搭接駁巴士可達 Via Armea, 43, Sanremo 333-216-4746 9:00~19:00 sanremo.themall.it

在佛羅倫斯經營有成的The Mall Luxury Outlets，2019年在義法邊界的聖雷莫也設立了新據點。這個非常靠近法國蔚藍海岸的豪華暢貨中心，建築風格與環境完美融合，除了Gucci、Versace、Armani、Dolce & Gabbana、Lanvin、Balenciaga等國際名牌的Outlet商鋪外，也有提供優質義法美味餐飲的餐廳。如果在熱內亞時間充裕的話，不妨前往掃貨，並體驗一下融合了義、法兩個浪漫國度的海岸風情。

© The Mall Luxury Outlets

五漁村
Cinque Terre

位於熱內亞以東的東里維耶拉(Riviera Levante)，由於地勢險峻、交通不便，好幾個世紀以來幾乎與外面的世界隔絕，直到近代都還沒有公路抵達。這段狹長的海岸線，以古老城鎮韋內雷港(Porto Venere)和5座位於懸崖上的五漁村(Cinque Terre)為代表。

這裡擁有原始的自然景觀以及豐富的人文風貌，不僅展現了人與自然之間的和諧關係，也勾勒過去1千多年來，當地居民如何在崎嶇狹窄的地理環境中，維持傳統的生活模式。1997年，聯合國把五漁村、韋內雷港納入世界文化遺產保護範圍。

由蒙特羅梭(Monterosso al Mare)、維那札(Vernazza)、科爾尼利亞(Corniglia)、馬那羅拉(Manarola)及里歐馬喬雷(Riomaggiore)所構成的5座漁村，是在中世紀晚期形成的濱海聚落，由於沿著海岬的梯地而建，只能靠船隻、火車及步行抵達。韋內雷港則是建於西元前1世紀的古老城鎮，它包含3個村落和Palmaria、Tino、Tinetto 3座小島，其義大利語的意思是「女神之港」，曾是詩人拜倫(Byron)最喜愛的一座城市。

幾十年前，五漁村就已經不是未被發現的伊甸園，藉由火車、輪船的運送，五漁村已成為北義大利最知名的旅遊勝地之一，夏日旺季更是遊人如織。然而當你從鐵路、從海上緩緩駛進這些遺世獨立的村落，那險峻的崖岸、岬角上古雅的粉彩屋舍、山崖間挺立的小教堂、從海邊沿著山勢層層往上延伸的葡萄梯田、滿山粗獷野放的橄欖樹林；遠離遊客聚集的廣場、大街，攀爬在那村落之間的健行山徑，你會發現：愈是保留原始之美，愈能散發出一股無法擋的誘人魅力。

INFO

如何前往

◎火車

前往五漁村，搭乘火車是最方便的交通工具。若從西邊過來，熱內亞是當然的出入門戶，從熱內亞Principe車站出發，抵達五漁村西邊的第一站蒙特羅梭(Monterosso al Mare)車程約1個小時。從東方過來，出入門戶則為拉斯佩齊亞(La Spezia)，距離比薩約1個小時車程，從這裡西進五漁村東邊的第一站里歐馬喬雷(Riomaggiore)車程僅20~30分鐘。

義大利國鐵

www.trenitalia.com

區域交通

◎火車

行駛於熱內亞和拉斯佩齊亞之間的火車，從6:30到

22:00之間，幾乎五座漁村都會停靠，每座漁村之間的火車行車車程僅5分鐘，詳細時刻表可以在火車站查詢。

◎觀光遊船

從復活節之後到10月底左右，拉斯佩齊亞有輪船可以行駛五漁村和韋內雷港之間，從9:15到17:20，平均1小時就有1班。除了較靠山上的科爾尼利亞(Corniglia)之外，其餘4座漁村都有停靠。每年營業時間和船票票價有變，請上網查詢最新資訊。

Consorzio Marittimo Turistico

Via Don Minzoni 13　(0187)732987

www.navigazionegolfodeipoeti.it

◎健行

除了火車非常方便串連這5座漁村外，健行也是來到五漁村必體驗的活動。如果時間和體力有限，里奧馬喬雷和馬那羅拉之間的「愛的小路」(Via dell' Amore)沿海岸線而行，路程1.6公里，僅需20~30分鐘，是條必須付費的步道，但非常建議走一遭。此外，馬那羅拉和科爾尼利亞之間、科爾尼利亞和維那札之間都有健行步道，由於是從海岸翻越山嶺，部分路徑崎嶇陡峭，村落間平均步行路程都要2小時左右，建議穿著適合的鞋子，並攜帶飲用水。

優惠票券

◎五漁村卡Cinque Terre Card

五漁村卡有2種型式：Cinque Terre Trekking Card和Cinque Terre Treno MS Card，前者可以免費使用在五漁村的村內巴士、參加國家公園的導覽、享有參觀拉斯佩齊亞市區內博物館的優惠、免費使用五漁村火車站的廁所等；後者則還可以在效期內無線次搭乘從拉斯佩齊亞到萊萬托(Levanto)之間的火車二等艙，以及使用園區內熱點的無線網路。

Cinque Terre Trekking Card 1日券全票€7.5、2日券14.5；Cinque Terre Treno MS Card 1日券全票€19.5起、2日券€34起、3日券€46.5起。票價每年會調整，請上網查詢最新資訊。

www.parconazionale5terre.it

旅遊諮詢

◎拉斯佩齊亞遊客服務中心

Centro di accoglienza di La Spezia

拉斯佩齊亞火車站裡　(0187)743-500

www.parconazionale5terre.it

蒙特羅梭、維那札、馬那羅拉及里歐馬喬雷的火車站中也都設有遊客服務中心

Where to Explore in Cinque Terre
賞遊五漁村

MAP P.259A1

里奧馬喬雷

MOOK Choice

Riomaggiore

探訪五漁村的起點

里奧馬喬雷坐落在五漁村最東側，如果從東邊的拉斯佩齊亞過來，這裡就是探訪五漁村的起點，因此自然而然就成為五漁村非官方的總部所在地。

里奧馬喬雷的港灣不大，但七彩屋舍緊逼海灣、矗立在岬角上的景色亦十分驚人，因此，也經常成為明信片上的經典畫面。

里奧馬喬雷村裡旅館選擇眾多，餐廳、速食、小型超市等設施齊全，很適合作為探訪五漁村的落腳點。

愛的小路Via dell'Amore

€5

里奧馬喬雷與馬那羅拉之間，沿著海濱有一段輕鬆的步道，名為「愛的小路」，它是五漁村4段藍色小徑(Sentiero Azzurro)裡最知名的一段，據説是早年兩村的年輕人約會的熱門地點，因此得名。從一端漫步到另一端大約1.6公里，只需要20~30分鐘腳程，沿途正好欣賞海岸線上的美麗風景、以及海面上的火車或船隻來來往往，的確和名稱一樣浪漫。往返這兩個小村落間不妨安排單程健行、單程搭火車的方式，可以切實感受五漁村的優閒風情。

MAP ▶ P.259A1

馬那羅拉

MOOK Choice

Manarola

最經典的五漁村畫面

七彩屋堆疊在海岬高崖上——最經典的五漁村畫面就在馬那羅拉，因此是最受遊客歡迎的漁村。馬那羅拉由於腹地較大，海灣背後滿山盡是葡萄園，以產甜甜的Sciacchetrà葡萄酒聞名。馬那羅拉的義大利語口音非常獨特，被稱為馬那羅拉語；馬那羅拉村中到處充滿中世紀古老遺跡，也是歷史最悠久的漁村。由於這裡緊鄰另一座村落里奧馬喬雷，兩者距離僅852公尺遠，因此交通經常打結。

沿著Discovolo路走到最北端的小廣場，這裡有一座作為防禦瞭望的鐘塔，其對面的聖羅倫佐教堂(Chiesa di San Lorenzo)約建於14世紀，內部祭壇的一幅四聯畫可追溯到15世紀。如果打算從馬那羅拉翻過高山走到另一座村落科爾尼利亞，那麼沿著Rollandi路往山上爬，再看好指標繼續前進就對了，你會經過山間美麗宅邸及滿山的葡萄園，從高處俯瞰景色極佳，也可以欣賞到不同角度的海岬彩色屋畫面。

預留充裕的轉車時間

拉斯佩齊亞是前往五漁村的重要轉車站，但是這個車站有點特別：月台與月台之間，一定必須搭乘電梯轉乘；而電梯的乘載人數很有限，所以會耗費不少等待電梯的時間。所以路過此站，務必多預留一些轉車的時間，以免因為等電梯而錯過班車。

MAP ▶ P.259A1

科爾尼利亞

MOOK Choice

Corniglia

高懸岩石岬角之上

走出科爾尼利亞火車站，村落卻還遠在天邊；這是五漁村裡唯一一座碰不到海水的漁村，高懸在海拔100公尺的岩石岬角上，必須再爬377層階梯才能進入村子。科爾尼利亞四周被碧綠的葡萄園包圍，狹窄巷弄蜿蜒在七彩的房舍之間，穿過村落核心便能來到岬角高崖邊的眺望點，倚著懸崖俯瞰利古里亞海湛藍海水。

由於科爾尼利亞位於五座漁村的正中央，而且坐落高崖之上，左看右望可以一次覽盡五座漁村的全景。若說科爾尼利亞完全不靠海也不盡然，順著陡峭階梯而下穿過一座廢棄的鐵路隧道，可以來到一座只有當地人才清楚的秘密海灘。

MAP ▶ P.259A1

維那札

MOOK Choice

Vernazza

布局精巧雅致

擁有一座典型的地中海小海港，維那札是五座漁村中最能從海上安全著陸的村落；若論其布局，也是最為精巧雅致的一座，成排的小咖啡座、卵石鋪成的主街道，還有高高低低的階梯串連每一棟盤據在岩石上的屋舍；從港邊穿過一座海蝕洞別有洞天，一彎小海灘伸向無際的大海。

聖馬格利特教堂

海港邊的聖馬格利特教堂(Chiesa di Santa Margherita)是一座14世紀、帶有利古里亞地區風格的哥德式小教堂，40公尺高的八角塔也是維那札的地標之一。

多利亞堡壘

位於港灣另一頭的多利亞堡壘(Castello Doria)，是五漁村現存最古老的防禦工事，可回溯到西元1000年。

MAP ▶ P.259A1

蒙特羅梭

Monterosso

度假海灘之村

蒙特羅梭位於五座漁村的最西側，地勢較為平坦，是最容易開車接近、最大，也是唯一擁有度假海灘的村落；相較於其他4座，它比較不具坐落懸崖邊的典型漁村樣貌，1940年代時甚至短暫地被排除在五漁村之外。當火車駛進車站，便能清楚看見群山環抱著一彎沙灘、整排陽傘點綴著正在進行日光浴的遊客，散發出悠閒的度假氛圍。市區就分立在火車站左右兩側：右側旅館、餐廳、紀念品店林立；穿過左側的隧道，才能看到老漁村的樣貌。

蒙特羅梭以產檸檬和鯷魚聞名，老漁村裡有一座建於1623年的聖法蘭西斯科教堂(Chiesa di San Francesco)，左側的禮拜堂裡有一幅《耶穌被釘十字架》(Crocifissione)，被認為是法蘭德斯畫家范戴克(Van Dyck)的畫作。

住宿選擇要方便還是要浪漫

住宿在五漁村，不妨選擇在距離火車站不遠處，比較不用拖著行李上上下下，不是階梯就是有斜度的坡道，有點累人；如果還是想要住在窗外就是海景的海岸邊，那麼訂房時先確認有無專車接送或是計程車到達得了，這樣才不會搬運行李搬到厭世。

義大利南部

Southern Italy

文●墨刻編輯部　攝影●墨刻攝影組

位於義大利南部的拿波里是坎帕尼亞省(Campania)的省會，前臨提雷諾海(Mare Tirreno)、後倚維蘇威火山，擁有美麗的風光。義大利這隻「長靴」由此逐漸拉開鞋頭的弧尖，往東跨越滿山遍野的橄欖樹、葡萄園來到巴西利亞卡塔(Basilicata)和鞋跟位置的普利亞(Puglia)，往南則是擔任鞋尖角色的卡拉布里亞(Calabria)。

豔陽與蔚藍大海勾勒出南義的經典畫面，每到夏日，遊人如織，從蘇連多(Sorrento)延伸到阿瑪菲(Amalfi)的海岸，展現了坎帕尼亞省最具代表性的藍色美景。此外，拿波里更是前往附近小島的中繼站，像是擁有溫泉療養地的伊斯基亞島(Ischia)，及藍洞著稱的卡布里島等，迷人景致足以忘憂。

豐富多變的人文風貌也是南義特色。西元79年，維蘇威火山的爆發讓城鎮毀於瞬間，在厚重的火山灰和泥漿覆蓋下，龐貝和艾爾科拉諾卻得以保存羅馬盛世的原貌；巴里曾歷經羅馬、拜占庭、阿拉伯人、諾曼及西班牙人的統治，各種文化都留了點痕跡，巷子裡的凌亂與悠閒就是典型南義生活；為了躲避苛稅，阿爾貝羅貝洛發展出可隨時推倒的乾式石砌屋，圓錐石屋獨特的外型如今深受喜愛；馬特拉利用石灰岩洞開鑿住居，則又是另一種聚落形態，舊城區千年來不變的景象更吸引無數電影前來取景。

義大利南部之最The Highlights of Southern Italy

龐貝Pompei

層層覆蓋的火山灰凝結了2千年前的浩劫之日，龐貝的一磚一瓦描繪出羅馬帝國時期城市的繁榮興盛。(P.283)

阿爾貝羅貝洛 Alberobello

圓錐屋頂是山丘上戴著可愛斗笠的小白屋，翠綠藤蔓攀爬白牆，如童話般的小村落在藍天豔陽下散發療癒系光芒。(P.294)

馬特拉Matera

這裡擁有地中海地區保存最好、面積最大的穴居建築群，千年前古耶路撒冷的模樣在馬特拉完整保留呈現。(P.297)

波西塔諾Positano

依山崖而建的彩色別墅向下延伸，視線盡頭是雪白沙灘與亮藍的海洋，波西塔諾在海岸公路的山彎處綻放明豔亮麗。(P.278)

藍洞Grotta Azzura

乘坐小船滑入海蝕洞中，彷彿進入一座閃耀奇幻藍光的神殿，隨著動人義大利情歌，進入一生難忘的夢境。(P.281)

拿波里 Napoli

拿波里是南義最大的城市，也是個毀譽參半的城市。氣候溫暖、物產豐饒、居民熱情友善，拿波里灣不但是優良的港口，碧海藍天綿延至維蘇威火山的壯闊景致更是遊客流連忘返的主因。義大利俗諺：「Vedi Naapoli e poi muori!」(朝至拿波里，夕死可以)充分表現自古以來義人對拿波里的嚮往，然而因為人口密度高、外來移民組成複雜，暴力犯罪事件時有所聞，拿波里又稱得上義大利最惡名昭彰的城市。

拿波里市區被小山丘包圍，城市南邊是拿波里灣和聖塔露西亞港；北方是卡波迪蒙山丘；中央車站(Napoli Centrale)位於市區的東邊，舊城區和主要景點集中在此；雄偉的維蘇威火山則在城市的東方。

藝術品與歷史建築堆疊的舊城區，是跨時代文化融合的縮影，從西元前7世紀希臘人將此地命名為Neapolis開始，之後經歷羅馬人、倫巴底人、拜占庭帝國的統治。成為拿波里公國後，拿波里得到了自治的地位，但維持不了多久又落入諾曼人手中；13到18世紀，政權不斷在法國及西班牙皇室間易轉，直到1860年才經由公民投票決定加入義大利王國。各民族在這裡留下印記，終究成為拿波里最大的特色。

INFO

基本資訊

人口：約2百18萬人
面積：117.27平方公里
區碼：(0)81

如何前往

◎飛機

拿波里的Capodichino機場是前往南義的主要機場，機場距離市中心北邊約7公里，歐洲各大航空及廉價航空均有連結其他歐洲主要城市的航線。

Capodichino機場
www.naples-airport.info

◎火車

從歐洲各國或義大利主要城市前往拿波里的火車都停靠在市區的中央車站，車站坐落在加里波底廣場上，有地鐵和私營火車經過，無論前往市區景點或近郊都非常方便。部分火車會停靠於城市另一頭的Mergellina車站，與加里波底廣場間有地鐵可以連接。從羅馬搭乘高速火車Frecciarossa前往拿波里只需70分鐘，IC火車則約需2小時。

◎巴士

所有前往拿波里的國際巴士、長程巴士，甚至許多區域巴士大都停靠在中央車站前的加里波底廣場，從這裡可以轉搭地鐵或巴士前往其他地方。最常利用的區域巴士為SITA Sud經營，往來薩萊諾(Salerno)及阿瑪菲海岸的路線。

SITA Sud www.sitasudtrasporti.it

◎渡輪

前往拿波里的另一種方式是搭乘渡輪，卡布里、蘇連多、阿瑪菲及附近小島有渡輪前往拿波里新堡前的Molo Beverello碼頭，抵達後可於新堡入口處搭乘巴士或轉乘地鐵前往中央車站及市中心。從西西里島或北非出發的長途渡輪，則抵達附近的另一個碼頭Molo Immacolatella Vecchia。長程船票須在船務公司或代理旅行社購買，短程至鄰近小島及阿瑪菲海岸的船票則當日於碼頭旁的售票口購買即可。

機場至市區交通

◎從機場

前往市區最便利的交通為ANM公司經營的機場巴士Alibus，往來於加里波底廣場(Piazza Garibaldi)和機場，從5:30~24:00之間，平均每15~20分鐘發一班車，車程約20分鐘，車資為€5，可於車上或自動售票機購票。搭乘計程車從機場前往市中心費用較高，約在€18~25之間。

ANM www.anm.it

計程車 www.comune.napoli.it/taxi

市區交通

拿波里的大眾交通工具包括地鐵、巴士和纜車，ANM發行的車票可通用於3種交通工具，單程票（Biglietto TIC Orario）在90分鐘內可無限搭乘巴士、電車以及1次纜車，費用€1.8。另有交通周遊券，分為1日券(Biglietto Giornaliero)€4.5~5.4和一週券(Sette Giorni) €12.5~16等。車票可於車站旁自動售票機或有Tabacchi標誌的小雜貨店購買。

第一次使用周遊券時，必須在車上的打卡機上打卡，上面會顯示使用的時間。雖然大眾交通工具不一定會設有驗票閘口，但是如果被抽查到沒買票，則罰款數倍，千萬不要以身試法。

ANM www.anm.it

◎地鐵

拿波里的地鐵只有3條，分別為貫穿南北的Linea 1、橫越東西的Linea 2及城市西邊Mergellina火車站使用的Linea 6，其中L1及L2較常為遊客所使用，尤其是往來於火車站、舊市區、新堡以及皇宮區之間。

◎巴士

拿波里的景點不算集中，散落在幾個不同的區塊，像是舊市區、皇宮區、聖塔露西亞港口以及聖艾默城堡一帶等，搭乘巴士是參觀當地最方便的方式。幾乎

披薩的故鄉

在披薩中加入蕃茄醬料大約開始於18世紀的拿波里，當時只是城市中下階層的路邊小吃，直到20世紀才廣為流傳。正統拿波里披薩只有2種口味：使用大蒜、義式香料和蕃茄紅醬的Marinara，以及使用羅勒、莫札瑞拉乳酪搭配蕃茄紅醬的Margherita。配料沒有太多花招，所以可以品嚐到新鮮番茄糊濃稠微酸的開胃滋味，混合麵皮經過60~90秒柴燒窯烤後散發的甜味香氣，口感柔軟但有咬勁，回歸食材本質，簡單而直接，像極了拿波里人鮮明的個性。

披薩屋集中在火車站東側、卡布阿諾廣場(Piazza Capuano)、但丁廣場(Piazza Dante)和舊城區。創業於18世紀的Brandi是創造Margherita披薩的老店，據說1889年國王溫貝多一世和瑪格麗特王后造訪拿波里時，因為吃膩了王室的法國菜，命Brandi的師傅Raffaele Esposito準備幾種披薩嚐鮮，其中，王后最喜歡的就是加了莫札瑞拉乳酪的披薩，因此以王后的名字為這種口味命名。

另一間必訪名店是1906年創立的 Pizzeria da Michele，目前由家族的第5代傳人經營，電影《享受吧！一個人的旅行》即是在此拍攝。選用天然食材、以傳統的低溫長時間發酵法製作麵糰和大理石製作檯面是他們「秘方」的關鍵，早在茱莉亞羅勃茲加持之前，百年來食客早已絡繹不絕。

Pizzeria Brandi

Salita S. Anna di Palazzo 1/2 416-928 週二~週日12:30-16:00、19:30-23:30

L'Antica Pizzeria da Michele

Via Cesare Sersale, 1 553-9204 11:00-23:00

www.damichele.net

所有巴士都會經過火車站前的加里波底廣場，對旅客而言，最方便的巴士為R2，由火車站出發，經過舊市區邊緣，前往沿海一帶的皇宮區和聖塔露西亞港口。巴士上不販售車票，必須在公車站旁的自動販賣機、售票亭或香菸攤(Tabacchi)先行購買。

◎纜車

纜車共有4條路線，其中3條可連接市區及Vomero區域交通。對旅客而言，可於舊市區Montesanto廣場搭乘Funicolare Montesanto線或於皇宮區搭乘Funicolare Centrale線前往聖艾默城堡。

◎計程車

在拿波里搭乘計程車務必在上車前先談好費用，或是確認司機按跳表計費，起跳價為€4.2，低消€7.5，部分遊客經常前往的景點有公定價，可以先參考計程車行網頁。計程車招呼站位於主要廣場上，也可使用電話叫車。

Radiotaxi

radio-taxi.it

優惠票券

◎坎帕尼亞藝術卡Campania Artecard

若是計劃在拿波里3天或預計參觀較多的博物館，建議使用Campania Artecard，依照適用區域又分為拿波里和坎帕尼亞全區(Campania artecard Tutta la regione)兩大類，拿波里藝術3日卡全票€27、優惠票€16，可在有效期限內無限次數搭乘市區所有地鐵、巴士、纜車、地區火車等交通工具，並包含任選3個加盟館所的免費參觀(本書介紹景點皆於使用範圍內)，第4個景點以後也有5折優惠。全區藝術3日卡全票€41、優惠票€30，但免費參觀景點只有2個。此卡為電子票，可直接於官網購買。

www.campaniartecard.it

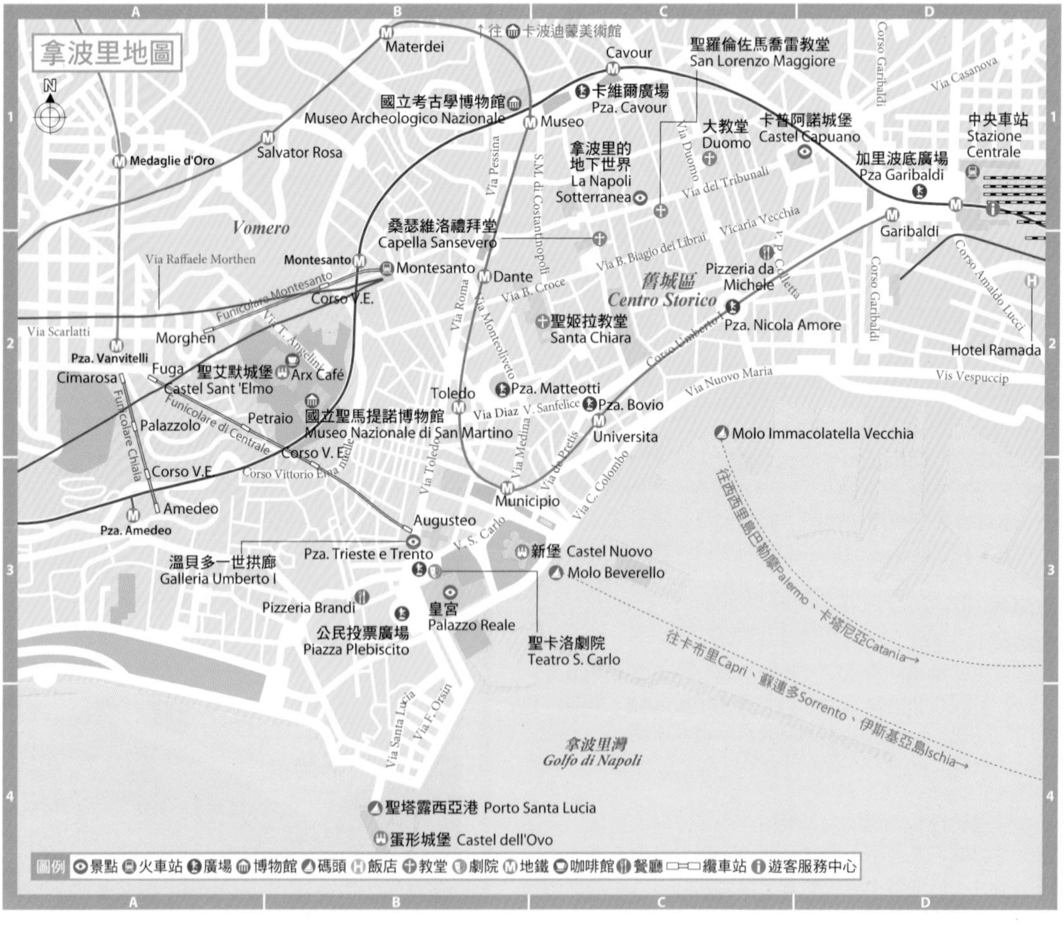

MAP P.268B3

MOOK Choice

皇宮

Palazzo Reale

拿波里巴洛克建築代表

搭乘R2巴士於San Carlo– Trieste e Trento站下，步行約3分鐘可達 Piazza Plebiscito 1 400-547 週四~週二9:00~20:00，週三休 全票€10、優待票€2 palazzorealedinapoli.org

皇宮是拿波里的巴洛克建築代表，建於17世紀西班牙統治時期，18世紀以前皆為拿坡里國王的住所，其中包括法國的波旁王朝以及薩佛伊家族。

正立面佇立8尊大理石雕像，從12世紀諾曼時期的Roger the Norman到19世紀統一義大利的薩丁尼亞國王艾曼紐二世，不同時期的統治者代表拿波里王國的權力嬗遞。皇宮內展示皇室的起居室、客廳、臥房等，有豐富的巴洛克及新古典主義風格傢俱、繪畫、掛毯、瓷器和藝術收藏品。還有規模不小的國立圖書館(Biblioteca Nazionale)及一個小型的宮廷劇院(Teatrino di Corte)；圖書館內典藏至少2千冊珍貴的莎草紙及150萬冊以上書籍。

緊鄰皇宮的聖卡洛歌劇院（Teatro di San Carlo）則是歐洲最古老的歌劇院之一，舉世聞名的音響效果曾讓拿波里一度成為歐洲音樂之都。

皇宮前方的公民投票廣場(Piazza Plebiscito)，新古典主義風格圓弧柱廊相當壯觀，正中央則是模仿羅馬萬神殿建築的保羅聖方濟教堂(San Francesco di Paola)。

MAP P.268B3、C3

新堡

Castel Nuovo

混搭風格見證歷史

搭乘R2巴士於Via Medina站下，步行約3分鐘可達 Via Vittorio Emanuele III 週一至週六8:30~17:00 全票€6

厚實城牆、巨大圓筒狀高塔、搭配文藝復興樣式的凱旋門，新堡無疑是拿波里灣最引人注目的混搭城堡。新堡建於1279至1282年間，曾當作王室居所及防禦堡壘，為了與原先建於聖塔露西亞港口的蛋形城堡(castles dell'Ovo)區隔而得名，也稱為「安茹諾城堡」(Maschio Angioino)，因為這座城堡是由法國安茹(Anjou)家族的查理一世所建。

凱旋門

雕刻精緻華麗的凱旋門建於15世紀，用以紀念西班牙阿拉貢王朝(Aragon)首位入主拿波里的阿方索一世(Alfonso I)國王，門上繁複的浮雕描繪出該國王的勝利，上方並聳立著一尊聖米歇爾的雕像。

市立博物館

如今新堡內當作市立博物館(Museo Civico)使用，位於底層的帕拉提納禮拜堂(Capella Palatina)裝飾著華美的14~16世紀壁畫，以及文藝復興風格的雕刻、玫瑰窗和大理石廊柱，上方樓層則收藏描繪拿波里歷史的繪畫，可以回溯該市19世紀時的城市景觀。

MAP P.268B4

聖塔露西亞港與蛋形城堡

MOOK Choice

Porto Saint Lucia & Castel dell'Ovo

聞名全球的民謠之港

搭乘154巴士至Chiatamone站下，步行約5分鐘可達　蛋形城堡Via Eldorado, 3

人人耳熟能詳的義大利民謠《聖塔露西亞》，吟唱的就是拿波里灣小漁村的美麗海岸風光。順著堤岸走向海港中的Megaride小島，蛋形城堡倨傲地聳立海中，城堡起建於12世紀，由法國諾曼王朝的威廉一世所建，是拿波里最古老的城堡，15世紀重建後才有目前的外觀，為重要的防禦要塞及皇室住所；也曾作為監獄使用。1975年重新整修後開放，作為活動和展覽場地，而真正吸引人的是站在城垛上，遠眺拿波里灣及維蘇威火山的景致；不過目前暫時不對外開放。

MAP P.268B3

溫貝多一世拱廊

Galleria Umberto I

華美高雅的購物中心

搭地鐵L1線於Municipio站下，步行約5分鐘可達　Piazza Trieste e Trento

隔著聖卡洛路(Via San Carlo)和皇宮對望的溫貝多一世拱廊，就位於拿波里灣邊最熱鬧的Trieste e Trento廣場上。這座美麗的拱廊落成於1887年，新古典主義建築搭配玻璃穹頂，模樣類似米蘭的艾曼紐二世拱廊，裡頭同樣聚集著精品商店和咖啡館，即使在商店多不開放的假日，也是市民休閒的場所。若是意猶未盡，拱廊旁邊的托雷多街(Via Toledo)也是血拼購物的好去處。

MOOK Choice

MAP P.268B1

國立考古學博物館

Museo Archeologico Nazionale

世界級的考古收藏

搭地鐵L1線於Museo下，步行約3分鐘可達，或搭地鐵L2線在Napoli Piazza Cavour站下，步行8~10分鐘可達 Piazza Museo 18/19 442-2111分機329 週三至週一9:00~19:30，週二休 全票€22 mann-napoli.it

國立考古學博物館是世界最重要的博物館之一。館內最精彩的收藏是從龐貝及艾爾科拉諾等挖掘出土的壁畫、古錢幣及日常工藝品，以及16世紀時法爾內塞家族(Farnese)挖掘出的仿希臘式羅馬時代雕刻。

博物館地面層(Piano Terra)展出收藏希臘羅馬雕像；夾層(Piano Ammezzato)多是龐貝出土的馬賽克壁畫和古代錢幣，此外，還有秘密展覽室(Gabinetto Segreto)，展出古羅馬時期的春宮畫，以及希臘神話中生殖保護神Priapus為主題的工藝品；頂層(Primo Piano)大廳穹頂的巨型濕壁畫是義大利畫家 Pietro Bardellino 於1781年的作品，描繪當時拿波里國王及皇后天神化的模樣，主要展出龐貝出土的濕壁畫、生活用品及龐貝古城的模型。

海克力斯像Ercole Farnese

1545年從羅馬遺跡卡拉卡拉浴場(Caracalla)出土的海克力斯雕像，是西元3世紀的大理石佳作，為希臘雕刻家利西波斯(Lysippus)青銅原作的仿製品。神話中海克力斯12項任務的其中之一就是獵殺尼米亞巨獅，整座雕像高317公分，壯碩的肌肉線條、髮絲及表情都非常細緻，手中即是雄獅的毛皮及象徵海克力斯形象的橄欖木棒。

公牛像Toro Farnese

同樣出土自卡拉卡拉浴場，大約是西元前3世紀的巨作，也是法爾內塞家族的珍藏，當時由米開朗基羅修復。描述希臘神話中，雙胞胎Amphion和Zethus為了報復皇后Dirce虐待他們的母親Antiope，將Dirce綁在公牛角上拖行處死。這個戲劇化的場景，是由一大塊完整的大理石雕琢而成，人物及公牛的動作表情栩栩如生。

亞歷山大鑲嵌畫Alexander Mosaic

龐貝農牧神之屋（Casa del Fauno）遺址中挖掘的巨型馬賽克拼貼，使用大理石和有色琉璃混合鑲嵌，重現西元前333年伊蘇斯戰役（Battle of Issus）中，亞歷山大大帝和波斯國王大流士三世 (Darius III) 作戰的場景。畫面主體的大流士見敗勢已定倉皇失措，亞歷山大大帝表情及戰甲上蛇髮女妖梅杜莎的細節描繪，也看得出當時藝術品的精緻度。

MAP ▶ P.268C2

舊城區

Centro Storico

感受最真實的拿波里活力

搭地鐵L1在Doumo站下，或地鐵L2在Napoli Piazza Cavour站下，各步行8~10分鐘可達

拿波里的舊城區是一處充分讓你感受義大利真實生活的地區，錯綜複雜的街區內密佈巴洛克式、哥德式的教堂和博物館，中世紀民居建造在古希臘羅馬遺址之上，狹窄的巷弄間，傳統市場留下髒亂與氣味，曬衣桿橫跨天空掛滿大大小小五顏六色的衣服，綜合成了最有特色的景觀。

舊城區在1995年被聯合國列為世界文化遺產，

由San Biagio dei Librai街、Vicaria Vecchia街組合而成「Spacca Napoli」和Tribunali街是橫貫東西的核心，貫穿主要景點，還保留許多專賣某類手工藝品的街道，例如販售耶誕節裝辣椒飾品的San Gregorio Armeno街。

MAP ▶ P.268C1

MOOK Choice

大教堂

Duomo

奇蹟聖血教堂

搭地鐵L1在Doumo站下，或地鐵L2在Napoli Piazza Cavour站下，各步行8~10分鐘可達 Via Duomo 147 教堂：週一至週六8:00~12:30、16:30~19:00，週日8:00~13:30、17:00~19:30；洗禮堂：週一至週五9:00~12:00、16:30~19:00，週六、日9:00~12:00 教堂免費，洗禮堂€2.5

大教堂原名為聖真納羅教堂，聖真納羅是拿波里的守護神，在西元305年時殉教，根據傳說，祂的遺骸曾被運往此處，教堂的聖真納羅禮拜堂中收藏了兩管聖人的聖血，每到5月的第一個週六、9月19日及12月16日3天，凝固的聖血都會奇蹟般地液化，當地居民深信如果聖血沒有液化將會招致厄運。這間教堂從13世紀開始興建，19世紀末增添了今日所見的新歌德式立面。

聖真納羅禮拜堂Chiesa di San Gennaro

入內後位於右手邊的第3間禮拜堂，就是收藏聖血的聖真納羅禮拜堂，裡頭裝飾著令人眼花撩亂的壁畫，祭壇的後方有一尊銀製的半身像聖骨匣，裡頭收藏著聖真納羅的顱骨。

聖復還教堂San Restituta

和這間禮拜堂對望的是聖復還教堂，它原是棟獨立的教堂，也是拿波里最古老的教堂，如今和大教堂連成一氣。在主祭壇右側有一座洗禮堂裡保存了非常早期的基督教遺跡，包括一座據信來自酒神(Dionysus)神廟的洗禮台和西元5世紀時馬賽克鑲嵌畫，地下則有希臘羅馬時期的遺址。

MOOK Choice

MAP P.268C1

拿波里的地下世界

Napoli Sotterranea

深入地底探索歷史

搭地鐵L1在Doumo站下，或地鐵L2在Napoli Piazza Cavour站下，各步行約10分鐘可達 Piazza San Gaetano 68 296-944 英語導覽每天10:00、12:00、14:00、16:00、18:00(週四增加21:00) 全票€15、優惠票€8~10 www.napolisotterranea.org

手持蠟燭鑽進狹窄陰暗的地下洞穴，絕對是了解拿波里歷史最有趣的方式。拿波里舊城歷史中心的地下40公尺深處可說是城市創建的源頭，西元前4世紀，古希臘人發現此處火山地形特有的凝灰岩(Tufa)是堅固建材，向下挖掘大量礦坑建造城牆和神廟，羅馬時期發展為蓄水池和地下供水道。

19世紀因霍亂流行而暫時關閉，變成城市的陰暗角落及市民垃圾場，直到二次世界大戰時重新作為防空洞而啟用。如今這些位在廣場下的地下洞穴猶如一條時空隧道，帶領遊客從史前古希臘走向近現代，探索拿波里2,400年的歷史痕跡。

MAP P.268C2

聖姬拉教堂

Santa Chiara

喧鬧間尋覓一方寧靜

搭地鐵L1在Università站下，步行8~10分鐘可達；或地鐵L2在Montesanto站下，步行約12分鐘可達 Via Santa Chiara 49/c 週一至週六9:30~17:30、週日10:00~14:30 全票€6 www.monasterodisantachiara.eu

熱鬧的新耶穌教堂廣場旁，聖姬拉教堂外觀只是造型簡約的哥德式建築，入內才能發現別有洞天的美麗迴廊。彩色磁磚拼貼出一幕幕的昔日城市景觀，迴廊牆壁上描繪著聖經故事，色彩繽紛的廊柱間，錯落著一棵棵檸檬樹與柑橘樹，給人遠離塵囂的舒適感。

這間落成於1328年法國安茹王朝期間的舊教堂，因1943年的炸彈空襲而毀於一旦，後來才以原本的樣貌復建。教堂內部的展覽室中則展示昔日的教堂裝飾，以及位於教堂底下的羅馬遺跡，「睿智的羅伯」和多位安茹王朝的統治者均長眠於此。

阿瑪菲海岸

Costiera Amalfitana

道路迂迴盤旋於陡峭山崖上，繞過幾個山彎，泛著寶石光澤的湛藍海洋立即填滿視線，陽光打亮依山壁而築的白色別墅，翠綠橄欖樹隨風搖曳，空氣飄散著檸檬和柑橘芳香，阿瑪菲海岸明媚風光和洋溢地中海風情的度假氛圍，自羅馬時期以來即受到皇帝貴族的愛戴，也是文藝復興後期偉大的詩人塔索(Torquato Tasso)的故鄉。

阿瑪菲海岸線東起中世紀的海洋大城薩萊諾(Salerno)，西至拿波里灣南側的蘇連多(Sorrento)，綿延50公里的崎嶇壯麗山崖，聳立於波濤之上。9~12世紀的海上強權阿瑪菲海洋共和國，讓濱海城鎮因對中東及埃及的貿易而繁榮富裕，然而受到其他國家征服侵略而失去獨立自主權，再加上地震、暴雨造成滑坡等天災損害港口，這個區域卻逐漸沒落成貧脊的漁村。直到20世紀初，美麗的自然景觀受到歐洲遊客青睞，再度開啟阿瑪菲海岸的輝煌，1997年登錄世界文化與自然遺產，成為夢想中旅遊勝地。

蘇連多位於半島前端，不管是往東邊的龐貝古城、南邊的阿瑪菲海岸線或是搭船前往卡布里島，交通均相當方便，此外，小鎮物價相對親民，因此以蘇連多為中心點，安排鄰近區域的旅遊行程最為合適。

INFO

如何前往

◎火車

阿瑪菲海岸的東西入口城市分別為薩萊諾和蘇連多，從這兩個城市出發，再轉乘SITA巴士才能進入海岸線區域。由於東邊的薩萊諾位於義大利國鐵鐵路網上，與其他主要城市間的交通較方便，從拿波里出發，最快僅需35分鐘可抵達，從羅馬出發約2小時。前往西邊的蘇連多則需從拿波里搭乘私鐵維蘇威環線(Circumvesuviana)，火車會先經過龐貝，車程約1小時，從拿波里中央車站地下一樓的私鐵加里波底車站發車。詳細時刻表可上網或至車站查詢，車票可於火車站櫃台購買。

義大利國鐵 www.trenitalia.com

◎海路

蘇連多和皮可拉碼頭(Marina Piccola)是往來卡布里島最方便的港口，班次頻繁，搭乘高速水翼船航程約20分鐘，渡輪則需30分鐘。從拿波里Beverello碼頭出發，航程約35分鐘，4~10月間，也可從卡布里島搭水翼船直達波西塔諾、阿瑪菲或薩萊諾。船票均可於碼頭旁的售票處直接購買，由於提供此區航線服務的船公司選擇多，建議多利用卡布里旅遊局網頁的聯合查詢功能，瞭解最新的航班及時刻表。

www.capri.com/en/ferry-schedule

區域交通

◎巴士

阿瑪菲海岸線的巴士由SITA營運，從蘇連多火車站前發車，經波西塔諾至阿瑪菲，旺季排隊人潮多，建議一大早前往，選擇巴士右邊座位才能欣賞海岸線景觀。若沒有計劃在沿海城鎮住宿且安排1個以上的停留點，購買1日券較划算，適用於阿瑪菲海岸全線，可直接於公車前臨時櫃檯或Tabacchi 雜貨店購買。

從薩萊諾發車的巴士可於火車站旁Vittorio Veneto廣場搭乘，至阿瑪菲需時75分鐘，可於火車站內購買，前往波西塔諾或蘇連多須於阿瑪菲轉車。

SITA Sud巴士 www.sitasudtrasporti.it

◎渡輪

4~10月之間有數家船公司提供波西塔諾、阿瑪菲和薩萊諾之間的遊船服務，暑假旺季其間，不但能避開狹窄的海岸公路塞車問題，還能從海面上欣賞錯落於山崖間的小鎮。波西塔諾至阿瑪菲的航程約20分鐘，阿瑪菲至薩萊諾約需45分鐘，船班時刻常有變動，請至官網查詢。

TraVelMar www.travelmar.it

Alicost www.alicost.it

Gescab www.gescab.it

旅遊諮詢

◎蘇連多遊客服務中心

Via Padre Reginaldo Giuliani,46, Sorrento

(081)877-1784

www.sorrentotouristoffice.com/

火車站外也設有遊客中心

◎波西塔諾旅遊資訊

www.positano.com

◎阿瑪菲旅遊資訊

www.amalfitouristoffice.it

旺季順暢旅遊小撇步

7~10月中旬是此區的旅遊旺季，只有2線道的海岸公路遊客絡繹不絕，若想租車遊覽需要絕佳的開車和停車技術，較不建議；若選擇搭乘SITA巴士，除了起迄站外，中途下車後想再擠上車前往下個小鎮非常困難。建議行程安排可以巴士搭配渡輪的方式進行：以蘇連多出發的1日遊為例，先在波西塔諾下車遊覽，步行至海邊後搭乘渡輪至阿瑪菲，若時間充裕，還可從阿瑪菲搭巴士前往拉維洛。

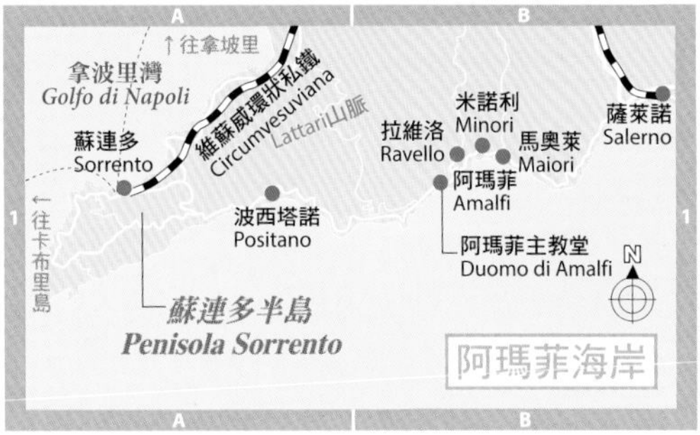

MAP P.275A1

MOOK Choice

蘇連多

Sorrento

洋溢檸檬與柑橘芬芳的民謠之鄉

世界名謠《歸來吧！蘇連多》傳唱著令人嚮往的海岸風光和纏綿思念，希臘神話中，女妖以甜美歌聲倚著海涯迷惑水手，蘇連多是16世紀的義大利著名詩人塔索(Torquato Tasso)的故鄉，更以湛藍海水和燦爛陽光吸引拜倫、葉慈、歌德、尼采等文人為其駐足，成為文人雅士的靈感之鄉。

塔索廣場Piazza Tasso

塔索廣場是最熱鬧的鎮中心，周圍名品店和餐廳林立，Corso Italia貫穿廣場，往東是火車站，往西則進入舊城區，往北步行約5分鐘即可抵達聖法蘭西斯可教堂(Chiesa di San Francesco)。

皮可拉碼頭及大碼頭 Marina Piccola & Marina Grande

蘇連多建於凝灰岩海岸山崖上方，有2個港口：皮可拉碼頭是往來卡布里島、拿波里和阿瑪菲海岸各小鎮的重要對外港口，港口與城鎮之間除了迂迴而上的U型車道，就是陡峭階梯，若攜帶行李不方便，有升降電梯可抵達山崖上的市民公園。小鎮西邊的大碼頭則是當地漁港，海鮮餐廳林立，可品嚐時令的鮮美滋味。

市民公園Giardini Pubblici

真正讓遊客流連忘返的是教堂外的市民公園，這裡有視野絕佳的觀海平台，蘇連多半島斷崖懸壁的海岸線綿延至遠方維蘇威火山，傍晚時分，陽光為灰白海崖調色，從金黃、橙紅、粉紫逐漸變成隱入夜色的墨黑，拿波里灣的夕照令人沈醉。

酸酸甜甜的檸檬滋味

蘇連多半島幾乎家家戶戶的院子裡都種滿了檸檬，每到3~4月，滿樹淡黃色檸檬結實累累，這裡的檸檬品種為Sfusato Amalfitano，比一般常見檸檬大得多，栽種不使用農藥、香氣濃郁而酸度適中，檸檬冰沙清甜爽口；檸檬酒(Limoncello)是當地人常飲用的餐後甜酒；檸檬橄欖油完美混合了橄欖與檸檬芳香，蘸麵包或拌沙拉絕佳；檸檬糖、檸檬手工皂及各種手工繪製檸檬圖案的陶瓷都是最佳伴手禮。阿瑪菲沿岸小鎮都能找到相關紀念品，但以蘇連多的San Cesareo街及S.M. Grazie街價格最實惠。

MAP ▷ P.275B1

阿瑪菲

MOOK Choice

Amalfi

點亮海洋的彩色寶石

從蘇連多搭乘SITA巴士經波西塔諾至阿瑪菲約需1.5小時，從薩萊諾出發前往約75分鐘。4~10月間也可搭乘遊輪往返薩萊諾、波西塔諾和卡布里島。

廣場市集瀰漫檸檬和柑橘的清香，露天餐廳飄散咖啡的濃郁，色彩繽紛的冰淇淋店傳來誘人甜香，阿瑪菲的悠閒度假氛圍揉合在各種令人感覺幸福的香氣間。

阿瑪菲位於Cerreto山腳下，面朝第勒尼安海(Mare Tirreno)，市鎮中心是被懸崖峭壁包圍的狹窄深谷，9~12世紀是地中海重要貿易勢力－阿瑪菲海洋共和國，全盛期人口超過七萬人，因主宰地中海、拜占庭與埃及間的貿易而富裕繁榮，1131年受諾曼人統治而失去獨立地位，接著比薩共和國的掠奪，再加上海嘯肆虐城鎮，使阿瑪菲商港功能逐漸沒落，現在的阿瑪菲則是蘇連多半島最受歡迎的度假城市。

市區範圍不大，從海灘沿著主要道路Via

Lorenzo D'Amilfi往山谷前進，約20分鐘就能貫穿市鎮，最熱鬧的區域集中在大教堂前的廣場四周，有許多販售陶器、乾燥香料、檸檬酒和橄欖油等伴手禮的小店，漫步石板巷弄間別錯過街上的小驚喜，牆上彩色磁磚手繪古地圖，轉角噴泉擺滿做工精緻的小人偶。

紙博物館Museo della Carta

Via delle Cartiere, 23　(0)89-830-4561　10:00~19:00　全票€4.5，體驗製紙€7　www.museodellacarta.it

主要街道底端是紙博物館。阿瑪菲以製作高品質的手工紙『Bambagina』聞名歐洲，博物館本身就是13世紀的造紙廠，展示了以水為動力製作手工紙的古老機器，至今仍能良好運作。

MAP P.275A1

波西塔諾

Positano

阿瑪菲海岸最迷人的小鎮

從蘇連多搭乘SITA巴士抵達約需1小時，停靠的第1站為Chiesa Nuovo，第2站Sponda；從阿瑪菲出發搭乘SITA巴士約需30~40分鐘。4~10月間也可搭乘遊輪往返薩萊諾、阿瑪菲和卡布里島

繞過逶迤蜿蜒的海岸公路，初見波西塔諾的剎那，沒有人能掩飾眼中驚豔光芒。20世紀中葉以前，波西塔諾只是沒沒無聞的小漁村，直到1953年才因為美國諾貝爾文學獎作家John Steinbeck的遊記聲名大噪，這裡也是電影《托斯卡尼艷陽下》女主角黛安蓮恩追尋愛人的小鎮。

巴士行駛的主要道路盤旋於山腰上，公路與海岸間僅容小車通行，因此雙腳是認識波西塔諾最好的方式。避開車道走入曲曲折折的石階梯，朝著Spiaggia Grande沙灘方向拾級而下，翠綠山谷間，層層疊疊依山崖而建的彩色屋宇向下延伸至雪白沙灘和亮藍清澈的海洋，不妨拋開手中地圖，邂逅每個轉角的不同風景。

Spiaggia Grande沙灘是遊人聚集的中心，也是搭乘遊輪的碼頭所在，周圍有許多海鮮餐廳和紀念品店，沿著西邊的陡峭山壁可前往羅馬時期碉堡，現在則改建為餐廳。

波西塔諾明艷動人，正如Steinbeck筆下所形容「身處其間時如夢境般不真切，當你離開後，它卻變得栩栩如生。」

展現神蹟的聖母教堂

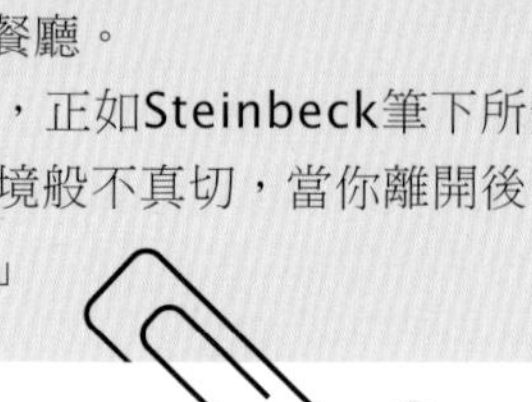

聖母教堂(Chiesa di Santa Maria Assunta)**拜占庭式的幾何拼貼圓頂是海岸線最醒目地標，傳說土耳其船隻行經時，船上竊取而來的聖母畫像傳來耳語：「Posa, Posa!」(放我下去)，水手們驚慌失措在海岸旁留下畫像，波西塔諾於是被認為是聖母選擇之地。**

卡布里島
Isola Capri

卡布里島位於拿波里灣南邊，距離蘇連多半島約5公里，原本與義大利半島連結在一起，因為風化與海蝕的結果成為一座獨立的島嶼。這美麗島嶼有許多如夢似幻的稱號：有人稱它為「藍色之島」或「戀人之島」。

卡布里島得天獨厚的美景自古羅馬時代即受到帝王的青睞，奧古斯都、提比略大帝相繼在此建造許多宮殿和別墅。19世紀中，德國作家August Kopisch在當地漁民的帶領下重新發現藍洞，驚艷了全世界，名歌手格雷西・菲爾德斯(Gracie Fields)一曲洋溢海島風情的《卡布里島》(The Isle of Capri)更是被翻唱成各種語言，勾起人們對卡布里的浪漫想像。

島上共分為東部的卡布里鎮(Capri)及西部地勢較高的山區安納卡布里(Anacapri)兩個主要區域，以卡布里鎮為中心，島上共有2座碼頭，往返拿波里、蘇連多及藍洞的船隻都由北方的大碼頭(Marina Grande)出發。

INFO

基本資訊
人口：約13萬人 **面積：**10.4平方公里
區碼：(0)81

如何前往
◎從拿波里出發
拿波里有水翼船(Hydrofoil / Jetfoil)和渡輪(Ferries)前往卡布里島，水翼船雖然價格較高，但班次密集且可縮短航程。從拿波里出發的水翼船在Molo Beverello碼頭搭乘，有好幾家船公司經營這條路線，大約每30~60分鐘就有一班船，航程約45分鐘，可於碼頭旁售票口購票或於官方網站預約。渡輪在Calata Porta di Massa碼頭搭乘，班次不多，航程約60~80分鐘。詳細水翼船和渡輪時刻表、票價請上網查詢。

SNAV www.snav.it
NLG www.nlg.it/en
CAREMAR(渡輪) shop.caremar.it/en

◎從蘇連多及其他港口出發
蘇連多也有水翼船和渡輪前往卡布里島，均在大碼頭(Marina Grande)搭乘。搭乘水翼船航程20分鐘，渡輪的航程約30分鐘。船票可於碼頭旁售票處購買或於網站上預訂。此外，夏季時阿瑪菲海岸線其他港口也有船班往來卡布里島，如波西塔諾、阿瑪菲、薩萊諾。

CAREMAR(渡輪) shop.caremar.it/en

島上交通
◎公車
卡布里島分成東部的卡布里鎮以及西部地勢較高的山區安納卡布里2個區域。前往兩處皆在碼頭售票口旁的公車站牌候車，往安納卡布里的公車也會先經過卡布里鎮，兩區域間也有公車往返。卡布里鎮在匈牙利廣場(Pza. M. d'Ungheria)上下車；安納卡布里則在維多利亞廣場(Pza. Vittoria)前搭乘。

◎**纜車Funicolale**

由於等待搭乘公車的遊客很多，從大碼頭前往卡布里鎮，也可搭乘纜車。越過碼頭前方的熱鬧大街即可看到纜車入口，纜車出口即為溫貝多一世廣場(Pza. Umberto I)，每15分鐘一班次。

◎**遊船**

搭乘中型遊船從海面上環繞欣賞卡布里島是相當受歡迎的旅遊方式。提供服務有Motoscafisti和Laser Capri兩家船公司，皆由大碼頭出發，行程和費用皆相同，約30分鐘一班次。遊程有兩種，只前往藍洞可選擇1小時的行程，包含藍洞來回交通(單程約15分鐘)及在洞口等待換小船入洞的時間；另一種為約2小時的環島行程，除了藍洞以外，還會行經西南角的Punta Carena 燈塔、綠洞(Grotta Verde)、Faraglioni巨岩、白洞(Grotta Bianca)、石拱門(Arco Naturale)等。兩種行程均不包含藍洞門票及小船費用；此外，由於藍洞開放時間不定，建議不需事先預訂，當天視開放狀態決定行程。

Motoscafisti

碼頭內獨立售票亭 837-5646

www.motoscafisticapri.com

Laser Capri

Via Cristoforo Colombo, 69(碼頭外大街上)

837-5208 www.lasercapri.com

Where to Explore inCapri
賞遊卡布里

MAP ▶ P.280B1

卡布里鎮

Capri

名流匯集的度假勝地

從Marina Grande碼頭搭乘公車或纜車前往；步行15~20分鐘可達

卡布里鎮是島上人口最密集的區域，以溫貝多一世廣場為中心，廣場前方的大型平台可俯瞰港口景致，周圍巷弄精品名店林立，想當然爾，鄰近餐廳及飯店的價位也是名流等級。在卡布里鎮最有趣的莫過於穿梭在島上的小巷道：家家戶戶門前的陶瓷門牌別具創意；海風混合著檸檬香氣；白色小屋與屋前爭奇鬥豔的花朵，點綴艷陽下慵懶的地中海風情。

聖史蒂芬諾大教堂Santo Stefano

廣場旁的階梯通往聖史蒂芬諾大教堂，這座興建於1685年的教堂，主聖壇前色彩繽紛的大理石地板值得欣賞，這些珍貴的石頭取自裘維思別墅。

裘維思別墅Villa Jovis

裘維思別墅是卡布里島上最大、保留較為完整的羅馬帝國時期遺址，為西元1世紀時提比略大帝（Emperor Tiberius）的行宮，從廣場出發步行約2公里可抵達。別墅在小島的東北角，站在這裡眺望閃耀藍寶石光澤的拿波里灣和維蘇威火山，就不難理解帝王為何鍾情於此。

MAP ▶ P.280A1

MOOK Choice

藍洞

Grotta Azzura

上帝調色的幻彩

從碼頭搭遊船到藍洞外，或從安納卡布里的Piazza della Pace搭乘公車前往，車程約15分鐘，下車後順著樓梯向下步行即達洞口。到藍洞洞口後，再轉搭小船入內參觀 9:00~17:00 門票€18，渡船費用另計 www.capri.com/en/e/la-grotta-azzurra

船夫搖著小船滑入洞穴中，瞬間進入一座奇幻的藍色神殿，四面岩壁泛著藍光，小船漂浮在水波上，海面的藍光忽而如絲緞般柔亮，忽而若寶石閃耀，隨著光線與水波的舞動，瞬息萬變，接著船夫高歌民謠，動人歌聲在洞窟中迴盪，即使全程僅短短5分鐘，卻是一生令人難忘的體驗。

藍洞寬約25公尺、長約60公尺，是海水經年累月侵蝕而成的天然岩洞，從洞中發現的雕像推測，可能曾是羅馬帝國時期王公貴族的私人浴場。由於洞底都是石灰岩，陽光從開口射入，海水吸收光線中的紅光，將藍光反射在水面岩壁上，因此讓整個岩洞散發著美麗的藍光。

藍洞測試人品？

1.由於洞口狹小，因而遇天候不佳、海潮太高或風浪太大都無法進入，冬天開放的機率尤其低，因此，想造訪這美麗岩洞得靠運氣，遊覽當日須先在碼頭詢問是否開放。

2.前往藍洞最佳時間為11:00~14:00，搭船前來須在洞口等待換小船進入，旺季時可能需在海面上停泊個把小時，容易暈船的遊客需注意。

3.小船船夫收取小費已是不成文的規定，建議為每人€3~5。

MAP ▶ P.280B1

MOOK Choice

奧古斯都花園

Giardini di Augusto

眺望卡布里最經典地標

從溫貝多一世廣場步行8~10分鐘可達 Via Matteotti, 2 9:00-19:30，冬季(10月底以後)至18:00 €2.5 www.capriculturaeturismo.it/en

想要欣賞卡布里島峭壁綿延的海岸景觀，就不能錯過奧古斯都花園。這處綠地屬於德國鋼鐵實業家A. F. Krupp所有，園內由肥沃的火山石灰土培育出美麗花朵，向東方眺望，造型猶如三角錐體的Faraglioni巨岩矗立於湛藍海面，是卡布里島最經典的畫面。巨岩平均高達100公尺，原本與卡布里島相連，但經年的海蝕與風蝕最終形成獨立於大海中的奇岩，中間的岩石還自然開成一座美麗的拱門，傳說戀人在船行經石拱門下時擁吻可獲得幸福。

令人驚呼連連的盤山小徑

由花園向西方俯瞰，Z字型石砌道路向下延伸至海岸邊的小碼頭(Marina Piccola)，夕陽下如蜿蜒盤旋於懸崖陡壁上的藝術作品。

MAP P.280A2

MOOK Choice

索拉羅山

Monte Solaro

卡布里島最高峰

從維多利亞廣場搭乘單人纜椅前往約12分鐘；步行上山約1小時可達 3~4月9:30-16:30，5~10月9:30-17:30，11~2月9:30-15:30，營業時間和票價隨時會變動，請上網查詢最新資訊。 單程€11、來回€14

位於卡布里島西側的安納卡布里，以維多利亞廣場為中心，大部分的餐廳以及商店都位於廣場四周延伸出去的街道上；搭乘廣場旁的單人纜椅可通往卡布里島的最高峰索拉羅山。儘管這座山的高度不過589公尺，沿途的景觀卻非常優美：隨著高度緩緩爬升，眺望白色房子、綠意盎然的

樹林及蔚藍的海水，享受涼風吹來的快意。

山上觀景台擁有360度地中海美景，逐坡而建的卡布里鎮、卡布里島的海上地標Faraglioni巨岩、義大利本島上的蘇連多、拿坡里灣海岸線及鄰近的伊斯基亞島(Ischia)皆盡收眼底。

MAP P.280A1

聖米歇爾別墅

Villa S. Michele

迎接陽光、微風和大海的私宅博物館

從維多利亞廣場步行6~7分鐘可達 Viale Axel Munthe 34 837-1401 11~2月9:00-15:30，3月9:00-16:30，4、10月9:00-17:00，5~9月9:00-18:00 €10 www.villasanmichele.eu

這棟懸崖上的幽靜別墅，是19~20世紀享譽世界的瑞典醫師兼作家阿克塞爾．蒙特(Axel Munthe)的故居，他在卡布里島定居了15年之久，並寫下了一本描繪個人生平的知名著作《聖米歇爾的故事》。如今別墅以博物館的方式對外開放。

蒙特在1876年第一次踏上卡布里島就醉心於此，並決心打造一座如希臘宮殿般的夢想住所。1887年，蒙特選擇在巴巴羅莎山(Monte Barbarosa)腳下、古羅馬帝國時期別墅遺址和中世紀聖米歇爾禮拜堂之上興建房舍，建築上保留了在地特色，除了極具巧思的佈置外，真正令人欽羨的是擁有無際蔚藍海景的庭院。

內部裝飾了他從各地蒐集而來的物品，包含古

埃及文物、提比略大帝時期的羅馬青銅塑像和馬賽克鑲嵌、伊特魯里亞(Etruscan)風格的家飾等以自然和動物為主題的藝術品。白色迴廊間，青銅雕像洋溢著羅馬風情，通道盡頭一尊望向遠方的獅身人面像(Sphinx)，更增添了這棟別墅的異國情調。

龐貝
Pompei

從拿波里港口上岸，沿著海岸線往內陸走，約莫30分鐘車程，擁有2個火山口的維蘇威火山雄踞在港灣內側，火山橫臥一路相伴，它就是千年前那場世紀大災難的「元兇」。龐貝在被埋沒之前因為製酒和油致富，原本是一處十分忙碌的港口，此時正值羅馬皇帝尼祿(Nero)時代，與羅馬往來密切。西元79年8月24日，維蘇威火山大爆發，山腳南麓的龐貝城被埋沒，火山灰厚達6公尺，龐貝因此凝結在那個浩劫之日；直到17世紀被考古學家發掘，將近2千年前的都市才得以重見天日。

如今這座被火山灰凝結的城市，展現了比其他遺跡更人性的一面：除了神殿、廣場、劇場、音樂廳等羅馬遺跡建築，一座商業城市該有的機能，例如棋盤狀整齊分佈的街道、銀行、市場、浴場、商店等，也一點都不少。

INFO

如何前往

◎火車

從拿波里可以搭乘國鐵或私鐵前往龐貝，建議搭乘拿波里往蘇連多方向的私鐵，班次頻繁且車站Pompei Scavi (Villa Misteri)就在遺跡入口處。每天6:09~21:39間從拿波里中央車站下方的私鐵加里波底車站發車，車程30~45分鐘，詳細時刻表可上網或至火車站查詢，車票可於火車站櫃台購買。

◎巴士

SITA巴士提供往返龐貝的巴士交通服務，車程約35分鐘，營運於5:30~20:30之間，班次視尖峰和離峰時段調整，大約15~90分鐘發一班車，詳細發車時間與班次，請於SITA官方網站查詢。

SITA巴士 www.sitabus.it

MAP ▷ P.283

龐貝遺跡區

MOOK Choice

I SitiArcheologici

火山灰下沉睡的兩千年時光

☎857-5347 ⏲4~10月9:00~19:00、11~3月9:00~17:00。(關閉前1.5小時為最後入場時間)，開放時間和票價會變動，請上網查詢。 💲龐貝(含郊區別墅)全票€22、優惠票€2，不含郊區別墅全票€18；3日券全票€26。每月第一個週日免費 🌐www.pompeiisites.org ❗大型行李及後背包禁止攜帶入內

由於龐貝幾乎是一整座城市原封不動地被火山灰凝結，相較於世界其他考古遺跡，這裡毋寧是更為人性的。

從它今日保留下來的輪廓中，可以描繪出龐貝當初繁榮興盛的模樣：在這個人口粗估約1萬至2萬的城市裡，光是市民社交的酒吧就多達99間，而且多半位於街道交叉路口；妓院則位於酒吧後頭較隱蔽之處，甚至街道地面上還刻著男人性器官作為路標，妓院裡的春宮圖更是栩栩如生；麵包烘焙屋裡可以看到磨麵粉的巨大石磨及烤爐；有錢的富豪家裡不但有花園、神龕、餐廳、廚房，更在門口地板上貼有犬隻的馬賽克鑲嵌畫，以示「內有惡犬」。儘管龐貝挖掘出來的精采鑲嵌畫及重要文物，目前都收藏在拿波里的考古博物館裡，然而透過這些建築遺跡，2千多年前的羅馬生活似乎歷歷在目。

碼頭及城牆Porta Marina & City Wall

艾爾可蘭諾(Ercolano)碼頭所在的城門，是龐貝7座城門中最壯觀的一座，當年海岸線還沒淤積之前船隻可直達於城門下。今天依舊挺立的環狀城牆，大約在西元前6世紀便已構築，約有3公里長。

阿波羅神殿Tempio di Apollo

這座多立克柱式神殿是龐貝最古老的宗教聖殿，從殘留的裝飾顯示，建築可以追溯到西元前550年到前570年，儘管目前所看到的建築布局是到西元前2世紀才完成的。整座神殿結合了義大利風格(前入口階梯的墩座)和希臘元素(環繞的列柱廊)，地板由鑽石形狀的彩石鋪成，呈現出立體效果。立在兩旁柱廊的雕像分別是手執弓箭的太陽神阿波羅和月亮女神黛安娜，目前立在神殿的雕像是複製品，真品收藏在拿波里博物館。

大廣場Foro

坐落在兩條主要幹道的交叉點，是整座龐貝城的主要廣場，也是市民生活的中心，禁止車輛通行，周邊環繞著宗教、政治及商業性建築，例如朱比特神殿、市場、女祭司尤瑪奇亞之屋等。

大會堂Basilica

建於西元前2世紀，呈長方形，當年是龐貝最大的建築物之一，過去作為行政法院和商業交易所。殘存的牆壁上還留有最早時期的裝飾，在大會堂後方登上一座木梯，可以來到法官的座席。

朱比特神殿Tempio di Giover

朱比特神殿建築年代約在西元前2世紀，從前階梯可以走上一座高台，兩道柱廊把神殿一分為三，並安放一座眾神之王朱比特雕像，如今只殘留其頭像。後來這座神殿改為供奉卡皮托利利諾山3神(Capitoline Triad)，分別是朱比特、妻子朱諾(Juno)及手工藝女神彌涅瓦(Minerva)。

尤瑪奇亞之屋Edificio di Eumachia

女祭司尤瑪奇亞是紡織工人的守護神，這棟尤瑪奇亞之屋建於羅馬皇帝台伯留(Tiberius，14-37 AD)時代。此屋最著名的便是正門精緻的大理石浮雕，栩栩如生的花卉蟲魚鳥獸幾可亂真，讓人聯想到羅馬奧古斯都時代的藝術形式。這棟建築過去可能作為毛料市集或是紡織公會總部。

史塔比恩浴場 Terme Stabiane

這座浴場是龐貝城最古老的浴場，約建於西元前2世紀，裡面分成男女兩大部分，並包含了冷水浴(Frigidarium)、更衣室(Apodyterium)、暖房(Tepidarium)、熱水浴(Caldarium)及公共廁所和游泳池。

農牧神之屋Casa del Fauno

占地2,970平方公尺，是龐貝最大的房子。入口處就可以看到這尊著名的農牧神銅雕，約在西元前2世紀所打造，真品目前收藏在拿波里博物館，這棟別墅的名字便取名自這尊雕像。房子原為羅馬貴族卡西(Casii)所有，裡面有許多珍貴的馬賽克地板和壁畫，其中世界知名的《Alexander Mosaic》，描繪亞歷山大與大流士作戰的馬賽克畫作，便是在這間別墅裡發現的，目前也是收藏在拿波里博物館。

悲劇詩人之屋Casa del Poeta Tragico

這是最典型的「中庭式」屋子，儘管比起許多宏偉的住宅小得多。之所以取名「悲劇詩人」，主要來自於公眾廳和列柱廊之間的一塊馬賽克，上頭描繪了劇場裡上演希臘悲劇的場景，當然，這塊馬賽克及其他畫作也珍藏在拿波里博物館裡。目前還留存在原址最著名的一幅馬賽克，則是入口處一隻拴著狗鏈的猛犬，上面刻著CAVE CANEM字樣，意思是「小心內有惡犬」，當年這樣的標示在龐貝相當普遍。

麵包烘焙屋Forno

烘焙屋裡主要由2種建物構成：一是火爐，一是石磨。磚頭搭建的火爐以木材當作燃料，經過2千年並沒有改變太多，許多義大利鄉村的火爐仍採用這種形式；石磨則是用堅硬、有氣孔的熔岩製成，形狀有如沙漏一般，並以騾子來轉動。烘焙屋裡缺了櫃台，也許是大量批發，或者靠小販兜售。

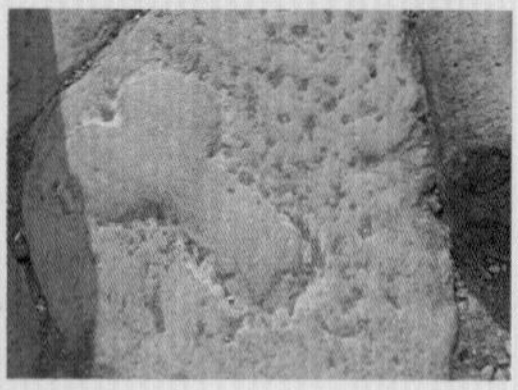

妓院Lupanare

「Lupa」的拉丁文意思就是「娼妓」，相較於其他妓院只有簡單一兩個房間，這所妓院可以說是全龐貝城最有組織的，地面層和2樓各有5個房間和1間公共廁所。整所妓院最精采便是牆壁上擺出各種姿勢的情色春宮圖，當年在妓院賣淫的多半是奴隸，很多都是希臘人或東方人。

大劇場Teatro Grande

依著天然的陡峭地勢而蓋，建造時間可以追溯到西元前2世紀，呈馬蹄狀的劇場可以分成3區：最底層部分鋪著大理石，是行政長官和重要人物的保留座；貴賓席上方，由一道環形走廊隔開，屬於一般觀眾席；至於舞台兩旁的「包廂」是在奧古斯都時代才加上去的，也使得整個劇場的座位增加到將近5千個。舞台背景幕所裝飾的大理石和雕像是西元62年大地震之後重建的。

艾爾科拉諾
Ercolano

位於拿波里和龐貝之間的艾爾科拉諾，和龐貝同樣埋藏於維蘇威火山西元79年那場驚天動地的爆發中，雖然它的名聲沒有龐貝來得響亮，然而其保存狀況與龐貝相比，卻是有過之而無不及。

不同於龐貝遭受火山灰的掩蓋，艾爾科拉諾被熱騰騰的火山泥漿瞬間凝結，使當時許多木造的房屋碳化，因而得以2千多年之後仍展現完整的結構，1709年時才由考古學家發掘。目前只有部分臨海範圍挖掘出土，面積比龐貝小，也因此顯得更為集中。

舊稱Herculaneum的艾爾科拉諾，傳說由希臘神話中的大力士海克力士(Hercules)所建而得名。和龐貝這座商業大城不同，羅馬時代的艾爾科拉諾是貴族的高級度假勝地，他們在此興建坐擁優美景致的別墅，也因此在遺跡區中鮮少看見商業導向的建築，反而都是一棟棟的私人宅邸；尤其是西元63年一場大地震後，這些貴族大力整修房舍，沒想到還是逃不過命運之手的捉弄。

INFO

如何前往

◎火車

從拿波里可以搭乘前往蘇連多的私鐵路線抵達艾爾科拉諾站(Ercolano Scavi)，班次頻繁，每天6:09~21:39間從拿波里中央車站下方的私鐵加里波底車站發車，平均每30分鐘一班車，車程約17分鐘。詳細時刻表可上網或至火車站查詢，購票可至火車站櫃台購買。

私鐵火車站距離遺跡步行大約10分鐘左右，只需沿著車站外的主要道路一直往海邊走去即可。

◎巴士

艾爾科拉諾距離拿波里大約10公里，除火車外也可以搭乘當地巴士前往，不過巴士站距離艾爾科拉諾的遺跡區有一小段距離，步行約需30分鐘左右，因此不建議搭乘。

MOOK Choice

MAP ▶ P.287

艾爾科拉諾遺跡區

Zone Archeologici

塵封古代豪宅

Corso Resina, 187 4~10月8:30~19:30、11~3月8:30~17:00。(關閉前1.5小時為最後入場時間)，開放時間和票價會變動，請上網查詢。 全票€13 ercolano.beniculturali.it 大型行李及後背包禁止攜帶入內，遊客中心有免費行李寄放處

一層厚達16公尺的火山泥漿，千年來安全地保護著艾爾科拉諾的遺跡，每當當地居民挖掘地基、水道或是鑿井時，總會觸及古城的部分建築結構，但這些片段難以歸類為考古活動，直到1709年時，因為奧地利王子愛爾鮑夫(Elboeuf)發現了深埋地底的古城劇院舞台牆，才使這片遺跡重見天日，同時也展開挖掘活動。

考古活動雖在18~19世紀就開始進行，但遺憾的是，此時期發現的大理石及青銅多半被運往拿波里興建宮殿；此外，考古工作進行得並不順利。一直到1927年，在義大利知名考古學家馬伊烏里(AmedeoMaiuri)的帶領下，艾爾科拉諾的挖掘和保存工作才正式有了組織與規模，而考古工作至今仍進行中。

百眼巨人之家Casa d'Argo

名字來自於屋中的壁畫：描繪希臘神話中，宙斯妻子希拉派百眼巨人Argo看守被變成母牛的女祭司Io的故事。雖然原畫已不存在，但從剩餘的建築遺跡不難看出昔日必然屬於一個富裕的羅馬貴族家庭所有，這棟豪宅以迴廊環繞一座美麗的長方形中庭。

骨骸之家Casa dello Scheletro

位在百眼巨人之家斜對面的骨骸之家，因1831年時在該棟建築的頂樓發現了人類的骨骸而命名。不同於龐貝的人們瞬間死於火山爆發，艾爾科拉諾的居民曾經試圖逃跑，也因此在海邊發現成批罹難居民的遺骸，直到後來才在遺跡區中陸續發現人骨的存在。

這棟建築共由3處獨立空間組成，其中比較引人矚目的是遮蔽屋頂的中庭以及2座提供房間光線的小天井；此外，在其典型的羅馬別墅客廳中，有著罕見的半圓型天花板以及漂亮的彩色鑲嵌地板。客廳面對著中央有座小水池的迷你中庭，中庭有馬賽克裝飾的神龕。

木頭隔間之屋Casa del Tramezzo di Legno

外觀擁有一扇大門和幾戶小窗的木頭隔間之屋，裡頭至今依舊保存著幾張椅子，以及幾扇被保護於玻璃之下的原始隔間門。在這棟建築的中庭右側，有一間擁有屋頂方井和大理石蓄水池的大房間，裡頭裝飾著馬賽克鑲嵌地板，還有一張小型阿提斯(Attis)雕像支撐的桌子。餐廳通往中庭，裡頭曾有一扇木頭門隔開它與大廳，餐廳後方有一座柱廊庭園。

鹿屋Casa dei Cervi

艾爾科拉諾遺跡區中最著名的建築之一：雙層建築圍繞著一座中央庭園，環繞四周的迴廊裝飾著色彩繽紛的靜物畫和小天使。這棟奢華的別墅據推測興建於西元41~68年間，延伸的附屬建築形成一個長方形，較長的那側區分成2個區域：北側包括大廳和房間，南側則是俯視海景的露台，兩者之間以一條朝四面八方開窗的柱廊連接。擁有屋頂的中庭裝飾著黑底壁畫，地上鋪滿了美麗的大理石裝飾，因為在這庭院裡發現了一座名為《受狗攻擊的鹿》雕刻而得名。

青銅艾瑪之家 Casa dell'Erma di Bronze

這棟建築的餐廳因為裝飾著一尊昔日屋主的半身青銅塑像而得名。

宏偉大門之屋Casa del Gran Portale

因為以紅磚和科林斯式柱頭搭建而成的優雅大門而得名，這棟建築的內部房間面對著門廊，專家認為它應該是附近薩摩奈人之家(Casa Sannitica)在帝政時期部分重建的代表。

特樂佛浮雕之屋 Casa del Rilievo di Telefo

遺跡區中最優雅且最寬敞的濱海建築之一。這棟兩層樓高的建築擁有一座林立著廊柱的中庭，裝飾其中的殘留浮雕描繪著昔日的雙輪馬車競賽。一條通道通往圍繞著水池花園的列柱廊，在某些房間裡還可以看見昔日的繪畫和馬賽鑲嵌裝飾，其中一個房間保留了一幅名為《特樂佛傳說》的浮雕。

科林斯式中庭之家Casa dell'AtrioCorinzio

因為一道裝飾著優雅馬賽克鑲嵌鋪面的柱廊，而引人注目，裡頭有著一座有趣的中庭，中庭聳立著6根圓柱，以左右各3根的方式圍繞著中央收集雨水的十字型蓄水池。

海神之屋Casa di Nettuno e Anfitrite

艾爾科拉諾遺跡區中最美麗的馬賽克鑲嵌畫非海神之屋莫屬。這棟漂亮的夏日餐廳裡，昔日設有供躺食使用的三方餐桌，牆上裝飾著色彩繽紛的水仙壁畫以及狩獵場景，其中又以位於中央的《男女海神》(Nettuno e Anfitrite)壁畫最為著名，也成為這棟建築的名稱由來。

運動場Palestra

位於遺跡區東北面的區域，是昔日艾爾科拉諾的運動場所在地，通道兩旁林立的廊柱支撐起雙層的半露天式迴廊露台，人們在此進行著各式各樣的運動與遊戲。一旁的半圓室(Thermopolium)中還保留了一張典禮儀式使用的桌子。

浴場Terme

大約興建於西元前1世紀中葉，該浴場擁有4個入口，一處位於第3大道，通往男人浴場(Terme Maschili)，另外3處位於第4大道，其中門牌8號通往女人浴場(Terme Femminili)。

女人浴場面對著一間寬敞的等待室，牆邊是成排相連的座椅。女人浴場面積不大且裝飾簡約，保存狀況卻相當良好，在它一旁的更衣室中可以看見一幅幾近完整的馬賽克鑲嵌地板，描繪人身魚尾的海神(Triton)、海豚以及海中生物。位於更衣室左方的溫水浴室地板上，同樣裝飾著非常漂亮的幾何鑲嵌圖案，牆上的壁櫃用來放置衣物。

男人浴場的活動空間寬敞，除了中央有一座直接通往浴場的體育館外，還有一座三方環繞狹窄通道的列柱中庭。男人浴場有著赤陶土裝飾的桶狀拱頂，以及紅白兩色相間的拼花地板，座椅嵌在3面牆壁上，置衣櫃則位於較長的兩側，底部的半圓壁龕下方坐落著一個大理石水槽。位於浴場左側的冷水浴場，圓形的拱頂上裝飾著魚的圖案，牆壁上則漆上藍色色調。

奧古斯塔學校Sededegli Augustali

位於第3大道底端的奧古斯塔學校，是一棟非常龐大的建築，除了可以看見昔日的拱廊建築結構外，壁畫保存得相當完整，而且至今依舊維持著鮮豔的顏色，非常值得一看。

巴里及近郊
Bari and Around

巴里是普利亞區(Puglia)的首府，義大利南部僅次於拿坡里的第二大經濟中心，曾歷經羅馬、拜占庭、阿拉伯人、諾曼及西班牙人的統治。

艾曼紐二世大道(Corso Vittorio Emanuele II)分隔新舊城區：新城區是那不勒斯國王、拿破崙的妹夫謬拉(Joachim Murat)於19世紀初所建，寬敞筆直的棋盤式街道縱橫交錯，Corso Cavour大道是商店密集的購物區，十足現代工業化城市樣貌；舊城區則呈現完全不同的風情，迷宮一般的石板小巷子曲曲折折，居民忙著烤麵包、曬製手工義大利麵，港口魚市場販售新鮮可生吃的海膽和小章魚，略微凌亂的悠閒感就是南義生活的最佳寫照。

位於亞得里亞海岸旁的巴里是南義與希臘、克羅埃西亞、阿爾巴尼亞間的重要往來港口，

也是義大利東南區的交通樞紐，無論是前往近郊的蘑菇村阿爾貝羅貝洛(Alberobello)和蒙特城堡(Castel del Monte)、拜訪洞窟城市馬特拉(Matera) 或華麗巴洛克之城萊切(Lecce)，以此為據點都相當方便。但由於東南各省的鐵路網分別由義大利國鐵及幾家不同的私鐵負責營運，各景點間的公共運輸連結較不方便，也可以選擇在巴里租車遊覽鄰近地區。

INFO

基本資訊

人口：約62萬4千人
面積：116平方公里
區碼：(0)80

如何前往

◎飛機

鄰近巴里市區的Palesee國際機場(BRI)，歐洲主要航空及廉價航空均有航班。從機場至市區中央車站(Stazione Centrale Bari)可搭乘火車、接駁巴士或市區公車。搭乘Ferrotramviaria S.P.A.火車至中央車站約14分鐘；搭乘機場接駁巴士(Tempesta Shuttle Bus)約需30分鐘，7:30-24:00間每40分鐘~1小時發車，單程€5；市區公車Amtab Bus 16號也可抵達中央車站，中停站點較多，需時45分，05:25-22:10間約40分鐘~1小時一班次。巴士票可上車向司機購買。

Palese International Airport
www.aeroportidipuglia.it
Ferrotramviaria S.P.A.
www.ferrovienordbarese.it
Tempesta Shuttle Bus
www.autoservizitempesta.it
Amtab Bus www.amtab.it/it

◎火車

義大利國鐵停靠站為新城區的中央車站，從羅馬的特米尼車站搭乘高速火車Frecciargento前往巴里約4小時，IC火車則需6.5小時；從拿波里出發，需在Caserta轉車，含轉車時間需4~4.5小時。

前往阿爾貝羅貝洛的FSE私鐵可依循指標穿越站內地下道至後站，即可看到私鐵車站Oberdan，前往馬特拉及巴斯利卡塔(Basilicata)地區的FAL私鐵、連接機場及北部城市的FNB私鐵則從車站廣場左邊的巴里北站(Bari Nord)發車。

◎渡輪

巴里是亞得里亞海西岸的重要港口，希臘的Corfu、Igoumenitsa和Patras，阿爾巴尼亞的Durrës，克羅埃西亞的Dubrovnik及黑山共和國的Bar港口均有船隻往來巴里，班次及價格各家船公司皆不同，請至官網查詢。

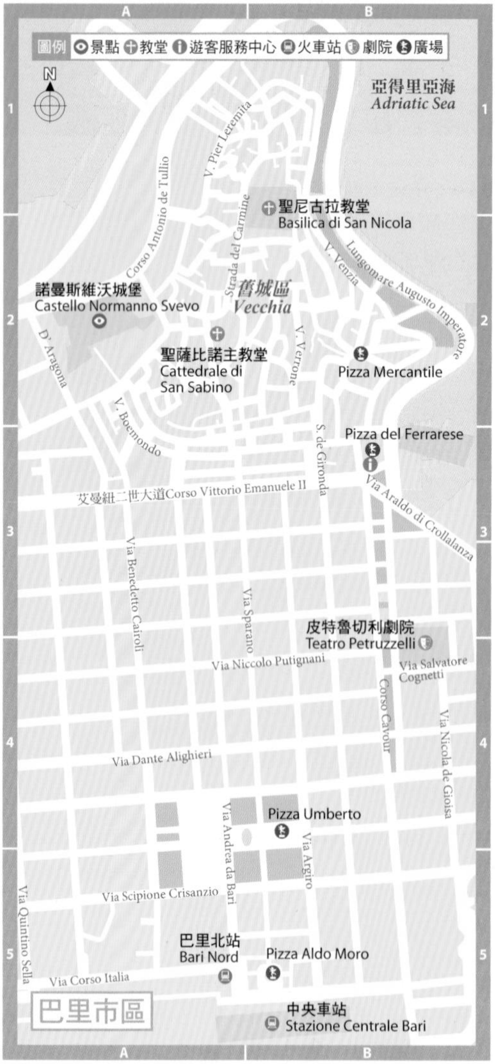

從渡輪港口前往中央車站可搭乘Amtab公車20號。

Montenegro Lines

www.barskaplovidba.me

Superfast Ferries

www.superfast.com

Ventouris Ferries

ventourisferries.com/en

市區交通

巴里舊城區範圍不大，密佈迷宮一般的小巷子，因此步行遊覽是最好的方式。從中央車站主要出口往北方步行約15分鐘即可抵達舊城區。

旅遊諮詢

◎Info-Point Bari遊客服務中心

Piazza del Ferrarese 29, Bari

10:00~13:00、16:00~18:00

www.viaggiareinpuglia.it

◎阿爾貝羅貝洛遊客服務中心

Via Monte Nero 1-3, Alberobello

379-298-7173

週一、週四14:00~18:00，週二、週三、週五、週六9:00~13:00

www.prolocoalberobello.it

Where to Explore in Bari and Around
賞遊巴里及近郊

巴里Bari

MAP ▶ P.292B4

皮特魯切利劇院

Teatro Petruzzelli

金碧輝煌的藝術中心

從中央車站步行約11分鐘可達 Corso Cavour, 12 975-2810 大致13:00~18:00開放導覽參觀，請隨時上官網查詢；導覽時間約30分鐘(有外國人在場會以義、英雙語進行) 全票€5、優惠票€1 www.fondazionepetruzzelli.it

皮特魯切利劇院是義大利第4大劇院，僅次於米蘭、拿波里及巴勒摩的劇院；它也是歐洲最大的私人興建劇院，由巴里的貿易及造船商人Petruzzelli家族於1898年~1903年間建造完成。1980年代是劇院的黃金時期，世界知名的聲樂家、芭蕾舞蹈家及交響樂團都曾在此演出，1991年的大火幾乎讓劇院付之一炬，2009年才整修完成重新啟用，赭紅色建築搭配亮白大門，讓劇院成為新城區的地標之一。演出的夜晚，4層圓弧型紅絲絨包廂坐滿衣鬢華麗的紳士淑女，參與的不只是場藝術饗宴，更是金碧輝煌的貴族體驗。

巴里Bari

MAP ▶ P.292B1

聖尼古拉教堂

Basilica di San Nicola

城市守護者

從中央車站步行約21分鐘可達 Largo Abate Elia 13 573-7111 教堂：週一至週五9:00~13:00、16:00~19:00 www.basilicasannicola.it

1087年漁民從土耳其偷出的聖尼古拉遺骸安置於巴里，成為城市的守護聖人，據說地下室石棺旁滲出的聖水有治癒疾病的神奇力量，因此，成為東正教的重要朝聖地。

建於11世紀的聖尼古拉教堂為典型的普利亞羅馬式(Apulian Romanesque)：大門以花崗岩雕琢繁複華美的門飾，柱廊基部則蜷伏著的獅子；內部跨中殿圓拱及兩側拱窗支撐建築，鍍金木造天花板金碧璀璨，主祭壇上有普利亞地區最古老的13世紀天蓋。大殿右側精緻的銀祭壇、17世紀金箔畫中描繪的聖人生平故事，也值得細細品味。地下室則有義大利少見的俄羅斯東正教禮拜堂。

從拜占庭時期以來，與聖尼古拉及巴里歷史相關的珍貴文物收藏在教堂旁邊獨立的博物館(Museo Nicolaiano di Bari)，這裡可看到羊皮紙、手抄本、繪畫和銀器等。

他是聖誕老公公的原形？

聖尼古拉原是土耳其米拉城(Myra)的大主教，他喜愛孩子及常偷偷送東西給窮人的事蹟，發展成聖誕老公公的故事，只不過聖尼古拉教堂內處處可見的聖人樣貌與親切可愛的聖誕老公公形象相去甚遠。

巴里近郊Around Bari

MAP P.294

MOOK Choice

阿爾貝羅貝洛

Alberobello

夢幻童話小鎮

從巴里中央車站後站旁的東南私鐵車站搭乘火車至阿爾貝羅貝洛需時1.5小時，上車前請先確認為往Martina Franca方向的班次。需注意的是週日無火車運行，可於中央車站後站改搭FSE經營的巴士F110路線，巴士路程約2小時。 東南私鐵FSE (Ferrovie del Sud Est)：www.fseonline.it

翠綠藤蔓攀著白牆爬上屋頂，窗台盛開花朵將小巷點綴的色彩繽紛，圓錐屋頂像山丘上冒出的一朵朵可愛小蘑菇，阿爾貝羅貝洛如同童話中小矮人的村落，在南義熱情陽光下散發療癒系的萌魅力。

阿爾貝羅貝洛位於巴里南方50公里，原本是一片美麗的橡樹林，被稱為「Arboris Belli(美麗的樹)」，這就是Alberobello名稱的由來。這個居民僅1萬多人的小鎮因為特殊的錐形石屋聚落，1996年登錄為世界文化遺產，每年吸引無數遊客，成為小鎮的經濟來源。

地區發展歷史大約可追溯至15～16世紀，當時這裡是不在拿波里政府登記下的非法墾殖地，Conversano城領主默許農民於此耕作以獨吞此地稅收，相對地，也給予較優惠的稅收條件吸引農民；來此開墾的農民就地取材當地盛產的石灰岩，以史前時代延續下來的乾式石砌法造屋，不使用灰泥黏合，最初作為倉庫或看守田地者的臨時住宅。

隨著農作逐漸豐饒，引起其他城主不滿舉發，中央政府於是派人前來視察，當時的Conversano領主Giangirolamo II便下令農民推倒屋舍，假裝此地無人居住，從此居民的住宅就被規定只能蓋可隨時拆掉屋頂的錐頂石屋，以應付不定期的視察，躲避中央政府稅收。

直到1797年，居民再也受不了這種高壓的封建統治，趁著拿波里國王Ferdinand IV出巡時抗爭，才讓阿爾貝羅貝洛擺脫幽靈小鎮和封建制度的命運，變成一個自由城市。此後也才開始建造以灰泥黏合、較堅固耐用的錐形石屋，19世紀在這個地區廣為使用並保留至今。

錐頂石屋土爐洛Trullo

小巧可愛的錐頂石屋稱為「土爐洛」(Trullo，土爐里Trulli為複數)。由於這片區域盛產石灰岩，居民就地取材，將石灰岩敲打成方磚砌牆，以生石灰泥塗成白色牆面，再使用灰色片岩堆疊圓椎形屋頂，尖端則會放上圓球或其他形狀的裝飾物，牆面及屋頂均由兩層石頭緊密堆疊而成，中間填充泥土、碎石、稻稈或麥桿。

土爐洛門窗小且石牆厚的特點，能有效減少夏天日照和冬天寒風，有著冬暖夏涼的效果；由於建築技術的限制，土爐洛的面積不大，因此當家庭成員較多時，就會蓋幾個內部相連接的土爐洛，即使要區分空間，也只會使用布簾分隔。

土爐洛通常只有1個出入口，內部沒有走道、隔間或樑柱，從屋子本體向外突出像大型壁龕的空間，作為臥室或廚房。圓錐屋頂內部使用和牆面一樣的石灰磚塗抹白色生石灰，中空挑高的屋頂以木板隔成天花板的儲物空間，使用可移動式的木梯作為儲藏農具食物的倉庫或是小孩的臥室。部分土爐洛還建有地下儲水槽，屋頂石材搭建的引水道可直接將雨水及雪水引入地底。

變化多端的屋頂裝飾

屋頂尖端的裝飾稱為「Pinnacolo」，常見圓球、金字塔、星星、圓盤等形狀，關於它的意義有各種說法：有學者認為是古代民間具有魔力的符號或是與遠古太陽崇拜相關，有人認為單純是屋主選擇自己喜愛的樣式，也有文件顯示這是建造土爐洛的工匠簽名。

舊城區Rione Monti & Rione Aia Piccola

沿著火車站前的Via Mazzini步行約5分鐘就會到達人民廣場(Piazza del Popolo)，廣場旁有阿爾貝羅貝洛第一棟使用灰泥塗抹建成的堅固石屋，並以第一任市長Casa D' Amore命名。廣場南邊的觀景台是最佳眺望點，高低錯落的錐頂石屋群，像戴上灰色斗笠相當可愛。

Largo Martellotta大街把舊城區劃分為艾亞皮卡拉區(Rione Aia Piccola)和蒙提區(Rione Monti)：東邊靠近火車站的艾亞皮卡拉區是較為寧靜的住宅區，聚集4百多座土爐里，有許多本地人的住家及民宿，當地望族Pezzolla經營的地區博物館(Museo del Territorio)展示許多土爐里模型和居民生活用具。

蒙提區則為觀光化的商業區，有1千多座土爐里，餐廳、酒吧和紀念品店密佈，沿著主要商店街Via Monte Pertica拾級而上，各種陶瓷製品為白牆增添活潑色彩，最特別的是小巧精緻的土爐里模型，幸運的話，還能看到職人現場製作，手掌大小的石屋依循傳統工法以石灰岩一片片逐步堆疊。街道底端的聖安東尼奧教堂(Chiesa Sant' Antonio)是世界上唯一的錐頂石屋教堂，有些鄰近教堂的紀念品店會開放屋頂天台讓遊客拍照，別錯過俯瞰錐頂石屋的好機會。

土塵里的神秘符號

抬頭看看阿爾貝羅貝洛的天空，會發現土塵里的錐形屋頂相當花俏，不但屋頂尖端造型各異其趣，灰色的石灰岩上更繪著各種神秘符號。屋頂上繪製的符號與傳統無關，起源於1950年代的商人，為了將土塵里打造成吸引旅客的度假屋，在屋頂上畫了各種幸運符號增加討喜度，符號的內容多為與基督教、天文星象或魔法相關。若對符號的含義有興趣，不妨找找紀念品店門口貼著的對照圖。

土塵洛展覽館Trullo Sovrano

出火車站沿Viale Margherita前行至Corso Vittorio Emanuele右轉向北繞過教堂即抵達 Piazza Sacramento 10/11 432-6030 11~3月10:00~12:45、15:30~18:00，4~10月10:00~12:45、15:30~18:30 €2 www.trullosovrano.eu

舊城北端的土塵洛展覽館是阿爾貝羅貝洛最氣派的豪宅，也是現存唯一一棟雙層樓、配備固定式樓梯的土塵洛建築。原為18世紀神父Cataldo Perta的家族住所，有12個錐形屋頂，中央錐頂高達14公尺，也曾作為藥局、講道及聖餐禮的場所。

展覽館空間不大，可以清楚看到土塵洛的結構，了解當時人們的生活。入口處最大的空間是客廳，廚房、糧倉、臥室等陳列著當時的木製家具和生活陶器，後方庭院種植橄欖樹和葡萄，2樓還有一架織布機。

聖卡斯瑪及聖達米亞諾教堂 Basilica S.S. Cosma e Damiano

出火車站沿Viale Margherita前行至Corso Vittorio Emanuele右轉 Piazza Curri, Alberobello

一片灰頂白牆的石屋間，很難不注意到聖卡斯瑪及聖達米亞諾教堂新古典主義式的雙鐘塔立面。這是阿爾貝羅貝洛最大的教堂，始建於17世紀初，18世紀中才有現在拉丁十字教堂的雛形，祭祀城市的守護聖人，內部則保留了文藝復興的色彩，供奉聖人的塑像及遺骸。聖卡斯瑪及聖達米亞諾是西元3世紀時的雙胞胎醫生，四處免費幫助人們醫病製藥，後來被封為聖者。

馬特拉 Matera

大地色石屋層層疊疊朝天空攀升，錯綜複雜的石階在屋舍間亂竄，引誘人踏入迷宮巷弄。馬特拉不像典型色彩繽紛的義式小鎮，也不像華麗的巴洛克城鎮風姿錯約，它如同大地的一部分，平靜而沉穩，而石穴屋堆疊的震撼令人念念不忘。

馬特拉是巴斯利卡塔區(Basilicata)及馬特拉省的首府，史前時代就有人類居住的痕跡，城鎮的發展則能追溯至西元前3世紀古羅馬時代，是世界上最古老的城鎮之一。由於附近都是喀斯特地形，居民利用石灰岩溶蝕形成的天然洞穴作為住宅，這種洞窟石屋就稱為「Sassi」(原文為石頭)，沿陡峭的河谷挖鑿山壁穴居，發展出垂直式的聚落型態，馬特拉的舊城是目前地中海地區保存最好、面積最大的穴居建築群。

18~19世紀的舊城曾淪為貧民區，穴居生活無水無電，髒亂與疾病叢生，1952年政府通過法案將居民全部移居至現代化的新城區，舊城荒廢如鬼城，一度面臨拆除的命運。直到1993被列為世界文化遺產，在政府和聯合國的協助下，重新整修石穴屋，觀光業開始發展，部分居民也慢慢移居回來，更當選為2019年的歐洲文化首都。

Sassi石屋聚集於格拉維納河谷(Gravina)西邊的高地，南側Sasso Caveoso較原始，到處可見無人居住的荒廢洞穴屋，北側為Sasso Barisano，許多餐廳、民宿飯店和紀念品店都在此，聳立於中央山丘上的大教堂(Matera Duomo)是兩區分界。大教堂建於13世紀，為普利亞羅馬式風格，位於舊城區制高點，不管在哪個角落都能看見教堂立面的玫瑰窗和鐘塔。河谷以東則是最早開發的穴居洞窟，景觀類似千年前的耶路撒冷，電影《耶穌受難記(The Passion of the Christ)》就是在此拍攝。

INFO

基本資訊

人口：約19萬
面積：387.4平方公里
區碼：(0)835

如何前往

◎火車

距離石穴屋區比較近的是新城區的中央車站(Matera Centrale)，經過馬特拉的火車由私鐵FAL(Ferrovie Appulo-Lucane)負責營運，搭乘火車前往馬特拉最方便的方式是於巴里中央車站轉乘FAL私鐵。巴里位於馬

特拉東北方60公里，車程約1.5小時。需注意週日火車停駛，可改搭FAL營運的巴士。巴士車程約2小時，搭車地點在巴里中央車站的後站。

Ferrovie Appulo-Lucane

ferrovieappulolucane.it

◎巴士

由於馬特拉不在義大利國鐵網路上，只有FAL私鐵連接巴里，若要前往其他北邊或西岸城市，巴士是相對方便的交通工具。區域巴士總站在火車站旁邊的Matteotti廣場，長途巴士搭車點在新城區。Marino每天有班車前往拿波里，也有往波隆那和米蘭的夜車；Marozzi每日有班車前往羅馬，並與SITA聯營，經Potenza前往西恩那、佛羅倫斯或比薩。

區域巴士方面，除了FAL營運往返巴里中央車站的巴士以外，也可搭乘Grassani巴士前往Potenza，由此處連接國鐵網路，車程約1.5小時。

Marino www.marinobus.it

Marozzi

www.marozzivt.it (需事先訂票)

SITA

www.sitabus.it

Grassani

www.grassaniegarofalo.it/Orari.html

市區交通

馬特拉主要景點集中在舊城Sassi石穴區，除了幾條主要幹道，幾乎都是上上下下的台階，步行是遊覽最好的方式，但沒一點體力還真是不行，一雙好走的鞋是必要的。

旅遊諮詢

◎Office for Tourism and Cultural Events

www.materawelcome.it/en

Sasso Barisano

MAP P.298A3

維托里奧·維內多廣場

Piazza Vittorio Veneto

進入Sassi世界的起點

從中央車站步行約10分鐘可達

維托里奧 維內多廣場是馬特拉最活躍的心臟，從這裡出發沿著Via del Corso，一路上都是商店和餐廳，假日總有許多活動舉行，而廣場邊多明尼教堂(Mater Domini)的露台是眺望Sasso Barisano石穴區和大教堂的觀景點。

馬特拉位於缺乏地下泉水可用的石灰岩層上方，因此發展出一套高明的水資源管理系統，將雨水集中儲存在大型蓄水池中，再利用地勢高低建設管道，讓城市的居民在旱季有水可用；

隨著人口增加不敷使用，逐漸發展成於自家地底挖設蓄水池。其中，最大的蓄水池就隱藏在廣場地底，高達15公尺的地下蓄水池(Il Palombaro Lungo)，因為體積壯觀又被稱為「水之主教堂」(Cattedrale dell'acqua)，經過抽水與清理後，內部水道上加蓋了樓梯與走道，遊客可依導覽解說的梯次時間購票入內參觀。

Sasso Barisano

MAP P.298B1

MOOK Choice

美德聖母及聖尼古拉石穴教堂

Complesso Rupestre Madonna delle Virtù e San Nicola dei Greci

洞穴美術館

從中央車站步行約25分鐘可達 Via Madonna delle Virtù-Rioni Sassi (0)377-4448885 10:00~18:00 €5 www.caveheritage.it

8~13世紀時，本篤會僧侶為躲避拜占庭帝國的宗教迫害，來到馬特拉並將教堂設於岩窟之

中，舊城區有大大小小百來個岩穴教堂(Chiese Rupestri)，有多處可供參觀。

美德聖母及聖尼古拉石穴教堂緊鄰河谷，約建於西元1000年，13世紀曾作為朝聖者的庇護所。這一整區相通的岩洞面積約1300平方公尺，內部像複雜的迷宮，上上下下的階梯通往多層洞窟，是當地居民利用洞窟的經典範例。這裡其實有複合性用途，包含聖尼古拉教堂、美德聖母教堂、修道院、有水槽和飼料槽的房舍、小型的石灰岩採石場等。

恪遵教堂建築規格

洞窟教堂最特別的地方在於：雖是挖鑿石灰岩洞而建，卻仍遵守教堂的建築規則，能清楚分辨中殿、以兩排立柱分隔左右廊道、中殿也附有半圓拱的後殿等，而現在的入口處是17世紀時變動過的，改從教堂的右側廊道進入。

留存珍貴溼壁畫

教堂內留存14~18世紀濕壁畫和耶穌苦像，現在並作為當代藝術展覽館，並於夏天舉辦頗富知名度的國際雕塑展。

Sasso Caveoso

MAP ▶ P.298D2

聖彼得教堂

Chiesa di San Pietro Caveoso

懸崖上的教堂

從中央車站步行22~25分鐘可達 Piazza San Pietro Caveoso 夏季11:00~19:00，冬季9:00~18:30

教堂背對陡峭的格拉維納河谷，面對沿坡而築的石穴屋群和大教堂，看起來恰好卡在懸崖邊上，其險無比，在一片簡單樸素的石穴屋間，巴洛克式正立面格外醒目，而聖彼得教堂前寬闊的廣場更是一處絕佳觀景點。

聖彼得教堂是馬特拉年代最久遠也是最重要的教堂之一，最早建於13世紀，現在的立面、鐘塔及教堂內的石灰岩屋頂則是17世紀大規模整修後的樣貌，教堂內還留有15~17世紀的壁畫。穿越教堂左側的拱門，有一段沿著河谷峭壁修築的步道，風景相當優美。

Sasso Caveoso

MAP ▶ P.298C3

伊德里斯聖母教堂與聖喬凡尼禮拜堂

Madonna de Idris & San Giovanni in Monterrone

岩石中的教堂

從中央車站步行22~25分鐘可達 Via Lanera 14 4~10月10:00~19:00，11~3月10:00~14:00 €3

只要翻越大教堂的山丘，Sasso Caveoso內每個角落都能看到中央石崖Monterrone的頂端佇立一座十字架，而伊德里斯聖母教堂就藏在這塊大岩石內，外觀就像在石頭上打了一扇門。

伊德里斯聖母教堂的名稱在14世紀的文獻中被提及，教堂得名源自希臘文的「Oditrigia」，這是聖母在君士坦丁堡的稱謂，意思是「在岩石中指出水源及道路的人」，所以祭壇的特殊造型就象徵儲水容器。岩石內部還包含另一個相連接的聖喬凡尼禮拜堂，從牆面上11~13世紀間的濕壁畫可推測年代更久遠。

Sasso Caveoso

MAP P.298D3

MOOK Choice

洞穴石屋展示館

Casa Grotta di Vico Solitario

還原穴居生活

從中央車站步行約25分鐘可達 Vicinato di Vico Solitario, 11 310-118 10:00~19:00 全票€5 www.casagrotta.it

想了解馬特拉人的傳統生活，這個小小的展示館是不能錯過的地方。

這處民宅約建於18世紀初，是典型半建造半挖掘式的石穴屋，入口處以石磚砌成，內部呈現不規則的岩壁空間，只有大門和上方小窗是唯一通風口。走進室內，睡覺、做菜、吃飯、織布、圈養牲畜都在同一個空間中，只有一堵牆區隔馬廄及儲藏室。架高的木床是屋內最主要的大型傢俱，床下則利用空間儲物或放養小雞，當時家庭平均養育6個孩子，所以會利用床頭櫃最下層、木箱、桌子等，鋪上玉米葉子做的墊子讓孩子睡覺。

由於整個Sassi區位於石灰岩層上，缺乏地下水及泉水資源，所以發展出特別的集水系統，從前會在屋前挖出一個蓄水池收集雨水，透過高低落差與管道引流到屋子地下的儲水槽，廚房旁邊的圓井就是用來取水。難以置信的是：這樣的生活方式一直持續到1952年，才在政府的幫助下搬遷至新城區。

體驗獨特的穴居生活

在馬特拉舊城區住一晚，看著燈火在山丘谷地間慢慢點亮，絕對是難忘的特殊體驗；而若能住進洞穴旅館，更能感受當地人的穴居生活。

洞穴旅館是由以前的民宅改建，入口處看起來可能和一般的石灰岩房舍沒什麼不同，入內後才知道房子的後半部鑲嵌入岩洞中，大多和傳統石穴屋一樣，只有大門上方的小窗是通風口，隔音良好，有冬暖夏涼的特性，但內部濕氣較重。水電管路的鋪設讓穴居多了現代化的舒適與浪漫情調。這裡的洞穴旅館很多都是附設小廚房的房型，方便自己下廚。

除了稍有規模或是主要幹道Via Fiorentini兩側的旅館以外，想要體驗住在山洞中最好攜帶輕便的行李，因為這些石窟改建的民宿、旅館常常位於景觀優美卻只能步行的石階上。

Residence San Pietro Barisano

Rione San Biagio, 52/56 346-191

www.residencesanpietrobarisano.it

西西里島

Sicilia

文●墨刻編輯部　攝影●墨刻攝影組

拜歷久不衰的電影《教父》所賜，「黑手黨的故鄉」這名號比西西里島其他的特徵都來得響亮；德國詩人歌德卻曾這樣形容它：「到義大利卻沒去西西里，就不能叫做看盡義大利，因為西西里是一切的關鍵。」

西西里島位於「長靴」的頂端，是義大利面積最大的島嶼，一半屬於歐洲、一半接近非洲，位處地中海十字路口，自古就是各民族爭奪之地：希臘人、腓尼基人、羅馬人、阿拉伯人、諾曼人、西班牙人等征服者來了又走，成了西西里島的宿命，幾經融合，發展出自己獨特的文化。

首府巴勒摩隨著統治者改朝換代，整座城市呈現出融合阿拉伯、仿羅馬、拜占庭、巴洛克式的混血風情；這樣獨特的藝術結晶，成為當地最具代表性的景觀。

西西里島是希臘神話的舞台，荷馬史詩《奧德賽》中，奧德修斯在島上留下最多的冒險故事和傳說，「諸神的居所」阿格利真托的古老神殿比

雅典還像希臘；美麗的濱海度假勝地夕拉古沙(Ciracusa)和有著「西西里最美麗山城」美譽的陶美拿(Taormina)，除了同樣坐擁珍貴的羅馬遺跡，不同角度的海洋美景都讓遊客留下深刻的印象。

西西里島最高峰埃特納火山(Mt Etna)，頻繁的火山活動帶來豐饒物產，島上氣候溫暖、土壤肥沃、柑橘瓜果甜美；由於四面環海，漁產豐富，可以嚐到各式各樣的美味海鮮。

西西里島之最 The Highlight of Sicilia

王室山

位於巴勒摩的郊外，充滿異國風情的宗教建築是這裡受歡迎的主因。歷史因素使這裡的建築同時受到基督教和伊斯蘭文明的影響，形成了獨特的諾曼阿拉伯風格。(P.312)

陶美拿

位在半山腰的中世紀小山城瀰漫浪漫的氣氛，擁抱愛奧尼亞海的蔚藍，眺望埃特納火山的雄偉，山腳下泛著珍珠光亮的白沙灘更是歐洲人熱愛的度假勝地。(P.313)

神殿谷

希臘境外最重要的古希臘建築群，最早的建築可溯至西元前5世紀，位居山谷內的險要地勢可遠眺阿格利真托市區。坐擁山谷綠地還能遠觀地中海海景。(P.318)

夕拉古沙

羅馬皇帝西塞羅口中「希臘城邦中最美的城市」，希臘、羅馬和巴洛克時期的建築在此共存，歐提加島的小巷子是藝術創作的基地，慢慢踱步在濱海堤岸，走入真正的西西里生活。(P.320)

巴勒摩
Palermo

島嶼北邊的首府巴勒摩，由於地形顯要、灣闊水深，構成一座天然良港，德國詩人歌德曾讚美巴勒摩是「世界上最優美的海岬」。西元前734年腓尼基人來到巴勒摩建立港口，西元前3世紀又成為希臘人的領地，但一直都維持小聚落的局面，直到827年北非阿拉伯人(又稱為撒拉遜人Saracen)的出現才扭轉巴勒摩的地位。阿拉伯人帶來優良的灌溉技術，引進檸檬、柑橘、杏仁、甜瓜、稻米等作物，為這片土地帶來豐饒物產與繁榮經濟，當時歐亞貿易重心在地中海，而巴勒摩就成為伊斯蘭世界中重要的商業文化中心。

在巴勒摩留下最深鑿痕的外族，就屬12世紀入主西西里的諾曼王朝。11世紀末奧特維爾家族(Hauteville)的羅傑雖然趕走阿拉伯人，卻採用懷柔政策，保留了阿拉伯的文化、語言、宗教及工藝技術，將巴勒摩塑造成一個尊重多元文化的城市；他的兒子羅傑二世(Roger II)承襲了父親的胸襟，融合西方基督教羅馬、希臘拜占庭與伊斯蘭文化，開創獨特且空前絕後的阿拉伯－諾曼式風格(Arab-Norman)。1130年羅傑二世被教廷冊封為西西里國王，他把巴勒摩

作為首都，打開巴勒摩的黃金時期。

阿拉伯－諾曼式建築綜合了多種藝術元素，包括仿羅馬式的建築格局、阿拉伯伊斯蘭風格的迴廊及雕飾，以及絢麗無比的拜占庭黃金鑲嵌畫。走訪巴勒摩，到處都能見到這種集多元風格於一身的綜合式建築，其代表作便是諾曼王宮裡的帕拉汀禮拜堂(Palatine Chapel)，以及王室山(Monreale)上的主教堂。

隨著統治者改朝換代，巴勒摩經歷多種宗教、文化的洗禮，市區建築呈現更多元的風格，從巴洛克式的普勒多利亞廣場(Piazza Pretoria)、新古典的瑪西摩劇院(Teatro Massimo)到集大成的混合式大教堂，巴勒摩用寬容接待所有民族，用整座城市刻寫歷史。

INFO

基本資訊

人口：約63萬人
面積：158.9平方公里
區碼：(0)91

如何到達

◎飛機

巴勒摩機場(Aeroporto di Palermo Falcone e Borsellino，機場代號PMO)位於Punta Raisi，距離西西里首府以西35公里處，連接義大利國內主要城市及歐洲各主要城市間的空中交通。從羅馬搭機至巴勒摩約1小時，米蘭出發約1.5小時。機場內有聯合租車中心，若計畫以開車方式環遊西西里島，可直接在此取車。

aeroportodipalermo.it

◎火車

從義大利主要城市或是西西里島其他城市前往巴勒摩的火車全都停靠於中央車站(Stazione Centrale)，火車站坐落於羅馬路(Via Roma)的南端盡頭，從這裡可以搭乘巴士前往市區其他地方。從羅馬搭乘火車前往巴勒摩將近12小時；從拿波里前往則約需9~10小時；從卡塔尼亞(Catania)車程約3小時。

如果不在乎交通時間較長，搭乘義大利國鐵前往西西里島可體驗到兩種有趣的經驗：一是選擇夜間出發

的臥鋪火車，既不浪費白天遊玩的時間，又能感受在火車上搖晃到入睡；二是相當特別的將火車開上渡輪過海峽。

不管東岸或西岸的火車，都會先抵達義大利半島這長靴鞋尖處卡拉布里亞(Calabria)的聖喬瓦尼車站(Villa S. Giovanni)，然後火車會分成2至3節，從這裡把火車開上大型渡輪，約40分鐘之後抵達對岸西西里島東北角的梅西納港車站(Messina Marittima)，列車在此組裝後，繼續開往梅西納中央車站(Messina Centrale)，由此可往西至切法魯(Cefalù)、巴勒摩，或往南至陶美拿、卡塔尼亞、夕拉古沙。

義大利國鐵 www.trenitalia.com

◎巴士

所有前往巴勒摩的長程巴士或區域巴士幾乎都停靠在中央車站東邊的Via Paolo Balsamo或是Piazzetta Cairoli bus Terminal，從這裡可以轉搭巴士前往其他地方。從羅馬或拿波里出發，可搭乘SAIS Trasporti的長途巴士。Autolinee Segesta則有義大利各主要城市及歐洲其他國家前往巴勒摩的路線。西西里島也有當地的旅遊巴士，票價與火車票差不多；搭巴士可以看到西西里島內陸風光，火車所行經的路線則以海岸線為主。

SAISTrasporti www.saistrasporti.it

Autolinee Segesta www.segesta.it

◎海運

位於地中海十字路口的巴勒摩，水陸交通也相當發達。巴勒摩的客輪港口位於新城區Via Francesco Crispi前的海運碼頭(Stazione Marittima)，不管長程渡輪或往返鄰近島嶼間的水翼船都在此靠岸，從碼頭可以搭乘139號巴士前往火車站，或是步行3分鐘至羅馬路上，搭乘101、102、107沿羅馬路直行至火車站。

由拿波里Molo Immacolatella Vecchia碼頭出發，可選擇Tirrenia或Snav營運的夜間渡輪到巴勒摩，大約需要11小時。大型渡輪行駛平穩，比較不會有暈船的問題，船上設有餐廳、遊樂室、小型電影院等，價格依所選擇的船艙等級而異，分為座位區、4人一室及2人一室，房間不管是否有對外窗的房型皆設有獨立衛浴設備，就像住在旅館一樣，不但可省下1晚的房費，趁著夜間移動又不浪費旅行時間，很值得體驗看看。若由薩萊諾出發，則有Grimaldi提供服務。

Tirrenia www.tirrenia.it

Snav www.snav.it

Grimaldi www.grimaldi-lines.com

機場到市區交通

◎火車

機場可經由一個長長的走道連接Punta Raisi火車站，從這裡可搭乘REG前往巴勒摩的中央車站，5:15~24:25之間平均每半小時發一班車。

義大利國鐵 www.trenitalia.com

◎巴士

機場與巴勒摩市區間往來的機場巴士由Prestia e Comandè營運，5:00~00:30間，每30分鐘一班次，車程約50分鐘，停靠海運碼頭(Porto)和中央車站，車票單程€6.5、來回€11。若要從火車站前往機場，巴士營運時間為4:00~22:30。

Prestia & Comandè

586-351 www.prestiaecomande.it

◎計程車

搭乘計程車從機場到中央車站大約為€50，如果到艾曼紐大道(Corso V.Emanuele)則約€44。計程車招呼站在出境大廳外，若當時無車也可使用電話叫車。

Trinacria www.6878.it

AutoRadio taxis www.taxi-palermo.com

市區交通

◎巴士

巴勒摩的市區範圍雖然不小，但景點算集中，因此使用到巴士的機率並不高，除非前往近郊的蒙黛羅(Mondello)或王室山(Monreale)。

市區巴士由AMAT營運，由於市區常塞車，所以巴士常又擠又慢，比較實用的為101、102和107號巴士穿梭於羅馬路和自由路(Via della Libertà)，紅線迷你巴士則穿梭於舊城區景點間。通常巴士營運到午夜，週日提早在23:30結束服務。在書報攤tabacchi購買90分鐘內有效的單程車票€1.4，上車購票€1.8，1日券€3.5；2日券€6；3日券€8。

AMAT www.amat.pa.it

◎計程車

在中央車站外和主要的廣場上設有計程車招呼站，也可以以電話叫車的方式要求提供服務：513-311、225-455

旅遊諮詢

◎遊客服務中心

旅遊局熱線電話於每日9:00~19:00間提供住宿、餐廳、交通及文化表演等各項旅遊諮詢服務。

Via Principe di Belmonte, 92

585-172

週一至週五8:30~13:30(週四增加14:30~17:30)

turismo.cittametropolitana.pa.it

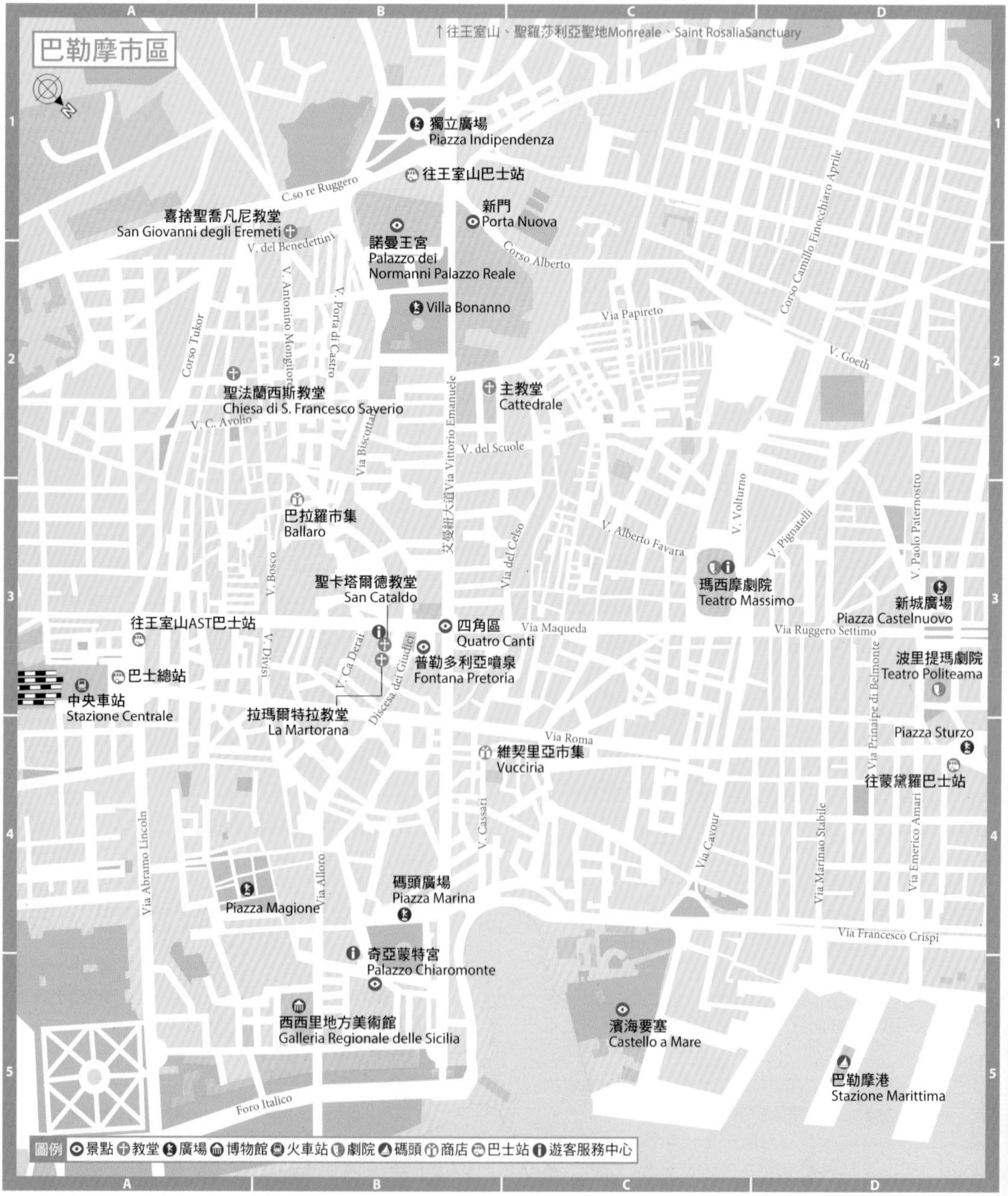

MAP　P.306B3

四角區

Quattro Canti

城市計畫的典範

從中央車站步行約12分鐘可達

在艾曼紐大道(Corso Vittorio Emanuele)和馬奎達路(Via Maqueda)的交會口，有4棟宏偉的建築，半圓弧巴洛克式立面合成一處類似圓形的中心，稱為「四角區」，正式的名稱為維格蓮納廣場(Piazza Vigliena)，是西班牙統治時期，馬奎達公爵(Duke of Maqueda)於1608~1620年間命拉索(Guilio Lasso)設計的城市計畫，稱得上是歐洲最主要的城市計畫範例之一。廣場和2條大道將城市分為4個象限：濱海的東南區名為Kalsa，原本是阿拉伯人的城堡所在，許多水手和漁夫聚集，彎彎曲曲的巷弄間有許多提供美味海鮮的平價餐館；西南區是Albergheria，曾是諾曼貴族朝臣的居住地，也是諾曼王宮的所在；西北區叫做Caop，主教堂和馬西摩劇院皆在此區；東北區叫做San Pietro，早期勢力龐大的阿瑪菲商人在此居住。

4棟洋溢著巴洛克風情的建築：底層以象徵四季的噴泉為主題；第2層則是4位西西里的歷代西班牙國王；最上層聳立著巴勒摩的4個區域守護聖人克利斯提納(Cristina)、尼法(Ninfa)、奧利維亞(Olivia)和阿格塔(Agata)。

MAP　P.306B1

新門

Porta Nuova

摩爾囚犯之門

從中央車站步行23~25分鐘可達

這道漂亮的城門上方尖塔裝飾著美麗的馬賽克拼貼，塔頂的老鷹在陽光的照射下閃閃發光。新門興建於16世紀，是為了慶祝查理五世(Carlo V)戰勝土耳其軍隊而建，屬於西西里諾曼式與文藝復興式建築的融合風格，百年來一直是進入城市的主要大門。

城門上方除了連拱迴廊引人注目外，下層粗獷的石塊和巨大雕像同樣令人印象深刻，這4尊表情淒苦的雕像代表的是《四個摩爾囚犯》。

MAP P.306B1,B2

MOOK Choice

諾曼王宮

Palazzo dei Normanni(Palazzo Reale)

融合拜占庭、伊斯蘭教及諾曼風格

從中央車站步行21~23分鐘可達 Piazza del Parlamento 1 週一~週六 8:30~16:30、週日和假日8:30~12:30 禮拜堂+王宮週五至週一全票€19；禮拜堂週二至週四和假日全票€15.5。臨時展門票依展覽而訂 www.federicosecondo.org 帕拉提納禮拜堂在週日和特定假日的9:45~11:15之間因為舉行宗教慶典之故，不對外開放；此外，議會活動期間皇室居所也不對外開放

初見外表堡壘模樣的諾曼王宮，像是幾座不同風格的建築拼湊而成，西西里島政權遞嬗的歷史，著著實實刻寫在王宮建築上。

最早的時候，這裡是迦太基和羅馬的堡壘；9世紀時，阿拉伯人強化了它的防禦功能；接著諾曼人統治西西里，運用了手工精巧的阿拉伯和拜占庭工匠，把這裡改造成一座奢華的王宮；今天則是西西里地方政府所在地。建築風格融合拜占庭、伊斯蘭教及諾曼風格於一身。

帕拉提納禮拜堂Palatina Capplla

整座王宮的矚目焦點，就是金光閃閃的帕拉提納禮拜堂。這是當初最原始的建築之一，可溯及1143年；禮拜堂是拉丁十字的基本結構，主殿與2條走道間各以3個拱柱區隔，科林斯式石柱的柱頭上貼滿金箔，而禮拜堂裡從地板、牆壁、欄杆到天花板，每一吋幾乎都飾滿珍貴的大理石及精美的黃金鑲嵌畫。鑲嵌畫全數是舊約及新約聖經裡的故事，從人物莊嚴而略微僵直的表情及刻意拉長的身形，可看出希臘拜占庭工匠的手藝，其中最顯著的一幅，便是主祭壇半圓壁龕上的《全能的基督》。西西里第一任國王羅傑二世在中殿西端為自己設置了王座，作 聽講道或接見外賓使用，有趣的是座椅高度比總主教還高了些，似乎刻意表達他與羅馬教廷間的微妙拉鋸關係。

除了馬賽克鑲嵌畫之外，一旁還有一座美麗的阿拉伯禮拜堂，其天花板滿滿裝飾著鐘乳石雕花般的木頭雕刻，地上鋪設著大理石拼花地板，一座高達4公尺的諾曼式大理石燭台令人印象深刻。

昔日建築大廳

王宮中開放參觀的部分還包括位於書店旁的昔日建築大廳。這處當成臨時展覽場所的地方，是1560年王宮部分重建時保留下來的舊建築地基，過去曾當作城牆的軍需品臨時儲藏庫使用，後來一度當成議會的會面大廳，如今天花板上殘留著美麗的壁畫，地下樓層還能一窺昔日城牆的遺跡。

MAP ▶ P.306B3

拉瑪爾特拉納教堂

La Martorana

建築上刻寫的歷史

從中央車站步行約12分鐘可達 Piazza Bellini 3 週一至週六8:00~13:00、15:30~17:00，週日9:00~10:30 自由捐獻

原名「海軍上將的聖母瑪利亞教堂(Santa Maria dell'Ammiraglio)」的拉瑪爾特拉納教堂，其名稱來自於它的創立者、同時也是西西里國王羅傑二世(Roger II)的希臘海軍上將安提歐(George of Antioch)。15世紀時，因為隔壁的拉瑪爾特拉納修道院把這間教堂納入，因而改名。

這間教堂以希臘東正教和阿拉伯風格興建於12世紀中葉，到了16和18世紀時因為重新整修的緣故，呈現了今日融合巴洛克式立面的面貌。內部的主體結構並未改變，教堂以希臘十字造型建成，東邊有3座半圓形小室直接連接內殿，落成於12世紀，堪稱諾曼風格傑作的鐘樓依然保持著肋拱和纖細廊柱。

教堂最引人注目的是內部拜占庭風格的馬賽克鑲嵌畫，即使室內光線並不明亮，依舊可以看出金碧輝煌且富麗堂皇的模樣，主圓頂和四周牆壁都點綴著12世紀的希臘工匠作品；最原始的2幅鑲嵌畫就在教堂入口不遠處的牆壁上：下跪的安提歐將這間教堂獻給聖母，以及即將獲得耶穌基督加冕的國王羅傑二世。

MAP ▶ P.306B5

西西里地方美術館

Galleria Regionale delle Sicilia

巴勒摩最好的中世紀藝術收藏

從中央車站步行約15分鐘可達 Via Alloro 4 623-0011 週二至週六9:00~19:00，週日9:00~13:30 全票€9 www.regione.sicilia.it/beniculturali/palazzoabatellis

西西里地方美術館坐落於一座15世紀的阿巴特利斯宮殿(Palazzo Abatellis)中，收藏了一系列值得一看的中世紀藝術品。美術館主要的館藏來自於王宮貴族和地方要人的私人收藏捐獻，起初是送給像巴勒摩大學的禮物，後來隨著藝術品不斷增加，發展出今日的規模。

西西里地方美術館的地下樓層以雕刻作品為主，繪畫則位於樓上；在眾多的雕塑作品中，以15世紀出自勞拉納(Francesco Laurana)之手的大理石半身像《亞拉岡的艾蓮諾拉》(Eleanora of Aragon)最為出色，繪畫作品則別錯過梅西納(Antonello da Messina)的畫作，尤其是著名的《聖告圖》(Annunciation)。

詭異的《死神的勝利》

館中有一幅獨特的作品《死神的勝利》(Trionfo della Morte)展示於昔日的禮拜堂中，這幅15世紀的壁畫幾乎占滿整座牆面，細膩的筆法帶點抽象的味道。

MAP P.306B4

MOOK Choice

維契里亞市集

MercatoVucciria

巴勒摩的在地滋味

從中央車站步行13~15分鐘可達 Piazza Caracciolo, 1
週一至週六7:00~17:00、週日至13:00止

市集裡此起彼落的叫賣聲不絕於耳，這邊水果小販輕快饒舌的叫賣法才剛吸引人潮，對面菜販立刻回以連綿不絕的彈舌長韻；鮮魚攤販前，拿起大刀肢解劍魚的魚販，專注地像面對大理石的藝術家；香料攤後，熟練配置解說百種香料用法的小販又令人聯想到土耳其市場中的回教商人。走一趟市集，不只見識到西西里島的物產豐饒、飲食文化的融合，更對西西里人戲劇化的叫賣方式大開眼界。

畫家加圖索(Renato Guttuso)的《維契里亞市集》至今依舊存在，就在羅馬路旁平行的小巷，介於艾曼紐大道和協和廣場(Piazza della Concordia)之間，雖然和畫中的面貌相比已有了不少改變，觀光客也多了些，仍然能感受到西西里島的旺盛活力和傳統。市集東彎西拐，綿延好幾公里長。

此外，維契里亞市集過去也是工匠聚集的地方，因此很多小巷子以不同的行業命名，像是鎖匠巷、銀匠巷等。

3腳梅杜莎Triskele

西西里島自治區的旗幟中有一個古怪有趣的圖樣，是由被麥穗纏繞的女子臉孔及3隻朝不同方向彎曲的腳所組成，這個符號不只是西西里島的象徵，也被製成各式各樣的紀念品。

當地人稱它為Triskele，義大利文為Trinacria(源於希臘文Thrinakrie)，這也是荷馬史詩《奧德賽》中的西西里島名，意思是「有3個尖角的島」，這3隻人腿就象徵西西里島突出的3個岬角：南方的Capo Passero、東方的Capo Peloro及西方的Marsala；中央的臉孔則代表希臘神話的蛇髮女妖梅杜莎。以這個神話中的悲劇人物作為驅邪避魔的象徵，也可看出西西里和希臘文化的不可分割性。梅杜莎後方加上的翅膀代表飛逝的永恆時間，以麥穗取代蛇則代表西西里島的豐饒物產，有些民間製作物也會恢復梅杜莎的蛇髮。

MAP P.306B2

MOOK Choice

主教堂

Cattedrale

文化混血的代表建築

從中央車站步行18~20分鐘可達 Coro Vittorio Emanuele 334-373 週一~週六7:00~19:00，週日8:00~19:00 www.cattedrale.palermo.it

諾曼人在11世紀入主巴勒摩之後，開啟了這座城市的黃金年代，也開創風格獨特的阿拉伯－諾曼式建築，巴勒摩主教堂就是最經典的代表。當時的諾曼王權與羅馬教廷間一直明爭暗鬥，威廉二世(William II)為了壓抑教廷勢力並打擊巴勒摩總主教Walter Ophamil，在王室山蓋了一座金碧輝煌的主教堂，Walter一氣之下，決心蓋一座比王室山主教堂更雄偉華麗的主教堂，於是在1184年開始修建這座宮殿般的教堂。

儘管它堪稱諾曼建築的代表作，然而經過數個世紀的整修，已成各種建築風格的綜合體：西面大門呈現13~14世紀的精雕細琢的哥德式風格，尤其是壯觀的飛扶壁及2座高塔；面對南面的門廊於1453年增建，屬於西班牙加泰隆尼亞哥德式(Catalan-Gothic)的傑作；只有教堂後端和2座瘦長的塔樓保留了阿拉伯－諾曼式風格，依稀能看出講求平衡穩定的結構，並裝飾許多伊斯蘭的建築元素；至於18世紀新增的教堂圓頂以及教堂內部，都呈現新古典主義風格。

教堂內部存放著諾曼皇室的墳塚和石棺，教堂地窖和寶藏室則珍藏著亞拉岡(Aragon)皇后的珠寶、一頂鑲著寶石的皇冠，以及巴勒摩守護神聖羅莎利亞(Santa Rosalia)的1顆牙齒。

巴勒摩郊區

MAP P.306D4

MOOK Choice

蒙黛羅

Mondello

巴勒摩度假勝地

位於巴勒摩北方10公里郊區，從市區的Liberta' - Croci搭乘806號公車可達，車程約30分鐘

蒙黛羅綿延1.5公里的絕美白沙海岸，在西西里或整個歐洲都是聲名遠播。蒙黛羅是巴勒摩郊區最知名的度假區，佩勒格里諾山(Monte Pellegrino)和加羅山(Monte Gallo)一左一右，環抱著一彎湛藍海水及白色沙灘。這裡原本只是一座捕鮪魚的泥濘小漁港，19世紀末後，巴勒摩人駕著馬車來到海邊度假漸成風潮，於是在海岸邊建造了新藝術風格的碼頭和別墅，並開發成擁有私人海灘的度假勝地。沿著濱海大道有許多海鮮餐廳，優雅的外觀擁抱大片海景，旺季時一位難求。

MAP ▶ P.306B1

MOOK Choice

王室山

Monreale

義大利規模最大的馬賽克鑲嵌畫

在諾曼王宮前的巴士站牌搭乘AMAT市公車389P號前往，約每小時1班次，於公車站旁的售票櫃台購買，建議同時購買回程車票。由於從這裡前往王室山的遊客多，且AMAT公車遲到狀況相當嚴重，建議至火車站旁邊的Piazza Giulio Cesare搭乘AST經營的區域巴士，週一至週六間，約每小時1班次，準時發車且為旅遊大巴士的車型，車程約50分鐘 Piazza Guglielmo II, 1, Monreale 640-4403 週一至週六9:00~12:45、14:00~16:45，週日及假日14:00~17:00 大教堂€4 www.monrealeduomo.it

位於巴勒摩西南8公里，Conca d'Oro谷地以扇形向大海展開，翠綠蔥鬱間點綴紅瓦，緊鄰巴勒摩海灣的是繁華市區，又因為附近山坡種植許多柑橘，每到春天是一片黃橙橙的結實累累景觀，所以這個山谷又被稱為「黃金谷地」。

Monreale的意思是「國王的山丘」，羅傑二世時是狩獵的休憩場所，1174年諾曼國王威廉二世(William II)為了與羅馬教廷勢力及當時的西西里總主教相抗衡，傾其財力、物力，僅用了短短10年就蓋了這座氣勢恢弘的主教堂，結合了諾曼、伊斯蘭、拜占庭的藝術精華，後來也作為王室陵墓。

教堂主體為拉丁十字結構，長102公尺、寬40公尺，跨進挑高的青銅大門，立刻被天花板、牆壁上廣達6340平方公尺的馬賽克鑲嵌畫所震懾。這些拜占庭風格的鑲嵌畫約完成於1180~1190年，千百萬片的金箔、銀箔、彩色大理石包裹整個中殿，鑲嵌出42幅描繪新約和舊約聖經故事的連續畫，一邊是《創世紀》中亞當和夏娃偷嚐禁果、諾亞獻祭、大洪水與方舟，一邊是耶穌降生的故事，從耶穌出生前的預兆、馬廄降生、行使神蹟、死亡及甦醒。而主祭壇半圓壁龕上的巨大鑲嵌畫《全能的基督》，悲天憫人的面容俯瞰芸芸眾生，觀者都會被這莊嚴神聖的氣氛感動。

王室山大教堂與巴勒摩王宮裡的帕拉提納禮拜堂極為相似，但規模大得多，兩座教堂在2015年同時被列入世界文化遺產的名冊中。從入口右側的樓梯，可穿越中殿上方的內夾層爬上主教堂鐘塔，這裡有壯闊的全景視野，可俯瞰緊鄰主教堂的修道院迴廊和中庭，眺望整座山谷及巴勒摩海灣。

融合各種文化的修道院迴廊

想參觀主教堂旁的修道院得由大教堂入口左側的另一扇門進入。這座迴廊是修士們研讀經書、散步及沈思的地方，4面拱頂柱廊包圍綠地中庭，228根鑲嵌馬賽克磚、精雕細琢的廊柱在靜謐的空間中，低調又優雅地詮釋拜占庭式的美麗；仔細瞧瞧，每根柱子上都雕刻著不同樣式的仿羅馬式柱頭，而柱頭上承接的尖拱又呈現出伊斯蘭風情。迴廊的一角，廊柱圈繞出四方形的小噴泉空間，庭院裡種植了棕櫚樹和柑橘樹，這又有西班牙摩爾人的風味。

陶美拿
Taormina

位於陶羅山(Monte Tauro)山腰的陶美拿，前方擁抱愛奧尼亞海的蔚藍、西面眺望埃特納火山的雄偉、腳下是泛著珍珠光亮的白沙灘，獨特的地理環境和溫和宜人的氣候，自古就是王室與藝術家熱愛的度假地、情侶求婚與蜜月勝地，散發著不同於西西里島其他城市的迷人風采。

從西元前4世紀古希臘時期，陶美拿獨特的地理環境就帶來繁榮，9世紀時曾為拜占庭時期的西西里島首都，中世 紀的優雅因此注入這座小城。雖然在諾曼王朝時代一度沈寂，但隨著18～19世紀德國詩人歌德和英國作家勞倫斯(D. H. Lawrence)對這裏的迷戀和讚美，重新開啟歐洲人對陶美拿的興趣。

這個西西里島最美麗的中世紀小山城，擁有以天空、大海和埃特納火山為背景的古希臘劇場，歷經23個世紀仍舊令人驚艷；搭乘電纜車又可以輕鬆抵達山城下的沙灘區，徜徉在西西里島無止境的湛藍；搭上巴士隨著蜿蜒山路盤旋而上，卡斯特莫拉的全景視野更叫人難忘。

INFO

基本資訊

人口： 約10萬500人 **面積：**13.13平方公里

區碼：(0)942

如何前往

◎火車

距離陶美拿最近的火車站是陶羅山腳下的Taormina-Giardini車站。從卡塔尼亞和梅西納都有班次頻繁的火車前往，車程都約在40~50分鐘左右；從夕拉古沙出發，約需時2小時。從巴勒摩出發，需在卡塔尼亞換車，車程共約需4.5小時。時刻表及票價可上國鐵官網或至火車站查詢。

◎巴士

巴勒摩、卡塔尼亞和梅西納每天都有巴士前往陶美拿，由Interbus提供服務，下車地點就在山腰舊城邊緣。從卡塔尼亞出發，車程約70分鐘；梅西納出發，車程約1小時50分。詳細發車時間，可至官網或售票櫃檯查詢。

Terminal Interbus-Etna Transport www.interbus.it

市區交通

從陶美拿山腳下的火車站轉搭Interbus公車可前往小鎮舊城中心，車程約10分鐘；時間充裕者，也可選擇步行，約30分鐘。巴士下車地點Terminal Interbus-Etna Transport位於陶美拿東邊的Pirandello路上，前往卡斯特莫拉的巴士也在這裏發車，可上車購票。從巴士站上坡步行前往市中心大約只需要10分鐘。舊城範圍不大且多上下坡樓梯，適合以步行的方式參觀。

MAP > P.313B1

MOOK Choice

古希臘劇場

Teatro Greco

義大利最美的希臘劇場

從梅西納城門步行約6分鐘可達 Via del Teatro Greco, 1 9:00~日落前1小時(5~8月19:00，4月和9月18:00，3月和6月17:00，11~2月16:00) 全票€12、優待票€6 www.parconaxostaormina.com 上午是參觀劇場最好的時間，從觀眾席望向小鎮正好順光，埃特納火山也較清晰；一般而言，下午遊客較多且水氣較重

景色壯麗的劇場是西西里島上規模第2大的希臘劇場，僅次於夕拉古沙的古希臘劇場。始建時間一直是個爭論：從舞台結構推論應是西元前3世紀的希臘時期建造；但堅固的結構、雕像和柱飾則是西元2世紀時，羅馬人再度擴建的傑作。羅馬時期一度被改為鬥獸場，所幸沒破壞原本的結構。

整座劇場分為舞台、樂隊席、觀眾席3部分，觀眾席共可容納約5千名觀眾，分成9個區域；石階座椅後方環繞磚造的拱廊，拱廊下層設置木椅，為婦女觀賞區，上層的平台沒有固定座位則是給社會位階較低的人。

劇場經過2千多年仍可使用，每年夏天陶美拿藝術季(Taormina Arte)時，在這裡舉辦許多音樂會、戲劇、舞蹈表演及時裝秀；電影節時這裡頓時又成為最獨特的露天電影院。

MAP > P.313A1

溫貝多一世大道

Corso Umberto I

中世紀小山城風情

從梅西納城門步行約10分鐘可達

溫貝多一世大道貫穿陶美拿小鎮中心線，由梅西納城門(Porta Messina)向西延伸至卡塔尼亞城門(Porta Catania)，沿途都是藝品店、小餐館、名品店和藝廊，而大道兩旁上上下下的蜿蜒階梯佈置著花卉和藝術創作，更是值得探索的迷人風情。

沿著這條街道直走來到4月9日廣場(Piazza IX Aprile)，黑白大理石拼接的大廣場是最佳景觀台，夏夜還會有戶外音樂會，在此欣賞夜景尤為美麗。廣場旁是建於12世紀的古鐘樓(Torre dell'Orologio)，過了鐘樓即來到陶美拿的中世紀村(Borgo Medievale)，洋溢著中古小城的氣息。

再往前走為主教堂廣場，這裡是當地年輕人聚集的地點，廣場上半人馬雕像的巴洛克式噴泉是城市的象徵，旁邊有著文藝復興式門面的大教堂(Duomo)約建於1400年，內部為拉丁十字架結構，前面有6根陶美拿粉色大理石打造的圓柱，上頭以魚及金箔裝飾而成。

MAP　P.313B2

貝拉島

MOOK Choice

Isola Bella

愛奧尼亞海的珍珠

梅西納城門朝巴士站步行7分鐘，即可看到前往沙灘區的纜車車站和Interbus

纜車

4~9月9:00~凌晨1:00，10~3月9:00~18:15　單程€3

「Bella」的義大利文是美麗的意思，而貝拉島也真如其名，為一坐落在愛奧尼亞湛藍海灣上的綠色小島，有著「愛奧尼亞海上珍珠」的美稱。

小島原本為Travelyan女士所有，1990年時政府將它買下，1998年將美麗之島列為自然保護區。島上地貌豐富，有各種地中海植物，如果是初春或初秋來到小島，有機會觀察到地中海海鳥的生態，退潮的時候可慢慢地在波浪拍打下，從

岸邊踏上細白的淺灘連結到小島。

海島前的沙灘區Lido Mazzaro高級度假飯店和餐廳林立，這裡可是義大利人的日光浴天堂，夏天時想要躺下來，幾乎是一位難求。

MAP　P.313A1

卡斯特莫拉

Castelmola

擁抱西西里島東海岸絕景

從舊城區步行前往可循5公里的上坡健行道，步行約1小時；亦可從城外巴士總站搭乘Interbus前往，車程約20分鐘，平均每小時1班次

陶美拿後方，另一座海拔約550公尺的山頭上，盤踞著可俯瞰陶美拿的中世紀小城卡斯特莫拉。這個迷你小山城的居民僅有約1千人，以刺繡和杏仁酒聞名，漫步在沿山而建的狹窄石板巷中，相當悠閒。

卡斯特莫拉的最佳觀景點是山頂上的14世紀西班牙碉堡遺址，擁有360度全景視野，後方是連綿不絕的山丘，前方是浩瀚無際的愛奧尼亞海，視線從正下方的陶美拿小鎮和希臘劇場向海岸延伸，越過埃特納火山直達卡塔尼亞，整個西西里島東部海岸線盡收眼底；天氣好的時候，連對岸義大利「鞋尖」處的卡拉布里亞都看得見。

阿格利真托
Agrigento

若說阿格利真托是「諸神的居所」並不誇張，因為連希臘境內也找不到一處神殿遺跡如此密集的地方。

城市的規模早在西元前581年就已建立，當時來自希臘羅德島附近的殖民者，在兩河之中建立了一座名為Akragas的城市，也就是今日阿格利真托的前身。這裏曾是古希臘黃金時期僅次於夕拉古沙的富裕城市，西元前406年敗給迦太基人之前，是個擁有20多萬居民的大城市。

西元5世紀起，先後被迦太基人、羅馬人占領，又歷經拜占庭、阿拉伯王國的統治，後來阿格利真托的重要性逐漸被西西里島東岸的城市所取代，昔日繁華忙碌不再，只留下許多神殿遺蹟。如今這些神殿、城牆、墓穴等遺跡已成為阿格利真托最重要的觀光資產，大多聚集於現今城市南面的谷地間，統稱為「神殿谷」，許多建築歷史可以回溯到西元前5世紀。1997年被為聯合國明訂為世界遺產，是希臘境外保存最完整的古希臘遺跡。

當穿梭於當地高低起伏的道路時，經常會因為遠方出現於一片綠意中的神殿而驚豔，彷彿時光不曾流逝，而這正是阿格利真托迷人之所在。

INFO

基本資訊
人口：約5萬5千500人　**面積**：244平方公里
區碼：(0)922

如何前往
◎火車

從巴勒摩的中央車站搭乘火車前往阿格利真托中央車站(Agrigento Centrale)，車程約2小時10分；從卡塔尼亞無直達火車，需在Caltanissetta轉車，車程約3.5~4.5小時。時刻表及票價可國鐵官網或至火車站查詢。

◎巴士

城市間的長途巴士都停靠在火車站北方不遠處的Piazza Rosselli，這裡同時也是售票窗口。從巴勒摩搭乘巴士前往阿格利真托相當方便，Cuffaro和Autoservizi Camilleri均提供往返交通，車程約2~2.5小時。週一至週六一天約有5~8班次，週日會減至1~3班，Autoservizi Camilleri車次選擇較少。從卡塔尼亞出發，可搭乘SAIS的巴士，平均每小時發車，車程約3小時，詳細發車時間可於官網查詢。

Autoservizi Cuffaro www.cuffaro.info
Autoservizi Camilleri www.camilleriargento.it
SAIS www.saistrasporti.it

市區交通

火車抵達位於舊城邊緣的阿格利真托中央車站，不管是從火車站或巴士總站，距離市中心都不遠，可以步行前往。若步行前往景點，考古學博物館約需25分鐘，神殿谷約需35分鐘，建議搭乘TUA巴士，巴士1、2、3號由Piazza Rosselli發車，途經火車站、考古學博物館和神殿谷，可於書報攤先購票。

阿格利真托的主要景點都集中在神殿谷，建議先搭巴士至考古學博物館，對該地建築及歷史稍加了解後，再步行前往神殿谷。

Where to Explore inAgrigento
賞遊阿格利真托

MAP ▶ P.317A3

考古學博物館

Agrigento Regional Archaeological Museum

收藏阿格利真托文物

火車站或巴士總站搭乘1、2、3號巴士前往，於San Nicola下車 Contrada San Nicola 9:00~19:00 全票€8、半票€4，神殿區與考古學博物館套票全票€13.5、半票€7 www.lavalledeitempli.it/en

國立考古學博物館是西西里島的第2大博物館，在參觀神殿之前先花點時間看看考古博物館，可以對神殿的歷史、建築更加瞭解。

博物館內收藏大量在阿格利真托以及附近區域出土的文物，包括年代回溯到西元前3~6世紀古希臘及羅馬時期的瓶甕、陶器、大理石、大大小小的雕像、石棺以及陪葬用品等，其中最震撼的是高達7.5公尺的巨石人像，從宙斯神殿散落的石塊搬移過來並重新組合復原。

博物館旁邊有一座西元前1世紀的小神殿，以及可容納多達3千人的希臘圓形集會場所(Ekklesiaterion)，該集會場所興建於西元前4~3世紀之間，是西西里島上保存最完整的古希臘時期公共建築，至今還可以看見上方的馬賽克鑲嵌畫。

MAP P.317A3~B4

神殿谷

Valle dei Templi

希臘境外最重要的古希臘建築群

可搭乘1、2、3號巴士前往神殿廣場，於Posto di Ristoro下車，之後以步行的方式參觀各景點 神殿區8:30~20:00(每個月分皆略有調整，行前請上官網查詢) 全票€10、半票€5，神殿區與考古學博物館套票全票€13.5、半票€7 www.parcovalledeitempli.it

神殿谷是阿格利真托南面的一座小山丘，有希臘境外最重要的古希臘建築群。最早的建築可溯至西元前5世紀，現在的面貌雖然屢遭天災、戰火及基督教徒的破壞，但還算保存完整。 神殿谷以神殿廣場(Ple. del Templi)為中心，劃分為東、西2個區域，門票統一在東部區域的入口處購買。東部區域居高臨下，擁有得以眺望遠至海岸的景色，這個區域裡坐落著最古老的海克力士神殿、完美保存的協和神殿，以及聳立於邊緣的朱諾神殿；至於西部區域則散落著大量頹圮的遺跡，其中以殘留巨石人像的宙斯神殿，以及僅存4根柱子的狄奧斯克利神殿最具看頭。

海克力士神殿Tempio di Ercole

海克力士神殿是阿格利真托最古老的一座神殿，興建於西元前520年，現在僅存的8根廊柱，是經過英國考古學家哈德凱斯爾(Alexander Hardcastle)修復的，原先共有40根廊柱撐起這座獻給地中海世界中最著名大力士海克力士的神殿，至今依舊無法找出它傾倒的原因；也有部分考古學家認為這座神殿其實是獻給太陽神阿波羅，因為它和位於希臘德爾菲(Delphi)的阿波羅神殿有著類似的結構。

協和神殿 Tempio della Concordia

約興建於西元前430年的協和神殿，是西西里島規模最大、同時也是保存最完整的一座多立克柱式神殿，保存完整的程度僅次於雅典的帕德嫩神殿！

34支列柱環繞的協和神殿擁有絕佳的視野，可俯視阿格利真托的城市景觀與海岸。這座神殿於西元596年在教宗的一聲令下，搖身一變成了聖保羅聖彼得大教堂，也因此有了變革和維護，例如地下有墳墓，還設有部分密室等。

18世紀時，以原本的設計重新整修，也因此今日才能有著完整的結構。神殿原本祭祀的神祇已不可考，神殿的名字來自於考古學者在神殿基座發現的拉丁文刻文。

宙斯神殿Tempio di Giove Olimpico

宙斯神殿是西面區域最重要的神殿遺址，建於西元前480年左右，是當時最大的多利克式神殿，不過並未落成，之後經多次地震破壞，再加上阿格利真多建新城時運走了大多數的石材，現神殿已面目全非，只留下石頭和柱座，得以窺知當初是一座長約113公尺、寬56公尺的建築。

根據推估宙斯神殿約有10層樓高，其圓柱高度達18.2公尺，不像其他神殿為開放式柱廊的設計，而是在柱間增加石牆以強化承重效果，考古博物館中看到的巨石人像(Telamone)就安置在外牆上半部的柱間，雙手高舉的姿態就像被宙斯懲罰以肩擎天的巨人亞特拉斯(Atlas)，但其實石像的裝飾性大於實質樑柱功能。其中有一塊高7.5公尺的巨石人像還留存至今，現收藏在考古學博物館中，神殿旁則有一尊複製品。

朱諾神殿Tempio di Giunone

位於東部區域最邊緣地帶的朱諾神廟，獻給宙斯的妻子朱諾，羅馬人稱她為「希拉」，她是主宰婚姻及生育的女神，同時也是希臘萬神殿中的主神。朱諾神殿一向被希臘人作為舉辦婚禮的地方。

朱諾神殿興建於西元前470年，上部結構都已消失，但大部分的圓柱都還保存完好；這些柱子於18世紀重新放回原地，柱基長約38公尺、寬約17公尺，柱子高度更高達6.4公尺，原本應有34根石柱，如今只殘存30根。建於山脊上的朱諾神殿也是阿格利真托所有神殿中視野最好的一座。

狄奧斯克利神殿Tempio dei Dioscuri

狄奧斯克利神殿又稱雙子星神殿，是獻給斯巴達皇后麗妲(Leda)和宙斯所生的雙胞胎兒子卡斯托爾(Castor)和波呂克斯(Pollux)。神殿建於西元前5世紀，但在與迦太基人的戰爭及後來的地震中幾乎被破壞殆盡，1832年時曾修復，不過目前剩下的4根殿柱是使用其他神殿的石材所拼湊出來，而這也是神殿谷中最常出現在明信片或紀念品上的地標。

夕拉古沙

Siracusa

你也許不認識夕拉古沙，但一定曾在小學課本中認識阿基米德，這個身兼數學家、物理學家、科學家和發明家於一身的古希臘學者，就是夕拉古沙最有名的市民。

夕拉古沙位於西西里島的東南海岸，易於防守的海岸線、絕佳的天然海港以及肥沃的土壤，吸引了古希臘人於西元前733年時在此創立殖民地，它有過短暫的民主，但城市能迅速發展，要歸功於幾位雄才大略的專制統治者：西元前5世紀的亥厄洛一世(Ierone I)和狄奧尼修西奧一世(Dionysius I)時期，夕拉古沙已經是西西里島城邦之首，也是雅典以外最重要的經濟、文化中心。

不過，也因為過於蓬勃的發展，讓雅典備受威脅，西元前415年羅伯奔尼薩戰爭期間，假借聲援傑斯塔(Segesta)的求助，希臘派出一支擁有上百艘戰船的艦隊攻打夕拉古沙，沒想到反遭殲滅。

西元前4世紀，這座城市已經成為希臘世界中最富裕的城市，直到西元前215年時，在羅馬與迦太基人的第二次布匿克戰爭中，夕拉古沙選錯邊支持迦太基人遭羅馬人攻擊，終因不敵長達2年的圍城而被迫投降，從此夕拉古沙失去了它的重要性。

如今，這座西西里島上知名的濱海度假勝地，仍保留著2,700年前的歷史痕跡，許多希臘、羅馬和巴洛克時期的建築，分布於城市北面的尼阿波利考古公園以及南面歐提加島(Isola di Ortigia)的舊城區，而連接兩者的中間地帶，則是夕拉古沙新城的所在地。

INFO

基本資訊

人口：約11萬6千人

面積：204平方公里

區碼：(0)931

如何前往

◎火車

從巴勒摩或西岸、南岸其他城市搭乘火車前往夕拉古沙，都必須在卡塔尼亞換車，巴勒摩出發車程約4.5~5小時。從卡塔尼亞、梅西納和陶美拿前往夕拉古沙的火車，以卡塔尼亞的班次最多，車程約1小時10分；從陶美拿出發車程約2小時；梅西納出發車程約3小時。正確班次、詳細時刻表及票價可於國鐵官網(www.trenitalia.com)或至火車站查詢。

◎巴士

部分地區巴士停靠於火車站前，但大多前往夕拉古沙的城際巴士停靠於歐提加島最北邊、靠近溫貝多一世大道的巴士中繼站，由此可步行前往景點，或在溫貝多大道上轉乘市區巴士前往本島。

從卡塔尼亞可搭乘Interbus巴士前往夕拉古沙，車程約1小時20分；AST巴士則往來拉古薩(Ragusa)的路線，車程約2小時20分。詳細發車時間與班次，請至官網查詢。

Interbus

www.interbus.it

AST

www.aziendasicilianatrasporti.it

市區交通

火車站位於本島的南端，無論前往歐提加島或是尼阿波利考古公園，步行均約需20分鐘左右。

如果時間充裕，建議以步行的方式慢慢參觀這座城市，尤其是穿梭於歐提加島的巷弄之間，景色非常宜人。本島尼阿波利考古公園一帶的景點，像是聖喬凡尼教堂墓窖和流淚聖母教堂等，彼此距離也都不遠，唯獨歐提加島的大教堂和尼阿波利考古公園之間步行約需40分鐘，可以選擇搭乘市區巴士往返。

比較適合遊客的是AST經營的d'amare巴士，起站於本島西南角的Molo Sant' Antonio，1號藍線繞行歐提加島外圍一圈、經阿基米德廣場、溫貝多一世大道至火車站；2號紅線溫貝多一世大道、流淚聖母教堂、尼阿波利考古公園至火車站，直接上車投幣買票即可。

Where to Explore in Ciracusa
賞遊夕拉古沙

本島

MOOK Choice

MAP P.321A1

尼阿波利考古公園

Parco Archeologico della Neapolis

保留夕拉古沙的黃金時代

由火車站步行前往約20分鐘，或搭乘d'amare紅線 Via Paradiso, 14 8:30~19:30 全票€16.5、優待票€9.75，另有與考古博物館的套票€22，優待票€12.5

「Neapolis」字源是希臘文中的「新城」，當傑隆(Gelon)擔任君主時期，歐提加島的居民已呈飽和，所以他在這裏開闢新城區，接下來歷任統治者陸續於此建設，形成了這一片占地遼闊的區域，殘存至今的包含當地最具代表性的古希臘遺址、採石場和羅馬遺址等，2005年被列入世界文化遺產。

羅馬圓形劇場Anfiteatro Romano

羅馬圓形劇場的年代可回溯到西元3世紀，橢圓形的石造結構是世界上現存第3大的同類型建築，僅次於羅馬和維洛納兩座圓形劇場。劇場觀眾席高台下依舊保留了猛獸及格鬥士出場的通道，圓形劇場後方有各羅馬水池，從前可引水進入表演水戰場面。低頭仔細看看觀眾席的石椅，運氣好的話能找到昔日座位上刻留的擁有者姓名。

亥厄洛二世祭壇 Ara di Ierone II

圓形劇場旁的巨大白色石頭底座，是希臘時代保存至今最大的神聖祭壇。大約為西元前3世紀亥厄洛二世所建，從遺址推測長寬約198公尺和23公尺，當時曾在這個祭壇為宙斯同時獻祭過450頭公牛。上方的結構已在16世紀時被西班牙軍人摧毀。

希臘劇場Teatro Greco

坐落於昔日獻給阿波羅的聖山(Mount Temenite)上，居高臨下，可遠眺直到港口的風光。劇場落成於西元前5世紀，比陶美拿的希臘劇場還大，67排石椅可同時容納將近1萬5千名觀眾，曾上演古希臘劇作家兼詩人埃皮卡爾摩(Epicarmo)的作品，現在舞台上於每年夏季的希臘藝術季仍高唱希臘詩歌。

天堂採石場Latomia del Paradiso

這個枝葉扶疏的大型庭園在古希臘時期是開鑿、切割、獲取石材的地方，夕拉古沙重要的神殿與建築都是從這裡獲得材料。此處最著名的景點是一處名為「狄奧尼修西奧的耳朵」(Orecchio di Dionisio)的洞穴，洞口狀似耳朵，深達65公尺，擁有極佳的回音，1586年時著名畫家卡拉瓦喬參觀過這裡後替它取了今日的名字，傳說狄奧尼修西奧國王曾在上方竊聽拘禁於此的戰俘和囚犯言談。一旁的繩索工人洞穴(Grotta di Cordari)擁有涼爽的環境和大量的水源，一直都是工人製作繩索的地方。

本島

MAP P.321A1

聖喬凡尼教堂墓窖

Catacomba di San Giovanni

古老的大型地下墓室

從火車站步行前往約15分鐘，或搭乘d'amare紅線於San Giovanni下車 Via San Giovanni alle Catacombe, 1 時間：9:30~12:30、14:30~17:30，開放時間會變動請上網查詢 全票€8、半票€5(包含導覽) www.ergatourism.it/chi-siamo/DMC/progetti-territoriali/secret-siracusa

MOOK Choice

傳說教堂興建於羅馬殉教聖人聖馬爾奇安(St Marcian)西元3世紀時的下葬處，聖喬凡尼教堂墓窖最初的建築出現在拜占庭時期，阿拉伯人入侵幾乎損毀了它的半圓形室，如今所看到的面貌是以同樣建材重建的。

一條通道通往容納上千座大小壁龕的地下室，由於聖馬爾奇安的傳說，使得這裡被視為羅馬基督教堂的聖地，幾千具骸骨至今仍在此安息；此外，可以欣賞到不同時期的壁畫，以及象徵四大福音書作者的原始符號。至於最古老的大型地下墓室年代可回溯到西元4世紀，那是利用古希臘人的地下儲水池修建的。

本島

MAP P.321A1

流淚聖母教堂

Santuario della Madonna delle Lacrime

神蹟的淚水

從火車站步行前往約15分鐘，或搭乘d'amare紅線於San Giovanni下車 Via del Santuario, 33 21-446 8:00~19:00 www.madonnadellelacrime.it

這座高達80公尺猶如大型三角錐的教堂，是夕拉古沙的地標，在本島及歐提加島的高處都能看見它高聳擎天的塔尖。

教堂落成於1994年，是當地少數現代建築之一，裡頭收藏著一尊1953年時淚流5天的聖母像，當時許多人都見證了這項奇蹟，而聖母像流下的眼淚經分析成分等同於人類的淚水，這件事情轟動國際，越來越多信徒湧向夕拉古沙，因此同年年底當地的大主教答應替聖母興建一座教堂，也就是今日的流淚聖母教堂。教堂的造型靈感來自一滴巨大的淚水，如今這尊聖母上供奉於上層禮拜堂的中央祭壇上。

歐提加島

MAP ▶ P.321B3

主教堂

Duomo

華麗巴洛克的大型藝術品

從火車站步行前往約25分鐘，或搭乘藍線巴士至Fonte Aretusa下車再步行5分鐘 Piazza Duomo 5 9~3月9:00~17:30，4~8月7:30~19:00 $€2

主教堂最早的結構出現於西元前6世紀，是古希臘時期獻給戰爭女神雅典娜的神殿。西元7世紀時，多利克式神殿搖身一變成為拜占庭教堂，內殿之間以8道圓拱區隔，兩側牆壁依然可看見這些巨大而歷史悠久的石柱。而現在的巴洛克式門面則是1963年大地震嚴重毀損後重建的結果，出自18世紀設計師帕爾瑪(Andrea Palma)。

儘管外觀呈現華麗的巴洛克形式，然而教堂經歷數次轉變，因此內部保留了不同時期的風格與藝術收藏。右殿第一座禮拜堂中有一座13世紀的洗禮台，7隻銅獅成了它的座腳；右殿最後方的是保存了拜占庭的風格的聖十字禮拜堂，一旁裝飾著15世紀的聖母和聖塔露西亞等雕像。中殿有15世紀胡桃木的唱詩班席位，左側半圓後殿則供奉著聖母與聖嬰像。

聖人聖塔露西亞的手臂骨

右殿第2間禮拜堂點綴著大量的雕刻，獻給夕拉古沙的守護聖人聖塔露西亞(Santa Lucia)，主祭壇下方的聖骨匣中收藏著聖人的一截手臂骨；16世紀的聖塔露西亞塑像銀棺放置於祭壇後方，只有在聖人紀念日當天才會開放參觀。

歐提加島

MAP ▶ P.321B4

瑪尼亞契城堡

Castello Maniace

守護城市的堡壘

從火車站步行前往約35分鐘，或搭乘藍線巴士至Castello Maniace Via Castello Maniace, 51 週一8:30~13:30，週二~週六8:30~16:30；週日休 $全票€9、優待票€4.5，每月第一個週日開放免費參觀

倨傲獨立於歐提加島尖端、突出在愛奧尼亞海之上，瑪尼亞契城堡擁有絕佳的360度視野，能全面監控進出港口的船隻。

優越的戰略位置吸引腓特烈二世(Federico II)的青睞，於1239年在這裏建立軍事堡壘，除了15世紀成為監獄用途以外，瑪尼亞契城堡一直到第二次世界大戰的漫長歷史中，都肩負著重要的軍事功能，17世紀在西班牙人的統治下更增建了許多防禦碉堡。現在的城堡已卸下保衛城市的職責，幾個簡單的展覽廳除了展示從前城堡中的文物，也用於不同主題的特展。

The Savvy Traveler
聰明旅行家

文●墨刻編輯部

基本資訊

義大利

正式國名：義大利共和國Repubblica Italiana

地理位置：義大利是由阿爾卑斯山脈向地中海延伸的靴型半島，北與法國、瑞士、奧地利、斯洛維尼亞等國接壤，東、西、南面分別被亞得里亞海、愛奧尼亞海、地中海、第勒尼安海、利古里亞海等環繞。本土之外，周邊還包括西西里島、薩丁尼亞島等70多座島嶼。

面積：301,338平方公里

人口：約5千9百萬人

首都：羅馬(Roma)

宗教：95%羅馬天主教

語言：義大利語，但每個地方都有一點差異的方言。除了南義和西西里島的小鄉鎮以外，大多可使用英語溝通。

梵諦岡

正式國名：教廷The Holy See

地理位置：全境被羅馬市區包圍

面積：0.44平方公里，為全世界面積最小的國家

人口：約800人

首都：梵諦岡城(Vaticano)

宗教：羅馬天主教

語言：義大利語，拉丁語(羅馬教廷)

聖馬利諾共和國

正式國名：聖馬利諾共和國Repubblica di San Marino

地理位置：位於義大利東北方艾米利亞－羅馬納區境內，坐落於亞平寧山脈間

面積：61.2平方公里，世界上面積第5小的國家

人口：近3萬4千人

首都：聖馬利諾市(Citta di San Marino)

宗教：羅馬天主教

語言：義大利語

簽證辦理

台灣遊客前往義大利觀光無需辦理申根簽證，只要持有效護照即可出入申根公約國，6個月內最多可停留90天。有效護照的定義為，預計離開申根區時最少還有3個月的效期。

儘管開放免簽證待遇，卻不代表遊客可無條件入境，入境申根國家所需查驗的相關文件包括：來回航班訂位紀錄或機票、英文或法文行程表、當地旅館訂房紀錄或當地親友邀請函、英文存款證明或其他足以證明自己能在當地維生的證明、公司名片或英文在職證明等等。另外，原本辦理申根簽證所需的旅遊醫療保險，雖同樣非入境時的必備證明，但最好同樣投保，多一重保障。

目前「歐盟旅行資訊及許可系統」(ETIAS)仍在建置中，預計2025年中開始，國人前往包含義大利、法國、西班牙、葡萄牙等歐洲30個國家和地區，需要事先上網申請ETIAS且獲得授權，手續費€7。ETIAS有效期限是3年，或持有護照到期為止。效期內只要持有效護照及ETIAS即可不限次數出入申根公約國，無需再辦理申根簽證，6個月內最多可停留90天。

◎歐盟ETIAS官網

travel-europe.europa.eu/etias_en

旅遊諮詢與實用網站

◎義大利經濟貿易文化推廣辦事處

台北市信義區基隆路一段333號18樓1808室國貿大樓

(02)2345-0320

簽證組(預約制)週一、週四9:50~12:50；領事組(預約制)週一、週三、週五9:50~12:50

taipei.esteri.it/zh

◎義大利國家旅遊局 www.italia.it

◎義大利國家鐵路 www.trenitalia.com

飛航資訊

從台灣有中華航空可直飛羅馬，飛行時間約14小時20分鐘；亦有長榮航空可直飛米蘭，飛行時間約14小時30分鐘。此外，可搭泰國、國泰、德國漢莎、瑞士等航空經第3地抵達義大利各主要城市。若不知如何選擇航空公司，建議善用機票比價網站Skyscanner，填寫出發、目的地及時間後，可選擇只要直達班機或轉機1~2次，網站上會詳細列出所有票價比較、飛航時間及提供服務的航空公司組合。

◎Skyscanner

www.skyscanner.com.tw

◎台灣飛航義大利主要航空公司

長榮航空 www.evaair.com

中華航空 www.china-airlines.com

國泰航空 www.cathaypacific.com

泰國航空 www.thaiairways.com

新加坡航空 www.singaporeair.com
法國航空 wwws.airfrance.com.hk
馬來西亞航空 www.malaysiaairlines.com
德國漢莎航空 www.lufthansa.com.tw

旅遊資訊

時差

夏令時間(3月最後一個週日起至10月最後一個週日止) 台北時間減6小時，其餘月份台北時間減7小時。

貨幣及匯率

使用歐元，一般以Euro和€表示，本書皆以€表示。1歐元約可兌換近35元台幣(匯率時有變動，僅供參考)。

電壓

義大利的電壓為220伏特，電器插頭為2根圓頭，插座有個圓型凹孔。

打電話

從台灣撥打義大利：002 + 39 + 區域號碼(去掉0)+ 電話號碼

從義大利撥打台灣：00 + 886 + 區域號碼(去掉0)+ 電話號碼

從義大利撥打台灣手機：00 + 886 + 手機號碼去掉第一個0

◎緊急連絡電話 警察局：113

◎駐義大利台北代表處

Ufficio di Rappresentanza di Taipei in Italia

Viale Liegi 17, Roma (06)9826-2800

www.roc-taiwan.org/it_it/index.html

◎急難救助電話

外交部海外急難救助免付費 886-800-085-095

網路

住宿的飯店民宿，不管哪種等級，大多提供免費無線網路，許多餐廳和咖啡館也開始提供這項服務。至於公共區域的免費網路沒有台灣普及，一般而言北部大城市較多無線網路熱點，例如米蘭市區到處都有免費網路點。火車站、景點和博物館雖然提供免費網路，但常常需要有一組義大利的手機號碼來接收註冊的簡訊密碼。

若常有使用網路的需求，可考慮在國內先購買依天數計費的網路漫遊分享器，或是購買電信業者推出的手機預付卡(Prepaid)方案，目前選擇眾多，有些還可以免換卡、跨國使用、用量吃到飽等，愈來愈便利，不妨事先多加比較，好處是可以得到一組電話號碼用來註冊各地免費使用的無線網路。

郵政

許多人到國外旅遊喜歡寄明信片給自己或親朋好友，義大利的郵政系統比較多元，除了國營郵局(Le Poste)以外，還有Friendpost和Globe Postal Service(GPS)兩種私營郵政系統。

國營郵局的郵票(Francobolli)有印Italia字樣，可以投入一般隨處可見的紅色郵筒，寄回台灣的話記得投入右邊投遞口，郵票可在郵局或Tabacchi香菸攤購買。GPS和Friendpost都有專屬郵筒，大多設在熱門觀光區的紀念品商店外，好處是郵票上有Bar Code，可追蹤信件的下落，缺點是郵筒較少，若帶著郵票前往下個城市，不見得找得到專屬郵筒。若在紀念品店或Tabacchi買郵票，記得看清楚是屬於哪個郵政系統。

小費

於餐廳消費，服務費已包含在費用內，若對於服務非常滿意，可加10%作為小費。但對於高級飯店協助提行李或客房服務的人員，習慣上會給予€2小費。

飲水

一般而言，飯店和餐廳內水龍頭的水皆可生飲，許多城市路邊都有大大小小的噴泉，若沒有特別標註，都是可直接飲用的水。某些石灰岩層區域，水中礦物質含量較高，例如：普利亞省、西西里島等，水的味道較為特別，若平常腸胃較敏感的人，建議還是另外購買飲用水。此外，若在餐廳用餐，要求Tap Water是免費的。

廁所

義大利街上的公廁很少且幾乎都要收費，價格依城市而有不同，約在€0.5~€1不等，所以如果已付了門票費用進入景點或博物館，記得使用完廁所再離開。如果臨時想上廁所，不妨前往咖啡館，只要站著喝杯€1的義式咖啡(Expresso)，可免費使用洗手間，是一舉兩得的辦法。不過，要注意的是：在義大利不管是用餐、吃冰淇淋或喝咖啡，坐著都比站著貴，還會另外收座位費。

營業時間

◎商店

大部份商店營業時間為週一到週六9:30~12:30，然後經過約2~3小時的午休，於15:30~19:30間繼續營業，通常商店週日和假日並不營業，部分商店週六只營業至中午，或是周一只在下午營業。不過像羅馬、米蘭、佛羅倫斯和威尼斯這些旅遊熱門城市，越來越多商店整天營業，有時連週日和假日也不例外。至於購物中心和超市則是整天營業不休息，大約是10:00~21:00左右。

◎餐廳

大部份餐廳都有分中餐和晚餐時段，中餐約為12:30~14:30，晚餐約為19:30~23:00。咖啡館則為全天候7:30~20:00。

治安

近年來受經濟不景氣影響及非法移民與難民增加，犯罪案件有上升趨勢，尤其在觀光客多的大城市，用巧妙手法偷竊的情況一直存在，前往義大利旅行時務必注意自身及財物安全，不要讓行李離開自己的視線。此外，若遇上有人自稱警察要臨檢你的護照或金錢，最好要求要在警察局內進行，因為很多人會假扮假警察騙取財物。

購物退稅

只要不是歐盟國家的人民，在攜帶免稅品離境時，都可以享有退稅優惠。凡在有「Tax Free」標誌的地方購物(也可詢問店家)，且從2024年2月起，義大利的免稅購物門檻從155歐元降至僅70歐元：也就是在同家商店消費金額滿€70，便可請商家開立退稅單據，對血拚族來說實在是一大好消息。退稅手續須在3個月內到海關辦妥手續。

義大利的營業稅(IVA)約為22%，退稅後扣除手續費約可拿回12%。購物時記得要向售貨員索取退稅單，這張單子應由售貨員幫你填寫，拿到單子一定要再次檢查退稅單上的資訊（姓名、護照號碼、國籍、信用卡號）是否正確。

到達機場要先辦理登機並拿到登機證，交給海關查驗蓋章時需準備1.登機證2.退稅單3.收據4.購買的商品(沒有使用的痕跡)。

行李託運退稅：機場Check in時先告訴航空公司托運行李要退稅(Tax Refund)，櫃檯會將登機證給你並先貼上行李條，將行李拉到海關退稅處蓋章，此時海關可能會抽查購買的商品，之後再將行李拖回航空公司櫃台送上輸送帶。

行李手提退稅：機場Check in拿到登機證後，直接至海關退稅處蓋章。可選擇在入關前或入關後辦理。

海關在退稅單上蓋印後，即可在機場或邊境的退稅處領取稅款，Premier、Globle Bule和Tax Refund這3家公司在羅馬和米蘭機場都設有專屬服務櫃檯，可選擇領取現金或退回至信用卡。需特別注意的是，排隊退稅的人非常多，盡量提早到機場，事先使用線上Check in也可以加快速度。

義大利 Italy

MOOK NEWAction no.85

作者
蒙金蘭・墨刻編輯部
攝影
汪雨菁・墨刻攝影部
主編
蒙金蘭
美術設計
李英娟・呂昀禾・洪玉玲
地圖繪製
Nina・墨刻編輯部

出版公司
墨刻出版股份有限公司
地址：台北市115南港區昆陽街16號7樓
電話：886-2-2500-7008
傳真：886-2-2500-7796
E-mail：mook_service@cph.com.tw
讀者服務：readerservice@cph.com.tw
墨刻官網：www.mook.com.tw
發行公司
英屬蓋曼群島商家庭傳媒股份有限公司城邦分公司
地址：台北市115南港區昆陽街16號8樓
電話：886-2-2500-7718　886-2-2500-7719
傳真：886-2-2500-1990　886-2-2500-1991
城邦讀書花園：www.cite.com.tw
劃撥：19863813
戶名：書虫股份有限公司
香港發行所
城邦（香港）出版集團有限公司
地址：香港九龍土瓜灣土瓜灣道86號順聯工業大廈6樓A室
電話：(852)25086231
傳真：(852)25789337
E-MAIL：hkcite@biznetvigator.com
馬新發行所
城邦(馬新)出版集團 Cite (M) Sdn Bhd
地址：41, Jalan Radin Anum, Bandar Baru Sri Petaling, 57000 Kuala Lumpur, Malaysia.
電話：(603)90563833
傳真：(603)90576622
E-mail：services@cite.my
城邦書號
KV3085
定價
499元
ISBN
978-626-398-015-0・978-626-398-014-3（EPUB）
2024年5月初版

國家圖書館出版品預行編目資料

義大利/蒙金蘭, 墨刻編輯部作. -- 初版. -- 臺北市：墨刻出版股份有限公司出版：英屬蓋曼群島商家庭傳媒股份有限公司城邦分公司發行, 2024.05
328面 ;16.8×23公分. -- (New action ; 85)
ISBN 978-626-398-015-0(平裝)
1.CST: 旅遊 2.CST: 義大利

745.09　　113004899